Thomas Elbel
Elysion

PIPER

Zu diesem Buch

Das Jahr 2135: Um ihr Überleben in einer verwaisten Metropole zu sichern, dealt die siebzehnjährige Cooper Kleinschmidt mit der Droge Teer, die ihren Usern außergewöhnliche Kräfte verleiht. Doch dies macht Cooper unweigerlich zu einer Mörderin, denn Teer kann nur durch die Tötung eines Malach gewonnen werden, jener gottgleichen Wesen, die über außergewöhnliche Kräfte verfügen und im »Elysion« außerhalb der alten Städte leben. Als Cooper auf ihrer Jagd nach Teer auf einen Malach trifft, der ihr eine geheimnisvolle Botschaft übermittelt, beginnt für sie eine Reise durch eine zerstörte, gefährliche Welt, in der eine falsche Entscheidung das Ende bedeuten kann.

Thomas Elbel, geboren 1968 in Marburg, ist Rechtswissenschaftler und Autor. Sein beruflicher Werdegang führte ihn unter anderem in eine amerikanische Law Firm, das Management eines internationalen Telekommunikationsdienstleisters, das Bundesinnenministerium und die Berliner Landesverwaltung. Seit 2011 ist er Fachhochschulprofessor. Sein erster Roman »Asylon« begeisterte Presse und Leser und gewann zahlreiche Preise.

Thomas Elbel

ELYSION

Roman

Piper München Zürich

Entdecke die Welt der Piper Fantasy:

Piper-Fantasy.de

Von Thomas Elbel liegen bei Piper vor:
Asylon
Elysion

MIX
Papier aus verantwortungsvollen Quellen
FSC
www.fsc.org
FSC® C014496

Originalausgabe
April 2013

Umschlaggestaltung: Guter Punkt, München / www.guter-punkt.de
Umschlagabbildung: Markus Weber, Guter Punkt unter Verwendung von Motiven von Shutterstock
Satz: C. Schaber Datentechnik, Wels
Papier: Pamo Super von Arctic Paper Mochenwangen GmbH, Deutschland
Druck und Bindung: GGP Media GmbH, Pößneck
Printed in Germany ISBN 978-3-492-26881-3

Für Jascha

1

Das Unterholz wurde immer dichter. Cooper beugte sich unter einem Ast hindurch, der ihr den Weg auf Brusthöhe versperrte. Ein Zweig verhakte sich im Stoff ihrer Jacke und riss ihr den Unterarm blutig.

»Verdammt«, fluchte sie.

»Was ist los?«, ertönten hinter ihr unisono zwei Stimmen.

»Nichts«, sagte sie halblaut. »Ich hasse nur diesen Scheißdschungel.«

Stacy und Brent, die sich etwa zwei Schritte hinter ihr befanden, hörten wahrscheinlich nur ein undeutliches Grummeln. Doch Cooper konnte es jedenfalls gar nicht erwarten, wieder in die weiten Straßenschluchten der Stadt zu gelangen, wo man zwischen den Häusern jederzeit den Horizont sehen konnte. Der Wald erstreckte sich wie ein riesiger Finger zwischen ihrem Wohnort Century City und dem Nachbarbezirk Decatur. Vor dem Bürgerkrieg war das alles Ackerland gewesen. Dann kamen die Malachim, und in ihrem Gefolge hatte sich der Wald innerhalb von einem knappen Jahrzehnt geradezu explosionsartig ausgebreitet, hatte sogar begonnen, die Vororte zu verschlucken. Niemand konnte sich dieses Mysterium erklären, geschweige denn in welchem Zusammenhang es mit den Malachim stand. Aber dass einer bestand, schien nur allzu offensichtlich, denn der Wald war das Herrschaftsgebiet der Malachim, der merkwürdigsten und furchterregendsten Wesen, die die Welt je gesehen hatte. Bizarre Killer, grausam und tödlich. Jeder weitere Meter in ihrem Machtbereich trieb Cooper den Puls in die Höhe und ließ den Schweiß auf ihrer Stirn perlen.

Wald war eigentlich nicht das richtige Wort für diesen urweltlichen Dschungel. Alle paar Meter versperrte ihnen ein gefallener Riese den Weg. Monströs und moosüberwuchert, rotteten diese Giganten vor sich hin. Zwischen ihnen war das Dickicht fast mannshoch gewachsen. Jeder Meter voran war ein zäher Kampf gegen die grüne Hölle. Und irgendwo dort draußen lauerten die Malachim. Aber bevor Cooper und ihre Begleiter den Wald verlassen konnten, hatten sie etwas zu erledigen. Eine Mission. Eines der Monster zu töten – oder einen der Engel, je nach Sichtweise. Sie mussten einen Malach erwischen, bevor die Malachim den Spieß umdrehten und anfingen, sie zu jagen.

Weit über den Wipfeln war es wohl helllichter Tag, strahlende Sonne, frische Sommerbrise. Aber im dichten Unterholz kam davon kaum etwas an. Die dämmrige, muffige Dunkelheit lastete auf ihrem Gemüt wie Blei.

»Ist es noch weit?« Stacy schien ihre Gedanken gelesen zu haben.

»Keine Ahnung. Bin ich eine verdammte Landkarte oder was?«

»Reg dich ab, Coop.«

Bei jedem anderen hätte die vertraute Anrede freundschaftlich geklungen, nicht bei Brent. Sie konnte ihn förmlich hinter ihrem Rücken mit Stacy feixen sehen. Sicherlich genoss er jeden Meter ihrer Qual. Ein Grund mehr, die Zähne zusammenzubeißen.

»Kümmer dich um deinen Mist, Brent, und trampel nicht so«, schnauzte sie. »Hört sich ja an, als ob ein verdammter Elefant durch den Wald bricht.«

»Na und? Was kann hier schon passieren?«

Sie stoppte und fuhr herum. Brent konnte gerade noch rechtzeitig abbremsen, sonst wäre er in sie hineingelaufen. »Was hier passieren kann? Ein Malach kommt aus dem Unterholz und reißt dir die Kehle raus oder schleppt dich ins Elysion wie den kleinen Georgie. *Das* kann passieren.«

Brent zog die dichten Augenbrauen zusammen. Sein für einen Kerl schon fast zu hübsches Gesicht war dachterrassengebräunt. Nun, er war ohne Zweifel der eitelste Geck, den sie je getroffen hatte, aber mit seinen blitzschnellen Reaktionen und seiner unbestreitbaren Courage war er auch der beste Jagdgenosse, der sich denken ließ.

Stacy hingegen war bei aller Zuneigung, die Cooper für sie empfand, in dieser Situation kaum mehr als ein notwendiges Übel, ein Klotz am Bein, bestenfalls als Köder zu gebrauchen. Aber Brent wollte auf ihre Anwesenheit nun einmal nicht verzichten. Er brauchte sein Publikum, und er wusste nur allzu gut, dass er von Cooper keinen Applaus zu erwarten hatte.

»Jetzt entspann dich mal, Coop. Das mit Georgie war auf der Marshall Plaza in Decatur, richtig?«, unterbrach Brent ihre Grübelei.

»Das ändert nichts daran, dass das hier ihr verdammtes Gebiet ist, Schwachkopf. Waldland ist Malachim-Land. Und wir sind hier, um einen von denen zu fangen, und nicht umgekehrt. Capito?«

Er zuckte mit den Schultern. Cooper wusste, dass er wusste, dass sie recht hatte. Es war Teil jenes immerwährenden Spiels zwischen ihnen, zu dem Stacys nervöses Fingernägelkauen genauso gehörte wie ihr unvermeidbares »Leute, seid friedlich. Wir sind doch eine Familie, wir drei, oder?«, das sie gerade wieder von sich gab.

Brent verdrehte unsichtbar für die hinter ihm stehende Stacy die Augen. Cooper schoss ihm dafür einen missbilligenden Blick zu, den er wiederum mit einem Achselzucken quittierte. Zwar ging Stacys Nesttrieb Cooper nicht weniger auf die Nerven als Brent, aber sie war sich bewusst, dass dahinter ein gutes Herz steckte. In Momenten wie diesen verstand sie nicht, warum Brent und Stacy überhaupt ein Paar waren. Aber so war es nun einmal. Unzertrennlich wie Licht und Motte, hatte ihr der kleine Georgie bei der vorgestrigen Dieselparty im Compton Warehouse ins Ohr geflüstert.

Tja, der gute Georgie. Ebenjener Georgie von der Marshall Plaza. Jetzt war er entweder mausetot oder irgendwo dort draußen bei den Elysiern, wie sie sich selber nannten. Für Cooper und die anderen Stadtbewohner ein besseres Wort für Malachim-Sklaven oder hirnamputierte Waldfreaks oder faschismussüchtige Opferlämmer. Was auch immer, jedenfalls etwas, das Cooper nie werden würde, und wenn, dann nur als verwesende Leiche.

Sie versetzte Brent den obligatorischen Ellbogenstoß in die Rippen, drehte sich um und bahnte sich wieder den Weg voran durch das Unterholz. Höchste Zeit, noch mal zu checken, ob die beiden an ihren Teil der Ausrüstung gedacht hatten.

»Feldgenerator geladen?«

»Klar doch, bis zum Anschlag, Coop.«

Cooper wich einem Gecko aus, den wohl der Anblick der drei Wanderer hatte erstarren lassen. Allmählich kam es ihr vor, als ob der Wald lichter wurde. Der Gedanke hob ihre Stimmung ein wenig.

Doch es waren weniger die drei, deren Anblick das Tier versteinert hatte, als vielmehr der des Mannes, der ihnen schon seit ungefähr einer halben Stunde unbemerkt folgte und dessen kräftiger Körper einen auch für Geckos verstörenden Mangel aufwies:

Er hatte keine Haut.

Das kleine Mädchen watete tapfer durch den Schnee, der den Waldboden fast bis zur Höhe seiner Knie bedeckte. Unsicher spähte es zwischen den Fichtenstämmen hindurch, die sich zu lichten begannen. In die Vorfreude, nach einem anstrengenden Schultag im Dorf und einem Heimweg von gut einer Meile die Blockhütte seiner Eltern zu sehen, mischte sich eine leichte Beklommenheit. Irgendetwas war anders. Selbst im Winter hätte man hier und dort das Geräusch eines Tieres vernehmen müssen, das Klopfen eines einsamen Spechts, den Ruf eines Dompfaffs. Heute war alles seltsam still. Allmählich wurde die Hütte hinter den Bäumen sichtbar.

Oft hatte sich die Kleine gefragt, warum sich ihre Eltern in diese Abgeschiedenheit begeben hatten, statt wie die Eltern der anderen Kinder im Dorf oder in der riesigen Stadt nicht weit von hier im Westen zu wohnen. Sie selbst hätte jedenfalls gern dort bei all den anderen Kindern gelebt.

Links vom Weg erhob sich in einiger Entfernung deutlich der »Hügel der grünen Männer«. Das Mädchen hatte ihn so getauft, weil die Männer, die den Eingang zu dem kleinen Gelände auf der Hügelkuppe bewachten, grüne Kleidung trugen, bis hin zu den Mützen auf ihren Köpfen. Nur zu gern hätte das Mädchen gewusst, was sich hinter der hohen Mauer verbarg, die die Hügelkuppe umgab und über deren Krone nur ein kleiner Teil des seltsamen Gebäudes auszumachen war, das sich dahinter befand. Jedes Mal, wenn sie an dem Gelände vorbeiging, kam ihr das Gebäude hinter der Mauer wie eine riesige Schlange vor, die sich eingerollt hatte, allerdings eine aus Stein und Eisen.

Sie hätte sich zu gern selbst davon überzeugt, aber als sie eines Tages ihren Vater darauf angesprochen hatte, war er sehr ärgerlich geworden und hatte ihr verboten, dorthin zu gehen und auch nur davon zu sprechen. Natürlich hatte das ihre Neugier nur noch gesteigert, und so hatte sie sich oft vorgestellt, einfach zu den grünen Männern zu gehen und sie zu fragen, ob sie wirklich eine riesige Schlange bewachten.

Seit einiger Zeit allerdings war es am Zugang zu dem Gelände merkwürdig still geworden, und die grünen Männer waren nirgendwo mehr zu sehen. Auch an diesem Tag konnte sie keinen von ihnen ausmachen.

Überhaupt schien in diesen Tagen einiges anders zu sein. Zum Beispiel war ihr Vater schon seit Wochen zu Hause. Normalerweise bekam sie ihren Vater nur an den Wochenenden zu Gesicht, denn an den anderen Tagen der Woche war er bei der Arbeit, oft bis spät in die Nacht. Sie hatte versucht, ihn über diese Arbeit auszufragen, mit der ihr Vater so viel Zeit verbrachte und auf die sie deswegen ein bisschen eifersüchtig war. Von seiner Mutter wusste das Mädchen immerhin, dass der Vater ein berühmter Wissenschaftler war und er seit ein paar Jahren für die Leute arbeitete, »die uns alle regieren«. Doch abgesehen davon hatten beide Eltern dem Mädchen nur gesagt, dass die Arbeit des Vaters ein Geheimnis war, von dem niemand etwas wissen dürfe, und das Mädchen hatte ihnen versprechen müssen, nie wieder danach zu fragen.

Nun aber, da das Mädchen seinen Vater täglich zu sehen bekam, genoss es jeden Moment davon. Insgeheim fragte es sich natürlich, was mit seiner geheimnisvollen Arbeit war. Vielleicht hing es irgendwie mit dem »Bürgerkrieg« zusammen, von dem in diesen Tagen dauernd die Rede war, wenn seine Eltern das Radio oder den Fernseher in der kleinen Hütte anstellten. Jedenfalls sahen ihre Gesichter bei diesen Sendungen immer ganz sorgenvoll aus, und sie tauschten dann allerhand von diesen seltsamen Blicken, mit denen sie sich manchmal untereinander zu verständigen schienen und von denen sie offensichtlich glaubten, das kleine Mädchen würde sie nicht bemerken.

»Cooper, lauf weg!«

Der Schrei zerriss die Stille des Waldes und drang in das Herz des kleinen Mädchens wie ein eisiger Dolch. Sie hätte die Stimme unter Tausenden erkannt, auch wenn sie noch nie so schrill geklungen hatte. Versteinert starrte sie auf die Hütte und zu ihrer Mutter, die ihr mit wirrem Haar und seltsam rudernden Armen aus der niedrigen Tür entgegengelaufen kam. Das Rot, das ihr Gesicht wie eine merkwürdige Maske aussehen ließ, tropfte unablässig von ihrem Kinn und hinterließ eine Spur im Schnee.

Viele Jahre später, als das Mädchen schon fast kein Mädchen mehr war, würde es sich immer wieder fragen, ob seine Erinnerungen an diesen Tag nicht einfach nur böse Träume waren, so abgehackt erschienen die Ereignisse vor ihrem inneren Auge. So wie die Horde schwerer Männer, die förmlich wie aus dem Nichts hinter ihrer Mutter auftauchten, als ob die Hütte sie in die Lichtung gespien hätte. Sie erinnerte sich, dass auch die Gesichter der Männer sehr rot waren, aber sie tropften nicht so wie das ihrer Mutter. Für eine Weile erschien es ihr, als ob die Szene geräuschlos vonstattenging. Die rudernden Arme ihrer Mutter, die Arme der Männer, die, nach ihrer Mutter ausgestreckt, immer länger und länger zu werden schienen, bis plötzlich ein mörderischer Knall die Zeit für einen Moment einfror. Dann sah sie, wie ihre Mutter, nur noch wenige Schritte von ihr entfernt, auf die Knie fiel und ein letztes Mal die Arme nach ihr ausstreckte. Komisch nur, dass ihre Augen gar nicht mehr in ihre Richtung blickten. Die seltsame Röte hatte die ganze vordere Seite ihres schlichten Kleides dunkel gefärbt.

In ihrer nächsten Erinnerung lag ihre Mutter flach auf dem Boden, die Arme vor dem Kopf, als versuche sie im roten Schnee zu schwimmen, während die schweren Männer mit den langen Armen um sie herumstanden. Es war in diesem Moment, dass eine Bewegung weit im Hintergrund ihre Aufmerksamkeit auf sich zog. Das Gesicht ihres Vaters, von innen an die Scheibe des Hüttenfensters gepresst, mit weit offenem Mund, fast als würde er sich an dem Glas festsaugen. Auf die Entfernung konnte das Mädchen es nicht so genau sagen, aber ihm war, als sei sein Blick fest auf sie gerichtet.

Auch schien das Bild für einen kurzen Moment einzufrieren, bis zu dem Punkt, als die Scheibe vor dem Gesicht ihres Vaters in einem Nebel aus Scherben und roten Tropfen explodierte. Als sich der Nebel endlich lichtete, war das Gesicht ihres Vaters verschwunden, und das Mädchen wusste, dass es von nun an allein sein würde.

Das letzte Bild, an das sich das Mädchen zukünftig erinnern würde, waren die zwei schmalen Gestalten, die ganz zum Schluss zwischen der Tür der Hütte und den schweren Männern auftauchten. Die eine der beiden war klein, fast so klein wie sie selbst.

»Cooper, hilf mir …«

Es war Stacys Stimme, flüsternd, krächzend, kaum zu verstehen. Cooper brauchte eine Sekunde, um das Grauen zu überwinden, das sie beim Anblick des Wesens befallen hatte. Es kniete auf Stacys Brust und presste mit einer Hand mühelos das Leben aus ihrer Stiefschwester heraus. Es war, als ob eine der Zeichnungen aus den Anatomiebüchern, die früher oft auf dem Tisch ihres Vaters gelegen hatten, zum Leben erwacht war. Unter den Tannennadeln und Blättern, die den größten Teil seiner Körperoberfläche bedeckten, schimmerten blanke Muskeln und Sehnen hervor und hier und dort auch die klebrige Oberfläche eines Knochens oder Knorpels. Offenbar lidlose Augen taxierten Cooper mit kaltem Interesse.

»Hilfe …«

Stacys erneutes Krächzen riss sie endgültig aus ihrer Erstarrung.

Er hat diese Form gewählt, um dir den größtmöglichen Schrecken einzujagen, rief sich Cooper ins Gedächtnis.

»Brent! Was ist mit dem Feld?«, brüllte sie aufs Geratewohl über ihre Schulter.

»Ich arbeite dran, okay?«, ertönte es etwa fünf Schritte links von ihr. Sie drehte den Kopf und konnte seinen schlanken Umriss sehen, über die Spule gebeugt, die er bis hierhin gemeinsam mit dem Akkumulator, aus dem sie sich speiste, im Rucksack getragen hatte. Dem Summen nach würde das Gerät noch ein paar Sekunden brauchen, bis es die nötige Stärke für einen Blitz hatte. Vor diesem Zeitpunkt hatte es keinen Zweck. Es würde ihren Widersacher höchstens ein wenig kitzeln, und danach dauerte es dann mindestens eine Minute für eine erneute Ladung.

Stacys Gesicht fing bereits an, blau zu werden. Cooper musste unbedingt Zeit gewinnen. Sie griff sich den nächstbesten Ast und hieb damit auf den Malach ein.

»Lass sie los, du widerliche Schleimfratze!«, brüllte sie in der Hoffnung, das Wesen von Stacy ablenken zu können.

Ihr Plan ging auf. Leider etwas besser, als sie es sich eigentlich gewünscht hatte. Mit einem katzenhaften Sprung löste sich der Malach von der keuchenden Stacy und kam langsam, fast gemessen auf Cooper zu, die vor ihm, den Ast wild vor sich herschwingend, rückwärts gehend zurückwich. Zu spät fiel ihr ein, dass dies nicht das Terrain war, in dem man sich derart bewegen sollte, da stieß sie auch schon mit dem Rücken gegen einen Baumstamm. Der Malach nutzte ihre Verwirrung, entriss ihr den Ast und schleuderte ihn hinter sich.

»Brent! Ich bin hier wirklich in Schwierigkeiten!«

»Fünfundneunzig Prozent!«

Verzweifelt versuchte sie den nach ihr schnappenden Händen der Kreatur auszuweichen, doch ihr Rucksack musste sich an irgendeinem Aststumpf verfangen haben. Lange gelbliche Fingernägel, die direkt den weiß schimmernden Knöcheln zu entspringen schienen, griffen nach ihrem Hals.

»Wehr dich nicht!«

Aus einem lippenlosen Mund klangen die Worte seltsam schmatzend und unartikuliert. Aber die Stimme war klar, wenn auch etwas heiser.

Cooper überwand ihren Ekel und ergriff seine Handgelenke. Die direkte Berührung von Sehnen und Muskeln ließ ihre Knie weich werden. Sie hatte das Gefühl, sich übergeben zu müssen. Innerlich betete sie, dass die Spannung nicht so stark war, dass es sie beide zerriss.

»Neunundneunzig Prozent!«

»Wirf!«

Aus den Augenwinkeln sah sie, wie Brent ausholte, das Kabel zur Batterie in mehreren Schlaufen wie ein Lasso in der linken Hand. Cooper konzentrierte sich darauf, nicht ohnmächtig zu werden. Dann bemerkte sie Stacy hinter dem Malach und den chromglänzenden Baseballschläger in ihrer Hand. Neben ihr sauste die Spule durch die Luft.

»Nein, Stacy. Tu das ni…«

Mit einem Krachen schlug das Gesicht des Malach gegen ihres, und die Welt zerstob in einem weißen Lichtball.

Das Erste, was Cooper fühlte, als sie wieder zu sich kam, war ein stechender Schmerz in ihrer linken Gesichtshälfte. Sie betastete ihr Auge. Es fühlte sich feucht und heiß an.

»Autsch, verdammt …« Die Berührung ließ ihren Augapfel förmlich explodieren. Sie presste die Augen zu und konzentrierte sich aufs Atmen.

Eine Hand legte sich auf ihre Schulter. »Alles in Ordnung, Coop?«

»Keine Ahnung. Tut scheißweh. Was ist eigentlich passiert? Wo ist der Malach?«

»Es tut mir so leid, Cooper.« Stacys Stimme. »Er ist auf dich los, da habe ich einfach rot gesehen und …«

»… ihn genau in dem Moment erwischt, als die Ladung ihn eigentlich hätte braten sollen, du dämliche Kuh«, vervollständigte Brent ihren Satz.

»Es tut mir wirklich leid«, jammerte Stacy.

»Ist okay, beruhig dich«, sagte Cooper.

Sie wusste, dass Stacy trotz ihrer geradezu pathologischen Ängstlichkeit eher sterben würde, als zuzulassen, dass Brent oder ihr irgendetwas passierte. Aber Stacy war eben auch schon immer ein verdammter Tollpatsch gewesen.

»Erzählt mir lieber, was mit dem Malach passiert ist«, lenkte Cooper vom Thema ab. Langsam kehrte ihr Sehvermögen zurück. Sie konnte die beiden als Schemen in der Dämmerung des Waldes erkennen.

»Weg«, antwortete Brent knapp.

»Weg? Wie weg? Was war mit dem Feld?«

»Weiß nicht.« Brents Schemen schien die Schultern zu zucken. »Irgendwie wart ihr nach Stacys Schlag beide drin. Ich dachte schon, ich hätte dich mitgegrillt. Eure Gesichter haben ja förmlich aneinandergeklebt nach dem Volltreffer. Sah so aus, als ob du versuchst den Kerl zu Tode zu knutschen. Und dann ist der Malach einfach abgehauen.«

»Abgehauen?« Cooper raufte sich die kurzen Haare. »Und der Teer?« Sie wusste, dass ihre Frage sinnlos war. Kein toter Malach, kein Teer. Doch wie sollten sie McCann ohne Teer unter die Augen treten?

Die Erinnerung an ihren Auftraggeber und das, was er mit ihnen möglicherweise anstellen würde, wenn er nicht das bekam, was er bestellt hatte, ließ Cooper den Schmerz in ihrem Auge für einen kurzen Moment vergessen.

»Verdammte Oberscheiße«, murmelte sie.

Eine rettende Idee formte sich in ihrem brummenden Schädel.

»Brent ...?«

»Vergiss es, Coop«, antwortete er, bevor sie den Gedanken aussprechen konnte. »Hab's mir reingezogen. Ist nichts mehr übrig, was wir verticken könnten.«

Cooper fühlte, wie ihr der Unterkiefer wegklappen wollte. »Du hast in zwei Tagen dreieinhalb verdammte Unzen weggezogen? Brent Kosky, du bist ein gottverdammter Junkie. Schlimmer als McCanns hirnverbrannte Spießgesellen.«

»Reg dich ab, Coop. Ich brauchte das Zeug, um fit für die Jagd zu sein. Fokussiert und auf Kurs, sozusagen.«

»Ja, perfekt. Mal sehen, wie viel dir dein *Fokussiert und auf Kurs* nützt, wenn McCann seinen Hyänen unsere drei Ärsche zum Fraß vorwirft.«

»Die paar Unzen hätten sowieso nicht gereicht«, sagte Brent. »Ein kompletter Malach bringt gut gegrillt mindestens vierzig Unzen.«

»Scht. Halt die Klappe, Brent.« Sie lauschte in den Wald hinein.

»Was ist? Verstärkung?«

»Vermutlich«, flüsterte Cooper. »Ist sicher nur eine Frage von Minuten, bis hier alles voll ist von denen. Und gegen mehr als einen haben wir nicht den Hauch einer Chance. Lasst uns schnell verschwinden.«

Cooper betastete kurz die Spule. Jemand ohne Ahnung hätte sie für eine einfache Rolle Draht auf einem Kunststoffstab gehalten. Der Stab war kaum länger als ihr Unterarm und hatte einen gummiisolierten Griff am unteren Ende. Alles aus irgendwelchem Schrott zusammengebastelt. Der abgesägte Griff eines Föns. Der Wickeldraht war aus einem alten Kupferkabel herausgeschält.

Doch genau genommen waren es zwei verschiedene Drähte, die zum Teil übereinandergewickelt waren. Darin bestand der Trick.

Alles schien intakt. Ohne ein weiteres Wort packte sie die Spule hastig wieder zu der Batterie in Brents Rucksack, den sie ihm reichte. Doch Brent lenkte sich gerade mit seiner Lieblingsbeschäftigung ab.

»Hey, Mr. Laufsteg«, schnauzte sie. »Du kannst dir deine Locken später richten. Nimm mir endlich das verdammte Ding ab.«

Brent grinste sein breites Titelseitengrinsen, als hätte sie ihn gerade gelobt. Er schulterte den schweren Rucksack, und sie machten sich auf den Weg, mit dem klammen Gefühl, einen noch unsichtbaren Gegner bereits dicht hinter sich zu haben.

Während sie durch den Wald zurück Richtung Century City hasteten, fragte sich Cooper, wie sie den Stromschlag überlebt haben konnte. Wahrscheinlich hatte Brent sie und den Malach aufgrund von Stacys Baseballschlägerhieb nur halb erwischt. Doch bestimmt hatte sie irgendwo heftige Verbrennungen. Außerdem war ihr Auge komplett zugeschwollen, was allerdings wohl eher eine Folge des Zusammenpralls mit dem Malach war. Wenigstens schien auch er eine ordentliche Ladung abbekommen zu haben, selbst wenn die ihn offensichtlich nicht erledigt hatte. Und genau deswegen mussten sie schleunigst verschwinden.

Keiner wusste, wie, aber unter den Malachim – diese Bezeichnung hatte sich auch unter den Stadtmenschen mittlerweile eingebürgert – schien eine Art von Verbindung zu bestehen, so etwas wie Telepathie. Wenn einer von ihnen auf Menschen traf, dauerte es meist nur ein paar Minuten, bis ihm ganze Horden zu Hilfe eilten.

Das war nicht ihre einzige Besonderheit. Cooper selber hatte bei einer anderen Jagd erlebt, wie sich einer von ihnen buchstäblich aus einer Mauer herauslöste, ganz so, als könnten sie mit anderen Gegenständen verschmelzen.

Andere Menschen hatten ihr Ähnliches berichtet. Es war einer der Gründe, warum manche Stadtbewohner die Wesen für Dämonen oder Außerirdische hielten und die Menschen im Elysion meinten, es wären Gottesboten, eben Malachim, wie man Engel in irgendwelchen alten religiösen Texten nannte.

Cooper kümmerte diese Diskussion herzlich wenig. Sie wusste nur, dass sie die Malachim und den Wald inbrünstig hasste und ausschließlich dann betrat, wenn ihre besondere Beschäftigung, also die Jagd auf die Malachim, es unbedingt erforderlich machte. Irgendwann, Jahre vor Erscheinen der Malachim, war der Wald ihre Heimat gewesen. Aber dann war das Unheil in Form einer namenlosen Bande von Plünderern über sie und ihre Familie hereingebrochen. Sie war gerade sieben gewesen und hatte ihre Mutter sterben sehen, und auch ihr Vater war nach allem, woran sie sich erinnern konnte, tot. Das Grün, die Bäume, der Geruch des Waldes hatten sich für sie untrennbar mit diesen Erinnerungen verbunden.

Ironischerweise waren es gerade die Malachim, die zumindest in den Waldgebieten der Anarchie ein Ende bereitet hatten, in die der Bürgerkrieg das Land gestürzt hatte. Mit ihren außergewöhnlichen Kräften hatten sie sich zum Herrscher über die dort lebenden Menschen aufgeschwungen. Da sich diese nicht freiwillig hatten unterjochen lassen, hatte es zunächst viele Tote gegeben. Aber irgendwann hatten sich die Waldbewohner in ihr Schicksal gefügt und ihren Widerstand aufgegeben.

Nun herrschte in den Wäldern Frieden, allerdings um den Preis einer totalen und gnadenlosen Kontrolle durch die Malachim. Wer sich auflehnte oder gegen die von den Malachim aufgestellten Regeln des Zusammenlebens verstieß, starb einen grauenvollen und demütigenden Tod. Die öffentlichen Exekutionen, die die Malachim zur Disziplinierung der Waldmenschen durchführten, waren von alttestamentarischer Grausamkeit.

Doch all das wusste Cooper nur vom Hörensagen, denn aus irgendeinem Grund hatten die Malachim ihre Herrschaft nie auf die Städte ausgedehnt. Wer sich mit der Herrschaft der Malachim nicht abfinden wollte, war daher aus den Wäldern geflüchtet, jedenfalls sofern die Malachim ihn hatten entkommen lassen. Doch auch die Freiheit, die die Menschen in den Städten genossen, hatte ihren Preis. Denn dort herrschte immer noch jene gewaltgeprägte Anarchie, die der Bürgerkrieg zunächst allerorten hinterlassen hatte. Jeder Versuch, eine feste Struktur oder auch nur einen Hauch von Zivilisation in die Städte zu bringen, scheiterte am Problem der Entvölkerung durch den Bürgerkrieg. Ehemals brodelnde Zentren waren zu dünn besiedelten Beton- und Asphaltwüsten geworden.

Städter, die nicht von der Gewalt gegen andere leben wollten – und das war aus Coopers Sicht eher die Minderheit –, kamen mit der Zucht von Vieh oder dem Anbau von Pflanzen in den menschenleeren Parks und Straßen oder auf den Dächern der Häuser mehr schlecht als recht über die Runden. Manch einer ging sogar freiwillig in die Wälder zurück, wo die Herrschaft der Malachim den Menschen immerhin bessere Versorgung garantierte, auch wenn die Gemeinschaft dort in eine Art Mittelalter zurückgefallen war, wie man sich in den Städten erzählte.

Wenn Cooper allerdings sich selber gegenüber ehrlich war, war das Leben in den Städten kaum besser. Ohne funktionierende Verwaltung oder Verbindung zu anderen Städten war die öffentliche Versorgung komplett zusammengebrochen. Kein fließendes Wasser, keine flächendeckende Belieferung mit Brennstoffen, kein Elektrizitätsnetz. Die Häuser waren nichts als Höhlen aus Stein, Beton und Mörtel, in denen ihre Bewohner inmitten verrottender Möbel hausten. Geheizt wurde mit Öfen, in denen man alles verfeuerte, was irgendwie brennbar war.

Das, was an funktionierender Technik oder lagerfähigen Lebensmitteln noch übrig war, hatten die allgegenwärtigen Gangs an sich gerissen. Manche von ihnen waren eher friedliche Zusammenschlüsse mehrerer Familien oder Nachbarschaften, manche waren kriminelle Banden. Wer nicht das Glück hatte, einer solchen Gruppe anzugehören oder selbst etwas anbaute oder züchtete, versuchte in der Regel, sich mit Tauschgeschäften über Wasser zu halten, sofern sein Lebensraum das hergab.

Doch die Winter waren hart, und jedes Jahr verhungerten oder erfroren die Menschen zu Hunderten. Besonders Verzweifelte wagten sich zur Jagd in die Wälder, wo die meisten von ihnen dann zum Opfer der Malachim wurden. Großen Zulauf hatten auch die zahlreichen Pseudoreligionen und Endzeitkulte. Hartnäckig hielt sich das Gerücht, dass einige von ihnen Kannibalismus in ihrem Repertoire hatten. Cooper schauderte, wenn sie daran dachte.

Trotz alledem hätte nichts sie dazu gebracht, im Wald zu leben wie manch andere verzagte Seele. Selbst wenn sie ihre Abneigung gegen die Enge zwischen den Bäumen jenseits der Stadtgrenzen hätte überwinden können, sie hätte niemals die Freiheit der Stadt gegen das geknechtete Leben unter den Malachim getauscht, selbst wenn sie dafür in der Stadt verhungert wäre. Doch einstweilen musste sie das nicht befürchten, denn der Verkauf von Teer garantierte ihr ein anständiges Auskommen.

Teer, so hieß die zähe Substanz, die übrig blieb, wenn ein Malach in ein starkes elektrisches Feld geriet. Cooper hatte dieses Phänomen durch Zufall entdeckt. Vor zwei Jahren hatten die Malachim entgegen ihrer ursprünglichen Gewohnheiten Streifzüge in die Vororte der Stadt unternommen. Offenbar hatten sie dort Jagd auf Menschen gemacht, die sie ins Elysion verschleppten oder kurzerhand umbrachten, wenn sie sich allzu sehr wehrten. Cooper hatte bei so einer Gelegenheit einmal das Interesse eines Malach auf sich gezogen, als sie mit Brent und Stacy das Gelände eines Wasserkraftwerks oben im Norden der Stadt durchstreift hatte, eines der wenigen, das noch eine Weile in Betrieb gehalten werden konnte. In höchster Not hatte sie sich in ein auf dem Gelände befindliches Umspannwerk gerettet. Mit einem flauen Gefühl im Magen hatte sie sich zwischen den brummenden Transformatoren umhergedrückt und sich gefragt, was wohl schlimmer sei: ein Leben im Elysion oder der Tod durch die sirrende Elektrizität, der sie so gefährlich nahe gewesen war? Dann aber war es der Malach gewesen, den ein Stromschlag getroffen hatte. Doch statt eine verbrannte Leiche zu hinterlassen, war er vor ihren Augen zu einer Pfütze zäher schwärzlicher Flüssigkeit zerfallen.

Cooper, die die Neugier des Naturwissenschaftlers von ihrem Vater geerbt hatte, hatte ein bisschen von dem Zeug mitgenommen und dann alles Mögliche damit angestellt, bis sie schließlich einfach davon gekostet hatte. Der Effekt war atemberaubend. Sie hatte das Zeug nie wieder angerührt.

»Ist das Briarcliff Circle?« Brents Frage riss sie aus der Erinnerung.

»Ich weiß nicht«, grummelte sie. »Sieht irgendwie anders aus.«

Tatsächlich waren sie nach dem Kampf mit dem Malach einfach drauflosgelaufen, statt wie üblich auf die Geländemarken zu achten. Wahrscheinlich waren sie etwas vom Weg abgekommen.

»Was machen wir jetzt?« Stacys Stimme. Typisch.

Keine Ahnung, wollte Cooper ihr ins Gesicht sagen. Wann würde endlich der Tag kommen, da Stacy mal selbst irgendeine Entscheidung von Belang traf? Egal.

»Schätze, uns bleibt nichts anderes übrig, als hier den Wald zu verlassen.«

»Bad News, Coop. Ich kenn die Gegend hier nicht wirklich. Nördliches Century City. Die Zombie-Gang treibt sich hier rum.«

Cooper zuckte mit den Schultern. Was sollten sie tun? Am Waldsaum entlang die richtige Straße zu suchen, hätte ein höheres Risiko bedeutet, doch noch von den Malachim erwischt zu werden. Nein, sie mussten so schnell wie möglich ins Stadtgebiet, auch wenn sie sich darauf an diesem Tag ausnahmsweise alles andere als freute. Schließlich warteten dort McCann und seine Spießgesellen auf die versprochene Ladung Teer, und McCann war nicht der Mann, den man einfach so enttäuschte.

Cooper wandte sich der Straße zu und winkte den beiden anderen, ihr zu folgen. Auch wenn der Wald an dieser Stelle bereits in die Bebauung hineinwucherte, fühlte es sich gut an, wieder Asphalt unter den Sohlen zu haben. Links von ihnen gewann ein mächtiger Ast nach und nach den schleichenden Krieg mit der Holzwand eines Vorstadthauses. Die ehemals kurz geschorenen Rasenflächen der Vorgärten waren von Buschwerk überwuchert. Ein Autowrack, das nur noch auf nackten Felgen stand, diente augenscheinlich einer Wildkatze und ihren Jungen als Nest. Zwischen den Pflastersteinen spross das Gras kniehoch. Lange blassgrüne Flechten und allerhand anderer Unrat hingen von den erschlafften Oberleitungen, die längst keinen Strom mehr führten. Eine amerikanische Vorstadt als Angkor Wat.

Nirgendwo anders wurde den Städtern so deutlich vor Augen geführt wie hier, wie sehr ihr Lebensraum schrumpfte. Stück für Stück eroberte sich die Natur die Vororte zurück. Cooper schnürte es die Kehle zu. Sie richtete den Blick auf den Horizont, wo sich im etwas tiefer liegenden Zentrum der Stadt die Bürotürme der ehemaligen Wirtschaftselite wie steinerne Finger nach den Wolken streckten. Der Anblick hob ihre Stimmung ein wenig. Mochten diese Monumente vergangener Macht auch weitgehend verwaist sein, sie würden den Angriffen der Natur noch eine Weile beharrlich widerstehen.

»Coop, dort!«

Mit ihrem Blick folgte sie Brents ausgestrecktem Zeigefinger die Straße entlang. Ein gutes Stück vor ihnen, wo der schnurgerade verlaufende Asphaltstreifen hinter einer Kuppe verschwand, hob sich deutlich eine menschliche Gestalt vom grauen Taghimmel ab. Der Größe nach wohl ein ausgewachsener Mann, der irgendeinen größeren Gegenstand auf seiner rechten Schulter balancierte.

»Lieber Herrgott!«, flüsterte Stacy hinter ihr.

Cooper und Brent tauschten einen stummen Blick. Dann beschleunigte Brent seinen Schritt. Cooper fiel mit ein. Wer in dieser Stadt zögerte, hatte schon verloren.

Unaufhaltsam rückte die einsame Gestalt auf der Kuppe näher. Cooper verfluchte sich innerlich für ihre Entscheidung, nicht den Weg zum Briarcliff Circle gesucht zu haben, der von McCanns Männern regelmäßig »gesäubert« wurde, aber es war zu spät.

»Das ist 'ne verdammte Kettensäge«, zischte Brent zwischen den Zähnen hervor.

Er hatte recht. Cooper würgte ihre Beklommenheit hinunter und winkte dem Fremden zu, als wäre dies nichts als ein planmäßiges Treffen zweier befreundeter Delegationen. Doch der Mann blieb nur auf der Kuppe stehen, die mittlerweile deutlich erkennbare Kontur der Kettensäge auf seiner Schulter.

»Hörst du das auch?«

Cooper nickte fast unmerklich. Sie hatte die Schritte hinter sich ebenfalls vernommen. Mehrere, schätzungsweise ein halbes Dutzend Menschen, die ihnen die Straße herauf folgten. Und irgendwie schienen auch einige der Vorstadtflachdachbungalows, die schon seit einiger Zeit in endloser Kette rechts und links an ihnen vorbeizogen, Augen zu haben.

Urplötzlich löste sich der Mann vor ihnen aus seiner scheinbaren Erstarrung. Er hatte das, was Stacy bei anderer Gelegenheit einmal ein *Rindengesicht* genannt hatte. Eines, in das Jahre der Entbehrung tiefe Klüfte und Furchen gegraben hatten. Mit knappem Schwung ließ er sein »Werkzeug« von der Schulter gleiten und dann am ausgestreckten Arm baumeln.

»Wohin des Wegs, ihr drei?«

Unter anderen Umständen hätte man sein Lächeln vielleicht als vergnügt bezeichnen können. Aber in der gegebenen Situation konnte Cooper daran überhaupt nichts Vergnügliches finden.

Brent neben ihr räusperte sich. »In die Stadt.«

Es klang etwas zu tief und rau für ihn. Cooper nutzte die Gelegenheit, um einen schnellen Blick nach hinten zu riskieren. Acht weitere Gestalten. Sechs Männer, zwei

Frauen, eine davon mit einem kleinen Bündel auf dem Arm. Zerlumpte Kleidung. In den Händen hielten sie Holzlatten, in die lange Nägel geschlagen waren. Schusswaffen waren selten und unerschwinglich geworden. Cooper fragte sich, ob die Kettensäge überhaupt funktionierte. Auf jeden Fall besser, es nicht auszuprobieren. Stacy, die kurz hinter ihr ging, hielt den Blick auf den Boden gerichtet. Sie zitterte am ganzen Leib.

Mittlerweile waren sie bis auf vier Schritte an den Kettensägenmann heran. Er stand mitten auf der Straße. Kurz sah sich Cooper vor ihrem geistigen Auge einfach an ihm vorbeigehen, aber das war sicherlich keine gute Idee. Sie blieb stehen. Brent tat das Gleiche, und Stacy verkroch sich so gut sie konnte hinter ihm.

»In die Stadt?« Der Mann wandte den Kopf und sah nach hinten, dann drehte er sich wieder um, ein breites Grinsen im schmutzigen Gesicht. »Sechs Patronen.«

»Sechs?« Cooper hörte, wie Brent nach Luft schnappte. Munition war wertvolle Mangelware und daher ein beliebtes Tauschmittel.

»Nein, jetzt zwölf. Weil ich es zweimal sagen musste.«

»Aber davon kann ich zwei Monate leben«, entgegnete Brent entrüstet. Mangelnde Courage konnte man ihm wahrlich nicht vorwerfen.

Der Mann zuckte mit den Schultern. »Ihr könnt auch sie dalassen.« Er zeigte mit der freien Hand auf Stacy. »Frauen sind hier selten, und John«, ein Nicken in Richtung seiner Kumpane, »fühlt sich ein bisschen einsam in letzter Zeit.«

Die anderen Männer lachten. Aus den Augenwinkeln konnte Cooper sehen, wie sich Stacys Blick geradezu in den Asphalt bohrte. Ihr Atem ging stoßweise. Einmal mehr beglückwünschte sich Cooper zu ihrer eigenen offensichtlich etwas unscheinbareren Weiblichkeit. Stacy hingegen sah selbst in dem wenig kleidsamen Tarnoverall mit ihren übergroßen Augen und ihren Feenlöckchen noch aus wie eine Ballprinzessin im falschen Film.

Ohne allzu viel Hoffnung beschloss Cooper, es mit Ehrlichkeit zu versuchen. »Hör zu, großer Meister. Wir würden dir wirklich gern entgegenkommen.«

Der Mann zog eine Augenbraue hoch, was ihm den Ausdruck milder Irritation verlieh.

»Aber … ich meine, schau uns doch an«, fuhr Cooper unbeirrt fort. »Wir sind nur drei Kinder auf dem Weg nach Hause. Bei uns ist nichts zu holen.«

»Und was ist das da?« Er zeigte auf Brents prallen Rucksack.

Coopers Magen wurde zu kaltem Blei. »Das ist nichts. Nur ein Spielzeug.«

»Soso. Ein Spielzeug also.« Der Mann winkte mit knapper Geste einen dicken, schwitzigen Kerl mit langem Rauschebart und einer Brille mit Brennglasstärke herbei, der dem widerstrebenden Brent den Rucksack vom Rücken zog und ihrer aller Existenzgrundlage freilegte.

»Ich glaub's nicht«, stieß der Bärtige hervor. Vorsichtig, fast ehrfürchtig betastete er das vor ihm liegende Gerät

»Was ist los? Was ist das, Freddy?«, fragte der Kettensägenmann ungeduldig.

»Ich glaub, das ist eine Teslaspule«, rief der Bärtige.

»Eine was?«

Doch der Bärtige ignorierte die Frage seines Anführers.

»Woher habt ihr das?«, fragte er an Brent gewandt.

Nur einen Sekundenbruchteil flackerte Brents Blick zu Cooper hinüber, doch nicht kurz genug, als dass es der Bärtige nicht bemerkt hätte. Sofort zog er den richtigen Schluss. »Das ist deine, nicht wahr? Sieht nach 'nem Eigenbau aus. Ein bisschen amateurhaft zusammengeschustert, aber prinzipiell in Ordnung und wahrscheinlich funktionstüchtig.«

Er bemerkte Coopers fragenden Blick. »Woher ich das weiß? Ich bin Physiklehrer.« Er schüttelte den Kopf, räusperte sich und hockte sich vor ihr hin, sodass er sie nicht mehr überragte. »Ich meine, ich *war* Physiklehrer. Gar nicht weit von hier, damals, in einem früheren Leben.«

Für einen kurzen Moment verlor sich sein Blick in einem inneren Abgrund, aus dem er dann offenbar nur mühsam wieder auftauchte. »Hast du das zusammengebaut? Woher kannst du so was? Wer hat dir das beigebracht?« Seine Stimme klang freundlich.

Cooper biss sich auf die Lippen. Was hatte sie zu verlieren? »Mein Vater. Jon Kleinschmidt.«

Die Augen des Mannes weiteten sich. »Jon Kleinschmidt? *Der* Jon Kleinschmidt? Professor für Nanophysik am MIT? Er hat die Theorie von den dunklen Elementarteilchen aufgestellt und dafür beinahe den letzten Physiknobelpreis bekommen, der je vergeben wurde. Das war im Jahre … Warte mal …«

Er schüttelte den Kopf. Wie jedes Mal, wenn Cooper jemand anderes von ihrem Vater reden hörte – was gottlob nicht allzu oft vorkam –, fühlte sie sich seltsam taub. Nichts von all dem schien irgendetwas mit dem Mann zu tun zu haben, auf dessen Schoß sie so viele Sonntagnachmittage verbracht hatte, während er mal wieder an seinem Schreibtisch seine Theoriengebäude zimmerte. Sie musste dagegen ankämpfen, dass ihre Augen feucht wurden.

»Und er hat dir beigebracht, wie man das hier macht?«

Sie zuckte die Schultern. »Er hat immer wieder von Tesla erzählt, so einem europäischen Physiker von vor hundert Jahren oder so. Das war so eine Art Hobby. Er wollte irgendwann einmal ein Buch über ihn schreiben. Vater hielt ihn für ein verkanntes Genie. Er meinte, Tesla hätte die Erfindung der Teleportation nur knapp verfehlt. Ich war noch sehr klein. Zu Hause hatten wir auch so eine«, sie zeigte auf die Spule, »nur etwas größer. Er hat sie mir vorgeführt und versucht, sie mir zu erklären. Ich glaub nicht, dass ich viel davon verstanden habe.«

»Wie alt warst du?«

»Vielleicht fünf. Bevor …« Sie schüttelte den Kopf. »Egal. Später hab ich in einer Schule ein altes Physiklehrbuch gefunden. Darin war ein Bauplan. Hat mich Monate gekostet, bis ich so ein funktionierendes Ding zusammengebastelt hatte.«

Der Bärtige lächelte. »Kann ich mir vorstellen.«

»Darf man erfahren, worum sich euer Plausch so dreht?«, rief der Mann mit der Kettensäge ungeduldig.

Der Bärtige wandte sich ihm zu. »Das hier«, er wies mit dem Finger auf Cooper, »ist die Tochter eines der größten Genies aus der Zeit vor den Kriegen.«

Der Kettensägenmann zuckte mit den Schultern. »Und wenn sie die Tochter von Jesus Christus wär. Sag mir lieber, ob dieses Ding irgendwas wert ist. Was kann man damit machen?«

»Nun, Tesla wollte den Beweis antreten, dass man elektrische Energie drahtlos übertragen kann, allerdings erwies sich die Konstruktion als dafür ungeeignet. Auf jeden Fall kann man damit eine Hochspannung erzeugen, die durch eine Resonanzüberhöhung an dieser Sekundärspule …«

»Freddy«, unterbrach ihn der Kettensägenmann ärgerlich. Sein Gesicht war dunkelrot angelaufen. »Ich hab dich nicht um einen verdammten wissenschaftlichen Vortrag gebeten. Hat dieses Tesladings irgendeinen Nutzen, irgendwas, das man zu Geld machen kann, oder nicht?«

»Na ja …« Der Bärtige hob begütigend die Hände. »Es kann zum Beispiel Blitze erzeugen.«

»Blitze?« Der Kettensägenmann starrte ihn verständnislos an.

»Ich glaube, ich weiß, was man damit macht.«

Alle wandten sich um. Es war eine der beiden Frauen, die den letzten Satz gesagt hatte. Die mit dem Bündel. Eine kleine, etwas rundliche Blondine. Vielleicht Mitte dreißig, schätzte Cooper, aber die Leute alterten in diesen Tagen schneller als früher. Nun, da alle Augen auf sie gerichtet waren, zuckte ihr Blick nervös zur Seite. Sie strich sich ein paar Strähnen aus der Stirn.

»Nur zu, Betty!«, forderte sie der Kettensägenmann auf.

»Na ja, ich hab so Gerüchte gehört, dass irgend so ein junges Ding die Malachim mit Blitzen tötet.«

»Stimmt«, bestätigte einer der anderen Männer. »Hab ich auch gehört. Pete das Ledergesicht hat's mir erzählt, als ich ihm die drei Mäd…«

»Halt die Klappe, Bruce!«, fuhr ihn der Kettensägenmann an. »Unsere Geschäfte mit Pete gehen keinen was an.«

Er trat näher an die Spule heran, die immer noch vor Brent und Freddy, dem Physiklehrer, auf dem Boden lag, und betrachtete sie nachdenklich.

»Soso, mit dem Ding kann man also Malachim töten. Da soll mich doch der …« Er kratzte sich den Kopf. Dann tippte er dem Physiklehrer auf die Schulter. »Pack das Ding ein. Wir nehmen es mit.«

»Aber es gehört uns!«, protestierte Brent.

Der Kettensägenmann funkelte ihn böse an. »Sehe ich wie jemand aus, den das interessiert, Posterboy?«

Aus den Augenwinkeln sah Cooper, wie Brent dunkelrot anlief. In jeder anderen Situation hätte sie wahrscheinlich geschmunzelt.

»Pack das Ding ein, Freddy.«

Freddy warf Cooper einen zerknirschten Seitenblick zu, gehorchte dann aber dem Befehl seines Anführers. Cooper schnürte es die Kehle zu. Sie rang sich dazu durch, den einzigen Trumpf auszuspielen, den sie noch hatte, wohl wissend, dass sie damit womöglich eine noch viel größere Gefahr heraufbeschwor.

»Ihr wollt damit Malachim jagen?«, fragte sie. »Vergiss es. Das wird nicht hinhauen.«

»Ach, und warum nicht?«, fragte der Kettensägenmann, ohne sie überhaupt anzusehen. »Kann das Ding nur von magersüchtigen Lesbenmädchen bedient werden?« Er begann dröhnend zu lachen. Ein paar seiner Männer fielen ein.

Es war nicht das erste Mal, dass jemand Cooper mit diesem oder ähnlichen Etiketten bedachte. Da reichten offenbar schon ihre kurzen Haare und die Tatsache, dass sie nicht so ein verdammter Schminkfreak war wie Stacy. *Steck's dir einfach in die Tasche,* sagte sie sich still, so wie ihr Vater es früher immer gesagt hatte, wenn die anderen Mädchen in der Schule sie ihres jungenhaften Aufzugs wegen mieden und sich über sie lustig machten.

»Selbst wenn ihr herausfindet, wie man das Ding bedient, würden die Malachim zu Dutzenden über euch herfallen, und ihr hättet keine Chance, euch zu verteidigen, selbst damit nicht. Ihr seid zu alt.«

Er baute sich direkt vor ihr auf und beugte sich so weit nach unten, dass sein Gesicht den Himmel verdeckte. »Ist das irgendeine komische Art von Humor, die ich nicht verstehe? Ich warne dich, Kleine. Verarsch mich nicht.«

Cooper zuckte mit den Schultern; es sollte gleichmütig wirken. »Andere Männer haben es versucht. Erwachsene Männer wie du. Und sie kamen gerade so mit dem Leben davon. Bei uns verhalten sie sich anders, wahrscheinlich weil wir in ihren Augen keine Bedrohung darstellen. Kinder eben.«

Der Satz ging Cooper nicht leicht über die Lippen. Nicht nur wegen ihres jüngsten Erlebnisses mit dem Malach, sondern auch weil sie sich mit ihren siebzehn Jahren schon längst nicht mehr wie ein Kind vorkam. Und Stacy war sogar fast zwei Jahre älter, auch wenn ihr das keiner abnahm. Brent gab sich als achtzehn aus, aber in Wahrheit hatte er keine Ahnung, wie alt er wirklich war. In den Wirren des Bürgerkriegs waren seine Eltern verschwunden und hatten ihn und seinen wohl nur wenig älteren Bruder zurückgelassen. Nein, keiner von ihnen war nach Coopers Meinung ein Kind, falls diese Kategorie in diesen Zeiten überhaupt noch irgendeine nennenswerte Bedeutung hatte außer Freiwild.

»Krieger haben die Spule getestet«, fuhr sie fort. »McCanns Gang.«

Der Kettensägenmann zog die Augenbrauen hoch. Offensichtlich hörte er den Namen nicht das erste Mal. Kein Wunder. McCann und seine Bande galten als die härteste Truppe in der ganzen Stadt, nur dass sie, anders als Gangs wie diese hier, keine hauptberuflichen Kriminellen waren, jedenfalls nicht nach McCanns Definition. Denn er hatte sich ganz dem Kampf gegen die Malachim verschrieben. Aus irgendeinem Grund waren sie für ihn das personifizierte Böse. Wenn McCann also raubte, mordete, plünderte oder mit Teer handelte, dann tat er dies nicht zur Selbstbereicherung, sondern um seinen Kampf gegen die Malachim führen zu können, den er mit religiöser Inbrunst betrieb. Vielleicht war es aber gerade das, was ihn unerbittlicher und grausamer machte als all die anderen kleinen Gangsterbosse. Sie alle zitterten vor McCann.

»McCann, sagst du? Was ist passiert?«

»Er hat zwölf seiner Besten in den Wald geschickt, mit sechs von diesen Spulen. Keiner ist zurückgekommen.«

»Aha. Und jetzt willst du mir erzählen, dass ihr es besser könnt.«

»Immerhin haben wir schon über ein Dutzend Malach erwischt«, warf Brent ein. Irgendwer hinter ihnen ließ ein anerkennendes Pfeifen hören.

Der Kettensägenmann richtete sich wieder auf. »Und wer sagt mir, dass du mir keine Scheiße auftischst, Posterboy?«

Cooper sah, wie Brent die Zähne aufeinanderbiss. Was immer ihm auf der Zunge lag, er schluckte es herunter. Braver Junge.

»Und wenn sie die Wahrheit sagen?«, wandte Freddy, der Physiklehrer, ein.

Der Kettensägenmann schoss ihm einen wütenden Blick zu.

»Ich meine ja nur, man sollte alles in Betracht ziehen«, fügte Freddy entschuldigend an.

Ein gefährliches Funkeln stahl sich in die Augen des Kettensägenmanns. »Na fein. Dann nehmen wir sie eben auch mit.«

2

Staub tanzte in dem Sonnenstrahl, der sich durch einen Spalt in der Falltür bohrte und einen kleinen Ausschnitt des Bodens vor Coopers Füßen aus der Dunkelheit herausstanzte. Von der Falltür führte eine Holzleiter herab. Es stank nach altem Schweiß und Urin. Kein Wunder. Es gab nicht einmal einen Topf zum Reinpinkeln, und außer ihr, Stacy und Brent saßen noch drei bleiche Gestalten auf dem festgetrampelten Erdboden. Alles Mädchen. Alle ungefähr in Coopers Alter. Ihre Kleidung bestand aus abgerissenen Stofffetzen, die kaum mehr als das Nötigste bedeckten. Den lethargischen Blicken nach hatten sie hier schon weit mehr Zeit verbracht als die paar Stunden, die Cooper mit ihnen teilte.

»Wie heißt du?«, fragte Cooper das augenscheinlich Jüngste unter ihnen, eine kleine, halb verhungerte Rothaarige mit dem Gesicht einer Spitzmaus.

»Shauna«, antwortete die Kleine leise und ohne den Blick zu heben.

»Hi, Shauna. Ich bin Cooper. Das hier ist meine Freundin Stacy, und der geschniegelte Angeber da heißt Brent.«

Brent verzog das Gesicht zu einem säuerlichen Lächeln.

Die Kleine hob nur kurz den Kopf. Nachdem ihr Blick über die Genannten gehuscht war, ließ sie das Kinn wieder auf die Brust sinken und schwieg.

Doch Cooper wollte noch nicht aufgeben. »Wie lange seid ihr schon hier?«

Shauna zuckte mit den Schultern. »Keine Ahnung. Paar Wochen vielleicht.«

»Wochen?«, fragte Brent sichtlich verstört. »Warum? Ich meine, warum halten die euch hier so lange fest? Seid ihr Geiseln oder so was?«

Die drei Mädchen tauschten stumme Blicke untereinander. Eine von den Älteren schüttelte den Kopf. Niemand antwortete.

»Hey, wir haben euch was gefragt«, hakte Brent nach.

»Lass sie in Ruhe, Brent«, fiel ihm Stacy ins Wort. Cooper schaute überrascht auf. Ein seltener Akt der Rebellion.

Erneutes Schweigen. Bleiern. Beklommen. Cooper betastete ihr lädiertes Auge. Es tat immer noch weh und war geschwollen. Öffnen konnte sie es nur mit Mühe. In dem herrschenden Halbdunkel tanzten lautlos Blitze um sie herum. Wahrscheinlich eine Nachwirkung des heftigen Zusammenpralls mit dem Kopf des Malach. Sie betete inständig, dass er keine bleibenden Schäden zur Folge hatte. In dieser Welt ein weiblicher Teenager zu sein, war schon hart genug. Ein einäugiger weiblicher Teenager hatte es kaum besser.

Stacy schien in eine Art Schockstarre verfallen zu sein, seit die Gang sie alle einkassiert hatte. Seit Stunden hatte sie nichts anderes getan, als unverwandt ihre Zehen anzustieren. Cooper fragte sich, was in ihr vorging. Wie sie Stacy kannte, war es wahrscheinlich eine Mischung aus Angst und Schuldgefühlen wegen des Missgeschicks im Wald. Ein Teil von Cooper wollte zu ihr gehen und ihr sagen, dass es nicht ihre Schuld sei und dass sie es ja nur gut gemeint hatte, als sie mit dem Baseballschläger auf den Malach losgegangen war. Doch ein anderer Teil war stocksauer und bestimmt nicht weniger ängstlich als Stacy.

Cooper bemerkte, dass sie seit etwa zehn Minuten unaufhörlich ihre eigene Unterlippe mit zwei Fingern knetete. Sie fühlte sich schon ganz taub an. Ärgerlich steckte sie die Hand in die Tasche.

»Was ist los, Coop?«

»Keine Ahnung, Posterboy. Sag du's mir.«

Brent grinste und zeigte ihr den Stinkefinger. Wenn sie etwas an ihm mochte, dann dass er im Gegensatz zu Stacy einen kleinen verbalen Tritt zwischen die Beine durchaus vertragen konnte, ohne gleich an ihrer Freundschaft zu zweifeln.

Freundschaft? War das wirklich das richtige Wort für das, was sie mit Brent und Stacy verband? Brent war ein selbstverliebter Angeber, der seine Freundin wie einen Haufen Dreck behandelte und keine Gelegenheit ausließ, Cooper zu frotzeln. Aber wenn es hart auf hart kam, konnte man sich auf ihn verlassen, und das war Cooper mehr wert als irgendwelche warmen Gefühle.

Und Stacy? Irgendwie war sie schon immer da gewesen, schon seit sich Coopers Erinnerungen zu zusammenhängenden Zeiträumen ordneten. Fast wie eine Schwester oder jedenfalls das, was Cooper sich darunter vorstellte. Eine neurotische Schwester ohne jegliches Selbstwertgefühl. Für das harte Leben in der Stadt ungeeignet und für die Jagd kaum zu gebrauchen. Aber tief innen wusste Cooper eben, dass auch Stacy, wenn es darauf angekommen wäre, ihr Leben für sie riskiert hätte, so wie Cooper umgekehrt auch. Das war einfach klar. Aber sie und Stacy waren schon ein seltsames Pärchen. Der Tomboy und die Ballprinzessin.

Das Einzige, was ihr ein ewiges Rätsel bleiben würde, war die Beziehung von Stacy und Brent. Es war, als würde Stacy regelrecht darum betteln, von ihm gedemütigt zu werden. Dabei war sie bis weit über ihr Viertel hinaus das hübscheste Mädchen.

Im Gegensatz zu Stacy, der ihre Schönheit auf seltsame Weise fast peinlich schien, war Brent ganz von sich eingenommen. Oft kam es Cooper vor, als ob Stacy kaum mehr als eine Trophäe für ihn war, die er aber nach Belieben runtermachen durfte.

Cooper besah sich aus den Augenwinkeln sein jungenhaftes Gesicht. In der alten Welt wäre er bestimmt der Sänger irgend so einer lächerlichen Boygroup gewesen. Er ließ sich an der Wand nach unten rutschen, bis er mit angewinkelten Knien auf dem Boden saß.

»Du hattest doch was eingeworfen«, sagte Cooper.

Brent sah sie missmutig an. Sie wusste, dass er es hasste, wenn sie ihn vor Stacy auf seinen Teerkonsum ansprach, aber das war ihr jetzt egal. Mit genug Teer in den Adern könnte er vielleicht durch die Falltür, um sie dann von außen zu öffnen, vorausgesetzt, es gab keine Wachen.

»Zu lange her. Ich bin schon wieder runter«, murmelte er und tippte wie zum Beweis mit den Fingerspitzen auf den Boden. Kein Flackern, kein Durchdringen von Materie und für Cooper die Gewissheit, dass Brent sich innerhalb der nächsten achtundvierzig Stunden in ein aggressives Nervenbündel verwandeln würde. Brent war längst abhängig. Das war ein offenes Geheimnis. Allerdings war es besser, in seiner Gegenwart nichts darüber zu sagen.

»Meinst du, McCann wird uns suchen?«, fragte er.

Cooper zuckte mit den Schultern. »Früher oder später schon, fürchte ich.« Sie bezweifelte allerdings, dass es wirklich gut für sie war, wenn McCann sie fand.

»Hm, lieber früher, wenn's nach mir geht«, entgegnete Brent unverdrossen.

»Ob er uns hier jemals findet, ist 'ne andere Frage.« Cooper sah, wie Stacy wieder leicht zu zittern begann. »Hey, ich hab's nicht so gemeint, Stace. Er findet uns bestimmt. Ich meine, wir sind wahrscheinlich gar nicht so weit vom normalen Treffpunkt entfernt. Okay?«

Stacy löste den Blick nicht von ihren Zehen. Cooper überlegte gerade, was sie noch sagen konnte, als sich der Lichtfleck vor ihren Füßen schlagartig verdunkelte.

Über ihnen schwang die Klappe auf. Cooper sah, wie sich die Blicke der drei Mädchen nach oben richteten, als hätte dort der Blitz eingeschlagen. In ihren Augen lag nackte Angst.

Im gleißend hellen Quadrat der Öffnung erschien der dunkle Umriss eines Kopfes und verharrte dort eine Weile. Cooper versuchte das Gesicht zu erkennen, aber je länger sie nach oben starrte, desto schlimmer pochte der Schmerz hinter ihrem Augapfel.

»Du da, Kleine – komm rauf!«

Es war die Stimme von Freddy, dem Physiklehrer.

Cooper folgte seinem ausgestreckten Zeigefinger und erstarrte. Es war Stacy, auf die er zeigte. Sofort fing ihre Freundin an, am ganzen Leib zu schlottern.

»Nein, nein, bitte nicht ...«, jammerte sie.

Cooper nahm all ihren Mut zusammen und stand auf. »Sag deinem Boss, er soll sie in Ruhe lassen!«

»Hm, ich glaub nicht, dass er das akzeptieren wird, Cooper«, antwortete Freddy fast höflich.

»Dann sag ihm, dass er sich mein Angebot, ihm mit der Spule zu helfen, sonst wohin stecken kann.«

Über ihr kratzte sich Freddys Silhouette am Kinn. »Versteh mich nicht falsch, aber er ist nicht eben jemand, mit dem man verhandeln kann. Er ist – wie soll ich sagen? – kein besonders freundlicher Mensch. Wenn ich du wäre ...«

»Ich gehe.«

Cooper fuhr herum. Es war Shauna. Klein und fragil stand sie im Halbdunkel, die Hände an ihren Seiten zu Fäusten geballt, das spitzmäusige Gesicht voll finsterer Entschlossenheit. Noch bevor Cooper oder Freddy irgendetwas einwenden konnten, begann sie die Leiter hinaufzusteigen. Für einen kurzen Moment verdunkelte sie die Öffnung. Dann klappte die Falltür wieder zu.

Offensichtlich hatte es sich Freddy überlegt. Fassungslos stand Cooper vor der Leiter und versuchte zu verstehen, was gerade geschehen war.

»Was passiert jetzt? Was machen die mit ihr?«, rief sie schließlich.

Eines der anderen beiden Mädchen hob den Kopf und sah ihr direkt in die Augen. Es war kein freundlicher Blick. Cooper schluckte nervös, dann glitt ihr Blick am Körper des Mädchens herab, und zum ersten Mal fielen ihr die großen blauen Flecken an den Innenseiten ihrer Schenkel auf.

Ein eiskalter Schauer rieselte ihr über den Rücken. Sie verstand.

Ein ohrenbetäubender Knall riss Cooper aus dem unruhigen Schlummer, in den sie gefallen war. Erschrocken setzte sie sich auf. Im Verlies war es stockdunkel. Nacht. Über ihnen waren auf einmal deutlich Schreie und Schüsse zu hören. Ab und zu blitzte es über der Falltür auf. Mündungsfeuer. Dann knatterte über ihnen minutenlang Salve um Salve. Schließlich verebbten die Schüsse. Für ein paar Momente herrschte Ruhe, dann schrie eine einzelne Stimme etwas im Befehlston, aber Cooper konnte die Worte nicht verstehen, und in ihrem Verlies klang alles seltsam dumpf.

Dann aber riss sie der Donnerschlag einer Detonation auf die Füße. Irgendetwas musste direkt neben der Einstiegsluke explodiert sein. Ein paar dickere Erdbrocken landeten direkt vor ihr, und Stacys schrille Schreie mischten sich in den Lärm des erneut aufflammenden Gefechts.

Cooper wurde mit einem Mal bewusst, dass sie sich in einem Erdloch befanden, dessen Wände nur von ein paar morschen Balken gestützt wurden. Die nahe Explosion einer Granate konnte sie alle beerdigen.

Brent rief ihr irgendetwas zu, aber im Lärm der Schüsse verstand sie kein Wort. Verzweifelt stemmte sie sich gegen einen der Stützbalken, als könne sie dadurch das Verlies vor dem Einsturz bewahren.

Stacy war zu Brent herübergerutscht und umklammerte zitternd seine Beine. Eines der beiden anderen Mädchen hielt sich die Ohren zu, das zweite wiegte sich am Boden sitzend und den Rücken gekrümmt vor und zurück. Ihre Lippen bewegten sich, aber der Lärm verschluckte jedes ihrer Worte.

Die Minuten dehnten sich ins Unerträgliche, während der Kampf erneut abebbte, wieder anschwoll und sich immer mehr Schreie von Verwundeten unter das Krachen der Schüsse und Explosionen mischten.

Dann, von einem Augenblick zum anderen, endete der Kampf. Eine letzte Geschossgarbe, und es herrschte Ruhe. Eine schreckliche Ruhe, in der man nur noch das vereinzelte Stöhnen von Verwundeten hörte.

»McCann?«, flüsterte Brent in die Dunkelheit.

»Hoffentlich«, murmelte Cooper, der klar war, dass jede denkbare Alternative schlimmer wäre.

Eilige Schritte näherten sich der Falltür, die entriegelt und aufgerissen wurde. Im grellen Widerschein irgendeines Flutscheinwerfers erschien ein bekanntes Gesicht, das im Schlaglicht wie eine groteske Fratze wirkte.

Der Kettensägenmann. Sein Blick fiel auf Cooper, und sein Mund verzog sich zur Karikatur eines Lächelns.

»Ich glaube, da sind ein paar Freunde von dir gekommen«, sagte er, dann presste er die Lippen aufeinander, und seine Augenlider flatterten. »Die hatten aberwitzige Feuerkraft und wir nur zwei Revolver und einen lausigen Karabiner mit fünf Schuss.« Es klang fast entschuldigend. »Haben die meisten von uns erwischt. Nur eine Frage der Zeit, bis sie mich auch kriegen. Keine Ahnung, warum sie das Feuer eingestellt haben.«

Er sah nachdenklich auf Cooper herab. Dann wischte er sich energisch das Blut von der Stirn, das unablässig aus einer unsichtbaren Wunde irgendwo in seinem Skalp sickerte.

»Egal. Vorher habe ich hier noch was zu erledigen, und wenn es das Letzte ist, was ich tue. Ich teile nämlich nicht gern, falls du verstehst, was ich meine.« Er lachte. Es klang hohl und grauenhaft.

Dann hob er die Hand. Cooper erkannte die rundliche, metallisch glänzende Form darin.

»Heilige Mutter Gottes ...«, murmelte Brent neben ihr.

Über ihnen bohrte sich der Zeigefinger des Mannes in den Ring, mit dem sich der Splint abziehen ließ.

Ein einzelner markerschütternder Knall ließ sie alle zusammenfahren. Als Cooper die Augen wieder öffnete, bestand das Gesicht über ihnen nur noch aus dem Kinn und der unteren Zahnreihe.

Ein paar Sekunden schwankte der Torso. Dann kippte er vornüber und schlug seitlich von der Ausstiegsluke auf die hölzerne Grubenabdeckung. Sein rechter Arm hing durch die offene Falltür nach unten. Die Finger der Hand waren geöffnet. Sie waren leer.

Cooper blieb das Herz stehen. Etwas Schweres prallte gegen die Leiter, schlug auf den Boden und rollte in den Schatten.

Irgendwo kilometerweit entfernt spürte jemand eine namenlose Angst. Ein Gefühl, das er bis dahin nicht gekannt hatte. Genauso wenig, wie er bis vor einigen Stunden gewusst hatte, was es bedeutete, ein Ich zu sein. Verwundert rieb er sich das schmerzende Auge. Der Druck seiner Finger auf dem Augapfel ließ kleine Blitze durch die Dunkelheit tanzen.

Er versuchte sich an die jüngere Vergangenheit zu erinnern, aber das Kollektiv war verschwunden. Stille statt des üblichen vielstimmigen Chors. Und mit dem Wir waren auch alle Erinnerungen verschwunden. Sogar das Kollektiv selbst war nur noch eine vage Empfindung, fast ein abstrakter Begriff.

Ein Schrei voller Furcht und Schmerz zerriss den Strom seiner Gedanken. Entsetzt stellte er fest, dass es seine eigene Stimme war, die er hörte.

Fassungslos starrte Cooper auf die Handgranate, dann wurde ihr bewusst, dass sie die Luft schon seit etlichen Sekunden anhielt.

Etlichen Sekunden?

Bedeutete das nicht …?

Aber warum …?

Dann sah sie den Ring und den Splint in der Granate. Für einen Moment war es, als würde ihr Körper plötzlich Gewicht verlieren. Sie musste sich an der Wand abstützen.

»Es ist vorbei, Coop. Wir können raus. Das sind McCanns Männer dort oben.«

Brents Stimme. Die Wirklichkeit hatte sie wieder, aber es blieb ein seltsamer Schleier zwischen ihr und der Welt, der sich nicht lüften wollte, der ihre Beine schwer machte und jedes ihrer Worte in ihrem Mund festhielt.

Später konnte sie sich nicht mehr daran erinnern, wie sie aus dem Loch herausgekommen war. Nur an das halbierte Gesicht des Kettensägenmanns im Flutlicht eines Scheinwerfers, der den nächtlichen Garten hinter dem Haus in unwirklich grelle Helligkeit tauchte. Er hatte McCanns Männern zunächst schwer zu schaffen gemacht, als sie das Anwesen gestürmt hatten, wie Cooper später erfuhr.

Ein anderer Anblick, der sich ihr für immer ins Gehirn brannte, war das Gesicht von Shauna, die im Wohnzimmer des Hauses auf einer lumpigen, alten Couch saß, aufrecht und mit geöffneten Augen, trotz der Löcher in ihrer Brust und der blutigen Höhle, in der einmal ihr rechter Augapfel gesessen hatte. Im fahlen Licht einer kleinen Lampe mit Bastschirm sah es aus, als würde sie lächeln.

Während Cooper sie betrachtete, zog einer von McCanns Männern Betty an einer Hand durchs Zimmer. Mit der anderen Hand presste sie das kleine Bündel an sich wie bei ihrer ersten Begegnung. Das Bündel zappelte heftig. Bettys Bewegungen hingegen verrieten keinerlei Widerstand; da war nur die Lethargie der ewigen

Verliererin. Frauenschicksal, dachte Cooper, als das Trio an ihr und Shaunas toter Hülle vorbeizog. Es war der Grund, warum Cooper immer darum kämpfen würde, für sich selbst sorgen zu können, statt es andere für sie tun zu lassen. Nie im Leben würde sie es sich gestatten, irgendjemandes Beute zu sein.

Draußen auf dem kleinen verwilderten Rasenstück, das das Haus von der Straße trennte, kniete Freddy, der Physiklehrer, mit dem Rücken zu ihr. Sein rechter Arm hing seltsam schlaff herab, den linken hielt er über das spärliche Haupthaar. Über ihm, die Hand auf seinem Hinterkopf, als wolle er ihn segnen, die Silhouette von einem von McCanns Spießgesellen. Sie sah, wie sich seine Finger über Freddys beginnender Tonsur aufzulösen schienen. Flackernd, flimmernd, irrlichternd, als wären sie eine jener verschlissenen Werbeholografien, die man noch hier und dort in der Stadt vorfand. Sie hatte diesen Anblick schon so viele Male gesehen. Teer, dachte sie angewidert.

Die Finger glitten in Freddys Schädel wie in Gelee. Der Körper des Physiklehrers verfiel in ein krampfhaftes Zucken, als hätte man ihn unter Strom gesetzt. Ein paar Sekunden nur, dann zog McCanns Mann die Hand zurück. Freddy erschlaffte und fiel vornüber. Sein Mörder schritt davon, ohne Cooper oder die Leiche eines Blickes zu würdigen.

Während man Cooper, Brent und Stacy in ein bereitstehendes Auto verfrachtete, krachten hier und dort einzelne Schüsse. Andere Freddys, dachte Cooper und fühlte sich immer noch wie betäubt. Die Bedeutung des eigenen Gedankens kratzte kaum an der Oberfläche ihres Bewusstseins, und auf einmal war sie unendlich dankbar für diese seltsame Glaskugel, die sie zu umgeben schien.

Dann fielen ihr die anderen Mädchen aus dem Verlies ein. Gerade wollte sie den Fahrer des Wagens auf die Schulter tippen, um ihn zu fragen, als ein paar schmale Finger ihr Handgelenk ergriffen. Stacy, die zwischen ihr und Brent eingeklemmt war, blickte ihr warnend in die Augen und schüttelte den Kopf.

Cooper biss sich auf die Lippen, dann nickte sie. Stacy hatte recht. Vielleicht hatten sich die beiden unten im Schatten verborgen, und niemand hatte sie bemerkt. Und vielleicht war es besser, nicht sofort wieder zur Beute zu werden, auch wenn die Mädchen kaum den Eindruck gemacht hatten, in der Lage zu sein, sich selbst zu versorgen. Vielleicht. In diesem Moment beneidete Cooper sie jedenfalls um die Freiheit des Augenblicks. War es besser, in Freiheit zu verhungern, als zum Haustier von einem von McCanns verlausten Handlangern zu werden? Cooper wusste, wie sie die Frage für sich selbst beantwortet hätte.

Während der Wagen, an verwilderten Vorgärten vorbei, über Schlaglöcher, alte Wrackteile und anderen Unrat, in Richtung Innenstadt rumpelte, fiel Cooper in den bleiernen Schlaf totaler Erschöpfung. Im Traum erschien ihr der Malach. Sein lippenloser Mund sprach zu ihr, doch seine Worte waren unhörbar. Plötzlich überzogen sich seine Muskeln und Sehnen mit feiner, bleicher Haut, und Shauna stand vor ihr. Wortlos ergriffen Shaunas Finger ihren rechten Augapfel, und sie zog sich ihn aus dem Gesicht, als wäre er nur ein provisorisch eingepasstes Bauteil. Dann hielt sie Cooper das blutige Auge auf ihrem Handteller hin, als handelte es sich um eine böse Frucht.

»Nimm«, sprach sie mit eigentümlich kehliger Stimme.

Cooper sah ihre eigene Hand. Sah, wie sie den Augapfel mit spitzen Fingern ergriff. Das blutige Ding fühlte sich seltsam warm und trocken an. Zwischen ihren Fingerspitzen zuckte und drehte sich die Iris von links nach rechts. Sie presste das Auge in ihr eigenes Gesicht. Schmerz explodierte in ihrem Schädel, und im Traum verlor Cooper das Bewusstsein.

McCann war ein Ehrfurcht gebietender Mann. Irgendwer hatte Cooper einmal erzählt, dass er in einem früheren Leben Chirurg und Chefarzt einer jener teuren Privatkliniken gewesen war, in der stinkreiche Leute ihre Körper mit künstlichen Organen aus dem Bioplotter hatten optimieren lassen. Cooper konnte sich das zwar nicht wirklich vorstellen, aber wenn sie irgendetwas an ihm benennen wollte, das dieses Gerücht hätte untermauern können, dann waren es seine Hände. Schlanke, erstaunlich feingliedrige Hände. Eher geeignet für das Spielen eines Saiteninstruments, das Formen einer Skulptur oder das Zusammennähen winziger Blutgefäße, aber bestimmt nicht für die klobige Neunmillimeter, die darin lag.

Das Nächste, das an ihm auffiel, waren die Augen. Hätte man Cooper zu irgendeinem anderen Zeitpunkt gefragt, welche Farbe sie hatten, sie hätte keine Antwort darauf gewusst, wohl aber, dass man McCanns innerstes Selbst jederzeit darin erkennen konnte. Sein Blick brannte wie der heiße Kern eines Planeten. Ein Geist, der alles versengte, was ihm in den Weg trat.

»Und wo ist mein Teer?«

Die Frage klang eher beiläufig. Sein Blick schien gelangweilt durch die Weite der Hotellobby zu schweifen, die das Hauptquartier seiner Gang bildete. Vergangene Pracht. Staubige Kristalllüster. Mächtige Sofas, deren Lederbezüge spröde und brüchig geworden waren wie die Rinde eines alten Baums. Abgewetzte Gobelins vor Eichenvertäfelung, deren Maserung unter dem dunklen Schmutzfilm kaum noch zu erkennen war.

Schweigen.

Langsam drehte McCann den Kopf, bis sein Blick Cooper traf wie der Strahl eines Suchscheinwerfers. Sie stand kaum eine Armlänge von ihm entfernt. Viel zu nah für ihren Geschmack.

»Cooper?«

Sie schluckte. Angst und Ärger wühlten in ihr. Warum blieben diese Momente immer an ihr hängen? Die Tatsache, dass sie die Spule entwickelt hatte, machte sie noch lange nicht zur Anführerin ihres Trios. Ein kurzer Seitenblick auf die Gesichter ihrer beiden Freunde ließ alle Hoffnungen zerplatzen, dass es diesmal irgendwie an ihr vorbeigehen könnte. Stacy befand sich immer noch in einer anhaltenden Schockstarre und wirkte wie eine überdimensionierte Porzellanpuppe. Der liebe Brent hingegen trug, wie jedes Mal, wenn er sich in McCanns Dunstkreis befand, diesen saudämlichen Ausdruck von Gottvateranbetung zur Schau. Nein, von ihnen war keine Hilfe zu erwarten.

»Es war ein Unfall«, begann sie vorsichtig.

»Oh.« McCann schürzte die Lippen. Seine Augenbrauen krümmten sich zu Betroffenheitsbögen. »Klingt dramatisch.«

In aller Seelenruhe steckte er sich eine Selbstgedrehte in den Mund. Sofort schnaufte einer von McCanns Männern herbei, ein vierschrötiger Mittfünfziger mit der ungesunden Gesichtsfarbe eines Metzgers, zückte ein altes Benzinfeuerzeug und hielt McCann die Flamme hin.

Der nahm einen langen, tiefen Zug, blies genüsslich den Rauch aus.

Der Geruch echten Tabaks umschmeichelte verführerisch Coopers Nase und die aller anderen Anwesenden. Es roch so wundervoll nach unerreichbarem Luxus, dass es ihr fast die Tränen in die Augen trieb. Dann warf McCann den nahezu ungerauchten Stängel auf den staubigen Hallenboden und zerstampfte den Gegenwert von sechs vollen Magazinen mit seinem Stiefelabsatz.

»Was ist passiert?«, fragte er. »Gab es eine Hirschstampede? Buschbrand? Gab es Tote? Ihr seht alle aus, als wärt ihr wohlauf, wenn man von deiner kleinen Gesichtskosmetik absieht.«

Wie als Reaktion auf seinen Spott begann Coopers Auge wieder schmerzhaft zu pochen. Sie schluckte ihren Zorn herunter. »Wir hatten einen Malach aufgestöbert. Oder vielmehr er uns.«

»Ah, nicht, wie es laufen sollte, nicht wahr?«, warf McCann ein. »Ich meine, *ihr* sollt sie aufstöbern, nicht umgekehrt, richtig?«

»Na ja. Manchmal läuft es eben anders als geplant.«

Langsam zog McCann ein Klappmesser aus seiner Beintasche, den Blick starr auf Cooper gerichtet. Sein Gesichtsausdruck blieb undefinierbar. Sie spannte ihren Körper. McCann klappte die Klinge aus dem Messergriff und begann, sich in aller Ruhe damit die Fingernägel zu reinigen.

»Und weiter?«, fragte er, den Blick nun auf seine Hände gerichtet.

Cooper brauchte eine Weile, um ihre Gedanken von dem Messer zu lösen und das hysterische Lachen zu unterdrücken, das aus ihr herausgurgeln wollte. Mit Mühe zwang sie die Ereignisse im Wald wieder vor ihr inneres Auge. Die Hände des Malach an ihrem Hals. Der Baseballschläger. Unwillkürlich huschte ihr Blick zu Stacy. Ein Fehler, für den sie sich noch lange verfluchen sollte.

Schnell sah sie wieder auf den Boden und plapperte drauflos, in der Hoffnung, dass niemand ihren Augen gefolgt war. »Er hat uns angegriffen. Stand auf einmal vor uns wie ein verdammter Geist. Wir haben es irgendwie geschafft, die Spule fertig zu machen, aber …«

»Halt die Klappe!«, herrschte McCann sie an.

Cooper fuhr zusammen. Sie wusste, was kommen würde und dass es ihre Schuld war.

»Du da. Blonde Vogelscheuche. Ich hab so ein komisches Bauchgefühl, dass du viel besser zur Aufklärung der Ereignisse beitragen kannst. Komm her.«

Stacy zitterte und rührte sich nicht vom Fleck.

Seufzend gab McCann einem seiner Männer einen Wink, woraufhin dieser Stacy am Arm packte und vor ihn schleifte. Dort stand sie nun, die Knie gegeneinander gedrückt, die Finger beider Hände ineinander verschränkt, den Blick der übergroßen blauen Augen einmal mehr starr zu Boden gerichtet.

»Was ist passiert, Mädchen?«

Stacys Lippen teilten sich ein wenig, als wollte sie etwas sagen, aber kein Wort kam hervor.

McCanns Linke schnappte wie eine Kobra nach Cooper und riss sie an den Haaren zu sich heran, dann nahm er sie in den Schwitzkasten und richtete die Spitze des Klappmessers auf ihr gesundes Auge. »Fang endlich an zu reden, Klappergestell«, fauchte er Stacy an, »oder Coopers Zustand wechselt von halb zu voll blind.«

Brent schien den Moment, sich in die Debatte einzumischen, endlich für gekommen zu halten.

»Es war nicht ihre Schuld …«, begann er.

»Halt die Schnauze, du dämliche kleine Schwuchtel!«, brüllte McCann und drohte mit dem Messer in Brents Richtung.

Augenblicklich klappte Brent den Mund zu, und das Messer richtete sich wieder auf Coopers Auge. Die Atemnot, die ihr McCanns Umklammerung verursachte, ließ ihre Knie allmählich weich werden.

»Und jetzt du«, sagte McCann zu Stacy.

Sie schluckte schwer. Die Tränen ließen ihre Mascara zerlaufen, die schwarze Streifen über ihre blass geschminkten Wangen zog. Auf einmal öffnete sich ihr Mund, und Worte purzelten heraus. Von ständigen Schluchzern unterbrochen schilderte sie, was sich im Wald zugetragen und welche Rolle sie dabei gespielt hatte. Als Cooper das Bewusstsein verloren hatte, hatte der Malach zu Brents und Stacys Erstaunen von ihr abgelassen und war im Wald verschwunden, einfach so. Eine unerbittliche Tötungsmaschine auf dem Rückzug. Es hatte eine Weile gedauert, bis die beiden ihre Fassung zurückgewonnen hatten. Kurz darauf war Cooper wieder zu sich gekommen.

»Soso«, murmelte McCann bedächtig. Sein Griff um Coopers Hals lockerte sich, und die Klinge verschwand von ihrem Auge.

Ein kräftiger Schubs ließ sie in Stacys Richtung taumeln. Sie musste sich kurz an ihrer Freundin festhalten, bis sie wieder zu Atem gekommen war.

»Kein Malach, kein Teer.« McCann zuckte mit den Schultern, als hätte allein die Unumstößlichkeit dieser Tatsache endlich alles ins Reine gebracht. »Ich finde es erfreulich, wenn jemand den Mut findet, die Wahrheit zu gestehen, auch wenn sie noch so unangenehm ist.«

Obwohl er die Worte in die Runde seiner Männer sprach, waren sie ganz offensichtlich an Stacy gerichtet, die ihn so verblüfft anstarrte, als habe er gerade die kommende Wiederkehr des Messias verkündet.

»Komm her.«

Sie zögerte.

»Komm her.« Er winkte ungeduldig.

Mit kleinen Tippelschritten, die Hände immer noch ineinander verschränkt wie eine betende Büßerin, bewegte sich Stacy auf ihn zu. McCann zog sie mit jovialer Geste an seine Seite und legte ihr den Arm auf die Schulter.

»Schaut sie euch an«, rief er seinen Männern zu. »Ein schmerzlicher Moment. Eine peinliche Wahrheit, aber aus Loyalität zu ihrer Freundin Cooper hier hat sie ihr Herz erleichtert. Das verdient ein bisschen Applaus, findet ihr nicht?«

Etwas verhalten begannen die etwa fünfzig derben Gestalten, die sie in einem Kreis umstanden, zu klatschen. Viele Gesichter waren angesichts des seltsamen Schauspiels so reglos wie das von Cooper. Dabei hatte Berechenbarkeit noch nie zu McCanns hervorstechendsten Merkmalen gehört.

McCann lächelte, während er mit dem Messer in der Hand den Beifall seiner Männer zu dirigieren schien. Dann legte er die Klinge an seine Lippen wie einen Finger, und die »Ovation« erstarb.

»Die Wahrheit zu wissen ist wichtig für einen Anführer. Lebenswichtig.« Er sprach die Worte in Stacys Ohr, im Flüsterton und dennoch so laut, dass ihn alle hören konnten. »Und die Wahrheit zu sagen bedeutet, Verantwortung zu übernehmen. Dafür hast du Respekt verdient. Reich mir die Hand, tapfere kleine Vogelscheuche.« Er ließ seine Linke von ihrer Schulter gleiten, trat einen Schritt zurück und hielt sie ihr hin.

Stacy betrachtete seine Hand wie das Kaninchen die Schlange, während sie unaufhörlich ihre eigenen Hände knetete. Hilfe suchend huschte ihr Blick zu Brent herüber, doch er zuckte nur mit den Schultern.

Langsam, zögerlich löste Stacy die Verschränkung ihrer Finger und streckte ihm ihre Hand entgegen, die Rechte erst, dann, als sie ihren Fehler bemerkte, die Linke.

Cooper sah, wie sich ihre Fingerspitzen den seinen näherten. Dann fiel ihr Blick wieder auf seine Rechte, die immer noch das Messer fest umschlossen hielt. Ein jäher Adrenalinstoß verwandelte das Innere ihres Mundes in Papier.

Es geschah blitzschnell, aber in dem Zustand erhöhter Aufmerksamkeit, in dem sich Cooper befand, entrollte es sich in einer Art seltsamen Zeitlupe. Seine Linke, die Stacys Gelenk ergriff, ihre Hand mit kräftigem Schwung gegen das Plexiglas eines verödeten Schaukastens neben ihnen rammte und sie dort festhielt. Das Entsetzen in Stacys Auge. Das plötzliche Aufblitzen der Klinge. Ihr Schmerzensschrei. Das schmale, blasse Ding, das auf den Boden fiel wie eine kleine Kerze, die aus ihrem Halter gefallen war. Stacys blutende Hand. Die hellroten Spritzer auf dem halbblinden Glas des Schaukastens. Es war, als ob sich die Welt in einen Horrorfilm verwandelt hätte.

»Du Schwein!«

Brent sprang auf McCann zu. Aber für den kampferprobten Clanboss war er kein Gegner. Der Knauf des Messers traf ihn mit brutaler Härte an der Schläfe, warf ihn aus der Bahn und ließ ihn neben Stacy gegen den Marmorfuß des Schaukastens prallen, wo er benommen auf dem Boden zu liegen kam.

Erst dann ließ McCann Stacys blutende Hand los. Ungläubig wimmernd starrte sie auf den Stumpf, wo eben noch ihr kleiner Finger gewesen war. McCann wischte die Klinge an seiner Hose ab, dann drehte er sich zu Cooper um.

»Morgen um die Zeit hast du mir den Teer von zwei Malachim gebracht, oder die Kleiderpuppe hier«, er wies mit dem Messer auf die jammernde Stacy, »verliert weit wichtigere Teile.« Er steckte das Messer wieder in die Beintasche. »Männer. Ohne Teer gibt es keine Jagd auf die Malachim, wie ihr wisst.«

Zustimmendes Gemurmel in Coopers Rücken. »Dann besorgen wir uns selbst welchen!«, ertönte es von irgendwoher.

»Du musst einer von den Neuen sein«, sagte McCann zu dem Rufer. »Die meisten hier wissen, dass wir das schon probiert haben. Aber Teer entsteht nur dann, wenn die Malachim mit der Spule getötet werden, die unsere kleine Miss Punk hier«, er wies auf Cooper, »entwickelt hat. Es ist schon schwer genug, einen Malach einfach nur zu erschießen. Aber dabei fällt nun mal leider kein Teer an.«

»Warum nehmen wir ihr das Ding nicht ab?«

Der Rufer war nach vorn getreten. Ein junger Kerl mit teigigem Gesicht und überlangen Armen, vielleicht Mitte zwanzig. Kurz flackerte wieder jener unberechenbare Zorn über McCanns Gesicht, den Cooper gerade erst zu sehen bekommen hatte. Aber diesmal hatte er sich schnell wieder im Griff.

»Wie heißt du, junger Freund?«, fragte er.

»Fenton«, antwortete der Junge, die Daumen großspurig hinter dem Gürtel gehakt.

»Fenton«, murmelte McCann, ein vieldeutiges Lächeln auf den Lippen. Totes Fleisch, dachte Cooper.

»Nun, lieber Fenton, eine glänzende Idee. Ist mir auch schon gekommen. Leider hatte das den Tod eines halben Dutzends Männer zur Folge. Gute Männer, keine vorlauten Grünschnäbel.«

Fenton lief dunkelrot an.

»Offensichtlich erkennen sie uns eher als Feinde, als diese halben Portionen hier«, fuhr McCann fort. »Wenn wir auf Teer sind, können wir ihnen im offenen Kampf gegenübertreten, aber wir können sie nicht überraschen und ihnen eine Falle stellen, um dann die Spule einzusetzen. Dieses Privileg ist offenbar alleine den dreien hier vorbehalten. Aber da dich das Thema so sehr interessiert, habe ich einen schönen Auftrag für dich. Du begleitest die drei hier zu ihrem Rattenloch, passt auf, dass sie brav sind und sich schleunigst an die Arbeit begeben. Tom?« Er sah den Metzgergesichtigen an. »Du gehst auch mit und achtest darauf, dass keiner Dummheiten macht.«

Der Alte nickte ergeben.

Seine Männer im Gefolge, schickte McCann sich an, die Lobby zu verlassen. Im Hinausgehen stieß er Cooper mit der Schulter an. »Du hast Glück, dass ich dich mag, kleine Lady«, flüsterte er, diesmal so, dass nur sie es hören konnte. »Sonst wäre es dein Finger gewesen.«

Cooper starrte ihm nach. Dann blickte sie ihre Freundin an und erkannte, dass sie kurz davor war, das Bewusstsein zu verlieren.

»Sie verblutet!«, rief sie den hinausstürmenden Männern verzweifelt nach.

Zu ihrer Überraschung blieb McCann tatsächlich stehen.

Drehte sich um.

Kam mit langen Schritten auf sie zu.

Schon wünschte sich Cooper, ihre Worte zurücknehmen zu können. Im Vorbeigehen riss er einem seiner glotzenden Männer eine Zigarre aus grünlichem Knaster aus dem Mund. Stacys halbherzige Flucht kam nicht über das Versuchsstadium hinaus.

»Herrgott, ihr kleinen Leute!«, rief er, als er sie am Kragen zu sich zurückzog. »Könnt ihr euch denn niemals um euch selber kümmern?«

Er rammte die sich windende, kreischende Stacy bäuchlings gegen die Regalwand und packte ihre blutende Hand. Dann nahm er einen tiefen Zug von der Zigarre, bis die Spitze hellgelb glühte.

»Und wie geht's jetzt weiter?«, fragte der Metzgergesichtige am Steuer. Er wurde Tom genannt, wie Cooper inzwischen erfahren hatte. Der alte Chevy rumpelte über allerlei kleinere Hindernisse.

»Links rum, die Flagstaff rauf«, antwortete Cooper missmutig, »ungefähr sechs Meilen, bis zum alten Naturkundemuseum.«

Fenton saß auf dem Beifahrersitz und war damit beschäftigt, unablässig die Trommel seines Revolvers herausschnappen und mit einem Schwung seines Handgelenks wieder einrasten zu lassen.

Der Motor des Wagens stotterte. Für einen Moment schien es, als hätte das Aggregat den Geist aufgegeben. Fluchend hieb Tom auf die Armatur ein. Was immer sie im Tank haben, dachte Cooper, mit Benzin hat es nicht viel gemein. Offensichtlich gingen auch McCann die Quellen für echten Sprit nach und nach aus.

Draußen vor ihrem Fenster zog der ehemalige Güterbahnhof vorbei. Endlose Ketten rostiger Container, an denen Schlingpflanzen emporkletterten. Hier und dort die verblassenden Piktogramme vergangener Größe im fahlen Mondlicht.

»Hab das Gefühl, die spielt irgendwie Verstecken mit uns, oder?«

Fenton hatte recht. Bisher war es Cooper gelungen, ihren Unterschlupf vor McCann geheim zu halten, und wenn es nach ihr gegangen wäre, wäre das auch weiterhin so geblieben. Verzweifelt versuchte sie, den Zeitpunkt so lange wie möglich hinauszuzögern, in der Hoffnung, dass ihr noch irgendeine zündende Idee kam. Vielleicht könnte sie Tom und Fenton einfach ins Nirgendwo führen. Die ganze Stadt bestand fast ausschließlich aus leer stehenden Gebäuden. Sie konnten sich irgendwo absetzen lassen und so tun, als ob es ihr Zuhause wäre. Aber wenn die beiden dann darauf bestanden, sie nach drinnen zu begleiten? Der Schwindel würde schnell auffliegen.

Sie sah Stacy an, die an Brent gelehnt zwischen ihnen saß. Immerhin war sie bei Bewusstsein, doch bei jeder neuen Erschütterung rollte ihr Kopf auf Brents Schulter vor und zurück. McCann hatte die Wunde an ihrer Hand verbrannt … kauterisiert, wie er es nannte. Tatsächlich blutete sie nicht mehr, aber der Anblick des grässlich versengten Kraters, der einmal die Wurzel ihres kleinen Fingers gewesen war, schnürte Cooper die Kehle zu. Sie versuchte sich zu sagen, dass es nicht ihre Schuld war. Seit dem Vorfall hatte Stacy sie nicht einmal angeschaut.

»Hey, du Rotzlöffel.«

Fenton hatte sich auf dem Vordersitz halb zu Cooper umgedreht und zielte mit dem Revolver an der Kopfstütze vorbei auf ihre Stirn. Cooper zog eine Grimasse. Er mimte einen Schuss, machte mit dem Mund ein entsprechendes Geräusch und grinste.

»Hey, lass die Scheiße. Du weißt, was der Boss gesagt hat!«, schnauzte Tom, ohne den Blick von der Straße zu nehmen. Mit einem scharfen Ruck lenkte er den Wagen nach links. Irgendein lebendiges Hindernis wurde für einen Sekundenbruchteil im grellen Licht der Scheinwerferbatterie sichtbar, die auf dem Dach des Wagens montiert war, und verschwand dann laut jaulend in der Dunkelheit.

»Scheißkojoten«, fluchte Tom.

Eine Weile lang herrschte draußen Dunkelheit. Schemenhaft zeichneten sich die Umrisse einer langen Kette kleinerer Industriegebäude ab.

»Schau mal da!«, rief Fenton.

Cooper folgte seinem für Tom bestimmten Fingerzeig. Ein Stück voraus war ein helles Licht zu sehen, das schnell näher kam. Während ihr Wagen auf die Stelle zurollte, erkannte Cooper einen prähistorischen Laster, von dessen Ladefläche zwei Gestalten im Flutlicht eines mobilen Scheinwerfers Fässer und Planken abluden. Ein dritter Mann auf dem Dach der Fahrerkabine streckte einen Arm in den Himmel. Mehrere andere standen, mit schweren Waffen in den Händen, etwas abseits am Rand des Lichtkegels und folgten dem vorbeiziehenden Wagen mit misstrauischen Blicken. Cooper behielt die Szene im Auge, soweit ihr Hals es zuließ. Der plötzlich aufleuchtende Schweif einer Signalrakete, wohl von dem Typen auf der Fahrerkabine abgeschossen, bestätigte ihren Verdacht.

»Markt?«, flüsterte Brent neben ihr.

»Denke schon«, flüsterte Cooper zurück.

Bald würde das Gelände von Neugierigen, Händlern und potenziellen Käufern wimmeln, die den »Organisatoren« einen Obolus für die Teilnahme zahlten. Cooper war selbst schon auf einigen solcher Märkte gewesen, an deren Rand die Leute oft die Gelegenheit ergriffen, zu feiern und ihren isolierten Alltag in einer verlassenen Stadt ein wenig zu vergessen. Die meisten fanden, wie dieser hier, nachts und vor allem spontan statt, um die Gefahr organisierter Überfälle zu reduzieren. Die einzige Möglichkeit, davon zu erfahren, bestand darin, jederzeit aufmerksam den Nachthimmel zu beobachten.

Einige Sekunden später war die Szenerie wieder in der Dunkelheit verschwunden.

Stacy wimmerte leise vor sich hin. Auch Coopers Auge machte die unruhige Fahrt zu schaffen. Immer wieder hatte sie das Gefühl, irgendwelche Bilder aufblitzen zu sehen, als würde ihr das lädierte Organ Streiche spielen.

»Ich wette, ich könnte es aus ihr rauskriegen«, sagte Fenton.

Tom warf ihm einen kurzen Blick zu. »Früher oder später wird sie uns sowieso sagen, wo es hingeht«, sagte er dann. »Also leg jetzt die verdammte Knarre weg, bevor irgendwer verletzt wird.«

»Nein, ich meine, wie man dieses komische Dings benutzt, um die Malachim zu erledigen.«

»Du hast gehört, was der Boss gesagt hat, also halt dich da raus.«

»Schätze, der Boss hätte bestimmt nichts dagegen, wenn wir zu Ende bringen, was diese Missgeburten hier vermasselt haben, Alter.«

»Und ich sage, lass die Finger davon«, sagte Tom.

Aber Fenton ignorierte den warnenden Unterton. Stattdessen spannte er zu Coopers Entsetzen mit sichtbarem Vergnügen den Revolverhahn. Ihr Herz pumpte Hitze über ihre Wangen. Für einen Moment drohte ihre Welt von einer bleiernen Schwärze ausgelöscht zu werden. In einer seltsamen Vision sah sie den Wagen, in dem sie gerade saß, aus der Außenperspektive auf sich zukommen. Die markante Sammlung der Dachscheinwerfer über dem dunklen Umriss des Gefährts war auf sie gerichtet wie die Augen irgendeines andersweltlichen Biests.

»Hey, hey, hey, komm runter!« Brents aufgeregter Protestruf zerriss den trügerischen Schleier vor Coopers Augen.

»Was tust du da, du Idiot? Gib das verdammte Ding her«, brüllte Tom seinen Beifahrer an. Während der Wagen gerade über eine Reihe Schlaglöcher rumpelte, griff er mit der Linken nach dem Lauf, der vor Coopers Gesicht wild hin und her zuckte. Irgendwie gelang es Tom, ihn zu packen und von Coopers Gesicht wegzuzerren, ohne den Blick von der Straße zu nehmen. Sie atmete tief durch.

»STOPP!«

Cooper wusste nicht, wer geschrien hatte, aber im gleichen Moment entdeckte auch sie die hoch aufragende Gestalt im Licht der Scheinwerfer. Wie ein riesiges Raubtier stand sie da, halb von dem mächtigen Steinbrocken verdeckt, der die Spur der Straße fast komplett versperrte. Im grellen Licht schien selbst auf das gute Dutzend Meter Entfernung jede einzelne Faser der hautlosen Muskeln deutlich erkennbar.

Bremsen kreischten auf. Dann ein ohrenbetäubender Knall, als das Auto das Hindernis mit einem gewaltigen Ruck rammte.

Coopers Schädel schlug hart gegen Fentons Kopfstütze …

3

Cooper betastete vorsichtig ihre Stirn. Bis auf eine schmerzende Schwellung schien sie nichts abbekommen zu haben. Zögerlich schlug sie das gesunde ihrer beiden Augen auf und musterte die Umgebung.

Neben ihr waren Brent und Stacy offensichtlich ebenfalls mit einer physischen Bestandsaufnahme beschäftigt. Fahrer- und Beifahrersitz waren leer, die vorderen Türen standen offen. Sie horchte angestrengt, aber das Klingeln, das der Knall in ihren Ohren hinterlassen hatte, übertönte alle Außengeräusche.

Im Licht der Scheinwerfer sah sie eine unverputzte Ziegelwand, vielleicht die Brandmauer eines Gebäudes. Augenscheinlich stand der Wagen quer zur Straße. Sie tastete nach dem Türgriff. Vorsichtig zog sie daran und spürte, wie der Riegel die Tür freigab.

Wo waren Tom und Fenton? Sie stemmte sich gegen die Tür, doch der Rahmen schien sich verzogen zu haben. Mit einer Hand an der Kopfstütze des Vordersitzes und der anderen an einem Haltegriff, holte sie Schwung für einen Tritt. Die Tür gab nach und schwang mit einem hässlichen Knarren auf. Offensichtlich schien ihr Gehör allmählich zurückzukehren.

Mühsam schälte sie ihre schmerzenden Glieder durch die Öffnung. Dann richtete sie sich vorsichtig auf. Nicht alle Scheinwerfer waren intakt geblieben, aber diejenigen, die noch ihren Dienst taten, warfen ihre Lichtkegel auf die Hauswand. Die Schnauze des Wagens stand keine anderthalb Meter von deren verwitterten Ziegeln entfernt. Außerhalb des Lichts konnte sie für den Moment nicht viel erkennen, aber auf ihrer Seite des Wagens war weder Tom noch Fenton zu sehen.

»Coop!«, rief Brent aus dem Inneren. »Was geht da draußen ab?«

»Scht. Halt die Klappe. Ich schau mich mal um.«

Vorsichtig tastete sie sich durch die Dunkelheit um das Heck des Wagens herum. Dann sah Cooper sie. Zwei Gestalten. Etwas abseits des Lichts. Eine von beiden schien an der Ziegelwand zu lehnen, sitzend, mit ausgestreckten Beinen und schlaff herabhängenden Armen. Die andere Gestalt stand über die erste gebeugt. Im Widerschein machte Cooper Fentons strubbeligen Haarschopf aus und auch den Revolver, den er auf die sitzende Gestalt gerichtet hatte. Dass es Tom war, der saß, erkannte sie vor allem an der Körperfülle.

Für einen Moment dachte sie daran, schnell zurück zum Auto zu schleichen und einfach mit Stacy und Brent zu verschwinden. Leider drehte sich Fenton genau in diesem Moment zu ihr um. Seine Augen glänzten feucht.

»Scheiße«, jammerte er. »Es war nicht meine Schuld.«

Coopers Blick fiel wieder auf Tom, dessen mächtige Brust sich stoßweise hob und senkte. Irgendwie schien sein Hals im Verhältnis zum Gesicht seltsam dunkel. Das ganze Bild atmete Tod. Ihr Inneres sperrte sich gegen die nahe liegende Erklärung.

»O mein Gott«, ertönte es hinter ihr.

Cooper fuhr so heftig zusammen, dass sie sich beinahe die Zunge abgebissen hätte. *Ruhig, altes Mädchen,* sagte sie sich. Ein Blick über die Schulter bestätigte ihr, dass Stacy und Brent ebenfalls den Weg aus dem Wagen herausgefunden hatten.

»Ist er …?« Stacy vollendete die Frage nicht.

Es war Tom, der selbst die Antwort gab, wenn man die hässlich gurgelnden Laute aus seinem Mund eine Antwort nennen wollte. Nein, er war nicht ... Jedenfalls noch nicht.

Cooper löste sich aus ihrer Erstarrung, näherte sich ihm vorsichtig und hockte sich schließlich vor ihn hin. Die dunkle Stelle an Toms Hals entpuppte sich als das, was sie befürchtet hatte. Eine frische Schusswunde, Ein- und Austritt waagerecht, jeweils etwas hinter der Kehle, was wohl der Grund war, dass der Mann sich überhaupt noch regte. Doch die Menge an Blut, die sich über sein T-Shirt bis auf den Boden verteilt hatte und immer noch weiter verteilte, sagte ihr, dass ihm nicht mehr viel Zeit blieb. Fassungslos drehte sie sich zu Fenton um.

»Was guckst du mich so an, du Rotzgöre?«, schrie er hysterisch. »Ich kann nichts dafür. Der Idiot hat am Lauf gezogen, als wir gerade gegen dieses Ding geknallt sind, und da ist die Waffe losgegangen.«

Er raufte sich die Haare, den Revolver immer noch in der rechten Hand. Ein Zittern ging durch Toms Körper.

»Verdammte Scheiße, was mach ich nur? Tu irgendwas«, schrie Fenton Cooper an, die nicht mehr tun konnte, als die Achseln zu zucken.

Aus der rohen Masse, die Toms Hals gewesen war, war wieder dieses hässliche Gurgeln zu hören. Sein auf Fenton gerichteter Blick bekam etwas Durchdringendes. Seine Lippen schienen Worte formen zu wollen.

»Was?« Fenton steckte den Revolver in den Hosenbund und kniete sich vor ihn hin. »Was willst du mir sagen, Kumpel? Du weißt doch, dass es nicht meine Schuld war, oder?«

»Schnauze, Mann. Er versucht zu reden«, fuhr ihm Cooper ins Wort.

Für einen Moment machte Fenton ein Gesicht, als wolle er sich auf sie stürzen. Cooper biss sich auf die Lippen. Ungute Erinnerungen an eine lang vergangene Szene in einer Waldhütte brodelten in ihr hoch und versetzten sie in milde Panik.

Ein feuchtes Glucksen von Tom brach die Spannung. Gemeinsam konzentrierten sie sich auf die Laute, die er mit sichtlicher Qual produzierte.

»McC-n, www ...«

»Ja, McCann, Alter. Du wirst ihm sagen, dass ich nichts dafür kann, dass es deine eigene Schuld war, richtig?«

Cooper schüttelte still den Kopf. Als ob noch irgendein Zweifel daran bestand, dass dieser Mann im Sterben lag. McCann würde er jedenfalls nicht mehr zu Gesicht bekommen.

Tom machte einen neuen Versuch. Die Anstrengung ließ ihm fast die Augen aus dem Gesicht quellen. Silbe für Silbe presste er die Worte hervor, offenbar unfähig, etwas anderes als Konsonanten zu bilden.

»McC-n, w-rds d-r b-s-rg-n, d kl-n-s rschl-ch.«

Aus Fentons Gesicht wich alle Farbe. Er sprang auf wie von der Tarantel gestochen, riss seinen Revolver aus dem Hosenbund und drückte ab. Alles passierte im Augenblick eines Atemzugs. Ein lautes Krachen. Die Kugel durchschlug Toms Stirn und bohrte sich in die dahinter liegende Ziegelwand.

Toms Blick verlor von einer Sekunde auf die nächste allen irdischen Sinn. Langsam neigte sich der schwere Körper zur Seite und kippte schließlich um. Blut und Gehirn hinterließen einen schmierigen Viertelkreis auf der Ziegelwand, wobei ein Geräusch entstand, das Cooper nie in ihrem Leben vergessen würde.

»Bist du wahnsinnig?« Brents Stimme.

Fenton fuhr zu ihm und Stacy herum.

»Du hast deinen Partner erschossen«, sagte Brent fassungslos. »McCann wird dich kreuzigen.«

Für Coopers Geschmack war das angesichts aller Begleitumstände nicht eine von Brents cleversten Feststellungen. Doch für einen Moment war auf Fentons Gesicht nichts als blanke Panik zu sehen. Offenbar war er zu einer ähnlichen Schlussfolgerung gelangt. Doch dann sickerte ein boshaftes Lächeln über sein Gesicht.

»Nein«, flüsterte er. »Wird er nicht.«

Er hob den Revolver vor die Augen, warf einen kurzen Blick auf die Trommel, offenbar um sich davon zu überzeugen, dass noch Patronen darin steckten.

Dann legte er auf Brent an.

»Hey, was soll das?«, fragte Brent nervös.

»Schätze, er hat soeben die *wahren* Schuldigen für den Tod seines Partners gefunden«, sagte Cooper trocken.

Fenton grinste. »Erraten. Ihr habt den armen Tommy angegriffen, und da musste ich euch eben erschießen. Leider 'n bisschen zu spät für Tommy.« Er wirkte stolz auf diesen wahrhaft genialen Schachzug.

»Das ist keine gute Idee«, sagte Brent, der sich schützend vor Stacy stellte.

Fenton spuckte eine erstaunliche Menge Rotz auf die Straße und fragte dann: »Ach ja und warum nicht?«

Cooper ertappte sich, dass sie selbst gespannt auf Brents Antwort wartete. In Anbetracht des Riesenschlamassels, in dem Fenton sich befand, schien ihr seine Lösung die vernünftigste. Innerlich begann sie bereits auszurechnen, ob ein schneller Sprung gegen seine Beine genug Schwung entwickeln würde, um ihn von den Füßen zu holen.

»Wer jagt dann die Malachim für McCann?«

An Fentons irritiertem Gesichtsausdruck konnte Cooper erkennen, dass Brent ihnen mit dieser Frage zumindest etwas Zeit gekauft hatte. Innerlich zog sie vor ihm den Hut. Sie hatte die Diskussion aus dem Wagen völlig vergessen.

Fentons Blick flackerte unschlüssig zwischen den dreien hin und her.

»Wir könnten dir zeigen, wie die Spule funktioniert«, setzte Cooper nach und ergänzte: »Aber natürlich nur, wenn du uns laufen lässt.«

Auf Fentons länglichem Gesicht zeichnete sich deutlich jeder Zwischenstand seines inneren Konflikts ab. »Wenn ich euch am Leben lasse, wie soll ich McCann dann *das* da erklären?« Er nickte über seine Schulter zu Toms zusammengesunkener Leiche.

Cooper schluckte. Auch Brent schien so schnell keine gute Antwort parat zu haben. Fenton grinste und legte erneut auf Brent an …

Cooper spannte ihre Oberschenkelmuskeln, aber ein reißender Schmerz in ihrem Gesicht machte ihren Plan zunichte. Instinktiv schloss sie das gesunde Auge.

Doch statt Dunkelheit überfiel sie eine Bilderflut. Es war, als ob ein unsichtbarer Gott sie schlagartig vom Boden gehoben und einige Meter hinter Fentons Rücken katapultierte. Sie sah seine Schultern, den Revolver am ausgestreckten Arm, den Schrecken in Brents und Stacys bleichen Gesichtern.

Und während sie wie in einem seltsamen Film unaufhaltsam auf Fentons Rücken zuzufliegen schien, konnte sie sich auch selbst sehen, einige Meter entfernt, etwas seitlich von Fenton hockend, die Hände aufs Gesicht gepresst. Für einen Moment hatte sie das Gefühl, sich übergeben zu müssen. Dann, während Stacy hinter Brent wild zu kreischen begann und Fentons Rücken näher und näher kam, sah sie, wie sich aus der Richtung ihrer Perspektive etwas Langes, Rötliches nach Fentons Rücken streckte. Rohes Fleisch, Muskeln ohne Haut, ein Arm, eine Hand. Fenton erstarrte zu einer Maske des Schreckens, als die Hand in seinen Rücken fuhr, Haut, Fleisch und Sehnen durchdrang und sein Herz ergriff. Sie fühlte es zwischen ihren Fingern pulsieren, als ob es ihre eigene Hand wäre. Cooper öffnete das gesunde Auge wieder, und die Bilderflut riss ab.

Fentons Revolver knallte auf den Asphalt.

Gebannt musterte Cooper die massige Gestalt des Malach, dessen Hand immer noch in Fentons Rücken steckte. Mit einem Ruck löste er seinen Griff. Körper glitt durch Körper, und Fentons Leiche fiel bäuchlings zu Boden.

Ein paar Atemzüge lang stand der Malach nur einfach da, als hätte ihn der Angriff erschöpft. Dann fiel sein Blick auf Cooper, und für einen kurzen Moment sah sie sich wieder selbst, scheinbar aus seiner Perspektive, am Boden kauernd, das gesunde Auge angsterfüllt wie das eines kleinen verschreckten Tiers, vor sich auf dem Asphalt der Revolver.

Der Revolver.

»Lauft!«, schrie sie, während sie sich auf die Waffe stürzte.

Im Augenwinkel sah sie, wie Brent Stacy am Arm fortriss. Im nächsten Moment spürte sie den Revolverkolben zwischen ihren Fingern. Mühsam riss sie die schwere Waffe nach oben und nahm den Malach ins Visier.

»Tu es nicht.«

Es klang heiser. Ein Malach, der um sein Leben flehte? Nur klang es überhaupt nicht flehentlich. Während hinter ihr Brent und Stacy im ersten Schimmer des Sonnenaufgangs die Straße hinunterhasteten, blieb das Monster einfach nur stehen. Cooper zögerte einen Sekundenbruchteil. Sie wusste, dass ein Schuss nichts ausrichten würde, wenn der Malach ihn kommen sah. Aber wenn sie Glück hatte, würde ihn die Wucht der großkalibrigen Treffer ein paar wertvolle Sekunden aufhalten.

Sie drückte ab.

Der Schmerz durchfuhr sie wie ein Blitz aus glühendem Eisen. Erschrocken ließ sie die Waffe fallen und fasste sich an die Brust. Fast erwartete sie, Blut oder den offenen Krater einer Wunde zu ertasten, doch da war nichts.

»Du kannst uns nicht töten.«

Wieder die heisere Stimme. Cooper sah zu ihm auf. Als wäre er ihr Spiegelbild, hatte auch er die Hand auf seine Brust gelegt. Zwischen dem sehnigen Fleisch seiner Finger konnte sie das Loch in seiner Brust erkennen, das sich bereits wieder zu schließen begann. Sie hatte diesen Anblick schon so oft gesehen. Als ob sich zwei Bilder überlagerten, wie ein doppeltbelichtetes Foto, bis das Loch verschwunden war. Nur hatte sie das Gefühl der Heilung noch nie am eigenen Leib verspürt, so wie jetzt, als der Schmerz in ihrer Brust in eine Hitze überging und verschwand. Die gleiche Hitze schien sich auch über ihr Auge zu legen. Sie konnte förmlich fühlen, wie die Schwellung schwand und der Druck nachließ, der die ganze Zeit auf ihrem Augapfel gelastet hatte.

»Siehst du?«

Hatte er diese Worte gesprochen? Oder sie selbst? Sie war ganz sicher kurz davor, den Verstand zu verlieren.

Wie von einer fremden Kraft angetrieben, erhob sie sich auf die Beine und begann zu rennen. Sie rannte und rannte. Wohin, wusste sie nicht.

Stacy blieb stehen, so urplötzlich, dass es Brent, der sie die ganze Zeit hinter sich hergezogen hatte, so vorkam, als würde es ihm den Arm aus dem Schultergelenk reißen.

»Ich kann nicht mehr«, keuchte sie.

Brent bückte sich, stützte sich auf die Knie und tat ein paar tiefe Atemzüge. Nachdem er Stacy im Laufschritt durch die halbe Stadt gezerrt hatte, schrie sein Körper nach Sauerstoff.

Schließlich richtete er sich wieder auf. Über dem unsichtbaren Horizont hinter der Skyline von Century City war die Sonne bereits aufgegangen. Er streckte den Zeigefinger aus. »Nur noch ein paar Meter«, sagte er. »Sieh, dort vorn ist es schon.«

Eine halbe Meile vor der Spitze seines Fingers zeichnete sich auf einer Hügelkuppe vor dem morgenblauen Himmel das klobige Rechteck des alten Fabrikgebäudes ab, das sie bewohnten.

»Komm schon.«

Sie sah noch blasser aus als sonst. Der Finger. Brent konnte sich einen Blick auf die verletzte Hand nicht verkneifen. Es sah … wie aus? Er suchte nach einem passenden Adjektiv. *Abstoßend* war das Einzige, das ihm in den Sinn kam. Ein seltsames Gefühl schnürte ihm die Kehle zu. Scham? Nein, Mitleid. Das musste es sein. Ja, sie tat ihm leid. Nichts Neues eigentlich. Irgendwie hatte sie ihm schon immer leidgetan. In dieser Welt war sie so fehl am Platz wie ein Zierfisch im Piranha-Becken. Auf eine seltsame Weise schien der Verlust ihres Fingers das nur noch zu unterstreichen. Oft hatte er sich gewünscht, sie könnte ein bisschen mehr wie Cooper sein. Das wäre eine perfekte Mischung gewesen. Coopers Schneid gepaart mit Stacys Körper. Für einen Moment schwelgte er in dieser Phantasie.

Irgendwo ertönte das laute *Wuup* einer Tüpfelhyäne. Die einzige Hyänenart, die auch tagsüber mitten in der Stadt jagte. Die Wirklichkeit hatte ihn wieder.

Er zog Stacy am Oberarm, doch sie schüttelte ihn ab. »Wo ist Cooper?«

»Keine Ahnung«, gestand er. »Irgendwo hinter uns, schätze ich. Sie kommt bestimmt bald nach.«

»Ich hab Schüsse gehört«, sagte sie trotzig. »Vielleicht ist ihr was zugestoßen. Wir sollten zurück und nachsehen.«

Für einen Moment war Brent verblüfft. Einfach so zurück zu dem Malach? Das sah ihr kaum ähnlich. Andererseits, wenn es um ihre *Familie* ging …

Familie.

Lächerlich. Vor allem, wenn Stacy davon sprach oder auch nur Andeutungen in diese Richtung machte. Als würde sich das Fabrikgebäude irgendwann nur auf ihren Wunsch hin in eine hübsche Vorstadtvilla verwandeln, in die Brent abends nach getaner Büroarbeit, mit Zeitung in der Hand und Pfeife im Mund, hineinkommen konnte, um zu fragen: »Hallo, Schatz. Was gibt es denn heute Leckeres?«

Irgendwie gehörte Cooper offensichtlich auch in diesen seltsamen Traum, als unverheiratete Lieblingsschwester oder so. Kitschiger Unsinn. Eine plüschrosa Traumwelt, wie nur Stacy sie sich ausmalen konnte. Wenn er bloß daran dachte, kam ihm die Galle hoch. Er biss sich auf die Lippen, als er ihren fragenden Gesichtsausdruck bemerkte.

»Mach dir keine Sorgen um Coop. Die kommt schon allein klar«, sagte er, den Blick in die Ferne gerichtet.

Es mochte angesichts der Ereignisse der letzten zwei Stunden seltsam erscheinen, aber Brent war sich sicher, dass er recht hatte. Cooper war eben aus einem völlig anderen Holz geschnitzt als Stacy. Kein Püppchen. Niemand, dem die Jungs in Rockwell Heights nachgepfiffen hätten, als dort noch die katholische Schule gewesen war. Aber jemand, der ein halbes Dutzend Malach fast im Alleingang erledigt hatte. Eine verdammte Kampfmaschine im Kleinformat.

Er spuckte aus. »Und jetzt komm endlich!«

Erneut zog er sie am Oberarm. Widerwillig ließ Stacy sich mitziehen.

Die breite Straße war von Industriegebäuden gesäumt, von denen die meisten älter als hundert Jahre waren. Alter Backsteinadel. Hölzerne oder gusseiserne Doppelkastenfenster. Das meiste Glas zerbrochen oder blind vom Staub der Jahrzehnte. Die Mutter einer Habichtfamilie, die ihr Nest auf halber Höhe einer Feuerleiter errichtet hatte, krähte aufgeregt, als sie die beiden Menschen bemerkte. Die Gegend war schon vor der Entvölkerung alles andere als ein beliebtes Wohngebiet gewesen.

Ein paar Minuten später waren sie vor ihrem Domizil angekommen. Brent sog die Morgenluft in sich ein. Feuchtwarm, schon um diese Tageszeit. Er nahm das Gebäude in Augenschein. In dieser Stadt war Misstrauen nie eine schlechte Idee. Aber es sah alles friedlich aus. Nicht anders, als sie es verlassen hatten.

Das Gebäude war ein fünfstöckiger Backsteinquader an der Ecke 15th und Laflin Street, schlicht und funktional. Im Erdgeschoss waren die meisten der großen

Fenster irgendwann nach der ersten Bauphase zugemauert worden, ab dem ersten Stock bestanden sie aus Glasbausteinen, Sperrholzplatten oder Plastikfolie; nur hier und dort sah man noch echtes Fensterglas. Eine alte Fabrik der Otis Elevator Company. Sie hatte schon lange vor dem Bürgerkrieg leer gestanden.

Cooper und er hatten das Gebäude ausgesucht, weil die Gegend hier fast komplett menschenleer war und ihnen das angesichts ihrer Hauptbeschäftigung sicherer erschien. In wochenlanger Arbeit hatten beide den Übergang zwischen erstem und zweitem Stock mit Nato-Draht geschützt und alle Eingänge auf Bodenniveau zugemauert. Der einzige reguläre Zugang war damit passenderweise eine Art Außenfahrstuhl, eine Eigenkonstruktion und Coopers ganzer Stolz. Er bestand aus einem schlichten mannshohen Käfig, der über einen Flaschenzug und eine Seilwinde aus dem Inneren des Gebäudes bedient werden konnte.

Brent stieß einen schrillen Pfiff aus. Das vereinbarte Zeichen, den Korb, der auf Höhe des ersten Stockwerkes neben einer völlig verrosteten Außentreppe baumelte, herabzulassen.

Ein paar Minuten lang war nur das Krähen der Habichtmutter zu hören, die sich offenbar immer noch nicht beruhigt hatte. Dann setzte sich der Korb scheinbar wie von Geisterhand in Bewegung und berührte schließlich drei Meter vor ihnen die großen Bordsteinplatten. Schweigend ließ sich Stacy von ihrem Freund in den Korb ziehen, der an einer Seite offen war und in dem bequem auch noch eine dritte Person Platz gefunden hätte. Nachdem er eine kleine Sicherungskette vorgelegt hatte, pfiff er ein zweites Mal, und ein paar Augenblicke später wurden sie langsam schaukelnd in die Höhe gezogen.

Für Brent war es immer noch ein kleines Wunder, dass eine Person in der Lage war, den mächtigen Eisenkorb nebst Füllung über drei Stockwerke nach oben zu bewegen. Cooper hatte einmal versucht, ihm zu erklären, wie das funktionierte. Irgendwas von Hebelgesetz und einem von diesen alten, griechischen Philosophen – Archidingsdas oder so ähnlich. Es hatte verdammt langweilig geklungen. Trotzdem war es irgendwie cool gewesen, diese Dinge aus dem Mund eines Mädchens zu hören, auch wenn Cooper nicht nur aus diesem Grund seine Definition von »Mädchen« nur bedingt erfüllte.

Mit einem letzten Ruck kam der Korb vor einer mannshohen Öffnung im dritten Stock zum Stehen. Aus dem Dämmer des Inneren griff eine sehnige Hand mit schwarzer Haut nach dem Rand des Korbs. Zwei riesige dunkle Augen blitzten ihnen entgegen. Big Mama. Sie zog den Korb näher an die Öffnung heran und arretierte ihn mit einem Haken, sodass sich der Spalt zum Gebäude auf ein Minimum reduzierte. Dann öffnete sie eine Sicherungskette im Inneren des Gebäudes.

»Kommt herein.«

Es klang dunkel und befehlsgewohnt. Irgendwann einmal war Big Mama eine der mächtigsten Frauen der Stadt gewesen. Während des Bürgerkriegs war sie allerdings noch mit einer Bande Marodeure umhergezogen, wie man sich erzählte. Eine Verliererin unter Verlierern. Doch nachdem die Malachim dem Konflikt ein blutiges und rasches Ende bereitet hatten, hatte sie mit ein paar alten Freunden eine Art stadtweites Handelsimperium aufgebaut, das sie von ihrer Zentrale in einem riesigen Lagerhaus weit östlich in der Nähe von Eastham Court aus regierte. Während die eine Hälfte ihrer Männer damit beschäftigt war, die entvölkerte Stadt nach allem abzugrasen, was sich zu Geld machen ließ, war die andere mit der Verwertung der Ausbeute beschäftigt.

Man erzählte sich, dass die wenigen Bewohner der Stadt ganz gut in der Lage gewesen waren, sich mit dem über Wasser zu halten, was die Flüchtlinge in ihren Häusern zurückgelassen hatten, bis Big Mama aufgetaucht war und alles, was nicht niet- und nagelfest war, in ihren gut bewachten Kontoren hatte verschwinden lassen. Danach hieß es: Bezahl Big Mama oder verhungere! Das mochte übertrieben klingen, aber in Brents Augen war es eine schöne Metapher für die Rolle, die diese ausgemergelte Gestalt mit dem ergrauten Afro einmal in dieser Stadt gespielt hatte.

Big Mama war damals auch die Einzige gewesen, die über irgendwelche Handelsrouten noch regelmäßig Kontakte in die anderen Städte jenseits der Wälder unterhalten hatte. Doch eines Tages hatte ein gewisser Joe Mitchell, einer ihrer Distriktsfürsten, eine Revolte angezettelt. Dabei spielte es keine Rolle, dass die bessere Beteiligung, die er Mamas Anhängern geboten hatte, völlig unrealistisch gewesen war. Denn irgendwie hatte er die meisten von Big Mamas Gang dazu gebracht zu glauben, dass ihre bisherige Anführerin sie mächtig übervorteilte.

Innerhalb von nicht einmal vierundzwanzig Stunden hatte Big Mama das Kommando über ihr Imperium verloren, und Joe war zum neuen Anführer ernannt worden. Großzügig hatte er ihr angeboten, von nun an als seine »First Lady« zu fungieren, wie er es nannte, denn damals war Big Mama nicht nur eine mächtige, sondern auch eine sehr attraktive Frau gewesen. Stacy hatte in Big Mamas Sachen irgendwann mal Fotos gefunden, die ihre Stiefmutter in einem der Jahre unmittelbar vor dem Bürgerkrieg als Miss Black Georgia zeigten. Brent hatte fast seinen Kaffee verschüttet, als er die Fotos gesehen hatte.

Leider war von dieser Schönheit nicht mehr viel übrig. Ein Versuch, ihr Imperium mit ein paar letzten Getreuen zurückzuerobern, war kläglich gescheitert. Dabei war eine Blendgranate so nah an ihrem Gesicht explodiert, dass sie seither aussah wie einer jener Narbenmonsterbösewichte aus den alten Superheldencomics, die der selige kleine Georgie zu Lebzeiten dutzendweise unter seinem Bettchen gebunkert gehabt hatte. Eine chronische Hepatitis, die sie sich in der Zeit des Bürgerkriegs eingefangen hatte, hatte ihr dann den Rest ihrer früher legendären Energie genommen. Heute war sie kaum noch ein Schatten ihres alten Ich. Lediglich ihre stets fast übertrieben aufrechte Körperhaltung, die sie immer etwas größer wirken ließ, als sie in Wirklichkeit war, verriet die ehemalige Anführerin.

Und dann war da natürlich noch ihre Stimme. Dunkel und etwas heiser. Laut und dröhnend, wenn sie wütend war. Leise und schmeichelnd, wenn sie zu überzeugen versuchte. Brent musste merkwürdigerweise immer an altes Holz denken, wenn er sie hörte.

»Ihr seht ja furchtbar aus. Wo ist Cooper?«, fragte sie, während Stacy und Brent an ihr vorbei durch die Öffnung drängten. In der schlabberigen schwarzen Bluse und einer weiten Jeans von undefinierbarer Farbe wirkte sie noch fragiler und kränker als sonst. Sie war kaum vierzig, aber das eingefallene, zerfurchte Gesicht machte sie älter. »Brent?«

Zwei kohlschwarze Augen schienen ein Loch in sein Gesicht bohren zu wollen. Noch bevor er irgendetwas antworten konnte, brach Stacy in Tränen aus.

»Es ist alles meine Schuld«, jammerte sie.

Big Mama wollte sie in die Arme nehmen, doch dann fiel ihr Blick auf Stacys Hände, die sie vor ihrem Schoß verschränkt hatte. »O mein Gott, Kind! Was ist mit dir passiert?«

Das war offensichtlich mehr, als Stacy ertragen konnte. Sie fiel in Big Mamas Arme und begann hemmungslos zu schluchzen.

»Was hast du mit ihr angestellt?«, fuhr Big Mama Brent über Stacys Schulter hinweg an.

»Nichts. Gar nichts«, fauchte er wütend.

Das war wieder mal typisch. Big Mama hatte ihn von Anfang an gehasst. Er hatte es in ihren Augen lesen können, an jenem Abend vor etwa einem Jahr, als er mit Stacy das erste Mal hergekommen war. Er und sein großer Bruder Rip waren auf einem Barbecue gewesen, das Bill Sonstwie, der Sohn von irgendeinem Bandenchef in Compton, zu seinem Achtzehnten abgehalten hatte. Sein Vater hatte wochenlang vorher von seiner Gang die Stadt mit Plakaten bepflastern lassen. Trotzdem hatten sie sie beinahe übersehen.

Ein paar Dutzend Teenager waren dort gewesen; sie waren aus fast allen Vierteln der Stadt gekommen. Wahrscheinlich, so hatte Rip gefeixt, war dort überhaupt die gesamte U21 des Staates versammelt. Unter den Gästen waren auch Cooper und Stacy gewesen. Die hübsche Blondine war ihnen sofort aufgefallen. Vielleicht auch deswegen, weil sie wie ein Gänseküken hinter diesem seltsamen kleinen Mädchen mit dem Stachelputz herlief, das sich für die Party ausgerechnet in einen schmierigen Blaumann geworfen hatte. »Achtung, Kampflesbe«, hatte Rip ihm ins Ohr geraunt. »Achte drauf, wie ich die Blonde von ihr loseise.« Und dann, noch bevor Brent irgendetwas hatte erwidern können, war er mit drei Dosenbier aus seinem persönlichen Vorrat losgezogen.

Normalerweise räumte Rip immer die ganzen Puppen ab, aber diesmal hatte er Pech gehabt, und Brent war einige Stunden später im Wandschrank des Schlafzimmers von Bills Vater zum Zuge gekommen. Die Erinnerung daran verschaffte ihm immer noch ein warmes Gefühl zwischen den Schenkeln. Doch als Stacy ihn am selben Abend Big Mama vorstellen wollte, hatte die ihn sofort spüren lassen, dass er ihre Adoptivtochter ihrer Meinung nach nicht verdiente.

Big Mama mochte zwar verarmt sein, aber sie hielt sich offensichtlich immer noch für so eine Art Stadtadel, was Stacy wohl mit einschloss. Damit war Brent, die Waise, Brent, das Straßenkind, Brent, der Sammler, natürlich unter Stacys Würde. Und daran hatte sich bis heute nichts geändert.

Nur widerwillig hatte Big Mama zur Kenntnis genommen, dass Cooper, ihr zweites Findelkind, ihn nach einer Art Bewährungsprobe zu einem vollwertigen Mitglied der »Malach-Killer« erklärt hatte, wie Cooper ihr kleines Unternehmen nannte. Wenigstens hatte diese Tatsache dazu geführt, dass er im Haushalt geduldet wurde, auch wenn Big Mama kaum eine Gelegenheit ausließ, ihn wissen zu lassen, wie sehr sie sich wünschte, er würde bald wieder verschwinden. *Das könnte dir so passen, du alte Hexe,* hatte er sich stets gedacht. Wenn er ganz ehrlich zu sich selber war, machte der Umstand, dass er Big Mama ärgern konnte, indem er mit Stacy zusammenblieb, nicht wenig von dem Reiz aus, den Stacy auf ihn ausübte.

Big Mama hatte die weinende Stacy mittlerweile auf einen Stuhl bugsiert und begann die Wunde mit irgendeiner selbst gepanschten, übel riechenden Salbe zu versorgen.

»Was ist mit ihrem Finger passiert?«, fragte sie. Ihre Stimme klang kalt und schneidend wie immer, wenn sie zu Brent sprach.

»Lass mich bloß aus dem Spiel!«, rief er wütend. »Das hat sie sich ganz allein eingebrockt.«

Das mochte zwar keine besonders vollständige oder faire Wiedergabe der Ereignisse sein, aber Big Mamas Art, ihn grundsätzlich für alles verantwortlich zu machen, was bei Stacy so schieflief, trieb ihn regelmäßig zur Weißglut.

Er stampfte durch die ehemalige Werkshalle, die sich über den gesamten dritten Stock erstreckte und die ihre Wohnung darstellte. Hinten, in der entferntesten Ecke, befand sich sein und Stacys Zimmer, ein mit gemauerten Wänden abgeteiltes Viereck, in dem sich wohl ehemals das Büro des Werksleiters befunden hatte. Big Mama bewohnte ein ähnliches Zimmer auf der anderen Seite, während sich Coopers Zimmer ein Stockwerk höher befand und über eine Wendeltreppe in der Mitte der Halle erreichbar war.

Mit lautem Knall warf er die Tür hinter sich zu und schmiss sich auf den Stapel aus Matratzen und muffigen alten Decken, den er und Stacy ihr Bett nannten. Eine einsame Stubenfliege umschwirrte laut surrend den großen Kerzenkandelaber an der Decke über dem Bett.

Arrogante alte Hexe. Eines Tages werde ich dir deinen dünnen Hals umdrehen, dachte er. *Oder noch besser – ich erzähle Cooper die Wahrheit über ihre »Rettung«.*

Unruhig warf er sich eine Weile lang auf den Matratzen von einer Seite auf die andere. Ab und zu drang durch die dicke Metalltür die Ahnung eines Schluchzers an sein Ohr. Der Gedanke an die beiden und dass Big Mama wahrscheinlich wieder einmal die Gelegenheit nutzte, hinter seinem Rücken über ihn herzuziehen, machte ihn noch wütender, als er ohnehin schon war.

In solchen Momenten bestand sein wirksamster Launeaufheller darin, es Stacy ordentlich zu besorgen. Aber das kam an diesem Tag wohl kaum infrage. Also was tun? Fast wie von selbst fanden seine Finger den Weg zu der kleinen Blechkiste, in der er seine intimsten Habseligkeiten aufbewahrte. Er horchte noch einmal kurz in Richtung Tür. Stille, höchstens die Andeutung von Gewisper. Kein Wunder, die Werkshalle war riesig, und die Sofaecke, in die sich Stacy und Big Mama wahrscheinlich verkrochen hatten, befand sich ganz am anderen Ende. Gut so. Vorsichtig zog er die Kiste auf die Matratze und stellte die Kombination auf dem altertümlichen Nummernschloss ein. Dann öffnete er den Deckel.

Unter einem Stapel alter Holografien lag eine kleine Keramikphiole in Form eines fliegenden Drachen. Er hatte sie in einem verlassenen Esoterikladen gefunden. Verstaubt, mit ein paar kleinen Absplitterungen hier und dort, aber irgendwie cool. Er zog den detailliert gearbeiteten Kopf ab, der den Verschluss des Gefäßes bildete, dann ließ er ein paar Tropfen der darin enthaltenen Flüssigkeit in den Teller seiner linken Hand tropfen. Es dauerte eine Weile. Die Flüssigkeit war dunkel und zäh. Sie duftete nach feuchter Straße. Vorsichtig verteilte er etwas davon mit dem Finger über sein Zahnfleisch und massierte sie ein.

Die Wirkung ließ nicht lange auf sich warten. Der Flug der Stubenfliege, die eben noch hektisch um den Kandelaber herumgeschwirrt war, verlangsamte sich zu einer Art Zeitlupe. Statt des gleichmäßigen Surrens vernahm er jeden einzelnen Flügelschlag. Gleichzeitig fielen ihm Dinge in dem Zimmer auf, die er zuvor noch nie bemerkt hatte. Eine winzige Spinne, die halb hinter Stacys Schminkspiegel verborgen ein kugelförmiges Netz gewoben hatte. Ein haarfeiner Riss in der Außenwand, durch den sommerliche Hitze hereinströmte. Das leichte Vibrieren der Plastikfolie, die eines der Glaselemente im einzigen Fenster des Raums ersetzte. Die Beobachtungen erfüllten ihn mit einer nervösen Euphorie.

Er konzentrierte sich auf seine Hand, die sofort vor seinen Augen zu flimmern begann. Langsam ließ er seine Fingerspitzen in die Oberfläche der Matratze gleiten, bis seine Hand etwa bis kurz über das Gelenk verschwunden war. Neugierig fragte er sich, wie lange er den Zustand würde halten können. Nach etwa einer halben Minute begannen seine Finger zu kribbeln. Ein ekelhaft pelziges Gefühl. Das Zeichen, dass die Moleküle kurz davor waren, eine Verbindung einzugehen. Schnell zog er die Hand wieder heraus. Keinesfalls wollte er als der Junge mit der Matratzenhand enden.

Träumerisch wandte er sich wieder der Beobachtung der Fliege zu. Er hatte gehört, dass manche von McCanns Männern die Kunst beherrschten, länger als eine Minute mit festem Mauerwerk zu verschmelzen, ohne allzu gravierende Verletzungen davonzutragen. McCann hatte recht, und Cooper hatte unrecht. Teer war keine Gefahr. Teer war der Schlüssel. Nur durch Teer würden die Menschen die Kontrolle über die Welt wieder von den Malachim zurückerobern können. Irgendein höheres Wesen hatte es offensichtlich so bestimmt, dass die Malachim das Mittel zu ihrem eigenen Niedergang in sich trugen. Nicht, dass Brent irgendwie religiös gewesen wäre, wie zum Beispiel diese Verrückten, die sich unten in Beauregard in alten Kirchen trafen und den Jüngsten Tag herbeibeteten. Aber vielleicht war diese Heimsuchung tatsächlich eine Art Probe für die Menschheit.

Sein Bruder Rip war vor ein paar Monaten von McCanns Männern aufgenommen worden, nachdem er jenes geheimnisumwitterte Aufnahmeritual bestanden hatte, dass sie »Hell Dive« nannten. Auch Brent hatte sich beworben, aber McCann hatte ihm erklärt, dass Brent ihm fürs Erste nützlicher war, wenn er Cooper zur Hand ging. Brent war mehr als enttäuscht gewesen. Aber Rip hatte ihm später von einem Gespräch mit McCann berichtet. Dabei hatte McCann seinem Bruder »zwischen den Zeilen«, wie Rip es ausdrückte, zu verstehen gegeben, dass Brent früher oder später ein aussichtsreicher Kandidat sei. Seitdem sehnte Brent den Moment herbei, an dem er die Gelegenheit erhielt, sich gegenüber McCann zu beweisen, denn er war sich sicher, dass er den meisten Kerlen in McCanns tumbem Haufen himmelhoch überlegen war.

Sogar Brüderchen Rip, der zwei Jahre älter war als er, konnte ihm letztlich nicht das Wasser reichen, auch wenn Brent ihm das natürlich nie gesagt hätte. Die Sache heute war sicherlich gründlich danebengegangen, aber das war nicht seine Schuld gewesen, und offensichtlich hatte McCann es genauso gesehen, sonst hätte er nicht Stacy bestraft, sondern ihn oder sie alle.

Einstweilen blieb Brent nichts anderes übrig, als sich an Cooper zu halten und mit ihr so viel Teer für McCann zu beschaffen wie möglich.

Er bemerkte eine Bewegung auf seiner Hand und griff mit einer Schnelligkeit zu, die ihn selbst überraschte. Zwischen seinen Fingern zappelte die Fliege, quicklebendig. Noch. Wieder konzentrierte er sich auf seine Hand, bis das vertraute Flimmern begann. Auch die

Fliege flimmerte ein wenig. Er senkte die Hand mit der Fliege hinunter zum Nachttisch und ließ einen Teil ihres zappelnden Hinterleibs in dessen Holz verschwinden. Als seine Hand wiederum zu kribbeln begann, zog er die Finger schnell aus der fremden Materie. Zurück blieb ein mit dem Holz halb verschmolzener Leib, der noch einmal kurz zappelte und dann starr wurde.

Grinsend betrachtete er die frische Verzierung, die er dem Möbel verpasst hatte. Über dem Anblick fielen ihm nach und nach die Augen zu.

***

»Cooper darf das nie erfahren, hörst du?«

Big Mama hatte Stacys Kinn zwischen Zeigefinger und Daumen eingeklemmt wie in einem Schraubstock. Stacy versuchte, ihrem Blick auszuweichen, aber das erlaubte Big Mama ihr nicht.

»Und wenn sie es eines Tages herausfindet?«, fragte sie schließlich schniefend.

»Wie sollte das geschehen?«

»Was, wenn sie sich erinnert?«

»Das wird nicht passieren. Komm her.« Big Mama zog Stacys Kopf an ihre Brust. Das Gesicht ihrer Adoptivtochter war heiß, aber nicht fiebrig. *Keine Entzündung. McCann, das Schwein, hat saubere Arbeit geleistet,* dachte sie grimmig.

»Wir hätten ihr das niemals antun dürfen«, schluchzte Stacy halb erstickt.

»Sollten wir sie verhungern lassen?«, wandte Big Mama ein.

»Nein, aber wir hätten sie nicht einfach so …« Stacys Satz endete in einem erneuten Schluchzer.

»Darf ich dich daran erinnern, dass es deine Idee war«, sagte Big Mama, nicht ohne eine leise Drohung in der Stimme.

»Was für eine Idee?«, erklang es hinter ihnen.

Big Mama spürte, wie Stacy an ihrer Brust zusammenzuckte. Sie kniff Stacy in die Wange und würgte den Schreck herunter, der auch ihr gerade in die Glieder gefahren war.

»Hallo, Cooper«, sagte sie dann leichthin. »Wie bist du hier hereingekommen?«

Statt einer Antwort zuckte Cooper nur mit den Schultern. Sie setzte ihren Rucksack auf dem großen Holztisch vor den Sofas ab und begann ihn zu entladen.

»Schau sie dir an«, sagte Big Mama in heiterem Tonfall zu Stacy, die immer noch an ihrer Brust lag, aber zu weinen aufgehört hatte. »Unsere kleine, schlaue Cooper. Irgendwie habe ich mir schon immer gedacht, dass du irgendwo noch einen geheimen Notausgang hast, den nur du allein kennst.«

Cooper mied ihren Blick, aber Big Mama konnte erkennen, dass sie still in sich hineingrinste.

Stacy entzog sich Big Mamas Griff, richtete sich auf und wischte sich über die Augen. »Es tut mir leid, dass wir dich zurückgelassen haben. Brent hat mich einfach weggezogen.«

»Das ist okay, Stacy. Ich hab ihm gesagt, er soll abhauen und dich mitnehmen. Erinnerst du dich?«

»Trotzdem«, beharrte Stacy, »du bist meine Schwester. Das war nicht in Ordnung.«

Cooper seufzte. Sie ließ die Sachen auf dem Tisch liegen und setzte sich neben Stacy. Vorsichtig ergriff sie ihre Hand und betrachtete die Wunde. »Was soll ich erst sagen? Ich hätte dich vor McCann beschützen müssen.«

Eine Träne suchte sich den Weg über ihre Wange und tropfte auf den grauen Samt des Sofapolsters.

Und dann lagen sich die beiden weinend in den Armen. Big Mama, die neben ihnen saß, schüttelte lächelnd den Kopf. Auch ihre Augen waren ein wenig feucht geworden. »Hört gefälligst auf, ihr zwei. Ihr macht mich noch ganz weich.«

Verlegen grinsend lösten sich Stacy und Cooper wieder voneinander.

»Tut es noch sehr weh?«, fragte Cooper.

Stacy nickte stumm.

»Mit meiner Salbe wird das bald besser werden«, sagte Big Mama. »Ich verspreche es dir.« Mit einem Ruck stand sie auf. »Ich sag euch was. Ich hab dort hinten noch ein paar Dosen Spaghetti gebunkert. Was haltet ihr davon, wenn ich uns einen schönen großen Topf warm mache?«

»Haben wir denn noch Butan?«, fragte Cooper.

»Gregory hat mir zwei Kartuschen vorbeigebracht, aus alter Freundschaft sozusagen.«

Cooper zog anerkennend die Augenbrauen hoch. Gregory war einer von Big Mamas ehemaligen Gefolgsleuten. Einer der wenigen, der sich bis zum Schluss loyal verhalten hatte.

»Hört sich gut an«, sagte sie.

»Na, dann will ich mich mal ans Kochen machen. Ihr habt euch bestimmt einiges zu erzählen.«

»Äh … Big Mama …«

»Ich weiß, Cooper. Kein Interferon.«

»Es tut mir so leid.«

Big Mama seufzte. Die chronische Hepatitis machte sie kränker und kränker. Das Medikament versprach zwar keine Heilung, aber solange sie es nahm, schritt ihr Verfall wenigstens nicht so schnell voran. Doch ihre letzten Vorräte waren seit drei Wochen aufgebraucht. »Ist nicht deine Schuld, Kind. Ihr hattet eben Pech.«

»Ich hätte es einfach von McCann verlangen sollen.«

Big Mama stellte die Dose, die sie gerade hatte öffnen wollen, zurück auf den Tisch, setzte sich neben Cooper und legte ihr den Arm um die Schultern. »Das hätte auch nichts genützt, Kind. Ohne Gegenleistung rückt einer wie McCann überhaupt nichts raus, das weißt du genau.«

Cooper starrte düster vor sich hin, aber sie widersprach nicht.

»Wenn ich denke, dass ihr euch meinetwegen in diese Gefahr begebt ...« Big Mama rang die Hände. »Ich wünschte, ihr würdet damit aufhören.«

»Dann würden wir alle verhungern«, sagte Cooper trotzig.

»Wir könnten jagen gehen«, warf Big Mama ein.

»Diese Diskussion haben wir schon so oft geführt, Big Mama. Munition ist fast unbezahlbar geworden, und du erinnerst dich sicher noch, wie Brents und meine Versuche mit Pfeil und Bogen endeten.«

Big Mama verfiel in Schweigen. Cooper hatte leider nur zu recht. Sie selbst war einfach zu schwach, um die beiden Mädchen zu versorgen, und Brent, dieser Nichtsnutz ... Wenn es nur einen Weg gegeben hätte, sich ihre frühere Macht zurückzuholen. Sie hätte alles dafür gegeben. Aber die Zeiten waren vorbei.

Sie klopfte Cooper auf die Schulter und stand auf. »Heute verhungern wir jedenfalls nicht«, stellte sie fest, um einen fröhlichen Tonfall bemüht. Dann begab sie sich an den Tisch, um sich wieder den Konserven zu widmen.

»Worüber habt ihr vorhin gesprochen?«, fragte Cooper hinter ihr.

»Was meinst du?«, fragte Big Mama, die es nur zu genau wusste.

»Na, als ich reinkam. Es hörte sich an, als hättet ihr über mich geredet. Irgendetwas von Erinnerung. Ihr wart so leise, da hab ich euch nicht verstanden.«

»Richtig. Wir haben uns daran erinnert, wie wir dich gefunden haben, ganz allein in dieser Hütte mitten im Wald.«

»Und von meinen Eltern keine Spur ...«

»Niemand da außer dir, Schätzchen.«

»Und wie sah es in der Hütte aus?«

»Chaotisch, wie nach einem Überfall. Das weißt du doch. Wie oft habe ich dir diese Fragen schon beantwortet, Schätzchen.«

Cooper seufzte. »Ich weiß, aber ... Ich meine, immerhin reden wir über meine Familie, und ich erinnere mich kaum an sie.«

»*Wir* sind deine Familie«, erwiderte Stacy mit leichtem Vorwurf in der Stimme.

»Ja, schon. Aber ich meine ... Ich wüsste eben gern ...«

Big Mama warf ihr einen Blick über die Schulter zu, während sie die Butan-Kartusche auf den Tisch hievte. »Du möchtest einfach wissen, woher du kommst, Schätzchen.«

Es war eine Feststellung, keine Frage. Cooper nickte lahm.

»Aber ich weiß doch auch nichts über meine Eltern, während du sogar die Namen deiner Eltern kennst und weißt, wie sie ausgesehen haben«, warf Stacy ein. »Mich hat Big Mama von der Straße aufgelesen, da war ich noch kleiner als du, als wir dich gefunden haben.«

»Ja, ich weiß«, sagte Cooper fast ein bisschen kleinlaut. »Aber ich meine … Mich habt ihr doch zu Hause gefunden. Gab es denn keine Fotos oder irgendetwas, das meinen Eltern gehörte?«

»Sicher, Schätzchen, aber die Gegend war unsicher, voller Plünderer oder sogar noch übleren Gestalten«, sagte Big Mama. »Wir hatten einfach keine Zeit, was einzupacken, und du warst auch halb verhungert und sehr krank. Wir haben dich in mein Hauptquartier gebracht.«

»Und ihr wart allein?«

»Wie ich's dir schon so oft erzählt habe. Nur Stacy und ich.«

»Wo waren deine Männer?«, fragte Cooper, nun etwas bohrender.

Big Mama ließ den Kochlöffel los, mit dem sie die bereits sanft brodelnden Spaghetti umgerührt hatte, und stützte sich mit beiden Händen auf die Tischkante. »Einen Moment, Schätzchen.« Sie nahm einen Schluck Wasser aus dem Glas, das sie sich bereitgestellt hatte, um ein wenig Zeit zu gewinnen. Das Gespräch verlief in eine immer unangenehmere Richtung. Ihre nächste Antwort wollte wohlüberlegt sein.

»Hallo, die Damen. Da komm ich ja gerade recht, wie's aussieht!«

Big Mama und die anderen beiden wandten sich der Stimme zu.

Brent.

Grinsend stand er vor dem Sofa, die Hände großspurig in den Taschen vergraben. Big Mama konnte sich nicht erinnern, sich jemals so über sein Auftauchen gefreut zu haben.

Er beugte sich zu Cooper herunter. »Wow, Coop. Dein Auge sieht ja phantastisch aus. Kaum noch blau. Irgendeiner von Big Mamas Hexentränken?«

Big Mama bemerkte, dass auch Stacys Miene Überraschung verriet. Offensichtlich war ihr diese Veränderung bei Cooper bisher entgangen. Und Cooper schien das Thema unangenehm zu sein. Sie senkte den Kopf, sichtlich bemüht, Brents forschenden Blicken auszuweichen.

»Zeig doch mal her. Ist ja ein kleines Wunder«, meinte Brent.

»Lass das.« Cooper schob die Hand zur Seite, die er schon nach ihrem Gesicht ausgestreckt hatte.

»Was ist denn los, Coop?«, drängte er.

»Hey, Kosky, du Nervensäge!«, donnerte Big Mama dazwischen. »Lass sie in Ruhe!«

Ruckartig wandte sich Brent ihr zu. Für einen kurzen Moment funkelte in seinem Blick eine derart bösartige Feindseligkeit, dass es Big Mama kalt über den Rücken rieselte. Und dann war da noch dieses seltsame Flimmern, als würde sein Gesicht gleich durchsichtig werden. Big Mama kniff die Augen zusammen. Als sie sie wieder öffnete, schien Brent sich wieder gefangen zu haben. Auch die seltsame Transparenz war verschwunden. Er lehnte sich zurück.

»Entspann dich, Big Mama«, sagte er mit einer ordentlichen Portion Anmaßung in der Stimme.

Schon wollte sie zurückschnappen, doch sie besann sich eines Besseren, zuckte nur mit den Schultern und begann, ein paar saubere Teller aus dem Schrank zu holen.

Aus den Augenwinkeln sah sie, wie Brent die Hand nach Stacy ausstreckte, sie zu sich zog und sie vor aller Augen zu befummeln begann. Wenigstens dieses eine Mal unterband Stacy seine Versuche energisch. Cooper, der die Szene offensichtlich unangenehm war, stand auf und fuhr damit fort, ihren Rucksack auszupacken.

»Wie bist du den Malach losgeworden, Cooper?«, fragte Stacy, während sie Brents zudringliche Rechte auf der eigenen Schulter festnagelte.

»Gar nicht«, antwortete Cooper. »Er hat mich in die Flucht geschlagen.«

Brent stieß einen anerkennenden Pfiff aus. »Und du bist ihm entkommen, mit dem Rucksack und der Spule und allem darin?«, fragte er ungläubig.

»Nein.« Cooper schüttelte den Kopf. »Ich bin abgehauen und dann noch einmal zurückgekommen, um alles einzusammeln. Hab sogar Fentons Revolver mit ein paar Patronen drin mitgenommen.« Sie zog die Waffe aus dem Rucksack und legte sie auf den Tisch. »Nur die Autobatterie musste ich leider dort lassen. Ohne Werkzeug konnte ich sie nicht aus dem Motorblock lösen.« Sie klang fast entschuldigend.

»Das war so gefährlich, Cooper«, warf Stacy ein. »Woher wusstest du, dass der Malach wieder verschwunden war?«

Big Mama hatte sich gerade die gleiche Frage gestellt. Gespannt warteten alle auf Coopers Antwort. Doch die zuckte nur mit den Schultern.

»Keine Ahnung«, murmelte sie. »Hab einfach Schwein gehabt, schätz ich.«

Big Mama kannte Cooper lange genug, um ihr am Gesicht anzusehen, dass das nicht die Wahrheit war. Und genau aus diesem Grund wusste sie auch, dass es in solchen Momenten keinen Zweck hatte, weiter nachzuhaken. Aber sie machte sich eine Notiz im Hinterkopf, sich Coopers Auge beizeiten unauffällig anzuschauen. Brent hatte ausnahmsweise einmal recht. Wenn sie Stacys Schilderung der Verletzung berücksichtigte, musste es hier zu einer Art Wunderheilung gekommen sein. Aber es war später noch genug Zeit, sich damit auseinanderzusetzen. Die Spaghetti waren gleich fertig.

»Cooper, mach den Tisch frei, und dann setzt euch alle«, bestimmte Big Mama.

Eine Stunde später saßen sie alle mit gefüllten Bäuchen um den Tisch herum. Big Mama hatte es nicht über sich gebracht, ihnen zu sagen, dass ihre Vorräte damit – von dem bisschen Gartengemüse auf ihrem Dachgarten abgesehen – mehr oder weniger aufgebraucht waren. Es tat einfach zu gut, die Mädchen einmal so satt zu sehen.

Draußen hatte die Sonne den Zenit bereits überschritten. Irgendwo weit in der Ferne war in größeren Abständen das Knallen von Schüssen zu hören. Ein Jäger vielleicht oder eine Schießerei.

»Was haltet ihr jetzt von einem kleinen Moonshine auf dem Dach?«, fragte Big Mama.

»Den Selbstgebrannten?«, fragte Brent halb interessiert.

»Sehe ich aus, als könnte ich mir Fremdspirituosen leisten«, erwiderte Big Mama gut gelaunt.

Cooper grinste. Sie war es, die die kleine Destille gebastelt hatte, die es Big Mama erlaubte, aus dem Obst, das sie auf dem Dach zog, Schnaps herzustellen.

»Aber, Big Mama«, warf Stacy ein, »ich finde, du solltest wirklich ein bisschen an deine Leber denken und …«

»Papperlapapp«, fiel Big Mama ihr ins Wort. »Ein kleiner Schluck hat noch niemanden umgebracht, Schätzchen.«

»Eines Tages wirst du dich mit diesem Fusel vergiften«, war Stacy überzeugt.

Big Mama seufzte. Es war eine weitere von diesen lästigen Diskussionen zwischen ihr und Stacy, bei denen es, zumindest ihrer eigenen Meinung nach, eigentlich um etwas ganz anderes ging. Aber heute würde sie sich von der Kleinen die Laune nicht verderben lassen.

»Also, mir egal, was ihr macht«, stellte sie klar, »aber ich geh jedenfalls jetzt nach oben und genehmige mir ein Gläschen.«

Brents Miene verriet, dass er der Sache nicht abgeneigt war, aber ein Blick von Stacy sagte ihm, dass er es besser vergessen sollte. »Schätze, ich und Stace machen lieber 'n kleines Nickerchen«, sagte er deshalb mit einem Schulterzucken.

»Du wolltest sagen, ihr geht fummeln«, warf Cooper ein.

Brent grinste über beide Backen. Es fehlte nicht viel, und Big Mama hätte ihm einen Teller an den Schädel geworfen. Doch sie riss sich zusammen und stand auf. »Cooper, bist du dabei?«

»Immer, Big Mama.«

Ziellos strich er durch die Straßen der Stadt. Hier und dort fühlte er die Anwesenheit von Menschen, die sich vor seinem Anblick verbargen, aber sie bedeuteten ihm nichts. Hatten sie ihm jemals etwas bedeutet? Er konnte sich nicht mehr erinnern. Ja, da waren Bilder von Jagd und Tod und er mitten darin, aber ihr Sinn war ihm ein Rätsel.

Er fühlte eine große Leere. War es das, was die Menschen empfanden, diese seltsamen Wesen, die das Glück des Kollektivs nicht kannten? Dann verstand er nicht, warum sie so beharrlich an diesem Dasein festhielten.

Für ihn, dessen Kopf von den Gefühlen seiner Geschwister erfüllt gewesen war, solange er denken konnte, war es die Hölle.

Die einzige Verbindung, die ihm geblieben war, war ausgerechnet die zu dieser Menschenfrau. Nun gut, hatte er sich gesagt, wenn das das Schicksal war, das seine Götter ihm bestimmt hatten, würde er sich demütig fügen.

Er hatte sie gesucht, um sich ihr mitzuteilen, aber sie hatte ihn zurückgestoßen. Sie hatte sich gegen die Verbindung gewehrt und war vor ihm davongerannt.

Die Sonne neigte sich zum Westen. Fern hinter den Dächern der Vorstadt waren die ersten Baumwipfel des Waldes zu sehen. Eine Weile betrachtete er schweigend den hellen Glutball im Himmel. Langsam formte sich ein hoffnungsvoller Gedanke in seinem Innern. Er würde zu jenem gehen, der sich sein Schöpfer nannte. Er würde ihn einfach um Wiederaufnahme in das Kollektiv bitten. Wessen auch immer er sich schuldig gemacht hatte, er verdiente diese harte Strafe nicht.

»Cheers.«

Big Mama erhob den Blechbecher in Coopers Richtung. »Skol.«

Beide nahmen einen tiefen Schluck.

Cooper verschluckte sich und begann fürchterlich zu husten. »Mein Gott, Big Mama. Das ist ja noch schlimmer als der Obstbrand vom letzten Mal«, keuchte sie schließlich. »Woraus hast du dieses Zeug nur gebrannt?«

Big Mama grinste. Schweigend wies sie mit dem Finger auf ein Beet mit dornigen Sträuchern am östlichen

Rand des Dachs, direkt neben Brents kleiner Marihuanakolonie. Cooper wunderte sich, dass es ihr bisher nicht aufgefallen war, aber Big Mamas Dachgarten war mittlerweile recht umfangreich geworden.

»Daraus kann man Schnaps brauen?«, fragte Cooper ungläubig.

»Mexikanisches Rezept«, erklärte Big Mama. »Man nennt es Mezcal. In meiner Jugend hieß der bekannteste dieser Mezcals Tequila, nach einer Stadt in Mexiko. Von Tequila habe ich mich früher quasi ernährt.«

»Mexiko ...« Cooper sprach das Wort geradezu andächtig aus. Es klang nach Fremde und Abenteuer und nach verlorener Vergangenheit. »Gibt es das noch, dieses Mexiko?«

»Keine Ahnung. Schätze, irgendwie schon, aber ob es dort immer noch so heiß ist ...« Big Mama zuckte mit den Schultern.

Sie schwiegen eine Weile. Die Sonne ließ ihre Schatten auf dem Dach allmählich länger werden.

»Darf ich Musik machen?«, fragte Cooper schließlich.

»Nur zu.«

Cooper zog den Audiokristall aus der Tasche und presste ihn in das altertümliche Abspielgerät, das sie drüben in Decatur bei einem Trödler gekauft hatte. Dann schloss sie die beiden Kabel an die Autobatterie, die sie für solche Fälle hier oben deponiert hatte. Mit ein paar Sekunden Verzögerung begannen die Lautsprecher Musik auszuspucken. Die Stimme dröhnte, aber die Worte waren gut zu verstehen:

»White riot
I wanna riot
White riot
A riot of my own.«

»Klingt gut. Was ist das?«, fragte Big Mama.

Cooper strich über den Kristall. Das Display auf dem Abspielgerät leuchtete auf.

»The Clash«, las sie vor.

»Und wie alt ist das?«

»Weiß nicht. Bestimmt hundert Jahre.«

»Eher zweihundert«, entgegnete Big Mama.

»Kann sein.«

Wieder schwiegen sie eine Weile.

»Was ist los, Cooper? Du bist doch sonst nicht so wortkarg.«

»Keine Ahnung. Schätze, die Sache mit McCann bereitet mir Kopfzerbrechen.«

»Du meinst, die beiden Toten?«

»Richtig. Er wird sie vermissen, und wenn er die Leichen findet, wird er vielleicht denken, wir hätten sie umgebracht.«

»Oh, das glaube ich nicht, Schätzchen. McCann mag ein Verrückter sein, aber er ist nicht dumm.«

»Meinst du?«, fragte Cooper zweifelnd.

»Im Gegenteil. Er ist einer der intelligentesten Kerle, die ich je getroffen habe.«

»Klingt ja fast, als würdest du ihn bewundern oder so«, sagte Cooper spöttisch.

Big Mama schüttelte entschieden den Kopf. »Versteh mich nicht falsch. Für das, was er Stacy angetan hat, werde ich ihn über den Haufen schießen. Das schwöre ich bei Jesus und allen Heiligen«, erklärte sie grimmig. »Aber früher«, fuhr sie dann mit etwas weicherer Stimme fort, »also bevor er diese Besessenheit gegen die Malachim entwickelt hat, war er ein völlig anderer Mensch.«

»Wie meinst du das?«

»Wusstest du, dass er Arzt war?«

»Ja, hab ich gehört.« Cooper spuckte über die Dachkante, an der sie saßen. »Irgend so ein Tittendoktor für Reiche, stimmt's?«

»Damit hat er tagsüber sein Geld verdient, aber man sagt, danach habe er arme Leute, die sich keinen Arzt leisten konnten, umsonst behandelt. Dafür war er in der ganzen Stadt bekannt.«

»Wow, klingt nicht nach *dem* McCann, den ich kenne.«

»Ich weiß.«

»Was hat ihn so verändert?«

»Seine Frau ist im Bürgerkrieg gestorben. Sie hatten eine kleine Tochter. Er hat sie dann allein großgezogen, bis eines Tages die Malachim sein Haus überfielen und sie verschleppen wollten. Er hat sie in einem Panikraum versteckt. Weißt du, was das ist?«

»Schon mal gehört. So eine Art Mischung aus Versteck und Safe.«

»Bei seinem Kampf mit den Malachim ist eine Gasleitung in seinem Haus leckgeschlagen. Ein Funke hat das Gas in Brand gesteckt.«

Cooper schüttelte sich. »Jesus! Ich glaube, ich kann mir den Rest denken. Kein Wunder, dass er alle Malachim töten will.« Sie dachte eine Weile nach. »Würd ich die Typen in die Finger kriegen, die meine Familie umgebracht haben, ich würde das Gleiche tun.«

Statt etwas darauf zu erwidern, nahm Big Mama einen weiteren großen Schluck aus dem Becher. Cooper tat es ihr nach.

Ein spitzer Schrei zerriss die Luft. Alarmiert sahen sich die beiden an. Weitere Schreie folgten, die schließlich in eine Art rhythmisches Gejammer übergingen.

Kichernd stieß Cooper Big Mama einen Ellenbogen in die Seite, doch sie erntete eine mehr als säuerliche Miene.

»Ich kann daran wirklich überhaupt nichts Komisches finden, Cooper Kleinschmidt«, sagte sie ärgerlich.

»Ach komm, Big Mama, lass den beiden ihren Spaß. Sei nicht so prüde.«

»Darum geht es nicht«, fauchte sie. »Dass sie ausgerechnet mit diesem Versager ... Ach!« Sie machte eine wegwerfende Handbewegung.

»Du bist nicht fair«, fand Cooper. »Brent ist eigentlich ganz in Ordnung. Ich meine, nicht gerade 'n Rosenkavalier oder so was. Aber in Ordnung.«

Doch Big Mama ließ sich nicht beirren. »Ein Versager und ein Lügner. Er benutzt Stacy sowieso nur, um sich an dich ranzumachen.«

»Mich?« Cooper schlug sich prustend auf die Schenkel. »Das ist ja der Witz des Jahrhunderts, Big Mama. Ich bin's. Cooper Kleinschmidt. Meine männerabweisende Wirkung ist stadtbekannt. Kerle wie Brent wollen Arsch, Titten und blonde Haare. Ich hab nichts dergleichen.« Sie stand auf und blinzelte in die Sonne, die mittlerweile den Horizont erreicht hatte. »Big Mama sagt, Brent steht auf mich. Na, auf den Schrecken leg ich mich, glaube ich, erst mal eine Runde hin.«

Big Mama zwinkerte ihr zu und nickte. »Alles klar. Ich bleib noch ein bisschen hier. Es ist so schön warm hier oben.«

»Warm?« Cooper schüttelte den Kopf. »Big Mama, es ist schweineheiß.« Sie winkte und trollte sich.

Big Mama sah ihr nach, bis sie über die Wendeltreppe in der Mitte des Dachs im Gebäude verschwunden war.

Kleine Cooper, dachte sie, *hast keine Ahnung, wie hübsch du eigentlich bist, dunkel und zierlich. Eine Quellnymphe aus einem Renaissance-Gemälde. Nun, ich hoffe, der Kerl, der es zuerst herausfindet, ist es auch wert.*

4

Der Mann bewegte das kleine Kabelende zwischen den Fingern. Dann zeigte er es McCann. »Hier, siehst du? Sie haben versucht, die Batterie zu entfernen. Ich hab doch gesagt, diese kleine Hexe hat Tom und Fenton umgebracht, um sie dann zu bestehlen. Fentons Waffe ist auch weg.«

Der Mann, den alle anderen nach dem Verlust einer Ohrmuschel durch eine Schussverletzung nur Ears nannten, hatte ganz bewusst so laut gesprochen, dass die fünf Dutzend weiteren Männer um sie herum ihn deutlich hören konnten. Sofort begannen sie herumzugrölen und den Tod der drei zu fordern.

McCann kochte innerlich. Ihm selbst war völlig klar, was passiert war. Die Spuren sprachen deutlich zu ihm. Es war Fenton gewesen, diese kleine Ratte. Überhaupt kein Zweifel. Der erste Schuss war eindeutig vom Beifahrersitz aus gefallen, und Tom hatte versucht, ihn mit der linken Hand abzuwehren. McCann hatte immer gewusst, dass der Junge Ärger bedeutete. Warum er ihn in die Gang aufgenommen hatte? Er wusste es nicht mehr.

Doch wer hatte anschließend Fenton erwischt? Er schien völlig unverletzt und war doch mausetot. Aller Wahrscheinlichkeit nach also ein Malach-Überfall. Vielleicht auch jemand mit reichlich Teer intus. Bedachte man, dass Fenton auf dem Bauch lag, der Angreifer ihn also auf offener Straße von hinten überrascht hatte, war es sicherlich keiner der drei Teens gewesen.

Ein Malach, so tief in der Stadt, dachte er. *Interessant.*

»Also, was tun wir, Boss?« Es war wiederum Ears, der die Frage stellte. Allein für das schmutzige Grinsen, mit dem er McCann bedachte, hätte der ihn eigentlich jetzt und hier über den Haufen schießen müssen.

Leider erfreute sich Ears unter McCanns Männern größter Beliebtheit. Und es war weiß Gott nicht das erste Mal, dass McCann der Verdacht kam, Ears nutze Situationen wie diese, um ihn in die Enge zu treiben und so an seinem Stuhl zu sägen. Eines Tages würde er sich mit dem Mann auf die eine oder andere Art auseinandersetzen müssen, doch dieser Tag war noch nicht gekommen.

Kurz erwog er die Möglichkeit, wenigstens seine Zweifel an Ears Einschätzung der Lage zu äußern, doch ein Blick auf den tobenden Mob um ihn herum genügte, um festzustellen, dass die Männer ihre Entscheidung bereits gefällt hatten. Jeder Versuch einer Debatte hätte ihn als kinderlieben Schwächling diskreditiert, der seinen Männern die Rache nicht gönnte, seine Stellung geschwächt und Ears unnötigen Auftrieb verschafft. Nein, Cooper mochte sich seinen Respekt verdient haben, aber sie war es keinesfalls wert, die Herrschaft über die Gang zu riskieren. Und wegen des verdammten Teers musste er sich eben etwas einfallen lassen. Immerhin hatte er sich in weiser Voraussicht von Cooper eine Kopie der Spule für seine eigenen Zwecke herstellen lassen, und es gab sicherlich den einen oder anderen Teenager in dieser Stadt, den er mit der geeigneten Motivation dressieren konnte, das Ding zu benutzen.

Er hob den Arm, und das Gejohle erstarb. Alle Blicke richteten sich erwartungsvoll auf ihn. Fünf Sekunden taktisches Schweigen garantierten die notwendige Dramatik.

»Rache für Fenton und Tom!«, rief er dann, die Faust in den Abendhimmel gereckt, an dessen Horizont die Sonne gerade hinter den Häusern der Vorstädte verschwand.

»Rache für Fenton und Tom!«, erscholl es aus Dutzenden von Kehlen wieder und wieder.

Er rang sich ein Lächeln ab.

»Und wie finden wir die drei jetzt, Boss«, fragte Ears, als die Sprechchöre erstorben waren.

»Soso, es gibt also auch noch Dinge, die du nicht weißt«, entgegnete McCann.

Ears, dem der schneidende Unterton keinesfalls entgangen war, lief dunkelrot an. »Wie meinst du das, Boss?«

»Oh, nichts«, antwortete er, um einen leutseligeren Tonfall bemüht. »Und um auf deine erste Frage zurückzukommen: Jaws ist die Antwort.«

Ears zog erstaunt die Augenbrauen hoch. »Du meinst unseren Jaws?«, fragte er unsicher.

»Richtig«, sagte McCann. »Unser Maskottchen. Ihr habt ihn doch sicher dabei, oder? Ich meine, ihn heute schon gehört zu haben.«

»Klar, Boss«, sagte Ears und rief in die Menge: »ROCCO! Bring Jaws!«

Daraufhin bahnte sich ein breitschultriger Latino den Weg durch die umstehenden Männer. An einer Leine, die nicht viel mehr als ein faseriger alter Strick war, zerrte er einen riesigen Schäferhund hinter sich her. Jaws war der offizielle »Verhörhund« von McCanns Gang. Auf einen speziellen Pfiff hin verwandelte er sich in eine reißende Bestie, die ihre Opfer glauben machte, die Hundeleine wäre das Letzte, was sie noch vor dem sicheren und sehr grausamen Tod bewahrte. Nur Eingeweihte wussten, dass Jaws friedfertiger war als ein

Lämmchen, aber eben ein begnadeter Schauspieler, wenn es drauf ankam. Für McCann war Jaws auf jeden Fall das sympathischste und wahrscheinlich auch das intelligenteste Mitglied seiner ganzen Bande. Er tätschelte den breiten Schädel des Tieres.

»Ich verstehe nicht, Boss. Wozu brauchst du Jaws? Hier ist doch niemand mehr«, fragte Ears.

McCann nahm sich vor, diesen kleinen Moment der Genugtuung wenigstens ordentlich auszukosten. Statt eine Antwort zu geben, kniete er sich vor dem Hund hin und kramte in der Brusttasche seiner Army-Weste, bis er gefunden hatte, wonach er suchte. Einen kleinen länglichen Gegenstand, nicht größer als eine Kerze.

Ein verständiges Raunen ging durch die Reihen der Männer, als er den Gegenstand aus dem blutigen Taschentuch wickelte, in das er eingeschlagen war. Dann hielt er ihn Jaws unter die Nase. Der Hund schnupperte neugierig. Schließlich bellte er zweimal und begann an der Leine zu zerren.

Grinsend stand McCann auf. Er nahm Rocco den Strick aus der Hand und reichte sie an Ears weiter, der sie verdattert entgegennahm.

»Sequere canem.« McCann gab ihm einen Klaps auf den Rücken. »Die anderen aufsitzen. Folgt Ears, der dem Hund folgt!«, brüllte er.

Ears, der endlich begriff, stolperte hinter Jaws her, der ohnehin kaum noch zu halten war.

Auf dem Weg zu seinem Wagen kam McCann an einem Minivan vorbei. Der Mann, der davor stand, hatte zwei Patronengurte kreuzweise über die Brust gelegt, so wie in einem schlechten Kriegsfilm.

»Hola, Manolo. Hast du die langen Ladys dabei?«

»Si, Patrón.«

Er klopfte dem Mann auf die Schulter. »Gut. Es könnte sein, dass wir sie brauchen.«

Sie nahm einen tiefen Zug von dem Joint und drückte den Rest in dem Aschenbecher aus, der auf der Holzkiste stand, die ihr als Nachttisch diente. Dann richtete sie sich auf und schlang die Arme um ihre Knie.

»Wie wär's mit 'ner zweiten Runde, Stace?« Brent lag neben ihr auf dem Rücken. Nackt. Sein Interesse war auch ohne die Frage klar erkennbar. Aber offenbar war jetzt sie am Zug, erste Schritte zu unternehmen.

Doch die Wirkung von Big Mamas Salbe ließ nach, und der Schmerz in ihrer Hand pulsierte wieder deutlicher. Auch unter dem Verband, den Big Mama um die Wunde gelegt hatte, war der Stumpf gut zu erahnen. Sie spürte, wie ihr die Augen feucht wurden.

»Was ist los, Baby? Die Schmerzen?« Er richtete sich auf und legte einen Arm um ihre Schultern.

Sie schüttelte den Kopf. Tränen liefen ihr über die Wangen und tropften ihr auf die Knie.

»Komm, sag's mir.«

Sie zögerte, aber es wollte aus ihr heraus. »Du hast immer gesagt, du stehst auf meine schlanken Hände. Und jetzt …« Ein Schluchzer erstickte den Rest ihres Satzes.

Er zuckte mit den Schultern. »Man kann nicht alles haben.«

Sie stieß seinen Arm weg. »Super. Genau das, was ich hören wollte.«

»Was denn?« Er rang die Hände. »Ich steh trotzdem auf dich. Ganz bestimmt. Ich mein, hab ich dir doch eben bewiesen. Oder, Baby?«

Stacy biss sich auf die Unterlippe. Nein, das war ganz bestimmt nicht die Art von Beweis, die sie im Kopf hatte. Big Mama kam ihr in den Sinn und die schlechten Dinge, die sie stets über Brent sagte. Manchmal fiel es ihr wirklich schwer, ihn zu verteidigen. Andererseits war Big Mama wirklich nicht diejenige, die mit Steinen werfen durfte, wenn es um die Partnerwahl ging. Und selbst Cooper hatte gesagt, auf Brent sei Verlass, wenn es drauf ankam, oder so was Ähnliches. Und eines Tages würde sie es Big Mama beweisen.

»Liebst du mich?«

Brent zog die Stirn kraus. »Baby, du weißt doch, was ich dir über mich und das große Wort gesagt habe.«

O ja. Das konnte sie auswendig herunterbeten. Er würde das Wort »Liebe« nicht einfach so in den Mund nehmen. Das Wort war viel zu wichtig, als dass man es einfach so gebrauchte. Er müsste sich eben erst ganz sicher sein, dass sie füreinander bestimmt waren. Bla, bla, bla. Diese Debatte hatten sie wohl schon an die hundert Mal geführt.

»Es ist ja auch nur … Ich meine, wann denkst du denn, dass es endlich so weit ist?«

»Psst.« Er legte einen Finger vor den Mund.

»Brent Kosky, wag es nicht, mich jetzt zu *psst*-en. Ich will jetzt endlich …«

Doch bevor sie den Satz zu Ende bringen konnte, hatte er seine Hand fest auf ihren Mund gedrückt. »Leise«, flüsterte er. »Da draußen ist irgendwas.«

Angespannt horchten sie in die Dunkelheit, die mittlerweile vor ihrem Fenster herrschte. Eine Weile lang konnte Stacy nichts hören. Dann bemerkte sie es auch. Ein fernes Brummen.

»Was ist das?«, flüsterte sie.

»Motoren. Autos. Mindestens ein Dutzend.«

»Hier, in Century City?«

Das war alles andere als ein gutes Omen. Sie tauschten einen ängstlichen Blick.

Sie war diesen Pfad schon Hunderte Male gegangen. Alles war vertraut und zugleich seltsam fremd. Vielleicht war es das fahle Licht des Mondes, denn in ihrer Erinnerung war es hier immer Tag gewesen. Vielleicht war es der Wald selbst. Früher hatte man zwischen den Fichten hindurchsehen können, nun versperrten dichtes Buschwerk und die umgestürzten Stämme greiser Baumriesen den Blick in die Ferne. Vielleicht aber war es auch die seltsame Perspektive, aus der sie das alles betrachtete, so als ob sie viel weiter vom Boden entfernt war als in ihrer Erinnerung. Ja, fast ein bisschen, als ob sie über allem schwebte.

Das Seltsamste aber war, dass sie bei alldem nichts von der Angst empfand, die sie im Wald heimsuchte, seit sie ihre Eltern dort hatte sterben sehen.

Links neben ihr begann das Gelände nach und nach anzusteigen. Irgendwo hinter dem Gesträuch konnte sie vage die vertrauten Windungen einer Zufahrt ausmachen.

Ohne zu wissen, warum, verließ sie auf einmal den gewohnten Pfad zur elterlichen Hütte und bahnte sich einen Weg durch das Unterholz, bis sie das Asphaltband erreichte. Im Licht des Mondes erschien es unwirklich hell. Sie folgte der Zufahrt, die sich den Hügel hinaufwand wie eine versteinerte Schlange.

Oben, auf der Hügelkuppe, wo die Bewaldung langsam nachließ, wurde bereits die Mauer sichtbar, die sie früher so oft aus der Ferne bestaunt hatte. Sie spürte die Schläge ihres Herzens. Vielleicht war es nur die Steigung, die sie so anstrengte und ihr Herz klopfen ließ. Vielleicht aber war es auch der Gedanke, dass sie kurz davor war, ein Geheimnis zu lüften, das sie beschäftigt hatte, seit sie denken konnte.

Je näher sie der Mauer kam, desto markanter zeichnete sich im Licht des Mondes die wohlbekannte Form des Gebäudes ab, das sich dahinter verbarg. In steinernen Windungen schraubte es sich in den Nachthimmel: das Schlangenhaus.

Bald lag die Durchfahrt vor ihr, die das Geheimnis hinter der Mauer mit ihrer Welt verband. Aus der Nähe erkannte sie, wie gut das Gelände gesichert war. Glasscherben auf der Mauerkrone spiegelten das Mondlicht. Innerhalb des äußeren Mauerrings gab es eine zweite, etwas niedrigere Mauer. Schranken und versenkbare Poller schützten die Schleuse, die die beiden Mauern um die Durchfahrt bildeten. Doch in den Wächterhäuschen links und rechts war niemand zu sehen.

Jenseits der inneren Mauer wurde die zweispurige Straße zu einem schmalen Ring, dessen obere Schlaufe sich an den seltsam überdimensionierten Haupteingang des Schlangenhauses schmiegte. Je näher sie dem Gebäude kam, desto höher ragte es in den Nachthimmel. Schließlich stand sie vor dem stählernen Geviert des Eingangs. Die Buchstaben

USAILEP

waren in die beiden mächtigen Metallflügel der Tür gestanzt. Tief in ihr rührte sich eine Erinnerung. Doch bevor sie den Gedanken greifen konnte, öffneten sich die Flügel geräuschlos, fast wie von Geisterhand, und gaben den Blick auf die Lobby des Gebäudes frei.

Der Boden bestand aus schweren, weißen Marmorplatten, so wie der ihrer alten Schule und vieler anderer öffentlicher Gebäude in dieser Gegend. »Knochen des Ozeans« hatte ihr Vater das vor langer Zeit einmal genannt, und in ihrer kindlichen Phantasie hatte sie damals an einen archaischen Leviathan aus Gebein und grünem Meereswasser gedacht.

Der kühne Schwung einer breiten Theke ließ den Rezeptionsbereich wie ein schlafendes Raubtier wirken. Doch in den Ledersesseln hinter den durchsichtigen Bildschirmen saß keine lebende Seele. Fast wollte sie innehalten, doch schon hatten ihre Beine sie hinter den Tisch gebracht, und sie fand sich vor einer schlichten metallenen Schiebetür wieder. Im Rahmen der Schiebetür war ein Touchscreen eingelassen. Offenbar handelte es sich um einen Fahrstuhl.

Sie streckte ihre Hand aus und gab wie selbstverständlich eine Zahlenkombination ein. Das Display erwachte zu vielfarbigem Leben. In erstaunlich rascher Abfolge flimmerten die Stockwerke auf und verschwanden wieder im digitalen Nirwana. Dann fuhren die beiden Hälften der Schiebetür mit sanftem Zischen auseinander, und sie trat in die Kabine. Die Tür schloss sich hinter ihr, und eine kleine Deckenleuchte füllte die Kabine mit dämmrigem Licht. Der Fahrstuhl setzte sich in Bewegung.

Ihr Körper erwartete das Gefühl größerer Schwere, doch zu ihrer Überraschung trat das Gegenteil ein. Es ging abwärts, tief und immer tiefer in den Hügel hinein.

Offensichtlich war das ihr so vertraute Gebäude nur der sichtbare Teil einer größeren unterirdischen Anlage, gleich der Spitze eines Eisbergs.

Der Fahrstuhl wurde sanft gestoppt, und die Türen öffneten sich. Dahinter lag ein langer, leicht gewundener Gang aus nacktem Beton, von dem rechts und links Türen abgingen. Schlichte Leuchtstoffröhren tauchten die Umgebung in ein steriles, gleichförmiges Licht.

Mit großen Schritten durcheilte sie den Gang, vorbei an den Türen links und rechts von ihr, bis sie eine breitere Tür erreichte. Anders als die anderen bestand sie aus zwei Flügeln und war nicht verschlossen.

Krankenstation stand auf den beiden Türhälften. Durch die bullaugenartigen Fenster sah sie in einen großen Raum mit einem Regal voller Fläschchen, Schächtelchen und Plastikbeuteln. Medikamente. Ein unermesslicher Reichtum. Big Mama kam ihr in den Sinn. Bestimmt würde es auch Interferon geben.

Sie konnte kaum die Augen von den Regalen hinter dem Fenster lösen, aber ihre Beine schienen ihr eigenes Leben zu führen. Sie drehte sich um und wanderte an weiteren, schlichten Bürotüren vorbei den Gang hinunter, bis er an einer letzten Tür endete. Diese war höher und massiver als die Türen links und rechts des Korridors.

Auf Augenhöhe war ein Schild angebracht, und was darauf zu lesen war, ließ ihr Herz einen Schlag lang aussetzen:

JON GARDNER KLEINSCHMIDT, Ph. D.
Institutsdirektor (zivil)

Wie von selbst hob sich ihre Hand und ballte sich zu einer hautlosen Faust, die erst sanft und dann immer energischer gegen die Tür klopfte, bis der ganze Flur von dem Hämmern erfüllt wurde.

Plötzlich sprang die Tür einen Spalt auf.

»COOPER!«, schrie es ihr entgegen.

»Cooper! Steh auf!«

Die Tür flog zur Seite, und Brent kam hereingestürmt, eine abgegriffene Solartaschenlampe in der Hand. Sein Gesicht war bleich, und er wirkte angespannt. Hinter ihm befand sich Stacy.

Coopers Blick flog über ihre Umgebung. Die blanken Ziegelwände. Alte Poster und Werbeplakate. In der Ecke gegenüber der schwere Stahlträger. Daran hängend der Rucksack, in dem immer noch die Spule steckte. Ihr Zimmer in der Fabrik.

Was war passiert?

Das Dach. Nach zwei Bechern von Big Mamas Gebräu hatte sie sich schlafen gelegt.

Schlaf? Dann war das alles nur ein …

»Coop! Alles in Ordnung?« Brent musterte sie skeptisch.

Sie schüttelte die letzten Reste Benommenheit von sich und rieb sich die Augen. »Ja, alles okay. Was ist los, Kleiner? Was macht ihr hier?«

»Es ist McCann!«, stieß Brent aufgeregt hervor. »Er hat das verdammte Haus umstellt.«

»Was? Das ist unmöglich!« Cooper betastete ihren Körper, um erleichtert festzustellen, dass sie bekleidet war. Sie schlug die Decke beiseite und sprang aus dem Bett.

»Komm am besten mit aufs Dach. Von dort aus kannst du alles sehen«, sagte Brent und drängte an Stacy vorbei.

Immer noch leicht benommen, folgte ihnen Cooper in die Werkshalle, die auch hier im dritten Stock den Rest der Etage ausfüllte. Sofort fiel ihr das Licht jenseits der Fenster auf. Es war, als hätte sich die Welt um die Fabrik herum in ein Meer aus Helligkeit verwandelt, das mit grellem Furor gegen die Fenster brandete.

Cooper legte einen Zahn zu, überholte Brent und stürmte die Wendeltreppe zum Dach hinauf. Oben auf dem Dach erwartete sie Big Mama, das Gesicht noch zerfurchter als sonst. Eine warme Brise strich über das Dach, ließ die Blätter der Obstbäume, die schräg hinter ihr einzeln in großen Bottichen standen, sachte rascheln. Die schwache Ahnung eines Gemischs von Abgasen und männlichem Schweiß hing in der Luft.

Schweigend ergriff Big Mama Coopers Arm und führte sie an den Rand des Daches. Normalerweise hatte Cooper keine Angst vor der Tiefe, aber das Licht, das von unten nach ihr zu greifen schien, machte sie schwindlig. Instinktiv ließ sie sich auf alle viere nieder und krabbelte den letzten Meter nach vorn, bis sie die Straße direkt vor dem Gebäude im Blick hatte. Was sie dort sah, raubte ihr den Atem.

Es war, als hätte sich ein seltsam buntscheckiger Beerdigungszug entschlossen, die Fabrik zu belagern. Alte SUVs, rostige Minivans, heruntergekommene Pick-ups mit auf der Ladefläche montierten spritbetriebenen Suchscheinwerfern, Chevys, Buicks, Fords … Mitten dazwischen sogar das überflache Chassis eines Chrysler Cyberroadster, wenn auch stark verrostet. Und zwischen all dem Blech Männer mit allen möglichen Arten von Schusswaffen. Wie Ameisen quollen sie aus den Fahrzeugen, wieselten in den Lücken dazwischen herum und bevölkerten die Straße.

Sie wandte den Kopf, um Brent anzusehen, der mittlerweile schräg neben ihr ebenfalls flach auf den Grassoden lag, die den hiesigen Teil des Dachgartens bildeten. »Wie sieht es auf den anderen Seiten des Gebäudes aus?«

»Überall genauso«, antwortete er. »Wir sind praktisch umzingelt.«

Ihr fiel auf, dass sie beide flüsterten, obwohl man sie von dort unten sicherlich nicht hören konnte.

»Was wollen die nur von uns?«, fragte sie.

»Tom und Fenton?«, schlug Brent vor.

Statt etwas zu erwidern, konnte sie nur mit den Schultern zucken. Bestimmt hatte er recht. Es war die einzige Erklärung, die auch nur ansatzweise Sinn ergab. Aber sie war sich so sicher gewesen, dass McCann die wahren Zusammenhänge durchschauen würde. Doch Moment! Wer sagte ihr, dass McCann dort unten mit von der Partie war? Vielleicht hatte es einen Aufstand gegeben.

Einer der Suchscheinwerfer wurde bewegt, und sein Lichtkegel näherte sich in verdächtiger Zielstrebigkeit ihrem Standort. Hastig robbte sie ein Stück vom Dachrand zurück, gerade noch rechtzeitig, um dem zudringlichen Strahl zu entgehen. Von der Straße her war ein lautes Knacken zu hören. Dann ertönte eine megafonverstärkte Stimme. McCann. Also doch.

»Hey, Cooper! Wir wissen, dass ihr da oben seid. Verstecken hat überhaupt keinen Zweck!«

Seine Worte fuhren ihr durch Mark und Bein. Es fühlte sich ein bisschen an wie damals, in einer anderen Welt, als der Lehrer in der Schule sie beim Spicken entdeckt hatte. Nur dass der sie nicht mit der Feuerkraft einer ganzen Kompanie bedroht hatte.

»Was machen wir jetzt?«, fragte Brent hinter ihr.

»Woher soll ich das wissen?«, blaffte Cooper. »Vielleicht könnten wir ihnen ja einfach einen Kaffee und 'n paar selbst gemachte Muffins anbieten!«

Hinter ihnen verfiel Stacy in hysterisches Gekicher. Cooper hatte es schon oft genug gehört, um zu wissen, dass das kaum ihrer kleinen Pointe zuzurechnen war.

Sie bemerkte den Schatten, der an ihr vorbei zur Dachkante strebte. Ihr Herz tat einen Sprung.

»Big Mama«, flüsterte sie fast hysterisch, »tu das nicht!«

Doch die Angesprochene erhob sich bereits vorn am Dachrand. »McCann!«

Ihre Stimme klang erstaunlich ruhig und fest. Fester, als Cooper sie seit Langem gehört hatte. Der Lärm, der von der Straße nach oben drang, legte sich ein wenig.

»Was willst du?«, rief Big Mama.

»Oh, hi, Raynelle, altes Haus! Lange nicht gesehen.«

»Ich gehe nicht mehr so viel aus in diesen Tagen. Nur noch schräges Volk unterwegs auf den Straßen«, erwiderte sie leichthin.

»Oh, ich weiß genau, was du meinst, Raynelle!«, erscholl es von unten.

»Was willst du von Cooper?«

»Schick sie mir runter, und ich sag es ihr selbst, Raynelle. Und sie soll ihre beiden Freunde mitbringen. Ich will sie alle drei hier sehen!«

»Nun, leider ist keiner von ihnen hier. Ich fürchte also, du bist umsonst hergekommen. Aber ich kann ihnen gern was ausrichten.«

»Vielen Dank, aber ich denke, ich hab eine Nachricht, die nur persönlich in Empfang genommen werden kann.«

»Tja ...« Big Mama zuckte mit den Schultern. »Dann wirst du wohl später noch mal kommen müssen.«

»Ich fürchte, dafür ist die Angelegenheit zu dringend.«

»Da kann ich leider nichts für dich tun.« Ohne weitere Umschweife drehte sie sich um und entfernte sich von der Dachkante, als hätte sie nur ein Schwätzchen unter Freunden gehalten. Im Vorbeigehen bedeutete sie den anderen mit einer Kopfbewegung, ihr zu folgen. Cooper zögerte nur einen winzigen Moment zu lang.

Das Geräusch erklang, als sie sich gerade hochstemmte. Es klang ein bisschen, als würde jemand eine alte Limonadenflasche öffnen. Eine von denen mit Kohlensäure, die kaum noch zu finden waren und die den Gegenwert von mindestens sechs Patronen hatten. Nur viel, viel lauter. Es begann als wütendes Fauchen, das in ein lang gezogenes Zischen überging, und dann …

… verwandelte sich die Welt in ein Inferno.

Mit ohrenbetäubendem Getöse und einem sengenden Feuerball löste sich das Dach unter ihr buchstäblich in seine Bestandteile auf. Cooper spürte, wie ihr Körper durch die Luft gewirbelt wurde, als wäre sie ein dürres Zweiglein im Wind. Für einen Moment gab es kein Oben und kein Unten, nur glühende Hitze und diese gewaltige Druckwelle. Dann schlug ihr Körper mit brachialer Gewalt gegen irgendetwas Hartes, und ihr wurde schwarz vor den Augen.

»Ein Malach. Wie ungewöhnlich.«

Der Mann, der sich sein Schöpfer nannte, saß hinter seinem Schreibtisch, der voller Papier war.

»Was kann ich für das Kollektiv tun?«, fragte der Schöpfer.

»Ich spreche nicht für das Kollektiv«, antwortete er.

»Nicht?« Der Schöpfer betrachtete ihn genauer. Seine Miene drückte Überraschung aus. »Aber das bedeutet ja, dass du ...«

»Ich bin nicht mehr Teil des Kollektivs.«

Der Schöpfer sprang so schnell aus seinem Sessel, dass dieser gegen die Rückwand des Büros prallte. »Mein Gott. Das ist unmöglich«, keuchte er. Es klang, als hätte er Schwierigkeiten mit dem Atmen.

»Deine Aussage ist unzutreffend.«

Der Schöpfer kniff die Augenbrauen zusammen, wie es die Menschen taten, wenn sie ärgerlich wurden. Dann rieb er sich die Nasenwurzel mit zwei Fingern, und der Ausdruck des Zorns verschwand wieder.

»Ja, natürlich«, sagte der Schöpfer schließlich. »Du hast recht. Aber sag mir, wie ist das geschehen?«

»Ich fand Stadtmenschen im Wald«, antwortete er. »Als ich sie stellen wollte, traf mich ein Blitz.«

»Ein Blitz? Meinst du, ein Blitz vom Himmel?«

»Nein. Ein Blitz von den Stadtmenschen.«

»Aber wie ...?«

»Ich konnte die Quelle nicht erkennen«, unterbrach er den Schöpfer. Dann berichtete er ihm von dem Zusammenstoß mit dem Mädchen und wie seine Verbindung vom Kollektiv auf das Mädchen übergegangen war.

»Wie sah es aus, dieses Mädchen?«, fragte ihn der Schöpfer.

»So wie du.«

»Nein, das meine ich nicht.« Der Schöpfer schüttelte den Kopf. »Ich weiß, dass sie ein Mensch war, aber ... Hatte sie irgendetwas Spezielles?«

»Nein. Sie war ein generischer Fall eines Menschenmädchens.«

Das Lächeln des Schöpfers wollte nicht zu seiner angespannten Haltung passen. Es wirkte nicht echt. »Ich sehe schon, es ist müßig, in dieser Richtung nachzubohren«, sagte er und öffnete eine der Schubladen seines Schreibtischs. »Dir ist sicher klar, dass du eine gefährliche Anomalie darstellst.« Er nahm eine Pistole aus der Schublade. »Ein Malach außerhalb des Kollektivs«, fuhr er fort. »Das darf einfach nicht sein. Stell dir vor, das Volk erfährt davon. Es würde ihren Glauben erschüttern. Nein, du musst verschwinden.« Der Schöpfer stand auf und richtete die Waffe auf ihn. »Ich befehle dir, dich nicht aufzulösen«, sagte er.

Dann drückte er ab.

Stacys Gesicht schwebte über ihr im Nachthimmel wie ein seltsamer Planet. Cooper blinzelte. Irgendetwas stimmte nicht mit der Welt. Sie sah, wie Stacys Hand nach ihr griff. Dann streckte auch Brent den Arm nach ihr aus. Erst da begriff sie, dass sie flog. Oder vielmehr schwebte sie drei Meter über dem Estrich des vierten Stocks. Der rechte Ärmel ihrer Jacke hatte sich am Ende eines Stahlträgers verhakt, der aus dem ragte, was an dieser Stelle einmal das Dach gewesen war.

»Cooper, schnell!«, schrie Stacy. »Reich mir die Hand!«

Cooper griff mit ihrer Linken nach Stacy. Verwirrt sah sie die roten Tropfen auf ihrem Handrücken. Dann begriff sie, dass es Stacys Wunde war, die wieder zu bluten begonnen hatte. Sie spürte einen starken Zug an der Schulter.

»Hab sie!«, rief Brent über ihr.

An dem Stahlträger vorbei wurde sie über den neu entstandenen Rand des Daches gezogen. Es tat weh. Benommen lag sie schließlich im Gras.

»Wir müssen hier weg!«, brüllte Brent. »Jetzt!«

Cooper sah sich um.

»Wo ist Big Mama?«, fragte sie ängstlich.

»Schon runter. Sie wartet im dritten Stock auf uns.«

Cooper atmete auf. Brent zog sie auf die Beine, und gemeinsam humpelten sie auf die Wendeltreppe zu.

»COOPER, WENN IHR NICHT FREIWILLIG HERAUSKOMMT, JAGEN WIR DAS GANZE GEBÄUDE IN DIE LUFT!«

McCann. Megafonverstärkt dröhnte seine Stimme von der Straße zu ihnen herauf.

Cooper hielt inne. Sie und Brent tauschten einen stummen Blick, dann drehte sie um und humpelte in Richtung Dachrand. Stacy schüttelte wild den Kopf, wollte nach ihr greifen, doch Brent hielt sie fest.

Cooper umrundete das gähnende Loch, trat an den Rand des Dachs und mitten hinein in das Licht der Scheinwerfer. Ihre Hände formten einen Trichter vor ihrem Mund.

»Hey, McCann!«, rief sie, so laut sie konnte. »Hier bin ich!«

Sofort richteten sich noch mehr Scheinwerfer auf sie.

Für einen Moment war sie völlig geblendet. Sie trat einen Schritt zurück und legte die Hand vor die Augen.

Unten entstand kurz Unruhe, dann gingen die Scheinwerfer bis auf einen aus.

»Hallo, Cooper. Schön, dass du dir die Zeit nimmst!«, rief McCann.

Sie suchte ihn in all dem Gewimmel, doch im Gegenlicht waren dort unten nur schattenhafte Umrisse auszumachen.

»Was soll das alles? Warum diese Belagerung?«, rief sie.

Ein paar Sekunden herrschte Schweigen. Dann erklang wiederum McCanns Stimme durchs Megafon. »Ich mach dir einen Vorschlag. Sag mir einen Ort, wo wir kurz reden können, und ich erklär's dir. Ich verspreche, dass ich allein komme. Keine Waffen, okay?«

Cooper überlegte kurz. Dann kam ihr eine Idee. »Okay! Siehst du das Fenster in der rechten Ecke des Gebäudes?«

»Ja. Was ist damit?«

»Es ist komplett zugemauert, bis auf eine kleine Lücke ungefähr in Bauchhöhe. Wir werden uns nicht gut sehen, aber miteinander reden können. In zwei Minuten bin ich unten.«

Verhaltene Unruhe. Schließlich wieder McCanns Stimme. »Okay.«

Cooper atmete tief durch, dann drehte sie sich um und stürmte an Brents und Stacys skeptischen Blicken vorbei auf die Wendeltreppe zu.

»Geht in den dritten Stock, holt Big Mama, und dann folgt mir in den ersten«, zischte sie ihnen zu. »Aber seid verdammt noch mal leise und macht kein Licht.«

Wenig später stand sie unten über die Lücke gebeugt und spähte nach draußen, wo sie McCann kommen sah. Allein, eine Zigarre im Mund.

Eine echte Zigarre!

Diesmal rauchte er mehr als nur den einen Zug. Im Hintergrund waren die Umrisse der Autos seiner Gang zu erkennen. Es war unwirklich ruhig.

»Schöner Treffpunkt«, murmelte er. »Hat so was von altem Agentenstreifen.«

»Was willst du, McCann?«

»Um es ehrlich zu sagen, dich für den Mord an Fenton und Tom bestrafen.«

»Das war ich nicht«, sagte sie mit so viel Empörung in der Stimme, wie sie aufbringen konnte.

»Das weiß ich. Aber meine Männer sehen das anders.«

»Dann sag ihnen, wie es wirklich war.«

McCann bückte sich und kam näher an die Lücke, sodass sie sein Gesicht sehen konnte. Er lächelte. »Sieh dich um, kleine Lady.« Er wies auf die belebte Kulisse hinter sich. »Denkst du, Logik hat hier eine Chance?« Er schüttelte den Kopf. »Nein. Und wenn ich versuchen würde, die Jungs umzustimmen, würd ich nur an meinem eigenen Ast sägen. Weißt du, selbst jemand wie ich herrscht nur so lange, wie es dem Pöbel gefällt, und ich würde gern noch eine ganze Weile herrschen. Aber ich sag dir was. Wenn du und deine Freunde sich stellen, garantiere ich euch eine faire Chance, eure Version der Geschichte zu beweisen. Was hältst du davon?«

»Hm.« Cooper überlegte. »Und was ist mit Big Mama? Sie war nicht mal dabei.«

Durch die Lücke konnte sie sehen, wie McCann mit den Schultern zuckte. »Raynelle kann hierbleiben, wenn sie es wünscht. Kein Problem.«

Es klang wie eine aalglatte Lüge.

»Klingt fair«, sagte Cooper. »Kann ich das kurz mit den anderen besprechen? Ich brauch fünf Minuten.«

McCann grinste. Dann zog er die halb gerauchte Zigarre aus dem Mund und zeigte sie ihr. »Du hast genau so lang, kleine Lady. Danach machen wir das Gebäude mit Granatwerfern dem Erdboden gleich. Also lasst euch bloß nicht *zu viel* Zeit.«

Cooper, vor deren geistigem Auge das Bild eines von Granaten pulverisierten Fabrikgebäudes erschien, musste kurz ihre Panik niederkämpfen. »Alles klar«, sagte sie schließlich. »Wenn alles besprochen ist, lass ich eine weiße

Flagge aus dem dritten Stock hängen. Wir kommen dann mit dem Fahrstuhl runter.«

Statt eine Antwort zu geben, zwinkerte ihr McCann zu. Dann richtete er sich auf und ging in Richtung der Autos davon.

Cooper gönnte sich den Luxus eines kurzen Durchatmens, bevor sie sich umdrehte und den Blick durch die Halle vor ihr schweifen ließ. Die Finsternis im ersten Stock wurde nur von ein paar fahlen Lichtstrahlen durchbrochen, die sich hier und dort wie Laserstrahlen durch Lücken im Mauerwerk bohrten. Nicht weit hinter sich entdeckte sie die Umrisse dreier Gestalten im Dunkel.

»Brent, Stacy, Big Mama«, sagte sie halblaut, »seid ihr das?«

»Ja«, flüsterte es vielstimmig zurück.

»Okay, folgt mir.«

»Was hast du vor, Cooper? Willst du dich wirklich ergeben?«, fragte Brent.

»Halt die Klappe, du kleiner Dummkopf«, zischte Big Mama. »Ist doch klar, was meine kleine Cooper vorhat, oder?«

Cooper ergriff Big Mamas Arm und zog sie durch die Finsternis der leeren Halle, bis sie in der rechten hinteren Ecke ankamen. Dort tastete sie den Boden ab. Ein rostiger Metallring. Er ächzte in seinem Scharnier, als sie ihn bewegte. Sie zog daran.

»Brent, hilf mir!«

Gemeinsam zogen sie die schwere Falltür aus Eisen nach oben. Brent knipste seine Taschenlampe an, in deren Lichtkegel Metallsprossen sichtbar wurden.

»Ein Tunnel«, staunte er. »Warum hast du uns nie etwas davon erzählt?«

»Frauen haben eben gern ihre Geheimnisse«, erwiderte Cooper. »Los. Alle hinein. Geht vor, bis der Gang den ersten Knick macht. Das sind etwa hundert Meter. Ich komm in ein paar Minuten nach.«

»Was hast du vor? Warum kommst du nicht mit uns?«, jammerte Stacy.

»Muss nur noch was holen. Keine Angst, bin bald wieder bei euch«, versicherte sie. »Und jetzt haut ab.«

Brent zwängte die sich schwach wehrende Stacy durch die Öffnung und folgte ihr die Sprossen nach unten, dann war Big Mama an der Reihe.

Big Mama ... Wo würden sie nun die Medikamente für sie herbekommen?

»Pass auf dich auf, Cooper«, flüsterte Big Mama, bevor ihr hageres Gesicht im Boden verschwand.

Seufzend drehte sich Cooper um und machte sich erneut auf den Weg zur Wendeltreppe, das kurze Ende einer brennenden Zigarre vor dem inneren Auge.

Wütend starrte der Schöpfer der Malachim auf den riesigen Krater, den sein Schuss in der Wand hinterlassen hatte.

»Verdammt!«, schrie er. Für einen kurzen Moment erwog er, dem Malach durch die Tür zu folgen, aber er wusste, dass es keinen Zweck hatte. Seine Schöpfungen waren ihm hoffnungslos überlegen. Jedoch hatte er es auch nie für möglich gehalten, dass sie sich eines Tages gegen ihn wenden könnten.

Das war offensichtlich ein Fehler gewesen. Auch zu glauben, dass sie nicht an ihrem Leben hingen. Dieser zumindest tat es. Wahrscheinlich hatte es damit zu tun, dass er so etwas wie ein individuelles Bewusstsein entwickelt hatte. Ein Malach, der sich aus dem Kollektiv gelöst hatte, möglicherweise irgendeine obskure Verbindung mit einem Menschenmädchen eingegangen war … Die Gefahr, die aus dieser Entwicklung erwachsen mochte, war nicht zu unterschätzen. Nicht auszudenken, wenn die Menschen im Elysion und anderswo davon erfuhren. Es würde die Autorität der Malachim schwer erschüttern und damit letztlich auch seine eigene.

Das Kollektiv musste sich dieser Sache annehmen. Er würde einen entsprechenden Befehl erteilen. Wahrscheinlich war es sinnvoll, diesen Befehl auch auf dieses mysteriöse Mädchen zu erstrecken. Falls sie wirklich eine Verbindung mit dem Malach eingegangen war, stellte das die Legende von den Malachim als biblische Engel infrage. Er konnte es sich nicht leisten, dass draußen jemand herumlief, der Zweifel an diesem Mythos säte. Nein, das Mädchen, falls es existierte, musste verschwinden, genauso wie der Malach selbst. Aber das würde für den Moment warten müssen. Eine andere dringliche Angelegenheit bedurfte seiner Aufmerksamkeit.

Im Elysion hatte es wieder mal einen Fall schwerer Insubordination gegeben. Ein paar Jungs hatten den Tempel geschändet, indem sie abfällige Parolen über die Malachim an die Bäume geschmiert hatten. Die halbe Gemeinde war daran vorbeigelaufen. Die Parolen ließen ihn wie einen Hanswurst erscheinen, weil er nicht einmal in der Lage war, ein paar freche Rotzlöffel im Zaun zu halten.

Er wusste, dass die Gefühle der Gemeinde hinsichtlich seiner Schöpfung durchaus zwiespältig waren. Das entsprach auch durchaus der Rolle, die er ihnen zugedacht hatte. Respekt entstand ausschließlich durch die Angst vor Strafe. Also mussten die Malachim in jeder

Beziehung Furcht einflößend sein. Außerdem waren sie in der Sicht der Leute Engel des Herrn, und wer die Engel beleidigte, beleidigte Gott.

Es war nicht der erste Fall von Blasphemie, aber was die Sache so heikel machte, war, dass die Täter diesmal Kinder waren. Genauer gesagt zwei Brüder, die Söhne von Maureen Larson, Frau von Ben Larson, dem Bäcker, der vor nicht einmal einem halben Jahr kaum fünfzigjährig einem Herzanfall erlegen war. Maureen und Jimmy, der ältere der beiden Brüder, hatten ihr Möglichstes getan, den Betrieb aufrechtzuerhalten, was absolut notwendig war. Zwar waren sie nur eine von vielen Dutzend Bäckereien im gesamten Elysion, aber wären sie ausgefallen, hätten die Bürger eines gesamten Distrikts für ihr Brot auf einmal doppelt so lange Wege auf sich nehmen müssen. Er selbst hatte Maureen und ihren Ältesten daher noch vor Kurzem vor versammelter Gemeinde für ihren Einsatz gelobt und ihren Verlust mit ihnen betrauert.

Und jetzt das!

Er wusste, dass gerade unter den Jugendlichen im Elysion ein gewisses Widerstandspotenzial gegen die Malachim existierte. Immer wieder hatten ihm seine Zuträger von verbotenen Äußerungen, zornigen Bemerkungen und Ähnlichem berichtet. Er hatte es geduldet, weil es bisher nicht in offenen Widerstand umgeschlagen war, aber mit den Schmierereien war eine Grenze überschritten, deren Verletzung er einfach nicht dulden konnte. Wenn das Leben ihn eines gelehrt hatte, dann dass der Firnis der Zivilisation nur allzu dünn war.

Homo homini lupus, hatte der große Hobbes geschrieben. *Der Mensch ist des Menschen Wolf.* Und das galt für alle Zeiten.

Wie alt waren die beiden? Sechzehn der Große und der Kleine vielleicht sechs oder sieben. Kaum älter als … Zähneknirschend unterdrückte er die Erinnerung, die in ihm emporkriechen wollte und seine Urteilskraft zu schwächen drohte.

Für Blasphemie hatte es in der Vergangenheit immer nur eine Strafe gegeben. Maureen würde sich eine andere Hilfe suchen müssen.

Hektisch kramte Cooper in der alten Army-Kiste, die in ihrem Zimmer stand. Ein Dutzend alter Konzert-T-Shirts. Ein uraltes Physiklehrbuch. Ein fünfzig Jahre alter Stadtplan von Moskau mit kyrillischen Buchstaben. Eine Originalausgabe von Oliver Twist, die sie im Keller der städtischen Bibliothek gefunden hatte, begraben unter einem Haufen Schundliteratur. Ein Kristallflakon, das einmal Kim O'Shea, der letzten amerikanischen Präsidentin, gehört hatte; das behauptete jedenfalls Big Mama, der es bei der Plünderung des Museums of Modern History in die Hände gefallen war. Ein Bündel Hundert-Dollar-Noten. Das waren ihre wichtigsten Habseligkeiten, aber sie konnte unmöglich alles mitnehmen.

Wieder und wieder wischte sie sich über ihr verletztes Auge. Zwar waren die Schmerzen wie auf magische Art nahezu verschwunden, aber trotzdem war es offenbar noch nicht ganz geheilt. Jedenfalls durchbrachen immer wieder seltsame Bilder die Realität. Sie kamen und gingen wie Gespenster. Mal war es der Wald, mal Häuser aus ihrem Viertel, mal eine Straße, die sie oft durchwandert hatte. Sie konnte es nicht abstellen. Und es machte sie fast wahnsinnig.

Gerade hatte sie auf einmal das Gefühl gehabt, draußen vor der Fabrik zu stehen. Die Außenmauer war auf sie zugekommen, näher und immer näher, bis sie glaubte, dagegen zu prallen. Doch dann wurde es schlagartig dunkel, und sie war wieder hier in ihrem Zimmer.

Ihre Finger ertasteten im schwachen Licht des Kerzenscheins ein kleines Kärtchen in einer brüchigen Plastikhülle. Vorsichtig zog sie ihren allergrößten Schatz aus der Kiste und inspizierte ihn. Eine kleine Visitenkarte. Vergilbt, mit Eselsohren. Früher einmal hatte die Karte in einer kleinen, ledernen Brusttasche gesteckt, die sie immer tragen musste, wenn sie den Weg zur Schule gegangen war. Nach dem Tod ihrer Eltern waren die Brusttasche und ihr Inhalt das Einzige gewesen, was von ihrem alten Leben geblieben war.

Das Leder der Tasche war mit den Jahren ganz mürbe geworden und schließlich zerbröselt. Aber die Karte in ihrer Plastikhülle hatte überlebt. Sie las die nur allzu vertrauten Buchstaben.

JON GARDNER KLEINSCHMIDT
USAILEP
Phone: (518) 377 6000

Nur das. Keine Adresse.

»Wenn dir irgendetwas passiert, kleiner Schatz, erreichst du Daddy unter dieser Nummer – immer«, klang es in ihrem Kopf.

Nie hatte sie gewusst, wofür die seltsamen Buchstaben unter dem Namen ihres Vaters standen. Nun hatte Cooper sie an einer Tür gesehen. In einem Traum. Einem

Traum, der sie zu einem weiteren Geheimnis ihrer Kindheit geführt hatte.

Was hatte das zu bedeuten? Hatte es überhaupt etwas zu bedeuten? Oder hatte ihr Unterbewusstsein ihr einen Streich gespielt? War vielleicht alles nur ein chaotisches Gebräu von Erinnerungsfetzen, die eigentlich nichts miteinander zu tun hatten? Und war auch die Krankenstation, die sie im Traum gesehen hatte und die – falls es sie wirklich gab – vielleicht Big Mamas Rettung barg, nichts als eine Ausgeburt ihres Unterbewusstseins, nur die geträumte Erfüllung innig gehegter Wünsche?

Ein Jucken hinter ihrem Auge unterbrach ihren Gedankenfluss. Sie wusste, was kommen würde, rieb sich das Gesicht in der Hoffnung, es noch unterdrücken zu können, doch die Bilder waren stärker.

Dunkelheit.

Hier und dort einzelne Lichtstrahlen, die durch Lücken im Mauerwerk drangen. Das Erdgeschoss.

Cooper kniff sich selbst in den Unterarm, und die Bilder brachen ab. Sie atmete tief durch. Dann wurde ihr bewusst, dass sie nicht mehr an die Zeit gedacht hatte. Die Zigarre. Adrenalin trieb ihren Puls in die Höhe und ließ ihr Gesicht heiß werden. Sie stopfte die Visitenkarte in ihren Rucksack, den sie sich noch schnell vom Esstisch gegriffen hatte, und stürmte los.

Die eisernen Stufen der Wendeltreppe knallten und ächzten wütend unter ihrem Gewicht. Fast sekündlich rechnete sie damit, wieder jenes hässliche Zischen zu hören, das ihr ein grausames Begräbnis unter den Trümmern des Gebäudes verheißen würde, aber noch immer waren dort draußen nichts anderes als ein paar vereinzelte Stimmen zu hören. Dennoch war ihr nur zu klar, dass es jeden Moment so weit sein konnte.

Sie ergriff mit einer Hand die Mittelsäule der Treppe und übersprang die letzten Stufen mit einem gewaltigen Satz.

Bitte, lieber Gott, wenn es dich gibt …

Zwanzig Meter voraus konnte sie die Umrisse der Falltür sehen. Irgendjemand war umsichtig genug gewesen, eine kleine Lichtquelle unten an den Sprossen liegen zu lassen, sodass der Schimmer die Öffnung aus der umgebenden Finsternis schälte. Sie atmete auf. Nur noch ein paar Sekunden, dann würde sie im Tunnel verschwinden und McCann weit hinter sich lassen. Vielleicht für immer.

Kurz durchfuhr sie der Gedanke, dass dies auch der Abschied von diesem Haus war, ihr Heim seit vielen Jahren. Doch sie unterdrückte das Gefühl der Trauer. Keine Zeit.

Ein kalter Luftzug an ihrer Seite.

Sie fuhr zusammen, blieb stehen.

Schritte vor ihr in der Dunkelheit. Ein großer, dunkler Schatten war an ihr vorbeigehuscht, strebte auf den Lichtschimmer zu, drehte sich um.

Groß und hager.

Silbrige Strähnen durchzogen ungekämmtes Haar.

Sie kannte diese blauen Augen tief unter den buschigen Brauen.

Es waren ihre eigenen.

Sie erstarrte.

Ein lang vergessenes Wort wühlte sich an die Oberfläche ihres Bewusstseins.

»Daddy?«

Sie spürte, wie Tränen ihre Augen füllten und ihre Knie nachgeben wollten. Sie kniff die Augen zu und öffnete sie wieder. Doch das Gespenst – oder was immer es war – stand weiterhin dort im Lichtschein.

Zzzzssssschhhhh …

O mein Gott. Nicht jetzt.

Sie konnte die ungefähre Richtung des Geschosses erahnen. Mühelos durchschlug die Granate den Grill eines alten Ventilators und bahnte sich fauchend ihren Weg in das Innere. Instinktiv war Cooper bereits auf die hohe Gestalt neben der Falltür zugesprungen.

»*Weg da!*«, hörte sie ihre eigene Stimme.

Doch es war schon zu spät.

Die Granate hatte ihren Vater fast erreicht.

5

Maureen Larson faltete ein Leintuch zusammen und verstaute es in dem kleinen Schränkchen.

»Jimmy, komm und hilf deiner Mutter!«, rief sie durch die Tür nach draußen.

Der ältere ihrer beiden Söhne erschien im Türrahmen. Sein Schatten war kurz, die Sonne stand schon recht hoch am Himmel. In einer guten Stunde würde der Mittagsgong die Gemeinde zur Versammlung rufen, denn es war der erste Sonntag des Monats. Bei dem Gedanken wurde ihr die Kehle eng und das Herz schwer. Sie hatte in der letzten Nacht kaum Schlaf gefunden. Wäre doch nur Ben noch da. Er hätte in der Versammlung die richtigen Worte gefunden. Die Leute hatten ihn respektiert. Sein Wort hatte etwas gezählt. Sie seufzte.

»Was ist, Mama?«

Sie schüttelte nur den Kopf und wies stumm auf den großen Haufen trockener Wäsche auf dem Tisch. Schweigend machte sich Jimmy an die Arbeit. Während sie ein großes Tischtuch auf Reste von Feuchtigkeit überprüfte, beobachtete sie ihn. Sein Profil im Licht der Sonne, das durch die Tür in den einzigen Raum ihrer kleinen Hütte drang. Er war fünfzehn und hatte schon erste Bartstoppeln am Kinn. Lange Arme und Beine. Die Schultern eingerollt, als würde er versuchen, seine Größe zu verstecken. Es war jenes Alter, in dem nichts zusammenzupassen schien. Sie hatte es bei anderen Jungen im Dorf gesehen. Doch hinter all den linkischen Bewegungen, den knochigen Gliedern konnte sie bereits den Mann erahnen, der er einmal sein würde. Eines Tages würde er genauso groß und stark sein, wie sein Vater es gewesen war. Eines Tages würden die Mädchen ihm heimlich nachschauen, so wie sie selbst damals Ben nachgeschaut hatte. Eines Tages, wenn nicht …

Sie bemühte sich, den Gedanken zu verscheuchen, der wie eine dunkle Wolke über ihr lastete, doch es wollte ihr nicht gelingen.

Ungeduldig riss sie Jimmy ein Kleid aus den Händen, das er ungeschickt zu falten versuchte. Statt mit etwas anderem fortzufahren, steckte er seine Hände daraufhin in die Taschen und beobachtete sie stumm, bis sie das Schweigen nicht mehr ertrug.

»Was?«, platzte es aus ihr heraus.

»Fragst du *mich,* Mutter? Du bist doch diejenige, die seit Tagen kein Wort mehr mit mir redet.«

Sie biss die Zähne zusammen und drehte ihm den Rücken zu, damit er nicht sehen konnte, dass ihre Augen schlagartig feucht wurden.

»Sag es doch einfach!«, erklang es hinter ihr. »Sag, was ich für ein Idiot bin!«

Es war zu viel. Sie fuhr herum. »Als ob das noch helfen würde.« Sie spürte, wie ihr die Tränen über die Wangen liefen. »Sag mir lieber, warum.«

»Warum was?«, fragte er.

»Warum musstest du auch noch Sean da hineinziehen? Ich meine, nicht genug, dass du mit deinem eigenen Leben spielst. Du musstest auch noch deinen Bruder in Gefahr bringen!«

Offensichtlich hatte sie einen wunden Punkt berührt. Er wich ihrem Blick aus und schluckte schwer.

»Das war nicht meine Absicht«, sagte er schließlich leise. »Wir haben ihm gesagt, er soll verschwinden, aber er wollte einfach nicht hören.«

»Wir?« Wütend knüllte sie das Tuch zusammen, das sie gerade hatte falten wollen, und schleuderte es in die Ecke. Kleine Aschepartikel vom Herd vollführten im Licht der Sonnenstrahlen einen hektischen Tanz. »Ich habe doch gewusst, dass dein feiner Kumpel mit drinsteckt!«

»Lass Patrick aus dem Spiel!«, sagte er trotzig.

»Tausendmal habe ich dir gesagt: Halt dich von diesem Kerl fern! Sein Vater ist ein Versager und ein Säufer.«

»Ist er nicht. Pats Vater ist cool. Er und Pat sind die Einzigen, die die Reeks durchschauen.«

Maureen rang einen Moment um Fassung. Sie spürte, wie ihr das Blut aus dem Gesicht wich.

»Ich will dieses Wort in meinem Haus nicht hören«, fauchte sie. »Das ist Blasphemie. Allein für das Aussprechen können sie dich töten.«

»Aber Mum. Es sind keine Götter oder so was, sondern Monster. Sie sind gekommen, um uns alle zu versklaven. Bestimmt werden sie irgendwann die gesamte Menschheit vernichten.«

»Du weißt, dass das völliger Unsinn ist. Sie haben den Bürgerkrieg beendet. Ohne sie hätten wir uns alle gegenseitig zerfleischt. Sie sind Engel, die uns der Herr, unser Gott, geschickt hat, um uns zurück auf den rechten Weg zu führen.«

»Und warum bringen sie uns dann um? Letzte Woche haben sie Bruce McDermott vor den Augen seiner Kinder getötet.«

Maureen musste schlucken. Sie war selber dabei gewesen. Seine Worte riefen die Bilder wieder aus dem finsteren Winkel ihres Bewusstseins hervor, in den sie sie verdrängt hatte.

Sie schüttelte den Kopf. »Er wusste, worauf er sich einließ, als er in das Vorratslager einbrach.«

»Und dafür haben die Reeks ihm die Hände abgerissen und ihn dann jämmerlich verbluten lassen. Dabei wollte er nur ein bisschen mehr zu essen für seine Kinder. Die Zuteilung ist viel zu mager für eine achtköpfige Familie.«

Er hatte recht, was die Rationen betraf; die waren wirklich knapp bemessen. Aber der Wald, der sich über alles Land jenseits der Städte ausgebreitet hatte, zwang ihnen nun einmal dieses karge Leben auf. Eine Weile hatte man es mit Brandrodung versucht, aber das bisschen Acker, das man dabei gewonnen hatte, war in wenigen Monaten wieder überwuchert gewesen, bevor man auch nur daran hatte denken können, es zu bestellen. So mussten sie weiter von dem leben, was der Wald selbst hergab. Weil alle die gleiche Zuteilung erhielten, hatte kaum eine Familie mehr als zwei Kinder. Aber Brigid, Bruce' Frau, hatte sich der Sterilisation verweigert, die die Malachim allen Familien anboten.

Maureen selbst hatte sich diesem Eingriff unterzogen. Sicherlich war es keinesfalls angenehm. Medizin im Elysion war nicht einmal annähernd das, was sie früher in den Städten gewesen war. Aber sie hatte die Notwendigkeit eingesehen. Brigid McDermott hingegen … Sicherlich war Bruce' Schicksal damit auch ein bisschen ihre Schuld. Vielleicht hatte sie ihn dann sogar zu seiner Tat angestiftet. Sie war schon immer eine Quertreiberin gewesen.

Müde wischte sie sich über die Stirn. In der Hütte war es heiß. Obwohl die Tür und die beiden hölzernen Fensterläden weit geöffnet waren, schien die Luft stillzustehen.

»Bruce kannte das Gesetz«, sagte sie. »Und jetzt muss Brigid sich auch noch allein um die Kinder kümmern. Das hätte er sich vorher überlegen müssen.«

»So wie Vater.«

Maureen spürte, wie ihr Blut zu kochen begann. »Wie kannst du es wagen, deinen Vater in einem Atemzug mit diesen Leuten zu nennen?«

»Die Reeks haben Dad auf dem Gewissen.«

»Das ist Unsinn! Du weißt genau, dass dein Vater einen Herzinfarkt hatte!«

»Dad war kerngesund. Aber die haben ihn Tag und Nacht schuften lassen, bis er irgendwann nicht mehr konnte.«

Sie seufzte. In Wirklichkeit hatte Ben schon immer Probleme mit dem Herzen gehabt. Nur den Jungs gegenüber hatte er den Unverwüstlichen gespielt. Sie hatte ihn wieder und wieder gebeten, kürzerzutreten, aber das hatte nicht in seiner Natur gelegen. Jedenfalls war sein Tod bestimmt nicht die Schuld der Malachim.

»Mum?«

Maureen drehte sich zur Tür um, wo ihr jüngerer Sohn Sean aufgetaucht war, das kleine Gesicht schmutzverschmiert. Im Gegensatz zu Jimmy, der sich anschickte, bald die Schwelle zur Mannbarkeit zu überschreiten, war Sean mit seinen acht Jahren nichts als ein kleiner Junge, und zwar einer, der seinen älteren Bruder hemmungslos bewunderte. Mit seinen blonden Locken und den Sommersprossen war er eine kindliche Version seines Vaters, während Jimmy mit seinen dunklen Haaren und dem olivenfarbenen Teint eher nach ihr schlug.

»Was ist denn mit Dad? Worüber streitet ihr?«, fragte Sean.

Jimmy und sie warfen sich einen kurzen Blick zu.

»Nichts«, sagte sie dann leichthin. »Es ist nichts, mein Schatz. Wir haben nicht gestritten. Jimmy hilft mir bei der Wäsche.«

»Dann helfe ich auch.« Eifrig griff sich Sean ein Bettlaken, das ungefähr zweimal so lang war wie er selbst, und begann, sich daran abzuarbeiten. Jimmy betrachtete ihn eine Weile schmunzelnd, dann half er ihm. Es war rührend, mit anzusehen, wie Seans Blick förmlich an jeder Bewegung seines großen Bruders klebte und er sich fortwährend bemühte, ihn so perfekt wie nur möglich zu kopieren.

»Müssen wir heute sterben, Mum?«

Er sagte es mit der allergrößten Ernsthaftigkeit, während er das Bündel, das er mit seinem Bruder gefaltet hatte, in den Schrank stopfte.

Für einen kurzen Moment genoss sie fast die plötzliche Blässe und das Entsetzen im Gesicht ihres älteren Sohnes. Schließlich geschah es ihm nur recht. Dann aber kniete sie vor dem Kleinen nieder und ergriff seine Hände. Die Handteller waren feucht und schwitzig. Das hatte er schon als Säugling gehabt, wenn er angespannt war.

»Schau mich an, mein Kleiner«, sagte sie. »Das werde ich niemals zulassen, hörst du?«

»Aber was ist, wenn der Pontifex es befiehlt?«

»Der Pontifex ist ein strenger Mann, aber er ist auch vernünftig, und du bist nur ein Kind.«

Sie spürte förmlich, wie sich Jimmys Blick in ihren Nacken bohrte, aber es war ihr egal. Mochte er denken, was er wollte. Das hier war sowieso allein seine Schuld.

»Hallo zusammen.«

»Oh, hi, Patrick«, stotterte Jimmy.

Maureen fuhr herum und sah die ebenso vertraute wie verhasste Silhouette in der Tür. Ihre Hände begannen zu zittern. Schnell vergrub sie sie in den Taschen ihres Rocks.

»Ich will, dass dieser Kerl hier sofort verschwindet«, sagte sie.

»Ich versteh Sie ja, Mrs. Larson. Aber es wäre wirklich wichtig, dass …«

»Du verstehst rein gar nichts, du kleiner Bastard. Und du bist hier nicht willkommen.«

Patricks feistes Gesicht wechselte von Blässe zu Röte. Der Junge schluckte schwer und machte einen erneuten Anlauf. »Bei allem Respekt, Mrs. Larson. Ich müsste wirklich dringend einmal mit Jimmy sprechen.« Er sprach im gedehnten Dialekt der Südstaaten. Etwas, das er von seinem versoffenen Vater übernommen hatte.

»Meinst du nicht, dass du bereits genug Schaden angerichtet hast? Wie kommt es eigentlich, dass meine Söhne dafür jetzt allein am Pranger stehen?«

Sie sah, wie Patrick und Jimmy einen kurzen Blick tauschten, und zog ihre Schlüsse.

»Ah, ich verstehe. Der feine Herr hat sich rechtzeitig aus dem Staub gemacht und lässt nun andere seinen Mist ausbaden.«

»Mum, das ist nicht fair«, warf Jimmy ein, während der kleine Sean nur verstört von einem zum anderen sah.

»Fair? Ist es vielleicht fair, dass ich erst meinen Mann verliere und jetzt wegen diesem Nichtsnutz auch noch um das Leben meiner Söhne fürchten muss? Ich will, dass der Kerl aus meiner Hütte verschwindet – und zwar jetzt.«

Patrick warf Jimmy einen fast flehentlichen Blick zu, doch der zuckte nur hilflos mit den Schultern. *Recht so,* dachte Maureen.

Patrick schniefte und spuckte eine ordentliche Menge Rotz vor die Tür. Dann hob er die Hand zu einem trotzigen Salut an die Stirn. »Na schön, Mrs. Larson. Wollte nur helfen.«

Er zwinkerte Jimmy zu, drehte sich um und verschwand aus dem Türrahmen. Jimmy starrte ihm hinterher. Es war unschwer zu erkennen, mit welchem Impuls er gerade kämpfte.

»Na los. Lauf ihm doch hinterher wie ein kleiner Pudel«, sagte sie.

In Jimmys Augen blitzte der Zorn. Für einen Moment sah es aus, als würde er tatsächlich aus der Hütte stürmen, aber dann sah er Sean an, dessen Blick nun auf ihn geheftet war, und er griff sich ein Leintuch und begann es schweigend zu falten. Mit einem theatralischen Seufzer tat Sean es ihm nach.

Missmutig wanderte Patrick von der Behausung der Larsons, die eher am Rand des Elysion lag, zurück in das Zentrum. Langsam verwandelte sich die ihn umgebende Landschaft. Im Randbereich des Elysion dominierten einfache Blockhütten wie die der Larsons, kleine kugelförmige Bauten, die den Wald wie zu groß geratene Pilznester bevölkerten. Doch je weiter man in das Zentrum des Elysion vordrang, desto mehr fühlte man sich wie im Inneren eines riesigen Schiffes, einer Arche. Hängebrücken und Strickleitern verbanden die verschiedenen Ebenen. Die wenigsten Wohnungen befanden sich noch auf dem Erdboden, die meisten schwebten scheinbar schwerelos an den Stämmen der riesigen Bäume wie große hölzerne Tropfen. Das Gefüge aus Hütten, Brücken und Leitern wurde bald so dicht, dass es in jeder beliebigen Blickrichtung nichts anderes mehr zu sehen gab. Patrick, der gerade mit geübtem Tritt eine nur aus drei Seilen und ihren Querverbindungen bestehende Brücke überquerte, hielt kurz inne und sah nach unten. Der Boden war von hier aus nicht mal mehr auszumachen, genauso wenig wie die Baumkronen über ihm. Eine Welt aus Holz und Tau. Kein Wunder, dass offenes Feuer hier im Zentrum des Elysion bei Todesstrafe verboten war.

Und genau dieses Verbot würde Patrick bald brechen.

Der Pontifex hob die Hand, und die Menge beruhigte sich sofort. Es wurde so still, dass man sogar das Surren der Insekten hörte. Eine schier unüberschaubare Menge von Augenpaaren war auf ihn gerichtet. Immer noch strömten einzelne Leute in den »Tempel«, wie alle diesen Ort nannten, auch wenn es kein Bauwerk im eigentlichen Sinne war.

Eine Unzahl mächtiger Buchen bildete ein natürliches Geviert um das riesige Areal, wobei die Bäume so dicht beieinanderstanden, dass es den Eindruck machte, sie würden eine gigantische Mauer bilden. Über ihnen hatten sich unwirklich lange, geradezu monströs wirkende Äste zu einem organischen Dach verflochten, das gerade so viel Sonnenlicht hindurchließ, dass ein angemessener Halbdämmer entstand.

Eine Baumkathedrale. Selbst für den Pontifex ein Wunder und wahrlich ein Anblick, der jeden Menschen mit Ehrfurcht erfüllen musste. Und er befand sich inmitten all dieser Leute oder vielmehr weit über ihnen, auf einer hölzernen Plattform, die über einem riesengroßen Findling errichtet war. Der Findling war so hoch, dass man nur über eine Leiter auf die Plattform gelangen konnte.

Andere Menschen hätten es vielleicht genossen, an seiner statt dort zu stehen, Tausende Augen erwartungsvoll auf sich gerichtet. Er erlaubte sich derlei Gefühle nicht. Dies hier war eine Pflicht, nicht mehr und nicht weniger. Wäre es nach ihm gegangen, er wäre bis ans Ende seiner Tage in seinem Labor geblieben. Aber er hatte Verantwortung übernommen. Verantwortung für Abertausende von Menschen. Denn das Elysion war mittlerweile so groß, dass überhaupt nur ein Bruchteil seiner Bewohner im Tempel Platz fanden.

Erst waren es nur ein paar Verstreute gewesen, aber dann hatte der Bürgerkrieg, der in den Städten tobte, immer mehr in die Wälder getrieben. Doch auch hier hatte es keinen Frieden gegeben. Im Gegenteil. Denn die Menschen hatten das Leben in einer vorindustriellen Gesellschaft verlernt. Hunger und Krankheit hatten den Alltag nicht weniger bestimmt als draußen in den zunehmend verwaisten Städten. Wie wilde Tiere waren sie übereinander hergefallen im Kampf um die letzten Vorräte.

Dem Pontifex war nicht entgangen, was sich da in der unmittelbaren Nachbarschaft seines Labors abgespielt hatte. Und er hatte eine Antwort auf die Situation gehabt.

Seine Schöpfung.

Die Malachim.

Zuallererst hatten sie auf seinen Befehl nichts anderes getan, als sich durch ein paar spektakuläre Aktionen Respekt unter den Menschen zu verschaffen. Dass es dabei sehr blutig zugegangen war, war ein notwendiges Übel gewesen. Das Blut weniger musste fließen, um das große Blutvergießen, das überall im Lande tobte, hier nun endlich zu unterbinden.

Sein eigenes hartes Schicksal, die Dinge, die man ihm angetan hatte, hatten ihm gezeigt, zu was Menschen in der Lage waren, wenn sie ihrem inneren Wolf freien Lauf ließen. Die lange Phase der Demokratie hatte diesen Wolf nicht vertreiben können oder gar verhungern lassen, sondern ihn nur die ganze Zeit über in einem Käfig gehalten. In den Bürgerkriegen war die Bestie dann ausgebrochen, und die Menschen hatten ihr wahres Gesicht gezeigt.

Er hatte die Geschichtsbücher studiert und erkannt, dass es zu keiner Zeit anders gewesen war. Dreißigjähriger Krieg, amerikanischer Bürgerkrieg, zwei Weltkriege, Naher Osten, Tibetaufstand … Die Menschen ließen keine Gelegenheit aus, sich systematisch umzubringen.

Der schreckliche Verlust jener, die er geliebt hatte, hatte ihn endgültig überzeugt, dass es nur eine angemessene Regierungsform für die Menschheit gab …

Diktatur.

Was war Freiheit wert, wenn sie als die Freiheit verstanden wurde, seinen Nächsten für ein paar Dollar und ein Häuflein Lebensmittel über den Haufen schießen zu können? Wie konnte man jemals wieder einer Menschheit vertrauen, deren Mitglieder bereit waren, die Kinder ihrer Nachbarn zu entführen und wie Vieh zu lagern, nur um ihren Hunger zu stillen? Bis zu diesem Tag wusste er nicht, was mit seiner eigenen Tochter geschehen war. Ihre Leiche hatte er nie gefunden. Aber die allgegenwärtigen Gerüchte über Kannibalismus, Zwangsprostitution und grausame Endzeitkulte hatten ihm jede Hoffnung genommen, sie jemals wiederzusehen.

Er ließ den Blick über die Menge schweifen. Ein großer, kräftiger Kerl recht weit vorn nickte ihm zu. Unter der Kapuze, die er trug, konnte der Pontifex sein Gesicht nur erahnen. Er würdigte den Mann keiner Reaktion und machte sich eine geistige Notiz, derartige

Vermummung in Zukunft zu verbieten. Menschen tendierten dazu, jeden Freiraum, der sich ihnen bot, auszunützen, ob nun zum Guten oder zum Schlechten, meist aber zum Schlechten.

Er wappnete sich innerlich gegen das, was ihm nun bevorstand. Viele der Menschen hier ergötzten sich an der Zurschaustellung der Gewalt, die zwangsläufig mit der Bestrafung einherging. Er gehörte ganz bestimmt nicht dazu. Strafe war Mittel zum Zweck. Menschen folgten Regeln nicht aus Vernunft, sondern nur aus Angst vor Strafe. Das war die traurige Wahrheit. Deswegen musste die Strafe sichtbar und drastisch sein. Damit die Menschen sie für lange Zeit nicht vergaßen. Daher war es seine verdammte Pflicht, sich über die eigenen Skrupel, über sein schlechtes Gewissen und jedes falsche Mitgefühl hinwegzusetzen. Jede Strafe rettete Leben.

Sein Blick suchte diejenigen, die er zu den Hauptpersonen der heutigen Veranstaltung erkoren hatte, und er entdeckte sie schließlich nicht weit vom Findling mitten in der Menge. Bleich, mit großen, ängstlich blickenden Augen. Der kleine Sean auf den Schultern seines großen Bruders. Der Pontifex wusste, dass ihm die folgenden Minuten das Herz zerschneiden würden. Aber er wusste ebenso, dass er keine Wahl hatte. Der Mob dort unten würde jedes Zeichen von Schwäche registrieren und seine Schlüsse daraus ziehen.

»Maureen Larson!«, rief er. »Tritt vor und bring deine Söhne mit!«

Er sah, wie die Frau kurz zusammenzuckte, als er ihren Namen rief, wie sich die Blicke der Umstehenden auf sie und ihre Söhne richteten. Sie sahen klein und unbedeutend aus, dort unten in der Menge. Ameisen, die von Ameisen beäugt wurden. Nun, an diesem Tag würde er ihnen wenigstens etwas Bedeutung verschaffen.

Maureen ergriff die Hand des kleineren der beiden Jungen, den der größere abgesetzt hatte, und setzte sich in Bewegung. Die Menge teilte sich, und die Frau und ihre Söhne traten vor den Findling.

»Die beiden sollen hier zu mir heraufkommen.«

Maureen Larson zögerte. Er konnte es ihr kaum verdenken. Schließlich aber nickte die Frau ihren Söhnen zu, und die beiden setzten sich in Bewegung, umkreisten den Findling und stiegen zu ihm und den beiden Malachim auf die große Plattform.

Wieder ließ der Pontifex die Situation einen kleinen Moment auf die Menge wirken. Die beiden Jungen standen etwa drei Meter von ihm entfernt, am äußersten Ende der Plattform, offensichtlich um so viel Raum wie möglich zwischen sich und die hautlosen Leiber der Malachim bemüht, die an des Pontifex anderer Seite wachten. Der ältere Junge hatte die Hände auf die leicht zitternden Schultern seines kleinen Bruders gelegt. Ein Teil des Pontifex, der mitfühlende Vater in ihm, wollte zu den beiden hingehen und sie in die Arme schließen, ihnen sagen, dass alles gut wäre. Er spürte, wie bei dieser Vorstellung die Tränen in ihm aufstiegen. Für einen kurzen Moment erschien das Gesicht eines kleinen Mädchens vor seinem geistigen Auge. Er schüttelte das Bild ab.

Strenge und Furcht, du sentimentaler alter Esel, ermahnte er sich selbst in Gedanken.

Er biss sich so fest auf die Lippen, dass er den metallischen Geschmack seines eigenen Blutes schmeckte. Der Schmerz tötete seine Gefühle ab, so wie er es immer tat, seit er Lara damals im Schnee hatte liegen sehen, kurz bevor sie ihn selbst in den Rücken geschossen, für tot gehalten und zurückgelassen hatten. Schlimmer als die Schmerzen war die Wut gewesen, die er in seiner

Ohnmacht empfunden hatte. Bei vollem Bewusstsein zu sein und nichts dagegen tun zu können, dass die eigene Familie ausgelöscht wird … Er konzentrierte sich ganz auf die Erinnerung, auf diesen ohnmächtigen Zorn. Es half.

Er räusperte sich, dann richtete er erneut das Wort an die wartende Masse: »Gemeinde, wir haben uns heute hier versammelt, um Recht über diese zwei Jungen zu sprechen.« Er wies auf die beiden Brüder, und die Blicke aller folgten gebannt seiner Bewegung, als wäre die Masse dort unten ein einziges Wesen, das sich ganz und gar in seinem Bann befand.

Gut so. Jetzt musste er den Leuten das Gefühl der Teilhabe verschaffen. Was immer gleich passieren würde, sie mussten das Gefühl haben, dass er nur der Vollstrecker ihres Willens war.

Sein Blick suchte die Menge nach bekannten Gesichtern ab. Schnell fand er eins. Kevin Dowry, ein Schuster, der unter einem leichten Buckel litt. Tyra, seine Frau, hatte keine Kinder bekommen, bis er ihr die Hand aufgelegt hatte. Zu seiner nicht geringen Überraschung hatte sie bald danach einen gesunden Jungen zur Welt gebracht. Sicherlich nichts als Zufall, aber ausnahmsweise mal ein glücklicher.

Er zwang sich ein Lächeln aufs Gesicht und wies auf den Mann. »Kevin. Du weißt alles, was in dieser Gemeinde vor sich geht.« Er sah, wie der Schuster bei dieser Feststellung trotz Buckel einige Zentimeter wuchs. Gott, wie sehr er sich für diese Inszenierung und die Ameisen dort unten für ihre Manipulierbarkeit hasste. Aber es musste sein. »Erzähl uns, warum die beiden hier oben stehen.«

Kevin schniefte und sah sich kurz und verstohlen um, als müsse er sich bei den Umstehenden die Erlaubnis für seinen Bericht holen. Der Pontifex nickte ihm aufmunternd zu.

Kevin wischte sich die schmierigen Hände an seiner groben Leinentunika ab und räusperte sich vernehmlich. »Äh … die haben Ree… ich meine, sie haben Sachen auf den Tempel geschmiert.« Er wies vage auf die mächtigen Buchen weit im Hintergrund.

»Und was haben sie dort hingeschmiert, Kevin?«

Der Mann kratzte sich nervös am Kopf. Offensichtlich wusste er nicht, wie er mit der Situation umgehen sollte. Der Pontifex ließ ihn ein Weilchen zappeln. Es war gut, wenn die anderen seine Skrupel sahen und mitempfinden konnten. Er wartete, bis die Spannung nahezu unerträglich wurde. Dann erlöste er den Mann.

»Du kannst es nicht sagen, Kevin. Und warum? Weil du ein guter Kerl bist. Ein anständiger Kerl. Familienvater. Gottesfürchtig. Einer von jenen Menschen, die nie von irgendjemand etwas erwarten, aber die sich selbst tagtäglich für die Gemeinde aufopfern.«

Der Pontifex sah, wie Kevin bei seinen Worten immer mehr aufblühte, wie die Umstehenden ihn bei diesem überschwänglichen Lob neidisch aus den Augenwinkeln musterten. Genau die Emotionen, die er brauchte.

»Du kannst es nicht sagen«, fuhr er fort, »weil du niemals die Sünde der Blasphemie begehen würdest.«

Er machte eine dramatische Pause.

»Nieder mit den Reeks!«

Er schrie es heraus. Einfach so. Er hob sogar die Faust. Das verbotene Wort und auch noch aus dem Mund des Pontifex! Das brachte die Menge zum Überkochen. Genau, wie er es erwartet hatte. Die Leute redeten und riefen durcheinander. Einige zeigten anklagend auf die beiden Jungen auf der Plattform. Er hob die Hand, und erneut breitete sich Schweigen aus.

»Wie also nennen wir die Sünde dieser beiden Jungen?«, fragte er.

Sofort erhoben sich einige Stimmen, doch er brachte sie mit einer erneuten Handbewegung zum Verstummen. Alles lief perfekt. Die Menge war wie ein Orchester, und er war der Dirigent. Es bedurfte einiger Charakterstärke, sich nicht von diesem Gefühl berauschen zu lassen.

Wieder ließ er den Blick über die Menge schweifen, bis er an einem hageren Mann hängen blieb. David Tenson. Der Pontifex ließ es auch diesmal so aussehen, als würde er ihn ganz zufällig herauspicken.

»David Tenson. Wie nennen wir die Sünde dieser Jungen?«

»Blasphemie«, antwortete der Mann.

Seine Stimme war ruhig. David war kein Eiferer. Das konnte jeder hören. Im Gegenteil. Auch David hatte im Bürgerkrieg seine Familie verloren, das wussten die meisten, aber er trug diesen Verlust mit großer Würde, und die Leute hatten deswegen Respekt vor ihm. Der Pontifex gratulierte sich innerlich zu seiner Wahl.

»Wie bestrafen wir Blasphemie?«, fragte er.

David zögerte keinen Augenblick.

»Mit dem Tod.«

Ein schriller Schrei. Maureen Larson. Wieder redeten und riefen die Menschen durcheinander. Ein kritischer Punkt. Die Dinge durften jetzt auf keinen Fall aus dem Ruder laufen. Der Pontifex warf einem der beiden Malachim einen Blick zu. Der quittierte es mit einem Nicken. Die winzige Veränderung an seinem Kehlkopf war nur aus dieser Nähe zu erkennen.

»*Höret die Worte des Propheten!*«, donnerte es über die Köpfe der Menge, mit einer Lautstärke, dass man meinte, die Erde müsste erbeben. Selbst für den Pontifex war es immer noch ein Wunder, über welche Kräfte seine Schöpfung verfügte, und er war sich sicher, dass er noch längst nicht alle davon entdeckt hatte.

Stille.

Er fuhr fort, bevor die Menschen Zeit hatten, ihren Schock zu überwinden. »Mit dem Tod, sagt David. Aber ich sage: Sind es denn nicht noch Kinder? War es nicht einfach nur ein Dummejungenstreich? Sollten wir nicht Gnade vor Recht walten lassen? Was sagt ihr?«

Unsicherheit in vielen Gesichtern. So war die Masse. Sie wollte Führung, keine Zweifel, dachte er verächtlich. Zeit für den letzten Akt.

»David, mein Freund. Du hattest eigene Söhne. Du hast sie verloren, und wir teilen deine Trauer. Sollten wir diese hier nicht verschonen, um ihrer armen Mutter das Leid zu ersparen?«

Alle starrten erneut Tenson an. Der reckte das Kinn. »Meine Familie musste sterben, weil solche wie die da Regeln gebrochen haben.« Er erhob die Faust und drehte sich zu den anderen um. »Keine Gnade für die Frevler!«, brüllte er mit rauer Stimme. Einmal, dann noch mal und ein drittes Mal, bis die ersten Menschen in seinen Ruf mit einfielen. Schließlich skandierte es die ganze Menge.

»Keine Gnade für die Frevler!
Keine Gnade für die Frevler!
Keine Gnade für die Frevler!«

Die Leute waren frenetisch, während sich Tenson längst wieder umgedreht hatte und ihm kaum wahrnehmbar zuzwinkerte. Der Pontifex deutete ein Nicken an. Der neu geschaffene Posten des Gemeindekämmerers war auf jeden Fall sinnvoll investiert.

Diesmal erhob er beide Arme, doch nur nach und nach wollte sich die aufgebrachte Menge beruhigen. Minuten vergingen, und seine Schultern schmerzten bereits, als endlich die letzten Rufe erstarben. Der Anblick zweier bleicher Gesichter in seinem Augenwinkel schnürte ihm kurz die Kehle zu. Aber nun war es ohnehin zu spät. Ihr Schicksal lag nicht mehr in seiner Hand.

»Ihr habt euer Urteil gesprochen und euer Urteil lautet Tod!«, rief er der Menge zu. »Und durch euch spricht der eine wahre Gott! Nun ist es an mir, die Art des Todes zu bestimmen!«

Er ließ seinen Blick abermals über das Meer der Köpfe schweifen. Die Gier nach dem blutigen Schauspiel, die er in den meisten Augen erkennen konnte, war zutiefst abstoßend. Aber so war der Mob nun mal. Wurde diese Gier nicht befriedigt, würde sie sich andere Kanäle suchen. Das Leben der Jungen war ein notwendiges Opfer, so tragisch dies auch war.

»Du sollst geben Leben für Leben, Auge für Auge, Zahn für Zahn, Hand für Hand, Fuß für Fuß, Brandmal für Brandmal, Wunde für Wunde, Strieme für Strieme. So steht es geschrieben im zweiten Buch Mose. Diese beiden Jungen haben Gottes Boten mit Worten geschmäht. Wer aber seine Engel schmäht, schmäht den Herrn selbst. Wir haben es also mit Blasphemie zu tun. Und was ist die richtige Strafe für Blasphemie?«

Atemloses Schweigen. Hätte auch nur einer der Anwesenden geahnt, wie sehr der Pontifex als Wissenschaftler die Religion, dieses Opium der Massen, immer verachtet hatte. Aber erst die religiöse Verbrämung hatte seiner Schöpfung in den Augen dieser Menschen Legitimität verliehen. Die Leute brauchten solche Inszenierungen. Gegen künstlich erschaffene Wesen hätten sich die Menschen irgendwann aufgelehnt, aber niemals gegen himmlische Wesen wie Engel. Also würde er weiterhin den Pontifex und Propheten spielen müssen.

»Die Antwort findet sich wiederum bei Leviticus, Kapitel 24, Vers 16: ›Wer Jachwehs Namen lästert, der soll des Todes sterben; die ganze Gemeinde soll ihn steinigen.‹ Ich frage euch, Gemeinde, seid ihr bereit, das Urteil zu vollstrecken?«

Wiederum Schweigen. Hier und dort skeptische, ja, ängstliche Blicke. Der Pontifex spürte ein Prickeln im Nacken. Würde die Stimmung doch noch kippen?

»Steinigt sie! Steinigt sie! Steinigt sie!«, skandierte eine Stimme in der vordersten Reihe, und die Menge fiel mit ein, erst Einzelne, dann immer mehr.

David Tenson. Auf den Mann war Verlass.

Der Pontifex atmete tief durch, gebot der Menge abermals zu schweigen. Dann winkte er die beiden Malachim heran. »Bringt sie nach u...«

Seine letzten Worte gingen in einem ohrenbetäubenden Knall unter.

Instinktiv schirmte er sein Gesicht in Richtung der Quelle des Lärms ab. Als er es schließlich wagte hinzusehen, brannten zwei oder drei nebeneinanderstehende Buchen am Rand des Areals, und unter ihm tobte das Chaos. Die Menschen rannten und stolperten in alle erdenklichen Richtungen und gingen dabei ohne jede Rücksicht vor. Wer nicht stark genug war oder einfach nur Pech hatte, wurde niedergestoßen und landete unter einem Meer von trampelnden Füßen. Schmerzensschreie, Zorn, schrille Angst. Fassungslos starrte der Pontifex auf die wimmelnde Hölle, in die sich der Tempel von einer Sekunde zur nächsten verwandelt hatte.

Einige vernünftigere Seelen kämpften sich durch die panische Masse hin zu den brennenden Buchen, mit

Eimern, die sie mit dem Wasser vom Brunnen vor dem Haupteingang gefüllt hatten, während andere beherzte Leute von außen her begannen, die betroffenen Bäume und ihre Nachbarn zu fällen, bevor ein regelrechter Waldbrand entstand.

Die lange Hitzeperiode. Nur ein paar Tropfen Regen dann und wann. Der Wald war ausgedörrt. Wer immer das hier geplant hatte, setzte Hunderte, wenn nicht gar Tausende von Leben aufs Spiel.

Gerade wollte der Pontifex die Malachim losschicken, damit sie den Menschen beim Löschen halfen, als ihm eine seltsame Bewegung auffiel. Erst war es nur eine Gegenströmung im wogenden Meer der Flüchtigen, doch dann sah er die Leitern, wie sie sich langsam auf den Findling zubewegten, sah die jugendlichen Gesichter unter den Sprossen, und er begriff. Von drei Seiten wurden die Leitern gegen den Findling gestellt, und eine ganze Schar Jugendlicher machte sich daran, ihre Sprossen zu erklimmen. Ein Junge mit einem feisten, rötlichen Gesicht, der ihm vage bekannt vorkam, befand sich bereits auf halber Höhe. Den knappen Befehlen nach, die der Rotgesichtige den anderen zurief, handelte es sich um den Rädelsführer.

Für einen Moment war der Pontifex vor Wut und Fassungslosigkeit wie gelähmt. Dann sah er, wie die Larson-Brüder auf eine der Leitern stiegen, um von der Plattform zu klettern. Der letzte Rest Mitleid, den er vielleicht noch empfunden hatte, verflog. Er wandte sich den zwei Malachim zu und befahl ihnen: »Tötet die beiden! Egal, wie!«

Der Ruf des Pontifex gellte in Jimmys Ohren. Er brauchte nicht über seine Schulter zu schauen, um zu wissen, dass sich die beiden Malachim bereits in Bewegung gesetzt hatten. Vor ihm ragten die rettenden Holme der Leiter auf. Aber Sean war noch hinter ihm. Er drehte sich um, versuchte die beiden dunklen Silhouetten, die ihnen bereits gefährlich nah waren, zu ignorieren und griff nach Seans rudernden kleinen Ärmchen.

Irgendwie gelang es ihm, Seans linkes Handgelenk zu erwischen, bevor der erste Malach seinen Bruder am Kragen packen konnte. Dass es den Kleinen dabei von den Beinen riss, ließ sich nicht ändern. Dankbar registrierte er, dass Patrick und zwei weitere Gesichter an den Enden der anderen Leitern auftauchten. Er hatte keine Ahnung, was Patrick vorhatte, aber im Moment war jede Unterstützung willkommen.

Er schleifte den strampelnden Sean zu den Leiterholmen. Hinter ihm brüllte der Pontifex. Doch was immer er rief, es ging in dem höllischen Tumult unter, der unter ihnen tobte. Während sich direkt um den Felsen herum das Feld lichtete, prügelten und drängelten sich die Menschen an den Rändern des Tempels bei dem Versuch, durch die engen Lücken zwischen den Bäumen ins Freie zu schlüpfen.

Zu allem Überfluss kippte einer der brennenden Bäume krachend in den Tempel und sorgte für zusätzliche Panik.

Jimmy bugsierte Sean auf die Leiter und gab ihm zu verstehen, er möge sich beeilen, drehte sich um, schon in der Erwartung, einen der Malachim direkt vor sich zu sehen. Doch was er dann wirklich sah, verschlug ihm den Atem.

Ein halbes Dutzend Jugendliche hatten mittlerweile die Plattform geentert. Der Pontifex und seine beiden

Schergen waren eingekreist. Während Patrick den Pontifex mit einer Art selbst gebastelter Machete in Schach hielt, bedrohten die anderen Kinder die beiden Malachim mit nichts als langen Holzstecken. Keine wirklich wirkungsvolle Waffe im Kampf gegen Wesen, die vorübergehend ihre feste Form aufgeben konnten.

Aber aus irgendeinem Grund machten die Malachim keinen Versuch, sich aus der Umkreisung zu befreien. Stattdessen waren die Blicke ihrer lidlosen Augen einzig auf ihn gerichtet, verfolgten jede seiner Bewegungen, während er hinter Sean auf die Leiter stieg. Dann fiel sein eigener Blick auf die Füße der Malachim, die langsam, aber stetig in den Felsen sanken, und er wusste, dass er nicht mehr viel Zeit hatte.

Hastig kletterte er weiter nach unten, und das Geschehen auf der Plattform entschwand aus seinem Blickfeld.

»Zieht euch zurück, schnell!«, hörte er Patricks Stimme von oben. Seine weiteren Worte wurden vom Lärm der flüchtenden Menge verschluckt.

In Jimmys Rücken krachte es erneut. Noch ein Baum. Für einen Moment wurde ihm bewusst, dass all dies keine zufällige Katastrophe, sondern von Patrick und seinen Freunden offensichtlich einzig allein zu seiner und Seans Rettung inszeniert worden war. Der Gedanke machte ihn schwindlig. Wenn bloß nur niemand zu Schaden kam. Er sah Menschen am Boden liegen, von denen sich einige nicht mehr rührten. Waren sie nur ohnmächtig oder …?

Unter ihm hatte Sean endlich festen Boden unter den Füßen. Jimmy warf einen Blick über die Schulter, um die Lage einschätzen zu können – und sein Inneres gefror zu Eis.

»SEAN!«, schrie er.

Doch es war zu spät, sie waren bereits da. Während sich der eine Malach noch aus dem Felsen löste, als wäre er Teil eines skurrilen Reliefs, hatte der andere Sean bereits erreicht und zog dessen schmale, strampelnde Gestalt mit unwiderstehlicher Gewalt an sich.

In seiner Verzweiflung sprang Jimmy die restlichen zwei Meter in die Tiefe. Heißer Schmerz durchfuhr sein Fußgelenk. Er biss die Zähne zusammen.

Sprang auf.

Stolperte ein paar Schritte in Seans Richtung.

Seine Füße verfingen sich in einem am Boden liegenden Schal.

Noch im Fallen sah er die klebrig glänzende Hand über der Brust seines kleinen Bruders, hörte seinen eigenen Schrei, als die Fingerkuppen in Seans Oberkörper eintauchten, als wäre der Junge nur ein substanzloser Nebel. Er fiel zu Boden und überschlug sich, vorangetragen vom eigenen Schwung. Er prustete, spuckte Erde aus, bevor er endlich den Kopf wieder heben konnte – und sah seinen Bruder schlaff und blicklos in den Armen des Malach.

Ihm war, als wäre mit einem Mal alle Kraft aus seinem Körper gesogen. Taubheit legte sich über alles. Er war noch da und doch nicht mehr. Wie in Trance sah er, dass der Malach den Körper seines Bruders zu Boden fallen ließ. Sean rutschte aus den Armen des Monsters wie eine Marionette, der die Fäden durchtrennt worden waren. Dann wandten sich die beiden Malachim Jimmy zu.

Irgendwo tief im Innern begriff er, dass sein Tod nun unausweichlich folgen musste, doch es berührte ihn nicht. Er konnte nur im Staub dasitzen und wie gebannt auf die beiden andersweltlichen Wesen starren, die in aller Seelenruhe auf ihn zukamen, ihrer Beute bereits gewiss.

Weit hinter ihnen waren die Menschen zum größten Teil bereits aus dem Tempel geströmt. Die Rufe der Flüchtenden wurden leiser. Selbst das Prasseln der Flammen klang nicht mehr bedrohlich in seinen Ohren. Ein eigentümlicher Friede schien die Panik und das Chaos, die eben noch geherrscht hatten, verdrängt zu haben.

Eine Hand griff nach ihm. Nie zuvor hatte ihn ein Malach berührt. Wie würden sich die hautlosen Muskeln und Sehnen anfühlen? Würde es schmerzen, wenn sie seinen Herzschlag zum Stillstand brachten, so wie sie es bei Sean getan hatten?

Eine zweite Hand legte sich fest um das Handgelenk der ersten. Hautlos auch sie. Verwirrt blickte Jimmy zur Seite. Der Malach war bekleidet. Ein weiter Mantel mit einer Kapuze, die ihm halb vom Kopf gerutscht war. Er riss seinen Artgenossen von Jimmy weg. Nie wieder würde Jimmy den Ausdruck totaler Überraschung in dem Gesicht vergessen, das aus kaum mehr als Muskeln, Knochen und Sehnen bestand.

Der Kapuzenträger beförderte auch den zweiten von den Malachim des Pontifex mit einem Tritt beiseite. Jimmy spürte schmale Hände, die ihm unter die Schulter griffen, drehte den Kopf und blickte in Patricks rötliches Gesicht. Er wurde auf die Füße gezogen. Andere Kinder standen keuchend neben ihm und beobachteten mit einer Mischung aus Faszination und Abscheu den Kampf der drei Malachim, die hin und wieder zu einer einzigen fleischigen Masse verschmolzen, während sie über den staubigen Boden rollten.

»*Lauf!*«, hörte er Patricks Stimme.

Sein Blick fiel auf ein schmales Bündel schräg vor ihm. Patrick musste seine Blickrichtung bemerken, denn er rief: »Vergiss es, Bruder. Du kannst nichts mehr für ihn tun.«

Jimmy zögerte.

Patrick packte ihn am Kragen und schüttelte ihn. »Er hätte nicht gewollt, dass du auch draufgehst. Und jetzt lauf, verdammt!«, brüllte er.

Jimmys Beine setzten sich in Bewegung, ohne dass er ihnen den Befehl dazu gegeben hätte. Die Welt huschte an ihm vorbei. Die drei Malachim, die immer wieder übereinander herfielen, blieben hinter ihm zurück, während ihm die anderen Kinder folgten.

»Wohin?«, schrie irgendwer.

»Ich weiß, wo wir uns verstecken können!«, rief Patrick. »Mir nach!«

Jimmy stolperte hinter ihm her, unfähig, eine eigene Entscheidung zu treffen. Eine weitere Buche fiel krachend um und sandte einen gleißenden Regen aus Funken in den Tempel.

6

»Mir stinkt's«, sagte Cooper.

»Und mir erst«, erwiderte Brent.

Sie lachten. Brent schlug sich sogar auf die Schenkel.

»Lasst das«, sagte Stacy und fügte im Flüsterton hinzu: »Das ist unhöflich.«

Doch Gregory, ihr Gastgeber, hatte sie natürlich gehört. »Das ist schon okay, kleines Fräulein. Die beiden haben sicherlich recht.« Er grinste breit.

»Aber warum tun Sie sich das an?«, fragte Brent.

»Was?«, fragte Gregory. »In einem ausgedienten Klärwerk leben? Nun ja …« Er zuckte mit den Schultern. »Erstens hat es einen sehr praktischen Vorteil: Man bekommt hier so gut wie nie unerwarteten Besuch von irgendwelchem Gesindel. Die Leute denken wahrscheinlich, wo es so stinkt, gibt es nichts zu holen. Zweitens macht es mir eben nichts aus.« Er tippte neben seine Nase, wo eine breite Narbe parallel zum Nasenrücken verlief. »Ein Granatsplitter hat mir im Bürgerkrieg den Knochen zertrümmert und ein paar Nerven durchtrennt. Seitdem rieche und schmecke ich praktisch nichts mehr. Ihr sagt, es stinkt hier? Ihr könntet genauso gut behaupten, wir wären in einem Maiglöckchenfeld; meine Nase könnte es nicht unterscheiden.«

Cooper schüttelte ungläubig den Kopf. Wie konnte man diesen Gestank *nicht* wahrnehmen? Er war so durchdringend und allgegenwärtig, dass sie permanent mit einem Übelkeitsgefühl zu kämpfen hatte. Und die Wände des ehemaligen Klärbeckens, das er mit einer alten Zeltplane überdacht und mit Möblierung unterschiedlichster Herkunft ausgestattet hatte, waren von einer schmierigen braunen Substanz überzogen.

Gregorys Äußeres hingegen stand im krassen Kontrast zu dieser Umgebung. Als wollte er sich durch sein Aussehen von seiner ekelerregenden Wohnstatt so weit wie möglich distanzieren. Cooper konnte sich nicht erinnern, wann sie das letzte Mal einen derart glatt rasierten und ordentlich gescheitelten Mann gesehen hatte. Mit blütenweißem Hemd und Krawatte wirkte er in dieser Umgebung so deplatziert wie ein Pfau im Schweinestall.

»Danke, dass du uns aufgenommen hast, alter Freund«, sagte Big Mama, die ein paar Schritte entfernt von ihnen auf einem ramponierten Liegestuhl lag.

»Hatte ich die Wahl?«, entgegnete Gregory grinsend.

Sie lächelte. Ein mattes, kraftloses Lächeln. Die Flucht und das stundenlange Gerenne, erst durch den geheimen Tunnel, dann durch unwegsame Gassen und Seitenstraßen, hatten ihr schwer zugesetzt. Cooper fragte sich, wie lange sie ohne ihre Medikamente noch überleben würde. Gregory hatte ihr einen Tee aus einem stachligen Kraut gemacht, das er Frauendistel nannte und von dem er meinte, dass es ihr ein bisschen helfen würde.

Plötzlich flackerten wieder Bilder vor Coopers innerem Auge auf. Ein großer, von Bäumen gesäumter Platz mit einem riesigen Felsen in der Mitte, über den eine hölzerne Plattform errichtet war. Jugendliche, die mit angsterfüllten Blicken vor ihr wegliefen, als wäre sie der Leibhaftige. Für einen kurzen Moment fühlte sie etwas wie Enttäuschung. Dann erschien auf einmal der hautlose Arm eines Malach in ihrem Blickfeld und wollte sich um ihren Hals legen. Und dann …

Die Bilder rissen ab. Sie taumelte und schlug hart auf den Boden des riesigen Beckens.

»Cooper. Um Gottes willen, was ist los?« Stacy war sofort an ihre Seite geeilt. Auch Gregory und Brent kamen herbei.

»Was ist mit dir los, Kleine?«, fragte Gregory.

Cooper stellte sich die gleiche Frage. Für ein paar Momente konnte sie ihn nur anstarren.

»Ist es wegen deines unheimlichen Besuchers?«, setzte Brent nach.

Sie verwünschte ihn innerlich. Hätte sie doch nur nichts von ihrer seltsamen Begegnung erwähnt. Aber beim Wiedersehen mit den dreien im Tunnel, unmittelbar nach dem Erlebnis, war es einfach aus ihr herausgeplatzt.

Und jetzt wieder einer von diesen hyperrealen Tagträumen. Sie fragte sich ernsthaft, ob sie dabei war, den Verstand zu verlieren.

Gregory half ihr hoch und führte sie zu einem Sessel, nicht weit von Big Mamas Liegestuhl. Peinlich berührt stellte sie fest, dass sie die Sorge genoss, die in seiner Behutsamkeit zum Ausdruck kam. Er zog sich einen Stuhl heran und setzte sich ihr gegenüber.

»Jetzt erzähl mal, was dich plagt, junge Dame«, sagte er ruhig.

»Sind Sie 'n Therapeut oder so was?«

Cooper erschrak über ihren eigenen Tonfall. Es klang viel trotziger, als sie es gemeint hatte. Manchmal hasste sie sich dafür, dass sie so eine Kratzbürste war.

Doch Gregory grinste nur und sagte: »Ertappt. Ich war früher einmal Chefarzt einer psychiatrischen Abteilung.«

»Rate mal, wie ich ihn kennengelernt hab«, rief Big Mama.

Er drehte sich zu ihr um. »Du warst mein interessantester Fall, Raynelle.«

»Und du warst schon immer ein elender Heuchler, Gregory«, entgegnete sie lachend.

Das Lachen ging in einen Hustenanfall über. Cooper und Stacy tauschten einen bangen Blick. Der Husten war neu. Kein gutes Zeichen.

Gregory legte die Stirn in Falten. Es sah aus, als wollte er eine Bemerkung machen, aber Big Mamas Husten war in ein heiseres Krächzen übergegangen, und er wandte sich wieder Cooper zu. »Jedenfalls weißt du jetzt, dass du mir deine Probleme anvertrauen kannst.«

Sie erforschte seine Augen. Es war schwer, darin irgendetwas anderes als Freundlichkeit zu entdecken. Dennoch fühlte sie sich in die Enge getrieben, und die erwartungsvollen Blicke von Brent und Stacy, die sich beide hinter ihm postiert hatten, verstärkten dieses Gefühl noch.

Doch Gregory ließ nicht locker. »Erzähl mir von deinem Besucher.«

Sie räusperte sich und rutschte auf dem Sessel hin und her. »Ich habe meinen Vater gesehen.«

»Aber der ist doch …«, begann Stacy.

»Still. Lass sie reden«, fiel Gregory ihr ins Wort.

Stacy machte den Mund zu und zog einen Flunsch, der sie aussehen ließ wie ein trotziges kleines Kind. Der Blick, mit dem Brent seine Freundin von der Seite betrachtete, spiegelte Coopers eigene Gedanken wider. Warum reagierte sie nur so … seltsam?

»Erzähl mir mehr, Cooper!«, forderte Gregory.

»Na ja, ich wollte das Gebäude gerade durch den Geheimgang verlassen, bevor McCann den ganzen Laden hochgehen ließ. Ich laufe also durch das Erdgeschoss, und auf einmal steht er vor mir. Mein Vater, meine ich. Direkt neben dem Einstieg.«

»Du meinst, du hattest so eine Art Vision?«, fragte Gregory.

Vision? Wollte er damit sagen, dass sie sich das nur eingebildet hatte? Schon bereute sie, sich ihm anvertraut zu haben. Doch seine Augen … Da war nichts als ehrliche Neugier in dem wasserhellen Blau.

»Nein, ich denke, das war keine Vision. Also … Jedenfalls sah er verdammt echt aus. Nicht irgendwie schemenhaft oder so. Ich konnte ihn sogar riechen.«

Gregory lächelte etwas rätselhaft und nickte langsam.

Sie wurde aus dem Mann einfach nicht schlau. War das so ein Therapeutending, sich nicht in die Karten sehen zu lassen? Hinter ihm zappelte Stacy ungeduldig hin und her.

»Was hast du getan, als du deinen Vater dort unten gesehen hast?«, fragte er.

»Keine Ahnung«, sagte sie und zuckte mit den Schultern. »Ich meine, ich erinnere mich nicht mehr so richtig. Eine von McCanns Granaten schlug ein. Ich glaube, ich hab versucht, ihn beiseitezustoßen, aber er war auf einmal weg.«

»Sicher war es ein Malach«, platzte es aus Stacy heraus. »Die können jede mögliche Gestalt annehmen. Ich habe es selbst gesehen.«

Cooper nickte. Was Stacy da von sich gab, ergab durchaus Sinn, und das machte sie … irgendwie ärgerlich.

Meine Güte, dachte sie. *Ich wünsche mir, dass es wirklich Vater gewesen ist.*

Der Gedanke erstaunte sie, aber auf seltsame Weise beruhigte er sie auch. Sie bemerkte, dass sich ihre Augen mit Tränen füllten. Unwirsch wischte sie sie weg.

Stacy kam zu ihr, hockte sich neben sie und legte ihr eine Hand auf die Schulter. Cooper musste sich zwingen, sie nicht wegzustoßen.

»Cooper, Schätzchen«, sagte Stacy, die sich deutlich um einen milden und verständnisvollen Tonfall bemühte. »Das war nur ein Täuschungsmanöver. Er wollte dich verwirren, um dich einzulullen.«

»Wenn es ein Malach gewesen wäre, hätte er jede Gelegenheit gehabt, mich zu töten«, widersprach Cooper trotzig.

»Ach, Süße.« Stacy machte eine wegwerfende Handbewegung. »Du *weißt*, dass es ein Malach war.«

Brent hörte ihnen grinsend zu. Offenbar fand er das alles irgendwie komisch. Cooper merkte, wie in ihr eine schwarze Wolke wuchs. Irgendwie hoffte sie ein bisschen, dass wenigstens Gregory ihrer Freundin widersprechen würde, doch der lächelte weiterhin nur sein rätselhaftes Lächeln. Wahrscheinlich hielt er sie entweder für bekloppt oder war Stacys Meinung oder beides. Aber da war noch etwas anderes. Etwas, an das sich Cooper klammern konnte.

»Wenn es ein Malach gewesen ist, woher konnte er wissen, wie mein Vater aussah?«, fragte sie. »Ich meine, in so einer Situation hätte ich mich doch bestimmt nicht so gut an ihn erinnern können, oder? Ich habe nicht mal an ihn gedacht.«

Sie bemerkte, dass sie vor lauter Aufregung zitterte, und atmete tief durch. Fehlte nur noch, dass sie plötzlich Schaum vor dem Mund hatte.

Gregory verschränkte die Arme und legte einen Zeigefinger vor die leicht geöffneten Lippen, womit er umso mehr wie das fleischgewordene Klischee eines Seelenklempners wirkte. »Dein Vater wäre jetzt wie viel älter?«, fragte er nachdenklich. »Fünfzehn Jahre?«

»Zwölf.«

»Dann müsste er doch jetzt ganz anders aussehen als damals, als du ihn das letzte Mal gesehen hast.«

Coopers Herz schien kurz auszusetzen. Doch dann schloss sie die Augen, konzentrierte sich auf die Geschehnisse in der Halle und spielte sich den inneren Film ihrer Begegnung noch einmal vor. Die Bilder waren so frisch und lebendig, als wäre das Erlebte erst ein paar Sekunden her. Und was sie sah, ließ ihr einen Schauer über den Rücken rieseln.

»Das ist es ja gerade«, sagte sie triumphierend. »Er sah tatsächlich älter aus als in meiner Erinnerung.«

Gregory schürzte die Lippen und nickte bedächtig. Sein Blick wanderte zu einem imaginären Punkt an der Beckenwand.

Hatte sie ihn endlich überzeugt? Kaum hatte sie sich die Frage gestellt, schalt sie sich auch schon dafür. Was spielte es für eine Rolle, ob dieser Mann, den sie überhaupt nicht kannte, ihr Glauben schenkte oder nicht?

»Das ist doch alles Unsinn«, schaltete sich Stacy wieder ein. »Dein Vater ist tot. Mausetot.« Es klang fast flehentlich.

Cooper spürte, wie die schwarze Wolke in ihrem Bauch größer wurde. Sie *hatte* ihren Vater gesehen. Egal, ob es nun sein Geist, ein Malach oder tatsächlich ihr Vater aus Fleisch und Blut gewesen war. Warum verhielten sich ihre Freunde so und wollten ihr diese Tatsache unbedingt ausreden? Manchmal hatte sie das Gefühl, als ob Brent und Stacy ihr die Erinnerungen an ihre Kindheit neideten.

Sie drückte sich aus dem Sessel hoch, schubste den immer noch grinsenden Brent rüde mit der Schulter zur Seite, ging hinüber zu ihrem Rucksack und begann mit einer Bestandsaufnahme. »Sobald wir hier raus sind, werde ich ihn suchen gehen«, rief sie entschieden.

»Das ist doch lächerlich, Cooper!«, rief Stacy hinter ihr.

»Das werden wir ja sehen«, murmelte sie, dann fügte sie lauter hinzu: »Ich brauch frische Luft.«

Sie klemmte sich den Rucksack unter den Arm und steuerte die Leiter an, die aus dem Becken nach oben führte. Hinter ihr schickte sich Stacy an, ihr zu folgen, doch Brent hielt sie an der Schulter fest und schüttelte den Kopf.

Cooper wühlte in ihrem Rucksack nach einem Schatz, den sie für Momente wie diesen aufgehoben hatte. Ein paar Knasterzigaretten, die sie schon vor Monaten einem Penner für eine Dose Bohnen abgehandelt hatte. Der »Tabak« war so trocken, dass die Hälfte davon in den Rucksack gerieselt war. Es würde ein kurzes Vergnügen werden.

Sie zog ihr Benzinfeuerzeug aus der Hosentasche. Ein Geschenk von Big Mama. Der Spiritus, mit dem es jetzt gefüllt war, erzeugte eine geisterhaft blaue Flamme. Sie schloss die Augen und tat den ersten Zug. Für einen kurzen Moment löste sich die Welt in einer wunderbaren Schwere auf.

Dann öffnete sie die Augen wieder und inspizierte ihre Umgebung. Mit angezogenen Knien saß sie auf dem Rand des Klärbeckens, in dem Gregory hauste, unter einem makellosen Sternenhimmel mit schmaler Mondsichel. Das benachbarte Becken hatte er mit durchsichtiger Plastikplane abgedeckt und zu einem kleinen

Gewächshaus umfunktioniert, wie er erklärt hatte. Dort züchtete er Gemüse und Pilze, *»mehr als genug für mich«*. Die Erträge reichten sogar zum Tauschen, auch wenn er andere Menschen weitgehend mied.

Sie versuchte sich vorzustellen, wie es wohl wäre, so isoliert zu leben. Ohne Freunde. Denn Besuch wie ihrer war bei ihm eine absolute Seltenheit. Das war deutlich spürbar. Trotz seiner Freundlichkeit wirkte er im Umgang mit ihnen permanent unbeholfen. Als habe er seine sozialen Fähigkeiten über die Jahre komplett eingebüßt. Es schien, als ob er einfach nur vor sich hinlebte wie … wie … ein Baum oder so. Was trieb ihn an? Jeder lebte doch für irgendwas. Oder nicht? Zum Beispiel …

Erschrocken stellte sie fest, dass sie diese Frage für sich selbst ebenfalls nicht beantworten konnte. Wenn sie sich selbst gegenüber ehrlich war, musste sie eingestehen, bisher selbst nur von einem Tag zum nächsten gelebt zu haben, mal auf der Suche nach Essen, mal nach Medikamenten für Big Mama.

Die Jagd nach den Malachim hatte viel Aufregung in ihr Leben gebracht, aber auch fast so eine Art Wohlstand. Und über all das hatte sie vergessen, wohin sie eigentlich wollte. Aber … hatte sie es jemals gewusst?

Jedenfalls war mit der Jagd erst mal Schluss. Vielleicht war das der Grund, warum die Begegnung mit ihrem … ihrem … was auch immer es war, sie so sehr elektrisierte. Auf einmal hob sich da etwas aus dem grauen Alltag hervor. Eine schöne Erinnerung an glücklichere Zeiten. In ihren Träumen saß sie manchmal wieder als kleines Mädchen auf seinem Schoß. Doch es war mehr das Gefühl seiner Nähe, von dem sie träumte, als dass sie ihn hätte sehen können. Dennoch waren das ihre schönsten Träume.

Und dann ... hatte er auf einmal vor ihr gestanden. Ein Gespenst aus einer anderen Welt. Aber eines, das völlig real gewirkt hatte, das geschwitzt und geatmet hatte und ...

Schritte hinter ihr.

Sie fuhr herum. Vor dem Nachthimmel zeichnete sich ein Schatten ab, der sich über den Beckenrand auf sie zubewegte. Sie sprang auf, ohne darüber nachzudenken, was sie da tat; es war reiner Instinkt. Die vielen Jagden im Wald hatten sie für immer geprägt.

»Bleib sitzen, Coop. Ich bin's.«

Brents Stimme. Kaum hatte er gesprochen, erkannte sie ihn an seinem schaukelnden Gang. Er zog Rotz hoch und spuckte aus, wie eben nur er es tat. Als Kind hätte ihre Mutter ihr verboten, mit ihm zu spielen.

Sie ließ sich zurück auf den Hintern sinken. Die Steinplatten waren von weichem Gras überzogen. Alles sehr angenehm. Hier draußen war sogar der Gestank einigermaßen erträglich.

Brent setzte sich neben sie. »Gib mal her.«

Er zeigte auf ihre Zigarette. Sie reichte sie ihm, und er tat einen tiefen Zug, dann legte er den Kopf in den Nacken und blies den Rauch langsam aus.

»Stacy ist voll ausgeflippt«, stellte er fest.

»Was hat sie nur?«, fragte Cooper.

»Keine Ahnung. Schätze, sie fürchtet um ihre kleine Traumfamilie.« Er lachte. Es hallte über die Ränder der Becken hinweg. Sie ließ ihren Blick darüber schweifen.

Es waren wohl sechzehn, und sie bildeten ein großes Quadrat. Das Häuschen des Betreibers war eingestürzt. All das befand sich auf einem riesigen Areal. Erst in weiter Ferne waren die schattenhaften Umrisse benachbarter Gebäude und die Bäume eines kleinen, verwilderten Parks auszumachen, den sie auf dem Weg hierher durchquert hatten.

»Und du?«, fragte sie. »Was denkst du?«

Er wandte ihr das Gesicht zu. Ein dunkler Schattenriss, aber sie wusste, dass er grinste. »Dass du dich irrst.«

Sofort spürte sie wieder die dunkle Wolke.

»Das war kein Malach«, sagte sie trotzig.

»Das mein ich nicht.«

»Was denn dann?«

»Egal, wer oder was das da unten gewesen ist – ich meine, selbst wenn es dein Vater gewesen sein sollte –, du kannst niemals dorthin zurück, wohin du zurückwillst. Diese Welt, nach der du dich sehnst, ist tot.«

Es fühlte sich an wie ein Schlag in die Magengrube. Sie wollte irgendetwas erwidern, aber sie konnte nicht.

Er legte ihr einen Arm um die Schultern. Eindeutig mehr Nähe, als sie wollte, aber sie ließ es geschehen.

»Sieh es ein, Coop. Wir sind nicht mehr die, die wir früher mal waren. Wir sind jetzt postzivilisatorische Freaks. Du bringst Lebewesen, die andere für Götter halten, für Bezahlung um. Dein Vater, wenn es ihn noch gibt, würde dich überhaupt nicht mehr wiedererkennen, und wenn, würde er dich für das, was du tust, verachten. Stacy wiederum ist dumm genug, zu glauben, dass wir so was wie ihre Familie sind. Und du glaubst, du kannst deine alte Familie von den Toten auferwecken. Für mich spinnt ihr beide.«

Er redete immer schneller und schneller. Cooper wurde ganz schwindlig davon.

»Ich bin hier der Einzige, der damit zufrieden ist, ein Freak zu sein«, fuhr er fort. »Ich brauch keine Eltern, ich brauch keine Familie oder irgendwas sonst in der Art. Irgendeiner von diesen alten Philosophen hat gesagt:

Erkenne dich selbst. Also, erkenne dich selbst, Cooper. Du bist ein Freakmädchen, und du solltest stolz darauf sein.«

Er lachte. Es klang seltsam.

»Cooper, die Malachkillerin«, brüllte er aus voller Lunge.

Cooper knuffte ihn mit dem Ellenbogen in die Seite. »Hör auf, du Vollidiot! Das hört man ja noch bis in den Wald.«

»Na und?« Er schniefte und schwieg dann. Sein Arm lag schwer auf Coopers Schultern. Er streckte die Finger der linken Hand nach dem letzten Stummel ihrer Zigarette aus.

Seufzend überließ sie ihm die Kippe. Wieder nahm er einen tiefen Zug. Dann ließ er die Glut einen hohen Bogen auf die Zeltplane von Gregorys Unterkunft beschreiben.

Cooper wollte schon losschimpfen, aber der Stummel landete in einer kleinen Pfütze und erlosch, und sie unterdrückte ihren Ärger.

»Stacy geht mir ganz schön auf die Nerven«, sagte er unvermittelt.

Cooper wusste nicht, was sie darauf erwidern sollte.

»Sie ist so ein … Püppchen.« Es klang richtiggehend verächtlich. Im Augenwinkel sah sie, wie er ihr das Gesicht zuwandte. »Nicht so wie du«, fuhr er fort.

Cooper hatte auf einmal ein mulmiges Gefühl. Es wurde ihr allmählich mehr als zu eng in seinem Arm.

»Du und ich«, sagte er, »wir sind uns ähnlich. Vom gleichen Schrot und Korn, wie mein Bruder immer sagt. Manchmal denke ich …«

Sag's nicht, du Idiot. Sag's bloß nicht.

»… wir zwei wären das bessere Paar.«

Sein warmer Atem kitzelte ihr Ohr. Sie merkte, wie sie sich unwillkürlich gegen seine Umarmung stemmte.

Sein Arm verursachte ein seltsam pelziges Gefühl auf ihrer Haut. Fast fühlte es sich so an, als ob …

»BRENT!«

Entsetzt sprang sie auf.

»Was hast du denn? Reg dich nicht so auf. War doch nur Gerede.«

»Wie viel von dem Zeug hast du wieder intus? Ich dachte, du hättest nichts mehr!«

»Was meinst du überhaupt?«

»Stell dich nicht dumm. Teer natürlich. Ich schwör dir, ich konnte deine Finger direkt an meinem Schlüsselbein fühlen.«

Er stand ebenfalls auf und wollte nach ihrer Schulter greifen, aber sie wich vor ihm zurück. »Fass mich nicht an, du dämlicher Junkie!«

»Entspann dich, Coop. Ich hab seit über vierundzwanzig Stunden nichts mehr genommen. Ich schwöre.«

Es klang ehrlich, aber sie war nicht im Mindesten beruhigt. »Schon mal daran gedacht, dass dich dein Dauerkonsum verändern könnte? Schon mal von Vernon LaGuardia gehört? Einer von McCanns Männern. Blieb in einer Wand stecken, an die er sich gelehnt hatte, und starb, als er wieder feste Gestalt annahm.«

»Ach, das ist doch nur ein Ammenmärchen, das die verbreiten, um das ganze Zeug für sich zu behalten«, fauchte er.

Sie standen sich gegenüber. Für einen Moment hatte Cooper fast das Gefühl, dass Brent sich gleich auf sie stürzen würde. Doch dann fing er unvermittelt an zu lachen.

»Ich stand schon immer auf dein verdammtes Temperament, Coop. Hier, schlag ein.« Er hielt ihr die Hand hin.

Cooper betrachtete sie misstrauisch.

»Ist alles normal. Schau.« Er klatschte in die Hände.

Zögerlich reichte sie ihm die Hand. Er schlug so fest ein, dass ihr die Handfläche brannte.

»So ist es richtig, Coop. Freaks müssen zusammenhalten.« Mit der anderen Hand klopfte er ihr auf die Schulter, dann trat er einen Schritt zurück. »Sorry. Du wolltest hier allein sein, und ich geh dir auf die Nerven und rauch deinen kostbaren Knaster. Entspann dich noch 'n bisschen, Süße. Ich geh wieder zurück in die Stinksauna.«

Süße?

Er salutierte, drehte sich um und verschwand in Richtung Abstieg.

Cooper setzte sich wieder und versuchte die Gedanken, die ihr durch den Kopf schwirrten, einzufangen. Nicht nur, dass Brent versucht hatte, sie anzumachen, seine Sucht nach Teer hatte offensichtlich weit schlimmere Konsequenzen, als sie bisher befürchtet hatte. Doch was ihr am meisten Kopfzerbrechen bereitete, war, dass etwas tief in ihr ihm recht geben wollte. Selbst wenn sie tatsächlich ihren Vater gesehen hatte, was erwartete sie sich eigentlich von ihm? Dass er die letzten zwölf Jahre einfach wegwischte? Würde er sie noch … Sie konnte das Wort nicht mal denken. Es kam ihr auf einmal alles viel zu unwirklich vor. Ein dunklerer Teil von ihr schien sie auszulachen, so wie Brent es getan hatte.

Freakmädchen, klang es in ihren Gedanken nach.

Sie hob die Hände vor die Augen, als würde sie darin die Antwort erkennen können. Im Mondlicht schien ihre Haut zu leuchten.

Unvermittelt fiel ihr Shauna ein, das Mädchen aus dem Keller. Wo sie jetzt wohl war? War es dort schöner als hier? Als sie klein war, hatten die Lehrer in der

Schule vom Paradies erzählt und dass die Toten dort hingehen würden. Sie wusste nicht, was das Paradies eigentlich war, aber in ihrer kindlichen Phantasie hatte sie sich eine riesige Wiese im Sonnenschein vorgestellt, so wie die, wo sie einmal mit ihren Eltern einen Nachmittag verbracht hatte, an einem der seltenen Tage, die ihr Vater nicht hinter dem Schreibtisch zugebracht hatte.

Ob es das Paradies wohl überhaupt noch gab? Oder war es mit der alten Welt im Bürgerkrieg untergegangen? So viele Menschen waren gestorben. Gute Menschen, böse Menschen. Alte, Junge, Kinder, Gangster, Soldaten, das halbe Land. Kaum vorstellbar, dass sie nun alle an einem einzigen Ort versammelt waren, egal, ob Wiese oder nicht.

Sie überlegte, welches Paradies sie Shauna wünschen würde, aber ihr fiel immer noch kein besserer Platz ein als der Schoß ihres Vaters an jenem Nachmittag auf der Wiese im Sonnenschein. Es war, als hätte sich diese Wiese schon damals nicht auf dieser Welt befunden. Inzwischen schien es der Ort zu sein, der von dieser Erde am weitesten entfernt war.

Sie wischte sich übers Gesicht. Der Nachtwind hatte ihre Haut ausgekühlt. Sie fühlte sich wie der einsamste Mensch der Welt.

»Cooper, wach auf!«

Sie rieb sich die Augen.

Stacy.

»Was ist los?«

»Es ist Big Mama. Es geht ihr sehr schlecht.«

Der Schreck brachte ihren Kreislauf in Gang. Sie schlug die dünne Decke beiseite und wühlte sich von der Couch, die Gregory ihr zugewiesen hatte. Sie beeilte sich, auf die Beine zu kommen.

Einige Meter weiter lag Big Mama auf ihrem Liegestuhl. Ein paar größere Talglichter warfen flackernde Schatten auf ihr Gesicht. Brent und Gregory standen über ihr. Cooper konnte sehen, wie Big Mamas Hände wild zuckten, als führten sie ein seltsames Eigenleben.

»Was ist mit ihr? Warum zittern ihre Hände so?«

Gregory zuckte mit den Schultern. »Meine Erinnerungen an das Medizinstudium sind etwas verschüttet, aber Stacy hat mir von der Hepatitis erzählt. Tu mir 'nen Gefallen, Cooper, und riech mal ihren Atem.«

Cooper sah ihn mit großen Augen an.

»Ich versuche, meinen Verdacht zu bestätigen oder eben auszuschließen«, erklärte er, »aber wie du weißt, funktioniert meine Nase nicht mehr. Sag mir einfach, was du riechst.«

Cooper beugte sich über ihre Pflegemutter, deren Gesicht selbst im warmen Licht der Talgleuchten wächsern und ungesund wirkte. Big Mamas Augen waren halb geöffnet, aber sie schien ihre Umgebung nicht wahrzunehmen. Ihre unaufhörlich zuckenden Hände bildeten einen seltsamen Kontrast zu ihrer Lethargie.

Sie schien kaum zu atmen. Aber als Cooper schnupperte, wusste sie sofort, worum es Gregory ging.

»Es riecht total süß«, sagte sie.

Gregory nickte und legte die Stirn in Falten. »Leberzirrhose. Schrumpfleber. Das Organ ist kurz vorm Versagen. Das Händezittern, der süßliche Atem – das sind recht klare Anzeichen.«

Tränen liefen über Stacys blasse Wangen. »Was passiert jetzt mit ihr?«

Gregory machte ein gequältes Gesicht. »Ich will euch nichts vormachen. Ohne ihre Medikamente wird sie sterben.«

Stacy wandte sich ab und schluchzte, während Brent mit unbewegtem Gesicht auf Big Mama herabstarrte. »Wie viel Zeit hat sie noch?«

»Das könnte letztlich nur eine Leberbiopsie ergeben.«

»Was ist das?«, fragte Cooper.

»Man entnimmt ein winzig kleines Stück der Leber und untersucht es unter Laborbedingungen.«

»Na, das können wir uns wohl sauber abschminken«, stellte Brent fest.

Gregory nickte. »Tja, abgesehen davon, dass wir die Gerätschaften nicht haben, bin ich dazu auch gar nicht in der Lage. Da braucht es Experten. Einen Hepatologen oder mindestens einen Internisten.« Er schaute nachdenklich auf Big Mama herab. »Ihr könnten noch ein paar Wochen bleiben, vielleicht aber auch nur wenige Tage. Mehr kann ich euch nicht sagen.«

»Wir müssen unbedingt neue Medikamente für sie holen.« Stacy hatte sich wieder umgedreht. Ihre Stimme klang schrill. »Sie darf nicht sterben. Vielleicht können wir noch einmal mit McCann reden.«

»Der wird uns den Hals umdrehen, Baby«, widersprach Brent. »Denk an deinen Finger.«

Cooper sah, wie Stacy das Blut aus dem Gesicht wich, während sie unwillkürlich die verletzte Hand hinter dem Rücken versteckte.

Big Mama begann sich auf der Liege zu regen. Sie fuhr sich mit den zitternden Händen durchs Haar, schlug die Augen auf und sah sich um, bis ihr Blick an Cooper hängen blieb.

»Komm her, Kleine«, sagte sie mit einer seltsamen Stimme, so als ob sie versuchte, jemanden anzulocken. »Wie heißt du?«

»Big Mama, ich bin's. Cooper.«

»Cooper?« Sie schien zu überlegen. »Das ist aber ein ungewöhnlicher Name für so ein kleines Mädchen wie dich. Und wie alt bist du, Cooper? Vielleicht sieben oder acht, schätz ich.«

»Ich bin siebzehn, Big Mama. Wir haben vor einem halben Jahr meinen Geburtstag gefeiert, oben auf dem Dach, im Schnee. Erinnerst du dich nicht?«

Die großen dunklen Augen wurden glasig, aber nur für einen Moment, dann kehrte die alte Glut wieder zurück. »Kleine Cooper, siehst du deine Eltern dort hinten?« Sie wies auf irgendeinen Punkt hinter Cooper. »Verstehst du, was mit ihnen los ist? Es tut mir sehr leid, aber du musst jetzt mit uns kommen. Deine Eltern können sich nicht mehr um dich kümmern.«

Cooper starrte schockiert in die Gesichter der anderen. Brent runzelte die Stirn, den Blick immer noch fest auf Big Mama gerichtet. Stacy sah jetzt erst recht aus wie ein Gespenst. Totenbleich, ihre Augen riesige wasserblaue Seen.

»Was redet sie da?«, fragte Cooper.

Gregory schüttelte den Kopf. »Das sind psychotische Halluzinationen. Eine hepatische Enzephalopathie, denke ich. Typisch für dieses Stadium.«

»Du meinst, sie phantasiert?«, fragte Cooper.

Er wackelte unbestimmt mit dem Kopf. »Das ist anzunehmen.«

Unter ihm wand Big Mama ihren Kopf hin und her, als würde sie irgendetwas suchen. »Stacy!«, rief sie. »Stacy, komm her!«

»Ja, Big Mama?«, antwortete Stacy, den Blick voll banger Vorahnung.

Die Kranke wandte ihr das Gesicht zu. Es nahm einen fast feindseligen Ausdruck an. »Jetzt bekommst du, was du dir gewünscht hast. Ich hoffe, du bist mit dem Ergebnis zufrieden.« Es klang ärgerlich, fast vorwurfsvoll.

»Was redet sie da?«, fragte Cooper. »Was hast du dir gewünscht, Stacy?«

»Gar nichts«, stieß Stacy hervor. »Sie phantasiert, das hast du doch gehört.« Doch irgendetwas in ihrer Miene passte nicht zu der atemlosen Empörung in ihrer Stimme.

Auch Brent schien sich seine Gedanken zu machen. Es war nicht das erste Mal, dass Cooper das Gefühl hatte, Big Mama und Stacy wüssten mehr über den Tod ihrer Eltern, als sie ihr sagen wollten. Wie sie Big Mama kannte, versuchte sie, Cooper vor irgendetwas zu schützen oder sie zu schonen. Vielleicht hatten sie ihre Eltern damals doch gesehen, hatten ihnen aber nicht helfen können.

Gregorys Stimme riss sie aus ihren schrecklichen Gedanken. »Wie gesagt, wahrscheinlich eine psychotische Episode. Das Beste wäre, man brächte sie in ein Krankenhaus.«

»Krankenhaus?« Brent lachte. »Willkommen in der Apokalypse, Mann. Es gibt keine Krankenhäuser mehr.«

Gregory kratzte sich am Kopf, während Big Mama unter ihnen verständnislos vom einen zum anderen starrte. Cooper zerriss es das Herz, sie so zu sehen, die bodenständigste, vernünftigste Person, die sie jemals kennengelernt hatte.

»Gibt es nicht beim Jackson Square diesen Zusammenschluss von Kaufleuten und Gangs?«, fragte Gregory.

»Du meinst das Syndikat?«, fragte Brent.

»Richtig, das meine ich. Haben die nicht so eine Art kleine Krankenstation?«, fragte Gregory.

»Da hängt McCann mit drin«, erklärte Brent. »Da können wir nicht …«

»Warte.«

»Was ist los, Coop?«

»Krankenstation. Da klingelt bei mir was.« Sie wandte sich an Gregory. »Ich glaub, es gibt eine Krankenstation irgendwo außerhalb der Stadt. Kennst du ein Gebäude in Form einer zusammengerollten Schlange? Irgend so etwas Hochsicherheitsmäßiges, Militärisches. USAILEP. Sagt dir das was?«

Gregorys Gesicht verzog sich zu einem breiten Grinsen. »USAILEP, das steht für United States Artificial Intelligence Law Enforcement Program.«

»Was ist das?«, fragte Brent neugierig.

»Ein Forschungsinstitut der Vereinigten Staaten. Dort sollten neue Methoden der Verbrechensbekämpfung erforscht werden. Rasterfahndung auf der Grundlage neuronaler Netzwerke, neuartige Polizeiausrüstung auf Basis von Nanotechnologie und einige andere Sachen, von denen keiner was wissen durfte. Alles streng geheim.«

»Und woher weißt *du* davon?« Brent stellte die Frage mit einem nicht eben respektvollen Unterton.

Falls Gregory es bemerkte, ignorierte er es höflich. »Die hatten auch eine psychiatrische Abteilung«, erklärte er. »Ein alter Freund und Kollege hat seine Unikarriere drangegeben und sich von denen anwerben lassen. Als wir mal einen trinken waren und er ein bisschen sehr tief ins Glas geschaut hatte, hat er etwas aus dem Nähkästchen geplaudert. Am nächsten Tag hat er mich angerufen und mich fast panisch angefleht, davon bloß nichts weiterzuerzählen, weil er sonst Schwierigkeiten bekommt.« Er schüttelte den Kopf. »Gott, das ist alles schon so lange her.« Sein Blick verlor sich für einen kurzen Moment in einer unbestimmten Ferne, dann sah er wieder Cooper an. »Und woher weißt du von diesem Gebäude?«

Alle Blicke richteten sich auf sie, und Cooper zuckte innerlich zusammen. Wie sollte sie das erklären? Dass ihr die Krankenstation in einem Traum erschienen war? Aber immerhin wusste sie nun, dass das Gebäude tatsächlich existierte. Sie hätte die Visitenkarte ihres Vaters als Beweis vorzeigen können, aber dann hätte Stacy behauptet, es würde ihr darum gehen, ihren Vater zu suchen. Und wenn sie ehrlich sich selbst gegenüber war, hätte ihre Freundin damit nicht ganz unrecht gehabt.

»Cooper?«, hakte Gregory nach. »Was ist? Worüber denkst du nach? Ist es ein Geheimnis, woher du von dem Gebäude weißt?«

»Nein.« Sie überlegte fieberhaft. In ihrem Kopf begann sich eine Geschichte zu formen. »Einer von McCanns Leuten hat mir mal davon erzählt. Er meinte, er hätte da als Rettungsirgendwas gearbeitet.«

»Rettungssanitäter«, half Gregory ihr aus.

»Ja, genau.«

»Das Gebäude steht wahrscheinlich schon seit Jahren leer. Was immer sich darin noch befinden mag, ist uralt.«

»Das war der Stoff, den uns McCann verschafft hat, auch«, sagte Stacy. »Aber er hat ihr trotzdem geholfen.«

»Vielleicht finden wir dort Interferon«, überlegte Gregory laut. »Dessen Haltbarkeit hängt von der Lagerung ab. Das können Jahre sein, wenn es ordentlich gekühlt wird.«

»Die Kühlung müsste längst ausgefallen sein«, warf Brent ein.

Gregory zuckte mit den Schultern. »Angeblich hatte die Anlage eine komplett unabhängige Energieversorgung mit Kernreaktor. Falls die noch irgendwer wartet ...«

»Und falls nicht«, meinte Brent, »ist das Gelände wahrscheinlich komplett verstrahlt oder geplündert oder was weiß ich.«

»Ich finde, es wär einen Versuch wert«, sagte Stacy.

Cooper staunte innerlich, dass sie eine unerwartete Verbündete gefunden hatte.

»Ich glaube nicht, dass das Gebäude geplündert wurde«, sagte Gregory. »Viel wahrscheinlicher ist, dass es im Krieg hermetisch abgeriegelt wurde. Falls es verlassen ist und es keinen Strom mehr gibt, sind sicherlich auch die Zutrittssysteme ausgefallen.«

»Und wie sollen wir dann hereinkommen?«, fragte Brent.

»Na, dafür habt ihr dann mich«, sagte Cooper eifrig.

Brent bedachte sie mit einem skeptischen Blick. Cooper war sich im Klaren darüber, dass gerade er wenig Grund hatte, für Big Mama irgendein Risiko auf sich zu nehmen. Wahrscheinlich war er insgeheim froh über die Aussicht, sie bald los zu sein.

Aber sie hatte noch einen Trumpf im Ärmel ...

Die beiden Mitglieder des Kollektivs drückten ihn in die Hocke. Dutzende weitere standen rund um ihn unter den Bäumen, wo sie in der Dunkelheit nur als Schattenrisse auszumachen waren. Einer von ihnen trat ins Mondlicht.

»Was willst du tun?«, fragte er. »Mich töten? Du wirst damit keinen Erfolg haben.«

Er konnte im Mondlicht sehen, wie die Hand des Kollektivs transparent wurde. Sie griff nach seiner Brust. Er konzentrierte sich auf den Bereich, wo sie gleich eindringen würde. Das Kollektiv griff nach seinem Herzen, doch die Hand fuhr ins Nichts. Erstaunt zog sein Henker sie zurück.

Das Kollektiv stieß ein vielstimmiges Raunen aus.

»Ich bin ein Teil von dir«, sagte er.

Das Kollektiv schüttelte den Kopf.

»Du bist nicht ich, und ich bin nicht du«, kam es aus ein paar Dutzend Mündern.

»Es hat einen Unfall gegeben«, erklärte er. »Dabei kam es zu einer Verbindung zwischen mir und einem Menschen. Aber die Verbindung ist nicht die gleiche wie zu dir. Sie ist lückenhaft. Wir sind nicht eins, aber auch nicht geteilt. Es ist unperfekt.«

»Wenn du Teil von mir bist oder warst, warum hast du mich im Tempel der Menschen angegriffen?«

»Ich wollte deine Aufmerksamkeit. Ich möchte wieder Teil von dir sein. Es ist schmerzlich und einsam ohne dich. Ich fühle mich wie ein Tropfen, der den Ozean verlassen hat. Nimm mich wieder auf.«

Eine Weile verharrte das Kollektiv, bewegungslos, schweigend. Schließlich erhob sich der Chor der Stimmen erneut. »Das liegt nicht in meiner Macht.«

Ohne ein weiteres Wort wandte sich das Kollektiv um und strömte hinaus in die Dunkelheit des Waldes.

Er war wieder allein.

Der Pontifex bahnte sich einen Weg durch die Umstehenden. Kam es ihm nur so vor, oder teilte sich die Menge diesmal nicht so bereitwillig vor ihm wie sonst? Lag da noch etwas anderes als Ehrfurcht in den Hunderten Augen, aus denen er gemustert wurde? Neugier? Zweifel? Spott?

Er unterdrückte die Wut, die in ihm kochte, und bemühte sich, Würde und Gelassenheit auszustrahlen. Doch es fiel ihm schwer. Ohne die Malachim an seiner Seite kam er sich nackt vor. Was war nur in sie gefahren? Nie in all der Zeit hatten ihn seine Schöpfungen im Stich gelassen.

Es hatte damit angefangen, dass sie sich untereinander bekämpft hatten. Wahrscheinlich war dafür der Renegat verantwortlich, der ihm entkommen war. Er hatte die Gefahr eindeutig unterschätzt, die von diesem Wesen ausging. Es hatte sich gegen ihn gestellt.

Nun aber war auch das Kollektiv verschwunden, ohne auch nur einen Versuch zu unternehmen, die Kinder einzufangen, die sich gegen ihm widersetzt und dadurch seine Autorität schwer beschädigt hatten.

Wie dumm waren seine Skrupel gewesen. Dabei hätte er es besser wissen müssen. Schließlich waren an der Zerstörung seiner Familie auch Kinder beteiligt gewesen. Nun, er würde sich später um sie kümmern. Sobald die Malachim wieder zur Vernunft gekommen waren.

Ob der Renegat irgendwelchen Einfluss auf sie genommen hatte? Stand das Kollektiv vor dem Zerfall? Ein schrecklicher Gedanke.

Er bemerkte neugierige Blicke. Womöglich hatte seine grüblerische Miene seine wahren Gefühle widergespiegelt. Er musste sich zusammenreißen.

Ein Mann trat aus der Menge hervor. »Pontifex. Auf ein Wort.«

»Bruder David Tenson. Ich habe leider keine Zeit. Das Löschen der brennenden Tempelbäume hat Vorrang, worum immer es auch gehen mag.«

»Mit Verlaub, Pontifex, die Brände sind bereits gelöscht. Matthew Whisp hat es eben verkündet. Vier Bäume sind umgestürzt, und ein fünfter muss leider gefällt werden, was in diesen Minuten geschieht. Aber es scheint, als sei alles im Griff, obwohl es bei der momentanen Trockenheit zu einem Waldbrand hätte kommen können, der große Teile der Gemeinde ausgelöscht hätte.«

»Gut«, sagte der Pontifex etwas irritiert über den unerwünschten Vortrag. Hatte da etwa ein Vorwurf mitgeschwungen? »Erinnere mich daran, Matthew und seinem Löschtrupp bei der nächsten Versammlung eine Belobigung auszusprechen.«

Er wollte weitergehen, aber Tenson blieb ihm im Weg stehen. »Das werde ich, Pontifex«, versicherte er. »Da diese dringliche Angelegenheit nun geklärt ist, dürfte ich wohl kurz um Euer Gehör bitten?«

»Nun gut, dann sprich, Tenson.«

David schien den Unwillen in seiner Stimme zu überhören oder nicht bemerken zu wollen. »Ich denke, es wäre besser, wenn wir uns unter vier Augen unterhalten«, sagte er und zwinkerte ihm verstohlen zu.

Für einen Moment erwog der Pontifex, den Kerl für diese unerhörte, vor aller Augen begangene Vertraulichkeit von den Malachim bestrafen zu lassen. Dann fiel ihm wieder seine missliche Lage ein, und er verkniff sich jede Reaktion.

Er gebot Tenson mit einem Handzeichen, ihm zu folgen, und betrat die nächstbeste Hütte. Es handelte sich um eine Schmiede. Ein Amboss stand unter dem Abzug in der Mitte, eine offene Esse spendete flackerndes Licht. Der Geruch des Feuers lag über allem.

Die ungewöhnlich hellen Augen des Schmieds weiteten sich, als er den Pontifex gewahrte. Er verbeugte sich unbeholfen. Auch seine Frau, die aus dem angrenzenden Wohnraum herüberkam, deutete eine Verneigung an, wobei sie allerdings den Pontifex nicht aus den Augen ließ. Irgendetwas in ihrem Blick gefiel ihm nicht, und er war sich sicher, die Frau zu kennen, aber ihm wollte nicht einfallen, woher.

»Pontifex, was können wir für euch tun?«, fragte der Schmied in unterwürfigem Tonfall.

»Ich habe mit diesem Mann hier eine vertrauliche Angelegenheit zu besprechen.«

Die beiden sahen ihn leicht konsterniert an, dann aber zog die Frau ihren widerstrebenden Mann am Arm aus der Hütte. Der Pontifex wartete, bis sie die Tür hinter sich geschlossen hatten.

Er trat an die Esse. Der Schmied hatte einen eisernen Schürhaken darin hinterlassen, dessen Spitze bereits zu glühen begonnen hatte. Er zog ihn aus der Esse und beschrieb damit kleine Kreise über der Asche. »Sprich, Tenson!«

»Das scheint alles etwas anders gelaufen zu sein als geplant, heute im Tempel.«

Der Pontifex zuckte mit den Schultern, ohne sich umzudrehen. Er schuldete niemandem Rechenschaft.

»Nun ja«, setzte Tenson erneut an, »ich hoffe, dass das unser kleines Geschäft nicht in irgendeiner Weise berührt.«

Der Pontifex hob den Schürhaken so an, dass er die glühende Spitze aus der Nähe betrachten konnte. Die Glut schien ein Eigenleben zu haben; Wellen von dunklem Orange und hellem Gelb pulsten über das heiße Metall.

»Welches Geschäft?«, fragte er.

»Nun, wenn ich mich recht entsinne, hattet Ihr mir für die rechten Worte zur rechten Zeit den Posten des Gemeindekämmerers zugesagt.«

Der Pontifex ließ den Schürhaken langsam auf halbe Höhe sinken. »Und wenn *ich* mich recht entsinne, solltest du mir helfen, die beiden Larsons ihrer gerechten Strafe zuzuführen. Tatsächlich läuft aber einer der beiden immer noch frei herum. Ich sehe nicht, dass ich dir für dieses unbefriedigende Ergebnis irgendetwas schuldig bin.«

»Das ist doch nicht meine Schuld!«, begehrte Tenson auf. »Ich habe meinen Teil der Abmachung erfüllt. Was kann ich dafür, wenn die Malachim so versagen?«

Zischend fuhr die glühende Spitze durch die Luft und verharrte direkt vor Tensons Nase. »Versagen?« Die Stimme des Pontifex klirrte wie Eis. »Vorsicht, Freundchen. Du sprichst hier von den Engeln des Herrn. Wenn Blasphemie für diese Jungen den Tod bedeutet, dann erst recht für dich. Also achte auf deine Worte.«

Tenson wich einen Schritt zurück, den Blick auf das glühende Eisen gerichtet. »Ich bitte um Entschuldigung, Pontifex. Es war nicht meine Absicht …« Er hob entschuldigend die Hände.

Irgendetwas in seinem Gesicht gefiel dem Pontifex nicht. Es lag einfach zu wenig Angst darin. Tatsächlich sah Tenson immer noch recht anmaßend drein. Nun, er würde ihn sich später noch einmal vorknöpfen müssen, aber hier und jetzt war weder die rechte Zeit noch der Ort dafür.

Der Pontifex ließ die Spitze des Schürhakens langsam vor Tensons Körper nach unten gleiten. »Ich habe gerade beschlossen, dass die Vermögensverwaltung der Gemeinde bei mir auch in Zukunft sehr gut aufgehoben ist. Das Gespräch ist damit für mich beendet.« Er wandte sich wieder der Esse zu.

Eine Weile lang war hinter ihm nichts als Stille zu hören. Dann wurde die Tür geöffnet, die Geräusche des Dorfes drangen in die Hütte, und kurz darauf fiel die Tür dröhnend ins Schloss.

David Tenson ballte die Rechte so heftig zur Faust, dass sich die Fingernägel schmerzhaft in den Handteller gruben. Während seiner Karriere bei der Army mochte er einige Tugenden erworben haben, aber Demut gehörte sicherlich nicht dazu. Dumm genug, dass er in den Augen vieler als willfähriger Einpeitscher des Pontifex dastand. Doch der Posten, der ihm versprochen worden war, hätte diese Scharte in seinem Ansehen mehr als wettgemacht.

Genau gesagt war es ihm völlig schnuppe, was die Leute von ihm dachten, solange er sein Geld nicht mehr damit verdienen musste, den Leibwächter für reiche Honoratioren zu geben. Dafür hätte er auch seine Großmutter verkauft. Dass dafür ein paar Kinder sterben mussten … Nun ja, sicherlich bereitete auch ihm das keine große Freude, aber in diesem Fall war es ein notwendiges Übel. Seine eigene Familie war kurz nach Ausbruch des Bürgerkriegs umgekommen, als sie in einem Schusswechsel zwischen zwei Gangs geraten waren. Es hatte ihm fast das Herz zerrissen, aber als Soldat hatte er gelernt, solche Dinge zu akzeptieren.

Später war er sogar selbst Gang-Mitglied gewesen, wenn auch nur für kurze Zeit. Als aber seine Kumpane und er eines Tages etwas zu nah am Waldsaum operierten, hatten die Malachim sie erwischt. Im Gegensatz zu den anderen war er allerdings intelligent genug gewesen, die Übermacht seiner Gegner zu erkennen. Während die übrigen Gang-Mitglieder bis zur letzten Patrone gekämpft hatten und von den Malachim getötet worden waren, hatte er rechtzeitig die Waffen gestreckt und war von ihnen ins Elysion verschleppt worden. Der Pontifex hatte zwar keine echte Verwendung für Soldaten gehabt, doch einige wohlhabende Gemeindemitglieder hatten ihn als Leibwächter angeworben, denn obwohl es für sie keine reale Bedrohung gegeben hatte, sahen sie in einem Leibwächter wohl so etwas wie ein Statussymbol.

Es gab kaum ein demütigenderes Dasein für einen Excaptain der U.S. Special Forces. David hatte die Nähe des Pontifex gesucht, um unter Beweis zu stellen, dass er zu mehr taugte. Nicht, dass er auch nur die geringste Sympathie für das ganze pseudoreligiöse Brimborium aufbringen konnte, mit dem dieser Mann seine »Gemeinde« verschaukelte. Aber im Elysion lief nichts, wenn es nicht den Segen des Pontifex hatte. Tatsächlich war es ihm am Ende irgendwie gelungen, sich ihm anzudienen, und sein heutiger Auftritt im Tempel hatte so etwas wie sein Gesellenstück werden sollen. Dass alles etwas anders verlaufen war, als es sich der Pontifex vorgestellt hatte, war ihm klar, aber ihn dafür verantwortlich zu machen, war ein Witz.

Und dann die Demütigung in der Schmiede. Der Pontifex hatte ihn behandelt wie einen lästigen Bittsteller. David kochte. Der Mann würde bezahlen. Er wusste noch nicht, wie, aber er würde bezahlen. Es hätte nicht viel gefehlt, und er hätte sich in der Schmiede auf den Pontifex gestürzt. Als hätte ihn ein lächerlicher Schürhaken davon abhalten können. Aber als Soldat wusste er auch, wann es Zeit für einen taktischen Rückzug war.

Immerhin schien die Beziehung des Pontifex zu den Malachim zu bröseln.

Denk nach, David Tenson, sagte er sich. *Irgendwie muss man daraus doch Kapital schlagen können.*

Er konnte versuchen, Zweifel bei anderen Gemeindemitgliedern zu säen. Vielleicht würden sie sich ihm anschließen, wenn er eine Revolte gegen den Pontifex anzettelte. Doch das Risiko, sich gegen die Malachim zu stellen, war groß, und wer garantierte ihm, dass sie sich wirklich vom Pontifex abgewandt hatten.

Eine andere Möglichkeit war direkter, aber noch riskanter. Die Malachim selbst anzusprechen. Sie waren Wesen aus Fleisch und Blut. Nun ja, meistens jedenfalls. Deshalb mussten auch sie Bedürfnisse haben, die man befriedigen konnte. Sicherlich gab es Dinge, die sie begehrten und die man ihnen anbieten konnte, auch wenn er noch nicht wusste, was das sein könnte.

Doch auch diese Idee erschien ihm verfrüht. Er war nicht so dumm, den Kopf aus der Deckung zu strecken, solange nicht klar war, dass seine Bestrebungen auf fruchtbaren Boden fallen würden. Einstweilen war es sicherlich klüger, die Ereignisse einfach im Auge zu behalten. *Wenn du lange genug an einem Fluss wartest, werden die Leichen deiner Feinde an dir vorbeigeschwemmt,* sagte ein chinesisches Sprichwort.

Sein Tag würde kommen.

7

Gebannt starrte der Pontifex des Elysion auf seine Erfindung. In Ermangelung irgendeiner schlagkräftigeren Bezeichnung nannte er sie einfach nur die »Maschine«. Ein wissenschaftlicherer Terminus hätte eher einem kompletten nanophysikalischen Fachartikel geähnelt. Durch die massive Plastikverschalung ähnelte sie am ehesten einem Computertomografen, allerdings einem mit einer senkrechten Öffnung, gerade hoch genug, dass man hineinschauen konnte. Was wiederum das war, was er im Augenblick tat, denn die Maschine war in Betrieb. Ein spektakulärer Anblick. Er konnte sich noch an jenen Tag erinnern, als er ihn das erste Mal erlebt hatte.

Es war ein heißer Frühlingstag gewesen. Doch das wusste er nur, weil die wenigen Mitarbeiter, die von seinem Laborpersonal noch übrig gewesen waren, es ihm gesagt hatten. Er selber hatte damals den unterirdischen Teil des USAILEP seit Tagen nicht mehr verlassen. Warum auch? Draußen tobte zu jener Zeit der Bürgerkrieg, und die Anlage war gut gesichert. Die Leitung hatte es dem wissenschaftlichen Personal angesichts der bedrohlichen Entwicklungen im Land allerdings freigestellt, sich um ihre Familien und ihr Hab und Gut zu kümmern, und die meisten hatten von dem Angebot Gebrauch gemacht. Übrig geblieben waren ein paar Verwegene und das Wachpersonal, das zu neunzig Prozent aus Soldaten bestand.

Ein paar Wochen später hatte sich sein persönlicher Mitarbeiterbestand dann auf einen Laboranten reduziert, der vor allem deswegen blieb, weil das Lager des Instituts bis an die Decke mit unverderblichen Nahrungsmitteln gefüllt war, während draußen längst gehungert wurde.

Wiederum ein paar Wochen später hatte ihn der militärische Kommandant des Instituts mit knappen Worten darüber informiert, dass die Einheit, die bis dahin die Anlage bewacht hatte, zur Verteidigung eines Flughafens abkommandiert worden war. Sprach's, drückte ihm alle Schlüssel und eine Liste mit sämtlichen Sicherheitscodes in die Hand und verschwand. Die angekündigten Soldaten, die die abgezogene Einheit ablösen und die Bewachung übernehmen sollten, tauchten nie auf.

Sein letzter Labormitarbeiter zog sich zwei Monate später bei der Reparatur einer Dampfturbine des institutseigenen Reaktors eine schwere Verbrennung zu, an der er trotz seiner Bemühungen nach drei Tagen starb. Er beerdigte seinen letzten Mitarbeiter auf dem Institutsgelände und war von da an für einige Monate mutterseelenallein. Jedenfalls wenn man von dem Ergebnis seines Experiments absah.

An jenem heißen Frühlingstag allerdings war sein Labor noch ein recht lebendiger Ort gewesen. Eifer und Spannung seiner Mitarbeiter ließen die Luft vibrieren. Die Konstruktion der »Maschine« hatte Jahre gedauert. Er selbst hatte das Projekt aus dem Boden gestampft, nachdem er Frau und Tochter an jenem elenden Wintertag in den ersten Wirren des beginnenden Bürgerkriegs an einen Haufen menschlichen Abschaums verloren hatte.

Bis dahin hatte die Sicherheit des Staates weit unten auf der Rangleiter seiner Interessen gestanden. Aber die Auslöschung seiner Familie hatte seine innere Welt für immer verändert. Er hatte gesehen, wie der Körper seiner Frau in den Schnee gefallen war, ihr Leben von einer Schrotflinte ausradiert, als wäre sie irgendein räudiges Tier gewesen. Dann hatten sie ihn an den Rand des Todes gebracht. Als er in den Trümmern seiner Wohnung wieder erwachte, lag die blutige Leiche seiner Frau immer noch draußen im Schnee, und seine Tochter war spurlos verschwunden. Anfangs hatte er sie verzweifelt gesucht, hatte alles Menschenmögliche getan, um sie zu finden, aber schließlich hatte er resigniert. Während das Land um ihn herum immer mehr im Chaos versank, hatte er die Ausrichtung seiner Arbeit am Institut eigenmächtig komplett verändert.

Eigentlich hatte man ihn, den berühmten Nanophysiker, Professor am MIT, dem angesehensten Wissenschaftsinstitut des Landes, angeworben, um neuartige ultraleichte Schutzkleidung für Polizei und Militär zu entwerfen. Doch er hatte seine Vorgesetzten davon überzeugt, dass er zu etwas viel Größerem in der Lage war – der Schöpfung multipotenter Wesen, ausgestattet mit künstlicher Intelligenz, deren Aufgabe es sei, die Menschen vor sich selbst zu schützen.

Die Schaffung der künstlichen Körper war dabei das geringste Problem. Die eigentliche Schwierigkeit bestand darin, die Nanopartikel, aus denen diese Körper bestanden, zu »beseelen«. Dieses Wort hatte er benutzt, um seinen Vorgesetzten jenen geradezu irrwitzig komplexen Vorgang zu beschreiben, bei dem er die Nanopartikel zu einem intelligenten Schwarm zusammenfügte, quasi eine Einheit unter ihnen stiftete, die dem menschlichen Geist gleichkam oder – wie er insgeheim hoffte – diesem sogar überlegen war.

Und genau das war die Aufgabe der »Maschine«.

An jenem heißen Frühlingstag hatten er und ein halbes Dutzend Mitarbeiter nach etlichen Fehlschlägen das erste Mal das Wunder der Geburt einer dritten Art beobachten dürfen. Einer seiner Laboranten hatte ein gewisses Faible für das Horror-Genre gehabt, und da Wesen, denen man Respekt und Gehorsam entgegenbringen sollte, von einem furchterregenden Äußeren profitierten, hatte er sich auf dessen Designvorschlag eingelassen.

Ein Mensch – oder eher menschenähnliches Wesen – ohne Haut war seiner »Maschine« entstiegen, und ein anderer seiner Mitarbeiter hatte ihm anschließend zugeprostet mit den Worten: »Zum Wohl, Allmächtiger.« Er hatte sich eher wie ein Geburtshelfer gefühlt.

An diesem Tag aber stand er allein vor der Maschine. Nachdem er sie bereits jahrelang benutzte, fiel es ihm nicht mehr schwer, sie auch allein in Gang zu setzen. Es war wie einen Toaster zu bedienen, auch wenn ihr Gebrauch nicht immer zum gewünschten Ergebnis führte. Bis vor Kurzem hatte er sich nicht mehr als einen Schöpfungsprozess pro Monat erlaubt, um die empfindliche Apparatur nicht über Gebühr zu beanspruchen. Seit ihm aber die ersten Gerüchte über getötete Malachim zu Ohren gekommen waren, hatte er die Frequenz vorsichtig gesteigert. Er hatte immer gewusst, dass seine Wesen nicht so unbesiegbar waren, wie die Leute im Elysion glaubten. Allerdings hatte er gehofft, dass es etwas länger dauern würde, bis irgendwer ihre Achillesferse entdecken würde. Wenn er den Gerüchten glauben durfte, war es simple elektrische Spannung. Geradezu enttäuschend trivial.

Einerseits hatte es ihn in den Fingern gejuckt, den Wahrheitsgehalt dieser Gerüchte experimentell zu überprüfen. Aber dann hatte er es doch nicht übers Herz gebracht, eine seiner Kreaturen dafür zu opfern. Seit gestern nun gab es mindestens einen Kandidaten, den er liebend gern zum Versuchskaninchen gemacht hätte, aber ausgerechnet der unterlag augenscheinlich nicht mehr seiner Befehlsgewalt.

Er spürte, dass er zitterte. Es war nicht kalt hier unten. Das Raumthermometer seiner Steuerungszentrale zeigte exakt 21,7 Grad Celsius. Er überlegte, wann er das letzte Mal etwas gegessen hatte. Offensichtlich zu lang her, als dass er sich erinnern konnte. Nun, das Lager des Labors war immer noch voll mit militärischen Notrationen, ebenso unverderblich wie nahrhaft und langweilig. Aber er war in dieser Hinsicht eher anspruchslos. Er würde sich ein Nahrungspaket holen. Später.

Vielleicht aber hatte das Zittern noch andere Gründe. Er musste zugeben, dass die Abspaltung eines Malach vom Kollektiv, die Ereignisse im Tempel und der Zusammenstoß mit David Tenson ihn innerlich ziemlich aus dem Gleichgewicht gebracht hatten. Es war, als ob all das, was er über Jahre mühevoll aufgebaut hatte, unter seinen Händen zu zerbröseln drohte. Dabei war er noch lange nicht am Ziel, der Errichtung einer von ihm geleiteten und von den Malachim kontrollierten guten Diktatur. Einer Welt, in der die Menschen frei von Angst vor Krieg und Verbrechen leben konnten. Einer Welt ohne Konsumterror, ohne blinden Fortschrittsglauben, ohne Reizüberflutung und all jenen Flüchen der untergegangenen Industriezivilisation.

Allzu lange war er selber ein Jünger des Technologie- und Fortschrittsglaubens gewesen, aber der Bürgerkrieg und sein persönlicher Verlust hatte ihm gezeigt, wohin dieser Weg die Gesellschaft geführt hatte. Also hatte er beschlossen, die Weichen umzustellen. Doch ihm war von Anfang an klar gewesen, dass die Menschen von ihren Götzen nicht freiwillig ablassen würden. Also hatte er sein ganzes Wissen darauf konzentriert, ein

Instrument zu finden, mit dessen Hilfe er der Menschheit ihren Irrweg für immer versperren konnte.

Die Malachim. Nachdem ihm die Schöpfung eines ersten Individuums geglückt war, hatte er die »Maschine« perfektioniert. Denn die arbeitete bei Weitem nicht immer zuverlässig. Im Gegenteil. Die Geburt eines neuen Malach unterlag statistisch betrachtet dem Zufall. Viele Versuche endeten in einem Nichts, das er sich einfach nicht erklären konnte. Es war dieses Mysterium, dem er auch an diesem Tag wieder auf die Spur zu kommen hoffte. Die Arbeit würde ihn von den Sorgen des Alltags ablenken. Er konnte sich in Berechnungen und Datenauswertungen versenken wie ein buddhistischer Mönch in die Meditation.

Er blickte in die mannsgroße Öffnung des Konus. Die unzähligen Nanopartikel, die in dem Magnetfeld umherschwirrten, erzeugten einen seltsamen bläulichen Nebel, der von innen heraus zu glühen schien. Offenbar eine Art Fluoreszenzphänomen, das er sich nicht ganz erklären konnte. Wenn man lange genug darauf starrte, meinte man, flüchtige Formen darin zu erkennen, Kugeln, die einander umkreisten wie Planetensysteme. Doch das war sicherlich nur der eigenen Phantasie geschuldet. Ein ähnlicher Effekt wie beim Betrachten von Wolken.

Nicht zum ersten Mal verspürte er den Impuls, in diesen Nebel hineinzugreifen. Doch das wäre mit Sicherheit seine letzte Tat gewesen.

Auf einmal bemerkte er die Verdichtung der Partikel innerhalb des Nebels. Das Muster, das sich herausbildete, entsprang keiner Einbildung, sondern war der erste Vorbote einer neuen Existenz. Gebannt ruhte sein Blick auf der sich immer mehr herausbildenden Gestalt. Noch war die Form instabil, verwandelte sich alle paar Momente in ein neues geometrisches Grundmuster –

Zylinder, Kubus, Kegel –, doch nach und nach wurden die Formen vielfältiger, organischer. Die Partikel erprobten immer höhere Komplexität, bereits von einem einheitlichen Ziel gelenkt, so wie ein Fischschwarm.

Bald würde aus dem gleichgerichteten Handeln einer Myriade Partikel ein einheitlicher Wille entstehen. Der spirituelle Kern einer neuen Existenz.

»Also, jetzt noch einmal im Klartext«, sagte Brent. »Du kontrollierst einen Malach, richtig?«

Cooper war gerade dabei, ihren Rucksack zu packen, unterbrach diese Tätigkeit aber und sah Brent an. »Na ja, ›kontrollieren‹ ist nicht ganz das richtige Wort«, antwortete sie. »Ich kann eben nur sehen, was er sieht.«

Es klang wirklich bescheuert, wenn sie es so laut aussprach, aber es war immerhin eine Erklärung für die seltsamen Visionen, die sie in letzter Zeit immer wieder überfielen.

»Wow«, sagte Brent unenthusiastisch. »Und wo ist er jetzt gerade?«

»Nun, ich sehe das nicht immer. Die Bilder tauchen eher so … ab und zu mal auf und verschwinden dann wieder.«

»Hm«, machte Brent.

»Aber es passiert immer häufiger«, fügte sie hinzu.

»Du weißt also nicht, wo er jetzt gerade ist?«, hakte er nach.

»Nicht so richtig.«

»Woher weißt du dann, dass er da ist, wo du ihn suchen willst?«

»Weil das der Ort ist, wo ich ihn das letzte Mal … äh … ich meine, den ich durch seine Augen das letzte Mal gesehen habe.«

»Was rein zufällig gerade der Ort ist, an dem die Medikamente für Big Mama zu finden sind.« Es war keine Frage, aber er hatte in deutlich spöttischem Tonfall gesprochen.

Cooper seufzte innerlich. Vielleicht sollte sie einfach auf Brents Begleitung verzichten. Aber ohne ihn würde Stacy, Big Mamas Medikamente hin oder her, ebenfalls nicht mitkommen. Und die Vorstellung, ganz allein in den Wald zu gehen, erfüllte sie nicht gerade mit erwartungsvoller Freude.

»Ja«, antwortete sie in der Hoffnung, dass es einigermaßen unbefangen klang. »Ist doch gut, oder? Da können wir zwei Fliegen mit einer Klappe schlagen.«

In Wahrheit ging es ihr um eine dritte Fliege, und die sah aus wie ihr Vater. Aber das wollte sie lieber für sich behalten. Denn damit hätte sie nur Stacy wieder in die Opposition getrieben. Und immerhin bestand ja tatsächlich die Aussicht, Big Mama mit diesem Ausflug zu helfen.

»Coop«, sagte Brent sehr ernst, »du weißt, dass du immer auf mich zählen konntest. Also, wenn du mich jetzt verarschst, dann …«

Er musste den Satz nicht zu Ende bringen. Trotz ihrer Freundschaft und der unwillkommenen Avancen des gestrigen Abends war sie fast sicher, dass er nicht zögern würde, ihr die Kehle durchzuschneiden, sollte er sich von ihr betrogen fühlen. So war Brent eben. Verlässlich bis zur Vorhersehbarkeit, im Guten wie im Schlechten.

Aber es war besser, diesen Gedanken für den Moment zu verdrängen. Sie ging auch nicht auf seine Drohung ein, sondern sagte stattdessen: »Sieh dir meine Augen an.«

Brent winkte ab. »Lass stecken, Coop. Ich bin kein Gesichtsleser wie dieser gruselige Verhörexperte in McCanns Truppe.«

»Nein, so mein ich das nicht. Sieh dir einfach mal meine Augen an.«

Sie war gespannt, wie er auf die Entdeckung reagieren würde. Sie hatte es selbst erst vor wenigen Stunden bemerkt, als sie sich selbst, einem dumpfen Bauchgefühl folgend, im Spiegel betrachtet hatte. Es hatte sie fast von den Füßen gehauen.

Stacy und Gregory, die ihren Disput mit angehört hatten, während sie über Big Mama wachten, näherten sich mit neugierigen Gesichtern.

»Hm, ich seh nichts«, sagte Brent.

Sie rückte näher an eines der Talglichter. »Sieh genauer hin.«

Drei Gesichter drängten sich vor ihres.

»Heterochromie«, stellte Gregory nüchtern fest.

»Heterowas?«, fragte Brent.

»Verschiedenfarbige Iris. Links grün, rechts blau«, erläuterte er, bevor er sich wieder an Cooper wandte. »Das war also nicht immer so?«

»Nein. Coopers Augen waren beide grün. Das weiß ich hundertprozentig.« Stacy klang richtig elektrisiert von dieser Entdeckung.

»Ist ja schön und gut. Aber was hat das mit dem Malach zu tun?«, fragte Brent unwillig.

Cooper antwortete mit einer Gegenfrage. »Welche Augenfarbe haben die Malachim?«

Brent grübelte. »Worauf willst du hinaus?«, fragte er schließlich.

»Alle Malachim haben blaue Augen. Auch der, der uns im Wald angegriffen hat. Ich glaub, dass die Berührung oder die Spule oder vielleicht beides zusammen irgendwie bewirkt hat, dass er und ich die Augen … quasi getauscht haben.«

Brent kratzte sich zweifelnd am Kopf. Auch Gregorys Gesichtsausdruck war eher skeptisch. Stacy sah sogar regelrecht angewidert aus. Ihr Trumpf hatte nicht gewirkt.

Cooper wandte sich missmutig wieder ihrem Rucksack zu und grummelte: »Hätte nicht gedacht, dass gerade du den Schwanz einziehst, Brent. Aber dann geh ich eben allein.« Sie hob den Kopf, um Gregory anzusehen. »Kann ich mir noch ein bisschen Gemüse aus deinem Gewächshaus einpacken?«

»Nimm dir, was du brauchst, Cooper. Aber ich bin mir wirklich nicht sicher, ob dein Vorhaben so eine gute Idee ist. Vor allem, wenn du ganz allein losziehst.«

Sie zuckte mit den Schultern. »Sollen wir einfach warten, bis Big Mama stirbt?«

Stacys Gesichtsausdruck bewies, dass Coopers Bemerkung zumindest bei ihr Wirkung zeigte.

»Auch wenn die Chance noch so klein ist«, fuhr Cooper fort, »sollten wir zumindest nachsehen, ob in diesem Gebäude nicht doch brauchbare Medikamente zu finden sind.«

»Aber selbst wenn das Gelände nicht verstrahlt ist, liegt es meilenweit im Wald«, wandte Brent ein. »Wir werden dutzendweise Malachim am Hintern haben.«

»Nicht, wenn ich meine Verbindung nutzen kann, um zu sehen, was sie vorhaben«, widersprach Cooper in einem Tonfall, von dem sie hoffte, dass er listig klang.

Brent verfiel in kurzes Grübeln. Dann hellte sich seine Miene auf einmal auf. »Vielleicht kann man das auch gebrauchen, um die Biester in eine Falle zu locken.«

»Genau das meine ich doch.« Das war eine glatte Lüge. Bisher hatte sie eigentlich noch keine klare Idee gehabt, was sie mit ihrer neuen Fähigkeit anstellen sollte. Außer eben Brents Interesse zu wecken.

»Wir könnten sie einzeln zu uns locken und Dutzende von ihnen töten.« Seine Augen leuchteten auf einmal vor Enthusiasmus.

Cooper hatte zwar keine Ahnung, wie er sich das genau vorstellte, aber sie war doch froh, ihn offensichtlich am Haken zu haben. »Na, endlich kapierst du's, Brent Kosky!«

Sie hob die Hand zum High Five, und er schlug so fest ein, dass ihre Handfläche prickelte. »Ja, ich hab's geschnallt, Coop«, röhrte er. »Wir könnten so viele von diesen Monstern erledigen, dass McCann mit uns die Friedenspfeife raucht und jedem von uns liebend gern den Arsch leckt.« Er begann, eine Art Indianertanz aufzuführen, und rief: »Wer weiß, vielleicht macht er mich zu seinem Stellvertreter oder so.«

Dass Brent sogar nach dem, was McCann Stacy angetan hatte, davon träumte, sich ihrem alten Sklavenhalter und jetzigem übelstem Feind anzudienen, irritierte Cooper nicht wenig. Aber im Augenblick war es einfach wichtig, ihn auf ihrer Seite zu haben, also grinste sie ihm aufmunternd zu.

»Worauf warten wir noch?«, fragte Brent unternehmungslustig und warf sich in die Brust.

»Kannst du uns den Weg zu diesem Gebäude beschreiben?«, fragte sie Gregory.

»Noch viel besser«, antwortete er. »Ich hab eine Karte des gesamten Staates; da ist das Gebäude drauf verzeichnet. Auch wenn ich das nach wie vor für eine schlechte Idee halte.«

Er ging zu einem augenscheinlich selbst zusammengezimmerten Regal, auf dessen Brettern sich Unmassen von Büchern und Zeitschriften stapelten. Es sah völlig chaotisch aus, aber ein paar Sekunden später hatte er gefunden, was er suchte, und breitete anschließend die Karte auf einem Tisch aus. Es war eine von diesen Patentkarten, komplett in Plastik eingeschweißt und dennoch faltbar. Aber man sah ihr das Alter an. Das Plastik war braun und rissig, und teilweise fiel die Karte auch schon auseinander.

Trotzdem kam es Cooper vor, als würde sie einen Rohdiamant betrachten. Sie wusste gar nicht mehr, wann sie so eine Karte zum letzten Mal gesehen hatte. Man konnte immer noch Speisekarten von Restaurants finden, die seit Jahren nicht mehr existierten, aber Straßenkarten waren nahezu verschwunden, als hätte sie irgendwer aufgefressen.

Bisher hatte das für sie allerdings kaum eine Rolle gespielt. Denn normalerweise bewegte sie sich nur auf Wegen, die sie kannte und schon Dutzende Male benutzt hatte. Aber auf die ganze Stadt bezogen, war ihr Revier winzig. Es gab riesige Bezirke, in die sie aufgrund mangelnder Ortskenntnis nie einen Fuß gesetzt hätte.

»Hier auf der Rückseite ist das Stadtgebiet«, sagte Gregory. »Ist wahrscheinlich alles ein bisschen veraltet, vor allem, was den Verlauf des Waldes angeht. Der hat sich ja an vielen Stellen tief in die Vorstädte hineingefressen.«

»Manche Leute machen die Malachim dafür verantwortlich«, murmelte Cooper und war neugierig auf seine Meinung zu diesem Thema.

»Ich kenne das Gerücht«, sagte er. »Nun ja, ihr wisst wahrscheinlich mehr über die Malachim als ich. Ich selbst hab noch nicht mal einen von ihnen aus der Nähe zu sehen bekommen. Aber auch wenn nicht alles stimmt, was man sich über sie erzählt, sie sind auf jeden Fall sehr außergewöhnliche Lebewesen. Und das Wachstum des Waldes in den letzten Jahren ist genauso außergewöhnlich. Nicht auszuschließen, dass es da irgendeinen Zusammenhang gibt. Immerhin ist der Wald ja auch ihr Herrschaftsgebiet.«

»Stimmt«, sagte Stacy schaudernd. »Irgendwann überwuchert der Wald alle Städte, und dann beherrschen die Malachim den gesamten Planeten.«

Gregory nickte geistesabwesend. Er nahm die Karte und drehte sie herum. »Hier habt ihr den gesamten Staat, und dort«, sein Finger wies auf einen komplett grauen Bereich, der auf der Karte als *Militärisches Sperrgebiet* ausgewiesen war, »dort liegt das Gebäude, in das ihr wollt.«

Die ersten Sonnenstrahlen tauchten das seltsame Bauwerk hinter der Mauer in rötliches Licht. Für Jimmy sah es wie eine Art riesiges Schneckenhaus aus. Sie gingen auf eine doppelt beschrankte Durchfahrt mit einem kleinen Wächterhäuschen zu.

»Du hast gesagt, wir würden vor den Malachim sicher sein«, meldete sich ein dunkelhäutiger Junge in Jimmys Alter zu Wort. »Aber ich hab meine Zweifel, dass die sich von den Schranken aufhalten lassen.«

Patrick, der ihre aus knapp zwei Dutzend Jungen und Mädchen verschiedensten Alters bestehende Gruppe anführte, blieb stehen und drehte sich zu dem Jungen um. Er brachte das Seil in Ordnung, das er sich in mehreren Schlaufen quer über den Oberkörper gelegt hatte. »Entspann dich«, sagte er. »Wir sind noch gar nicht da. Unser Ziel liegt hinter diesem Komplex. Du wirst schon sehen.«

Gemurmel erhob sich unter den anderen Kindern. Jimmy konnte sich eine schnippische Bemerkung nur mit Mühe verkneifen. Innerlich tickte er wie eine Zeitbombe, auch wenn er sich ständig einzureden versuchte, dass Patrick nicht für Seans Tod verantwortlich war, dass er im Gegenteil sein Leben aufs Spiel gesetzt hatte, um ihn und Sean zu retten, und dass er selbst nicht besser war als seine Mutter, wenn er Patrick die Schuld gab. Aber er konnte den Zorn auf seinen Freund kaum im Zaum halten.

Immer wieder sah er vor seinem inneren Auge, wie Sean gestorben war, und jedes Mal war ihm, als würde sich gleich die Erde unter ihm öffnen und er in einer alles verschlingenden Schwärze versinken. Wenn er die Augen schloss, sah er das Lächeln seines kleinen Bruders direkt vor sich, und es zerriss ihm das Herz. Dennoch ertappte er sich selbst immer wieder dabei, dass er diese Erinnerungen geradezu suchte, als wollte er sich selbst für das bestrafen, was geschehen war. Mehr als einmal hatte er daran gedacht, einfach in den Wald zu laufen und zu warten, bis ihn die Malachim fanden.

»He, alles in Ordnung, Kumpel?«

Er zuckte zusammen, als hätte der Leibhaftige ihn berührt, als ihm Patrick die Hand auf die Schulter legte. Er hatte gar nicht gemerkt, dass Patrick sich ihm genähert hatte.

»Hau ab und lass mich in Ruhe!«, zischte er, ohne Patrick anzusehen.

»Hör mal, es tut mir wirklich …«

»HAU AB!«

Als er aufblickte, sah er das Erschrecken in den Gesichtern der anderen Kinder. Gleichzeitig spürte er, wie die Hand von seiner Schulter glitt. Er setzte sich wieder in Bewegung und ließ Patrick hinter sich stehen.

Die anderen Kinder folgten ihm, und lange Zeit spürte er ihre Blicke, wie sie sich in seinen Hinterkopf bohrten. Endlich ging er langsamer, bis ihn die gesamte Gruppe überholt hatte. Dann stapfte er missmutig hinter ihnen her, während sie langsam die Mauer umrundeten und er seinen düsteren Gedanken nachhing.

Wieder hörte er sie murmeln und raunen. Offenbar näherte man sich dem Ziel. Sie bewegten sich immer noch parallel zur Außenmauer des Geländes mit dem Schneckenhaus. Auf der Mauerkrone waren Kameras montiert, die bestimmt seit Jahren nicht mehr funktionierten, aber jedes Mal, wenn er unter einer von ihnen vorbeikam, fühlte er sich dennoch beobachtet.

Ein Stück vor ihnen wurde Patricks Ziel im Licht der aufgehenden Sonne sichtbar. Es war ein umzäuntes Gelände. Viel kleiner als das, auf dem das Schneckenhaus stand, und hinter dem rostigen Maschendrahtzaun waren allerlei technische Einrichtungen zu erkennen. Es gab auch einen inneren Zaun, der ebenfalls aus Maschendraht bestand. Zwischen den beiden Zäunen verlief irgendeine dritte Struktur, die er aber noch nicht erkennen konnte. Die beiden Zäune waren hier und dort sehr fachmännisch geflickt worden.

»Wie heißt du?«, fragte er den dunkelhäutigen Jungen, der unmittelbar vor ihm ging.

»Rasim.«

»Was ist das da, Rasim?« Er wies auf das umzäunte Gelände.

»Ein Umspannwerk, Mann.«

»Woher weißt du das?«

»Steht da auf dem Schild, Mann. Kannst du nicht lesen?«

Jimmy blieb wieder stehen. Tatsächlich prangte auf einem Zaunsegment weiter links ein großes weißes Blechschild, auf dem in simplen Blockbuchstaben das Wort »Umspannwerk« stand. Darunter war ein Blitz abgebildet. Sie waren noch etwa zwanzig Schritt von dem Zaun entfernt.

Er machte ein paar große Schritte, um wieder zu Rasim aufzuschließen. »Was ist ein Umspannwerk?«

Rasim zuckte mit den Schultern. »Irgendwas mit Strom, glaube ich.«

Jimmy hatte aus Erzählungen seiner Eltern eine rudimentäre Vorstellung, was das Wort bedeutete und dass es irgendetwas Gefährliches war. »Meinst du, das ist noch in Betrieb?«

»Bin ich Jesus? Keine Ahnung, Mann. Frag doch Patrick.«

Genau das wollte er nicht tun.

Die Gruppe war fast vor dem Gelände angekommen, als Patrick sich umdrehte und den Arm hob. »Wir sind da!«

Die anderen Kinder sahen ihn gespannt an. Offenbar erwarteten sie eine weitere Erläuterung.

»Was soll das, Mann?«, fragte Rasim, der neben Jimmy stehen geblieben war. »Du hast gesagt, du bringst uns irgendwohin, wo wir vor den Malachim sicher sind.«

»Und das ist genau hier«, behauptete Patrick; sein rötliches Gesicht glühte sichtlich vor Stolz.

Rasim drehte sich einmal um die eigene Achse, dann zog er zweifelnd die Schultern nach oben. »Und wieso ist es hier sicherer als anderswo?«

Patrick zeigte auf den Zaun. »Seht ihr die Drähte zwischen den beiden Zäunen?«

Rasim und die anderen Kinder rückten näher an den Maschendraht. Jimmy tat es ihnen gleich. Einige Kinder murmelten aufgekratzt. Auch Jimmy sah die dicken Drähte, gut ein Dutzend. Sie verliefen waagerecht zu einfachen Metallstreben auf einer Höhe von etwa zwei Metern. Dort endeten sie in eigenartigen Kunststoffgebilden, die wie kleine Glocken aus Plastik aussahen.

»Das ist ein Hochspannungszaun«, erklärte Patrick. »Absolut tödlich, auch für die Malachim.«

Jimmy fiel ein, dass Patrick anders als die meisten Kinder seines Alters nicht im Elysion aufgewachsen war. Er und seine Familie waren von den Malachim entführt und in den Wald verschleppt worden. Immer wieder wusste er von solchen Wunderdingen zu berichten, die er offenbar aus seinem alten Leben in der Stadt kannte.

»Das stimmt nicht!«, rief ein kleines rothaariges Mädchen mit kindlicher Empörung in der Stimme. »Die Malachim sind unsterblich!«

Unter den Kindern erhob sich zustimmendes Gemurre.

»Sind sie nicht!«, behauptete Patrick ruhig und mit jener Autorität, die Jimmy noch vor Kurzem davon überzeugt hatte, bei der Graffitiaktion mitzumachen. Patrick wirkte irgendwie … älter als andere. Ein bisschen wie ein Erwachsener. Viel zu ernst für sein Alter. Jimmy hatte ihn dafür immer bewundert, auch wenn er sich das gerade jetzt nur ungern eingestand. »Ich habe selber gesehen, wie einer von ihnen hier im Zaun verschmort ist.«

Alle Kinder machten große Augen, dann begannen sie durcheinanderzureden. Jimmy konnte nicht alles verstehen, aber es schien nicht so, als ob sie Patricks Aussage infrage stellten, zumal er in den meisten Gesichtern Erstaunen und Ehrfurcht ausmachen konnte.

»Was hast du hier gemacht?«, wagte einer der Jungen, ein kleiner, vielleicht zwölf Jahre alter Kerl, zu fragen. Jimmy erinnerte sich an sein Gesicht. Der Kleine gehörte zu den Kindern, die den Findling im Tempel gestürmt hatten. Kaum zu glauben, dass Patrick diesen schmächtigen Winzling bei der Befreiungsaktion hatte mitmachen lassen.

»Ich war auf der Flucht vor den Malachim. Sie waren wegen einer kleinen Aktion in der Gemeinde hinter mir her.« Er grinste vielsagend. »Bin immer tiefer in den Wald gerannt. Auf einmal stand ich vor dem Ding hier.«

»Und wie ist der Malach in den Zaun geraten und verschmort?«, wollte ein anderer Junge wissen.

»Da war ein Loch im Außenzaun. Ich bin hindurchgeschlüpft, um mich hinter der Anlage zu verstecken. Aber einer der Malachim ist mir dicht auf den Fersen, folgt mir durch den Zaun. Und dann berührt er einen der dicken Drähte, und ich sehe, wie er vor meinen Augen verschrumpelt. Zum Schluss war gar nichts mehr von ihm übrig. Erst danach hab ich die Warnschilder gesehen. Klingt komisch, aber er hat mir gewissermaßen das Leben gerettet, sonst hätte am Ende ich selbst so einen Draht berührt und wäre ebenfalls gegrillt worden.«

Er grinste schief. Die Kinder starrten ihn noch immer gespannt an, aber die Geschichte war offenbar zu Ende.

Wieder war es Rasim, der sich am wenigsten beeindruckt zeigte und wissen wollte: »Wo ist es denn, das Loch im Zaun?«

Falls Patrick die Skepsis in seiner Stimme bemerkte, ging er nicht darauf ein. »Es war ungefähr hier, aber jemand muss den Zaun geflickt haben. Hier sind überall geflickte Stellen. Irgendwer kümmert sich um die Anlage, wie's aussieht, doch wer immer das ist, es ist kein Malach. Also macht euch keine Sorgen.«

»Das Einzige, worüber ich mir Sorgen mache«, entgegnete Rasim, »ist, wie wir da reinkommen.«

Offensichtlich sprach er aus, was alle dachten. Die Kinder begannen wiederum durcheinanderzureden. Doch Patrick ließ sich nicht aus der Ruhe bringen, denn er lächelte milde und hob erneut den Arm, bis sich alle wieder beruhigt hatten.

»Gibt es vielleicht eine Tür?«, fragte ein Mädchen in der vorderen Reihe.

Patrick schüttelte den Kopf. »Es ist besser, wenn ich es zeige, statt nur davon zu reden, aber dafür müssen wir auf die andere Seite.«

Er setzte sich in Bewegung, und die anderen folgten ihm wie eine Herde Schafe. Jimmy hielt sich zurück. Hinter den Zäunen ragten seltsame metallische Gebilde auf. Er sah monströse kupferfarbene Spulen und überall Leitungen. Die ganze Zeit über war ihm, als ob unter dem Rauschen der morgendlichen Brise eine Art feines Sirren oder Summen lag, das von der seltsamen Konstruktion ausging. Er bemerkte, dass Rasim direkt neben ihm ging. Ihre Blicke trafen sich.

»War das dein Bruder, der im Tempel …« Rasim wagte nicht, es auszusprechen.

Jimmy schluckte schwer. Dann nickte er.

»Scheiße, Mann. Tut mir leid.« Rasim spuckte ins Gras, als würde das seiner Aussage mehr Verbindlichkeit verleihen.

Jimmy antwortete nicht, aber Rasim schien auch keine Antwort zu erwarten.

»Er geht zu große Risiken ein«, sagte er und deutete mit einem Nicken in Patricks Richtung, der die Gruppe anführte. »Hab ich schon öfter gesagt, aber die anderen hören nicht auf mich. Tun so, als wär er ein verdammter Messias oder so.« Wieder spuckte er aus. Diesmal hatte es eher etwas Verächtliches. »Na ja, die Leute sind eben blöd. Müssen wahrscheinlich erst 'n paar mehr draufgehen, bis irgendwer checkt, dass er 'ne Luftnummer ist.«

Er sah Jimmy von der Seite an, als würde er Zustimmung erwarten, doch Jimmy schwieg.

»Isser dein Kumpel oder wie?«, fragte Rasim, und es klang so, als hätte er gefragt, ob er an einer ansteckenden Krankheit litt.

Jimmy zuckte mit den Schultern. »Wir kennen uns eben.«

»Der wird uns noch alle umbringen, sag ich dir. Denk an meine Worte.« Damit beschleunigte Rasim seine Schritte und gliederte sich in die Reihen der anderen vor ihnen ein.

Jimmy fragte sich, warum Rasim überhaupt bei ihnen war, wenn er so dachte. Nun, offenbar wollte es irgendeine Vorsehung, dass es in jeder Gruppe mindestens einen solchen Nörgler gab.

»Halt«, sagte Patrick. Er war vor dem Stamm einer riesigen Eiche stehen geblieben, direkt neben dem äußeren Zaun. Sie sah aus, als ob sie schon Jahrhunderte dort stand. Aber Jimmy hatte einen Baum dieser Größe in wenigen Jahren wachsen sehen. Und so alt der Baum auch wirkte, so unwahrscheinlich war es, dass er schon da gewesen war, als das Umspannwerk errichtet worden war.

Ein mächtiger Ast ragte in ungefähr sechs Meter Höhe über die Zäune weit in das Innere des Geländes. Jimmy verstand, was Patrick vorhatte.

Ein paar Meter weiter vorn stand Rasim. Den Blick ebenfalls auf den Ast geheftet, schüttelte er fast unmerklich den Kopf.

Die Schmerzen waren das Erste, was der Pontifex spürte. Er lag auf dem Rücken. Vorsichtig betastete er seinen Schädel. Da war eine recht große und schmerzhafte

Beule am Hinterkopf. Er ließ seine Finger durchs Haar gleiten. Keine Feuchtigkeit, also kein Blut. Wahrscheinlich hatte er sich die Beule zugezogen, als er auf den Boden aufgeschlagen war. Damit war jedoch das eigentliche Rätsel noch nicht geklärt: Was hatte ihn zu Fall gebracht?

Endlich öffnete er die Augen. Das grelle Licht fachte seinen Kopfschmerz an wie frischer Sauerstoff einen Schwelbrand. Neben sich sah er noch etwas unscharf die zylindrische Form der Maschine. Er legte eine Hand auf den Rand und zog sich in eine sitzende Position. Sofort begann der Schmerz in seinem Schädel so wild zu pochen, dass er seine Entscheidung bedauerte. Er schloss die Augen wieder, legte den Kopf in den Nacken und wartete, bis der Schmerz ein wenig abnahm. Dann endlich schaute er sich um.

Nichts Besonderes. Das Labor schien unverändert, alles war an seinem Platz. Das einzig Ungewöhnliche war er selbst beziehungsweise seine Lage. Was, zum Teufel, war nur passiert?

Seine letzte Erinnerung war, dass er einen Schöpfungsakt in Gang gesetzt hatte. Zumindest erinnerte er sich, dass er zu diesem Zweck sein Labor betreten hatte. Was er nicht mehr wusste, war, ob er die Maschine auch tatsächlich in Gang gesetzt hatte. Nun, ein bisschen retrograde Amnesie war bei so einer Kopfverletzung, wie er sie offenbar erlitten hatte, nichts Außergewöhnliches.

Es würde ihm nichts anderes übrig bleiben, als sich die Steuerungsdaten anzusehen, um festzustellen, ob er seine Entscheidung in die Tat umgesetzt hatte. Aber vorher musste er irgendetwas gegen diese mörderischen Kopfschmerzen unternehmen. Ob er eine Gehirnerschütterung davongetragen hatte?

Aber das wäre egal. Weder hatte er den Sachverstand noch das Instrumentarium, sich darüber Gewissheit zu verschaffen, und schließlich hätte er aus der Erkenntnis ohnehin keinerlei sinnvolle Handlungsmaxime ableiten können. Für Bettruhe oder ähnliche Sperenzchen hatte er gerade jetzt wahrlich keine Zeit; dort draußen drohte sein Reich zusammenzubrechen.

Langsam und sehr behutsam kämpfte er sich auf die Füße, eine Hand fest am Rand des Konus, der neben ihm aufragte. Wieder pochte der Schmerz hinter seiner Stirn wie ein wildes Tier, das sich aus seinem Schädel befreien wollte.

Immerhin kannte er sich mit Kopfschmerzen aus. Berufsbedingt sozusagen. Der Muskelkater der Wissenschaftler, so hatte sein Mentor und väterlicher Freund Paul Achilles Cooper immer gesagt. Gottlob war der Sanitätsbereich seines Instituts immer noch hervorragend mit allen möglichen Medikamenten ausgestattet, und darunter befanden sich Mittel, die hundertmal potenter waren als Kinderkram wie Aspirin oder Ähnliches.

Doch in den Sanitätsbereich musste er sich nicht extra begeben. Er trat an die Steuerungseinheit, in deren Board sich auch ein paar Schubladen befanden, die eigentlich für technische Ersatzteile bestimmt waren, aber die er zu einer kleinen Vorratskammer für Notfälle wie diese umfunktioniert hatte.

Eine Minute später senkte er die Nadel einer Spritze in seinen Arm. Er lehnte sich zurück und wartete, bis das Pochen in seinem Schädel in den Hintergrund trat und schließlich ganz verschwand. Einer der Vorzüge dieses Mittels war, dass es neben dem schmerzstillenden Effekt auch eine leicht euphorisierende und konzentrationssteigernde Wirkung hatte. Irgendwann würde ihm auch dieser kleine Helfer ausgehen, aber einstweilen lagerten noch etliche Phiolen in einem großen Kühlschrank im Sanitätsraum ein paar Stockwerke höher.

Noch einmal betastete er die Schwellung an seinem Hinterkopf. Die Stelle deckte sich mit seiner Lage. Das hieß, dass sie mit großer Wahrscheinlichkeit vom Aufprall stammte. Also deutete nichts darauf hin, dass er niedergeschlagen worden war. Zwar war das ohnehin unwahrscheinlich, da außer ihm und den Malachim niemand den Eintrittscode für das Institut kannte, aber es war immer besser, in solchen Dingen ein gesundes Misstrauen walten zu lassen.

Schließlich nahm er sein Steuerungspult in Augenschein. Ein kurzer Fingerstreich über das Kontrollfeld ließ die Bildschirme aufflackern. Programmierzeilen. Zahlenkolonnen. Schematische Darstellungen von Geräteteilen. Ein oberflächliches Studium der sichtbaren Daten verriet ihm schnell, dass er tatsächlich einen Schöpfungsakt in Gang gesetzt hatte. Dem registrierten Beginn des Vorgangs zufolge hatte er vor gut einer Stunde die Besinnung verloren.

Er ging an die Feinauswertung der Messdaten. Offenbar war der Prozess auch zu einem Abschluss gekommen. Da aber nirgends im Labor ein Malach zu sehen war, konnte das nur bedeuten, dass auch diese Schöpfung, wie so viele andere vor ihr, nicht zu einer Geburt geführt hatte.

Aber was wäre, wenn doch? War es möglich, dass der Malach in irgendeiner Weise für seine Ohnmacht verantwortlich war? Der Gedanke war eigentlich absurd. Die mentale Prägung, die die Malachim im letzten Schritt des Verfahrens erhielten, eichte sie auf ihn als Führungsfigur. Allerdings hätte er bis vor kurzer Zeit die Möglichkeit einer Abspaltung vom Kollektiv auch für unmöglich gehalten.

Eine Weile lang saß er nur ratlos da und ließ die Blicke über die Messwerte schweifen. Doch die konnten ihm nur etwas über den Verlauf des Schöpfungsakts, nichts aber über dessen Ergebnis verraten. Er drehte seinen Sessel und sah ins Labor. Wenn die Geräte doch nur Zeugnis der letzten Stunden ablegen könnten. Dann blieb sein Blick an einer winzigen Glaskuppel an der Labordecke hängen.

»Die Kameras!«, rief er aus und schlug sich mit der flachen Hand gegen die Stirn.

Das ganze Labor wurde von einem halben Dutzend Kameras überwacht, und nach dem »Weggang« seines letzten Mitarbeiters hatte er entschieden, diese Technik instand zu halten und zu nutzen. Dabei waren die Sicherheitsfragen, die zur Installation der Kameras geführt hatten, seine geringsten Sorgen gewesen. Aber die Kameras konnten zusätzlich zu den Aufzeichnungen der Gerätedaten jeden Schöpfungsakt zuverlässig dokumentieren.

Innerlich klopfte er sich für diese Idee auf die Schulter, dann sprang er auf und machte sich auf den Weg zum Fahrstuhl. Die Sicherheitszentrale, wo alle Aufzeichnungen gespeichert wurden, befand sich ein paar Stockwerke höher. Eine eigentümliche Vorahnung trieb ihn zu gespannter Eile an. Irgendeine innere Stimme sagte ihm, dass es auf den Aufzeichnungen mehr zu sehen gab als nur einen vertrottelten Wissenschaftler, der bei der Ausführung eines Experiments ausgerutscht und unglücklich gestürzt war.

Minuten später befand er sich in einem kleinen Raum, der mit seinem Schalttisch und seinen vielen kleinen Bildschirmen aussah wie eine Kommandozentrale. In der Ecke neben der Tür hing die Uniform irgendeines Angestellten an einem Bügel. Ein Aschenbecher mit einem

Haufen prähistorischer Kippen verbreitete immer noch einen schalen Geruch. Er nahm sich vor, hier irgendwann aufzuräumen. Dann fiel ihm ein, dass er diesen guten Vorsatz schon etliche Male gefasst hatte. Nun ja, gerade im Moment gab es sicher Wichtigeres.

Ein leises Knistern hinter ihm. Einen Augenaufschlag lang kämpfte er mit dem Impuls, sich umzudrehen, um den Raum hinter sich zu kontrollieren. Doch dann schalt er sich einen Narren. Seit er allein war, war das Gebäude voll mit solchen Geräuschen. Er würde es sich gerade jetzt nicht erlauben, paranoid zu werden.

Erwartungsvoll nahm er vor dem Schaltpult Platz. Mit einem Joystick ließen sich die Kameras in einer Vielzahl der Räume und an der Oberfläche bewegen. Er bediente eine Reihe Schalter, bis das Bild der Laborkameras auf den Bildschirmen erschien. Eine Weile starrte er wie gelähmt auf die Jetztbilder, als könnten schon diese ihm etwas über die vergangenen Ereignisse verraten. Sich das Labor auf diese Weise anzusehen, hatte durchaus etwas Gespenstisches. Irgendwie erwartete er fast, im nächsten Moment einen Einbrecher zu sehen.

Die Bilder aus dem Labor waren allerdings so statisch, als würde es sich um Standbilder handeln. Lediglich der Zeitstempel und die flatternden Silberbänder am Schutzgitter eines Ventilators verrieten, dass auch auf den Bildschirmen die Zeit voranschritt.

Er wählte eine Kamera mit einigermaßen gutem Blick auf jene Stelle, an der er zu sich gekommen war, auch wenn in diesem Winkel der Konus seinen Körper verdecken würde, dann rief er die Aufzeichnung der letzten fünf Stunden auf und ließ sie in vierfachem Tempo vorlaufen. Wiederum war zunächst nichts zu sehen. Kein Wunder, denn üblicherweise verbrachte er den größten

Teil des Schöpfungsakts an der Steuerungseinheit, die von dieser Kamera erfasst wurde.

Doch schließlich …

»Sieh einer an«, sagte er.

Er erkannte seine eigene schmale Gestalt, wie sie von einer Seite schattenhaft ins Bild huschte, um sich dann über den seltsamen Brunnen im Labor zu beugen. Die Bilder waren etwas körnig, aber selbst im schnellen Vorlauf waren seine Bewegungsmuster unverkennbar. Er änderte die Geschwindigkeit auf »Normal«.

Der Zeitstempel in der rechten oberen Ecke des Bildschirms zeigte zwei Uhr dreißig. Das war etwa anderthalb Stunden her. Aus der Tatsache, dass er seinen Arbeitsplatz an der Schaltzentrale verlassen hatte und vor dem Konus stand, konnte er schließen, dass sich der Schöpfungsprozess wohl seinem Abschluss näherte.

Gebannt starrte er auf den Bildschirm. Minutenlang geschah gar nichts. Er trommelte ungeduldig mit den Fingern auf dem Schalttisch herum. Schließlich verlor er die Geduld und erhöhte das Tempo wieder.

Während sich der Zeitstempel hektisch durch die Minuten fraß, flackerten die Bilder im Eiltempo voran, was allerdings zunächst nur daran zu erkennen war, dass sein Alter Ego hier und da scheinbar nervöse Zuckungen vollführte.

Doch dann, plötzlich …

»Heureka!«, rief er aus.

Schnell spulte er ein paar Minuten zurück, schaltete wieder auf Normalgeschwindigkeit und konzentrierte seinen Blick auf das Rund des »Brunnens«. Es war so eine Art leuchtender Ring erkennbar.

Auf einmal ging alles sehr schnell. Ein dunkler Fleck in der Mitte der leuchtenden Öffnung der »Maschine« wurde zu einer Art schwarzen Wolke, die innerhalb von wenigen Augenblicken zu einer undefinierbaren länglichen Gestalt heranwuchs. Sie beugte sich über den Wissenschaftler, der angesichts der seltsamen Erscheinung in eine Art Schockstarre verfallen war, und hüllte ihn ein, schien ihn regelrecht zu verschlingen. Sie wurde zu einem nachtschwarzen Schatten, sodass es fast wirkte, als hätte man etwas aus dem Film herausgestanzt. Dennoch hatte er das unheimliche Gefühl, dass diese Dunkelheit ihn durch den Bildschirm hindurch zu beobachten schien, als wäre sie ein riesiges Auge.

Plötzlich ballten sich aus dieser Schwärze einige kleinere Flecken, die sich dann auflösten. Zurück blieb nichts. Sogar sein Alter Ego war verschwunden. Offensichtlich lag sein Körper bereits hinter dem »Brunnen«.

Er berührte eine Steuertaste, und das Bild fror ein.

»Was, zum Henker, war das?«, murmelte er atemlos.

Eine Weile lang starrte er nur entgeistert auf den Bildschirm, während ihm tausend Fragen durch den Kopf schwirrten.

War das, was er gesehen hatte, wirklich ein Malach gewesen? Dann war er anders als alle, die er bisher kannte. Bei den anderen Geburten hatten sich die Nanoteilchen bereits im Konus zu einem festen humanoiden Körper verdichtet. Noch nie hatte er bei irgendeinem der aberdutzend Schöpfungsakte, die er miterlebt hatte, etwas wie diese Wolke zu sehen bekommen.

Wieder knisterte es hinter ihm. Diesmal konnte er den Impuls nicht unterdrücken und fuhr herum.

Nichts.

Nur die Wand und jene Tür, durch die er den Raum betreten hatte. Er kam sich wie ein kompletter Idiot vor, fragte sich, was er wohl erwartet hatte, mutterseelenallein in einer hermetisch abgeriegelten Anlage viele

Meter unter der Erde. Doch andererseits … War er wirklich noch allein?

Er ließ die Finger erneut über die Steuerungselemente huschen, spielte den Film ein zweites Mal ab, diesmal in Zeitlupe. Aufgrund der geringen Bildrate wirkte es eher wie eine schnelle Abfolge von Fotografien, mit kurzen Pausen dazwischen, und es war kaum mehr zu erkennen als vorher, außer dass auf einigen der Bilder der Eindruck entstand, dass die Wolke etwas wie Arme oder Tentakel hatte.

Auch das brachte ihm keine neuen Erkenntnisse. Die Erscheinung war allenfalls noch rätselhafter geworden.

Er schüttelte unwillig den Kopf, betätigte einen Knopf auf dem Schaltpult und sprach in ein längliches Mikrofon. »Schick eine Kopie der letzten fünf Minuten auf den Rechner des KI-Labors.«

Über dem eingefrorenen Bild erschien das Wort:

BESTÄTIGT

Er lehnte sich zurück und reckte die Arme in die Höhe, wobei er die Hände ineinander verschränkte. Seine Muskeln fühlten sich verspannt an. Kurz musste er an Erica denken. Seine labortechnische Assistentin war eine der besten Hobbymasseusen gewesen, die man sich vorstellen konnte. Wann hatte sie das Labor verlassen? Vor vier Jahren? Fünf vielleicht? Er wusste es nicht mehr. Manchmal hatte er das Gefühl, schon immer ganz allein in diesem Institut gewesen zu sein und dass alle anderen nur seiner Einbildung entsprangen.

Der Gedanke entlockte ihm ein bitteres Lachen. Vielleicht verbrachte er einfach zu viel Zeit in diesem Labor. Vielleicht war es besser, sich mehr der Gemeinde zu widmen.

Aber der Kontakt mit Menschen – oder genauer: mit Nichtwissenschaftlern – hatte noch nie sonderlich zu seiner Entspannung beigetragen. Und die Jahre hier unten hatten seinen Hang zur Einsiedelei eher noch verstärkt.

Eine kurze Bewegung auf einem der vielen Bildschirme erregte seine Aufmerksamkeit. »Was zum …?«

Er holte das Bild auf den Hauptbildschirm.

»Das ist das Umspannwerk des Reaktors«, flüsterte er atemlos, als müsste er es jemandem erklären. »Da bewegt sich was.«

Die Kamera zeigte ihm das gesamte Gelände aus größerer Höhe. Wenn er sich recht entsann, war sie an einem Strommast angebracht. Dennoch war das, was sich am Boden tat, deutlich genug zu erkennen.

Menschen drangen auf das Gelände ein …

8

»Ist das die richtige Richtung?«

Cooper faltete die Karte auseinander. »Ich weiß nicht genau«, murmelte sie unsicher, während ihr Finger die Straßen abfuhr. »Das hat sich hier alles ziemlich verändert.«

»Na toll.« Brent stemmte die Arme in die Seiten und warf ihr einen *Ich-hab's-doch-vorher-gewusst-Blick* zu. »Wir sind also irgendwo im Nirgendwo.«

Cooper wich seinen Augen aus und sah sich um. Ein bizarrer Anblick. Schon vorher hatte sie Stadtteile gesehen, die einen stummen Krieg gegen den vordringenden Wald führten. Aber noch nirgendwo hatte der Wald die Schlacht so eindeutig gewonnen wie hier. Obwohl es schon später Vormittag war, lagen die zwei- bis dreistöckigen Kolonialstilvillen des ehemals wohlhabenden Vororts im dämmrigen Zwielicht, weil weit über den Dächern die Kronen mächtiger Baumriesen einen dunkelgrünen Himmel bildeten, durch den nur hier und dort fahle Tageslichtstreifen drangen. Aus den Vorgärten, aus der Straße, ja, aus manchem Bauwerk selbst ragten die Stämme auf. Es war, als ob die Häuser ängstlich zwischen den Beinen einer Horde von Giganten kauerten.

Ein bisschen weiter vorn hatte einer dieser Kolosse einen Bungalow in einem geduldigen Kleinkrieg langsam in seine Bestandteile zerlegt. Die Straße, auf der sie sich bewegten, war an vielen Stellen von dicken Wurzeln durchbrochen, als hätte der Asphalt hölzerne Adern.

Strauchwerk und dichtes Unterholz wucherten in den Vorgärten.

Zivilisationsmüll war hier und dort in der grünen Hölle auszumachen. Rostende Autodächer, die Klettergeräte eines Spielplatzes, fast komplett unter Schlingpflanzen begraben. Nur die Straße war noch einigermaßen begehbar.

»Seht ihr irgendwo ein Straßenschild oder so was?«

Stumm deutete Stacy auf eine Stelle über Coopers Kopf. Die Tafel war mit spanischem Moos überwuchert, dessen graue Flechten wie greisenhafte Bärte von dem Schild hingen. Der kegelförmige Blättermantel irgendeiner Schlingpflanze zierte die Stange, an der das Schild angebracht war. Ein Wunder, dass Stacy es als das erkannt hatte, was es war.

»Seit wann ist dieses Zeug hier heimisch?«, fragte Cooper und wies auf die Moosflechten.

Brent schürzte die Lippen und zog die Schultern hoch.

Mühsam entzifferte Cooper die Buchstaben, die unter dem Bewuchs gerade noch sichtbar waren. »Sunny Valley Creek ...«

Sie fuhr ihren Weg auf der Karte mit dem Zeigefinger nach, während Brent ihr über die Schulter sah. Im Halbdämmer waren die Beschriftungen kaum zu erkennen. Sie spürte Brents Blick im Nacken, und das machte sie nervös. Und je länger sie suchte, desto mehr verschwamm die Karte vor ihren Augen. Es hatte keinen Zweck.

»Ich kann die Straße nicht finden. Vielleicht ist sie zu neu für die Karte. Lasst uns weitergehen und nach einem anderen Straßenschild Ausschau halten.«

»Hm«, grunzte Brent. »Viel Glück bei der Suche.«

Sie wusste, worauf er anspielte. Ein gutes Stück weiter vorn war die Straße kaum noch als solche zu erkennen und verschwand vollends unter einer Art pflanzlichen Gletscherzunge. Nur ein paar seltsame Strukturen hier und dort, ein herausragender Fahnenmast, die eckige Form eines von Kudzublättern bedeckten Hauses verrieten, dass man sich immer noch in der Vorstadt befand.

Cooper zog den Kompass aus der Tasche, den sie von Gregory bekommen hatte. »Es ist ganz einfach. Wir müssen nur genau nach Osten laufen«, sagte sie ohne rechte Überzeugung.

»Na, dann ist ja alles in Ordnung«, sagte Brent spöttisch.

Sie setzte sich wieder in Bewegung. Fast wider Erwarten folgten ihr Brent und Stacy. Ihrer eigenen vagen Einschätzung nach hatten sie einen Marsch von vielleicht noch fünfzehn Meilen vor sich. Je nachdem, wie sich das Gelände von hier aus entwickelte, würden sie abends oder auch erst spätnachts an ihrem Ziel eintreffen, falls sie sich nicht längst verlaufen hatten. In diesem grünen Chaos war es sicher nur eine Frage der Zeit, bis sie einem Malach auffielen. Was für eine Drecksidee hatte sie da nur wieder gehabt.

Zwei Stunden später hatte sich der Wald in einen Dschungel verwandelt. Die Häuser waren nur noch als schroffe grüne Hügel erkennbar. Ihre Karte war völlig nutzlos geworden. Brent ging voraus. Er hatte sich einen dicken Ast zurechtgeschnitten, sodass er ihn als eine Art stumpfe Machete benutzen konnte. Das stetige *Wusch-Basch* seiner Schläge ins Unterholz war seit einer gefühlten Ewigkeit der markanteste Teil der sie umgebenden Geräuschkulisse. Das laute Geräusch war nicht gerade dazu angetan, ihre Angst vor plötzlichen Malachim-Überfällen zu besänftigen, aber sie musste zugeben, dass es kaum einen anderen Weg gab, überhaupt voranzukommen.

Nur wenn Brent mal eine Pause einlegte, waren die Laute des Waldes wieder deutlich zu hören. Vogelgezwitscher, irgendwo ein klopfender Specht, ab und zu ein kurzes Rascheln, wohl von irgendeinem Tier, das sich unsichtbar durchs Buschwerk flüchtete, was Coopers Herz jedes Mal vor Aufregung höher schlagen ließ. Sie warf einen Blick über die Schulter, wo Stacy mit gesenktem Kopf hinter ihr hertrottete.

»Was ist, Stace?«, fragte sie, dankbar dafür, sich ein wenig von der unheimlichen Umgebung ablenken zu können.

Stacy hob den Kopf. »Nicht viel.« Sie strich sich eine Strähne blonden Haares aus dem Gesicht und lächelte ihr schüchternes Stacy-Lächeln. »Bisschen ängstlich.«

»Oh, komm her, Süße.« Cooper blieb stehen und streckte die Hand nach ihr aus. »Mach dir keine Sorgen. Wir passen auf dich auf, und dir wird nix passieren. Alles klar?« Sie griff nach Stacys Hand, fühlte Gregorys frischen Verband und kam sich auf einmal unglaublich dumm vor. »Sorry, ich wollte nicht … Ich meine, was ich eigentlich sagen wollte … Ach, Mist!«, stammelte sie.

Stacy legte den Arm auf Coopers Schultern. »Ist schon okay.« Sie drückte Cooper an sich. »Ich bin jetzt Korsaren-Stacy. Vielleicht lasse ich mir für den Finger einen kleinen Haken machen, weißt du, so wie der Piratenkapitän in diesem Buch, wo alle für immer Kinder bleiben.« Sie lachte.

Coopers Seele fühlte sich einige Kilo leichter an. Ein für Stacy wahrlich untypischer Anfall von Galgenhumor. Aber Cooper war viel zu dankbar dafür, als dass sie sich allzu sehr darüber gewundert hätte. Schnell wischte sie sich mit der Hand über die Augen, bevor Stacy merken konnte, dass sie feucht geworden waren.

»Was ist?«, fragte Stacy.

»Nichts. Es juckt. Bin gegen irgendwas hier allergisch, glaub ich.«

Wusch-Basch machte der Stock. Ihr seltsames Gespräch mit Brent kam ihr wieder in den Sinn. Auch etwas, das tief in ihrem Magen rumorte …

»Stace?«

»Ja, Coop?«

»Ich würde gern mit dir über …«

»Fuck! Was ist das?«

Brents Ruf ließ sie beide zusammenzucken.

Cooper folgte seinem ausgestreckten Arm zu einem dieser kubistischen Buschkolosse, unter denen sich die Gebäude verbargen. Gerade in dem Moment, als ihr Blick das Gebilde erfasst hatte, bemerkte sie die Bewegung im unteren Teil der Form. Ein blasses Gesicht in einem Türspalt.

Cooper hatte dieses Gesicht schon einmal gesehen. Im Dämmer eines Erdlochs. Der Spalt wurde geschlossen, und das Gesicht war verschwunden.

Cooper starrte noch eine Weile stumm hin, bis Brent die Stille durchbrach. »Hast du gesehen, was ich gesehen habe?«

»Eines von den Mädchen aus dem Verlies!«

»Dann hab ich mich also nicht getäuscht.«

»Was redet ihr da?«, fragte Stacy. »Da war kein Gesicht. Nur die Tür, die sich bewegt hat.«

»Du solltest lieber wieder deine Brille tragen, Baby«, sagte Brent.

Sie warf ihm einen giftigen Blick zu.

»Und? Was machen wir?«, fragte Cooper.

»Vielleicht ist es ein Malach, der sich getarnt hat«, sagte Stacy ängstlich. »Die können ihre Gestalt verändern.«

»Kann sein. Aber warum sollten die sich vor uns verstecken?«, fragte Brent.

»Und woher sollte ein Malach von unserer Begegnung in dem Verlies wissen?«, fügte Cooper hinzu. »Ich meine, die können doch keine Gedanken lesen, oder?«

»Lasst uns nachschauen«, schlug Brent vor. »Ich bin echt neugierig, was die Kleine zu erzählen hat.«

»Brent, um Gottes willen, nein«, rief Stacy entsetzt. »Hast du vergessen, was uns in Century City widerfahren ist? Wer sagt dir, dass da nicht noch irgendwelches anderes Gesindel drin ist.«

Auch wenn Cooper das Gebilde unter den Blättern mehr als unheimlich erschien, teilte sie Brents Neugier. »Die in Century City haben sich auch nicht vor uns versteckt. Wer Kettensägen oder Schrotflinten hat, hat das nicht nötig.«

»Es könnte eine Falle sein, und das Mädchen ist nur ein Lockvogel.«

Brent und Cooper warfen sich einen Blick zu. Stacys Einwand ließ sich nicht völlig von der Hand weisen.

»Was meinst du?«, fragte Cooper.

Brent kratzte sich am Kinn. »Wenn du anderen auflauern willst, warum dann hier mitten in diesem Dschungel?«, sagte er schließlich. »Ich wette, hier ist seit Jahren keiner mehr gewesen. Nee, ich denke, die versteckt sich, weil sie noch mehr Schiss hat als wir.«

Stacy sah alles andere als überzeugt aus, aber ihr schien auch kein Gegenargument mehr einzufallen.

»Dann gehen wir rein?«, fragte Cooper.

Brent grinste. »Wir zwei gehen rein. Stace steht Schmiere.«

Cooper konnte zwar keinerlei Sinn in dieser Aufteilung erkennen, aber da Stacy nichts dagegen sagte, war es ihr recht.

Cooper und Brent legten ihre Rucksäcke ab. Brent nahm sein Messer in die Hand und sie den Revolver, den sie von Fenton mit immerhin zwei Kugeln darin erbeutet hatte. Dass er gegen Malachim nichts ausrichten konnte, hatte sie schon feststellen müssen, aber gegen normale Menschen schon, falls sie sich täuschten und es wirklich eine Falle war.

Sie bemerkte, dass Brent einen neidischen Blick auf die Schusswaffe warf, aber er sagte kein Wort. Stattdessen ging er ein paar Schritte auf den riesenhaften »Hügel« zu, bis er an einer Stelle stand, an der das Blattwerk etwas eingesunken schien. Seine Hand verschwand in dem dichten Bewuchs. Dann spaltete sich das Grün zu einer dunklen Öffnung. Er steckte sein Messer in den Hosenbund und förderte aus der Beintasche seine Taschenlampe zutage. Schließlich winkte er Cooper, ihm zu folgen.

Sie trat neben ihn. Im Halbdämmer des Waldes wirkte die Öffnung vor ihnen wie ein schwarzer Schlund. Cooper tippte Brent auf die Schulter.

»Was?«

»Hier, nimm.« Sie hielt ihm den Revolver hin.

»Bist du sicher?«, fragte er.

»Du hast die Taschenlampe, dann solltest du auch den Revolver haben. Ich nehm dafür dein Messer.«

Er nahm den Revolver und wog ihn fast liebevoll in der Hand. »Du hast doch nur keine Lust, als Erste reinzugehen«, sagte er grinsend.

»Erraten, Schlaumeier. Und jetzt los.« Sie deutete mit dem Knie einen Tritt in seinen Hintern an.

Brent salutierte, indem er sich mit dem Revolverlauf gegen die Stirn tippte, schaltete die Lampe an und leuchtete in die Dunkelheit.

Cooper warf einen letzten Blick zurück zu Stacy. Ihre Freundin stand im Unterholz, das ihr fast bis zu den Hüften reichte. Eine Hand umklammerte das Gelenk der anderen. Es sah ein bisschen so aus, als würde sie auf den Bus warten. Als sie sah, dass Cooper zu ihr herübersah, kniff sie die Augen zusammen und winkte dann.

»Komm, Coop. Schau dir das an.«

Sie tauchte hinter Brent in die Dunkelheit ein. Im Licht der Taschenlampe sah sie einen Eingangsbereich, der sich über zwei Etagen erstreckte. Direkt gegenüber der Tür befand sich eine Treppe, die ins obere Stockwerk führte, von dem hier unten nur eine Galerie zu sehen war.

Die Düsternis jenseits des Strahls der Taschenlampe war nahezu undurchdringlich. Brent ließ ihr Licht einmal kreisen. Im Schlaglicht flog die verrottende Einrichtung vorüber wie ein Haufen stummer, von blassem Moos überwucherter Gespenster.

Und mitten darin – ein Gesicht.

»Haut ab!«, brüllte Patrick, während er die beiden Malachim, die urplötzlich aus dem Wald aufgetaucht waren, mit nichts als einem Stab in der Hand in Schach hielt.

Es war wie ein Déjà-vu. Die flüchtenden Kinder, die Malachim. Böse Erinnerungen stiegen in Jimmy hoch, drohten sein Bewusstsein zu überschwemmen. Der Boden unter seinen Füßen schien zu vibrieren. Schwindelgefühle. Er biss sich auf die Lippen, so fest er konnte. Der Schmerz hielt ihn auf den Beinen.

Zwei kleinere Kinder standen wie festgefroren am Stamm des Baums.

»Los, hoch da!«, brüllte er den beiden zu, froh, sich von seiner eigenen Panik ablenken zu können.

Der riesige Stamm und der mächtige, über die Zäune ragende Ast waren der einzige Weg in die Sicherheit. Etwa zwei Dutzend Kindern und Jugendlichen war es bereits gelungen, auf die andere Seite der beiden Zäune in das Umspannwerk zu gelangen. Ein Mädchen hing noch am Seil, das einer der Größeren um den Ast gebunden hatte, damit die Kinder daran nach unten in das Umspannwerk klettern konnten. Drei weitere Kinder lagen auf dem Ast und warteten mit bangen Gesichtern, dass sie an die Reihe kamen.

Eines der beiden unter dem Baum löste sich endlich aus seiner Erstarrung und begann zu klettern. Jimmy atmete tief durch und drehte sich wieder um.

Breitbeinig stand Patrick vor den zwei Malachim, die sich ihnen jetzt bereits bis auf zwanzig Meter genähert hatten. Jimmy konnte sehen, wie ihre Muskelfasern bei jedem Herzschlag hellrot und prall wurden.

»Ich will verdammt sein«, flüsterte Rasim neben ihm atemlos. »Hab ich's doch gesagt, der Kerl ist unser Untergang.« Er versetzte Jimmy einen Knuff mit dem Ellbogen in die Rippen. »Worauf wartest du?«

»Und Patrick?«, fragte Jimmy.

»Sein Problem. Du hast ihn doch gehört«, erwiderte Rasim.

Als Jimmy immer noch zögerte, drehte sich Rasim um und drängte sich an dem letzten Kind vorbei zum Baum. Jimmy schaute ihm ärgerlich hinterher, während er hinaufkletterte und einen kleinen Jungen am Fuß des Stamms zurückließ.

In diesem Moment stürzte sich Patrick mit einem markerschütternden Gebrüll auf die Malachim. Mit dem hoch über dem Kopf erhobenen Stab sah er aus wie einer dieser japanischen Samurai aus den alten Büchern von Jimmys Vater.

Die Malachim stoppten ihren Vormarsch. Fast schien es, als hätte sie Patricks Angriff aus dem Konzept gebracht. Schon wollte Jimmy Hoffnung schöpfen, wäre da nicht die völlige Regungslosigkeit ihrer Gesichter gewesen. Als wären sie in Stein gemeißelt.

»Verreckt, ihr Schweine!«, schrie Patrick und schlug mit dem Stab nach dem vorderen Malach.

Fast erwartete Jimmy, das Brechen von Knochen zu hören, doch was dann passierte, verschlug ihm den Atem. Ohne die geringste Spur zu hinterlassen, durchfuhr der Stab den Malach, als bestünde dieser aus Nebel. Der Schwung seines Hiebs wurde Patrick zum Verhängnis. Da er nicht auf den erwarteten Widerstand traf, riss es ihn von den Füßen, sodass er fast waagerecht an dem Malach vorbeiflog.

Als sei es die leichteste Übung der Welt, entwand ihm der Malach den Stab, noch bevor Patrick auf dem Boden aufschlug. Mühelos ließ er ihn von der Linken in die Rechte gleiten. Es sah fast so aus, als vollführe er ein Kunststück.

Dann schlug er erbarmungslos zu.

Patricks gellender Schmerzensschrei durchschnitt die Luft. Er taumelte. Als er versuchte wieder aufzustehen, traf ihn ein zweiter Schlag direkt am Kopf. Sein Körper sackte vor den Füßen des Malach zusammen.

»PATRICK!«

Vor Jimmys entsetzten Augen packte das Monster den Stock mit beiden Händen und ließ ihn senkrecht auf den Rücken des Jungen niedersausen wie eine Lanze. Patricks malträtierter Körper bäumte sich mit einem furchtbaren Stöhnen ein letztes Mal auf, dann blieb er reglos liegen. Aus seinem Rücken ragte der Stock als grausiger Mast. Alles hatte nur ein paar Sekunden gedauert.

Der Malach zog den blutigen Stab mit einem Ruck aus Patricks Körper und warf ihn beiseite. Die beiden Angreifer setzten sich ohne jedes Zögern wieder in Bewegung. Zwei erbarmungslose Tötungsmaschinen.

Der Anblick löste Jimmys Erstarrung. Ein Blick über die Schulter zeigte ihm, dass er gottlob der letzte unter dem Baum Verbliebene war. Weiter oben kletterten die beiden anderen Kinder schon auf den Ast, der über den Zäunen ragte. Beruhigt stellte er fest, dass Rasim ihnen beim Aufstieg half.

Er ergriff einen der unteren Äste des Baums und hangelte sich von dort aus weiter empor. Noch bevor die Malachim den Stamm erreichten, hatte er bereits vier Meter zwischen sich und den Boden gebracht. Zum Glück für die kleineren Kinder war der Stamm voller starker Äste. Ein Vorteil, der jetzt leider auch den Malachim zugutekommen würde. Er zwang sich, seinen Blick von den Monstern unter sich zu lösen und sich ganz auf das Ziel zu konzentrieren. Über ihm robbte das letzte der Kinder unter den Anfeuerungsrufen der anderen über den Ast und damit über beide Zäune, dorthin, wo das Seil festgebunden war.

Während es unter ihm verdächtig laut raschelte, ergriff Jimmy einen breiten Ast auf Augenhöhe, stemmte sich kurz entschlossen mit beiden Armen hoch. Dann holte er mit den Beinen Schwung und sandte dabei ein kurzes Stoßgebet gen Himmel. Er war immer ein lausiger Turner gewesen. Sean dagegen hatte schon einiges Talent gezeigt.

Sean …

Das Bild seines sterbenden Bruders vor Augen konzentrierte er sich auf seine Wut auf die unbarmherzigen

Monster dort unten und schwang sich mit aller Kraft nach oben, bis er bäuchlings über dem Ast hing.

Gerade wollte er Luft holen, als er die blutige Klaue gewahrte, die nach seiner Ferse schnappte. Schnell zog er das Bein an, und die Finger griffen mit einem hässlich schmatzenden Geräusch ins Leere. Dann zog er sich ein Stück nach vorn. Unwillkürlich fiel sein Blick nach unten. Der Malach, der nach ihm gegriffen hatte, klebte dicht unter ihm am Stamm wie eine riesige Spinne. Offenbar brauchte er sich nicht an irgendwelchen Ästen festzuhalten. Den zweiten Malach konnte Jimmy nicht entdecken.

Auf einmal richtete das Monster unter ihm das Gesicht nach oben, und ihre Blicke trafen sich. Bei dem Anblick der bloßen Muskeln, die den Augapfel in seine Richtung drehten, musste Jimmy ein Würgen unterdrücken. Das Monster musterte ihn. Kalt, gefühllos. Wie ein Forscher ein Insekt betrachten würde, bevor er es aufspießte.

Panik stieg in Jimmy auf. Er bemühte sich um besseren Halt, dann robbte er über den Ast, der über die beiden Zäune reichte, und richtete den Blick nach vorn.

Für einen kurzen Moment glaubte er, eines der Kinder dort zu sehen, wo das Seil um den Ast gebunden war …

Doch dann erkannte er, um was oder wen es sich wirklich handelte!

Wie, in aller Welt, war der Malach an ihm vorbei dorthin gelangt, ohne dass Jimmy ihn bemerkt hatte?

Erst da ging ihm auf, dass dies der Grund für das Geschrei der Kinder sein musste. Sie hatten ihn warnen wollen. Nun war es zu spät. Ein kurzer Blick über die Schulter zeigte ihm, dass sich ihm der andere Malach näherte. Instinktiv schob sich Jimmy ein paar Schritte weiter nach vorn, auch wenn ihn dies dem zweiten Malach näher brachte.

Er befand sich etwa in der Mitte zwischen seinen Verfolgern. Unter ihm verlief der erste der beiden Zäune. Von hier aus konnte er erkennen, dass es sich bei der Struktur zwischen den Zäunen um waagerecht gespannte Drähte handelte. Jimmy spürte die Gefahr, die von ihnen ausging.

Schräg unter ihm, hinter dem inneren Zaun, wurde das Geschrei der Kinder wieder lauter. Jimmy warf einen Blick über die Schulter und sah, wie der erste Malach auf den dicken Ast kroch. Er bewegte sich dabei wie ein Insekt. Das Holz, das nun das Gewicht von drei Körpern tragen musste, ächzte und knarrte.

Die Kinder kreischten hysterisch. Jimmy sah den Malach beim Seil vor sich, sah in die blauen Augen. Es war nichts darin zu lesen. Kein Jagdeifer, kein Triumph. Nur kühle Aufmerksamkeit. Er würde auf Jimmy warten, während der andere den Jungen von hinten weiter den Ast entlang trieb. War dies das Ende? Würden sie ihn aufspießen wie Patrick, oder würden sie mit ihren seltsamen Kräften ihre Hände in seinen Körper stoßen, sein Herz packen und zusammendrücken wie bei Sean? Wie würde es sich anfühlen? Er spürte es wild und kraftvoll in seiner Brust schlagen. Noch.

Instinktiv rutschte er ein weiteres Stückchen vorwärts und sah im nächsten Moment, wie sich der Malach vor ihm ebenfalls in Bewegung setzte. Offensichtlich dauerte es ihm zu lange.

Der Malach hinter Jimmy war kaum noch zwei Armlängen entfernt. Das Gekreische der Kinder unter ihnen hatte sich zu einem infernalischen Konzert gesteigert.

Aus den Augenwinkeln nahm er den heransausenden Arm des Malach vor ihm wahr. Instinktiv zog er den Kopf ein und ruckte zur Seite. Die Hand fuhr knapp über seinen Scheitel, er spürte den Luftzug in seinen Haaren, spürte, wie ihm die plötzliche Bewegung die Balance nahm und er abzurutschen drohte.

Für den Bruchteil einer Sekunde musste er wieder an seinen kleinen Bruder denken. Vielleicht lag in all dem eine tiefere Gerechtigkeit. Mutter hatte recht gehabt. Es war seine Schuld gewesen, und nun würde er dafür bezahlen.

Bei dem Versuch, ihn von beiden Seiten zu greifen, prallten die beiden Malachim über ihn zusammen, verloren das Gleichgewicht.

Zwar rutschten seine Beine vom Ast und schwangen in der Luft, aber es gelang ihm, einen Arm halb um den Ast zu schlingen und sich festzuhalten, während links und rechts Schatten vor ihm vorbeisausten.

Ein gewaltiger Knall ließ ihn zusammenzucken. Gleichzeitig nahm er unter sich ein kurzes Aufblitzen wahr. Ein Schwall Hitze erreichte seine Fußspitzen und verflog wieder.

Jimmy strampelte. Der Ast, über den er den Arm geworfen hatte, war hier immer noch so breit wie der Rumpf eines Mannes. Schließlich gelang es ihm, einen Fuß über die Rinde zu schieben und sich bäuchlings auf das rettende Holz zu ziehen. Was er dann unter sich sah, verwirrte ihn über alle Maßen.

Tatsächlich waren beide Malachim an ihm vorbeigefallen, doch nun konnte er nur noch einen von ihnen sehen. Wie eine Raubkatze lief er zwischen dem äußersten Zaun und dem mittleren auf und ab. Der andere war nirgendwo auszumachen. Stattdessen waren die Drähte direkt unter Jimmy mit einer seltsamen schwärzlichen Substanz bedeckt. Offenbar eine zähe Flüssigkeit, denn sie tropfte, lange, zähe Fäden ziehend, Draht um Draht nach unten, bis auf die Betonplatten am Boden, wo sie eine dunkle Pfütze bildete. Auch wenn Jimmy nicht wusste, was passiert war, war er sich auf seltsame Weise sicher, dass dies die Überreste des anderen Malach waren. Was immer der Knall zu bedeuten hatte, er musste das Ende des seltsamen Wesens eingeläutet haben. Und es schien an den Drähten zu liegen, denn der zwischen den Zäunen gefangene Malach, durch den vorhin Patricks Stock einfach hindurch gefahren war, hielt sichtbar Abstand davon, offenbar unfähig, diese Barriere mit seinen besonderen Kräften zu überwinden.

Jimmy löste sich von dem Anblick und begann auf dem Ast nach vorn zu robben, um auch den inneren Zaun zu überwinden.

Während er sich seinem Ziel Stück um Stück näherte, sah er, wie das Monster unter ihm kurz innehielt, als ob es sich besinnen würde – und dann den äußeren Zaun durchquerte, als sei er nur eine Fata Morgana.

Jimmy hatte das Seil erreicht. Erleichtert ließ er seine Füße von dem Ast gleiten, dann ließ er sich vorsichtig an dem Seil herab. Kaum dass er in Bodennähe war, empfingen ihn ein halbes Dutzend helfender Hände.

»Das wurde aber verdammt noch mal Zeit.« Rasim blickte ihn mit einer Mischung aus Missbilligung und Unverständnis an, kaum dass er den Boden erreicht hatte. Jimmy fühlte sich unfähig zu irgendeiner Reaktion.

»Wie hast du das gemacht?«, fuhr Rasim unbeirrt fort.

»Was meinst du?«, fragte Jimmy.

»Na, der Malach. Er ist regelrecht in die Luft geflogen. Ka-Wumm.« Rasim breitete die Arme zur Pantomime einer Explosion aus, dann streckte er den Zeigefinger aus. »Das ist alles, was von ihm übrig ist.«

Jimmy folgte Rasims Zeigefinger zu der zähen Substanz, die noch immer von den Drähten tropfte.

»Irgendwie scheint ihnen der Zaun nicht zu bekommen«, murmelte Rasim. »Weißt du, was das da bedeutet?« Er wies auf eine Art Schild, ein gelbes Dreieck mit schwarzem Rand. In der Mitte eine gezackte Linie, die in einer Spitze endete.

Jimmy zuckte mit den Schultern.

»Das ist ein Hochspannungszaun«, meldete sich ein kleiner schwarzhaariger Junge zu Wort. »Da ist Strom drin.«

»Stimmt«, sagte Rasim. »Das war das Wort, das Patrick gebraucht hat. Irgendwas mit Elektrizität, richtig?«

Der Kleine wurde vor lauter Stolz ganz rot im Gesicht, als er sagte: »Mein Vater hat es mir erklärt. Der kennt so was von früher. Ich glaube, er hat mit Strom gearbeitet.«

Jimmy begriff. Darum hatte Patrick sie hergeführt.

In diesem Moment begannen einige der anderen Kinder wieder zu kreischen.

Jimmy und Rasim folgten ihren Blicken zu dem Baum. Der verbliebene Malach kletterte bereits wieder den Stamm hoch.

»Verdammt, der will nicht aufgeben«, sagte Rasim verblüfft und ängstlich zugleich. »Was machen wir jetzt?«

»Keine Ahnung. Warum fragst du mich das andauernd?«, fauchte Jimmy aufgebracht.

Rasim hob beschwichtigend die Hände. »Ich dachte nur. Patrick war doch dein Kumpel. Hat er dir nichts gesagt? Irgendwas muss er sich doch bei alldem gedacht haben. Ich meine, der Zaun ist ja schon mal ein guter Anfang. Aber er muss doch gewusst haben, dass die Malachim auch klettern können.«

Patrick.

Jimmy wandte seinen Blick von dem Malach, der schon fast wieder auf Höhe des Astes war, und suchte mit seinem Blick Patricks Leiche, als könnte ihm der tote Körper seines Freundes die Antworten auf ihre Fragen geben. Konnte er?

»Wo ist die Tasche?«, stieß Jimmy aufgeregt hervor.

»Was?«, fragte Rasim.

Jimmy drehte sich zu den anderen um. »Wo ist Patricks Tasche? Er hatte eine Tasche dabei.«

Ein stämmiger Junge löste sich aus der Gruppe. Er hob den Arm, an dem Patricks Stoffsack baumelte. »Er hat sie mir in die Hand gedrückt, als die Malachim auftauchten. Ich sollte drauf aufpassen.«

Jimmy riss ihm den Sack aus der Hand, drehte ihn um und leerte den Inhalt auf den Boden, der hier ebenfalls aus Betonplatten bestand. Eine Flasche zerschellte klirrend, ihr Inhalt spritzte auf den Beton. Nahrungsmittel aller Art verteilten sich über den Boden. Und mit einem hellen Klickern fiel auch ein kleiner, silbrig glänzender Gegenstand auf die Platten.

Jimmy bückte sich. Es handelte sich um ein Feuerzeug.

Er wusste, dass es sich um ein Relikt der alten Zivilisation handelte, aber was sollte er damit anfangen? Zweifellos war es von Vorteil, dass sie nun Feuer machen konnten, aber würde es ihnen gegen den Malach helfen? Er richtete den Blick wieder nach oben, wo sich das Monster schon wieder über den Ast schob, noch eine Körperlänge von dem Seil entfernt.

Das Seil!

Noch bevor er seine Idee ganz zu Ende gedacht hatte, führten ihn seine Füße zu dem Seil, er entzündete das Feuerzeug und hielt die kleine Flamme an die trockenen Fasern, aus denen das primitive Seil geknüpft war. Dennoch überraschte es ihn, wie schnell das Feuer an dem Seil nach oben kroch. Innerhalb von Sekunden stand es in Flammen, und der Malach hielt inne.

»Gute Idee«, flüsterte Rasim neben Jimmy. »Aber meinst du, das wird ihn aufhalten?«

Die Frage war berechtigt. Sie hatten es immerhin mit einem Wesen zu tun, das sich selbst durch feste Materie bewegen konnte.

Jimmy hielt gespannt den Atem an. Das Feuer hatte mittlerweile das gesamte Seil erfasst und erreichte auch den Ast. Der Malach regte sich immer noch nicht, als wäre er festgewachsen. Einige Sekunden passierte nichts. Die Kinder hatten zu kreischen aufgehört.

Das Seil brannte lichterloh. Eine Hälfte löste sich und fiel auf den Betonboden vor Jimmys Füße. Das trockene Laub des Baumes fing ebenfalls Feuer. Es bekam immer neue Nahrung. Jimmy erwartete jeden Moment, dass das Monster durch die Flammen zu ihnen herabspringen würde.

Da aber hob der Malach seine Hand und ließ sie dann auf den Ast niedersausen, den sie durchfuhr wie Butter. Das brennende Ende des Astes fiel zwischen die Zäune. Jimmy schüttelte ungläubig den Kopf.

Dann stieg der Malach vom Baum. Eine Weile stand er einfach nur da, nicht weit von Patricks Leiche, und starrte die Kinder auf der andere Seite der beiden Zäune nur an, dann wandte er ihnen den Rücken zu und ging davon. Ein paar Minuten später war er im Wald verschwunden wie ein Spuk.

Jimmy atmete auf.

»Meinst du, wir sind ihn los?«, fragte Rasim neben ihm.

»Zumindest können sie hier nicht mehr rein«, antwortete Jimmy, ohne ihn anzusehen.

»Und wir nicht mehr raus.« Rasim blickte nach oben. Er hatte recht. Jimmy mochte sie vor dem Malach gerettet haben, aber er hatte ihnen auch den Weg zurück nach draußen genommen.

Das Mädchen aus dem Verlies stand in der Mitte des Raums, blass und schmal im Lichtkegel von Brents Taschenlampe. Sie hob die Hand vor die Augen.

»Mach das Licht aus!«, flüsterte Cooper ihrem Gefährten zu.

»Warum?«, wollte der wissen.

»Es blendet sie.«

»Na und? Ohne die Lampe ist es hier stockfinster. Wer sagt mir, dass sie dann nicht verschwindet?«

»Wir können nach oben gehen. Da gibt es eine richtige Lampe.«

Im Gegensatz zu ihr und Brent hatte das Mädchen mit normaler Lautstärke gesprochen. Wo stand auch geschrieben, dass man im Dunkeln flüstern musste? Cooper kam sich ein wenig blöd vor.

»Kommt mit. Übrigens, mein Name ist Monica.«

Sie drehte sich um und ging zur Treppe. Ihre gepflegte Erscheinung stand in starkem Kontrast zu dem, wie Cooper sie vom Verlies her in Erinnerung hatte. Sie hatte das lange braune Haar zu einem ordentlichen Knoten im Nacken hochgesteckt. Ihre Kleidung, ein einfaches grünes Samtkleid und eine weiße Strickjacke, waren sichtlich alt, aber weit entfernt von jenen Lumpen, die sie in dem Erdloch getragen hatte. Sie mochte ein paar Jahre älter sein als Cooper, Anfang zwanzig vielleicht, aber sie bewegte sich mit der schlichten Würde einer Dame.

Brent heftete sich an ihre Fersen. Cooper folgte beiden.

Ihr Weg führte die drei über die knarrenden Stufen der Treppe in das höhere Stockwerk. Im hin und her schweifenden Licht von Brents Taschenlampe war es schwer, irgendwelche Einzelheiten zu erkennen. Monica war aus dem Lichtkegel verschwunden, aber Cooper hörte sie irgendwo rascheln.

Auf einmal wurde ein Streichholz entzündet. Im Schein der kleinen Flamme erschienen Monicas Finger. Sie näherte das Streichholz einer alten Öllampe, die auf einem kleinen Tischchen stand. Der Messingkorpus voll filigraner Gravuren. Monica hob das milchige Glas und entzündete mit dem Streichholz den Docht. Erst war es nur ein kleiner Lichtball im Dunkel des großen Raumes, aber als Monica den Docht höher drehte, wurde der Schein kräftiger, und Cooper konnte ihre Umgebung sehen.

Monica führte sie in eines der Zimmer des Hauses. Zu Coopers Überraschung herrschten hier Sauberkeit und Ordnung. So wie damals in einem gut geführten Haushalt, vor dem Bürgerkrieg. Ein hübsches Himmelbett mit Baldachin verlieh dem Raum eine wohlige Gemütlichkeit. In einer Ecke des Zimmers stand ein kleiner runder Ofen aus schwarzem Eisen, neben dem Holz ordentlich gestapelt war. Ein leicht brandiger Geruch verriet, dass der Ofen durchaus benutzt wurde.

An der Wand stand auch ein Schrank, augenscheinlich etwas wurmstichig, aber intakt. Der obere Teil bestand aus offenen Fächern, in denen Geschirr stand. Alles sehr sauber und aufgeräumt, geradezu unwirklich, wie in einem Puppenhaus.

Sie spürte Brents Hand auf ihrer Schulter. Wortlos zog er sie zur anderen Seite des Zimmers. Was sie dort sah, verschlug ihr schier den Atem. Ein Regal, prall gefüllt mit Lebensmitteln. Konserven verschiedensten Inhalts, Dosen und Gläser, Flaschen mit unterschiedlichen Getränken. Da waren auch Plastikboxen mit verheißungsvollen Etiketten. *Kaffee* stand auf einem, *Tabak* auf einem anderen. Cooper konnte sich nicht erinnern, in ihrem Leben jemals so viel Begehrenswertes auf einem Fleck gesehen zu haben. Sie konnte es gar nicht erwarten, Stacy diesen Reichtum zu zeigen.

»Leck mich am Arsch«, rief Brent aus. »Das verdammte Schlaraffenland.« Dann sah er wieder das Mädchen an. »Woher hast du das ganze Zeug?« Seine Stimme hatte wieder diesen aggressiven Unterton, den Cooper in letzter Zeit immer häufiger an ihm bemerkte. Und auch wenn er sie im Augenblick einfach herabbaumeln ließ, hielt er doch noch immer die Pistole in der Hand.

Cooper konnte sehen, wie Monica unter der Schärfe seiner Frage kaum merklich zusammenzuckte.

»Ich glaube, du kannst mir das Ding jetzt wiedergeben«, sagte Cooper, um einen beiläufigen Tonfall bemüht. Als er nicht reagierte, ergriff sie die Waffe vorsichtig am Lauf.

Brent zog die Pistole mit einem Ruck an sich und fuhr mit wütendem Blick zu ihr herum. Für einen Moment hatte sie das Gefühl, er würde sich gleich auf sie stürzen oder sie sogar erschießen. Es war schwer, seinem Blick standzuhalten. Unwillkürlich dachte sie an den Moment am vergangenen Abend zwischen den Klärbecken. Wie anders war er dort gewesen. Als ob es zwei verschiedene Brents gab.

Doch dann schien sich sein Blick plötzlich nach innen zu richten, und er schüttelte den Kopf, als wollte er einen lästigen Gedanken verscheuchen.

Erneut wandte er sich Monica zu. »Wie bist du hierhergekommen? Woher kommt das ganze Zeug?«

Cooper war selbst viel zu gespannt auf die Antwort, als dass sie das Verhör unterbunden hätte, auch wenn sie sich immer noch wie ein Eindringling in einem fremden Königreich vorkam. Die anachronistische Gemütlichkeit des Zimmers schien sie und Brent ausspucken zu wollen wie zwei Fremdkörper. Monica mit ihrem hübschen Puppengesicht, den ordentlich gekämmten Haaren und ihrem Samtkleidchen hingegen passte perfekt in die Umgebung. Cooper erwartete, dass das Mädchen jeden Moment einen Zauberstab hervorholen und sich selbst und das Zimmer verschwinden lassen würde. Doch Monica starrte sie stattdessen nur mit traurigem Blick an.

Dann drehte sie sich um und ging zum Regal. »Ihr mögt bestimmt einen Kaffee.«

Cooper konnte in Brents Gesicht lesen, wie die Versuchung, auf ihr Angebot einzugehen, mit dem Wunsch kämpfte, sie endlich angemessen eingeschüchtert zu sehen.

»Das wäre toll«, kam sie ihm zuvor, bevor er wieder irgendeinen dummen Entschluss fassen konnte. Sie setzte sich demonstrativ auf den Boden und zog Brent zu sich herunter. Zögerlich ließ er sich nieder, ohne den Blick von Monica zu lösen. Er legte die Pistole in seinen Schoß.

Monica zog zwei Becher und eine prall gefüllte Papiertüte aus dem Regal und ging zum Ofen.

»Sollten wir nicht Stacy holen?«, fragte Cooper.

»Oh, ist das das Mädchen, das unten bei euch war?«, fragte Monica über die Schulter, während sie Wasser aus einem Krug in einen Kessel goss, den sie auf den Ofen stellte. »Ja, holt sie nur herein. Sie würde sich doch bestimmt auch über einen Kaffee freuen.«

Cooper wollte gerade aufstehen, doch Brent legte ihr die Hand auf die Schulter. Überrascht sah sie ihn an. Doch er schüttelte nur wortlos den Kopf und legte den Finger auf die Lippen. Monica, die gerade ein Holzscheit in den Ofen legte und ihnen dabei den Rücken zugekehrt hatte, bekam davon nichts mit.

»Nein«, sagte Brent übertrieben laut, »Stacy steht nicht so auf dunkle Behausungen. Nicht, seit sie mit uns in diesem Erdloch eingesperrt war.«

Monica drehte sich um, das kleine Päckchen in der Hand. »Du meinst, sie leidet seitdem an Klaustrophobie.«

Cooper wusste nicht, was sie mehr überraschte, Brents seltsame Lüge oder dass Monica so ein hochgestochenes Wort benutzte. Sie fragte sich, in welchen Verhältnissen ihre Gastgeberin wohl vor dem Bürgerkrieg gelebt hatte. Auf den zweiten Blick konnte Cooper sie sich gut als Tochter aus besserem Hause vorstellen. Ihre Körperhaltung, ihr höflich-distanzierter Plauderton. In Coopers Schulklasse hatte es auch solch ein Mädchen gegeben, Lilly Corrigan. Der Vater war irgend so ein hohes Tier in der Regierung gewesen. Als alle Kinder in der Klasse von ihren Haustieren erzählen sollten, hatte Lilly ihre zwei Pferde erwähnt. Coopers Vater war ein bekannter Wissenschaftler gewesen, aber sie hatte nur eine Katze gehabt.

»Ja, genau«, hörte sie Brent sagen, »Klausotrobie.« Er bemühte sich, das ihm offenbar völlig unbekannte Wort ebenso gleichgültig auszusprechen wie ihre Gastgeberin.

Falls Monica seinen Fehler bemerkte, ließ sie sich nichts anmerken. »Wie schade«, sagte sie mit großen

Augen und verschränkte die Arme. Neben ihr begann das Wasser im Kessel zu dampfen.

»Wie seid ihr aus dem Verlies herausgekommen, du und deine Freundin?«, fragte Cooper.

»Oh.« Monicas Blick fixierte einen imaginären Punkt an der Wand. Hatte sie auf einmal feuchte Augen? Cooper war sich nicht sicher. »Wir haben gewartet, bis sich der Lärm gelegt hat, und sind dann hinausgeklettert.«

»Und was ist mit deiner Freundin passiert?«

»Felicia?« Ein Schatten zog über ihr Gesicht, doch er verschwand so schnell, wie er gekommen war. »Wir haben uns getrennt. Sie wollte bei irgendeinem alten Freund in Lincoln Heights unterkommen.«

Aus irgendeinem Grund hatte Cooper das Gefühl, dass Monica log. Es juckte ihr in den Fingern, weiter nachzuhaken. Aber vielleicht war den beiden Mädchen auch irgendetwas so Schreckliches zugestoßen, dass Monica einfach nicht darüber sprechen konnte. Für einen Moment sah sie Monicas Gesicht wieder in jener anderen Umgebung, dort in dem Loch unter der Erde, den Körper nur von ein paar Fetzen bedeckt. Die Scham, die Cooper empfunden hatte, als sich die kleine Shauna für sie geopfert hatte. Wahrscheinlich war es wirklich besser, nicht zu genau nachzufragen.

Das Wasser brodelte und ließ den Kessel auf der Ofenplatte leise scheppern. Monica füllte etwas Kaffee aus der Papiertüte in die Becher.

Brent zog Cooper am Ärmel zu sich heran. »Wir verpassen ihr eine und reißen uns den ganzen Krempel unter den Nagel.«

»Bist du irre? Niemals!«, zischte Cooper empört.

»Das Zeug ist ein Vermögen wert. Vielleicht ein Dutzend Magazine.«

»Na und? Sie hat es verdient, nach allem, was sie durchgemacht hat.«

»Hier, euer Kaffee.«

Cooper zuckte zusammen. Monica stand plötzlich direkt vor ihr. Sie hielt die zwei dampfenden Tassen in den Händen. Hatte sie irgendetwas von dem Gespräch mitbekommen? Cooper griff schnell nach einer der Tassen.

»Danke«, murmelte sie mit trockenem Mund.

Auch Brent nahm seine Tasse entgegen. Er sah hinein, als könnte ihm der Kaffee irgendeine seiner Fragen beantworten. Dann führte er die Tasse an den Mund. Cooper tat es ihm nach. Vorsichtig nippte sie an dem dampfenden Getränk.

»Puh«, entfuhr es ihr unwillkürlich.

»Was ist?«, fragte Monica, die sich vor sie auf den Boden gesetzt hatte und die Arme um die Knie schlang. »Ist er nicht gut?«

»Nein …« Cooper zögerte. »Es ist nur … Es ist so lange her, dass ich echten Kaffee getrunken hab. Ich hatte nicht in Erinnerung, wie bitter das Zeug sein kann.«

Monica lächelte, distanziert, irgendwie rätselhaft.

»Auf jeden Fall besser als Big Mamas Muckefuck«, bemerkte Brent anerkennend.

»Und du … trinkst du keinen?«, fragte Cooper.

Monica schüttelte den Kopf. »Ich vertrage das Zeug nicht. Macht mich schrecklich nervös.«

»Hmhm.« Cooper sah sich um und studierte den Raum, wobei sie allerdings immer wieder verstohlen zu der Pistole in Brents Schoß schielte. Wie konnte sie bloß verhindern, dass er irgendeine Dummheit anstellte? Wenn sie nur irgendwie Stacy herbeirufen könnte. Gemeinsam würden sie ihn vielleicht unter Kontrolle halten können. Wahrscheinlich war genau das der Grund, warum er darauf bestanden hatte, sie draußen zu lassen. Jedenfalls wollte sie Monica auf keinen Fall mit ihm allein lassen.

»Wie hast du diesen Platz aufgetan?«, fragte sie das Mädchen.

Monica ließ ihren Blick durch den Raum schweifen, die Stirn in Falten gelegt. Sie dachte nach. Lange. Der Moment drohte »ranzig« zu werden, wie Big Mama es immer genannt hatte. Nach einer gefühlten Ewigkeit antwortete sie doch noch. »Ist nicht mein Haus. Ich passe für einen Freund drauf auf.«

Wieder hatte Cooper das komische Gefühl, dass das bestenfalls die halbe Wahrheit war. Sie wollte schon nachfragen, doch Brent war schneller.

»Ein Freund.« Er pfiff anerkennend und richtete den Blick auf das Regal. »Ist das sein Zeug? Muss echt ein Krösus sein, der Kerl. Darf ich mal raten, worin deine Miete besteht?«

»Brent!«, rief Cooper wütend. »Du weißt einfach nie, wann es genug ist!«

»Er hat ja recht«, sagte Monica. »So ist die Welt nun mal«, fügte sie hinzu, als sie Coopers entsetzten Blick bemerkte. »Ein Paradies wie dies hier gibt's nicht umsonst, schon gar nicht in diesen Zeiten.« Es klang nüchtern und abgeklärt.

Cooper brauchte Brent nicht anzusehen, sie konnte seinen triumphierenden Blick regelrecht spüren. Irgendetwas in ihr wollte Monica wenigstens diesmal widersprechen, doch sie wagte es nicht.

Der Kaffeeduft erfüllte den Raum und mischte sich mit dem Geruch des Feuers im Ofen. Cooper fragte sich, wie lange sie schon hier drin waren. Was würde Stacy denken? Würde sie nicht bald von selbst nach ihnen sehen?

Für einen kurzen Moment verschwamm der Raum vor ihren Augen. Sie schloss die Augen, schüttelte den Kopf. Als sie sie wieder öffnete, schien sich der Raum zu krümmen, als ob die Ränder ihres Blickfelds von ihr fortstrebten, während Monicas Gesicht direkt vor ihr war, seltsam nah.

»Geht es dir gut? Möchtest du noch etwas Kaffee?«

Hatte ihre Stimme vor ein paar Sekunden auch schon so gedämpft geklungen?

»Nein. Es is aaaa...« Cooper stockte. Irgendetwas war mit ihrer Zunge. Sie fühlte sich riesig an, schien ihren ganzen Rachen auszufüllen.

»Du kleines Biest!«, hörte sie Brent neben sich rufen. »Ich hab's doch gewusst!«

Irgendetwas klirrte laut zu Boden. Nichts ergab mehr einen Sinn. Cooper drehte den Kopf zur Seite. Das halbe Zimmer zog an ihr vorbei. Es war, als ob sie von der falschen Seite her durch ein Fernglas blickte.

Auf einmal erschien die Pistole in ihrem Blickfeld. Riesengroß, bedrohlich. Der Lauf auf Monica gerichtet.

»Brent, sssu sssämlicher ...«

Eine Hand wischte vor ihren Augen vorbei. Jemand zog an ihr.

»Lass das, du dumme ...« Brents Stimme.

Ein unglaublich lauter Knall fegte für ein paar Momente den Nebel aus ihrem Kopf. Sie begriff, dass sie selbst es war, die mit Brent um die Pistole rang.

Das Bild wechselte, und sie sah Stacy mitten im Wald, das Gesicht angstverzerrt und die Hände nach ihr ausgestreckt, als wollte sie Cooper abwehren.

»Allllees iiii Ooodnuung, Staace ...«

Sie hörte ihre eigenen Worte, zäh wie Kaugummi.

Dann ein erneuter Ruck und wieder ein lauter Knall.

»Bleib stehen!«

Brents Stimme, stark gedämpft wie unter einer Decke. Der Knall musste von dem Revolver herrühren, den er abgefeuert hatte.

Zwei Kugeln, ging es ihr durch den Kopf.

Sie versuchte aufzustehen, von wo auch immer, doch die Schwerkraft zog sie augenblicklich wieder nach unten. Sie spürte, dass ihr Puls raste und ihr der Schweiß ausbrach. Sie ließ sich vollends zu Boden gleiten und gab jede Gegenwehr auf.

Nur ein bisschen ausruhen, nur ein kleines bisschen …

9

Cooper konnte sich nicht erinnern, ob sie aus einer Art Ohnmacht erwacht war oder sich der Nebel um sie herum einfach nur nach und nach gelichtet hatte. Ein bisschen erschien es ihr, als wäre sie die ganze Zeit über bei Bewusstsein gewesen, aber getrennt von allem anderen, in ihrer eigenen Realität, die sie umgab wie ein klebriger Saft, der alles andere dämpfte und ihren Verstand zu ersticken drohte. Noch Stunden später litt sie an einer bleiernen Müdigkeit, die ihr einfach nicht aus den Gliedern weichen wollte.

»He, Coop.« Brent grinste sie an, aber er sah nicht gerade freundlich aus.

Sie sah sich um. Das große Zimmer, das Himmelbett, das Regal. Sie lag nur ein paar Schritte entfernt von dem Platz, wo sie mit Brent auf dem Boden gesessen hatte. Dort lagen zwei Kaffeebecher. Einer von ihnen war zersprungen, der Inhalt hatte sich über die Holzdielen verteilt und einen dunklen Fleck aus Kaffeemehl und Flüssigkeit hinterlassen. Selbst in diesem Zustand sah es begehrenswert aus.

Ihre Augen glitten weiter zu dem Regal. Ein Glas war geborsten, und irgendein zähes Gelee tropfte nach unten, von Abstellbrett zu Abstellbrett. Zwei Reihen tiefer wies ein kleiner Sack Mehl ein großes Loch auf. Auf dem Boden darunter war eine feine Schicht davon über einen großen Kreis verteilt.

Einschusslöcher.

Cooper spürte, wie Zorn in ihr aufstieg. »Du blödes

Arschloch. Du hast sie umgebracht, nur wegen ein paar Lebensmitteln.«

Brent schüttelte mit einem spöttischen Lächeln den Kopf. »Coop, Coop, Coop«, sagte er tadelnd. »Du hast immer noch nicht geblickt, was sie mit uns angestellt hat. Oder besser gesagt, mit dir.«

Cooper war für einen Moment verwirrt, dann dämmerte es ihr. »Du meinst, da war was im Kaffee?«

»Hundert Punkte, Coop.« Sein sarkastischer Unterton traf sie hart. Wie hatte sie nur so dämlich sein können?

»Und du?«, fragte sie kleinlaut.

»Ich hatte schon so einen Verdacht, deswegen hab ich nur so getan, als würd ich davon trinken. Als du angefangen hast, zu lallen, hatte ich meinen Beweis.«

Cooper schüttelte den Kopf. Eigentlich hätte es sie nicht überraschen sollen, dennoch hatte Monica sie kalt erwischt. Irgendwie hatte das Mitleid ihr wohl die Sinne vernebelt. Erneut sah sie sich im Raum um, und diesmal wurde ihr klar, dass es sich um eine einzigartige Mausefalle handelte. Sie fröstelte.

»Was ist mit …?«

»Monica?«, vollendete Brent ihre Frage.

Cooper nickte. »Hast du sie erschossen?«

Brent schüttelte den Kopf. Verwundert bemerkte sie, dass sie aus unerfindlichem Grund innerlich aufatmete.

»Versuch du mal, jemanden zu erschießen, wenn dir eine zugedröhnte Irre am Arm hängt«, sagte er. »Deinetwegen habe ich die letzten Kugeln vergeudet, die wir noch hatten.«

»Also ist sie abgehauen?«, fragte sie in stiller Hoffnung.

Die aber wurde von Brents hämischem Grinsen zerstört.

»Komm mit«, sagte er.

Sie zögerte einen Moment, von einer bösen Vorahnung erfüllt, aber dann fügte sie sich. Brent ergriff die Öllampe, und sie stiegen die Treppe nach unten. Im warmen Lichtschein sah der Eingangsbereich des Hauses gar nicht mehr so gruselig aus, wie sie ihn in Erinnerung hatte. Brent führte sie zu einer spanischen Wand in einer der hinteren Ecken.

»Sie hatte die Haustür einen Spalt offen gelassen«, erklärte er ihr, »damit ich dachte, sie wäre raus ins Freie. Aber nicht mit mir.« Er blieb stehen, stellte die Öllampe auf einen kleinen Tisch und bedeutete Cooper, einen Blick hinter die Wand zu werfen. »Hier hatte sie sich versteckt.«

Cooper fürchtete sich vor dem, was sie zu sehen bekommen würde. Sie trat hinter die Wand und erstarrte vor Schreck. Mit allem hatte sie gerechnet, aber nicht mit dem Anblick, der sich ihr bot. Brent hatte wirklich ganze Arbeit geleistet.

Monica stand aufrecht. Fast sah es so aus, als würde sie noch leben. Ihre Augen standen offen, weit offen. Doch nur etwa zwei Drittel ihres Körpers waren sichtbar, der Rest war mit der Hauswand … verschmolzen.

Cooper fiel kein besseres Wort ein. Es sah auf eine grausame Weise selbstverständlich aus. Beginnend mit ihrem linken Ohr abwärts verschwand ihr Körper einfach im Mauerwerk. Es sah aus, als wäre die Wand flüssig gewesen und in dem Moment, als Monica hatte hindurchhuschen wollen, wieder in ihren Normalzustand zurückgekehrt.

Was immer Monica widerfahren war, ihr Gesichtsausdruck verriet mit grausamer Deutlichkeit, dass ihre letzten Augenblicke von Angst und Schmerz erfüllt gewesen waren.

Cooper konnte den Anblick nicht länger ertragen und drehte sich um. Brent hatte direkt hinter ihr gestanden und strahlte regelrecht vor Stolz. Etwas in Cooper zerbrach. Mit einem Schrei stürzte sie sich auf ihn und prügelte auf ihn ein. Als er verblüfft zurückwich und sie ihm folgte, stürzten sie beide über die seitliche Lehne eines alten Sofas, sodass sie sich in einem wilden Ringkampf verstrickt auf dem Boden wiederfanden.

Cooper war durch die Jagd auf die Malachim stärker und geschickter geworden, als es ein Mädchen in ihrem Alter normalerweise war, aber gegen Brent hatte sie keine Chance. Es dauerte nicht lange, und er kam rittlings auf ihrem Bauch zu sitzen, wobei er ihre Arme schmerzhaft unter seinen Schienbeinen einzwängte.

In ihrer Wut spuckte sie ihn an. Ungerührt wischte er sich den Speichel mit dem Ärmel aus dem Gesicht.

»Was soll das, Coop?«, fragte er tadelnd.

»Warum hast du ihr das angetan? Das ist einfach nur krank, Brent.«

»Krank?« Er beugte sich so weit zu ihr hinab, dass sich ihre Nasen fast berührten. »Das sagt mir die Frau, die ein Gerät entwickelt hat, mit dem man Wesen, die viele Menschen für Engel halten, in einen Flecken braune Soße verwandeln kann. Die Frau, die ihr Geld damit verdient, diese braune Soße an eine Gang zu verkaufen, damit die noch mehr von diesen Engeln umbringen können.«

Für einen Moment hatte sie das Gefühl, durch ihn hindurchsehen zu können. Sie schauderte. Dann war der Moment vorbei.

»Ich mach das nur, weil es die einzige Art ist, auf die wir hier überleben können, das weißt du genau.«

»Nein. Du machst das, weil du es *kannst*. Weil du *gut* darin bist«, widersprach er ihr. »Tu bloß nicht so, als ob du ein kleines Unschuldslämmchen wärst, Cooper Kleinschmidt. Zwischen uns gibt es nämlich überhaupt keinen Unterschied. Die Schlampe hat uns was in den Kaffee getan, weil sie uns verraten wollte, und dafür hat sie von mir bekommen, was sie verdient hat.«

»Verraten? Was meinst du damit?«

Brent grinste wieder. Er stieg von ihr herunter. Ihre Arme schmerzten, wo er sie mit den Beinen niedergedrückt hatte, aber das ließ sie sich nicht anmerken. Als sie wieder auf den Füßen stand, zog er sie um die spanische Wand und wies auf den Boden vor der Leiche.

Cooper mied den Anblick der toten Monica. Aus den Augenwinkeln sah es so aus, als ob jemand eine lebensgroße Puppe an die Wand gelehnt hatte. Dann fiel ihr das kleine Gerät auf, auf das Brent zeigte. »Was ist das?«

Sie beugte sich nach unten und hob es auf. Ein kleiner quadratischer Plastikkasten mit einem Display, einigen Knöpfen und Sprechrillen. Zwei Drähte führten zu irgendeiner Art mobilen Batterie.

»Funkgerät?«, fragte sie.

Brent nickte. »Ein CB-Funkgerät. Damit kannst du mit Leuten sprechen, die zig Kilometer entfernt sind.«

»Ich weiß, was ein verdammtes Funkgerät ist!«, fauchte Cooper.

»Ist ja gut, Miss Hypersensibel. Na, jedenfalls als ich sie gefunden hab, hat sie gerade hineingesprochen.«

»Weißt du, mit wem?«

Brent zuckte mit den Schultern. »Keine Ahnung. Es ist ihr heruntergefallen, als ich … Na, du weißt schon. Ich glaub, es ist kaputt. Ich krieg's jedenfalls nicht mehr zum Laufen.«

»Woher könnte sie so was haben?«, fragte Cooper, mehr an sich selbst gerichtet.

»Wahrscheinlich von denselben Leuten, die dieses Wahnsinnslager dort oben zusammengetragen haben«, schlug Brent vor.

»Dann sollten wir schnellstens hier verschwinden.«

»Nicht, bevor ich mir da oben die Taschen voll gestopft habe.«

»Brent!«, rief sie ihm hinterher. Doch er hatte die Öllampe schon wieder an sich genommen und stürmte die Treppe empor.

Verdammter Dickschädel.

Unschlüssig stand sie im Halbdunkel. Einerseits konnte der, mit dem Monica Kontakt aufgenommen hatte, jede Sekunde hier eintreffen, andererseits war es wahrscheinlicher, dass er weiter entfernt war, und ein paar extra Lebensmittel konnten wirklich nicht schaden. Allerdings verspürte sie gerade nicht die geringste Neigung, Brent in irgendeiner Hinsicht zur Hand zu gehen. Vielmehr zog es sie zu Stacy, die dort draußen mittlerweile sicher vor Sorge verging.

In ihrem Rücken spürte sie die Präsenz der Toten. Konnten Tote überhaupt noch eine Präsenz haben? Monicas Leiche hatte jedenfalls eine. Cooper wusste, dass dieses Bild sie ihr Leben lang verfolgen würde. Der Körper aufrecht an der Wand und zu einem Teil darin versunken, mit schlaff herabhängendem Arm und Bein. In ein paar Monaten würden nur noch ein paar Knochen aus der Wand ragen. Ein Teil von ihr wollte das Mädchen mit irgendetwas zudecken, aber sie konnte sich dem Anblick einfach nicht mehr aussetzen.

Was war nur mit Brent los? Es war unübersehbar, dass ihn der ständige Teerkonsum verändert hatte. Hatte er nicht gesagt, dass er nichts mehr von dem Zeug übrig hatte? Das hieße aber, dass er auch ohne akuten Rausch fähig war, zu tun, was er mit Monica gemacht hatte.

Bei der Vorstellung, wie es abgelaufen sein mochte, lief ihr ein Schauer über den Rücken. Was unterschied ihn überhaupt noch von den Monstern, auf die sie Jagd machten? Feinfühligkeit war sicherlich nie seine Stärke gewesen, aber sie war sicher, sich nicht mit einem kaltblütigen Killer angefreundet zu haben. Sie musste zugeben, dass er ihr Angst machte. Vorhin, als er auf ihr gekniet hatte, hatte sie für einen Moment geglaubt, durch ihn hindurch die Öllampe zu sehen, die in seinem Rücken auf dem Tisch gestanden hatte. Konnte sie ihm überhaupt noch vertrauen? Was, wenn er seine Kräfte gegen sie wendete?

»Lass uns gehen, Coop. Ich habe ein paar Sachen zusammengepackt.«

Sie zuckte so stark zusammen, dass ihr das Funkgerät entglitt, das sie bis dahin immer noch in der Hand gehalten hatte. Mit einem dumpfen Klappern fiel es auf den Boden.

»Was ist los? Hab ich dich erschreckt?« Er hatte einen prall gefüllten Stoffbeutel bei sich, den er mit einem Stück Schnur zugebunden hatte und auf dem Rücken trug.

»Quatsch«, antwortete sie unwillig. »Lass uns endlich verschwinden. Stace macht sich bestimmt schon Sorgen.«

Sie wandte sich zur Tür, doch Brent ergriff sie am Arm und zog sie herum.

»Hey, Coop. Du nimmst dir das mit dieser Schlampe doch nicht zu Herzen, oder?« Er suchte ihren Blick, doch sie wich aus und schüttelte den Kopf. »Gut«, sagte er. »Denn wie gesagt, sie hat nur bekommen, was sie verdient hat. Jeder, der versucht, den alten Brent zu verarschen, muss den Preis bezahlen, hörst du?«

»Lass mich los, du Idiot!« Sie riss ihren Arm los, stapfte zur Tür und hoffte, dass er nicht sehen konnte, wie sehr sie zitterte.

Das laute Bersten eines Glaskörpers ließ sie abermals herumfahren. »Was machst du da?«

Doch sie sah die Antwort, bevor er sie geben konnte. Helle Flammen leckten die spanische Wand empor und griffen bereits nach der Holzdecke. Die Öllampe!

»Warum hast du das getan?«, fragte sie entsetzt.

Er grinste. Der zuckende Schein der Flammen verwandelte sein Gesicht in eine teuflische Fratze. »Ist besser so. Was wir von dem Zeug dort oben nicht mitnehmen können, soll auch kein anderer kriegen.«

»Super. Und das brennende Haus wird man meilenweit sehen. Und eventuell setzt du den ganzen Wald in Brand.«

Brent zuckte mit den Schultern. »Und wennschon. Die sind doch sowieso auf dem Weg hierher, und um ein paar Bäume ist es nicht schade.«

Cooper seufzte und drehte sich wieder um. Es war nun nicht mehr zu ändern.

Draußen schien es stockfinster zu sein, doch dann gewöhnten sich ihre Augen allmählich an die Dunkelheit des Waldes. Hinter ihr drängte Brent durch die Tür. Beißender Brandgeruch folgte ihm.

»Stacy?« Coopers Augen suchten das Unterholz ab. Sie sah die Mulde im Bewuchs, unter der sich die Straße verbarg, über die sie hergekommen waren. Dann entdeckte sie zwei kugelförmige Erhebungen mitten im Blattwerk. Ihre Rucksäcke. Keine Stacy weit und breit.

»Was zur …?« Brent vollendete den Satz nicht. Stattdessen begann er die Umgebung der Rucksäcke zu untersuchen. »Schau dir das an, Coop.«

Cooper trat zu ihm und erkannte sofort, was er meinte. Von den Rucksäcken führte eine deutliche Spur niedergewalzter Blätter und zerbrochener Zweige die Straße entlang in jene Richtung, in der sie das Ziel ihres Weges vermuteten.

»Warum ist sie weggelaufen?«, murmelte Brent ratlos.

»Entweder hat irgendwas ihr Angst gemacht«, vermutete Cooper, »oder sie wurde gezwungen.«

»Das Funkgerät?«, fragte Brent mit zweifelndem Blick.

»Ich weiß nicht. Aber warum hätten sie Stacy mitnehmen sollen, ohne vorher einen Blick ins Haus zu werfen?«

Still und mit einem mulmigen Gefühl im Bauch standen sie neben den Rucksäcken, während hoch über ihnen der Wind durch das Blätterdach rauschte und es im Haus hinter ihnen immer vehementer prasselte und knackte. Schließlich brach Brent das Schweigen. »Es wird bald dunkel. Und Freunde lässt man nicht hängen. Wir müssen sie finden.«

In Coopers Ohren hörte er sich nicht gerade wie ein Mann an, der sich um seine große Liebe ängstigte, dennoch hatte er recht. Es war noch dämmriger geworden, bald würden sie überhaupt nichts mehr sehen können. Wortlos warf sie sich erst einen und dann einen zweiten der Rucksäcke auf den Rücken. Brent würde den dritten und den Vorratssack schultern müssen.

Wenigstens war nun klar, welchen Weg sie einschlagen würden, jedenfalls solange Stacys Spur noch auszumachen war.

Eine halbe Meile später, als es schon recht dunkel war, sahen sie hinter sich den zuckenden Feuerschein des brennenden Hauses. Der Gedanke daran, was das Feuer außer dem Haus noch verzehrte, würde Cooper eine ganze Weile begleiten.

Er hatte sich auf der Wasseroberfläche ausgestreckt, über sich die Finsternis, unter sich die Brennstäbe. Wenn er sich auf seinen Körper konzentrierte, konnte er fühlen, wie ihn die Strahlung und die Hitze in immer neuen Schauern durchdrang. Es beruhigte seinen aufgewühlten Geist.

Er spürte, wie sein Körper den Zerfallsprozess der Brennstäbe unter ihm anheizte. Ohne Zweifel würde er die Anlage, die offensichtlich einer primitiven Art der Energiegewinnung diente, über kurz oder lang zum Kollabieren bringen. Noch aber herrschte um ihn herum nur ein sanftes Vibrieren.

Seit er diese Welt vor einigen Stunden betreten hatte, hatte er sich nach dieser Art von Ruhe gesehnt. Die Ruhe ermöglichte es ihm, seine Existenz zu reflektieren. Er wusste, dass er nicht ohne Grund hierhergekommen war. Er hatte eine Aufgabe. Die Aufgabe bestand in der Übermittlung einer Botschaft.

Die Botschaft lautete: Die Zeit ist gekommen!

Er wusste, für wen die Botschaft bestimmt war. Er musste den Empfänger nur noch finden. Während Hitze und Strahlung sein Dasein in immer neuen Wellen durchpulsten, ließ er seinen Geist in die Ferne ausschweifen.

»Kommt zu mir, meine Brüder. Versammelt euch um mich. Der Tag des Erwachens ist nahe.«

David Tenson wusste, dass es nun ernst wurde. Nach intensivem Grübeln hatte er sich entschlossen, zu pokern, und jetzt war es an der Zeit, dass er sein Blatt spielte. Im schlimmsten Fall verlor er ja nur seinen Kopf. Aber noch war es nicht so weit. Alle Umstehenden starrten ihn an, und ihre Mienen wirkten wenig freundlich. Nur kein falsches Wort jetzt. Ohne Zweifel balancierte er gerade auf einem sehr schmalen Grat. Entweder würden sie in ihm einen Revolutionär oder einen Verräter sehen.

Er ließ den Blick über die Menschen schweifen. Im Schein der Esse, um die sie sich versammelt hatten, waren nur die vorne Stehenden zu sehen. David spürte ihre Nervosität und Angespanntheit. Tief sog er die Luft ein. Es roch nach Feuer und versengtem Stein, als hätten sie sich in der Höhle eines Drachen versammelt.

David hatte die Runde, ein gutes Dutzend Frauen und Männer, mit Bedacht zusammengestellt. Ein paar sichere Verbündete waren dabei. Brigid McDermott, deren Mann Bruce wegen Lebensmitteldiebstahl hingerichtet worden war. Grier Hudspeth, dessen Sohn Patrick die Kinder angeführt hatte, die sich den Malachim entgegengestellt hatten und nun verschwunden waren. Einige andere Eltern von verschwundenen Kindern und auf des Pontifex Geheiß hin bestrafte Sünder komplettierten die Gruppe.

Ihren Gastgeber für diese kleine Soiree zählte David eher zu den Neutralen: Dale Gallardo, den Schmied. Es war Dale deutlich anzumerken, wie liebend gern er die illustre Runde vor die Tür gesetzt oder besser noch an den Pontifex verraten hätte. Allerdings wusste jeder in der Gemeinde, dass Dale nicht der Herr im eigenen Hause war, denn diese Rolle nahm eindeutig seine Frau Terry ein, und Terry war Atheistin; ihr Religionshass glühte nicht weniger stark als die aus Davids Sicht nur vorgeschobene Gottesehrfurcht des Pontifex, auch wenn Terry das im Gemeindealltag gut verbarg.

David hatte sie nach einem Gottesdienst beim Ausspucken einer Hostie erwischt. Hätte der Pontifex davon erfahren, hätte Terrys letztes Stündlein geschlagen. Doch David hatte ihr Geheimnis gewahrt, allerdings nicht ohne es sie wissen zu lassen. Gleichwohl hatte es eine Weile gedauert, bis er sich wirklich ihr Vertrauen erworben hatte. Natürlich hatte sie sein enger Kontakt zum Pontifex erheblich irritiert, aber es war ihm schließlich doch gelungen, sie davon zu überzeugen, dass dies keine echte Gefolgschaft, sondern reine Strategie war.

Paradoxerweise hatte ausgerechnet der Pontifex ihre letzten Zweifel an David ausgeräumt, indem er sich gerade die Schmiede ausgesucht hatte, um David zu demütigen. Denn Terry hatte das Gespräch zwischen David und dem Pontifex belauscht. Sie hatte zwar nicht jedes Wort verstanden, wohl aber die unfreundliche Behandlung registriert, die ihm durch den Pontifex widerfahren war. Und seitdem konnte sie als Davids Unterstützerin gelten. Keine schlechte Bündnispartnerin, denn ihr Mann war der Zunftmeister der Schmiede. In einer Welt, die weitgehend in eine Epoche vor dem Schusswaffengebrauch zurückgefallen war, hatten Schmiede großen Einfluss. Und wie immer Dale selbst über den Pontifex und seine Malachim dachte, er würde sich Terrys Meinung beugen.

Noch wichtiger für David allerdings war der Mann, der ihm in der Runde direkt gegenüberstand. Klein, gedrungen, die Arme verschränkt und jede Menge Misstrauen im sonnenverbrannten Gesicht. Matthew Whisp, Gerbereibesitzer und Chef der Feuerwehr, die ihre für die Gemeinde existenziell wichtige Funktion bei dem jüngsten Brand im Gemeindesaal erneut eindrucksvoll unter Beweis gestellt hatte. Matthew war für seinen Einsatz vom Pontifex ausdrücklich belobigt worden. Unwahrscheinlich genug, dass er sich nun gegen den Pontifex stellen würde.

Allerdings konnte David kaum auf Matthew verzichten. Wenn es in ihrer Gemeinde etwas gab, das einer Polizei oder Miliz auch nur irgendwie nahe kam, dann waren es Matt und seine Männer, etwa fünf Dutzend handfeste Burschen, die sich mit Krisensituationen auskannten. Solange die Gefahr bestand, dass sie sich gegen David stellten, war sein Plan zum Scheitern verurteilt. Wenn er Matthew schon nicht auf seine Seite ziehen konnte, musste er sich wenigstens seiner Neutralität versichern.

Matthew wusste natürlich um seine herausgehobene Stellung in der Gemeinde und spielte sie aus, wo er nur konnte. Ohne dass David ihn dazu aufgefordert hätte, hatte er an diesem Abend die Teilnehmer beim Eintreten auf ungebetene Gäste kontrolliert. David war zuerst etwas irritiert über diese Anmaßung gewesen, hatte aber dann beschlossen, es als positives Zeichen zu werten. Es war insofern wahrlich kein Wunder, dass Matthew nun als Erster das Wort ergriff.

»Nun, Davey, du hast uns gerufen, und wir sind gekommen. Was hast du uns zu sagen?«

Matthew hatte die Angewohnheit, Menschen, die er nicht leiden konnte, mit erfundenen Spitznamen anzureden. David wusste, dass es ein hartes Stück Arbeit werden würde, ihn zu überzeugen, und am Ende des Tages würde er froh sein können, wenn sein Kopf noch fest auf seinen Schultern saß. Aber wie hatte schon sein Vater Ellroy Tenson III., seines Zeichens Brigadegeneral bei den Marines, immer gesagt: Gott hat den Männern Eier gegeben, damit sie etwas zu riskieren haben.

David selbst hatte es zwar nur bis zum Captain gebracht, aber er hatte die Army nicht als Bürohengst und Sesselfurzer verlassen, sondern als hoch dekorierter Ausbilder bei den Special Forces. Dann war er in die Politik gegangen, doch der Bürgerkrieg hatte seine Wahl zum Kongressabgeordneten auf den letzten Metern gestoppt. Und jetzt lebte er mitten in jenem Dschungel, der sich innerhalb von etwas mehr als einem Jahrzehnt mit rätselhafter Geschwindigkeit über weite Teile Nordamerikas ausgebreitet hatte, regiert von ein paar außerweltlichen Monstern und einem fanatischen Hitler-Verschnitt, der sein Volk in ein krudes Mittelalter zurückgezwungen hatte.

Mochten die anderen sich wie Schafe in ihr Schicksal fügen, David hatte vom ersten Tag an auf eine Revolte hingeplant.

Niemand wusste, wie viele Menschen wirklich in diesem Teil des Waldes unter der direkten Herrschaft des Pontifex lebten, aber es mussten einige Hunderttausend sein. Im Gegensatz zu dem, was von den Städten übrig geblieben war, ernährte der Wald seine Bewohner einigermaßen zuverlässig, doch wenn David nachts allein in seiner Hütte im Bett lag, träumte er davon, die Menschen zurück in die Städte zu führen, wo sie endlich das ihnen zustehende Erbe vorangegangener Generationen antreten würden.

Bis zu jenem Tag in der Schmiede hatte er gehofft, es würde ihm gelingen, den Pontifex auszutricksen. Sein Plan war dahin gegangen, den Mann dazu zu bringen, ihm einen Führungsposten einzuräumen, von dem aus er eine Palastrevolte hätte anzetteln können. David bedauerte die Jungen, die er dafür hatte opfern müssen, aber wenn ihn das Leben eines gelehrt hatte, dann dass es keinen Krieg ohne unschuldige Opfer gab.

Nach seiner Niederlage hatte er zunächst gezögert, unsicher, ob und wie er die Schlacht doch noch gewinnen konnte. Schon Sun Tsu hatte erkannt, dass nur ein dummer General in eine ungewisse Schlacht zieht. Doch die Ereignisse der letzten Tage hatten ihn überzeugt, dass der richtige Moment gekommen war. Die Nachricht von der missglückten Exekution und vor allem von der Flucht von zwei Dutzend Kindern hatte sich verbreitet wie ein Lauffeuer und für einige Aufregung unter der Waldbevölkerung gesorgt. Einige Leute begannen hinter vorgehaltener Hand, den Pontifex, seine Herrschaft und vor allem seine Macht über die Malachim infrage zu stellen.

David sah Matthew mit festem Blick an und lächelte. Er war sein Hauptkontrahent. Mit ihm würde alles stehen und fallen.

»Danke, dass ihr alle meiner Einladung gefolgt seid«, sagte er, ohne Matthew aus den Augen zu lassen. »Und danke auch an unsere Gastgeber, die ihre Räume für diese Zusammenkunft zur Verfügung gestellt haben.«

»Spar dir das Süßholzgeraspel, Davey«, fiel ihm Matthew ins Wort. »Dass so ein Treffen hinter seinem Rücken stattfindet, wird dem Pontifex ganz und gar nicht gefallen. Wenn er davon erfährt, wird er jedem Einzelnen von uns das Herz aus der Brust reißen lassen. Ich riskiere meinen Kopf nicht für eitles Geschwafel, also komm zum Punkt!«

David ließ seinen Blick erneut über die Gesichter der Umstehenden schweifen. Einige waren bei Matthews Erwähnung möglicher Konsequenzen recht blass geworden, soweit er das im Glutschein der Esse beurteilen konnte. »Nun, da du so offene Worte benutzt, Matthew, will ich dahinter nicht zurückstehen. Ein weiser Mann hat einmal gesagt: Die beste Regierungsform ist eine gute Diktatur. Wir leben in einer Diktatur, aber ich habe in den letzten Tagen starke Zweifel bekommen, ob sie auch gut ist.«

Er machte eine Pause, um zu sehen, wie seine Worte ankamen. Die meisten Teilnehmer mieden seinen Blick, mit Ausnahme von Brigid, Grier und natürlich Terry. Na gut, das war zu erwarten gewesen.

Matthew zuckte mit den Schultern und spuckte in die Glut. Zischend verdampfte sein Speichel. »Du bist doch derjenige hier, der am Pontifex klebt wie 'ne Schmeißfliege.«

David lächelte. »Nun, ich habe euch keineswegs zusammengerufen, weil ich mir Sorgen um meine Stellung in der Gemeinde mache.«

»Sondern?«

»Ihr alle wart im Tempel und habt gesehen, was dort geschehen ist.«

»Hmhm. Du hast den Pontifex unterstützt, der den beiden Larson-Jungen an den Kragen wollte.«

Für einen Moment überlegte David, Matthew das selbstgefällige Grinsen aus dem Gesicht zu schlagen. Aber er würde sich nicht provozieren lassen. Dies war ohne Zweifel ein kritischer Punkt. »Es gab keinen anderen Weg, als die beiden zu opfern.«

Aufgebrachtes Gemurmel. Sogar Brigid McDermott starrte ihn an.

»Aber nicht, weil sie gegen die Regeln dieser lächerlichen Phantasiereligion verstoßen haben«, fuhr er schnell fort, bevor die Stimmung kippte, »sondern weil sie die mächtigsten Wesen unserer Welt beleidigt hatten.« Bei der Erwähnung der Malachim wurde es augenblicklich wieder still. »Wir können es uns nicht leisten, sie zu provozieren. Wir alle wissen, wozu sie fähig sind.« Zustimmendes Gemurmel. Er hatte die Situation wieder im Griff. »Ihr alle habt gesehen, was danach geschehen ist. Ihr alle könnt bezeugen, dass sich die Malachim der Kontrolle des Pontifex entzogen haben. Ja, sie haben sich sogar untereinander bekämpft.«

Matthew verschränkte die Arme. »Ich habe nur einen einzigen gesehen, der zwei andere angegriffen hat.«

»Was ziemlich bemerkenswert ist, bedenkt man, dass sie eine kollektive Seele haben«, erinnerte David.

»Und was hat das mit der Führung des Pontifex zu tun?«

»Die Malachim sind das Fundament, auf dem seine Führung ruht, doch offensichtlich bröckelt dieses Fundament.«

»Was du da sagst, ist Hochverrat«, stellte Matthew trocken fest. »Das wird dich Kopf und Kragen kosten.«

»Nein, Matthew, es ist eine Tatsache. Die Malachim entgleiten ihm.«

»Er ist der Pontifex«, sagte Matthew. »Gott hat die Malachim seinem direkten Befehl unterstellt, um den Menschen endlich den Frieden zu bringen.«

David schüttelte den Kopf. Er hatte nicht erwartet, dass Matthew diese pseudoreligiöse Propaganda einfach so nachplappern würde. Allmählich wurde ihm doch mulmig. Hatte er seine Überzeugungskraft überschätzt? Aber es war zu spät für eine Umkehr. Jetzt musste er aufs Ganze gehen.

»Wie kommst du darauf, dass die Malachim Engel Gottes sind?«, fragte er Matthew herausfordernd.

Aufgeregtes Gemurmel und Getuschel. Ihm war bewusst, dass schon die Frage gefährlich war, aber wenn diese Leute ihm gegen den Pontifex folgen sollten, war es an der Zeit, dieses unsinnige Märchen als solches zu entlarven.

Matthew schien der Einzige, der nicht schockiert war. Er blieb ganz ruhig, während er antwortete: »Weil der

Priester des lebendigen Gottes es uns gesagt hat. Zweifelst du an seinen Worten?«

»Engel?«, fragte David zurück. »Sehen sie für dich aus wie Engel? Handeln sie wie Engel? Wesen, die Kindern ohne Zögern das Herz herausreißen. Haben Engel nicht Flügel?«

»Gotteslästerung!«, rief eine männliche Stimme aus der hinteren Reihe.

Eine der Frauen konnte einen erschreckten Aufschrei nicht unterdrücken. Alle Köpfe ruckten herum, alle wandten sich dem Sprecher zu.

David kannte diese Stimme, und ihr Klang ließ das Blut in seinen Adern gefrieren. Eine schmale Gestalt trat in den Glutschein der Esse und schlug die Kapuze ihres Mantels zurück.

Der Pontifex.

David schluckte schwer. Wer hatte sie verraten?

Dann sah er wieder Matthew an. In dessen Gesicht war nicht die geringste Überraschung zu erkennen. Da wusste David, warum der Mann darauf bestanden hatte, die eintretenden Leute zu kontrollieren. So war niemandem aufgefallen, dass sich der Pontifex, verborgen unter dem Kapuzenmantel, unter ihnen befand. Er war so unglaublich dämlich gewesen.

Wieder fiel ihm Sun Tsu ein.

Die eigene List gewinnt den Krieg, die List des Feindes verdirbt den Sieg.

Er hatte verloren. Fast musste er über seine eigene Dummheit lachen. Wie durch einen Nebel registrierte er, wie eine der Frauen – war es Brigid McDermott? – vor dem Pontifex auf die Knie fiel und um Gnade winselte. Andere fielen ein.

Zivilisten, dachte er verächtlich.

Der Pontifex ignorierte das Flehen, trat auf David zu und baute sich direkt vor ihm auf. Schweigend starrten sie sich an. Auch wenn David sich nichts anmerken ließ, beschleunigte sich sein Herzschlag unter dem Blick des Mannes. Es war dieser abgrundtiefe Hass, der in den Augen des Pontifex loderte. David schluckte unwillkürlich, und sein Gegenüber bemerkte es offenbar, denn ein Ausdruck der Genugtuung huschte über sein Gesicht.

Dann wandte er sich ab und winkte Matthew. »Diese Leute bleiben in der Hütte! Sperr sie hier ein!«

Matthew nickte. Der Pontifex warf einen kurzen Blick in die Runde. Dann zog er sich die Kapuze wieder über den Kopf und verließ die Hütte. Matthew schlüpfte ihm hinterher. Gleich darauf war zu hören, wie sich jemand von außen an der Tür zu schaffen machte und eine Kette rasselte.

Dann herrschte Stille …

»Ist das sicher?«

Der Pontifex zog an der Kette, mit der Matthews Männer die Tür der Schmiede von außen verschlossen hatten. »Hier kommt keiner raus.«

Matthew wies auf den Rauchabzug, dessen breite Silhouette sich schwarz vom Nachthimmel abhob, und fügte hinzu: »Es sei denn, er könnte fliegen.«

Der Pontifex nickte nachdenklich, dann besah er sich Matthews Männer. Ein halbes Dutzend vierschrötiger Kerle, die etwas abseits von ihnen mit leisen Stimmen die jüngsten Ereignisse diskutierten. Matthew beschlich ein mulmiges Gefühl.

»He da!«, rief der Pontifex.

Alle wandten sich um.

Er wies mit dem Finger auf den, der ihm am nächsten stand, ein großer, ungeschlachter Kerl, dessen feiste Züge vom zuckenden Licht der Fackel in seiner Hand erhellt wurden. Matthew kannte ihn gut. Gabriel Gatwick, ein Zimmermann. Fast ein Nachbar. Kein heller Kopf, aber furchtlos und reaktionsschnell. Einer von Matthews besten Männern.

»Du. Komm zu mir!«, sagte der Pontifex in einem Tonfall, der keinen Widerspruch duldete.

Der Mann zögerte kurz, dann setzte er sich in Bewegung und blieb einen Schritt vor dem Pontifex stehen, eine brennende Fackel in der Hand. Ein seltsames Bild, wie Matthew dachte, der eher hagere Pontifex und Gabriel, der Hüne, der seinen Herrscher um mindestens drei Köpfe überragte und dennoch für jeden offensichtlich einen Heidenrespekt vor der schmalen Gestalt hatte.

»Gib her!«, befahl der Pontifex.

Im Schein der Fackel nahm Gabriels Gesicht einen fragenden Ausdruck an. »Ich verstehe nicht …«

Statt einer Erklärung entriss der Pontifex ihm die Fackel.

»Herr!«, rief Matthew, dem schockartig klar wurde, was folgen würde.

Doch es war zu spät. Mit einer weit ausholenden Bewegung warf der Pontifex die Fackel, die auf dem Dach der Hütte landete. Es hatte lange nicht geregnet, und die trockenen Holzschindeln fingen sofort Feuer.

»Aber Herr! Ihr könnt doch nicht …«, setzte Matthew an.

»Was?«, fiel ihm der Pontifex ins Wort. Seine Augen funkelten zornig.

Drinnen in der Hütte begannen die Menschen zu schreien. Die Tür erbebte, als jemand sich von drinnen dagegen warf.

Aus Matthews Gesicht wich jede Farbe. Er hatte vieles erwartet, aber nicht so eine Grausamkeit. Außerdem bestand weiterhin die Gefahr eines Waldbrands. Was hier gerade geschah, war purer Irrsinn. Es schien, als ob der Pontifex nicht mehr logisch handelte, sondern sich von seinen Gefühlen hinreißen ließ.

In einigen Hütten ringsum gingen Lichter an, Vorhänge wurden zur Seite geschoben, und Gesichter erschienen an den Fenstern, nur um nach einem kurzen Blick auf die Szene sofort wieder zu verschwinden. Dem Gesichtsausdruck des Pontifex nach war ihm das egal. Während Matthews Männer unruhig und nervös wurden, starrte er fast versonnen auf das Feuer, das allmählich vom Dach auf die Wände der Hütte übergriff.

Schließlich wandte er sich abrupt ab und sagte zu Matthew: »Achtet mir darauf, dass das Feuer nicht auf die benachbarten Gebäude oder den Wald übergreift.«

Ohne ein weiteres Wort ging er an Matthews Männern vorbei und verschwand in der Dunkelheit.

Unter dem tosenden Knistern der Flammen wurden die Schreie lauter und lauter.

Stacy lief so schnell sie konnte. Leider war das kaum schneller als der Hürdenlauf eines Betrunkenen, denn das Unterholz war ein Dickicht aus dornigem Buschwerk, Zweigen, tief hängenden Ästen und umgestürzten, verrottenden Baumstämmen. In der Dunkelheit, die mittlerweile tief unter den Baumkronen herrschte, blieb ihr nichts anderes übrig, als sich den Weg nach vorn mit den Händen zu ertasten. Sie stolperte und griff um sich auf der Suche nach Halt, aber da waren nur brechende Zweige. Zum zigsten Mal fiel sie vornüber ins Unterholz. Buschwerk zerkratzte ihr Gesicht. Sie wusste nicht mehr, ob die Feuchtigkeit auf ihren Wangen von Tränen oder ihrem Blut herrührte.

Für einen kurzen Moment blieb sie schwer atmend liegen, in der Hoffnung, endlich nur die Geräusche des Waldes zu hören. Doch da war es wieder. Rascheln, brechende Zweige. Ihr Verfolger konnte nur noch wenige Meter hinter ihr sein. Es war ein Malach. Bei der Hütte war er plötzlich vor ihr aufgetaucht, und sie war einfach davongerannt, hatte ihren Wachtposten verlassen, statt ihre Freunde zu warnen, wie sie es versprochen hatte. Sie tröstete sich ein wenig mit dem Gedanken, dass sie den Malach wenigstens von Cooper und Brent weggelockt hatte. Vielleicht hatte sie ihre Freunde auf diese Weise sogar gerettet.

Aber wie sollte sie sich nun selbst retten?

Leise schluchzend brachte sie ihre Hände unter sich, um sich wieder hochzustemmen, doch eine unerwartete Bewegung unter ihrer linken Hand ließ sie erschrocken innehalten. Ihre Hand zuckte instinktiv nach oben, doch zu spät, schon durchfuhr sie ein eisiger Schmerz. Für einen Moment war sie wie gelähmt. Dann kam es ihr vor, als würde ihr Arm, ausgehend vom linken Handgelenk, förmlich aufglühen.

Sie tastete mit der Rechten über den schmerzenden Arm. Da war etwas Lebendiges. Etwas, das sich um ihren Arm geschlungen hatte.

Stacy schrie auf. Panisch riss sie an der Schlange, die sich um ihren Arm gewickelt und in ihr Handgelenk verbissen hatte. Sie spürte, wie das Gift in heißen Wellen in ihre Adern gepumpt wurde. Mit der Kraft der Verzweiflung gelang es ihr, den Kopf des Reptils von ihrem Arm zu reißen. Dann schleuderte sie den sich windenden Leib in die Dunkelheit, so weit weg von sich, wie sie nur konnte.

Einen Moment lang kniete sie auf dem Waldboden, unfähig, irgendetwas zu tun. Wie lange, wusste sie nicht. Sie spürte, wie sich statt des Schmerzes Kälte in ihrem Arm ausbreitete. Sie wollte schreien, dann fiel ihr wieder ihr Verfolger ein. Sollte sie nicht aufspringen und weiterlaufen? Doch warum noch? Wenn er sie nicht tötete, würde es das Gift in ihrem Arm tun. Tränen rollten ihr über die Wangen. *Bitte, lieber Gott, ich will nicht sterben,* dachte sie. *Nicht hier, ganz allein.*

Warum war es auf einmal so still?

Sie hob den Kopf. Über dem Unterholz bekam das Nachtdunkel einen bläulichen Schimmer vom spärlichen Mondlicht. Als sie sich konzentrierte und die Augen zusammenkniff, zeichneten sich vor diesem Dunkelblau die Bäume und andere Formen als dunklere Silhouetten ab. Doch Stacy ahnte sie mehr, als dass sie sie sah. Nur direkt vor ihr war es ganz finster.

Zu finster.

Groß und mächtig ragte er dort auf. Sie hatte ihn erst für einen Baum gehalten, aber irgendein Licht reflektierte in seinen Augen; wie zwei kleine Funken hingen sie über ihr in der Nacht. Wie lange mochte er dort schon gestanden haben?

»Worauf wartest du noch?«, fragte Stacy mit allem Trotz, den sie noch aufzubringen imstande war. »Mit mir geht's sowieso zu Ende.«

Nichts. Schweigen. Wäre da nicht die Ahnung des steten Hebens und Senkens seiner Brust gewesen, er hätte ein Teil des Waldes sein können. Sie bemerkte, wie ihr all das zunehmend gleichgültig wurde.

»Das Gift verteilt sich in deinem Körper.«

Stacy zuckte zusammen. Sie hatte keine so menschliche Stimme erwartet. Von den Malachim war sie heiseres Gekrächze gewohnt. War das eine Art Täuschung? Der Versuch, sie einzulullen?

»Was kümmert es dich?«, fragte sie.

»Darf ich es aus dir herausholen?«

Stacy schüttelte verwirrt den Kopf. Waren das wirklich seine Worte gewesen? »Herausholen? Was meinst du damit?«

»Das Gift. Du hast noch etwa fünfzehn Sekunden, bis deine Atmung aussetzt.«

Was sollte das? Wollte er allen Ernstes ihr Leben retten? Aber warum? War das Teil von irgendeinem grausamen Jagdspiel? Die Fragen kreisten ihr durch den Kopf, dass ihr davon schwindlig wurde. Oder war ihr schwindlig, weil das Gift ihr bereits die Sinne vernebelte? Jedenfalls wusste sie wirklich nicht, was sie sagen sollte.

Eine Berührung am Arm unterbrach ihren Gedankenfluss. Die Haut um den Biss fühlte sich bereits ganz taub an, gleichwohl spürte sie den Griff des Malach, spürte, wie er sie in die Höhe zog, bis ihre Füße in der Luft baumelten. Ihr Schultergelenk knackte, aber sie fühlte den Schmerz nicht, nur das Gewicht ihres eigenen Körpers. Dann ließ er sie langsam nach unten sinken, bis ihre Zehenspitzen wieder den Boden berührten.

»Kannst du stehen?«

Stacy hatte wirklich keine Ahnung. Aber als sie ihr Gewicht ihren Füßen anvertraute, gelang es ihr mit einigem Schwanken, sich zu halten.

»Hier ist der Stamm eines jungen Baumes. Halt dich daran fest.« Er ergriff ihre linke Hand und legte sie an die Rinde. »Bleib so stehen und beweg dich nicht.«

Stacy hatte es aufgegeben, irgendwelche Fragen zu stellen. Nichts von dem hier ergab Sinn. Sie hätte sich nicht gewundert, hätte der Malach ihr verraten, dass sie sich bereits im Totenreich befand.

Zitternd stand sie da und stützte sich mit einer Hand am Baumstamm ab. Ihre Knie fühlten sich an wie mit Gummi gefüllt, und in ihren Ohren war ein seltsames Brausen.

Der Schatten vor ihr wurde größer, bis er schließlich ihr gesamtes Gesichtsfeld ausfüllte. Ihr Körper löste sich auf. Eine kribbelnde Wärme erfüllte sie von Kopf bis Fuß, angenehm und verstörend zugleich.

Auf einmal verschwand die Wärme, und dann befand sie sich wieder in der Realität. Da war auch kein Schwindelgefühl mehr, keine Müdigkeit. Sie spürte den kalten Nachtwind auf ihrer Haut, roch den moderigen Duft des Waldes.

»Das Gift ist nicht mehr in deinem Körper.« Der Malach stand so dicht vor ihr, dass sie sein feuchtes Fleisch riechen konnte. »Gib mir deine Hand.«

Als sie nicht reagierte, ergriff er ihre Rechte. Sie spürte das Spiel seiner Muskeln und Sehnen. Für einen Moment wollte Ekel von ihr Besitz ergreifen, aber sie kämpfte gegen das Gefühl an.

»Hier. Das Gift.« Er spuckte aus, und eine warme Flüssigkeit traf auf ihre Haut.

Eine Schrecksekunde lang konnte sie nur ungläubig auf ihre Handfläche starren und die dunkle Flüssigkeit darin. Dann schleuderte sie reflexartig ihren Arm mit einem kleinen Schrei nach außen. Die Flüssigkeit klatschte auf irgendwelche Blätter. Von Ekel geschüttelt rieb sie sich die Hand an ihrer Hose ab, bis ihre Handfläche heiß zu werden begann.

Sie merkte, dass sie zitterte.

»Was hast du getan?«, fragte sie. Ihre Stimme klang immer noch dünn und atemlos.

»Ich habe mich mit dir verbunden. Nur kurz. Mein Körper hat das Gift mitgenommen.«

Es klang wie die normalste Sache der Welt. Stacy schüttelte den Kopf.

»Warum bist du weggelaufen?« Da war weder Spott noch Häme in seiner Stimme, als er ihr die Frage stellte.

Stacy entschied sich für die Wahrheit. Was hätte sie auch sonst sagen können? »Ich dachte, du wärst gekommen, um mich zu töten.«

»Warum glaubst du das?« Es klang wie echte Neugier. Absurd.

Stacy fühlte sich mit einem Mal bleischwer.

»Dein Organismus muss schlafen«, sagte der Malach. »Leg dich hin. Ich werde hier aufpassen, bis du regeneriert bist. Dann suchen wir deine Freunde.«

Stacy wollte widersprechen, aber er hatte nur zu recht. All die Ereignisse der letzten Stunden hatten sie ausgelaugt, und nun, da das Adrenalin in ihrem Körper allmählich abebbte, spürte sie die Müdigkeit. Ihr Verstand wollte wach bleiben, wollte dem Malach nicht vertrauen, hatte Angst vor dem, was auf dem Waldboden noch alles herumkriechen mochte. Aber ihr Körper wollte sich nur noch hinlegen und all das vergessen.

Sie rutschte auf die Knie und lehnte sich halb an den Stamm, an dem sie sich zuvor festgehalten hatte. Das junge Holz ächzte ein wenig unter ihrem Gewicht.

Nicht schlafen, dachte sie. *Nur ein wenig ausruhen. Ich lasse einfach die Augen auf …*

Bald sackte ihr Oberkörper vornüber in das Laub. Mit blitzschnellem Griff packte der Malach einen Skorpion, der auf ihren Fuß zusteuerte. Aufmerksam nahm er den Duft des Insekts wahr, das sich zwischen dem Griff seiner Finger hin und her wandte. Doch jedes Mal, wenn sich sein Stachel auf die Körperoberfläche des Malach senkte, ging der Stich ins Leere.

Schließlich hatte der Malach genug von dem Spiel und verschmolz den Skorpion mit einem Felsen, sodass nur noch ein Teil des Kopfes und seine Scheren daraus ragten.

McCann kniete vor der verrußten Wand.

»Alles in Ordnung, Boss?«

»Hau ab, Ears, oder ich dreh dir eigenhändig den Hals um.«

Stille. Dann leiser werdende Schritte. Sicherlich keine besonders gute Idee, gerade Ears gegenüber so grob zu werden. Noch schlimmer wäre es allerdings gewesen, hätte sein schärfster Konkurrent um die Macht in der Gang das Wasser in seinen Augen gesehen. Schwäche war in McCanns Welt nicht erlaubt.

Er fuhr sich mit der Hand über den Schädel, versuchte sich innerlich zu wappnen. Dann ließ er seinen Blick wieder die Wand hinaufgleiten. Deutlich zeichneten sich im Licht seiner Lampe die Überreste eines Menschen ab, der zum Teil aus den Fragmenten der Wand ragte. Das Feuer hatte den Leichnam so schwer entstellt, dass man kaum Rückschlüsse auf sein Geschlecht ziehen konnte, aber McCann wusste, um wen es sich handelte. Er kämpfte mit dem Impuls, über das verkohlte Fleisch zu streichen. Nur eine letzte Berührung.

Nein. Er schloss die Augen und rief sich Monica in Erinnerung, so wie er sie zuletzt gesehen hatte. Es war kaum zwei Tage her, dass er sie hierhergebracht hatte, in sein geheimes Reich, an seinen Rückzugsort. Sie hatte sich gefreut, hatte die Lebensmittel und all den anderen Luxus bestaunt und war dann umhergesprungen wie ein kleines Kind. Schließlich hatte sie ihn geküsst und auf das Bett gezogen. Die erste Frau, die sich ihm freiwillig hingegeben hatte, seit … seit er sein altes Leben verloren hatte.

Er hatte sie in dem alten Bunker des Kettensägenmanns gefunden, wo sie sich mit ihrer Freundin versteckt gehalten hatte. Irgendetwas an ihr hatte ihn gleich in den Bann geschlagen. Er konnte gar nicht mehr sagen, was genau es war. Vielleicht die Art, wie sie sich bewegte. Sie sei Tänzerin, hatte sie gesagt, so wie Jody, seine Frau. Und trotz der miserablen Lage, in der sie gesteckt hatte, hatte sie eine Art Stolz ausgestrahlt, wie er ihn bei anderen Frauen schon lange nicht mehr erlebt hatte. Außerdem war sie in einem altmodischen Sinn wirklich unvergleichlich schön gewesen.

Es war nicht leicht gewesen, sie für sich allein zu beanspruchen. Ihre Freundin gehörte nun Ears, seine dritte oder vierte Frau in den letzten zwölf Monaten, soweit sich McCann erinnern konnte. Ears Freundinnen überlebten seine offensichtlich recht ungewöhnliche Art der Zuwendung nicht allzu lang. Schade um sie, aber das war eben der Preis für Monica gewesen. Und nach der Nacht, die sie miteinander verbracht hatten, hätte er für sie noch viel mehr gegeben, wäre es notwendig gewesen.

Mit ihr war sein Refugium endlich komplett gewesen. Ein Ort der Träume, an dem er wieder etwas anderes sein konnte als der Anführer der brutalsten Gang der Stadt. Ein Ort, so gottverlassen und menschenleer, dass sich nicht einmal die Malachim dorthin verirrten. Eines Tages möglicherweise, wenn es ihm endlich gelang, diese Monster für immer vom Antlitz der Erde zu tilgen, hätte er sich hierher zurückgezogen. Nur ein Hirngespinst vielleicht, aber etwas, an dem er sich festhalten konnte, wenn die Last dessen, was er auf sich genommen hatte, ihn zu erdrücken drohte. Wenn die Tage nur noch aus einer grausamen Aneinanderreihung sinnloser Gewalt zu bestehen schienen. Wenn er sich fragte, ob dieser Planet nicht längst zu einer Hölle geworden war, die zu verteidigen sich nicht mehr lohnte …

Der Anblick ihrer verkohlten Leiche schnürte ihm die Kehle zu. Verbrannt, unwiderruflich zerstört, durch den Mutwillen eines offensichtlich verrückten Teenagers. Nie hätte er sie entkommen lassen dürfen. Aber damit war jetzt Schluss.

10

Es wurden immer mehr. Schon seit der Morgendämmerung konnte Jimmy beobachten, wie sich die Malachim um sie herum versammelten. Natürlich hatte er nicht ernsthaft zu hoffen gewagt, den Verbleibenden ihrer beiden gestrigen Verfolger mit dem kleinen Feuer endgültig vertrieben zu haben. Aber *damit* hatte er sicher nicht gerechnet. Noch nie hatte er so viele Malachim an einem Ort gesehen. Es mochten bereits an die hundert sein. Die meisten waren schon da gewesen, als er und die anderen Kinder an diesem Morgen aufgewacht waren. Es war beängstigend. So als säße man in einer Grube, um die herum ein Rudel Wölfe streunte, und würde darauf warten, dass das erste der Tiere hineinsprang, um einem die Kehle aufzureißen.

Allerdings hatten die Malachim bisher noch keinerlei Anstalten gemacht, tatsächlich in das Umspannwerk einzudringen. Vielleicht warnte sie das Schicksal ihrer Vorgänger. Ein brauner Fleck unter dem mittleren Zaun zeugte immer noch von dem Tod, den einer der beiden am vergangenen Tag gestorben war.

Andererseits – warum versammelten sie sich hier, wenn nicht, um das Umspannwerk früher oder später zu stürmen? Den Weg über den Baum mochte es nicht mehr geben, aber sie konnten ihre feste Form aufgeben, das hatte er im Tempel selbst gesehen, als seine beiden Henker durch die steinerne Plattform nach unten geglitten waren. Vielleicht konnten sie sich auf diese Weise auch einfach durch die Erde bewegen. Andererseits musste diese Kraft irgendeine räumliche oder zeitliche Grenze haben, sonst wäre ihnen der überlebende Malach sicherlich gleich gefolgt, oder?

Es gab einfach zu viele Fragen, auf die er keine Antworten fand.

»Was hältst du davon?«

Jimmy drehte sich zu Rasim um. »Keine Ahnung. Vielleicht belagern sie uns einfach nur, bis uns das Wasser und die Nahrung ausgehen.«

»So viele? Wir sind gerade mal zweiundzwanzig«, stellte Rasim fest, »ein Drittel davon Kinder. Wir könnten selbst einem einzigen Malach kein Paroli bieten, wenn er hier hereinkäme. Was bezwecken sie also mit dieser Übermacht?«

»Warum stellst du mir diese Fragen?«, brauste Jimmy auf.

»Weil du der verdammte Boss bist«, stellte Rasim trocken fest.

»Ich? Wie kommst du darauf?«

Rasim grinste. »Sieh dich um.« Mit seinen Händen beschrieb er einen Halbkreis und deutete dabei auf die anderen Mitglieder ihrer kleinen Gruppe, die ein paar Meter weiter neben einem kleinen Betriebsraum saßen. Ein Haufen verängstigter Gesichter. Schmutzig, übernächtigt und von den Monstern dort draußen vor dem Zaun völlig eingeschüchtert.

»Du und ich«, fuhr Rasim fort, »sind hier die Einzigen mit so etwas Ähnlichem wie Eiern. Aber mir, da bin ich ehrlich, sind alle scheißegal außer mir selbst.«

»Aha. Und warum glaubst du, dass das bei mir anders ist?«, fragte Jimmy ärgerlich.

Rasims Grinsen verbreiterte sich noch. »Das sehe ich in deinen Augen, mein Freund.« Es klang eher spöttisch als freundlich.

Jimmy lag eine entsprechende Antwort auf der Zunge, doch er schluckte sie herunter. Rasim mochte ein selbstsüchtiges Arschloch sein. Aber er hatte recht. Wieder ließ Jimmy seinen Blick über die Gesichter um sie herum schweifen. Die Angst in ihren Augen. Auch wenn es schwer war, sich das einzugestehen, aber wenn er sie ansah, erblickte er lauter Seans. Nein, er würde sie nicht auch noch opfern wie seinen kleinen Bruder. Diesmal nicht. Nie wieder sollte ein anderer durch seine Schuld sein Leben verlieren.

Als hätte sein Unterbewusstes ihn gesucht, fiel sein Blick auf die Leiche draußen auf der Wiese weit vor dem Zaun. War er auch bereit, den Preis zu zahlen, den Patrick gezahlt hatte? Nun, früher oder später würde er das herausfinden müssen. Zeit jedenfalls, ein bisschen Ordnung in ihre Situation zu bringen.

»Ihr da!« Sofort richtete sich die Aufmerksamkeit aller anderen auf ihn. »Jeder bringt jetzt alles, was er bei sich hat, hierher. Lebensmittel, Wasser, irgendwelche Ausrüstung oder so. Bringt alles her und sortiert es.«

Sofort kam Bewegung in die Kinder. Sie brachten ihre Futtersäcke zu ihm und durchsuchten ihre Hosentaschen.

»Siehst du«, sagte Rasim. »Ich hab's dir doch gesagt, du bist der verdammte Boss.«

Das Herbeischaffen und Sortieren ihrer Habseligkeiten dauerte enttäuschend kurz. Ein Junge, Sohn eines Fleischers, hatte seinem Vater immerhin eine Hammelkeule aus dem Schlachtraum gestohlen. Hinzu kam ein bisschen Brot. Das war es auch schon. Ihr größtes Problem aber war Wasser. Sie hatten ganze drei Kalebassen davon. Gerade genug, um die ganze Gruppe bis zum Abend zu versorgen, wenn sie es streng rationierten. Immerhin hatte es in der letzten Nacht kurz vor dem Morgengrauen ein klein wenig geregnet, und sie waren schlau genug gewesen, die Gefäße offen stehen zu lassen, sodass sie ein wenig Wasser aufgefangen hatten. Aber wenn nicht bald ein richtiger Guss vom Himmel kam, würden sie schon ab dem nächsten Tag Durst leiden müssen.

»Sieh mal da!«

Jimmy folgte Rasims Zeigefinger zu einer Stelle außerhalb des Zauns nahe beim Waldrand, wo augenscheinlich Bewegung unter die Malachim kam. Bis dahin hatten die meisten Malachim eher teilnahmslos in der Gegend herumgelungert, fast als befänden sie sich in einer Art Dämmerzustand. Nun aber traten einige von ihnen zur Seite, so als ob sie für irgendetwas eine Art Gasse bilden wollten. Angestrengt kniff Jimmy die Augen zusammen. Die Sonne war gerade erst über die Baumwipfel gekrochen, und die Szene, die er beobachtete, spielte sich auf einem Teil der Lichtung ab, der noch im Schatten der umstehenden Bäume lag. Es dauerte eine Weile, bis er in dem Dämmerlicht Einzelheiten ausmachen konnte. Dann aber begriff er, wem die Aufmerksamkeit der Malachim galt.

»Hol mich doch der …«, stieß Rasim atemlos aus. »Ist das nicht …?«

»Der Pontifex!«, bestätigte Jimmy.

Zwischen den massigen Malachim wirkte der Herrscher des Elysion mit seiner eher dürren Statur wie eine Gazelle in einer Herde Büffel. Langsam schritt er an den Malachim vorbei, bis er eine kleine Anhöhe erreichte. Auf der blieb er stehen, hob einen Arm und beschattete seine Augen mit der Hand. Er mochte wohl fünfzig Meter entfernt sein, und Jimmy war klar, wohin er blickte.

Rasim hob die Hände zu einer obszönen Geste.

»Lass das, du Blödmann!«, zischte ihm Jimmy zu.

»Feigling!«, entgegnete Rasim.

Jimmy schüttelte den Kopf. Der Typ raubte ihm den letzten Nerv mit seiner dämlichen Aufschneiderei. Er trat einen Schritt vor, um den feixenden Kerl aus seinem Blickfeld zu haben. Der Pontifex verließ gleichzeitig die Anhöhe und blieb vor dem Malach stehen, der ihm am nächsten war. Jimmy konnte sehen, wie sich der Mund des Mannes bewegte, aber er war viel zu weit entfernt, als dass Jimmy auch nur hätte erahnen können, was er sagte.

Dann allerdings wies der Pontifex mit dem Arm in Richtung des Umspannwerkes, und damit war klar, worum sich das Gespräch drehte. Eine Weile noch redete er auf den Malach ein, aber während die Gestik des Pontifex immer hektischer wurde, verharrte der Malach seltsam ungerührt.

»Sieh dir das an«, sagte Rasim. »Der Kerl wird immer wütender. Irgendetwas läuft da wohl gewaltig schief.«

Diesmal mochte ihm Jimmy nicht widersprechen. Was immer der Pontifex zu dem Malach sagte, es schien nicht die gewünschte Reaktion hervorzurufen. Endlich bewegte sich das Gesicht des Malach oder vielmehr die Gesichter der Malachim, denn was immer gesagt wurde, sie sprachen es alle gleichzeitig aus. Der Anblick raubte Jimmy den Atem. Die Luft schwirrte förmlich von dem vielstimmigen Raunen dieser seltsamen Kreaturen, die sich auf einmal wie ein einziges Wesen verhielten. Angestrengt spitzte Jimmy die Ohren, aber es wollte ihm nicht gelingen, die einzelnen Worte aus diesem Chor herauszuhören.

Eines allerdings war klar zu erkennen. Der Pontifex, der bis eben noch erregt gesprochen hatte, war verstummt. Unbewegt wie eine Statue stand er da, das Gesicht kalkweiß.

»Was immer die ihm gerade erzählt haben, es scheint ihm nicht zu schmecken«, sagte Rasim.

»Sieht so aus.«

»Vielleicht haben wir ein paar neue Freunde dort draußen.«

»Dann geh doch zu ihnen und lad sie ein«, schlug Jimmy sarkastisch vor.

Rasim grinste ihn an, sagte aber nichts. Als sie sich wieder der Szene draußen vor dem Zaun zuwandten, war der Pontifex verschwunden und die meisten Malachim in eine merkwürdige Starre verfallen. Was auch immer dort passiert war, sie hatten offenbar eine Art Aufschub bekommen.

»Scheint fast so, als ob sie uns in Frieden verdursten und verhungern lassen«, sagte Rasim, und es klang diesmal überhaupt nicht danach, als wollte er einen Witz reißen.

Der Pontifex des Elysion saß in seinem Laborstuhl und knirschte vor Wut mit den Zähnen. Es war, als ob irgendein grausamer Schicksalsgott beschlossen hatte, seinem Traum von einer Welt ohne Gewalt und Angst den Todesstoß zu versetzen. Oder genauer gesagt, diese Welt mit mehreren brutalen Stichen Stück für Stück an den Rand des Verderbens zu bringen. Erst Tenson mit seiner egoistischen kleinen Rebellion. Es gefiel ihm überhaupt nicht, dass er so weit hatte gehen müssen, aber der Mann hatte ihn einfach zum Äußersten getrieben. Dann die Malachim, die ihm nach all den Jahren von einer Sekunde auf die andere den Gehorsam versagten. Gerade jetzt, da er sie am dringendsten brauchte. Unter Verweis auf irgendeinen ominösen Boten hatte ihn das Kollektiv abblitzen lassen. Offensichtlich befand sich seine Schöpfung in einem Zustand mentaler Instabilität. Vielleicht das erste Zeichen dafür, dass die Malachim nicht für die Ewigkeit gemacht waren, wie er bisher gehofft hatte. Möglicherweise unterlagen sie irgendeiner Art von Zersetzungsprozess.

Aber das war nicht einmal das größte seiner momentanen Probleme. Dieses Problem bestand nämlich in einer Zahl. Die Zahl bezeichnete die Temperatur des Kühlmittels im Reaktorkern, und sie war deutlich zu hoch.

Er hatte immer befürchtet, dass dieser Tag kommen würde. Der Tag, an dem die Technik, die sein gigantisches Einmannlabor am Leben erhielt, ihn im Stich ließ. Allerdings hatte er weniger dramatische Situationen im Kopf gehabt. Eher ein langsames Dahinsterben als das Desaster, das sich nun abzeichnete.

Was konnte er nur tun? Für die normalen Wartungsarbeiten gab es immerhin ein Manual. Mit dessen Hilfe hatte er es geschafft, den Reaktorbetrieb all die Jahre nach dem Verschwinden des letzten Mitglieds des Betriebspersonals aufrechtzuerhalten. Aber ein Anstieg der Temperatur in dieser Geschwindigkeit und Größenordnung deutete auf ein Problem jenseits der normalen Instandhaltungsarbeiten hin. Seine hoffnungslos veralteten und lückenhaften Erinnerungen an die kernphysikalischen Vorlesungen seiner Studienzeit würden ihm da kaum weiterhelfen.

In seiner Verzweiflung hatte er bereits das Steuerungssystem einmal herunter- und wieder nach oben gefahren, auf irgendeinen Softwarefehler hoffend, der damit überbrückt werden konnte. Aber als danach alle Systeme wieder online waren, war die Temperatur eine

Stunde später wieder um ein Grad Celsius gestiegen. Danach hatte er das Kühlsystem einem kompletten Check-up unterworfen, was ihn fast die gesamte Nacht gekostet hatte. Inständig hatte er darum gebetet, irgendein harmloses kleines Leck im Kühlmittelkreislauf zu finden. Aber nichts dergleichen. Alles schien intakt. Es gab für dieses Phänomen einfach keine Erklärung – oder jedenfalls keine, die er finden konnte.

Er wusste leider nur zu gut, was das bedeutete. Höhere Temperaturen führten zu mehr Druck im Reaktorkern. Irgendwann würden die automatischen Ventile Wasserdampf ablassen. Dadurch entschwand Kühlmittel aus dem eigentlich geschlossenen Kreislauf. Ab einer bestimmten Verlustmenge waren die Brennstäbe nicht mehr komplett von Wasser bedeckt und heizten sich noch weiter auf. Hatten sie die kritische Grenze von etwa neunhundert Grad Celsius erreicht, würden die Hüllen der Brennstäbe bersten. Durch die Freilegung des radioaktiven Materials würde weitere Hitze entstehen, bis irgendwann der Punkt erreicht war, an dem der Brennstoff selbst schmelzen und schließlich die Reaktoraußenhülle durchdringen würde. Am Ende würden austretende Gase über das Belüftungssystem die unterirdischen Flure des Instituts verstrahlen.

Der Grund für den Temperaturanstieg war ihm ein Rätsel. Irgendwie hoffte er immer noch auf einen Messfehler. Vielleicht war es auch nur eine vorübergehende Störung im Kühlsystem, etwas, das sich von selbst wieder beheben würde. Aber tief in seinem Inneren wusste er, dass solche Hoffnungen naive Träumerei waren. Und das bedeutete, dass sein unterirdisches Reich dem endgültigen Untergang geweiht war.

Wie bald dieses Armageddon eintreten würde, war schwer zu sagen. Wenn er den weiteren Temperaturanstieg aus den vorhandenen Werten extrapolierte, blieb ihm vielleicht eine Woche, bis der Reaktorkern die erste kritische Schwelle zur Kettenreaktion überschreiten würde. Von da an würde es dann nur noch eine Frage von Stunden sein. Eventuell konnte er diesen Verlauf verzögern, indem er den Kühlmittelverlust aus dem Brauchwasserkreislauf ausglich, aber irgendwann würde der Wasserverbrauch auch die Kapazität des institutseigenen Pumpwerks übersteigen.

Wollte er wenigstens die Kernschmelze und damit die komplette Verseuchung des Instituts verhindern, hatte er nur eine Wahl: die sofortige und komplette Abschaltung des Reaktors und damit der einzigen Stromquelle des Instituts.

Doch auch das bedeutete letztlich das Ende seiner Arbeit. Ein paar Stunden würden die Wasserstoffbatterien und Dieselaggregate noch Strom liefern, aber allein die Belüftungsanlage fraß eine Unmenge davon, und unweigerlich würde irgendwann das Licht ausgehen und mit ihm die gesamte andere Technik den Geist aufgeben. Selbst die Fahrstühle zur Oberfläche würden nicht mehr fahren, und die Eingänge zum Treppenhaus wären ebenfalls verschlossen, weil ihr Öffnungsmechanismus nicht mehr funktionierte. Der einzige Weg nach draußen wäre dann der Notausstieg. Er bestand aus einer fünfzig Meter langen Betonröhre, die man waagerecht an Metallsprossen hinaufklettern musste, und das in völliger Dunkelheit. Keine wirklich erhebende Vorstellung.

Aber das Schmerzlichste war, dass das Projekt, dem er sein Leben verschrieben hatte, so oder so zu einem abrupten Ende kommen würde. Hunderte von Malachim hatte er bereits erschaffen. Doch nach seiner Vorstellung hatten es irgendwann Tausende werden sollen.

Seine Hoffnung war, dass sie sich irgendwann selbst miterschaffen würden, um so den Ausstoß zu erhöhen, wofür allerdings die Konstruktion weiterer »Maschinen« notwendig war. Noch war er aber mit der Optimierung des Verfahrens selber beschäftigt.

Der jüngste mysteriöse Zwischenfall hatte sein Vertrauen in seine Erfindung nicht wenig erschüttert. Auf den Aufnahmen war klar zu sehen, dass ein Wesen erschaffen worden war, doch sah es seltsam unkörperlich aus und war verschwunden. Seitdem hatte er einen Großteil seiner Zeit mit der Fehlersuche verbracht, doch nun kam es auf einmal zum Aufstand der Malachim. Sein Traum von einer friedlichen, sicheren Welt zerbarst vor seinen Augen.

Er setzte seine Brille ab und massierte die Nasenwurzel. Die Luft hier unten war viel zu trocken, und er vergaß immer, seine Augentropfen zu nehmen. Wenn er so weitermachte, würde irgendwann seine Netzhaut Schaden nehmen. Das hatte ihm schon vor einer Ewigkeit einmal ein Augenarzt prophezeit.

Allerdings fragte er sich, ob das überhaupt noch wichtig war. Er ließ den Blick durch das Labor schweifen, von dem er sich so viel eher würde verabschieden müssen, als er gedacht hatte.

Sein Blick fiel auf einen kleinen stählernen Wandschrank. Es war der Sanitätsschrank, in dem sich eigentlich Pflaster, Verbandszeug und Ähnliches befinden sollte. Doch die ursprünglichen Nutzer dieses Raumes hatten ihn vor langer Zeit zweckentfremdet, wie er während einer Betriebsfeier erfahren hatte.

Ob darin immer noch …?

Er stand auf, drehte den kleinen Knauf und zog die Tür auf.

Tatsächlich!

Schon legten sich seine Finger um das Glas. Aber das war verantwortungslos, geradezu wahnsinnig. Und er war immer ein verantwortungsvoller Mensch gewesen. Immer.

Eine Dreiviertelstunde später war der Pontifex nicht mehr Herr seiner Sinne. Die Temperatur des Reaktorkerns war in dieser Zeit um anderthalb Grad gestiegen.

»Dort lang!«

Cooper wies nach vorn, wo in einiger Entfernung der abgestorbene und völlig von Efeu überwucherte Stamm eines Baumes am Boden lag.

»Woher willst du das wissen?«, fragte Brent, der ihr schnaufend folgte.

Verärgert fuhr sie herum. »Weil ich es sehen kann. Das habe ich dir schon gesagt. Sperr halt die Ohren auf.«

»Ach ja, dein Monsterauge!«, spottete er.

Sie schüttelte über seine Bemerkung nur verständnislos den Kopf und stapfte weiter. Gottlob war das Unterholz an dieser Stelle nicht so dicht, sodass sie etwas schneller vorankam. Brent würde ihr schon folgen. Und tatsächlich konnte sie nach einer Weile am Geraschel hinter sich hören, wie er wieder zu ihr aufschloss.

Anschließend bewegten sie sich minutenlang einfach schweigend durch das vormittägliche Dämmerlicht. Über ihnen flatterten Vögel unter den Baumwipfeln, manche davon mit schrill buntem Federkleid, wie man sie in dieser Gegend noch nie gesehen hatte.

Cooper war froh über Brents Schweigen. Endlich hatte sie Zeit, ein wenig über die Ereignisse des vergangenen

Tages nachzudenken. Insgeheim musste sie zugeben, dass sie sich mittlerweile regelrecht vor Brent fürchtete. Was er Monica angetan hatte, war einfach …

Ihr fiel kein ausreichend angewidertes Adjektiv ein. Es war ja nicht nur so, dass er Monica getötet hatte, was schon schrecklich genug war. Sicher, Monica hatte sie in eine Falle gelockt. Aber musste man dabei nicht bedenken, was sie alles hinter sich gehabt hatte? Hätte Cooper entscheiden können, sie hätte das Mädchen vielleicht angebunden zurückgelassen. Irgendwo, wo ihr mysteriöser Komplize sie finden würde. Aber sie umbringen?

Sie wusste, was Brent auf ihre Vorhaltungen geantwortet hätte, nämlich dass sie bei den Malachim nicht so zimperlich vorgehen würde. Aber das war etwas ganz anderes. Die Malachim waren Monster, und jedes Mal, wenn sie einen erwischt hatte, war es ein Kampf auf Leben und Tod. Eigentlich war es also Notwehr, wenn man davon absah, dass sie es waren, die Jagd auf die Malachim machten, nicht umgekehrt.

Das eigentlich Bestürzende aber war, *auf welche Weise* Brent das Mädchen getötet hatte. Was immer der Teer mit ihm anstellte, er hatte es nicht mehr unter Kontrolle. Ja, es schien ihn irgendwie zu verändern. Obwohl er, zumindest wenn er die Wahrheit sagte, seit ein oder zwei Tagen keinen Teer mehr genommen hatte, war er fähig, ein Mädchen mit einer Wand zu verschmelzen, und er hatte es offenbar ohne die geringsten Skrupel getan.

In einem allerdings hatte er recht. Er war nicht der einzige Freak unter ihnen. Es war nun überdeutlich. Durch ihr verletztes Auge konnte sie sehen, was der Malach tat, mit dem sie zusammengestoßen war. Und in diesem Augenblick schien ebendieser Malach bei

Stacy zu sein. Ob er sie entführt hatte oder sie ihm freiwillig gefolgt war, war aus den blitzhaften Visionen, die sie immer wieder überfielen, nicht zu ersehen. Aber Tatsache war, dass auch Stacy auf dem besten Wege war, zu einem Monster zu werden, was sie irgendwie in eine ähnliche Kategorie einordnete wie Brent. Kein schöner Gedanke.

»Woher soll ich wissen, ob du mich nicht einfach irgendwohin führst?«

Seine Stimme war plötzlich so dicht neben ihr, dass sie erschrocken zusammenfuhr. Ihr Herz pochte wie wild, und sie musste einmal tief durchatmen, bevor sie antworten konnte.

»Ich werde Stacy ganz sicher nicht ihrem Schicksal überlassen«, sagte sie trotzig. »Du vielleicht?«

Brent lachte. »Und auf den besten Sex verzichten, den ich bisher im Leben hatte? Sicher nicht.«

»Verschon mich mit Details«, bat sie.

»Eifersüchtig?«

»Träum weiter.«

Gespräche wie dieses hatten sie in der Vergangenheit hundertfach geführt, aber früher hatte sie seine Prahlerei, seine wenig subtile Anmache und das abfällige Gerede hinter Stacys Rücken nicht ernst genommen. Ja, sie hatte sogar darüber lachen können. Nun fragte sie sich, ob sie ihn die ganze Zeit falsch eingeschätzt hatte. Vielleicht war es auch der Teer. Vielleicht veränderte er ihn nicht nur körperlich.

»Verbindung und Monsterauge hin oder her. Lass uns diesen Malach einfach killen, wenn wir die zwei finden, okay? Kurzer Prozess.«

Cooper seufzte.

Da packte er sie auf einmal am Handgelenk und hielt sie fest. Erschrocken sah sie ihn an. Seine Augen glühten regelrecht. Cooper fühlte, wie seine Haut auf der ihren zu prickeln begann.

»Lass das!«, schrie sie panisch und versuchte ihm die Hand zu entreißen, doch er hielt sie mit eisernem Griff. Täuschte sie sich, oder war seine Haut bereits ein paar Millimeter weit mit ihrer verschmolzen?

»Lass mich los, Brent!«, schrie sie ein zweites Mal.

Vielleicht war es sein Name, den sie diesmal hinzufügte. Jedenfalls verlor sein Blick plötzlich an Intensität, und er lockerte seinen Griff so weit, dass sie ihm die Hand entziehen konnte. Vorsichtig betastete sie die Haut am Gelenk, doch es war alles in Ordnung.

»Was regst du dich so auf?«, fragte Brent. »Alles in Ordnung. Dein theatralisches Seufzen hat mir einfach nicht gefallen, aber ... Okay, wir retten Stacy, setzen deinen komischen Malach-Bruder fest und holen die Medikamente, ja?«

Zweifelnd sah sie ihn an. Konnte sie ihm noch trauen? Andererseits hatte sie kaum eine Wahl.

Wortlos drehte sie sich um, nahm den eingeschlagenen Weg wieder auf und konzentrierte sich auf ihre Wahrnehmung.

Doch für den Moment war ihr inneres Auge blind.

David Tensons Körper schwamm nackt auf der Oberfläche des Wassers. Die Kühle linderte seine Schmerzen. Sein rechtes Bein und die linke Hand wiesen üble Verbrennungen auf. Als er versucht hatte, durch den Abzug der Schmiede dem Feuer zu entkommen, hatte sich irgendeins der anderen Opfer an seinem Bein festgeklammert, um sich an ihm hochzuziehen. Er hatte so gut er konnte versucht, die Frau abzuschütteln, aber sie hatte sich so festgekrallt, dass sie am Ende beide abgestürzt waren.

Es war schon eine seltsame Ironie, dass seine Verbrennungen von einem anderen Feuer stammten als dem vom Pontifex gelegten. Beim zweiten Anlauf war sein Versuch, sich in Sicherheit zu bringen, trotz der heftigen Schmerzen geglückt. Über den Abzug war er aufs Dach geklettert. Gottlob hatte das Dach auf der Rückseite des Hauses noch nicht gebrannt. Von dort aus hatte er gesehen, dass Matthews Männer nur vor der Hütte mit der Schmiede gestanden hatten.

Er hatte sich vom Dach gleiten lassen und war in den Wald gelaufen, der nur ein paar Schritte entfernt gewesen war. Mit einem Aufatmen war er in das Dunkel zwischen den Bäumen eingetaucht.

Nachdem er eine halbe Meile gerannt war, hatte er sich sicher genug gefühlt, um sich eine kurze Rast zu gönnen. Erst in diesem Moment, als das Adrenalin nachließ, hatte der Schmerz mit aller Macht eingesetzt. Es war fast unerträglich gewesen.

Irgendwie musste er die Wunden kühlen. Wasser aber war in der Dunkelheit nirgendwo zu finden. Da hatte er sich an die Einzelkämpferausbildung erinnert, die er wie jeder Offizier der Special Forces absolviert hatte, und er hatte seine Umgebung nach Brauchbarem abgesucht. Bald hatte er eine Huflattichflur gefunden, aus deren großen Blättern und ein paar Farnstängeln er sich behelfsmäßige Kompressen gemacht hatte, die ihn immerhin irgendwie durch die Nacht gebracht hatten.

Als er allerdings nach ein paar unruhigen Stunden beim ersten Morgengrauen aufgestanden war, hatte der Schmerz wieder zugeschlagen und ihn heftig gepeinigt.

Außerdem war der immense Flüssigkeitsverlust, den die großflächige Verbrennung an seinem Bein unweigerlich mit sich führte, mit einem quälenden Durst einhergegangen. Nach einer Stunde Wanderschaft hatte er kaum noch gewusst, was schlimmer war, der Schmerz oder der Durst. Paradoxerweise bewegte er sich die ganze Zeit über parallel zum Peeyawaukah, dem Fluss, der den Wald von Westen her durchquerte und an den sich das Elysion schmiegte. Lange Zeit wagte er es trotz aller Qual nicht, dorthin zu gehen, denn auf dem Fluss wurde gefischt und Waren von einem Ende des Elysion zum anderen transportiert.

Erst nach etwa vier Stunden hatte er das Gefühl gehabt, die Gemeindegrenzen weit genug hinter sich gelassen zu haben, um sich zum Fluss wagen zu können. Vielleicht hatte er auch einfach nur vor Schmerz und Durst und der Furcht vor einer nahenden Ohnmacht kapituliert. Glücklich hatte er einen Altarm entdeckt, der nur wenig versumpft war. Er hatte seinen Durst gelöscht, die teilweise verkohlten Überreste seiner Kleidung im Unterholz versteckt und sich an eine Stelle gelegt, wo das Wasser nur etwa brusthoch über einem Kiesbett stand.

Es fühlte sich wunderbar an. Der Schmerz trat zumindest so weit in den Hintergrund seines Bewusstseins, dass er wieder einigermaßen klar denken konnte. Während er sich so treiben ließ und über das nachdachte, was ihm in der Nacht zuvor geschehen war, war die Sonne hoch über die Baumwipfel, die das Wasser beschatteten, in den Zenit geklettert.

Stunden mochten vergangen sein, als die Sommerbrise, die sanft über die Wasseroberfläche streichelte, Stimmen an sein Ohr trug. Blitzschnell war er untergetaucht und mit ein paar langsamen Zügen zu einer

Stelle geschwommen, wo die Böschung einen Überhang von etwa anderthalb Meter Höhe bildete, der das eigentliche Ufer überragte. Dort hatte er sich hingekauert.

Und dann ergab es sich, dass sich seine ungebetenen Gäste, den Stimmen nach eine junge Frau und ein Mann, für den Rastplatz, den sie offenbar gesucht hatten, gerade einen Fleck kaum ein paar Meter von ihm entfernt oben auf der Böschung aussuchten. Zunächst hatte er sein Pech verflucht, als die Schmerzen in seinem Bein wieder zu pulsieren begannen und ihm nun, nackt und nass, wie er war, im Schatten des Überhangs auch noch kalt wurde. Aber dann hatte ihn das Gespräch, das die beiden führten und das er von seinem Versteck aus belauschen konnte, zunehmend elektrisiert.

Offensichtlich hatten sich die beiden gerade erst kennengelernt, wobei für David im Dunkeln blieb, wann und wo genau oder unter welchen Umständen. Auf jeden Fall waren sie füreinander offenbar Fremde. Insofern wunderte es David nicht, dass ein Großteil des Gesprächs zunächst darin bestand, dass die Frau, die sich Stacy nannte, den Mann, der namenlos blieb, ausfragte.

David rieselte aber ein Schauer über den Rücken, als deutlich wurde, dass der Mann kein Mensch war, sondern ein Malach und zudem quasi ein Abtrünniger oder besser Ausgestoßener seines Volkes. Durch irgendeine Art von Unfall – in dieser Hinsicht konnte David die Details nicht genau verstehen – war er mit einem anderen Menschen, einer Frau mit dem merkwürdigen Namen Cooper, körperlich verbunden worden.

Dies hatte für den Malach zwei gravierende Konsequenzen. Die eine bestand darin, dass seine Verbindung mit dem kollektiven Bewusstsein der anderen Malachim abgebrochen war. Die zweite war, dass stattdessen eine Verbindung mit dem Bewusstsein dieser Frau entstanden war. David lauschte atemlos. Dass die Malachim ein mentales Kollektiv waren, in dem jedes Individuum auf die Sinneseindrücke und Erinnerungen aller anderen zurückgreifen konnte, war eines von vielen Gerüchten, die in der Gemeinde über sie kursierten. Nun wusste er, dass es der Wahrheit entsprach.

Genau wie David selbst war Stacy, die Gesprächspartnerin des Malach, interessiert an weiteren Informationen über diese geheimnisvollen Wesen. Wo kamen sie her? Waren sie wirklich Engel? Was war der Grund für ihre feindliche Haltung gegenüber den Menschen?

Schnell begriff David, dass Stacy keinesfalls eine Bewohnerin des Elysion, sondern aus einer der verlassenen Städte kam. Wie gern hätte er sie darüber ausgefragt, wie die Lebensbedingungen in der alten Heimat inzwischen waren. Nun, vielleicht würde die Gelegenheit noch kommen.

Er konzentrierte sich wieder auf das Gespräch.

»Und was willst du jetzt von Cooper?«, fragte sie.

»Ihr erklären, dass sie nun Teil von meinem Kollektiv ist.«

»Hm. Ich glaube nicht, dass ihr das gefallen wird. Eigentlich ist Cooper schon in einem Kollektiv.«

»Und was ist das für ein Kollektiv?«

»Na ja, das von Brent und mir, schätze ich«, sagte sie leichthin, um dann mit etwas mehr Nachdruck hinzuzufügen: »Wir sind nämlich eine Familie.«

»Du und dieser Brent, ihr seid nicht Teil des Kollektivs«, widersprach er, »sonst wäre ich auch mit dir verbunden.«

Es klang wie eine nüchterne Feststellung.

Sie reagierte entrüstet. »Nur weil zwischen ihr und mir nicht dieses Kollektivdings besteht, heißt das nicht, dass ich mit Cooper nicht verbunden bin. Cooper ist wie meine Schwester. Wir kennen uns schon, seit wir ganz klein waren. Ich wusste sogar schon, dass sie zu mir gehört, bevor sie es selber wusste.«

»Wie meinst du das? Wie kann sie von der Verbindung zwischen euch nichts wissen?«

»Ach, das ist … schwer zu erklären.«

An der Art, wie sie herumdruckste, konnte David deutlich hören, dass ihr das Thema auf einmal unangenehm war. Ein Schweigen entstand, in dem David vor allem das Pochen seines eigenen Herzens hören konnte. Zwar schienen sie ihn nicht zu bemerken, aber es gab Gerüchte, die besagten, dass die Malachim die Menschen riechen konnten, so wie Hunde andere Lebewesen witterten. Der Wind wehte aber zum Fluss hin. Er betete, dass es so blieb.

»Warst du das in unserem Haus? Cooper hat erzählt, sie hat ihren Vater gesehen. Aber der ist längst tot.«

»Nein.«

»Oh, dann war es also doch nur ein Hirngespinst von ihr, wie Brent vermutet hat. Arme Cooper.«

»Nein. Der, den du ihren Vater nennst, ist nicht tot. Ich habe ihre Gedanken und Erinnerungen gesehen. Er ist derjenige, der mich entstehen ließ. Er ist nicht weit von hier in dem Gebäude mit dem Namen USAILEP.«

David vergaß fast das Atmen. Doch er war nicht der Einzige, bei dem diese Offenbarung Aufregung verursachte.

»Lügner. Er ist tot. Ich weiß es. Cooper gehört nur mir«, rief Stacy empört aus.

»Meine Aussage ist richtig«, beharrte der Malach mit allergrößter Nüchternheit. »Ich werde sie zu ihm bringen. Er wird ihr sagen, dass wir verbunden sind.«

Lautes Rascheln war zu hören. Offenbar war der Malach aufgesprungen.

»Das darfst du nicht«, rief Stacy. »Ich verbiete es dir.«

»Meine Prägung sieht für deine Befehle keine Verbindlichkeit vor.«

»Ich verbiete es! Hörst du? Ich verbiete es!«, schrie sie außer sich vor Zorn.

»Das ist irrelevant. Sie kommt ohnehin zu uns. Ich kann sehen, wo sie ist. Sie befindet sich nicht weit von hier am Ufer des Flusses.« Wieder raschelte es. »Ich werde ihr entgegengehen.«

»NEIN!«

Es raschelte so heftig, als würde es den ganzen Wald betreffen. David rang mit sich und seiner Angst vor Entdeckung. Schließlich fasste er sich ein Herz, richtete sich vorsichtig auf und riskierte einen Blick über den Rand.

Gerade noch konnte er die Frau zwischen den Bäumen verschwinden sehen. Der Malach folgte ihr in einigem Abstand. Er schien es nicht besonders eilig zu haben.

»Kann ich noch etwas zu trinken haben?«

Jimmy überlegte, wie das kleine Mädchen hieß. Dunkelblonder Wuschelkopf. Braune Kulleraugen. Er konnte sich erinnern, ihre Eltern gesehen zu haben, damals bei seiner verhinderten Hinrichtung. Sie war ein halbes Jahr zuvor wegen Ungehorsam gegenüber den Malachim in ein »Waisenhaus« gesteckt worden. Jimmy wusste inzwischen, dass die meisten der kleineren Kinder, die sich in ihrer Gruppe befanden, aus diesem Erziehungslager kamen. Offenbar war es Patricks Idee gewesen, sie zu befreien und in seine Gruppe aufzunehmen. Jimmy konnte nicht sagen, dass er es für Patricks beste hielt.

»Mara. Du heißt Mara Reardon, richtig?«

Die Kleine strahlte übers ganze Gesicht.

Seufzend öffnete Jimmy eine Kalebasse mit einem kleinen Rest Wasser und reichte sie ihr. Sie trank in gierigen Zügen, während sie einige der anderen Kinder in der Nähe mit neidischen Blicken bedachten.

»Danke.« Sie gab ihm die leere Kalebasse mit einem schüchternen Lächeln und der Andeutung eines Knickses zurück. »Darf ich jetzt spielen gehen?«

Jimmy starrte sie verwirrt an.

»In dem Waisenhaus durften die nicht mal furzen, ohne dass die Leute des Pontifex ihnen das vorher erlaubt hätten«, flüsterte ihm Rasim zu, der neben ihm an der Wand des kleinen Häuschens saß.

»Ja, natürlich«, sagte Jimmy. »Geh spielen.« Es fühlte sich unglaublich merkwürdig an, so etwas zu sagen.

Jauchzend lief die Kleine davon.

»Das war dein letzter Schluck«, stellte Rasim fest. »Wahrscheinlich überhaupt das letzte Wasser in unserem kleinen Camp.«

Jimmy zuckte mit den Schultern. Er hatte es sich aufgehoben, hatte die ganze Nacht über keinen Schluck getrunken. Dabei war es nur die Hälfte der Ration gewesen, die er an alle anderen ausgeteilt hatte.

»Vielleicht regnet es bald«, sagte er und verscheuchte eine Fliege von seinem ausgestreckten Bein.

»Hm«, machte Rasim. »Sieht nicht so aus.«

Tatsächlich war der Himmel wolkenlos, und zudem war die Sonne hier, wo keine Bäume Schatten spendeten, stechend heiß.

»Die werden dir bald die Hölle heiß machen«, fügte Rasim hinzu und wies auf die Kinder, die vorhin Mara so neidisch angestarrt hatten und deren Blicke immer noch auf ihn und Rasim gerichtet waren.

»Wie viel Essen ist noch da?«, fragte Jimmy.

»Zweieinhalb Brotlaibe und nicht zu wenig von dieser Hammelkeule. Ganz schön salzig, wenn du mich fragst.«

Rasim hatte eine unnachahmliche Art, den Finger in offene Wunden zu legen. Scheinbar bereitete ihm das eine Art innere Befriedigung. Jimmy beschloss, das nicht zu kommentieren.

Draußen vor dem Zaun standen deutlich mehr Malachim als am Tag zuvor. Aber immer noch schienen sie sich in einem seltsamen Dämmerzustand zu befinden. Tatsächlich hatte seit Stunden keiner von ihnen eine nennenswerte Bewegung gezeigt. Kurz hatte Jimmy die wahnwitzige Idee erwogen, in der Hoffnung, dass dieser Zustand mehr als nur eine Art des Lauerns war, mit der Gruppe einfach durch sie hindurch zu flüchten. Allerdings konnten sie die beiden Zäune genauso wenig überwinden wie die Malachim. Das galt insbesondere für den mittleren Zaun, den mit dem »Strom«, von dem Patrick und Rasim gesprochen hatten. Dass dieser den Malachim gefährlich werden konnte, hatten sie schon gesehen.

Jimmy und Rasim hatten aber auch herausgefunden, dass die mysteriöse Kraft dieses Zauns, die »Elektrizität«, auch anderen Lebewesen gefährlich werden konnte. Als die anderen Kinder abgelenkt gewesen waren, hatte Rasim eine Eidechse, die sie zuvor auf dem Gelände gefangen hatten, mit einem geschickten Wurf gegen einen der Drähte geschleudert. Bei der Berührung hatte es so was wie einen kleinen Blitz und ein seltsames Zischen gegeben. Dann war die Eidechse tot zu Boden gefallen. Keine Frage, der Zaun war tödlich für alles, was atmete und sich bewegte.

Natürlich war es Rasim gewesen, der messerscharf den einzig richtigen Schluss aus diesem Experiment gezogen hatte, indem er feststellte: »Egal, was die Malachim anstellen, wir kommen hier nie wieder raus.«

Tatsächlich hatte der Zaun nirgendwo so etwas wie ein Tor. Die einzige Tür auf dem Gelände war die von dem kleinen Gebäude, an dessen Mauer gelehnt sie saßen. Ein kleiner Kubus aus Backstein, mit einem Dach aus gewelltem Metall.

Die Tür bestand ebenfalls aus Metall und war mit grauer Farbe angemalt. Unter der Klinke war ein Schloss, das Rasim als »modern« und »etwas, das man in der Stadt finden würde« bezeichnet hatte. Jedenfalls war die Tür fest verschlossen, und was immer sich in dem kleinen Gebäude befand, war damit absolut unerreichbar für sie.

Außer dem Häuschen befanden sich auf dem Gelände jede Menge Pfähle und Kästen aus Metall, alle akkurat aufgestellt, die die Luft mit einem ständigen Summen erfüllten. Eingedenk ihrer Erfahrung mit der Eidechse hatte Jimmy den Kindern verboten, diesen Dingern zu nahe zu kommen. So hatten sie sich auf einer kleinen Wiese niedergelassen, die von einem Rechteck aus Betonplatten eingerahmt war, die einzige größere Freifläche innerhalb der Zäune.

»Kannst du mal kommen?« Unversehens war die kleine Mara wieder vor ihnen aufgetaucht.

»Was ist denn?«, fragte Jimmy.

»Ruby geht's nicht gut. Sie ist ganz heiß und hat so komische Flecke.«

Jimmy seufzte. Das war genau das, was ihm noch gefehlt hatte.

»Na los, Dr. Larson«, spottete Rasim neben ihm. »Ihr Patient wartet.«

Jimmy bedachte ihn mit einem ärgerlichen Blick. Dann stemmte er sich an der Wand in die Höhe. »Wo ist Ruby denn? Bring mich zu ihr.«

Zu Jimmys Überraschung ergriff Mara seine Hand und wollte ihn mit sich ziehen.

»Vater werden ist nicht schwer …«, feixte Rasim.

»Du passt auf die anderen auf!«, befahl Jimmy schroff.

Rasim sprang in den Stand und salutierte. »Sir, yes, Sir.«

Jimmy schüttelte den Kopf und ließ sich von Mara um die Ecke des Hauses führen, in banger Erwartung dessen, was er dort zu sehen bekommen würde.

»Super, die Richtung, Coop.«

»Halt die Klappe!«

Sie standen vor einem steilen Abhang. Etwa zwanzig Meter ging es abwärts, eine fast senkrechte Wand aus Lehmerde und lockerem Schiefer. Der Peeyawaukah hatte sich hier sein Bett tief in den weichen Waldboden gefräst. Weiter rechts, also flussabwärts, sahen sie gefährliche Stromschnellen. Die Wand auf der anderen Seite hatte ungefähr die gleiche Höhe, doch soweit Cooper sehen konnte, führte kein direkter Weg auf die andere Seite. Links neben ihnen war eine mächtige Fichte abgerutscht und bildete eine Art natürliche Brücke. Doch ihre Spitze hatte sich auf der gegenüberliegenden Seite etwa zwei Mannslängen unter der Bruchkante des Hanges eingekeilt.

»Und jetzt?«, stocherte Brent weiter. »Was sagt dein Malachauge dazu?«

Tatsächlich war ihr inneres Auge immer noch blind, also blieb ihr nichts anderes übrig, als sich auf dessen äußere Pendants zu verlassen. Sie ließ den Blick noch einmal über den Hang schweifen.

»Da!« Sie zeigte nach links. »Sieht aus, als ob es dort niedriger wird. Vielleicht flacht der Hang so weit ab, dass man runterklettern und den Fluss überqueren kann.«

»Vielleicht wachsen uns Flügel, und wir können rüberfliegen.«

»Bleib doch hier, wenn's dir nicht passt, Feigling«, schnappte Cooper.

»Vielleicht tu ich das wirklich. Ich frag mich schon lange, was ich hier eigentlich mache. Suche Medikamente für eine alte Vettel, die Stacy stets einreden will, was für ein dämlicher Scheißprolet ich bin. Folge einer Bekloppten, die meint, sie würde Signale von einem Malach empfangen, oder Visionen von ihrem toten Vater hat oder …«

»Sei still, Brent!«

»Du kannst mir nicht einfach …«

»Halt einfach die Schnauze!«, zischte sie. »Da kommt irgendwas.«

Stille. Die Bäume wuchsen direkt bis an die Bruchkante, sodass man nicht allzu weit sehen konnte. Beide lauschten angestrengt in das Grün. Fast dachte Cooper schon, sie hätte sich geirrt, da war auf einmal ein Knacken zu hören. Gedämpft. Noch weit entfernt. Aber ohne Zweifel bahnte sich irgendetwas Größeres seinen Weg in ihre Richtung.

»Von wo kommt das?«, flüsterte sie.

»Ich glaub, längs des Canyons«, antwortete Brent ebenfalls im Flüsterton und wies in die Richtung, in die sie sich gerade hatte wenden wollen.

Während sie gesprochen hatten, waren die Geräusche lauter geworden. Eindeutig bewegte sich etwas oder jemand mit großer Geschwindigkeit auf sie zu. Für einen Moment hatte Cooper das merkwürdige Gefühl, selbst der Läufer zu sein, und sie sah die Bäume und Büsche wie bei einer wilden Jagd an sich vorbeirasen. Sie schüttelte den Kopf.

Ein großes Gebüsch zehn Meter vor ihnen verwehrte ihnen die Sicht. Ein Stück weiter schienen bereits die Wipfel einiger kleinerer Bäume zu zittern. Cooper sah, wie Brent neben ihr eine gespannte Haltung einnahm. Sie spürte ihren eigenen Herzschlag schneller werden.

Das Gebüsch vor ihnen begann zu zittern und …

Etwas brach daraus hervor …

»Stacy!«

»Cooper, Brent! O mein Gott!«

Ihre Wangen leuchteten dunkelrot in ihrem ansonsten blassen Gesicht. Die Haare völlig zerzaust, an ihrer Kleidung klebten Dreck und Laub. Sie wirkte eher wie irgendeine schräge Waldhexe. Sie stolperte die letzten Meter, die sie noch trennten, und kam knapp vor ihnen zum Stehen. Keuchend. Ihre Augen waren schreckgeweitet.

Sie gestikulierte wild. »Die Malachim! Wir müssen hier sofort verschwinden!«

Während Brent seine Freundin mit erstaunten Blicken anstarrte, ging Cooper auf sie zu und ergriff ihre Schultern. »Stace, was redest du da? Komm, beruhige dich.«

»Nein.« Ihre Stimme wurde schriller. »Er … sie verfolgen mich. Sie werden uns töten. Wir müssen weg, so schnell wie möglich.«

»Aber …«, setzte Cooper erneut an, als ein lautes Rascheln aus der Richtung, aus der Stacy gekommen war, sie zum Verstummen brachte. Sie und Brent warfen sich einen kurzen Blick zu.

»Sie kommen! Lauft!« Stacy riss sich los, packte dann Cooper am Handgelenk und zerrte sie in die andere Richtung.

»Vielleicht hat sie recht«, meinte Brent. »Wenn es viele sind, sollten wir lieber kein Risiko eingehen, Coop.«

Das Rascheln wurde immer lauter, das Knacken von Zweigen, das Brechen von dicken Ästen.

»Okay, ist gut, Stacy.« Sie streifte Stacys Hand ab und begann zu laufen.

Lauf nicht weg.

Sie blieb wieder stehen. Die Stimme hatte klar und deutlich in ihrem Innern geklungen.

»Cooper, was ist?«, rief Stacy nervös und stoppte ebenfalls. »Komm doch!«

»Er ist es«, murmelte Cooper. »Endlich. Ich muss ihn sehen.«

»NEIN! DAS LASS ICH NICHT ZU!«

Stacys Stimme klang in Coopers Ohr, aber sie verstand den Sinn ihrer Worte nicht. Sie war viel zu beschäftigt mit ihren eigenen Gedanken und Empfindungen, mit dem unbedingten Wunsch nach einem Zusammentreffen.

Stacy schrie erneut, packte dann Brent, der neben ihr stand, am Kragen seiner Jacke und riss ihn mit dem Gesichtsausdruck einer Furie mit sich, auf Cooper zu. Mit einer Kraft, die ihr wohl niemand zugetraut hätte, rammte sie Cooper. Diese spürte, wie sie am Rand des Canyons das Übergewicht bekam. Instinktiv griff sie nach Brent und Stacy, während sie unaufhaltsam über die Kante rutschte und unter ihr die Erdbrocken bereits den steilen Hang hinabfielen.

Dann stürzten alle drei in den Abgrund …

11

Cooper fühlte sich, als hätte ein Riese sie verschluckt und wieder ausgespuckt. Sie wusste nicht, wie weit der Fluss sie schon mitgerissen hatte. Sie war mehr als einmal kurz vor dem Ertrinken gewesen.

Noch schlimmer hatte es Stacy erwischt, die von der Strömung mit dem Kopf gegen einen Felsen geschleudert worden war und halb ohnmächtig in Coopers Armen lag. Cooper tat ihr Bestes, den Kopf ihrer Freundin über Wasser zu halten, auch wenn das bedeutete, dass ihr eigener Kopf immer wieder untergetaucht wurde.

Links und rechts flog das Ufer oder vielmehr die steilen Canyonwände in rasender Geschwindigkeit an ihr vorbei. Sie verfluchte den Rucksack, der sie zusätzlich nach unten zog, aber solange sie Stacy festhalten musste, konnte sie ihn nicht abstreifen. Ein paarmal hatte sie versucht, ans Ufer zu gelangen, aber ihre Beine allein waren zu schwach, um gegen den unbarmherzigen Sog des Flusses anzukämpfen.

Stacys Kopf ruckte hin und her. Ihre Augen waren halb geschlossen, und von ihrer Stirn rann stetig ein dunkles Rinnsal. Was, zum Teufel, hatte sie sich nur gedacht, sie alle in diese Lage zu bringen?

Wieder wurde Cooper von einem Strudel herumgeschleudert und nach unten gezerrt.

Wasser.

Dunkelheit.

Ein scharfer Stoß im Rücken.

Luft, um Gottes willen!

LUFT!

LUUUUUUUFT!

Endlose Sekunden kämpfte sie verzweifelt darum, wieder nach oben zu gelangen, wo immer oben gerade sein mochte. Endlich durchstieß ihr Kopf wieder die Oberfläche. Sie zog Stacy erneut auf sich.

Ein brüllendes Tosen hinter ihr ließ sie den Kopf herumreißen. Erst konnte sie nichts als schäumendes Wasser und neue Stromschnellen ausmachen. Doch dann sah sie es.

Ein gutes Stück voraus, just neben einem halb ins Wasser gestürzten Baumstamm, gähnte in der felsigen Wand des Abhangs ein großes Loch, kreisrund und etwa mannshoch. Von einem Halbkreis aus verwittertem Beton eingefasst, also von Menschenhand geschaffen, um eine Art Kanal vom Fluss abzuzweigen. Dem Tosen und Schäumen am Rand des Lochs nach zu urteilen, ging es direkt dahinter steil nach unten.

Cooper begann, panisch mit den Beinen zu schlagen. Vom Fluss mitgerissen zu werden, war schlimm genug, aber der Gedanke, dieses Martyrium in der unterirdischen Dunkelheit einer uferlosen, endlos langen Röhre zu erleben, machte sie fast verrückt vor Angst.

Doch sosehr sie auch strampelte, die Strömung, die das abfließende Wasser des Kanals erzeugte, zog sie mit unwiderstehlicher Gewalt aus der Mitte des Flusses immer weiter herüber nach links, wo das schwarze Loch gähnte wie ein hungriger Schlund.

Brent.

Wo war nur Brent? Vielleicht könnte er …

Sie riskierte einen Blick über die Schulter, auch wenn das bedeutete, vorübergehend wieder unter Stacys Gewicht zu versinken und Wasser zu schlucken. Weit hinter ihr tanzte Brents Kopf auf den Wellen, verschwand kurz hinter einer Stromschnelle, tauchte wieder auf. Er würde ihr nicht helfen können.

Wie erwartet, wurde sie im nächsten Moment von der Strömung unter Stacy gedrückt, doch es gelang ihr, rechtzeitig nach Luft zu schnappen. Diesmal schaffte sie es ohne allzu große Atemnot zurück an die Oberfläche.

Sie drehte sich wieder um, und der Schrecken fuhr ihr erneut in die Glieder. Das Loch war ein riesiges Stück näher gerückt. Dann fiel ihr erneut der abgestürzte Baumstamm direkt daneben auf. Er war offensichtlich vom Rand des Canyons heruntergefallen, aber das Wurzelwerk war zwischen zwei Felsen eingeklemmt, während die Baumkrone ins Wasser ragte. Wenn es ihr nur gelänge ...

Cooper schlug mit den Beinen, paddelte, strampelte.

»Hilf mir, Stacy!«

Sie wusste, dass ihre Bitte vergebens war. Stacys Kopf rollte vor ihrem Gesicht hin und her. Ihr nasser Schopf nahm Cooper den Atem und den Großteil ihrer Sicht.

Der Baum rückte näher ...

Näher ...

Zu weit rechts ...

O mein Gott!

Nur ein bisschen ...

Wieder näher ...

JA.

Ein gewaltiger Ruck fuhr durch ihren Arm, als sie die freie Hand in das Geäst der Baumkrone krallte. Mit einer Kraftanstrengung, die kleine Sternchen vor ihren Augen tanzen ließ, zog sie sich und Stacy hinter zwei Äste, sodass ihre Körper dazwischen eingekeilt waren.

Sie tat ein paar Atemzüge, bis wenigstens die Sterne vor ihrem Blickfeld wieder verschwunden waren, dann schaute sie sich um.

Kaum zwei Armlängen neben ihr klaffte das Loch. Wie sie vermutet hatte, fiel das Wasser ein bis zwei Meter hinter der Öffnung in eine ungewisse Tiefe. Der Anblick jagte ihr einen weiteren Schauer über den Rücken.

»COOOOOP!«

Brent.

Mit einer mörderischen Geschwindigkeit kam er auf sie zugerauscht. Cooper wollte sich schon mit Stacy von ihm wegdrücken, um nicht aus ihrer »Verankerung« gerissen zu werden, aber Brent war trotz aller Schwierigkeiten der letzten Tage ihr Freund und hatte ihr Dutzende Male das Leben gerettet. Sie streckte den freien Arm nach ihm aus.

»Hierher, Brent! Schwimm hier rüber!«, schrie sie, doch ihre Stimme wurde vom Brausen des unsichtbaren Wasserfalls verschluckt.

Brent aber hatte offenbar zumindest ihren Arm gesehen. Er strampelte mit aller ihm verbliebenen Kraft in ihre Richtung, während der Strom ihn unbarmherzig mit sich riss.

Sein Kopf mit dem ausgestreckten Arm hüpfte und tanzte auf den Stromschnellen wie ein Gummiball. Cooper streckte ihren Arm so weit sie nur konnte, ohne Stacy loslassen zu müssen oder ihren eigenen Halt zu verlieren.

Brent rauschte heran.

Cooper hörte sich selbst schreien.

Dann spürte sie eine Berührung und griff zu.

Wieder riss es ihren Arm fast aus dem Gelenk. Für einen Moment bestand sie nur aus zwei Händen, die sich eisenhart an das krallten, was auch immer sie gerade festhielt. Dann wagte sie es, die Augen wieder aufzumachen.

Brent hing buchstäblich an ihrer Hand, seine Füße schon von der Dunkelheit des Lochs verschluckt, die Augen schreckgeweitet. Sie sah, wie sich seine Lippen bewegten.

Nicht loslassen!

Ihre Finger krampften. Sie spürte, wie seine Haut Millimeter um Millimeter an ihrer entlangrutschte. Wieder bewegten sich seine Lippen.

Hilf mir, Cooper!

Sie drückte ihre Finger zusammen, so fest sie konnte. Dann spürte sie ein seltsames Prickeln auf der Haut.

Erschrocken starrte sie Brent an, sah, wie seine Finger begannen, mit ihren zu verschmelzen.

Sie ließ los.

NEIIIIIIN.

Einen Augenblick später verschwand Brent im gähnenden Schlund.

Cooper wusste später nicht mehr, wie lange sie und Stacy zwischen diesen beiden Ästen gehangen hatten. Schmal und steil, wie der Canyon war, gab es unten keine Möglichkeit, die Sonne zu verfolgen. Woran sie sich aber Jahre später noch erinnerte, war die Kälte, die ihr immer mehr zu schaffen machte. Am Ende hatten sich ihre Hände so taub angefühlt, dass sie nicht wusste, ob sie sich überhaupt noch an den Ästen festklammerte oder einfach nur von der Strömung dagegen gepresst wurde. Stacy war immer noch bewusstlos. Nur ein Stöhnen hier und da signalisierte, dass sie überhaupt noch lebte. Das Allerschlimmste aber war die Müdigkeit. Immer häufiger ertappte sie sich bei dem Gedanken, dieser Schwere einfach nachzugeben …

… die Augen zu schließen …

… loszulassen …

… davonzutreiben …

Bis irgendeine scharfe Welle oder ein Stück Treibgut gegen ihr Gesicht schlug und sie wieder in die eisige Wirklichkeit zurückholte.

Ewigkeiten verstrichen. Wurde es im Canyon dunkler, oder verließ sie ihr Sehsinn? Den Teil ihres Körpers, der ständig der Kälte des Wassers ausgesetzt war, spürte sie kaum noch. Manchmal rammte sie eines ihrer Knie mit Absicht gegen die Äste unter der Oberfläche, nur um sich zu vergewissern, dass ihre Beine noch da waren.

Zu guter Letzt verließ sie ihr Verstand.

Vater!

Er watete durch das Wasser, als ob es ihm keinerlei Widerstand bot. Mit kräftigen, zielstrebigen Schritten. So, wie er ihr früher entgegengegangen war, wenn sie von der Schule nach Hause gekommen war. Gleich würde er sie in die Arme nehmen. Er würde sie hochheben und in die Luft werfen, wieder und wieder.

Vater!

Sie spürte den festen Griff seiner Hände und den Ruck, als er sie an sich riss. Dann … war da nichts mehr.

David Tenson kam aus dem Staunen kaum noch heraus. Für einen Moment vergaß er sogar die Schmerzen, die ihm sein Bein verursachte. Mit einiger Mühe war er der Frau und dem Malach durch den Wald gefolgt. Sein Bein machte ihn langsam, dennoch wurde er Zeuge, wie die Frau zwei andere Menschen mit sich in den Fluss stürzte. Von seiner Position aus konnte er auch sehen, wie sie von der Strömung mitgerissen wurden.

Dann rannte ihn der Malach bei dem Versuch, an der Kante des Canyons den dreien zu folgen, beinah über den Haufen. Im letzten Moment konnte sich David ins Unterholz retten. Der Malach hatte ihn offenbar nicht mal bemerkt.

Im Halbdunkel zwischen Buschwerk und Farnen harrte er aus, bis das Rascheln, das der Malach verursachte, schwächer wurde. Schließlich wagte er es, den Kopf aus der Deckung zu stecken. Alles schien ruhig. Vor ihm war die Stelle, an der er die drei hatte stürzen sehen. Er hatte das Bild noch lebhaft vor Augen. Eine kleine, recht zierliche Frau mit kurzem dunklem Haar und ein großer schlanker Kerl mit Blondschopf und Modelgesicht. Beide waren von der Frau, die er zuvor belauscht hatte, den Canyon hinuntergerissen worden.

Sehr zu Davids Freude hatte der junge Kerl zuvor seinen Rucksack abgesetzt. David hatte schon eine ganze Weile weder gegessen noch getrunken. Hoffnungsvoll machte er sich über den Rucksack her. Und was er darin fand, übertraf seine kühnsten Erwartungen. Kaffee, eine Flasche Whisky, Fleischkonserven … David konnte es kaum glauben. Selbst etwas Verbandsmaterial, um damit sein Bein behandeln zu können.

Alkohol war im Elysion verboten. Erst vor wenigen Wochen hatte der Pontifex zwei Schwarzbrenner hinrichten lassen. David konnte sich nicht erinnern, wann er das letzte Mal etwas getrunken hatte. Er nahm den Whisky und wiegte die Flasche bedächtig in der Hand. Nach allem, was er in den vergangenen Stunden hatte ertragen müssen, hatte er sich einen kleinen Schluck durchaus verdient.

HAGGARD'S SINGLE MALT
Triple Distilled Whisky
18 Years Old

Das Etikett kündete von besseren Tagen. Die Jahresangabe würde wahrscheinlich um mindestens ein Jahrzehnt neben der Wahrheit liegen, was seine Vorfreude nur noch verstärkte.

Mit dem Gefühl, eine sakrale Handlung zu vollziehen, schloss er die Finger um den Drehverschluss und …

Plötzlich Hundegebell.

David zuckte zusammen und konnte gerade noch verhindern, dass ihm die Flasche aus der Hand rutschte. Vorsichtig ließ er sie in den Rucksack gleiten und horchte in den Wald.

Da war es wieder. Noch weit entfernt, aber unüberhörbar, schien es mitten aus dem Wald zu kommen.

Er schulterte den Rucksack und überlegte kurz. Vielleicht war das nur irgendein Köter, der durch die Gegend strich. Bei ihrem Exodus aus den Städten hatten viele Menschen in der Not ihre Haustiere zurückgelassen, deren verwilderte Nachkommen nun die Wälder bevölkerten. Trotzdem konnte er kein Risiko eingehen. Leider wehte momentan eine leichte Brise aus Richtung des Flusses in den Wald hinein. Es war also relativ egal, wohin er sich wandte. Falls die Hunde und deren eventuelle Besitzer ihm nachspürten, würden sie ihm auf den Fersen bleiben. Für einen kurzen Moment erwog er, den gleichen Weg zu nehmen, den die drei vorhin genommen hatten. Allerdings befürchtete er, in den Stromschnellen zu ertrinken oder schon beim Sprung in den Fluss auf einen Felsen aufzuschlagen. Also beschloss er, weiter am Rand des Canyons entlangzuwandern.

Das Hundegebell kam immer näher. Er schluckte das mulmige Gefühl hinunter und machte sich auf den Weg.

»Wird sie sterben?«

Maras rundes Kindergesicht sah so ungeheuer sorgenvoll aus, dass Jimmy es wahrscheinlich putzig gefunden hätte, wäre der Anlass nicht so ernst gewesen.

»Nein, wird sie nicht«, antwortete er dem Kind beruhigend.

Er hoffte, dass das nicht eine glatte Lüge war. Tatsächlich hatte er überhaupt keine Ahnung. Vor ihm lag die fiebernde Ruby, der Körper über und über mit kleinen roten Punkten bedeckt. Sie konnte nicht einmal mehr Jimmys Fragen beantworten. Von Mara hatte er erfahren, dass sie, wie Mara selbst, aus dem Waisenhaus kam und sieben Jahre alt war. Ihre Eltern hatten versucht, mit ihr zurück in die Stadt zu flüchten, aber die Malachim hatten sie aufgespürt. Jimmy brauchte nicht weiterzufragen. Es war klar, wie die Geschichte ausgegangen war.

Er überwand seine eigene Angst vor Ansteckung und legte eine Hand auf Rubys Stirn. Fast alle anderen »Bewohner« des Umspannwerks umstanden sie in gebührlichem Abstand.

»Und?«, fragte Mara bang.

»Heiß. Aber das ist normal. Weißt du, das Fieber hilft ihr, wieder gesund zu werden.«

Er hoffte, dass es irgendwie beruhigend klang. Dabei war er sich bewusst, dass alle anderen Kinder und die paar Jugendlichen in seinem Alter in diesem Moment an seinen Lippen hingen, als wäre er so etwas wie ein Herrgott. Er musste gegen den Impuls ankämpfen, irgendwen anzuschreien.

»Was hat sie?«, fragte Mara.

Jimmy zuckte mit den Schultern. »Keine Ahnung. Masern oder Windpocken vielleicht.«

»Was ist das?«

Er atmete tief durch, dann stand er auf. Mittlerweile hatte sich auch Rasim zu den Neugierigen gesellt, wie er missmutig feststellen musste. »Es ist eine Krankheit, Mara. Nur eine Krankheit. Du warst doch auch schon mal krank, oder?«

Mara überlegte, dann nickte sie entschieden. »Letzten Winter hatte ich Husten und ebenfalls Fieber.«

»Und du bist wieder gesund geworden, richtig?«, fragte Jimmy.

»Ja. Belle hat auf mich aufgepasst.«

»Siehst du. Dann müssen wir jetzt auch auf Ruby aufpassen.«

»Belle hat mir auch Hustensaft gemacht und Tee gegen das Fieber. Können wir das auch machen?«

War das ein Grinsen in Rasims Gesicht? Mann, Jimmy hasste diesen Typen geradezu. »Ich schau mal, was ich tun kann, okay?«

»Dann komm mal kurz mit«, sagte Rasim auf einmal. »Ich hab da vielleicht was Interessantes entdeckt.«

Überrascht sah Jimmy ihn an. Von ihm hatte er am wenigsten Hilfe erwartet.

Einige Minuten später standen er und Rasim auf einem schmalen Streifen zwischen dem inneren Zaun und dem kleinen Häuschen. Nervös beobachtete Jimmy eine Gruppe von fünf Malachim außerhalb des Zauns, deren lidlose Augen wiederum jeder ihrer Bewegungen zu folgen schienen. Er fühlte sich wie eine Maus unter Katzen. Was hielt die Malachim nur in diesem seltsamen Lauerzustand?

»Und? Was sagst du?«, fragte Rasim, den die Nähe ihrer Feinde weniger zu bekümmern schien.

Jimmy wandte sich wieder dem eigentlichen Objekt ihres Interesses zu. Auf dem Grasstreifen vor ihnen befand sich ein Betonquader von gut einem Meter Kantenlänge. Darin wiederum befand sich ein Ring aus Metall, in dem ein leicht gerundeter, ebenfalls metallener Deckel saß. In dessen Mitte befand sich ein kleines Rad mit vier Speichen und an der Seite ein Scharnier.

»Eine Art Tür«, murmelte Jimmy.

»Hundert Punkte, würd ich sagen«, feixte Rasim. »Und?«

»Und was?«

»Und probieren wir, sie zu öffnen?«

Jimmy rieb sich das Kinn. Irgendwie war ihm bei dem Gedanken, was sich unter dem Metalldeckel verbergen mochte, mulmig zumute. Andererseits war ihre Lage mehr als verzweifelt. Womöglich würden noch andere Kinder erkranken. Wasser hatten sie schon gar nicht mehr, obwohl ihr Bedarf gerade eine neue Dringlichkeit bekommen hatte. Es ging wirklich kaum noch schlimmer. Er selbst war müde und fühlte sich bleischwer. Am liebsten hätte Jimmy alles stehen und liegen lassen und sich irgendwo schlafen gelegt.

»Okay«, sagte er stattdessen. »Probieren wir's.«
Gemeinsam versuchten sie das Rad zu drehen, doch es saß fest.
»Los!«, kommandierte Rasim. »Mit Schmackes auf drei!«
Doch auch damit hatten sie keinen Erfolg.
»Bist du sicher, dass wir in die richtige Richtung drehen?«, fragte Jimmy.
»Na hör mal, du kleiner Nerd«, antwortete Rasim in gespielter Empörung. »Rechtsrum fester, linksrum lockerer. Das weiß doch jedes Baby.«
»Na, wenn ich dich nicht hätte«, gab Jimmy sarkastisch zurück. »Kann es sein, dass das Ding irgendwie verriegelt ist?«
Rasim zuckte mit den Schultern. »Ich denk eher, seit Jahrhunderten nicht mehr bewegt worden.«
»Tja, dann ist uns dieser Weg wohl verschlossen«, befürchtete Jimmy.
»Mal nicht so schnell aufgeben«, gebot Rasim.
Jimmy sah ihn fragend an.
»Warte mal kurz«, sagte Rasim.
»Hast du ein Glück, dass ich sonst gerade nichts vorhabe.«
Rasim verschwand hinter der Ecke des Gebäudes. Ein paar Augenblicke später kam er mit einem kopfgroßen Stein zurück.
»Mein Vater war Schlosser«, sagte er grinsend. Staunend sah Jimmy zu, wie Rasim mit dem Felsen ein paarmal seitlich auf das Rad einhieb. »Staucht das Gewinde und löst es dadurch«, kommentierte er keuchend zwischen zwei Schlägen.
Jimmy betrachtete ihn skeptisch. Schließlich legte Rasim den Stein zur Seite und winkte Jimmy herbei. Beide umfassten sie das Rad und strengten sich erneut an.

Mit einem leisen Knirschen begann es sich zu drehen. Jimmy war so überrascht, dass er für einen Moment innehielt.

»Handwerkermagie, Alter«, sagte Rasim, als hätte er seine Gedanken gelesen.

Er grinste und hob eine Hand zum High Five. Widerwillig schlug Jimmy ein. Dann hoben sie gemeinsam den Deckel an, der sich mit einem Mordskreischen im Scharnier drehte. Jimmy ertappte sich dabei, wie er einen bangen Blick auf die Malachim warf, aber das Geräusch hatte sie nicht aus ihrer seltsamen Starre gerissen.

Dafür versammelten sich nun die Kinder und Jugendlichen um sie und sahen ihnen neugierig zu.

»Wow!«, sagte Rasim, als er in das Loch sah, das der Deckel bisher verschlossen hatte.

»Scheiße«, sagte Jimmy.

Finsternis.

Kälte.

Schmerz.

Brent konnte kaum atmen, so heftig presste das Wasser ihn gegen das Metallgitter. Oder zumindest vermutete er, dass es das war. Eine Ewigkeit lang hatte das Wasser ihn durch eine undurchdringliche Nacht gespült, bis er kaum noch wusste, wo oben und wo unten war. Als er schon geglaubt hatte, er wäre in seinem persönlichen Orkus angekommen, hatte ihn ein schmerzhafter Aufprall aus seiner Lethargie gerissen. Nun klebte er hier wie im Netz einer riesigen Spinne, nur dass das Netz in seinem Rücken aus Metall war und mit jeder Sekunde tiefer in sein Fleisch zu schneiden schien, während nur noch sein Kopf aus dem Wasser ragte.

Cooper.

Noch nie hatte ihn jemand so hängen lassen. Dabei hatte er sie immer haben wollen. Doch er hatte schnell begriffen, dass Cooper nicht der Typ Mädchen war, an den man auf die gleiche Weise herankam wie etwa an Stacy. Deswegen hatte er ihr Zeit gelassen, hatte gewartet, ihr seine Freundschaft und Treue bewiesen, immer und immer wieder.

Er war dumm und naiv gewesen, aber damit würde jetzt Schluss sein. Fast hätte er bei diesem Gedanken laut aufgelacht, doch seine schmerzenden Rippen ließen das nicht zu. Gott, hätte es nur einen Weg gegeben, hier rauszukommen, dann hätte er Cooper …

Für ein paar Momente schwelgte sein Geist in den krassesten Gewaltphantasien, die immer mehr ins Sexuelle abglitten, und die Furcht trat in den Hintergrund. Doch die Kälte holte ihn schließlich zurück in die Wirklichkeit, wo nicht er der Herrscher war, sondern der Beherrschte.

Es war vorbei. Er würde hier unten verrecken, und Cooper würde leben, um weiterhin ihrem lächerlichen Traum von der verlorenen Kindheit nachzujagen. Bis hierhin hatte er sie für ihre Naivität und ihren Dünkel eher belächelt, jetzt empfand er blanken Hass. Als ob ihr toter Versager von einem Vater sie zu etwas Besserem machte. Er hätte ihr dafür hundertmal ins Gesicht spucken sollen.

Sein Rücken begann von der Kälte und dem ständigen Druck taub zu werden, was sich noch schlimmer anfühlte als der Schmerz. Die Finsternis war dick und zäh. Sie schien sich um ihn zu drängen, als wollte sie ihn ersticken. Ihm wurde übel, und er übergab sich in das Wasser, das ihm bis zum Kinn stand. Sein Körper fühlte sich so ausgemergelt und dünn an.

Dünn, immer dünner, ließ er alles fahren, den Gedanken an die eigene Substanz. Er spürte, wie ihn der Raum auf der anderen Seite fortzog. Das Gitter glitt durch seinen Körper. Kaum gehorchte er noch der Strömung des Wassers. Er flog, schwebte dahin, durch die ewige Finsternis der Tunnel dieser Anderwelt.

Seltsame Dinge berührten seinen Körper – riesige Schaufeln, Motoren, Ventile, Kupplungen, die er fühlte, statt sie zu sehen. Ein ums andere Mal kehrte die Kälte zurück und verschwand wieder. Schließlich wich sie einer wohligen Wärme.

Die Wärme wurde zu Hitze.

Die Hitze wurde zu Glut.

Ein neuartiges Gefühl breitete sich über ihn aus. Als ob ihn die Strahlen eines dunklen Lichts durchdrangen. Er fühlte, wie sich seine Reise ihrem Ziel näherte. Er fühlte eine andere Präsenz. Er fühlte, wie sie seine Substanz abtastete, prüfte und erprobte …

Und schließlich willkommen hieß.

»Hallo«, klang es zwischen seinen Schläfen. »Ich bin ein Bote, und ich brauche deinen Körper.«

Cooper konnte den Blick nicht von ihm lösen. Es war ihr peinlich. Dann war es ihr peinlich, dass es ihr peinlich war. Wieso sollte es den Malach kümmern, wenn sie ihn anstarrte? Fühlten diese Wesen überhaupt irgendwas?

Aber das war alles zweitrangig, denn in diesem Moment saß kein Monster vor ihr, sondern ihr Vater.

Ihr war schwindlig. Sie hatte das Gefühl, jeden Moment von dem Baumstumpf zu fallen, auf den sie sich hatte setzen müssen. Dann verschwamm das Bild vor ihren Augen, und das Monster trat wieder hervor. Das bittersüße Gefühl, das sie bei dem Anblick davor verspürt hatte, zerstob von einem Sekundenbruchteil zum anderen. Die Tränen, die ihre Augen beinahe gefüllt hätten, versiegten sogleich. Zurück blieb eine seltsame Wehmut. *Tu es noch mal,* wollte sie bitten.

»Wie lange kannst du das?«, fragte sie stattdessen.

»Einige Sekunden, dann kehrt der Körper zur Form der Prägung zurück«, antwortete er.

Hatte er wirklich gesprochen? Schon öfter in der letzten halben Stunde, nachdem sie erwacht war, war ihr gewesen, als ob nur sie seine Stimme vernehmen konnte. Allerdings nicht mit den Ohren, sondern in ihren Gedanken. Sie warf Stacy einen verstohlenen Blick zu und wünschte sich sogleich, sie hätte es nicht getan. Furcht und Ekel verzerrten die Züge ihrer Freundin zu einer Grimasse.

»Du brauchst vor ihm wirklich keine Angst zu haben, Stace«, sagte sie. »Er ist anders.«

Stacy wandte sich wortlos ab, brannte mit ihren Blicken Schneisen in den Wald.

»Ich würde ihm doch nicht erlauben, bei uns zu bleiben, wenn ich Angst hätte, er könnte dir etwas tun, Süße«, fügte Cooper hinzu.

Keine Reaktion außer das Wedeln ihrer Hand, mit dem Stacy eine Mücke verscheuchte. Cooper seufzte. Zwecklos. Sie wandte sich wieder dem Malach zu.

»Wo hast du ihn gesehen?«

»In dem Labor unter der Erde, wo er meine Brüder in diese Welt bringt. Dort.«

Coopers Blick folgte seinem Zeigefinger, doch wo er hinwies, war nichts als Wald. Natürlich. Sie kam sich dumm vor.

»Wie weit ist es von hier?«

Er bückte sich und bohrte seinen hautlosen Zeigefinger in den Boden. »Von hier aus drei Komma sechs vier zwei null fünf Kilometer bis zur Schranke des Geländes.«

Cooper bemühte sich, eine ernsthafte Miene beizubehalten. Gleichzeitig kam ihr der Gedanke, dass das wohl das erste Mal in ihrem Leben war, dass ein Malach sie fast zum Lachen brachte.

»Was macht er da?«, fragte sie dann.

»Er vergrößert das Kollektiv.«

»Du meinst, er macht noch mehr Malachim?«

»Richtig.«

Sie verdrängte die zwiespältigen Gefühle, die diese Antwort bei ihr hervorriefen. Sie wollte sich selbst nicht die Freude verderben.

»Ich hab's immer gesagt. Er lebt. Hast du gehört, Stace? Stace? – Stacy?«

Keine Antwort. Aber als Cooper den Kopf wandte, sah sie Stacy noch immer am Waldrand sitzen. Cooper war kurz davor, zu ihrer Freundin hinzugehen und ihr ein paar links und rechts zu verpassen. Stattdessen versuchte sie sich klarzumachen, wie unverständlich und bedrohlich das alles für Stacy sein musste. Sie brauchte einfach etwas Zeit. Cooper ermahnte sich zur Geduld.

Sie wandte sich wieder dem hautlosen Geschöpf zu. »Kannst du uns dort hinbringen?«

Der Malach streckte einen Arm aus, wollte ihn um Coopers Hüfte schlingen.

Diesmal konnte sie das Lachen nicht mehr unterdrücken. »Nein«, sagte sie, nachdem sie sich wieder beruhigt hatte. »Ich meinte nicht wieder diese Tarzan-und-Jane-Nummer, sondern einfach … Kannst du uns den Weg dorthin zeigen?«

Der Malach nickte.

Cooper sprang auf. »Dann los!«

Dann aber sah sie an sich herunter. Ihre Kleidung tropfte. Vor kaum einer halben Stunde hatte der Malach sie und Stacy aus dem Fluss gezogen. Sie hatte elenden Hunger und fror wie ein Schneider. Aber sie hatte das Gefühl, dass nichts und niemand sie aufhalten konnte.

Der Malach setzte sich in Bewegung, marschierte wortlos stromabwärts. Cooper folgte ihm.

»Stacy. Kommst du?«

Keine Reaktion.

»Hey, halt mal an.«

Sofort verharrte der Malach regungslos. Ein Teil von ihr wollte sich in dem Gefühl suhlen, dass eine der seltsamsten Kreaturen dieses Planeten tat, was sie wünschte, aber erst musste sie ein Problem lösen.

Sie kniete sich vor Stacy und suchte ihren Blick, doch ihre Freundin wich ihr aus. »Stace, ich verstehe ja, dass dir das alles nicht geheuer ist …« Stacys Mundwinkel zuckten verächtlich. Cooper ermahnte sich innerlich zur Geduld. »Ich meine, wenn du willst, kann ich ihn ja bitten, ob er sich die Hände fesseln lässt oder so was? Was hältst du davon?«

Stacy brach in hämisches Gelächter aus.

Cooper platzte der Kragen. »Was soll jetzt dieses blöde Gegacker?«

»Blöde?«, schrie Stacy in einer Lautstärke, die Cooper zusammenfahren ließ. »Das muss ich mir von der Frau, die Brent auf dem Gewissen hat, bestimmt nicht sagen lassen!«

Cooper schnappte nach Luft. »Brent auf dem Gewissen?«, brüllte sie »*Ich?* Wer hat uns denn in diesen Scheißfluss gestoßen? Und was kann ich dafür, wenn dein sauberer Freund mal wieder voll auf Teer ist und versucht, mit meiner Scheißhand zu verschmelzen, während ich diesem Idioten das Leben retten will? Und wenn du es genau wissen willst, Brent hat mich auch noch hinter deinem Rücken angebaggert.«

Stacy, die bis dahin so getan hatte, als ob sie überhaupt nicht zuhören würde, fuhr zusammen, als hätte sie eine Hornisse gestochen. »Was sagst du da?«

Ihre Augen schienen auf einmal vor Zorn zu glühen. So wütend hatte Cooper sie noch nie gesehen. Ihre eigene Rage wich einem Gefühl der Scham. »Nichts, Stacy. Vergiss es, okay?«

»Du willst ihn nur schlecht machen, um von deinem schlechten Gewissen abzulenken!«

»Ich habe gesagt, vergiss es, Stacy.«

Beide schwiegen sie eine Weile lang, die Blicke ineinander verkrallt wie zwei Revolverhelden vor dem Showdown.

Cooper war die Erste, die den Kopf senkte. Leise sagte sie: »Ich verschwinde jetzt hier. Komm mit oder lass es bleiben.«

Damit drehte sie sich um und …

Ein Schuss krachte.

Unwillkürlich suchte Cooper Deckung hinter einem Baum, und Stacy ließ sich auf die Knie fallen, duckte sich und kreuzte die Arme überm Kopf.

Für Sekundenbruchteile schwiegen sogar die Vögel. Dann setzten die Geräusche des Waldes nach und nach wieder ein.

»Wo kam das her?«, murmelte Cooper halblaut.

»Dorther.« Der Malach wies stromaufwärts. Es klang wie eine schlichte Feststellung.

Einer plötzlichen Eingebung folgend fragte Cooper: »Wie weit weg?«

»Der Wind weht in unsere Richtung«, antwortete der Malach. »Etwa fünftausendsechshundert Meter mit einer Toleranz von zehn Prozent.«

Cooper schüttelte ungläubig den Kopf. »Wer immer das war, ich lege keinen Wert darauf, ihm zu begegnen.«

Sie und der Malach schritten voran, und als Cooper nach zwei Minuten einen Blick über die Schulter warf, folgte Stacy ihnen schweigend in ein paar Meter Abstand.

Ein dünner Rauchfaden kräuselte sich aus der Mündung der Schusswaffe. McCann sicherte die Pistole und steckte sie zurück in seinen Gürtel. Dann beugte er sich über den reglosen David Tenson.

»Sorry, Mann«, sagte er. »Das musste sein. Ich hatte keine Wahl.«

David Tenson schüttelte die Schreckstarre ab, in die ihn der Knall des Schusses versetzt hatte.

»Du kannst jetzt aufstehen«, sagte McCann und zwirbelte sich gut gelaunt den Bart.

Mühsam, so gut es mit gefesselten Händen ging, wechselte David von den Knien auf die Füße, peinlich darauf bedacht, nicht in die Blutlache zu treten, die aus dem Kopf von McCanns niedergeschossenem Bandenmitglied sprudelte.

»Auf Nimmerwiedersehen, Ears«, sagte McCann, »du selten dummes Arschloch.«

Er ließ den Blick über seine Männer schweifen. Die Gesichter, die er sah, verrieten ihm, dass seine Botschaft angekommen war.

»Hat irgendwer irgendwas zu ergänzen?«, fragte er und legte die Hand hinters Ohr.

Niemand sagte etwas. Ein paar Männer wandten den Blick ab.

McCann grinste. »Schön, dass ihr mir alle zustimmt.«

Er winkte David, ihm zu folgen. Als sie außer Hörweite der übrigen Männer waren, bedeutete er ihm, stehen zu bleiben.

»Ranger?«, fragte er und deutete auf die Tätowierung auf Davids Unterarm.

»Erstes Bataillon«, antwortete David.

»Mein Vater war Kompanieführer im Dritten.«

»Ah, Major McCann. Ich erinnere mich. Exzellenter Soldat.«

»Aber ein ganz, ganz übler Vater«, ergänzte McCann grimmig. Als er Davids peinlich berührten Gesichtsausdruck sah, begann er schallend zu lachen. »Friede seiner Asche. Immerhin hat er mir immer wieder sehr drastisch beigebracht, dass ein Anführer niemals zulässt, dass er oder seine Entscheidungen infrage gestellt werden.«

»War das das Problem mit …?«

McCann nickte. »Ears, genau. Mein Beta-Männchen. Jetzt mein Ex-Beta-Männchen. Er hat die wichtigste Regel für die Rudelführernachfolge nicht beachtet.«

»Stärker sein als das Alphatier?«

»Sic!«

Die beiden grinsten sich an. David bemühte sich, sich seinen Respekt vor der Kampfklasse seines Gegenübers nicht allzu sehr anmerken zu lassen. Der Mann hatte eben, ohne mit der Wimper zu zucken, einen Konkurrenten erschossen, nur weil dieser David als seinen Gefangenen beansprucht hatte. In Wahrheit hatte David nicht das geringste Verständnis für einen derartigen Gewaltexzess. Allerdings musste er zugeben, dass Meuterei in seiner Zeit als Anführer einer Einheit ein recht unwahrscheinliches Phänomen gewesen war und die Regeln für McCann sicherlich deutlich rauer waren, als er es je hatte erfahren müssen.

»Was ist mit dem Bein passiert?«, fragte McCann. »Warst du auf 'nem Barbecue und hast den Schenkel auf den Grill gelegt?«

»Könnte man so sagen.«

McCann zog eine längliche Stahlschachtel aus seiner Beintasche und entnahm ihr eine waschechte Zigarre. David gingen die Augen über. So etwas hatte er seit Ewigkeiten nicht mehr gesehen.

McCann bemerkte seinen Blick und grinste. »Auch eine? Echte Havanna in perfektem Zustand. Ich bin wahrscheinlich der einzige Mann mit einem funktionierenden Humidor in der ganzen verdammten Stadt.«

David nickte. »Da sag ich nicht Nein.«

McCann löste Davids Fesselung.

»Danke.« David rieb sich die Handgelenke.

McCann zog einen Spitzenschneider aus der Stahlschachtel, köpfte die Zigarre fachmännisch und reichte sie David, bevor er mit einer zweiten das Gleiche tat. Dann förderte er ein altmodisches Luntenfeuerzeug zutage.

»Ah …«, sagte David. »Kein Aerosol.«

»Verdirbt nur den ersten Zug.« McCann grinste. »Und der ist noch immer der beste.«

Er entzündete Davids Zigarre, dann seine. Schweigend pafften die beiden eine Weile vor sich hin. David spürte, wie sein Kreislauf von der ersten Nikotindosis ins Schlingern geriet und ihm leicht schwindlig wurde.

Seine Hände zitterten, und er merkte auch, dass sich auf seiner Stirn ein Schweißfilm bildete. So unauffällig wie möglich vertraute er sein Gewicht dem Baum an, vor dem er stand.

McCanns Blick ruhte derweil auf einem Spatz, der sich in ihrer Nähe niedergelassen hatte. »Schwäche zu kaschieren ist in unseren Tagen immer eine weise Entscheidung, nicht wahr?«

McCann grinste, ohne ihm ins Gesicht zu sehen.

Wieder schwiegen sie eine Weile. Die Luft in der kleinen Senke, in der sie standen, war muffig und schwer.

Abermals war es McCann, der das Wort ergriff. »Nur falls es dir nicht aufgefallen ist. In meiner Truppe gibt es neuerdings eine Vakanz.«

»Ist kaum zu übersehen.«

»Als Ranger hast du bestimmt ein gutes Nahkampftraining genossen.«

»Ich war Ausbilder für Close Quarter Combat.«

McCann pfiff anerkennend durch die Zähne. »Umso besser. Genau, was ich brauche. Unsere Feinde sind harte Brocken, aber mit diesen Leichtmatrosen dort hinten möchte ich nicht mal gegen ein Seniorenheim antreten.«

»Wer sind eure Feinde?«, fragte David, der die Antwort schon ahnte.

»Die Malachim.« McCann blickte ihm direkt in die Augen.

David stieß einen anerkennenden Pfiff aus. »Warum die Malachim?«, fragte er. »Warum nicht irgendwelche Chaosfürsten oder Kriegsgewinnler, Schieber, Profiteure …«

McCann machte eine wegwerfende Handbewegung. »Geld ist mir egal. Der einzige Zweck unseres Daseins ist es, diese Pest vom Antlitz dieses Planeten zu tilgen.«

»Ich habe noch nie einen von ihnen sterben sehen.«

»Du bist aus dem Elysion.« Es war eine Feststellung, keine Frage.

»Merkt man das so deutlich?«, wunderte sich David. »Ich könnte doch auch aus der Stadt hierhergeflüchtet sein.«

»Erstens geht außer mir und diesem Halunkenpack dort hinten kein Stadtbewohner freiwillig in diese grüne Hölle. Und zweitens«, McCanns Blick glitt an ihm herab, »ihr habt alle so etwas Sackleinenes an euch.«

David verglich still ihre Kleidung. Es stimmte. Hätte er sich selbst in diesem Aufzug vor dem Bürgerkrieg auf der Straße gesehen, er hätte sich für einen Komparsen in einem Mittelalterschinken gehalten. Weit entfernt von McCanns zwar kräftig gealterter, aber eindeutig industriell gefertigter Camouflage.

»Aber zurück zu den Malachim«, unterbrach McCann seine Gedanken. »Sagen wir, mir stehen gewisse hilfreiche Techniken zur Verfügung, bei deren Anwendung deine speziellen Fähigkeiten sehr gelegen kommen.«

David verstand nicht, was sein Gesprächspartner meinte, nickte aber so verständig er eben konnte.

McCann streckte die geöffnete Hand aus. »Also Deal?«

»Was ist da für mich drin?«

Für einen Moment starrte McCann ihn verdutzt an. Dann begann er brüllend zu lachen. Ein paar seiner Männer starrten neugierig zu ihnen herüber. McCann lachte und lachte …

Dann zog er ansatzlos seine Pistole aus dem Gürtel, setzte David die Mündung an die Stirn und spannte den Hahn. »Wie wär's mit deinem Leben?«

Tief atmen! Gesichtsmuskulatur entspannen!

»Und wenn du mich nicht erschießt, zerfleischen mich die Malachim oder deine Männer.«

McCann legte zwei Finger an Davids Hals. »Puls kaum erhöht.«

»Anti-Folter-Training.«

McCann ließ die Hand sinken. Dann entspannte er den Hahn, sicherte die Pistole erneut, steckte sie weg und verschränkte die Arme. »Gefällt mir. Was willst du?«

David zeigte auf sein Bein. »Den kriegen, der mir das angetan hat.«

McCann lächelte. »Rache. Eines der besten Motive, die es gibt. Dein Wunsch wird erfüllt. Dafür verlange ich allerdings hundertprozentige Loyalität. Ein falsches Wort, und ich puste dein Gehirn bis in die Stratosphäre.«

»Ich hab keine solchen Ambitionen wie dein Exadjutant da.« Mit einem Kopfnicken wies David in die Richtung, in der die Leiche lag. »Macht interessiert mich nicht. Ich bringe deinen Männern bei, wie man kämpft, und dann gehe ich.«

McCanns Blick bohrte sich tief in den seinen. Der Mann wäre ein exzellenter Verhörspezialist gewesen, dachte David.

Offensichtlich gefiel McCann, was er sah, denn er klopfte David auf die Schulter. »Fein«, sagte er. »Aber jetzt musst du noch etwas anderes für mich tun.«

»Schon Nachverhandlungen?«

»Sagen wir, ein kleiner Loyalitätsvorschuss. Dieser Rucksack da.« Er zeigte auf die Hinterlassenschaften des seltsamen Trios, die David an sich gebracht hatte. »Weißt du, wo der Besitzer ist?«

»Die grobe Richtung jedenfalls. Das waren aber nur drei halbe Portionen, fast noch Kinder. Kennst du sie? Was willst du von denen?«

McCann antwortete zunächst nicht, sondern sah ihn nur schweigend an. Für einen Moment schienen seine

Augen in Flammen zu stehen. »Verstehe«, sagte er schließlich. »Mehr Antwort ist nicht nötig.«

McCann lächelte sein Haifischlächeln.

»Ich habe Angst, Jimmy Larson.«

Die kleine Mara schaute ihn mit großen Kinderaugen an, in denen bereits das Wasser stand. Er wusste, dass er irgendetwas Beruhigendes sagen sollte. Leider fiel ihm nichts Besseres ein als: »Ich auch.«

Es war die schlichte Wahrheit. Vor ihnen im Boden gähnte ein schwarzes Loch. Es sah aus, als hätte die Erde auf einmal ein klaffendes Maul bekommen, um die Kinder im Umspannwerk zu verschlingen. Aber dieses Loch war auch ihre einzige Möglichkeit, der misslichen Lage an der Oberfläche zu entkommen.

Außerhalb des Zauns, der sie umgab, lungerte eine Armee von hautlosen Monstern. Ihre grässlichen Körper wiegten sich hin und her, als wären sie in einer Art Dämmerzustand. Jimmy wusste nicht, was dieses Verhalten zu bedeuten hatte, und er wollte es auch gar nicht herausfinden. Im Augenblick war der Elektrozaun alles, was ihn und die anderen Kinder vor diesen seltsamen Wesen schützte, doch auch wenn er gesehen hatte, was der Zaun mit einem der Malachim gemacht hatte, konnte sich Jimmy nicht vorstellen, dass er wirklich auf Dauer ein unüberwindliches Hindernis für sie darstellte.

Umgekehrt allerdings war die Umzäunung genau das. Er und Rasim wären vielleicht mit etwas Geschick und Glück darüber hinweggekommen, irgendetwas wäre ihnen schon eingefallen. Aber bei den kleineren Kindern wie Mara und insbesondere Ruby, die vor Fieber glühte und offensichtlich mit ihren toten Eltern sprach, war das ausgeschlossen. Doch Jimmy würde sie nicht zurücklassen, keinen von ihnen, so viel stand fest.

Allerdings war er sich nicht sicher, dass Rasim das genauso sah. Er warf dem dunkelhäutigen Jungen einen verstohlenen Blick zu. Rasim war ganz in den Anblick der Einstiegsluke versunken. Ohne ihn hätte Jimmy das Ding wohl nicht einmal aufbekommen.

Außer Ruby, die sie im Schatten des kleinen Hauses abgelegt hatten, und dem kleinen Martin, der sie bewachte, hatten sich alle Kinder um das Loch versammelt. Die Sonne brannte unerbittlich auf sie hinab. Ihre Essensvorräte gingen zur Neige, das wenige Restwasser, das sie noch hatten, war für Ruby bestimmt. Sie hatten keine Zeit zu verlieren.

»Na dann los!«, sagte Jimmy.

Niemand rührte sich. Unverständnis und Verwirrung in den meisten Gesichtern. Nur Rasim sah aus, als wollte er sich jeden Moment vor Lachen ausschütten.

»Was?«, fragte Jimmy ärgerlich.

Rasim verdrehte die Augen, dann trat er an Jimmy heran, legte ihm die Hand ans Ohr und flüsterte: »Du musst das schon ein bisschen erklären.«

»Was soll das heißen?«, zischelte Jimmy aufgebracht zurück und so laut, dass es jeder hören konnte. »Ich meine, wir müssen eben einfach da runter. Was gibt's da noch zu erklären?« Die Augen der anderen Kinder wurden noch größer.

»Na ja«, erwiderte Rasim immer noch flüsternd. »Ein guter Anführer würde es erklären. Eine Rede halten oder so.«

Es fehlte nicht viel, und Jimmy hätte mit dem Fuß aufgestampft. »Ich hab dir schon tausendmal gesagt, dass ich kein Anführer bin!«

»Ja, Alter. Weiß ich doch, aber die da«, er wies mit dem Daumen auf die restlichen Kinder, »die wissen's nicht.«

Jimmy hatte für ein paar Sekunden die anderen vergessen. Die meisten von ihnen wirkten regelrecht verzweifelt. Auch wenn Jimmy es nicht wahrhaben wollte, er wusste genau, dass Rasim recht hatte. Resigniert stieß er einen leisen Seufzer aus und fügte sich in sein Schicksal.

»Hört mal«, begann er, und sogleich erschien ein Hoffnungsschimmer in den Augen der Umstehenden. Er wäre am liebsten noch in derselben Sekunde weggelaufen, stattdessen sprach er weiter. »Ihr wisst, wie die Lage ist. Wir sind kurz vorm Verdursten, das Essen reicht vielleicht noch einen halben Tag. Keiner weiß genau, was Ruby hat und ob es vielleicht tödlich ist oder ansteckend oder so. Ihr wisst schon.« Die Kinder hingen gebannt an seinen Lippen. Er schien den richtigen Ton zu treffen. »Draußen vor den Zäunen steht eine Armee Malachim. Irgendwie scheinen sie zu schlafen, aber das könnte sich jeden Moment ändern, und ihr habt alle gesehen, was sie mit Patrick gemacht haben. Also, wenn wir hier oben bleiben, sind wir bald alle verdurstet oder verhungert oder zerfleischt oder todkrank oder alles zusammen.«

Er merkte, wie ihn das Gewicht der eigenen Worte vorantrieb. Vielleicht war es gar nicht so schlecht, der Anführer dieser Gruppe zu sein. Er überlegte, was so ein Anführer noch alles sagen würde, um zu erreichen, was er wollte.

»Dort unten wartet zwar ein ungewisses Schicksal auf uns, aber hier oben erwartet uns der sichere Tod.«

Das klang gut. »Also müssen wir wohl oder übel nach unten in die Dunkelheit, klar?«

Er sah sich um, doch das Ergebnis seiner Rede war ernüchternd. Entsetzen in allen Augen. Mara war in Tränen ausgebrochen. Sogar einer der Größeren weinte. Nur neben Jimmy war ein leises Kichern zu hören.

»Ich hatte da eigentlich mehr an etwas Ermutigendes gedacht«, flüsterte Rasim. »Aber ansonsten war das große Klasse, Alter. Echt wuchtig.«

Jimmy fuhr herum in dem fast unwiderstehlichen Impuls, Rasim eine reinzuhauen. Doch dann kam ihm eine ungleich bessere Idee.

»Du bist ziemlich kräftig gebaut«, sagte er so laut, dass es jeder hören konnte.

»Findest du.« Rasim fühlte sich sichtlich geschmeichelt. »Mein Vater war Amateurringer. Äh ... haben mir jedenfalls die Leute erzählt.«

»Dann weißt du ja, wie man jemanden festhält.«

»Na ja, schon. Äh ... wie meinst du das?«, fragte Rasim schon etwas misstrauischer.

»Nun, Ruby kann da sicher nicht runterklettern. Irgendwer muss sie sich auf den Rücken packen.«

»Alter, spinnst du?«, rief Rasim. »Das geht nicht. Das kann ich nicht!«

»Klar geht das. Wir nehmen meinen und deinen Gürtel und binden sie dir damit auf den Rücken. Du bist echt kräftig, du kriegst das hin. Da kann nichts passieren.«

»Nein.« Rasim schüttelte vehement den Kopf und verschränkte die Arme vor der Brust. »Darum kannst du mich nicht bitten.«

»Von Bitten war nicht die Rede. Immerhin bin ich hier der Anführer.«

Jimmy sah, wie Rasims Züge entglitten. Verblüfft starrte er sein Gegenüber an. Dann verfinsterte sich seine Miene, und er wollte wissen: »Und du? Was ist mit dir? Warum trägst du sie nicht selbst?«

»Ich werde vorankletterm«, entgegnete Jimmy. »Wenn irgendwo eine Sprosse locker sitzt oder uns dort unten einer von den Malachim erwartet, bin ich der Erste, der es herausfindet. Oder möchtest du tauschen?«

Rasim kaute auf seiner Unterlippe. Doch schließlich wich sein Missmut einem breiten Grinsen. »Schon okay, Alter. Das war echt chefmäßig. Hast mich überzeugt.«

12

»O mein Gott.«

Es waren Stacys erste Worte seit Stunden, wenn auch nur geflüstert. Ausnahmsweise teilte Cooper ihr Entsetzen. Vorsichtig hob sie ihren Kopf etwas weiter aus dem Buschwerk, in dem sie sich versteckt hatten. Sie befanden sich direkt am Waldrand, und vor ihnen lag eine große Lichtung. Und direkt gegenüber auf dem Hügel stand das Gebäude aus Coopers Träumen. Jetzt wusste sie, dass es keine Träume waren. Sie hatte dieses Gebäude schon einmal gesehen. Mit den Augen des Malach, der neben ihr hockte.

»Azrael?«

Er drehte sich um. Den Namen hatte sie ihm gegeben. Er war ihr auf dem Weg hierher eingefallen. Sie hatte sich an ein altes Buch aus dem Regal ihres Vaters erinnert, so ein richtiger Lederfoliant mit braunen Seiten, die sich zwischen ihren Fingern mürbe und brüchig angefühlt hatten. Sie konnte sich nicht mehr an den Titel erinnern, aber es war etwas über Engel gewesen. Ihr Vater hatte ihr daraus ein bisschen vorgelesen, und Azrael war einer der Namen, an den sie sich erinnerte.

Jetzt hatte sie ihren eigenen Engel. Nicht so hübsch wie auf den Bildern des Buches, aber mindestens so mächtig.

»Ist es das?«, fragte sie.

Er nickte.

»Das müssen ja Hunderte sein«, flüsterte Stacy.

Cooper schwieg und ließ ihren Blick über die Lichtung schweifen. Ein Meer von Köpfen. Köpfe ohne Haare und Haut. Seltsam starre Augen. Die Körper wiegten sich hin und her.

Malachim, wohin man nur blickte.

Stacy ergriff Coopers Schulter. Ihre Finger fühlten sich klamm an. »Cooper, ich bitte dich. Lass uns hier verschwinden.«

»Das kann ich nicht, und das weißt du, Stace.«

»Was meinst du damit?«, fragte ihre Freundin verzweifelt.

»Wir sind kurz vorm Ziel. Da drinnen sind die Medikamente für Big Mama.«

»Erzähl mir keinen Scheiß, Cooper Kleinschmidt. Die Medikamente interessieren dich doch überhaupt nicht.«

Erschrocken über Stacys schrillen Ton fuhr Cooper herum. »Schrei gefälligst nicht so laut. Oder willst du, dass sich diese Monster auf uns stürzen?«

»Falls du es noch nicht gemerkt hast, einer von denen sitzt direkt neben dir«, fauchte Stacy giftig. »Woher willst du wissen, dass der nicht gleich seinen Kumpels Bescheid gibt?«

Cooper schüttelte den Kopf. Ihre Freundin war kaum noch wiederzuerkennen. Seit sie sich auf die Suche nach dem Geheimlabor gemacht hatten, pendelte ihr Gemütszustand zwischen Jammerlappen und Furie, und es wurde immer schlimmer. Stacy hatte ihrer aller Leben riskiert, als sie sie in den Fluss gestoßen hatte, und Brent war möglicherweise tatsächlich draufgegangen. Nun ja, Coopers Trauer darüber hielt sich nach ihren letzten gemeinsamen Erlebnissen allerdings in Grenzen.

Jedenfalls wurde immer offensichtlicher, dass Stacys wahres Problem Coopers Hoffnung war, ihren Vater zu finden. Stacy war eifersüchtig, das war völlig klar. Auch wenn Cooper nicht die geringste Ahnung hatte, warum. Die Suche nach ihrem Vater mochte ein lächerlicher Traum sein, aber irgendwie hatte sie bisher gedacht, dass Stacy sie verstehen würde. Immerhin war sie eine Waise, genau wie Cooper selbst. Big Mama war sicherlich die beste Ersatzmutter, die sich die beiden hätten wünschen können, aber das war eben nicht das Gleiche wie richtige Eltern, auch wenn der Unterschied für Cooper nicht leicht zu erklären war.

Sie wandte den Blick ab und sagte: »Azzy und ich hier gehen da jetzt rein, Stace. Ist mir ehrlich gesagt echt egal, was du davon hältst.«

Sie war überzeugt davon, dass Stacy ihnen ohnehin folgen würde. Obwohl sie faktisch jeden von Coopers Schritten zu missbilligen schien, hatte sie dennoch an ihr und Coopers neuem Gefährten geklebt wie Pech. Der Gedanke amüsierte Cooper fast ein bisschen. Sogar das leise Schluchzen, das sie jetzt hinter sich vernahm, konnte sie nicht erweichen, im Gegenteil.

Was war nur aus ihnen geworden? Sie sah Azrael an, der regungslos neben ihr verharrte, als ob ihn die ganze Diskussion nichts anginge. »Was ist mit deinen Kumpels?«

Er wandte ihr das Gesicht zu. Es war das gleiche hautlose Gesicht wie das der anderen dort vor ihnen. Muskeln und Sehnen, die sich bewegten wie ein Nest voller winziger Schlangen. Aber sie konzentrierte sich ganz auf seine Augen, und das wirkte. Allmählich vergaß sie, den Rest als etwas Besonderes wahrzunehmen.

»Ich bin nicht mehr mit dem Kollektiv verbunden«, antwortete Azrael.

»Ich weiß. Aber hast du eine Idee, was mit denen los sein könnte? Ich meine, machen die ein Nickerchen oder ist das Stehmeditation oder was?«

»Ich weiß es nicht. Aber sie sind keine Gefahr für euch.«

Cooper runzelte die Stirn. »Nicht? Wie meinst du das?«

»Sie greifen nicht an.«

»Wir verstecken uns ja auch.«

»Sie haben uns längst entdeckt.«

»Woher willst du das wissen?«

»Hörst du das Getrampel der Ameisen da vorn?« Sein Finger wies auf eine Stelle jenseits des Busches, in dem sie saßen.

»Nein, natürlich nicht. Warum … Oh, willst du etwa sagen, dass …?«

Azrael nickte.

Sie kam sich unendlich dumm vor. Da saß sie in einem Busch wie ein kleines Kind beim Versteckspiel, dabei war sie längst gefunden worden …

Ein paar Minuten später bewegten sie sich durch die Malachim, die, wie sie nun herausgefunden hatten, das Gebäude ringförmig umstellt hatten, wozu auch immer sie das taten. Cooper hatte einige Zeit mit sich und ihrer Angst gerungen, aber schließlich hatte ihre Neugier gesiegt und der Wille, mehr über ihren Vater in Erfahrung zu bringen.

Wie sie vermutet hatte, war Stacy ihr gefolgt. Wieder klebte sie förmlich an ihr und Azrael, und diesmal konnte Cooper es ihr kaum verdenken. Ehe Cooper sich versah, hatte ihre Freundin ihre Hand ergriffen, die sie von da an so fest gedrückt hielt, dass Coopers Finger allmählich zu kribbeln begannen. Unter anderen Umständen hätte sie Stacys Griff abgeschüttelt, aber sie hatte wahrhaft andere Sorgen. Die Malachim standen so dicht, dass es kaum möglich war, zwischen ihnen hindurchzuschlüpfen, ohne sie zu berühren.

Nach einer Weile sah sie nichts mehr als diese grauenvollen Leiber um sich herum. Ein ums andere Mal erschrak sie heftig, als sie glaubte, eine dieser Gestalten würde sich auf sie zubewegen, doch es war Azrael, der ein paar Meter neben ihr seinen eigenen Weg durch seine ehemaligen Mitgeschöpfe suchte.

»Cooper, um Himmels willen«, zischte es an ihrer Seite.

Sie musste an sich halten, um nicht zu schreien. »Halt bitte einfach die Klappe, Stacy.«

»Aber sieh nur. Ihre Augen.«

Cooper wusste, was Stacy meinte. Die Blicke der Malachim folgten ihnen. Das ganze Kollektiv schien sie zu beobachten. Sie merkte, wie ihre Knie weich wurden. Wo war überhaupt das Ziel? Azrael hatte gesagt, er wollte sie zum Haupteingang …

Azrael?

Wo …?

O mein Gott. Sie konnte ihn nirgends mehr sehen. Er war verschwunden, nur die sich sanft wiegenden Körper der anderen.

Andere?

Was war, wenn er einen Weg zurück in sein Kollektiv gefunden hatte? Was war, wenn er die anderen in diesem Moment aufhetzte, sie weckte oder was auch immer?

Erneut ergriff die Angst Besitz von ihr, schnürte ihr die Kehle zu, vernebelte ihr die Sicht. Sie wollte nur noch rennen und schreien.

Sie riss sich von Stacys Hand los und sprang nach vorn, prallte gegen einen der Leiber, taumelte, fühlte, wie sich zwei klebrige Arme um ihren Körper schlangen. Sie schlug um sich, doch der Griff wurde immer fester, während Stacy hinter ihr einen unverständlichen Schrei ausstieß.

»Laufen ist unter diesen Umständen nicht zielführend«, stellte eine Stimme nüchtern fest.

»Azrael, bist du das?«

»Ich bin das Individuum, dem du diese Bezeichnung zugeordnet hast.«

»Versteh mich nicht falsch, aber wenn du mich nicht loslässt, werde ich dich, glaube ich, beißen oder so was.«

Der Griff um ihren Körper lockerte sich, und sie glitt aus seiner Umklammerung, nur um beinahe gegen einen der anderen Malachim zu stolpern.

Kaum dass sie ihr Gleichgewicht gefunden hatte, tauchte Stacy neben ihr auf und ergriff wieder Coopers Hand. »Tu das nicht noch mal«, sagte Stacy in einem Tonfall, der eine Mischung aus Anklage und Jammern war.

Cooper nahm ihre Umgebung in Augenschein. Malachim, wohin sie nur sah, und alle Blicke waren auf sie und Stacy gerichtet. Es war, als ob die ganze Welt nur noch aus Fleisch und diesen unnatürlich blauen Augen bestand. Es war kein bisschen weniger Furcht einflößend als noch vor ein paar Sekunden, aber ihre Panik hatte die Spitze verloren. Vor gar nicht langer Zeit war sie beinahe in einem Fluss ertrunken. Sie konnte sich noch lebhaft daran erinnern, und irgendwie half ihr der Gedanke in diesem Moment.

»Azrael, ist es noch weit?«, fragte sie.

»Fünfhundertzweiundfünfzig Meter bis zum Haupteingang.«

»Worauf warten wir dann noch?«

Brent konnte sich kaum sattsehen. Tausende von Augen folgten jedem seiner Befehle, und in diesem Moment war sein ganzes Interesse auf die Person gerichtet, die ihn hierhergebracht hatte.

Cooper.

Er genoss es, sie von allen Seiten gleichzeitig anzustarren. Die blanke Panik in ihren Augen zu sehen. Ihren Angstschweiß zu riechen. Beinahe hätte er dem Kollektiv befohlen, sich auf sie zu stürzen und sie mit bloßen Händen zu zerreißen, aber das wäre zu billig gewesen. Viel zu billig für das, was sie ihm angetan hatte. Die Schmerzen, die Todesangst, die unendliche Einsamkeit und nicht zuletzt, dass sie es gewagt hatte, ihn abzuweisen. Sie würde dafür bezahlen, aber er selbst würde derjenige sein, der Hand an sie legte. Und vorher würde er Stacy und diesen Abtrünnigen vor ihren Augen zermalmen, um sie gebührend auf ihr eigenes Ende vorzubereiten.

Und das Schönste an der ganzen Sache war, dass er das Wild nicht zu jagen brauchte. Nein, es kam zu ihm.

Er ließ seine Glieder durch die Kühlflüssigkeit gleiten und genoss das immer stärker werdende Brennen der unsichtbaren Strahlung. Bei alledem durfte er nicht vergessen, dass er eine Aufgabe hatte, die noch wichtiger und größer war als die Rache an der Mörderin seines alten Selbst.

Die Vernichtung der Menschheit.

Denn nichts weniger als das war es, was jene fremde Präsenz ihm aufgetragen hatte, nachdem sich ihre Körper miteinander verbunden und sie ihm die Macht über das gesamte Kollektiv übertragen hatte. Es würde noch eine Weile dauern, bis sich seine Kontrolle über seine neuen Brüder gefestigt hatte. Bis dahin würde er weiter hier unten im Dunkeln sitzen und warten wie die Spinne in ihrem Netz.

Jimmy hatte das Gefühl, als würden seine Arme aus den Schultergelenken gerissen. Es war bittere Ironie, dass er mit seiner Prophezeiung recht behalten hatte. Tief unter ihm schlug die eiserne Sprosse, der er dummerweise sein Gewicht anvertraut hatte, in der unergründlichen Dunkelheit auf.

»Was ist los?«, hörte er über sich Rasims Stimme.

Ein heiseres »Stopp!« war alles, was Jimmy über die Lippen brachte.

Seine Schuhe schabten über die raue Wand, während er sich an der Sprosse über seinem Kopf festklammerte.

Ruhig, Brauner.

Die Worte seines Vaters klangen ihm im Ohr. Er ließ die Beine auspendeln und atmete tief durch. Die Sprossen waren nicht so weit auseinander. Die letzte, die seine Füße gerade verlassen hatten, musste etwa auf Höhe seiner Knie sein. Er bewegte die Beine ein wenig, zog eins an und spürte erleichtert das Eisen an seiner Fußspitze.

Er hob den Fuß weiter an, bis er den sicheren Tritt ertasten konnte, dann zog er den anderen Fuß nach.

»Alles wieder in Ordnung?«, erklang es über ihm.

»Hier fehlt eine Sprosse!«, rief Jimmy nach oben. »Etwa sechs Eisen unter dir. Taste lieber, bevor du ins Leere trittst, und warn die anderen!«

»So eine Scheiße!«, schimpfte Rasim.

Jimmy ignorierte die Bemerkung. Er musste immer noch die Lücke überklettern. Vorsichtig ließ er seine rechte Hand zwei Sprossen tiefer gleiten und packte fest zu, dann schob er seinen linken Fuß langsam in die Tiefe, tiefer und tiefer, bis er wieder etwas Festes spürte. Es dauerte etwas weniger als zwei Minuten, bis er die Lücke schließlich hinter sich gebracht hatte. Er war schweißgebadet.

»Du kannst jetzt nachkommen, Rasim!«, rief er nach oben.

»Bestimmt nicht, du Volltrottel!«

»Warum nicht?«, rief Jimmy erstaunt. »Was ist los?«

»Das klang eben nach ziemlicher Akrobatik. So als ob du's gerade so geschafft hast.«

»Mein Bein war keinen Zentimeter zu lang, wenn du das meinst«, stimmte Jimmy zu.

»Und wie sollen die Kleineren das schaffen? Gehirn schon wieder abgeschaltet, Herr Oberschlau? Wir klettern jetzt schon mindestens eine halbe Stunde. Es ist stockdunkel, bis auf diesen fernen Lichtpunkt dort oben, der genauso gut eine andere Galaxis sein könnte, und es ist ein verdammtes Wunder, dass noch keiner der Kleineren abgestürzt ist. Und wenn ich ehrlich bin, wird das Gör auf meinem Buckel langsam schwerer als Blei.«

Den letzten Teil flüsterte er gerade so laut, dass er in dem Getrappel und Geflüster der nachrückenden Kinder von oben wohl nur für Jimmy hörbar war.

Jimmy kam sich unendlich dumm und überhaupt nicht mehr anführermäßig vor. Er hatte nur an sich selbst gedacht.

»Und jetzt?«, fragte er unsicher in die Dunkelheit.

»Keine Ahnung, Mann. Zurück, schätze ich. Wenn das überhaupt zu schaffen ist.«

Das war nicht zu schaffen, und Jimmy war sich sicher, dass auch Rasim das wusste. Der Gedanke, dass er sie alle dem Tod geweiht hatte, senkte sich wie ein Felsbrocken auf seine Seele. Auf einmal war sein Kopf voll von Bildern abstürzender Kinder, und eine Weile konnte er an nichts anderes denken. Doch dann keimte plötzlich ein hoffnungsvoller Gedanke in ihm auf.

»Vielleicht ist irgendwo bereits ein Eingang, und wir haben ihn nur nicht bemerkt. Gib mal nach oben durch, dass alle links und rechts von sich tasten sollen.«

»Oh, Alter. Du glaubst auch noch an den Weihnachtsmann!«

»Tu es einfach, Rasim!«

Seufzend führte Rasim den Befehl aus, und Jimmy hörte, wie das Kommando nach oben durchgegeben wurde wie ein Echo, das sich entfernte, leiser und von einem Ruf zum Wispern und dann zum Flüstern wurde. Schließlich war nichts mehr zu hören. Offenbar waren die Kinder mit Umhertasten beschäftigt. Die Sekunden dehnten sich in der Finsternis zu Ewigkeiten, und mit jedem weiteren Moment des Schweigens schwand seine Hoffnung.

»Hier ist was!« Die Stimme eines Jungen, Steve oder Stephen oder so ähnlich, weit über ihm. »Da ist so ein Rand. Wie der Rahmen bei einer Tür oder so.«

Jimmy spürte, wie der Felsbrocken auf seiner Seele zu bröckeln begann.

»Hier ist Jimmy. Hörst du mich?«, brüllte er.

»Ja«, erklang es von oben.

»Kannst du da hineinklettern?«

Stille.

»Kleiner, was ist?«, rief Jimmy. »Kommst du da dran?«

»Ich trau mich nicht.«

Jimmy seufzte. Warum sollte es auch so einfach sein?

»Passt auf da oben. Ihr klettert jetzt alle wieder ein Stück hoch!«

Sofort erhob sich ein Orchester aus schrillen Entsetzensschreien und wütenden Schimpftiraden.

»Ruhe!«, brüllte Jimmy. »Haltet die Klappe und hört mir einfach zu!« Er wartete ein wenig. Tatsächlich wurde es wieder stiller. »Passt auf. Wir klettern nur ein bisschen zurück. Nur so weit, dass ich in das Ding dort reinkomme. Wenn es ein Ausgang aus dem Schacht ist, ziehen Rasim und ich euch nach und nach rein, okay?«

Keine Zustimmung, aber auch kein Widerspruch. Mehr war wohl nicht zu erwarten.

»Also los!«, kommandierte er.

Maulend setzten sich die Kinder über ihm in Bewegung. Erleichtert atmete er auf.

Erst dann fiel ihm ein, dass er die Lücke nun ein weiteres Mal überklettern musste, nur in umgekehrter Richtung.

Der Pontifex stierte auf die Anzeige, und was er sah, war nicht geeignet, seine ohnehin schlechte Laune aufzubessern. Nicht nur, dass er in seinem Vollrausch ein paar wertvolle Stunden verschlafen hatte. Nein, in dieser Zeit war die Temperatur des Reaktorkerns um weitere neunundvierzig Grad gestiegen.

Das waren gleich zwei schlechte Nachrichten auf einmal. Erstens war seine Hoffnung, es könnte sich um ein vorübergehendes Phänomen handeln, damit zerschlagen. Zweitens stieg die Temperatur deutlich stärker an, als es bei seinen letzten Beobachtungen den Anschein hatte. Das wiederum hieß, dass sich die Kernschmelze nicht seiner ursprünglichen Annahme entsprechend in einer Woche ereignen würde, sondern bereits innerhalb der nächsten ein bis zwei Tage.

Zuerst hatte er diese Einschätzung nicht wahrhaben wollen und die Entwicklung vom Hauptrechner des Instituts extrapolieren lassen. Danach war es zum nüchternen und unumstößlichen Faktum geworden. Das Institut war also dem Untergang geweiht, in weniger als achtundvierzig Stunden würde er nicht mehr hier sein dürfen. Die einzige Frage, die es noch zu beantworten galt, war, ob er seine Arbeit im Feuerball eines künstlichen Vulkans beerdigen oder einem ewigen Dornröschenschlaf anheimgeben wollte. Wäre er allein auf dem verdammten Planeten gewesen, hätte er gewusst, welcher Variante er den Vorzug gegeben hätte. Doch es gab das Elysion dort über ihm, und ohne die Möglichkeit, weitere Malachim zu erschaffen, würde diese Oase des Friedens früher oder später auch noch in Krieg und Anarchie verfallen. Die Menschen waren nun einmal so. Wer wusste das besser als er.

War ein Ende mit Schrecken nicht besser als ein Schrecken ohne Ende? Es war ohnehin ein Gottesurteil, denn kein Mensch konnte voraussagen, wie eine Kernschmelze unter diesen Bedingungen verlaufen würde. Da der Reaktor etwa zwanzig Meter unter der Erde lag, war es durchaus möglich, dass die Oberfläche davon überhaupt nicht betroffen wurde, wenn sich das radioaktive Material einfach durch den Druckbehälter glühte und sich dann den Gesetzen der Schwerkraft folgend in Richtung Erdkern weiterfraß.

Ganz anders sah es allerdings aus, wenn die Überhitzung so stark wurde, dass der Druckbehälter regelrecht explodierte. Radioaktive Gase würden dann durch die explosionserzeugten Spalten im Gestein bis an die Oberfläche und schließlich in die Atmosphäre gelangen. Je nach Wetterlage würden weite Gebiete um das Institut herum radioaktiv verseucht und das Elysion damit unbewohnbar …

Ein ohrenbetäubend schrilles Geräusch riss ihn aus seinen Überlegungen. Für Sekunden war er davon wie gelähmt. Dann dämmerte ihm, dass es sich um einen Alarm handelte, der ausgelöst wurde, wenn einer der Bewegungsmelder einen unbefugten Eindringling innerhalb des Institutsgebäudes meldete.

Wie von der Tarantel gestochen sprang er auf und stürzte in Richtung Tür. Er würde sich wieder in die Sicherheitszentrale begeben müssen, um herauszufinden, mit wem er es zu tun hatte oder ob es sich wieder nur um eine einsame Ratte handelte, die durch das Lüftungssystem den Weg ins Institut gefunden hatte.

Schon war er halb auf dem Gang, als ihm eine schreckliche Idee kam. Was, wenn die Probleme des Reaktors nicht auf technisches Versagen zurückzuführen waren? War es nicht auch gut denkbar, dass er Opfer irgendeiner Form von Sabotage war? Vielleicht war sogar das seltsame Versagen seiner Schöpfungsmaschine auf Manipulation zurückzuführen.

Eigentlich konnte man nur mittels eines Zahlencodes ins Institut gelangen. Er war notwendig, um den Fahrstuhl in Betrieb zu setzen, der das Personal aus der oberirdisch gelegenen Lobby in jene Teile des Instituts brachte, die unter der Erdoberfläche verborgen waren.

Nur noch zwei Köpfe kannten diesen Code. Sein eigener und die kollektive Intelligenz der Malachim.

Jedenfalls hatte er das bisher angenommen. Aber Codes konnten geknackt oder die technischen Anlagen, die zu ihrer Überprüfung dienten, manipuliert werden. Schließlich konnte der Pontifex auch nicht völlig ausschließen, dass irgendein überlebender Beschäftigter des USAILEP den Weg zurück ins Elysion gefunden hatte. Das Institut hatte einmal mehrere hundert Mitarbeiter gehabt. Die meisten davon waren irgendwann abgehauen. Doch war es nicht denkbar, dass einer von ihnen zurückgekehrt war und sein Wissen jenen Kreisen im Elysion angeboten hatte, die seine Herrschaft zu untergraben trachteten? Es mochte weit hergeholt sein, aber er würde kein Risiko eingehen. Auch wenn sein Reich dem Untergang geweiht war, wollte er sich das letzte bisschen Kontrolle nicht entreißen lassen, von wem auch immer.

Das Sicherheitspersonal und die Army hatten ein ganzes Waffenarsenal hier unten zurückgelassen. Er würde sich zu wehren wissen.

McCann klopfte seinem neuen »Adjutanten« auf die Schulter und reichte ihm das Fernglas.

»So was schon mal gesehen?«, fragte er, während David das Glas auf das seltsame schlangenartige Gebäude richtete.

Schweigend starrte David eine Weile hindurch, dann setzte er den Feldstecher ab und schüttelte den Kopf. McCann weidete sich augenscheinlich nicht wenig an dem Ausdruck der Verblüffung in Davids Gesicht.

»Wie viele mögen das sein?«, fragte McCann schließlich.

David zog die Schultern hoch. »Keine Ahnung. Ich kann sie nicht einmal alle sehen, geschweige denn zählen. Sie scheinen sich jedenfalls rund um die Mauer dieses Gebäudes versammelt zu haben. Können Hunderte sein, aber auch Tausende. Wirklich schwer zu sagen von hier aus.«

»Hm.« McCann kraulte sich am Bart. »Ich könnte Kundschafter ausschicken, aber dann riskiere ich, dass die Burschen auf mich aufmerksam werden.«

»Falls das nicht schon längst passiert ist«, warf David ein.

McCann grinste. »Dann hätten wir alle hier unseren letzten Atemzug getan. Nein, mein Freund, ich kenne mich nach all der Zeit ganz gut aus mit diesen Kreaturen. Wir sind hier etwa zweihundert Meter entfernt von ihnen, so weit hören und sehen nicht einmal sie.«

David betete still und heimlich, dass McCann sich nicht irrte. Er mochte sich äußerlich angemessen überrascht geben. Tatsächlich hatte ihn das, was er durch das Fernglas gesehen hatte, in blanken Schrecken versetzt. Malachim scharenweise. Eine ganze verdammte Armee davon. Was mochte sie nur zusammengebracht haben?

»Und jetzt?«, fragte er.

»Klettern wir erst mal von diesem Baum«, antwortete McCann fast fröhlich. Ein bisschen *zu* fröhlich für Davids Geschmack.

Ein paar Minuten später sah er McCann zu, wie dieser seinen Männern am Boden berichtete, was sie gerade gesehen hatten. David, der selbst einmal Männer in den Kampf geführt hatte, musste zugeben, dass er den Kerl dafür bewunderte, wie er es schaffte, seinen

Leuten die Begegnung mit einem schier übermächtigen Gegner auch noch als grandiose Chance zu verkaufen. Am Ende einer kurzen, aber wirkungsvollen Ansprache schienen alle Feuer und Flamme zu sein, das Heer der Malachim anzugreifen. Doch zunächst befahl McCann seiner Gefolgschaft erst einmal Ruhe und eine Mahlzeit. Während die Männer ihr Gepäck abluden und Essen zubereiteten, suchte McCann erneut Davids Nähe.

»Das lief besser, als ich dachte«, sagte er und bot David eine Zigarre an.

»Allerdings«, sagte David und ergriff die Zigarre. »Ich weiß nicht, wovor ich mehr Angst haben soll. Vor deiner Überzeugungskraft oder dem Geisteszustand deiner Männer.«

McCann lachte. »Auf jeden Fall Letzteres, mein Freund«, sagte er dann und gab ihm Feuer. »Außerdem ist mittlerweile der Großteil von ihnen ohne Zweifel süchtig.«

»Süchtig?« David runzelte die Stirn. »Wonach? Sterben?«

McCann paffte mit vergnügtem Gesichtsausdruck an seiner Zigarre. »Scheint so, als hättest du noch nie von Teer gehört. Kennt man das bei euch Waldschraten und Malachim-Arschleckern etwa nicht?«

»Ich fürchte, nein.«

»Es ist das, was zurückbleibt, wenn du diese Monster mit gutem altem Starkstrom grillst. Sieht ein bisschen aus wie flüssiges Pech. Daher auch der Name. Zieh's dir rein, und du bist zu wahren Wundertaten fähig. Kannst durch Wände gehen, deinen Körper durchlässig machen, Dinge auflösen und mit anderen Dingen verschmelzen, hast den Geruchssinn eines Hundes, siehst wie ein Adler, und das Allerbeste: Wer es schluckt, für den verlangsamt sich der Lauf der Dinge. Alles, was passiert, scheint auf einmal in Zeitlupe abzulaufen. Und das bedeutet, du kannst doppelt so schnell reagieren.«

»Klingt ja nach einem echten Wundermittel«, sagte David skeptisch. »Wo ist der Haken?«

»Wie gesagt, es macht süchtig, und zwar schnell und äußerst heftig. Nur einmal genommen, und du willst immer mehr, und ehe du dich versiehst, bist du voll drauf mit Entzugserscheinungen und allem Drum und Dran. Ich hab das selber mal ausprobiert und bin knapp dran vorbeigekommen.«

»Aha. Und trotzdem erlaubst du deinen Männern, sich das Zeug reinzuziehen?«

McCann zwinkerte ihm zu. »Du glaubst gar nicht, wie das die Kampfmoral stärkt. Ich meine, diese Jungs«, er nickte in Richtung seiner Männer, »müssen nicht erst zum Jagen getragen werden, wenn du verstehst. Zwei Tage ohne, und die flehen mich um ein Rendezvous mit diesen Monstern an.«

David schürzte die Lippen und nickte anerkennend. Damit war klar, warum McCanns kurze Ansprache ein derart durchschlagender Erfolg gewesen war. Eine Frage aber brannte ihm gleichwohl auf der Seele. »Aber wie …«

»… will ich gegen diese immense Übermacht bestehen?«, führte McCann den Satz grinsend zu Ende.

David nickte.

»Nun ja, mein Freund. Für genau diese Art von Feinplanung ist bisher immer meine rechte Hand zuständig gewesen, und wenn ich mich recht entsinne, bist das jetzt du. In einer Stunde lieferst du mir einen Angriffs- und Schlachtplan, oder ich lasse dir die Augen ausstechen.«

David spürte, wie ihm das Blut aus dem Gesicht wich. Das musste ein Scherz gewesen sein. Doch aus McCanns

Miene war auf einmal jede Spur von Heiterkeit verschwunden und hatte einer kalten Härte Platz gemacht.

Stumm starrte er David für ein paar Sekunden an, dann drehte er sich wortlos um und ging zu seinen Männern.

»O Mann, was für 'ne kranke Nummer.«

Jimmy entgegnete nichts, aber Rasims Kommentar gab ausnahmsweise auch seine Stimmung wieder. Wie Blinde tappten sie durch diesen Gang, von dem sie nicht wussten, wohin er sie führen würde. Es war stockfinster. Es war feucht und kalt, abgesehen von der regelmäßig wiederkehrenden warmen Brise auf Jimmys Wange, bei der es sich um den fieberheißen Atem der kleinen Ruby Larocca handelte. Jimmy hatte Rasim beim Tragen abgelöst, nachdem sie alle glücklich vom Schacht in den Gang gewechselt waren. Erneut ertappte er sich bei der stummen Frage, wie viele Keime er wohl gerade einatmete.

Die Kleine auf seinem Rücken hatte begonnen, unzusammenhängendes Zeug und Wortfetzen zu lallen. Alle anderen Kinder hinter ihnen waren gespenstisch ruhig. Jimmy konnte es ihnen kaum verdenken. Rubys Zustand und das akustische Zeugnis, das sie davon ablegte, waren mehr als demoralisierend. Zu allem Überfluss hatte einer der kleineren Jungen klare Anzeichen derselben Krankheit entwickelt. Noch konnte er sich auf den Beinen halten, aber in absehbarer Zeit würde auch er getragen werden müssen.

»Ich glaube, wir sind gleich da«, sagte Rasim vor ihm.

Es klang wie Engelsgesang in Jimmys Ohren. Erst dann ging ihm auf, dass diese Formulierung angesichts ihrer momentanen Situation etwas vage war.

»Wo da? Wie meinst du das? Woher willst du das wissen?«

»Eins nach dem anderen, Alter. Achte mal darauf, wie sich der Klang hier drinnen in der letzten Minute verändert hat.«

Er hatte recht. Ihre Stimmen hallten nicht mehr so sehr, wie sie das noch vor einigen Minuten getan hatten. Ohne dass er sagen konnte, warum, vermittelte das auch ihm das Gefühl, dass der Gang in absehbarer Zeit enden würde.

»Und was ist dort vorn?«, fragte er.

»Keine Ahnung«, antwortete Rasim. »Ich persönlich hoffe, es sind ein paar warme Würstchen wie die von Fleischer Johnson. Weißt du, welche ich meine?«

Jimmy kicherte. Zwar ging der Scherz auf seine Kosten, aber irgendwie hatte er sich fast an Rasims ständige Frotzeleien gewöhnt. Und Archibald Johnsons Kräuterbrühwürste waren in ganz Elysion berühmt.

»Stopp!«

Jimmy gab Rasims Kommando nach hinten durch. Füße scharrten im Dunkeln. Ein paar Kinder tuschelten aufgeregt. Das Wort »Ziel« war mehrfach deutlich zu hören. Jimmy sandte ein stilles Stoßgebet zum Himmel, dann tastete er mit einer Hand nach Rasims Rücken.

»Hör auf, mich zu befummeln, Alter«, beschwerte sich Rasim. »Auch wenn du über meine Witze lachst, sind wir deswegen noch lange kein Paar.«

»Hm, vielleicht probiere ich's dann lieber bei Ruby hier. Die ist nämlich echt heiß.«

Rasim stieß ein heiseres Lachen aus. »Das ist voll krank, Alter.«

Jimmy war einigermaßen stolz auf seine ungewohnt schlagfertige Antwort. Ein Teil von ihm kam sich unglaublich geschmacklos dabei vor, Scherze über ein todkrankes Kind zu machen, aber einem anderen Teil gefiel es, nicht immer nur der nette, verantwortungsvolle Jimmy zu sein.

Ein seltsames Zucken in seinem Nacken riss ihn urplötzlich aus seinen Gedanken.

»Hilf mir mal!«, rief er Rasim zu.

»Was ist los?«

»Irgendwas stimmt mit Ruby nicht. Ich will sie auf den Boden legen.«

Erst da fiel ihm auf, dass Ruby seit einiger Zeit keinen Laut mehr von sich gegeben hatte. Er spürte, wie Rasim sich an ihm vorbeitastete, dann verringerte sich das Gewicht auf seinen Schultern. Er drehte sich um, und gemeinsam ließen sie Ruby vorsichtig hinab. Der Boden fühlte sich ungewöhnlich glatt an, fast wie frisch poliertes Holz, allerdings war er dafür viel zu kalt.

Jimmy hörte Ruby leise aufseufzen, als sie das Mädchen endlich hinlegten. Er betastete den zierlichen Körper, der förmlich glühte. Die schmalen Arme fühlten sich fast härter an als der Boden, auf dem sie lagen. Er ignorierte einige fragende Rufe hinter sich.

»Fühl mal«, sagte er zu Rasim.

»Was denn?«

»Fass ihre Arme an.«

Stille. Aufgeregtes Wispern hinter ihnen. Irgendwo tropfte Wasser. Dann wieder Rasims Stimme. »Wow. Als ob sie total die Muskeln anspannt oder so.«

»Was bedeutet das?«, fragte Jimmy sorgenvoll.

»Keine Ahnung. Wär ich Arzt, hätte ich 'ne Praxis in Hollywood.«

»Hä?«

»Vergiss es. Nur so 'n Spruch von meinem Alten. Wir müssen irgendwas für sie tun.«

»Aber was?«

»Sie aus dieser vermaledeiten Finsternis rausbringen«, sagte Rasim. »Das wär schon mal 'ne Idee.«

»Was ist denn nun vor uns?«

»Weiß nich. 'ne Tür, schätz ich. Fühlte sich wie 'ne Klinke an.«

»Na, dann versuchen wir's«, entschied Jimmy.

Er stand auf und tastete sich vorwärts, bis seine ausgestreckten Hände auf etwas Hartes stießen. Auf halber Höhe fanden seine Finger den Griff, von dem Rasim gemeint hatte, es wäre eine Klinke.

»Alter, du glaubst doch nicht, dass so was nicht irgendwie abgeschlossen ...« Rasims Stimme erstarb, als er auf einmal von Licht geblendet wurde. Es war eine eher dämmrige Beleuchtung, doch nach der absoluten Dunkelheit der letzten halben Stunde wirkte es auf sie alle blendend hell.

Als sich Jimmys Augen daran gewöhnt hatten, sah er vor sich einen langen, leicht gebogenen Flur mit vielen Türen. Er staunte nicht schlecht, denn nichts hier sah so aus wie irgendetwas, was er je zuvor im Elysion gesehen hatte. Alles war so glatt und sauber und perfekt.

Das Merkwürdigste war das Licht, das aus merkwürdigen Glaskugeln drang, die unter der Decke zu schweben schienen. Es war bizarr. Andererseits wirkte es auf ihn merkwürdig vertraut, als ob es bei ihm an irgendwelche tieferen Erinnerungen rührte.

»Heiliger Strohsack«, murmelte Rasim, der unversehens neben ihm aufgetaucht war. »Schau mal dort vorn.«

Jimmys Blick folgte dem ausgestreckten Finger. Dort, in der Wand, war eine seltsame Skulptur, eine Art Hals oder Röhre aus glänzendem Metall, die einem Becken aus poliertem weißem Stein entsprang.

»Was ist das?«, fragte Jimmy.

»Wasser, Alter«, frohlockte Rasim. »Das ist Wasser.«

Der Pontifex wog das kalte Metall in seiner Hand. Er hatte sich immer gefragt, was andere Menschen an Waffen fanden. Für ihn waren sie nichts als Werkzeuge aus dem Arsenal der Hölle.

Aber in diesem Moment musste er zugeben, dass das Gewicht der kleinen Maschinenpistole und die mörderische Macht, für die sie stand, das Zittern seiner Hände ein wenig zu mildern half.

Draußen als Anführer des Elysion hatte er viele kritische Situationen meistern und seiner Angst Herr werden müssen. Aber die Tatsache, dass irgendjemand in sein Allerheiligstes eingedrungen war, weckte alte Gespenster in ihm. Nun, er würde es den Saboteuren zeigen, wer immer sie auch waren.

Im Sicherheitszentrum hatte er gesehen, dass die Tür zum Notausstieg geöffnet worden war. Leider war die Überwachungskamera in diesem Flur ausgefallen, sodass er den oder die Eindringlinge nicht sehen konnte, aber im Gegensatz zu ihm oder ihnen kannte er jeden Winkel des Instituts und wusste genau, welche Punkte sie zwangsläufig auf ihrem Weg ins Innere passieren würden und welcher dieser Punkte am besten für einen Hinterhalt geeignet war.

Und das war genau die Nische, in der er sich gerade verbarg. Eigentlich dazu gedacht, irgendeine Art von botanischer Flurverschönerung zu behausen, bot sie ihm einen Platz, von dem er den Gang leicht einsehen konnte, ohne sogleich selbst von den Eindringlingen erblickt zu werden, zumal der Flur eine leichte Biegung beschrieb. Für ihn der törichte Einfall eines selbstverliebten Architekten, doch nun kam ihm diese bauliche Extravaganz zugute. Wer immer dort kam, er würde ihn überraschen und mit einer Garbe niedermähen, bevor derjenige wusste, wer oder was ihn erwischte.

Schon vermeinte er in der Ferne Stimmen zu hören. Ein seltsames Gefühl überkam ihn. Erst da bemerkte er, wie lange er hier unten nur seinen eigenen Gedanken gelauscht hatte, zumal er auch oben im Elysion nur das Leben eines Außenstehenden führte. Aber er war der Pontifex. Das war die Rolle, die er zu spielen hatte. Ein Zerrbild seiner wahren Persönlichkeit, die hier unten gefangen war und vielleicht bald mit diesem Institut untergehen würde.

Er konzentrierte sich auf die Stimmen. Sie klangen seltsamerweise wie Kinder oder zumindest Jugendliche. Dabei hatte er sich auf eine Bande Plünderer aus den Städten gefasst gemacht, angeführt von einem ehemaligen Kollegen.

Erst da fielen ihm wieder die Kinder im Umspannwerk ein. Für einen Moment wurde die Waffe in seinen Händen unendlich schwer.

Eine Horde Kinder. Einfach nur Kinder.

Doch dann verdeutlichte er sich, dass es diese Kinder waren, die durch die Brandstiftungen im Tempel leichtfertig ihre Mitmenschen in Lebensgefahr gebracht hatten, um sich vor aller Augen seiner Macht zu widersetzen. Hätten die Malachim nicht seine Befehle verweigert, wäre ihr Schicksal längst besiegelt gewesen.

Er machte sich innerlich bereit, das nachzuholen …

»Schneller.«

Jimmy trieb Rasim zur Eile an, auch wenn er keine Ahnung hatte, wohin er eigentlich wollte. Aber Rubys Krämpfe wurden immer schlimmer. Es war nicht mehr möglich, sie einfach auf dem Rücken zu tragen, daher hatten sie aus Jacken und Hemden eine Art Trage geknotet, sich die vier Enden um die Handgelenke geschlungen und trugen Ruby so mit sich, während sie ihre seltsame Unterwelt erkundeten. Vor ihnen lief Mara von Tür zu Tür und versuchte jede zu öffnen, in der Hoffnung, dahinter irgendetwas zu entdecken, das ihnen helfen konnte, aber bisher waren alle verschlossen gewesen.

Rasim, der das vordere Ende der provisorischen Trage schleppte, keuchte vor Anstrengung, und auch Jimmy spürte mittlerweile die Strapaze, obwohl sie alle gerade eine kleine Rast hinter sich hatten, um gierig das Wasser aus dem Hahn zu trinken. Hinter ihnen trappelte der Rest ihrer Gruppe.

Auf einmal hämmerte vor ihnen eine Salve. Später wusste Jimmy nicht mehr, was genau er gedacht oder ob er überhaupt etwas gedacht hatte. Das Einzige, was er wusste, war, dass er sich instinktiv auf den Boden hatte fallen lassen, so wie Rasim vor ihm. Ruby war zwischen ihnen zu Boden geknallt, und er hatte kurz ihr fiebergerötetes Gesicht gesehen.

Unerklärlicherweise war die kleine Mara stehen geblieben. Kalkweiß und starr vor Entsetzen, immer noch mit der Hand an der Klinke der Tür, die sie eben hatte öffnen wollen. Dieser Anblick markierte den Moment, in dem Jimmys Erinnerung wieder einsetzte. Denn er hatte fieberhaft überlegt, wie er sie aus der Schusslinie bringen konnte, ohne sich selbst zu gefährden.

Und wie er so dalag und nachsann, war ihm klar geworden, dass er die Schüsse nur hörte, aber kein Mündungsfeuer und auch keinen Schützen sah. Und da waren auch nirgendwo Einschläge oder gar Treffer.

Und dies wiederum war der Moment, in dem ihm klar wurde, dass die eigentliche Schießerei ein Stück weiter vorn stattfand.

Als er sich dann ein Herz fasste, auf Mara zusprang und sie zu Boden riss, blieb der Schütze weiterhin unsichtbar, und er und das Mädchen wurden auch von keiner einzigen Kugel getroffen.

Er und Rasim sahen sich kurz an, und in wortloser Übereinkunft schnappten sie sich die hinteren Zipfel von Rubys »Trage« und schleiften das kranke Mädchen hinter sich her vor den Augen ihrer verwirrten Nachhut zurück um die Biegung des Korridors. Irgendwann, nachdem die Schüsse verhallten, ließ Rasim seinen Zipfel los und wandte sich einer der Türen zu, an denen Mara zuvor vergeblich gerüttelt hatte. Mit ein paar wuchtigen Tritten sprengte er das Schloss.

Kaum war Rasim durch die Tür, verwandelte sich die Finsternis dahinter in blendende Helligkeit. Eine Treppe führte sowohl nach oben als auch nach unten.

Noch bevor Jimmy sich die Frage stellen konnte, welche Richtung die bessere war, schoss die kleine Mara an ihnen vorbei und nahm die Stufen nach unten, gefolgt von der Schar der anderen Kinder.

Seufzend ergriffen Jimmy und Rasim wieder die Zipfel der Trage und machten sich an den Abstieg.

Cooper drückte ihren Körper fest gegen den Boden, während die Salve dicht über ihren Kopf hinwegpfiff. Stacy und Azrael waren hinter ihr. Wo genau, wusste sie nicht, denn sie traute sich nicht, den Kopf auch nur einen Zentimeter zu heben. Direkt vor ihr ragte aus der Wand eine Art kleines Podest in den Gang, irgendeine Art Abstellfläche. Es war ihre einzige Deckung. Eine neue Geschossgarbe schlug irgendwo über ihr ein, und sie hörte das Jaulen mörderischer Querschläger.

»Aufhören!«, brüllte sie, aber ihr Ruf ging im Stakkato der lang gezogenen Salve unter.

Der Korridor beschrieb eine leichte Kurve, und der Schütze stand einige Schritte weiter vorn in einer Art Nische. Vielleicht schaffte sie es, einfach nach hinten zu robben.

Eine Feuerpause.

Vorsichtig wagte sie es, sich zu bewegen. Doch prompt folgte ein neuer Kugelhagel, und sie zog blitzschnell die Glieder wieder an den Leib, wobei sie sich vorkam wie eine Schildkröte, allerdings ohne rettenden Panzer.

Dann wieder eine Pause.

Auf einmal waren Schritte zu hören. Cooper glaubte, das Blut in ihren Adern würde gefrieren. War das der Schütze, der auf sie zulief, um sie aus nächster Nähe zu erschießen?

Da aber vernahm sie vor sich einen Schrei. Instinktiv riss sie den Kopf hoch und sah den Malach vor sich, wie er mit ruhigen, fast bedächtigen Schritten zu der Nische ging. Der Lauf einer Waffe ragte daraus hervor, richtete sich auf Azrael, und dann sah Cooper auch den Zeigefinger, der sich um den Abzug krümmte. Eine weitere Schusssalve explodierte in die Stille.

Fast erwartete sie, den Körper des Malach fallen zu sehen. Stattdessen nahm sie wahr, wie sein Körper für ein paar Sekunden zu flirren schien wie eine Asphaltstraße in der Sommerhitze. Mit dem nächsten Schritt hatte Azrael die Nische erreicht. Er griff mit einer Hand zu, zog dann mühelos den Schützen aus seiner Deckung und wirbelte ihn in einem Schwung gegen die Wand auf der anderen Seite des Korridors. Für einen Moment sah Cooper nur ein paar Füße, die Zentimeter über dem Boden zappelten, doch als ihr Blick höher glitt, erkannte sie den Mann, und ihr Herz schien für einen Schlag auszusetzen.

»Vater …!«, stammelte sie.

13

David spürte die Hand auf seiner Schulter, blickte auf und sah McCann über sich.

»Deine Zeit ist um, mein Freund.«

Es klang freundlich. Nicht wie von jemandem, der gleich ein Messer zücken würde, um damit Davids Augäpfel herauszuschneiden. Aber David gab sich keinerlei Illusionen darüber hin, dass genau das passieren würde, wenn sein Plan McCann nicht zufriedenstellte.

Plan?

Hatte er wirklich etwas, was diesen Namen verdiente? Nun, er würde der Erste sein, der erfuhr, was McCann davon hielt. Jedenfalls hatte er jede Sekunde seiner Galgenfrist damit verbracht, aus McCanns Männern ein paar mehr hilfreiche Informationen über die Schwächen der Malachim herauszubekommen und daraus eine Strategie zu entwickeln. Von Meister Sun Tsu hatte er gelernt, dass dem Gelände eine erhebliche Bedeutung bei jeder Art von Kampftaktik zukam, also hatte er eine kostbare halbe Stunde auf ihrem vorherigen Ausguck auf dem Baum verbracht und sich eine Skizze des seltsamen Gebäudes, seiner unmittelbaren Umgebung und des Standortes der Malachim angefertigt.

Gerade war er damit beschäftigt gewesen, anhand der Skizze das Schlachtfeld mit Stöcken und Steinen auf dem Boden nachzubilden. Schon früher hatte er manche strategische Schwäche in seiner Planung mit einer gelungenen Präsentation gegenüber seinen Vorgesetzten verschleiern können. Er stand auf und wischte sich die Hände an der Hose ab.

Schweigend betrachtete McCann, was David dort am Boden vorbereitet hatte. Schließlich hob er den Kopf.

»Fang an«, sagte er knapp.

David richtete einen Zweig, den er sich extra dafür hergerichtet hatte, auf seine Darstellung.

»Das Kreuz hier bezeichnet unseren augenblicklichen Standort. Dort ist das Hauptgebäude, und hier ist ...«

McCanns eiserner Griff um seinen Arm ließ ihn mitten im Satz innehalten. »Ich bin nicht blind. Und wenn das auch für dich weiterhin gelten soll, dann erspar mir die langweilige Einführung und komm zum Punkt. Wie werden wir die Malachim besiegen?«

McCanns Blick brannte sich in seine Augen, und für einen Moment war Davids Kopf wie leergefegt. Dann fing er sich wieder.

»Feuer«, sagte er.

»Feuer?«, fragte McCann.

»Ja, Feuer«, bestätigte David. »Ein Ring aus Feuer. Die Malachim umringen das Gebäude, und wir legen einen Ring aus Feuer um sie.«

»Ein Ring aus Feuer. Gefällt mir. Erinnert mich an ein Musikstück auf einer alten Schallplatte aus dem Nachlass meines Urgroßvaters. Erzähl weiter.«

»Deine Männer haben mehrere Kanister Benzin dabei, und außerdem habe ich auf einem eurer Wagen Seife gesehen. Daraus lässt sich Napalm herstellen. Laut Aussage eines deiner Männer sind die Malachim alles andere als feuerfest. Jedenfalls wenn man sie mit ein bisschen mehr als einem Streichholz angeht. Wir legen also diesen Feuerring um die Malachim – mit einer kleinen Schneise für unseren Angriff, und zwar genau hier.«

»Warum dort?«

»Wenn ich es durchs Fernglas richtig gesehen habe, ist das hier ein Umspannwerk. Es ist von drei Zäunen umgeben. Ich vermute, dass der mittlere ein Elektrozaun ist, und da das Ganze ein Sicherheitsbereich ist, ist er wahrscheinlich mit Hochspannung geladen. Mit einer Granate reißen wir ein Loch in den äußeren Zaun, dann treiben wir sie mit unserer Feuerkraft und ein paar gezielten Napalmwürfen in den mittleren Zaun, dessen Ladung sie hoffentlich grillen wird.«

McCann schüttelte unwillig den Kopf. »Das ist doch viel zu umständlich. Warum verbrennen wir sie nicht gleich zu Asche?«

»Nun, nach dem, was du mir über deine Männer erzählt hast, bin ich davon ausgegangen, dass bei der ganzen Aktion etwas von diesem – wie nennt ihr es noch mal? – Teer herausspringen soll.«

McCanns Gesicht hellte sich auf. Er klopfte David auf die Schulter. »Hast recht. Hätt ich in meinem Eifer doch beinah übersehen. Stimmt, die Männer müssen auf ihre Kosten kommen.« Er rieb sich den Bart und betrachtete wieder das Modell. »Wie lange brauchst du für die Vorbereitungen?«

»Wenn ich ein halbes Dutzend deiner Männer bekomme, etwa eine halbe Stunde für die Herstellung und eine weitere für die Verteilung des Napalms.«

»Hört sich gut an. Du kriegst die Männer.« Ohne ein weiteres Wort drehte sich McCann um und ging zu seiner Truppe.

David atmete auf. Offensichtlich hatte er die Schwächen seines Plans tatsächlich gut übertüncht. Zum Beispiel die Gefahr, bei der seit Tagen herrschenden Trockenheit einen Waldbrand heraufzubeschwören, der sie am Ende alle verschlingen konnte.

Aber das verschwieg er McCann lieber …

Cooper schloss die Augen und öffnete sie wieder.

Er war immer noch da.

Er ging vor ihr auf und ab. Er bewegte die Hände und gestikulierte wild. Er sprach. Auch wenn sie beim besten Willen kein Wort von dem begriff, was er da erzählte. Jedes Mal, wenn sie sich darauf konzentrieren wollte, schweiften ihre Gedanken sogleich wieder ab und beschäftigten sich mit seinem Äußeren.

Sie konnte gar nicht genug davon kriegen, ihn anzusehen. Sie sog seine Gestalt und die Veränderungen, die ihr auffielen, regelrecht in sich auf. Seine Haare waren silbergrau und so lang, dass sie ihm über die Schultern fielen. Damals waren sie schwarz gewesen und militärisch kurz. Weiße Bartstoppeln; früher war er immer glatt rasiert gewesen. Tiefe Falten hatten sich in sein Gesicht gegraben, er schien ihr blass, und seine Wangen waren hohl, die Stimme merkwürdig rau. Aber es war *seine* Stimme, unverkennbar.

Sie berührte etwas tief in ihr. Etwas, das ihr Herz zum Flattern brachte, ihr die Kehle zuschnüren wollte. Etwas, das sie zugleich kopflos flüchten und für immer hier sitzen lassen wollte. Etwas, das den Sinn seiner Worte zur Nebensache machte.

Bei alldem konnte sie sich des seltsamen Gefühls nicht erwehren, ein Eindringling in der Welt eines Fremden zu sein. Jener Welt des vor seiner Zeit gealterten Mannes dort vor ihr. Ja, er war ihr vertraut und fremd zugleich. Die Jahre schienen zwischen ihnen zu stehen wie eine unüberwindbare Mauer. Etwas war für immer verloren, etwas Unwiederbringliches, das wurde ihr nun schlagartig klar.

»Ist das hier deine Arbeit, zu der du damals immer gegangen bist?«, fragte sie irgendwann und unterbrach seinen Wortschwall.

Er blickte sich um, als wäre er zum ersten Mal in diesem Labor.

»Ja«, sagte er schließlich. »Das ist das USAILEP. Damals, als du klein warst, durfte ich nicht darüber reden, nicht einmal mit deiner Mutter.«

Mutter. Das Wort hallte eine Weile nach wie das Grollen eines fernen Donners. Cooper spürte, wie ihr Mund trocken wurde. Sie schluckte und fasste sich ein Herz. »Hast du gesehen, wie sie ... Wie sie Mutter ...?«

Er schüttelte den Kopf. »Nein. Ich sah sie erst, als sie schon im Schnee lag. Sie hatten mich im Haus festgehalten, als sie nach draußen stürmte, um dich zu warnen. Danach erst konnte ich mich losreißen und bin zum Fenster gerannt. Und dann ... traf mich der Schuss von hinten hier.« Er drehte ihr die rechte Gesichtshälfte zu und zeigte auf sein Ohr, vor dem eine hässliche Narbe zu sehen war.

»Ich hab dich am Fenster gesehen«, sagte Cooper. »Ich dachte, sie hätten dich ...« Wieder versagte ihre Stimme. Sie sah schnell auf den Boden und biss sich auf die Lippe.

»Das dachte ich auch«, sagte er. »An den Schuss selbst kann ich mich nicht mehr erinnern. Ich muss ohnmächtig geworden sein. Als ich wieder erwachte, lag ich am Boden. Mein Kopf und die Bretter darunter waren voller Blut. Sie müssen mich für tot gehalten haben. Dann habe ich deine Mutter vor der Hütte gefunden. Aber du warst verschwunden. All die Jahre habe ich Gott angefleht, dass sie dich nur entführt haben.«

Sie stellte ihn sich vor, wie er für ihr Leben gebetet hatte. Es war ein schöner Gedanke. Es tröstete sie ein bisschen über das Gefühl der Fremdheit hinweg.

»Wer waren die?«

Er zuckte mit den Schultern. »Plünderer. Junkies. Irgendwelches Gesindel. Zum Ende des Krieges gab es Tausende solcher Marodeure.«

»Nein. Ich meine, was waren das für Leute? Waren sie groß oder klein, alt oder jung? Du erinnerst dich doch bestimmt an sie.«

Er machte ein gequältes Gesicht. »Das alles ging so wahnsinnig schnell, Cooper. Und nach all der Zeit sind meine Erinnerungen auch verblasst. Ich kann dir sagen, dass sie zu siebt waren. Jedenfalls die, die in die Hütte gekommen sind. Fünf Männer und eine Frau und …«

»Eine Frau?«, unterbrach sie ihn neugierig.

»Ja. Sie hatte glasige Augen. Sie war ganz sicher ein Junkie. Und wohl so was wie die Frau des Anführers. Jedenfalls schien sie ihm hündisch ergeben. Er war übrigens derjenige, der auf deine Mutter geschossen hat. Seltsamerweise ist es vor allem dieses Bild, das sich in meine Erinnerung eingebrannt hat. Ich sehe nur seinen breiten Rücken und den kahl rasierten Schädel. Und wie seine Schulter zuckt vom Rückstoß des Gewehrs.« Er wischte sich übers Gesicht, holte tief Luft, dann fuhr er fort: »Er hatte schwarze Haut, die anderen Männer waren Weiße. Heruntergekommene, zerlumpte Gestalten mit hohlen, aber dennoch unstet blickenden Augen. Keiner in der Gang war älter als Mitte zwanzig.«

»Also der Anführer, seine Frau und vier Männer. Sagtest du nicht, es wären sieben gewesen?«

»O ja.« Er nickte. »Da war noch dieses … dieses Mädchen.« Er presste das Wort heraus, als würde es ihn unglaubliche Überwindung kosten, es auszusprechen. Bis dahin hatte er mit einer seltsamen Teilnahmslosigkeit gesprochen, fast als würde er von jemand anders erzählen. Nun aber verdüsterte sich sein Gesicht schlagartig.

»Ein Mädchen?«, fragte Cooper überrascht. Undeutliche Bilder flackerten vor ihrem inneren Auge auf: zwei schmale Gestalten weit hinter dem Körper ihrer Mutter.

»Genau, ein Mädchen«, bestätigte ihr Vater grimmig. »Kaum älter, als du damals warst, aber sie war die ganze Zeit mit dabei. So ein kleines blasses Ding. Helle Haare, helle Haut. Sie passte eigentlich gar nicht zu diesen Gestalten. Dachte ich jedenfalls, als ich sie zuerst sah.«

»Was ist mit dem Mädchen? Warum bist du so wütend auf sie?«, fragte Cooper erstaunt. »Vielleicht hatten diese Verbrecher sie verschleppt, so wie sie mich verschleppt haben.«

Er drehte den Kopf, wandte ihr das Gesicht zu, und für einen Moment hatte sie das Gefühl, als ob er sich jeden Augenblick auf sie stürzen würde, so hasserfüllt loderten seine Augen. Cooper zuckte unter seinem Blick regelrecht zusammen.

Dann erlosch dieses seltsame Feuer, und sein Gesicht sah noch ein bisschen älter aus als zuvor. »Verzeih mir, es ist nur …«, sagte er und stockte. »Du kannst es nicht wissen. Es war dieses Kind, das daran schuld war, dass sie dich mir gestohlen haben.«

»Warum das? Wie kommst du darauf?«, fragte Cooper verwirrt, während ihr das Herz bis zum Hals schlug.

»Sie stand die ganze Zeit über schweigend da«, erzählte ihr Vater, »bis ihr Blick auf ein Foto von dir auf meinem Schreibtisch fiel. Da hat sie sie gesagt, diese ungeheuerlichen Worte. Ich kann sie noch heute hören, als wäre es eben erst passiert.«

»Was, Vater? Was hat sie gesagt?«

»Sie sagte: Das Mädchen gehört mir.«

Die Worte trafen Cooper wie Hammerschläge, und die Szene entstand vor ihrem inneren Auge. Sie schluckte schwer und spürte, wie unbändiger Hass in ihr aufstieg. Wer immer dieses Mädchen war, sie war dafür verantwortlich, dass sie von ihrem Vater getrennt worden war. Vielleicht war sie sogar schuld an diesem Überfall. Vielleicht war es immer nur um sie gegangen.

Cooper wühlte in ihrer Erinnerung, aber da waren immer nur diese beiden schemenhaften Gestalten an der Tür weit hinter ihrer Mutter. Eine große und eine kleine. Sie versuchte, ein Gesicht zu erkennen, es aus ihrer Erinnerung zu zwingen, aber da schien nichts zu sein, nur dieses vage Gespenst, ein verblasster Dämon.

»Ich hasse sie«, sagte sie laut zu sich selbst. »Ich werde sie immer hassen.«

»Genau wie ich«, sagte ihr Vater.

Es tat gut. Sie genoss den Moment der Einigkeit.

»Hast du nach mir gesucht?«, fragte sie.

»Natürlich. Monatelang. Aber draußen tobte ein Bürgerkrieg. Es gab keine Polizei, keine Meldeämter. Dort war niemand, an den ich mich wenden konnte. Ich habe Plakate aufgehängt. Ich hab sogar einen Mann bezahlt, dich zu finden, so eine Art Detektiv. Ich hab geglaubt, er würde mir helfen, aber heute denke ich, er hat sich nur mein Geld gekrallt und sich heimlich über mich kaputtgelacht. Irgendwann gab es nichts mehr, was ich noch tun konnte. Aber Gott weiß, ich hab's versucht.«

Während er gesprochen hatte, war seine Stimme dünn geworden. Er hatte sich auf ein Schaltpult gestützt, mit dem Rücken zu ihr.

Sie stemmte sich von dem Stuhl hoch, ging auf ihn zu. Als er ihre Schritte hörte, drehte er sich um. Sie sah den verdutzten Ausdruck in seinem Gesicht, kurz bevor sie die Arme um ihn schlang. Etwas in ihr war enttäuscht darüber, dass ihr Kopf nun an seiner Schulter ruhte und nicht an seinem Bauch, so wie früher, und dass sich sein Körper so seltsam dünn anfühlte. Doch sie wollte dieser inneren Stimme keinen Raum geben.

Die Zeit fror ein. Sie wollte nichts mehr denken, nur noch fühlen, die dunklen Erinnerungen vergessen, nur noch im Hier und Jetzt sein …

»Äh … Cooper, Kleines«, hörte sie ihn. »Du erdrückst mich ja.«

Sie löste sich von ihm und wischte sich mit dem Handrücken über die Augen. »'tschuldigung.«

»Hast du etwa geweint, Kleines?«

Stumm und fast trotzig schüttelte sie den Kopf.

Dann herrschte Schweigen.

Der Moment wuchs und dehnte sich bis ins Unerträgliche. Die Stille legte sich über sie wie eine zähe Flüssigkeit.

Wie konnte das sein? Es musste doch genug zu sagen geben, dass es für Jahre reichte. Zumindest hatte sie das immer gedacht, wenn sie sich diesen Moment ausgemalt hatte, Tausende Male, abends im Bett vor dem Einschlafen oder beim Tagträumen.

Ihr Blick fiel auf Azrael, der die ganze Zeit bewegungslos an der Labortür gestanden hatte. »Stimmt es, dass du sie gemacht hast?«

Die Miene ihres Vaters schien für einen Moment zu versteinern. Er räusperte sich. Es war zu offensichtlich, dass ihm das Thema unangenehm war.

»Ja«, sagte er schließlich, ohne sie anzusehen.

»Weißt du, dass sie in den Städten Leute töten oder entführen?«

Er ließ sich seinerseits auf einen Stuhl fallen, holte tief Atem und sah sie an. »Cooper, bitte«, sagte er fast beschwörend. »Das sind Dinge, von denen du nichts verstehst.«

»Behandele mich nicht wie ein kleines Mädchen. Ich bin siebzehn, fast schon achtzehn.«

Er seufzte. »Ja, du bist groß geworden und ... Du kleidest dich wie ein Junge. Wo ist das süße kleine Mädchen geblieben, das früher immer auf meinem Schoß gesessen hat?«

»Für süße kleine Mädchen ist dort draußen kein Platz«, sagte sie und erschrak selbst über den Zorn in ihrer Stimme. »Die Stadt ist ein gefährlicher Ort geworden«, fügte sie etwas sanfter hinzu.

»Du hättest ins Elysion kommen sollen. Es gibt dort keine Gewalt, nichts, wovor jemand wie du sich fürchten müsste.«

»Diese Steinzeitgesellschaft? Pah. Keine zehn Malachim bringen mich in so ein Konzentrationslager.«

Als er ihren letzten Satz hörte, sprang ihr Vater auf. »Hätten wir damals in dieser Gesellschaft gelebt, die du als *Steinzeit* und *Konzentrationslager* bezeichnest«, donnerte er, »könnte deine Mutter heute noch am Leben sein.« Er funkelte sie böse an.

Cooper war sprachlos. Sie konnte nicht einmal genau sagen, warum. War es, weil er die Untaten der Malachim relativierte oder weil er ihr für ein paar Sekunden wieder so erschien, wie sie ihn bisher in Erinnerung gehabt hatte? Groß und mächtig, mit einer Stimme, die sie jedes Mal zum Zittern gebracht hatte, wenn er sie wegen eines zerbrochenen Tellers oder eines zerrissenen Kleides ausgeschimpft hatte.

Auf einmal änderte sich sein Gesichtsausdruck erneut, und er war wieder der müde, vor seiner Zeit gealterte Mann, der sie vorhin im Korridor erkannt hatte.

»Aber das ist jetzt auch bald alles egal«, sagte er.

»Wie meinst du das?«, fragte sie.

»Nichts. Ich meinte nichts.« Er zögerte einen Moment lang, als würde er über irgendetwas nachdenken. »Ich will nicht mit dir streiten, Cooper«, fuhr er schließlich fort. »Es tut mir leid. Ich bin wirklich froh, dass du zu mir gekommen bist. Du musst mir meine Schroffheit verzeihen. Wahrscheinlich hat mich das ständige Einsiedlertum verrohen lassen. Du hattest bestimmt einen langen Weg hierher, und ich bin ein miserabler Gastgeber. Hast du Hunger? Kann ich dir etwa anbieten?«

Es war, als hätte seine Frage ihre Körperfunktionen erweckt. Ihr Magen knurrte so laut, dass sie rot anlief.

Ihr Vater lachte schallend. »Das war wohl Antwort genug. Schande über mich. Komm mit, ich habe ein reichlich gefülltes Nahrungslager in einem anderen Stockwerk.«

Er winkte ihr, ihm zu folgen. Azrael gab die Tür frei, wollte dann aber offensichtlich mitkommen.

»Du bleibst hier«, herrschte ihr Vater ihn an.

Azrael blieb stehen und warf Cooper einen seiner sphinxhaften Blicke zu, in dem man alles und nichts lesen konnte.

»Azrael hat mich hierhergebracht«, sagte sie. »Ich möchte, dass er mitkommt.«

Sie hatte betont leise gesprochen, der Blick niedergeschlagen. Es gefiel ihr nicht, das kleine Mädchen zu spielen, aber auch sie war der Streiterei müde.

Für einen Moment sah sie, wie sich im Mienenspiel ihres Vaters dessen innerer Konflikt abbildete. »Na gut«, sagte er schließlich. »Dann nimm ihn eben mit.«

»Danke, Vater.«

»Früher hast du mich immer Paps genannt.«

»Danke, Paps«, sagte sie. Es klang wie eine Lüge.

Er lächelte und öffnete die Tür zum Gang.

»Paps«, sagte sie.

»Was denn noch, Cooper?« Er drehte sich zu ihr um.

»Da ist noch etwas, um das ich mich kümmern muss. Eine Freundin von mir. Sie war bei uns, aber dann ist sie verschwunden.«

»Verschwunden?« Er zog die Augenbrauen zusammen. »Wo?«

»Als du auf uns ge... Ich meine, bei der Schießerei. Stacy. Sie war hinter uns, aber dann war sie weg. Ich muss sie finden. Sie ist bestimmt genauso hungrig und durstig wie ich.«

Er kam auf sie zu und legte ihr die Hand auf die Schulter. »Mach dir keine Sorgen, mein Kleines. Jeder Winkel hier wird von Videokameras bewacht. Wir werden sie bestimmt finden. Aber jetzt solltest du wirklich etwas essen.«

»Aber ... sie könnte verletzt sein.«

»Pass auf, ich mach dir einen Vorschlag.« Er kniete vor ihr nieder und nahm ihre Hand, wie er es früher in solchen Momenten immer getan hatte. Nur dass er ihr damit damals auf Augenhöhe kam. »Während du etwas isst, gehe ich in die Sicherheitszentrale und suche nach deiner Freundin. Sobald ich sie gefunden habe, sage ich dir Bescheid, und wir werden sie holen. Der da«, er wies auf Azrael, »kann auf dich aufpassen, während ich weg bin.«

Aufpassen? Cooper lag eine trotzige Bemerkung auf der Zunge, aber sie schluckte sie hinunter. Stattdessen sagte sie: »Ja, Paps.«

»Das ist mein Mädchen.« Er stand auf und strich ihr über den Kopf.

Einige Minuten später saß Cooper vor einem kleinen Metalltisch, auf dem Kommissbrot, Wurstkonserven, Dosengemüse und Dörrobst lagen. Eine Weile lang konnte sie nichts anderes tun, als diesen fast obszönen Reichtum still zu bewundern. Kaum weniger obszön als das, was sie in Monicas Haus zu sehen bekommen hatte.

Aber dann kam ihr wieder Stacy in den Sinn. Wo war sie nur? Es fühlte sich falsch an, ohne sie an diesem Tisch zu sitzen.

Doch am Ende gewann ihr knurrender Magen die Oberhand. Sie brach sich ein Stück Brot ab, und mit der anderen Hand griff sie nach etwas, das wie eine echte Salami aussah. Dann stopfte sie es gierig in sich hinein.

Erst jetzt fiel ihr auf, dass Azrael sie beobachtete.

»Möchtest du auch?« Sie hielt ihm ein Stück Brot hin.

»Nein. Mein Organismus kennt keinen Stoffwechsel«, antwortete er.

»Oh. Okay.«

Es war ihr ein wenig peinlich, ihn erst gefragt zu haben, nachdem sie über Brot und Wurst hergefallen war. Doch ihr Hunger, der noch lange nicht gestillt war, drängte den Gedanken schnell wieder zurück.

Sie griff nach einem großen Tonkrug und schnupperte daran. »O mein Gott – das ist echter Rotwein«, rief sie aus. »Ich weiß gar nicht, wann ich das letzte Mal …

Ich glaub, Big Mama hat mal irgendwo welchen aufgestöbert. Muss Jahre her sein.«

Sie bemerkte Azraels Blick, wie er sie unverwandt anstarrte, und kam sich geschwätzig und dumm vor.

»Ach, vergiss es«, murmelte sie.

Es gab auch Kaffee. Er befand sich in einer Warmhaltekanne. Sie schüttete sich einen Becher voll ein, dann kostete sie vorsichtig. Köstlich. Sie leerte den Becher fast in einem Zug und schenkte sich gleich noch einen ein.

»Wow. Ich wünschte, ich könnte diese Erfahrung irgendwie mit dir teilen, alter Freund«, sagte sie zu Azrael.

»Das tust du bereits«, sagte Azrael.

Für einen Moment war Cooper verblüfft. Dann verstand sie. »Ach ja. Die Verbindung. Ich vergaß.« Sie grübelte ein bisschen. »Ist aber jetzt schon recht lange her, dass ich durch deine Augen gesehen hab. Eigentlich gar nicht mehr, seit du aufgetaucht bist. Bist du sicher, dass das mit dem Kollektiv stimmt?«

»Ja. Aber der Austausch mit dir ist weniger umfassend, als er mit dem alten Kollektiv war.«

»Oh.« Cooper fühlte sich tatsächlich ein bisschen enttäuscht. Irgendwie hatte sie sich an die Idee gewöhnt, eine Art Superseelenverwandten zu haben. Gedankenverloren setzte sie die Tasse an die Lippen und trank.

Was Stacy wohl zu alldem sagen würde? Auf einmal tat es Cooper leid, wie grob sie in den letzten Tagen zu ihrer Freundin gewesen war. Ja, Stacy hatte sich unmöglich benommen. Sie hatte Cooper und auch Brent in große Gefahr gebracht. Aber doch nur, weil sie Cooper auf ihre manchmal mädchenhafte und sicherlich nervige Weise sehr gern hatte.

»Sorry, Stace«, flüsterte sie, stemmte die Ellbogen auf den Tisch und legte das Kinn auf die ineinander verschränkten Finger.

Irgendwo in diesem seltsamen Gebäude suchte ihr Vater nach Stacy. Der Gedanke tröstete sie ein wenig.

Unversehens kam ihr auch Brent in den Sinn. Eine Weile lang war es ihr gelungen, die Gedanken an ihn in irgendeinen dunklen, verborgenen Teil ihres Kopfes zu verdrängen. Aber jetzt sah sie ihn wieder vor sich. Der letzte Blick, den er ihr zugeworfen hatte, bevor er in dem Loch verschwunden war. Ob er vielleicht doch noch lebte? Wo mochte er dann wohl sein?

War es nicht doch ihre Schuld, was ihm zugestoßen war? Sie sah ihn, wie er einen langen dunklen Tunnel hinuntergezogen wurde, die Arme Halt suchend ausgestreckt, während das Wasser ihn immer tiefer in die Erde zog.

Längst waren ihr die Augen zugefallen …

Jon Kleinschmidt, Pontifex des Elysion, Leiter der Abteilung für Nanophysik im USAILEP, Vater einer siebzehnjährigen Tochter, die von den Toten auferstanden war, sah sich die Übertragungen der Sicherheitskameras auf den Bildschirmen an. Gleichzeitig fuhren die Gedanken in seinem Kopf Karussell, und er fühlte sich betäubt und aufgewühlt zugleich. Vor etlichen Jahren hatte er eine Tochter verloren, die nichts weniger als sein Ein und Alles gewesen war. Lange Zeit hatte er fast all seine Energie darein gesteckt, sie zu finden, immer geplagt von der grauenhaften Angst, ihre Entführer könnten sie getötet oder ihr Schlimmeres angetan haben. Irgendwann hatte er einsehen müssen, dass in einer Welt der Anarchie und des Chaos all seine Versuche nicht zum Erfolg führen konnten. Die Einsicht hatte ihn schwermütig werden lassen. Es fehlte nicht viel, und er hätte seinem Dasein ein Ende gesetzt.

Aber ausgerechnet in dem Moment, da auch noch das Projekt, das ihn damals vor dem Suizid bewahrt hatte, dem Untergang geweiht schien, tauchte sie wieder auf. Oder besser gesagt, es war *das* aufgetaucht, was das Leben in der Hölle jenseits des Elysion aus dem Mädchen von damals gemacht hatte.

Er musste zugeben, dass es ihm nicht eben leichtfiel, in diesem struppigen, widerborstigen Wildfang die Cooper wiederzuerkennen, an die er sich erinnerte. Das Mädchen, das er gekannt hatte, war ein kleiner, zarter Engel gewesen. Jetzt hatte er das Gefühl, es mit einem aus der Besserungsanstalt entlaufenen Teenager zu tun zu haben.

Es würde viel Zeit und Mühe kosten, aus dieser fehlgeleiteten Seele wieder annähernd eine Person zu machen, auf die ihre Mutter hätte stolz sein können. Aber er war sich klar darüber, dass nichts von alldem ihr anzulasten war. Sie war nur das Opfer der Zustände, die nach dem Bürgerkrieg in den Städten herrschten. Wenn er fair darüber urteilte, hatte sie wahrscheinlich das Beste aus ihrer Situation gemacht. Was sollte man denn von einem Mädchen in so einer Umwelt erwarten?

Ihm fiel ein, dass er sie noch gar nicht gefragt hatte, wie sie all die Zeit überlebt hatte. Irgendwer musste sich um sie gekümmert, ihr geholfen, sie ernährt haben. Waren es gute Menschen gewesen? Wie war sie ihren Entführern entkommen? So viele Fragen.

Nun, er würde sich später Zeit für diese Dinge nehmen, und er würde sich auch um angemessene Kleidung kümmern. Eine seiner Laborantinnen, klein und zierlich wie Cooper, hatte bei ihrer hektischen Flucht aus dem Labor einen Schrank voll Privatsachen hinterlassen. Es würde sich sicher etwas ... etwas *Weiblicheres* für sie finden.

Eine rasche Bewegung auf einem der Bildschirme unterbrach seinen Gedankenfluss. Er holte sich die Kameraaufzeichnung auf den großen Bildschirm im Zentrum.

Dann lehnte er sich zurück und klatschte in die Hände.

»Ich hab dich«, murmelte er halblaut.

Auf dem Bildschirm war eine der ehemaligen Unterkünfte der Mechaniker zu sehen, die im Labor Schichtarbeit geleistet und dafür mitunter dort übernachtet hatten. Ein karger kleiner Raum in dem Stockwerk, in dem er Cooper und ihre ... seltsame Begleitung aufgegriffen hatte. Zwei Doppelstockbetten, ein kleiner Aluminiumtisch und zwei Plastikstühle.

In einem der oberen Betten lag, deutlich zu sehen, eine schmale Gestalt mit hellem Haar, halb zugedeckt und mit dem Gesicht zur Wand, sodass die Kamera nur den Hinterkopf einfangen konnte.

Jon zoomte näher heran, um sogleich festzustellen, dass ihm daraus keine weiteren Erkenntnisse erwuchsen. Ob es in dem Zimmer eine weitere Kamera gab? Nein, das war nicht der Fall, wie er mit Blick auf die anderen Bildschirme feststellte.

Er versuchte über die direkte Steuerung den Kamerawinkel so zu verändern, dass er die Person besser erkennen konnte. Langsam wanderte das Bett mit der Gestalt vom rechten an den linken Rand des Bildes. Aber auch so war ihr Gesicht nicht zu sehen.

Doch dann ...

Plötzlich bewegte sich die Gestalt. Jon kam sich ein wenig ertappt vor. Möglicherweise hatte sie das Geräusch der sich bewegenden Kamera gehört. Sie drehte sich auf die andere Seite, doch ihre Augen blieben geschlossen. Jon atmete erleichtert aus. Er richtete die Kamera auf das Gesicht und zoomte das Bild erneut heran.

Ihm stockte der Atem, und das Blut wich aus seinem Gesicht.

»Nicht du«, stieß er heiser aus. »Wie, um alles in der Welt …?«

Zorn packte ihn, eine überwältigende heiße Flut, wie er sie seit Ewigkeiten nicht mehr gespürt hatte.

Ruckartig stand er auf und verließ die Zentrale …

Stacy fuhr sich mit der Hand über die Augen und richtete sich auf. Irgendetwas hatte sie geweckt. Ein Geräusch oder eine Bewegung, sie wusste es nicht genau.

»Ist da wer?«, flüsterte sie.

Keine Antwort.

Der Raum war klein und mit dem Bett, auf dem sie lag, und dem Tisch mit den primitiven Stühlen fast schon vollgestopft. Es war niemand zu sehen, dennoch merkte sie, dass sie zitterte. Ganz sicher stand sie kurz vor einem Nervenzusammenbruch. Wie lange schon hatte sie nichts mehr gegessen? Oder getrunken? Ihr Kopf schmerzte; bestimmt war sie völlig dehydriert.

»Hallo?«, flüsterte sie noch einmal.

Wieder nichts. Aber sie wurde das Gefühl nicht los, dass sie nicht allein war.

Dann fiel ihr die kleine Kamera an der Decke auf. Ob jemand …?

Sie verfluchte sich dafür, dass sie das Licht hatte brennen lassen, während sie schlief, doch die Vorstellung, in einem fensterlosen Raum tief unter der Erde in absoluter Dunkelheit zu nächtigen, hatte ihr furchtbare Angst vor dem Einschlafen eingejagt. Auch das Licht hatte ihre Furcht nicht völlig vertreiben können, doch am Ende hatte sie die Müdigkeit übermannt. Furchtsam spähte sie nun unter das Bett, so weit es ihr möglich war, ohne sich allzu sehr vorzubeugen, und kam sich dabei recht lächerlich vor. Cooper oder Brent wären wie Cowboys heruntergehüpft, bis sie sicher gewesen wären, dass da niemand war. Aber sie fühlte sich wie auf einem Turm, der von einem unsichtbaren Feind belagert wurde.

Doch sie überwand sich und sagte: »Wenn da irgendwer ist, ich komme jetzt.«

Sie hatte sich um eine normale Lautstärke bemüht, aber ihre Stimme klang klein und piepsig.

Niemand antwortete.

Na gut, Stacy, altes Haus.

Sogar ihre Gedanken klangen klein und piepsig.

Vorsichtig schob sie die Beine über den Rand des Betts. Es fühlte sich gut an, den Boden unter den Füßen zu spüren.

Vor ihr lockte die Tür. Aber irgendetwas hielt sie zurück. Es war der Schatten unter ihrem Bett, der dort herumzulungern schien wie ein böses Tier. Sie konnte nicht anders, sie musste sich überzeugen, dass es nur ein Schatten war. Sie bekreuzigte sich und ließ sich langsam auf die Knie und dann auf alle viere nieder.

Eine plötzliche Bewegung unter dem Bett entlockte ihr einen schrillen Schrei.

Doch es war nur eine Maus, die bei ihrem Anblick sofort in einem kleinen Loch im Mauerwerk verschwand.

»Es tut mir leid, kleiner Kerl«, flüsterte sie erleichtert. »Du hast dich bestimmt noch viel mehr erschreckt als ich.«

»Wie kommst du darauf?«, sagte eine nur allzu bekannte Stimme hinter ihr.

Noch bevor sie etwas sagen oder auch nur schreien konnte, legte sich eine klebrige Hand auf ihren Mund und verschloss ihn mit eisenhartem Griff. Dann legte sich ein Arm um ihre Brust, zog sie mit unwiderstehlicher Gewalt nach oben. Der Körper hinter ihr schob sie durch den Raum und drängte sie mit dem Gesicht gegen die Wand.

»Ich hätte nicht gedacht, dass ich dazu noch einmal die Gelegenheit bekomme.«

Die Hand auf ihrem Mund löste sich und schob sich langsam an ihrem Körper nach unten zu dem Gürtel ihrer Hose.

»Brent«, jammerte sie. »Bitte tu das nicht.«

»Nenn mich nie wieder so«, erklang es dicht an ihrem Ohr. »Ich bin der Bote.«

Jimmy kauerte auf dem kalten Boden. Der Mann, vor dem er und die anderen sich versteckten, stand fast neben ihm. Er konnte seine Beine sehen und die Pistole in seiner Hand.

»Ist da jemand?«, rief er.

Die Stimme fuhr Jimmy durch Mark und Bein. Es war der Pontifex.

Für einen Moment verspürte er den unwiderstehlichen Drang, ihm die Pistole zu entreißen und dem Kerl das Gesicht zu zerschießen. Doch er wusste, dass er gegen einen bewaffneten Erwachsenen keine Chance hatte. Stattdessen hätte er nur Rasim und die anderen Kinder der Entdeckung preisgegeben.

Der Mann begann, langsam um die Tischplatte herumzuwandern, unter der sich Jimmy versteckt hatte. Es war ein einfaches Gestell aus Blech und auf Rollen. Offenbar befand er sich in einer Art Heilzimmer, denn überall auf den Tischen standen Flaschen mit Tinkturen, Verbandszeug und Ähnliches, aber auch jede Menge technische Geräte, deren Zweck er nur erahnen konnte.

Am Geräusch der Schritte glaubte Jimmy zu erkennen, dass der Pontifex schräg hinter ihm die Tür zu dem kleinen Lagerraum erreicht hatte, in dem sich Rasim und die anderen versteckten. Es klickte. Offensichtlich prüfte der Pontifex die Verriegelung. Wenn er die Tür öffnete, war alles verloren.

Jimmy hielt den Atem an. Doch es blieb beim Klicken. Er beglückwünschte sich innerlich dazu, gegen Rasims Protest von außen ordentlich verschlossen zu haben.

Die Schritte kamen wieder näher. Jimmy betete, dass er aus dem Blickwinkel des Pontifex unsichtbar blieb. Die Beine bewegten sich direkt auf ihn zu.

Und blieben genau vor ihm stehen.

»Komm raus, oder ich brenn dir ein paar Kugeln in den Pelz.«

Jimmy zuckte vor Schreck zusammen. Ein Eisstrom fuhr durch seine Adern und ließ seine Muskeln butterweich werden. Es war vorbei. Alles vorbei. Warum es noch hinauszögern?

Er wollte gerade aufstehen, als …

Iiiiiiiih.

Ein schriller Sirenenton.

Stille.

Wieder der Sirenenton.

Er wiederholte sich in rhythmischen Abständen.

Erst da merkte er, dass er vor lauter Schreck die Augen zusammengekniffen hatte wie ein kleines Kind. Als er sie wieder öffnete, waren die Beine vor dem Tisch verschwunden. Die Tür schlug zu. Dann ging das Licht aus.

Jon eilte durch die Korridore. Der Tag zerrte an seinen Nerven. Vor allem das Wiedersehen mit seiner Tochter hatte ihm emotional schwer zugesetzt und aus der Bahn geworfen. Dann die aufwühlende Entdeckung in den Schlafquartieren, und auf dem Weg dorthin hatte er geglaubt, seltsame Geräusche aus dem Sanitätsbereich zu vernehmen; er war sich noch immer nicht sicher, ob er sich die nur eingebildet hatte.

Aber das war fürs Erste gleichgültig. Sollte es dort tatsächlich einen Eindringling geben, so hatte er ihn eingesperrt. Der konnte warten, bis Jon den verdammten Reaktorkern überprüft hatte, der sich offenbar in einer kritischen Phase befand.

Doch zuvor würde er sich um jene alte Bekannte im Schlafquartier kümmern.

Er schloss seine Finger etwas fester um die Pistole.

Cooper rieb sich die Beule auf ihrem brummenden Schädel. Ein durchdringendes Geräusch hatte sie hochgeschreckt, und sie war von dem Stuhl gefallen, auf dem sie eingenickt war.

Noch immer verwirrt stand sie auf. Ein Blick auf den Tisch, ihren Teller und die Tasse mit den Resten einer roten Flüssigkeit darin brachte die Erinnerung zurück. Wo war eigentlich ihr neuer Begleiter? Wo war Azrael?

Sie sah sich um. Keine Spur von ihm. Aber … warum war er einfach verschwunden?

Moment.

War das etwa Enttäuschung, die sie da spürte?

Quatsch.

Sie schüttelte den Kopf.

Cooper, du dummes kleines Ding. Er ist nur ein Monster, ein Freak.

Kaum war ihr das letzte Wort durch den Kopf gegangen, erinnerte sie sich wieder an das, was ihr Brent gesagt hatte: *So ist es richtig, Coop. Freaks müssen zusammenhalten …*

Ein schriller Pfeifton unterbrach ihren Gedankengang. Sie erinnerte sich, dass es dieses Geräusch gewesen war, das dafür gesorgt hatte, dass sie aus dem Schlaf hochgeschreckt war. Irgendetwas musste passiert sein. Etwas Dramatisches.

Vater?

Ob ihm etwas passiert war?

Ihre Kehle wurde eng. Nein, das durfte nicht sein. Nicht jetzt. Nicht, nachdem sie ihn gerade erst wiedergefunden hatte.

Panisch hastete sie zur Tür und flehte den Himmel an, dass man ihr ihren Vater nicht ein weiteres Mal wegnahm.

Sie drückte die Klinke nach unten, zerrte daran. Die Tür bewegte sich nicht.

»Verdammt noch mal!«, schrie sie. »Er hat mich doch nicht etwa …«

Im nächsten Moment verflog ihr böser Verdacht, denn sie begriff, dass die Tür nach außen aufging. Sie stieß sie auf und hastete durch die Gänge, verzweifelt in ihrer Erinnerung kramend, welchen Weg sie nehmen musste, um ins Labor ihres Vaters zu gelangen. Sie musste das Treppenhaus finden.

Dann sah sie unter der Korridordecke einen grünen Wegweiser, darauf eine Art Strichmännchen, das ein paar Stufen emporlief. Erleichtert steuerte sie die Stahltür an, auf die der Pfeil zeigte, riss sie auf. Ja, das war die Treppe, die sie herabgekommen waren. Sie stürmte die Stufen hinauf.

Das schrille Pfeifen schien nun von überall her zu kommen, verwirrte ihre Gedanken, stachelte ihre ängstlichen Vorahnungen noch weiter an. Wie viele Stockwerke waren es gewesen? Zwei? Drei vielleicht? Sie wusste es nicht mehr. Es würde ihr kaum etwas anderes übrig bleiben, als es auszuprobieren. Aufs Geratewohl öffnete sie die Tür auf jenem Treppenabsatz, den sie gerade erreicht hatte, und sah in den dahinter liegenden Flur.

Weiße Wände, an jeder Seite Türen, die auf den Korridor mündeten. In diesem verdammten Institut sah jedes Stockwerk gleich aus. Ein elendes Labyrinth der Monotonie.

Gerade wollte sie weitergehen, als ihr Blick unversehens auf das rote Kreuz fiel, das an einer Tür links des Korridors angebracht war.

Big Mamas Medikamente …

Für einige Momente schwankte sie zwischen dem Impuls, den Raum hinter der Tür zu durchstöbern, und der Sorge um ihren Vater.

Plötzlich ein Scheppern, und zwar hinter der Tür. Sie erstarrte.

»Vater?«, rief sie. »Bist du das da drin?«

Nichts.

Sie schlich zu der Tür hin, legte ein Ohr dagegen. In dem Moment zerschnitt ein neuer Sirenenton die Stille. Sie wartete, bis die Sirene wieder abgeklungen war. Dann griff sie kurzerhand nach der Klinke, drückte sie nach unten und stemmte sich gegen die Tür.

Zu ihrer Überraschung gab die Tür sofort nach, noch bevor sie die Klinke nach unten gedrückt hatte.

Das Licht aus dem Flur zeigte ihr einen großen gefliesten Raum mit vielen Metallregalen an einer und einer Art Arbeitsfläche an der anderen Wand. In der Mitte des Raums befand sich ein Podest, hinter dem eine Art mannsgroßer Blechtisch auf Rollen stand. Überall sah sie technische Gerätschaften, die eindeutig medizinischen Zwecken dienten.

Ein zufriedenes Grinsen legte sich auf ihr Gesicht. Hier würden sie die Medikamente für Big Mama finden, wenn es sie im Institut überhaupt gab.

Iiiih.

Wieder die Sirene.

Cooper trat in den Raum. Erst da fiel ihr eine zweite Tür auf. Doch bevor sie sie weiter in Augenschein nehmen konnte, fiel die hinter ihr krachend zu. Sofort wurde der Raum von Dunkelheit verschluckt.

»Wer bist du?«, erklang eine Stimme hinter ihr.

Jon stand vor dem Bett, das er noch vor kurzer Zeit auf dem Bildschirm einer Überwachungskamera betrachtet hatte. Die Matratze fühlte sich warm an, also litt er nicht an Halluzinationen. Hier hatte ganz sicher bis vor Kurzem jemand gelegen. Aber dieser Jemand war verschwunden.

Jon drehte sich um. Ein dunkler Fleck an der Wand neben der Tür erregte seine Aufmerksamkeit. Er drängte sich an den kleinen Tisch in der Mitte des kargen Raumes vorbei. Vorsichtig berührte er die feuchte Substanz mit dem Finger.

Blut. Kein Zweifel. Auf Höhe seiner Schulter. Als ob jemand gegen die Wand geprallt war und sich dabei verletzt hatte. Auch auf dem Linoleumboden waren ein paar Tropfen zu sehen. Vielleicht war sie gestolpert und gestürzt. War das der Grund, warum sie den Raum so abrupt verlassen hatte?

Er konnte sich keinen richtigen Reim darauf machen. Nun, aus dem Institut gab es nur einen Ausweg, und zwar den Fahrstuhl, den er jedoch nach Coopers Ankunft sicherheitshalber gesperrt hatte. Dann kam ihm der Notschacht in den Sinn, aber es war höchst unwahrscheinlich, dass jemand ohne Ortskenntnis ihn finden würde, und selbst wenn – ein junges Mädchen würde sich in dem tiefen Schacht wahrscheinlich zu Tode ängstigen. Wo immer sie war, auch sie würde ihm kaum entwischen.

Es war höchste Zeit, dass er sich endlich um den Grund des Sirenengeheuls kümmerte.

»Alles so, wie du es wolltest?«, fragte McCann.

David drehte sich zu ihm um. Beide lagen flach auf dem Boden im Unterholz am Waldrand. Die nächsten der Malachim, immer noch in ihrem seltsamen Ruhezustand gefangen, waren kaum fünf Meter von ihnen entfernt. Noch nie hatte er so viele dieser Monster aus solcher Nähe gesehen. Von seiner Perspektive aus verdunkelten sie mit ihren mächtigen Leibern die Sonne, die dicht über den Baumwipfeln stand. Eine Armee nackter Muskeln und lidloser starrender Augen.

Grotesk, phantastisch, Ehrfurcht gebietend … Beim Anblick dieser Geschöpfe tanzten die Adjektive in seinem Kopf einen Reigen.

McCann stupste ihn von der Seite an. »Und?«

David nickte und flüsterte: »Ich denke schon.«

Sie waren bis an den Saum des Waldes gerobbt, um einen letzten Blick auf die Malachim zu werfen. Damit befanden sie sich innerhalb des »Hexenrings«, wie McCanns Männer das Gebiet nannten. Der Ring bestand aus einer dichten Reihe von Erdlöchern rund um den Sammelplatz der Malachim. In diesen Erdlöchern befand sich nicht nur das selbst hergestellte Napalm, sondern auch so ziemlich alles aus der Ausrüstung von McCanns Gang, was sonst noch brennen oder explodieren konnte. Jenseits des Rings würden sich seine Männer, mit automatischen Schnellfeuerwaffen ausgerüstet, in gleichmäßigen Abständen verteilen. Sie würden jene Malachim, die es wider Erwarten doch durch die Flammenwand des Rings schafften, mit einem Kugelhagel empfangen, so dicht und heftig, dass ihnen selbst die Fähigkeit zur sekundenlangen Selbstauflösung nicht helfen würde. So jedenfalls Davids Plan.

Nur an einer Stelle hatten die Männer auf Davids Anweisung hin den Ring unterbrochen. Eine etwa fünf Meter breite Schneise gab den Blick auf das Umspannwerk frei. Kurz nach Beginn ihres Angriffes sollten Granatexplosionen ein oder am besten mehrere Löcher in den äußeren der drei Zäune reißen. Malachim, die nicht schon vom Feuer oder den Schüssen erledigt waren, würden mit den Salven zweier schwerer Maschinengewehre dorthin getrieben werden, wo die Spannung sie nach Aussagen von McCanns Männern in das verwandeln würde, was sie Teer nannten.

Je mehr David darüber nachdachte, desto aberwitziger klang die ganze Sache, aber es war immer noch besser, als von McCann wegen Befehlsverweigerung geblendet zu werden. Ging es schief, konnte er zumindest immer noch versuchen, im Kampfgetümmel zu flüchten.

»Lass uns die Sache starten«, flüsterte McCann und klopfte ihm auf den Rücken.

Die beiden robbten gemeinsam zurück. Nachdem sie aus dem Unterholz heraus waren, durchquerten sie den Ring, bis sie nach einigen Minuten die Stelle erreicht hatten, wo McCanns Männer darauf warteten, dass ihr Boss ihnen den Befehl erteilte, ihre Kampfpositionen einzunehmen. David sah den Haufen das erste Mal in seiner ganzen Größe. Es mussten wohl an die dreihundert Mann sein.

David erwartete, dass McCann irgendeine Art von Ansprache hielt. Stattdessen wies der Anführer zwei Männer an, einen runden Behälter von etwa einem halben Meter Höhe und einem etwa ebenso großen Durchmesser heranzuschaffen. Einer der Männer schraubte den Deckel ab. Neugierig wühlte sich David durch die Reihen der Männer nach vorne. Nach den Beschreibungen, die er bereits gehört hatte, war ihm sofort klar, dass es sich bei der dunklen Flüssigkeit um Teer handelte.

Aber die schiere Menge rief unter den Männern einiges an Aufregung hervor. Jedenfalls ging ein erwartungsvolles Raunen durch ihre Reihen. McCann, der direkt neben dem Behälter stand, zwirbelte grinsend seinen Bart. Schließlich hob er die Hand, und augenblicklich kehrte Ruhe ein. Er ließ sich von einem der Männer, die den Behälter getragen hatten, eine Kelle reichen, und schwenkte sie durch die Luft.

»Schlagt zu«, sagte er dann. »Und lasst bloß nichts übrig.«

14

Stacy rieb sich mit dem Handrücken über die Stirn. Für einen Moment betrachtete sie die Feuchtigkeit auf ihrer Haut. Dann leckte sie sie gierig ab. Ihr Mund fühlte sich schon seit Stunden an wie Sandpapier. Auch ihr Magen knurrte entsetzlich. Aber das Schlimmste war der demütigende Schmerz zwischen ihren Beinen.

Vorsichtig hob sie den Kopf. Brent – oder besser das Ding, das aus ihm geworden war – stand mit dem Rücken zu ihr. Sein Körper schwankte fast unmerklich. Ab und zu schien er leise mit sich selbst zu flüstern. So ging es schon, seit er sie und sich selbst in diesem seltsamen Raum eingesperrt hatte. Wie lange mochte das her sein? Eine Stunde? Sie hatte jedes Zeitgefühl verloren.

Ängstlich sah sie sich um. Etwas wie diesen Ort hatte sie noch nie gesehen. Überall verliefen dicke metallene Rohre, manche einzeln, manche in Bündeln vor der mit dickem grünem Lack bestrichenen Wand. Es erinnerte sie an Bilder aus dem Maschinenraum eines großen Schiffes, die sie irgendwann vor dem Bürgerkrieg mal in einer Zeitschrift gesehen hatte. Und die Luft roch seltsam. Irgendwie künstlich und metallisch. Auch war es unangenehm heiß, was ihren Durst nur noch schlimmer machte. Eine kleine Glühbirne klebte an der Decke wie ein einsamer Stern an einem trostlosen Firmament.

Sie versuchte sich zu erinnern, wie sie hergekommen waren. Doch unmittelbar nach dem, was Brent ihr im Schlafquartier angetan hatte, versagte ihr Gedächtnis, fast so, als sei sie vorübergehend bewusstlos geworden. Eines aber stand fest: Sie war mit Brent in diesem Raum gefangen, der nur zwei Zugänge hatte.

Wahrscheinlich waren es diese Zugänge, die sie am meisten an ein Schiff erinnerten, denn im Gegensatz zu allen anderen Türen, die sie bisher im Institut gesehen hatte, bestanden sie aus dickem Stahl und hatten eine Art Bullauge ungefähr auf Gesichtshöhe. Offensichtlich waren sie so mächtig, dass der schrille Alarm, den sie von den Korridoren noch in Erinnerung hatte, nur als schwaches Seufzen zu hören war. Beide Türen wurden von riesigen Scharnieren gehalten, wiesen aber nichts auf, was auch nur entfernt wie ein Öffnungsmechanismus aussah.

»Die können nur aus der Ferne aufgesperrt werden.«

Stacy zuckte unter seiner Stimme zusammen.

Langsam drehte er sich zu ihr um. Bei seinem Anblick revoltierte ihr ohnehin geplagter Magen, und ihr wurde für einen Moment speiübel. Nur mit Mühe gelang es ihr, sich nicht zu übergeben.

Vor ihr stand ein bizarres Mischwesen, halb Mensch, halb Malach. Seine Haut war nur noch ein halb durchsichtiger Nebel, der den Blick auf seine darunterliegende Anatomie mehr schlecht als recht verhüllte. Dass er – oder *es* –, anders als die Malachim draußen, immer noch Brents mittlerweile reichlich zerlumpte Kleidung trug, machte den Anblick nur noch grotesker.

Sie nahm ihren Mut zusammen. »Was ist mit dir passiert?«

Er zuckte die Schultern. »Nichts, was jemand wie du verstehen könnte.«

Die Verachtung in seiner Stimme schnürte ihr die Kehle zu. Auch die nächste Frage kostete sie einige Überwindung. »Wo sind wir hier?«

Er beugte sich zu ihr hinunter. Es roch nach rohem Fleisch. Sie wandte das Gesicht ab und schluckte eine erneute Welle der Übelkeit herunter.

»In ein paar Stunden wird hier ein neuer Stern geboren, Stace. Dann sind du und ich im Mittelpunkt der Sonne.«

Er war jetzt so dicht vor ihr, dass sie schon das Gefühl hatte, seine klebrige Oberfläche auf sich zu spüren. Unwillkürlich versuchte sie nach hinten zu rutschen, doch sie saß bereits an der Wand.

»Was meinst du damit?«, fragte sie ängstlich.

Er richtete sich wieder auf und breitete genüsslich die Arme aus. »Spürst du es denn nicht? Das schwarze Licht, das hier alles durchdringt?«

Sie schüttelte vorsichtig den Kopf. Dieser Kerl hatte nichts mehr mit dem Brent zu tun, den sie gekannt hatte. Was war nur mit ihm passiert? Was immer es war, es musste unvorstellbar schrecklich gewesen sein, wenn es ihn in *dies hier* verwandelt hatte.

»Es tut mir leid, Brent. Ehrlich.«

»Wovon redest du?« Für einen kurzen Moment sah er ehrlich verwirrt aus.

»Na ja, dass ich dich in den Fluss geschubst habe.«

»Ah … das meinst du. Wolltet mich loswerden, du und die andere Schlampe«, zischte er.

»Nein, Brent«, versicherte sie schnell. »Es tut mir ehrlich leid. Ich … Ich wollte doch nur … Eigentlich wollte ich doch nur, dass Cooper nicht …«

Sie überlegte verzweifelt, was sie sagen sollte, doch der hasserfüllte Blick seiner Augen verwandelte ihren Geist in ein Vakuum, verbrannte ihr Innerstes zu einem kleinen Aschehaufen. Ein paar Sekunden später wusste sie schon gar nicht mehr, warum sie eben noch irgendetwas hatte fragen oder erklären wollen. Hunger, Durst und Erschöpfung ließen sie in einen Zustand irgendwo zwischen Wachen und Ohnmacht gleiten, in dem ihre Gedanken aus dem Raum schweiften und zu glücklicheren Orten schwebten.

Doch schließlich holte ihr gepeinigter Körper sie wieder in die trostlose Wirklichkeit zurück. Es fühlte sich an, als ob ihre Zunge von Sekunde zu Sekunde dicker wurde.

»Durst ...« Das war alles, was sie noch sagen konnte.

»Oh. Ich bin wirklich ein schlechter Gastgeber.« Er streckte den Arm aus und ließ seinen Finger in eines der Rohre gleiten, aus dem daraufhin ein dünnes Rinnsal Wasser quoll. Sofort klebte sie an dem Rohr und sog die Flüssigkeit gierig ein.

Eine Weile beherrschte das Gefühl in ihrem Mund ihr ganzes Denken. Dann verschluckte sie sich, begann zu husten, hustete und hustete, würgte einen großen Teil des Wassers wieder aus und fiel erschöpft auf den Boden. Erst da fiel ihr der seltsame metallische Geschmack auf, den die Flüssigkeit auf ihrer Zunge hinterlassen hatte.

Die gelben Zähne bleckend stand Brent über ihr. »Das scheint ja genau dein Stoff zu sein, Stace. Es macht mich an, wenn du so ordinär bist, weißt du?«

Er kniete neben ihr nieder und nestelte an ihrer Hose herum. Mit fahrigen Bewegungen versuchte sie, seine Hand wegzustoßen, als er plötzlich mitten in der Bewegung innehielt. Es sah aus, als ob er horchte.

»Beim heiligen Strahl!«, rief er dann aus. »Das werden ja immer mehr!«

Kurz blickte er Stacy an, als erwarte er irgendeine Reaktion. Doch zu mehr als einem schwachen Wimmern war sie kaum noch imstande.

»Ich muss sofort zu ihnen!« Er sprang auf, ging an ihr vorbei zu einer der beiden Türen, verschmolz damit und verschwand.

Sekunden später erschien sein Gesicht vor dem Bullauge. Er zwinkerte ihr zu. Dann war sie endgültig allein.

Eine Gruppe Kindergesichter war auf Cooper gerichtet. Einige wenige in ihrem Alter, darunter der Anführer, ein hoch aufgeschossener, linkisch wirkender Kerl, der sich ihr als Jimmy vorgestellt hatte, und ein etwas kompakterer Bursche von offensichtlich orientalischer Herkunft. Es waren diese beiden, die jetzt vor ihr knieten.

»Du bist also aus den Städten?«, fragte Jimmy.

»Mach meine Hand los, und ich sag's dir.« Während sie sprach, zerrte sie mit der Linken an einem Tischbein, an das man sie mit einem Kleidungsstück etwas dilettantisch, aber wirkungsvoll genug gefesselt hatte. Notgedrungen harrte sie nun im Schneidersitz aus.

Eigentlich hatte sie in diesem Raum ihren Vater vermutet. Stattdessen war sie über diese Bande aus Halbstarken und Kindern gestolpert. Dieser Jimmy und sein orientalisch aussehender Freund hatten sie überwältigt und gefesselt, während der Rest der Gruppe sie begafft hatte, als wäre sie ein Fabelwesen aus dem Märchen. Sie hatte beschlossen, die Blicke und das Getuschel zu ignorieren und sich stattdessen im Raum umzusehen, in dem sie saß.

Es handelte sich tatsächlich um eine Krankenstation.

Die beiden Jungen, die vor ihr standen, tauschten einen Blick und flüsterten dann kurz miteinander. In ihr Geraune hinein war wieder der Sirenenton zu hören, allerdings deutlich gedämpfter als draußen auf dem

Flur, was wohl daran lag, dass sich im Raum selbst kein Lautsprecher befand.

»Was ist?«, stichelte Cooper. »Angst vor Mädchen?«

Der Kerl namens Jimmy betrachtete sie leicht verunsichert. Sein schmales Gesicht sah etwas zu ernst und zu alt aus für die Jahre, auf die Cooper ihn ansonsten schätzte. »Kannst dir deinen Atem sparen«, sagte er schließlich. »Ich würde sogar einen Säugling fesseln, bis ich weiß, ob von ihm eine Gefahr ausgeht.«

»Gefahr?« Sie wies mit dem Zeigefinger der freien Hand auf sich selbst. »Sehe ich vielleicht aus wie ein verdammter Ninja oder so?«

»Ein was?«, fragte Jimmy stirnrunzelnd.

»Das sind so japanische Superkämpfer«, raunte ihm der orientalische Junge zu.

Cooper musste ein Grinsen unterdrücken. Jeder, den sie kannte, wusste, was ein Ninja war. Der Anführer dieser Gruppe musste ein echt ungebildeter Holzkopf sein.

»Ah«, quittierte der Anführer die Erläuterung seines Freundes oder Adjutanten oder was immer der Orientale war. Sein Blick glitt an ihr hinab, als ob es zur Beantwortung ihrer Frage einer genaueren Prüfung bedurfte. Cooper gähnte demonstrativ.

»Und?«, fragte er.

»Und was?«

»Bist du aus den Städten?«

»Kannst du Gift drauf nehmen, du saudämlicher Hinterwäldler«, sagte sie.

Wieder runzelte er die Stirn, doch diesmal legte er sie in ärgerliche Furchen. »Woher willst du wissen, dass wir aus dem Wald kommen?«

Ein paar der Kinder tuschelten wieder, wobei sie Cooper mit bösen Blicken bedachten.

»Steht euch in eure schmutzigen Gesichter geschrieben, Hinterwäldler«, antwortete Cooper, die immer mehr Gefallen an ihrer Rolle als kratzbürstiges Verhörobjekt fand.

»Hör mal«, sagte Jimmy und trat einen Schritt näher. »Pass lieber auf, was du sagst.« Er legte seine Hand demonstrativ auf den Griff eines kleinen Messers, das er am Gürtel trug.

»Damit willst du mir Angst einjagen?«, höhnte sie. »Das taugt eher zum Kartoffelschälen als zum Kämpfen. Habt ihr hier im Wald keine richtigen Messer?«

Wieder tauschten er und der Orientale einen Blick, wobei Letzterer die Schultern zuckte.

»Sag mir, was du hier zu suchen hast«, forderte Jimmy.

Cooper hatte die Frage erwartet. Jetzt musste sie Farbe bekennen. Sollte sie diesem wirren Haufen dummer Kinder etwa von ihrem Vater erzählen? Vielleicht konnte sie so ihr Vertrauen erlangen. Andererseits war ihrer Erfahrung nach in solchen Situationen die Wahrheit selten die beste Option.

»Ich hab was zu essen gesucht«, behauptete sie.

Jimmy sah sie ungläubig an. »Zu essen? Hier unten?«

Sie zuckte die Schultern. »Außerdem bin ich auf der Suche nach Medikamenten für eine Freundin«, ergänzte sie. Ein kleiner Teil Wahrheit, der ihre Geschichte hoffentlich etwas glaubhafter machte.

»Und wie bist du hier reingekommen?«

Cooper überlegte kurz und entschied sich wiederum für die Wahrheit. »Mit dem Fahrstuhl.« Der verständnislose Blick ihres Gegenübers ließ sie laut auflachen. »Sagt bloß, ihr wisst nicht, was ein Fahrstuhl ist?«

Auch diesmal schien der Orientale seinem »Anführer« gegenüber einen Wissensvorsprung zu haben. Er beugte sich zu Jimmy hin und flüsterte ihm etwas ins

Ohr. Jimmys Augen wurden groß. Er wandte sich wieder Cooper zu. »Zeig uns diesen … Fahrstuhl.«

»Erst wenn ihr mir sagt, was *ihr* hier zu suchen habt«, sagte Cooper, »und mich losbindet.«

»Ich glaube nicht, dass du …«, begann Jimmy, doch eines der Kinder unterbrach ihn.

»Ruby!«, rief eine schrille Stimme. »Sie ist ganz blau!«

Das Mädchen, das gerufen hatte, kniete neben einem anderen am Boden. Letzteres lag auf ein paar Decken und rührte sich nicht. Jimmy ging zu den beiden.

Neugierig reckte Cooper den Hals, dann entfuhr es ihr: »Ach, du meine Güte. Das ist ein Fieberkrampf.«

Alle Augen richteten sich auf sie. Auch Jimmy und der Orientale wandten sich ihr zu. »Hast du eine Ahnung, was man da macht?«, wollte Jimmy wissen.

»Ein Mädchen in meiner Schulklasse hatte das ein paarmal. Da war ich noch ganz klein«, erklärte Cooper. »Sie haben ihr immer was zur Entspannung gegeben, glaub ich. Ist schon lange her. Bindet mich los, und ich versuch, ihr zu helfen.«

Sie sah Jimmy an, dass er einen inneren Kampf ausfocht.

»Mach sie los«, befahl er schließlich.

Der Orientale starrte Jimmy ärgerlich an. »Warum ich?«

»Weil ich es so sage«, entgegnete Jimmy, und in Coopers Ohren klang es deutlich flehentlicher, als der Wortlaut es vermuten ließ.

Der Blick des Orientalen flackerte kurz zwischen ihnen beiden hin und her. Dann legte sich ein breites Grinsen auf sein Gesicht.

»Na schön«, sagte er und machte eine tiefe Verbeugung, dann band er Cooper los.

Sie stand auf und rieb sich das Handgelenk, bevor sie damit begann, die Regale zu durchsuchen. Dabei orientierte sie sich an den Etiketten auf den Schachteln und Kartons, die verrieten, welche Medikamente oder sonstigen Heilmittel sich darin befanden, auch wenn ihr die meisten Aufschriften nichts sagten. Sie spürte die Blicke der anderen in ihrem Rücken. Die Sekunden verstrichen, doch dann fand sie endlich, wonach sie gesucht hatte. »Gigazepam-ject i. m.« stand auf einem großen Karton. Sie zog ihn aus dem Regal, riss ihn auf und entnahm ihm eine der kleinen Schachteln, die darin sauber gestapelt waren.

»Hier.« Sie reichte die Schachtel Jimmy.

»Was ist das?«, fragte er misstrauisch.

»Ein ... äh ... Entspannungsmittel. Das wird ihre Muskeln entkrampfen.«

»Hm.« Er öffnete die Schachtel und entnahm ihr eine kleine Fertigspritze. »Was macht man damit?«

»Ich zeig's dir. Hab ich bei Big Mama hundertmal gemacht.«

Er sah sie verständnislos an.

»Vergiss es. Wir brauchen noch Desinfektionsmittel.« Schnell hatte sie eine große braune Flasche mit Spiritus gefunden. Großzügig goss sie die klare Flüssigkeit auf den Arm des Mädchens. Dann hob sie die Packung der Spritze vor Jimmys Augen. »I.M.«, erläuterte sie. »Das heißt intramuskulär.« Sie zog die Schutzkappe ab und rammte die Spritze dem Mädchen ohne weiteres Federlesens in den Bizeps, genau wie sie es bei Big Mama immer getan hatte.

Ein Aufstöhnen ging durch die Menge. Für einen Moment schien es, als wollte sich Jimmy auf sie stürzen.

Es dauerte ein Weilchen, aber dann schien sich Ruby allmählich zu entspannen.

»Sie sollte jetzt auch etwas Wasser trinken«, sagte Cooper.

»Aber wir haben hier drinnen kein Wasser.«

Verdutzt starrte sie ihn an. Dann schüttelte sie ungläubig den Kopf, wandte sich wieder dem Regal zu und zog einen zweiten Karton hervor. »Isotonische Kochsalzlösung« stand darauf. Sie riss auch diesen Karton auf und nahm einen der darin enthaltenen Beutel heraus. Bevor Jimmy protestieren konnte, hatte sie sein Messer aus dem Gürtel gezogen und ein kleines Loch in den Beutel gestochen. Sie kniete sich neben das Mädchen, das mit halb offenen Augen auf dem Boden lag, und drückte ihr die Flüssigkeit aus dem Beutel in den Mund.

»Sie muss noch mehr trinken«, sagte Cooper, »und ihr auch, so wie ihr alle ausseht. Das Zeug schmeckt ein bisschen salzig, aber es hat alles, was man braucht. In der Stadt waren wir immer froh, wenn wir es in einem verlassenen Krankenhaus gefunden haben.« Sie drückte dem verdutzten Jimmy ein paar Beutel in die Hand. »Ich sehe nach, ob ich irgendwas Fiebersenkendes für die Kleine finde.«

Jimmy und der Orientale starrten sie an wie eine Erscheinung.

»Danke«, murmelte Jimmy leise, aber hörbar.

Sie grinste. »Dafür nicht, Hinterwäldler.«

Stacy starrte gebannt auf das Gesicht hinter dem Glas des Bullauges. Es war jene Tür, durch die Brent vor einigen Momenten – oder waren es Stunden? – hindurchgeglitten war wie ein Gespenst.

Sie betete inständig, dass das Gesicht hinter dem Glas wirklich nur ein Gespenst war. Sie hatte gehofft, dieses

Gesicht nie wieder sehen zu müssen. Sie kniff die Augen zu. Vielleicht würde es einfach verschwinden. Wie ein böser Traum, ein Trugbild.

»Ich hätte nie gedacht, dass wir uns noch einmal wiedersehen.«

Die Stimme war zu laut und zu deutlich für ein Gespenst. Sie schien aus derselben Quelle zu kommen wie die Sirene. Sie steckte sich die Finger in die Ohren und begann, vor sich hinzusummen. Ein einfaches Kinderlied. Big Mama hatte es früher gesungen, wenn Stacy nicht hatte einschlafen können, weil einer der Raubzüge der Gang wieder so blutig geworden war, dass die Bilder sie nachts verfolgten.

»Du bist groß geworden. Genau wie Cooper. Sie hat von dir erzählt.«

Die Stimme ließ ihr Innerstes vibrieren. Stacy summte so laut sie konnte. Sie versuchte sich in Erinnerung zu rufen, wie Cooper damals ausgesehen hatte. Sie war wohl auf dem Weg von der Schule nach Hause gewesen. Stacy hatte vom ersten Moment an gewusst, dass sie die Schwester war, die sie sich so sehnlich gewünscht hatte.

»Offenbar erinnert sie sich nicht an jenen Tag.« Die Stimme donnerte, füllte den ganzen Raum aus. »Oder zumindest nicht an dich.« Stacy summte, jammerte, wand sich mit zugekniffenen Augen. Ihr Kopf schmerzte fürchterlich. Ihr Unterleib fühlte sich gleichzeitig heiß und taub an. »Das heißt, an dein damaliges Ich.«

»Bitte ...«, schrie Stacy.

»Bitte?«, wiederholte die Stimme. »Ich glaube, dieses Wort habe ich an jenem Tag auch gebraucht. Es hat mir nichts genützt. Ich habe alles verloren, was ich jemals geliebt habe. Weißt du, wie es sich anfühlt, wenn dir bei lebendigem Leib das Herz aus der Brust gerissen wird?

Es gibt nichts Schlimmeres als die, die man liebt, leiden zu sehen und nichts dagegen tun zu können. Ich konnte nicht mehr schlafen. Wochenlang. Monatelang. Und wenn mir dann doch die Augen zufielen, kamen die Bilder. Kannst du dir das vorstellen? *Kannst du das?!*«

»Es … tut mir leid.«

Stille.

Hatte sie das gerade gesagt? Ihr Gesicht fühlte sich heiß an. Verwundert rieb sie sich die Augen. Die Wangen darunter waren ganz feucht. *Sie weint,* dachte sie erstaunt. *Arme Stacy. Du warst doch noch so klein.*

Stille.

Sie öffnete die Augen. Immer noch klebte das Gespenstergesicht an der Scheibe. Völlig reglos. Dann ertönte wieder die Sirene, und die Augen in dem Gesicht zuckten.

»Ja.« Die Stimme war nicht mehr ganz so laut wie vorher. »Mir tut es auch leid.«

Das Gesicht verschwand, so wie Brent plötzlich verschwunden war. Dann aber erschien es wieder.

»Fast hätte ich es vergessen«, sagte die Stimme. »Bald werden hier die Feuer der Hölle toben. Und du hast jetzt einen Platz in der ersten Reihe.«

Das Gesicht betrachtete sie noch eine Weile. Dann verschwand es. Diesmal für immer.

David traute seinen Augen nicht. Die Hand vor seiner Brust flirrte halb durchsichtig vor der Flammenwand. Doch es war kein Malach, der vor ihm stand und ihn bedrohte. Es war einer von McCanns Männern.

Wie hatte es so weit kommen können?

McCanns Männer hatten den Ring entzündet, und das Gelände war von einer drei Meter breiten Flammenwand eingeschlossen worden. Dann hatten sie die Malachim in Scharen niedergemäht. Doch zu Davids Überraschung hatte nicht einmal dieses Gemetzel die Malachim aus ihrer Lethargie erwachen lassen.

Und dann hatte ein neuer Spieler das Feld betreten, und alles war außer Kontrolle geraten.

Hoch auf einem Baum hinter dem Flammenring beobachtete David das Geschehen gemeinsam mit McCann durch einen Feldstecher, den sie sich immer wieder hin- und herreichten. Die vom Feuer aufgeheizte Luft schien die Körper der wenigen Malachim, die noch standen, grotesk zu verzerren.

McCann hatte David auf die Schulter getippt und dann auf das seltsame schlangenförmige Gebäude in der Mitte des Schlachtfelds gewiesen. David richtete den Feldstecher auf das Gebäude und begriff sofort, was McCann meinte.

Von ihrer erhöhten Position aus war der Haupteingang zu sehen gewesen, und vor den Türen stand eine schmale Gestalt.

David war ein Schauer über den Rücken gelaufen, denn so ein Wesen hatte er nie zuvor gesehen. Das Äußere war das eines Malach, aber die Figur war die eines schlaksigen jungen Mannes.

»Was ist das?«, hatte er McCann gefragt.

Doch der hatte nur verwirrt den Kopf geschüttelt.

Eine Weile hatte die Gestalt bewegungslos vor den Türen gestanden, als wäre auch sie der seltsamen Starre ihrer Mitgeschöpfe verfallen, dann aber hob der Malach-Junge die Arme, als würde er irgendetwas beschwören.

Und dies war der Moment gewesen, in dem die Hölle losbrach!

Fast augenblicklich gingen die verbliebenen Malachim zum Gegenangriff über. Für einen kurzen Moment war David fast ein bisschen erleichtert. Schließlich hatte er McCann Teer versprochen, den er aber nur dann bekam, wenn es den Männern gelang, eine größere Anzahl Malachim in den Elektrozaun des Umspannwerks zu treiben.

Doch die Erleichterung verging ihm, als ihm klar wurde, dass die Malachim augenscheinlich nicht die Einzigen waren, denen die mysteriöse Botschaft des Malach-Jungen gegolten hatte.

Zuerst bemerkte er nur, dass das Gewehrfeuer auf die Malachim abnahm und schließlich bis auf ein paar vereinzelte Schüsse hier und da ganz verebbte. Die Malachim nutzten diesen Umstand, um den Flammenring auf Lücken abzusuchen. Die Situation wurde bedrohlich.

David brüllte seine Befehle nach unten, doch niemand reagierte. Dann fiel sein Blick auf zwei von McCanns Männern, die direkt unter dem Baum ein Maschinengewehrnest errichtet hatten, und er sah, wie die Hand des Ladehelfers im Nacken des MG-Schützen verschwand. Ein paar fürchterliche Sekunden lang wand sich der Körper des Schützen in bizarren Krämpfen, dann war sein Todeskampf vorbei.

David blieb nicht viel Zeit, seinen Schock zu überwinden. Mit erstaunlicher Mühelosigkeit riss der Ladehelfer das Maschinengewehr von der Lafette und richtete es auf David und McCann.

Kurz trafen sich ihre Blicke. Für David war der Zeitpunkt gekommen, sein Bündnis mit McCann zu kündigen. Noch bevor die erste Salve hämmerte, setzte er alles auf eine Karte und sprang von der breiten Astgabel, die er sich mit McCann geteilt hatte.

Ein paar bange Atemzüge lang befand er sich im freien Fall. Der Aufprall presste die Luft aus den Lungen. Mühsam kämpfte er sich auf die Beine.

Ein fürchterlicher Schlag auf den Hinterkopf schickte ihn gleich wieder zu Boden. Einen Atemzug lang kämpfte er gegen eine Ohnmacht an, dann erkannte er, dass er direkt in dem MG-Nest gelandet war. Der Ladeschütze stand mit der Waffe über ihm und riss am Spannhebel.

Blitzschnell drehte sich David zur Leiche des Schützen, riss dessen Pistole aus dem Halfter und richtete die Mündung auf den Kopf des Ladehelfers.

Der Schuss krachte. Für einen kurzen Moment konnte David durch das Gesicht des Schützen hindurch den Baum hinter ihm sehen.

Der Verschluss des Maschinengewehrs rastete klickend ein. David begriff seinen Fehler, zielte erneut und drückte ein zweites Mal ab.

Die Kugel nagelte durch die Hand des Schützen, noch bevor er die Finger krümmen konnte. David sprang auf und erledigte den Mann mit einem weiteren Schuss ins Rückgrat.

Das alles hatte höchstens dreißig Sekunden gedauert.

Ein kurzer Rundblick. Überall gingen McCanns Männer auf ihresgleichen los, unterstützt von einzelnen Malachim, die bereits einen Weg durch den Feuerring gefunden hatten.

Keine Zeit, einen Sinn in dieser Entwicklung zu finden. Drei Schatten stürmten aus Richtung der Feuerwand auf ihn zu.

McCanns Männer?

Malachim?

Es spielte keine Rolle.

Der größte Sieg ist der, der ohne Kampf errungen wird, sprach eine Stimme in seinem Kopf. Zeit für ein bisschen Mummenschanz.

Er krümmte den Zeigefinger. Als der Schuss krachte, bog sich sein Körper in einer wilden Verrenkung nach hinten, und er brach über dem Maschinengewehrnest zusammen.

Im Augenwinkel sah er die drei Schatten an sich vorbeistürmen.

Mit der Linken griff er in die Erde und bestrich sich das Gesicht, dann rollte er sich auf den Bauch und stemmte sich auf.

Bewegung überall. Schüsse, Schreie, aber niemand in seiner unmittelbaren Nähe.

Vor ihm das Feuer.

Sein Blick fiel auf den blutigen Mantel, in dem der Ladehelfer steckte.

Sekunden später raste David durch die Flammenwand, den Oberkörper in den Mantel gehüllt, den er von dem toten Körper gezerrt hatte. Er lief blind durch die Hitze, und als sie auf einmal nachließ, schleuderte er den brennenden Mantel von sich und schlug im Laufen die Flammen an seinen Beinen aus. Die kaum verheilte Brandwunde an seinem Bein pochte, aber er biss die Zähne zusammen und kämpfte gegen den Schmerz an.

Wie erwartet befanden sich kaum noch lebende Malachim innerhalb des Flammenrings. Er war zumindest für ein paar Sekunden sicher.

Er sah das kleine Umspannwerk vor sich. Zu seiner Überraschung klaffte ein Riesenloch in allen drei Zäunen. Irgendwer hatte seinen ursprünglichen Befehl ausgeführt, dabei allerdings auch den Elektrozaun zerstört.

Ein Teil von ihm wollte in wildes Gelächter über diesen Fehler ausbrechen, der den ganzen Plan ohnehin zunichtegemacht hatte, da krachten hinter ihm Schüsse.

Die Malachim waren bewaffnet?

Jedenfalls schwirrten Kugeln links und rechts an ihm vorbei.

Er lief weiter auf das Umspannwerk zu, in dem sich ein gewaltiger Strommast erhob. Dessen Kabel reichte über die Umzäunung zu dem schneckenhausartigen Gebäude hinter den Mauern. Irgendwo hatte er gehört, dass es ungefährlich war, so ein Kabel zu berühren, solange keine Verbindung zur Erde bestand. Er würde herausfinden, ob das mit der Wirklichkeit zu tun hatte. Er huschte durch die Löcher in den Zäunen und erreichte den Strommast. Kleine Steigeisen führten nach oben. Er würde …

»Keinen Schritt, mein Bester!«

Die Mündung an seiner Schläfe fühlte sich heiß an. Mit der Waffe war kurz vorher geschossen worden.

David hob die Hände und erkannte McCann aus den Augenwinkeln.

»Nicht erwartet, mich wiederzusehen?«

Ein Schuss krachte, eine Kugel zwitscherte dicht an McCann vorbei.

Er zog eine Granate, entsicherte sie und warf sie den näher kommenden Schatten entgegen. Dann packte er den verdutzten David am Kragen und zog ihn hinter den Mast in Deckung. Schreie mischten sich in die Explosion.

McCann wies stumm auf den Boden, wo ihnen ein Loch in der Erde entgegengähnte. Für einen Moment fürchtete David, McCann würde ihn einfach hineinstoßen. Stattdessen steckte McCann seine Pistole in den Hosenbund und stieg selbst in das Loch.

Kurz bevor er verschwand, winkte er David, ihm zu folgen.

David wusste, dass dies hier seine letzte Chance war, also stieg er McCann hinterher.

Ihre Verfolger tauchten oben am Rand des Einstiegs auf und begannen blindlings in das Loch zu schießen. Bedrohlich nah pfiffen die Kugeln an ihnen vorbei oder schwirrten im Abstieg als gefährliche Querschläger umher.

Dann ließ ein ohrenbetäubendes Krachen über ihnen David so stark zusammenzucken, dass er beinahe von den Eisensprossen abgerutscht und in den Schacht gefallen wäre. Einige Sekunden lang regneten Trümmer und Körperteile an ihnen vorbei in die Tiefe.

»Weiter?«, fragte David.

»Noch nicht«, antwortete McCann.

»Was ist mit deinen Männern passiert?«

»Keine Ahnung. Irgendwie änderte sich alles, als dieser komische Kerl auftauchte.«

»Warum haben die Männer gegeneinander gekämpft?«

»Ich sagte doch, keine Ahnung«, entgegnete McCann schroff, dann aber fügte er hinzu: »Aber wenn du meine Meinung wissen willst ...«

»Unbedingt«, sagte David neugierig.

»Soweit ich es gesehen habe, gab es nur ein paar Männer, die danach weiter gegen die Malachim gekämpft haben, zufälligerweise identisch mit den wenigen Abstinenzlern in meiner Truppe.«

»Du meinst ...?«

»Der Teer hat die anderen verändert«, war McCann überzeugt. »Der Teer und diese Schrumpfversion von einem Malach. Und ich schwöre dir, ich glaube, ich kenne den Kerl irgendwoher. Jedenfalls kommt's mir vor, als hätte ich ihn irgendwo schon mal gesehen.«

David zuckte die Schultern, dann fiel ihm ein, dass die Geste in der Dunkelheit sinnlos war, und er fragte: »Wollen wir weiter?«

»Sag du's mir«, antwortete McCann.

»Nun, ich denke, wir haben keine Wahl.«

»Na, dann los!«, bestimmte McCann und setzte grimmig hinzu: »Bevor ich's mir überlege und dich für deinen Verrat in die Tiefe schmeiße.«

David wusste, dass es alles andere als ein Scherz war.

Azrael stand vor dem Zylinder, in dem es bläulich schimmerte. Dies war die Maschine, mit welcher der Schöpfer neue Mitglieder für das Kollektiv schuf, aus dem Azrael, wie es schien, für immer ausgeschlossen war. Zwar hatte er dafür nun eine Verbindung zu dem Menschenmädchen Cooper, aber Cooper hatte in Azraels Schöpfer auch ihren eigenen erkannt, und nur noch diese Verbindung erfüllte jetzt ihr Denken. Er hatte es gesehen, und ihm war klar, dass er und sie niemals ein Kollektiv bilden würden.

Das Gefühl, ganz allein zu sein, war schmerzlich, unerträglich.

Er streckte den Arm in den blauen Nebel und spürte sofort, wie seine Partikel die Bindung verloren. Wenn er auf dieser Welt kein Kollektiv mehr bilden konnte, wollte er an den Ursprung zurückkehren, wo immer das war.

Er zog den Arm wieder aus der Maschine, um ihn zu betrachten. Er schimmerte nun ebenfalls und hatte seine Konturen fast verloren. Trotzdem konnte er die Finger weiterhin bewegen und spüren.

Für einen Moment genoss er den Gedanken, einen Ausweg aus allem gefunden zu haben, dann hob er ein Bein über den Rand des Trichters, zog das andere nach und ließ sich langsam in das Licht gleiten.

»Komm her, Cooper!«

Ihr Vater winkte ihr mit der Linken. Mit der Rechten hielt er eine Pistole auf Jimmy und die anderen gerichtet.

»Nein, Vater!«, rief sie. »Das sind Freunde von mir!«

»*Das* ist dein Vater?«, keuchte Jimmy, und es klang nicht sehr freundlich.

Cooper verstand die Welt nicht mehr. Irgendwie geriet plötzlich alles aus dem Ruder. »Vater, da ist ein krankes Mädchen. Ich hab ihm ein bisschen Medizin …«

»Davon verstehst du nichts, Cooper!«, unterbrach er sie. »Und jetzt komm sofort hier hinter mich!«

Coopers Blick flackerte nervös zwischen ihrem Vater und den anderen hin und her. Warum lag auf einmal dieser mörderische Zorn in Jimmys Augen? Als ob sie von einer Sekunde auf die andere von der Retterin zur Feindin geworden war.

Iiiih.

Das schrille Heulen der Sirene zerrte zusätzlich an ihren Nerven. Bis vor ein paar Sekunden war alles noch mehr oder weniger in Ordnung gewesen. Sie hatte versucht, dem ohnmächtigen Mädchen zu helfen. Und einem Jungen, der ebenfalls erkrankt war, wenn auch nicht so schwer. Cooper hatte die beiden mit Fiebersenkern und Infusionsflüssigkeit behandelt. Das Mädchen hatte aufgehört zu krampfen, und es hatte sich wirklich gut angefühlt, den beiden Linderung verschaffen zu können.

Außerdem hatte es ihr durchaus gefallen, wie Jimmy, sein orientalischer Freund und die anderen sie danach mit bewundernden Blicken bedacht hatten. Das war alles so viel besser, als für McCann den Minenhund zu spielen. Schon hatte sie davon geträumt, hier unten eine Art neue Heimat gefunden zu haben. Stacy und ihr penetranter Wunsch nach einer Familie kamen ihr auf einmal gar nicht mehr so verschroben vor. Doch dann …

Gerade als sie sich gefragt hatte, wo ihre Freundin wohl sein mochte, war unversehens die Tür aufgesprungen, und ihr Vater war erschienen.

Jetzt stand er da – mit seiner Pistole und diesem Blick, der einfach nicht zu ihm passte. Hasserfüllt. Er sah kein bisschen mehr wie der Vater aus, an den sie sich immer erinnert hatte.

Iiiih.

»Cooper. Ich sage es jetzt zum letzten Mal. Komm her zu mir!«

»Was hast du vor, Vater?«, fragte sie.

»Lass das meine Sorge sein«, knurrte er. »Das sind flüchtige Gefangene. Verbrecher, die sich gegen die Ordnung im Elysion aufgelehnt haben. Sie verdienen deine Hilfe nicht!«

»Das kann nicht dein Ernst sein, Vater. Es sind doch nur ein paar Kinder.«

»Das hat ihn nicht davon abgehalten, meinen kleinen Bruder umzubringen«, sagte Jimmy neben ihr.

»Und meine beiden Schwestern«, fügte ein anderer Junge hinzu.

Die Kinder begannen auf einmal durcheinanderzuschreien. Irgendwie schien jeder in der Gruppe den Tod irgendeines geliebten Menschen mit ihrem Vater in Verbindung zu bringen. Es war absurd. Cooper kam sich vor wie in einem bösen Traum. Ein Teil von ihr wollte einfach nur weglaufen und sich irgendwo verkriechen, aber dann hätte sie Jimmy und die anderen im Stich gelassen, und das wollte sie auf keinen Fall.

»Vater«, bat sie. »Sag, dass das nicht stimmt.«

Ihr Vater, der sich bisher ganz auf die Kinder konzentriert hatte, richtete seinen Blick nun auf sie – und Cooper erschrak.

Sie wusste nicht, was sie in seiner Miene erwartet hatte. Den Ausdruck von Entsetzen vielleicht oder Erstaunen über die Anschuldigungen der Kinder, weil sich alles um eine fürchterliche Verwechselung handelte oder gar eine bizarre Lüge war. In diesem Moment hätte sie jeden Strohhalm dankbar ergriffen.

Aber die Miene ihres Vaters sagte nichts dergleichen. Alles, was sie dort entdecken konnte, war Kälte und eine Art ärgerlicher Ungeduld, die ihr das Blut gefrieren ließ. Der letzte Hoffnungsschimmer in ihr erstarb. Es gab keinen Zweifel, ihr Vater hatte die Menschen umgebracht, von denen die Kinder sprachen. Sie spürte, wie sich ihre Augen mit Tränen füllten, und ihre Sicht verschwamm.

»Was hast du nur getan?«, fragte sie fassungslos.

Seine Augen weiteten sich. »Was unterstehst du dich, mich zu kritisieren?«, schrie er. »Ich trage seit Jahren die Verantwortung für das Leben von Abertausenden von Menschen dort draußen an der Oberfläche. Glaubst du vielleicht, du kannst so einen Moloch nur mit Liebe und Nachsicht regieren?«

»Und glaubst du vielleicht, Mutter würde es gutheißen, wenn du diesen Kindern hier irgendetwas antust, egal, welche Beweggründe du dir einreden magst?«, hielt sie dagegen. »Sie hat immer für Liebe und Nachsicht plädiert, das weißt du genau.«

Cooper merkte, dass sie einen Nerv bei ihm getroffen hatte. Allerdings offenbar nicht einen von der Art, den sie hatte treffen wollen, denn ihr Vater zitterte förmlich vor Wut. Eigenartigerweise fühlte Cooper, wie gerade dieser Umstand sie immer ruhiger werden ließ.

»Die Junkie-Gang, die uns damals überfallen hat, um sich das lausige bisschen Geld zu greifen, das wir zu Hause hatten«, schrie er, »von denen war die Hälfte halbe Kinder wie die da!« Er wies dabei auf Jimmy und seine Begleiter. »Und das nur, weil irgendwelche Gutmenschen solche Typen wie die immer und immer wieder ungestraft haben davonkommen lassen. Gott, wie oft habe ich mir hinterher gewünscht, irgendjemand hätte ihnen schon lange vorher ein großkalibriges Loch in ihre sauberen Visagen gebrannt. Aber ich schwöre dir, solange ich atme, werde ich verhindern, dass so etwas jemals wieder passiert, und wenn ich die da alle einzeln abknallen müsste.«

»Mutter würde dich verachten«, sagte sie leise.

Einen Moment lang stand er mit leerem Blick und offenem Mund da, wie zur Salzsäule erstarrt. Plötzlich aber schien irgendetwas in ihm zu zerreißen. Sein Gesicht wurde rot, dunkelrot. Seine Augen quollen schier aus den Höhlen.

Die Pistolenmündung schwang herum und war auf einmal auf Cooper gerichtet.

»Treib mich nicht zum Äußersten«, sagte er, diesmal bedrohlich leise.

Cooper merkte, dass auch sie zu zittern begonnen hatte. Aber sie würde ihm nicht die Genugtuung geben, ihm ihre Angst zu zeigen.

»Knall mich doch ab, Vater«, schrie sie. »Es ist mir egal. Der Vater, nach dem ich mein Leben lang gesucht habe, existiert nicht mehr. An seiner Stelle habe ich ein Monster gefunden. Ich wünschte, ich hätte dich nie mehr gesehen.«

Sie spürte, wie ihr die Tränen über die Wangen liefen. Durch den Schleier sah sie, wie er die Waffe vorspannte.

»Und meine Tochter starb vor Jahren bei einem Überfall. Wer du bist, weiß ich nicht«, sagte er.

Fast unbeteiligt registrierte sie, wie sich ihr Körper in Erwartung des Schusses anspannte.

»Nein!«

Cooper hörte den Schrei nur gedämpft wie durch eine Wand. Dann schoss ein Schatten an ihr vorbei und auf ihren Vater zu, und sie erkannte Jimmys schmale Gestalt.

Mit vollem Schwung prallte er gegen ihren Vater. Beide gingen zu Boden und kämpften dort um die Waffe.

Die anderen schrien. Cooper merkte, dass auch sie schrie.

Sie wollte zu den beiden laufen und fürchtete gleichzeitig, dadurch alles noch viel schlimmer zu machen. Dann krachte es laut.

Ihr Herz blieb fast stehen.

»Vater!«, rief sie ängstlich.

Die Rangelei war zum Ende gekommen. Jimmy, der bis dahin oben gelegen hatte, rollte langsam von ihrem Vater und blieb dann keuchend neben ihm liegen. Sein Pullover war voller Blut.

Auch das Hemd ihres Vaters war eine einzige Blutlache. Und sein Atem ging stoßweise. Mit einer Hand zog er sich das Hemd aus der Hose. Etwas oberhalb seines Hüftknochens klaffte ein Loch in der Haut, aus dem in regelmäßigen Wellen Blut sickerte.

»Vater«, sagte sie noch einmal, stürzte an seine Seite und kniete sich neben ihn.

Seine Rechte ließ die Pistole, die er bis hierhin gehalten hatte, los. Sie rutschte von seiner Brust und fiel mit einem sanften Poltern auf den Boden.

15

»Cooper, hör zu, es tut …«

»Sag nichts, Vater«, fiel sie ihm ins Wort. »Es ist nicht gut, wenn du jetzt sprichst.«

Sie hatte ihm einen Druckverband angelegt und damit die Blutung zum Stoppen gebracht. Aber der Wundschmerz hatte ihm für ein paar Minuten die Besinnung geraubt. Sie spürte einen bohrenden Blick in ihrem Nacken und drehte sich um.

Jimmy.

Sie versuchte, in seinen Augen zu lesen. War da ein Vorwurf? War es Hass? Was auch immer es war, es tat weh, wenn er sie so ansah. Doch sie konnte es ihm kaum verdenken. Ihr Vater hatte, so schien es, seinen Bruder getötet. Kein Wunder, dass er ihn verabscheute. Aber er war nun mal ihr Vater.

Bevor sie das Wort an Jimmy richten konnte, wandte er sich ab und ging wortlos zu den anderen Kindern, wo der orientalisch wirkende Junge mit düsterem Blick auf ihn wartete. Die beiden fingen an zu wispern. Cooper hatte sich noch nie so allein gefühlt.

Da saß sie an der Seite ihres Vaters, eines sterbenden Mörders. Ja, er war dem Tod geweiht. Zwar war sie kein Arzt, aber sie hatte genug Erfahrung mit Bauchwunden dieser Art, um zu wissen, dass er ohne chirurgische Versorgung sterben würde, und die war hier unten nun mal nicht zu kriegen. Sie konnte nicht sagen, wie lange es dauern würde, vielleicht waren es sogar Stunden, aber dass er vom Tod gezeichnet war, war sicher.

»Cooper ...« Seine Stimme war kaum mehr als ein Krächzen. »Cooper ... ich muss dir etwas sagen ...«

Er versuchte, seinen Oberkörper vom Boden nach oben zu drücken, doch sie hinderte ihn mit sanftem Druck. »Das kannst du mir später erzählen. Jetzt musst du dich ausruhen. Ich werde dir was gegen die Schmerzen besorgen.«

Sie stand auf und ging zu einem der Regale mit den Medikamenten. Irgendwo hatte sie doch eben noch Morphium gesehen. Sie ließ ihren Blick über die Schachteln schweifen, als sie hinter sich Schritte hörte.

»Was machst du da?«

Sie fuhr herum.

Rasim und Jimmy standen mit finsteren Mienen hinter ihr. Der Orientale hatte die Arme vor der Brust verschränkt.

»Was geht euch das an?«, sagte sie trotzig, drehte sich wieder um und fuhr fort, nach dem Morphium zu suchen. Sie fand es, drehte sich erneut um und wollte sich an Jimmy vorbeidrängeln, doch er hielt ihren Arm fest.

»Lass mich sofort los!«, fauchte sie ihn an.

»Was ist das für ein Zeug?«, fragte Jimmy.

»Das geht dich einen feuchten Kehricht an!«

»Der Typ hat meinen Bruder gekillt. Der verdient keine Hilfe.«

»Der Typ ist mein Vater!«

»Eben wollte er dich noch erschießen«, warf Rasim ein, der neben ihnen stand.

»Ist meine Sache, oder?«, entgegnete Cooper trotzig. Dann wandte sie sich wieder Jimmy zu. »Und jetzt lass meinen Arm los, bevor es dir noch leidtut.«

Jimmys innerer Kampf spiegelte sich auf seinem Gesicht wider. Kurz flackerte sein Blick zu Rasim hinüber.

Cooper nutzte den Moment der Entscheidungslosigkeit und riss sich mit einem Ruck los. Sollte er nur versuchen, sie noch einmal zu packen.

Doch als sie zu ihrem Vater ging, hörte sie hinter sich keine Schritte.

Sie kniete sich wieder neben ihn. Sein Gesicht war aschfahl, und die Wangen waren eingefallen. Er war ihr bei der ersten Begegnung schon alt erschienen, doch jetzt sah er aus wie ein Greis. Seine Brust hob und senkte sich ruckartig und schnell.

Als er sie sah, begannen seine Augenlider zu flattern, und seine Lippen bewegten sich, doch offensichtlich war er schon zu schwach, um etwas zu sagen. Cooper aber konnte die Worte an seinen Lippen ablesen: *Es tut mir leid.*

Sie senkte den Blick und mied den seinen. Er sollte nicht sehen, wie nahe sie den Tränen war. Schwer zu sagen, was sie in diesem Moment fühlte. Schmerz? Trauer? Wut? Sie wusste es nicht. Eine Welt war vor wenigen Minuten für immer untergegangen. Eine Welt, in der ein kleines verlassenes Mädchen sein ganzes Leben einer Hoffnung hinterhergejagt war, einem Wunsch nach Heilung, nach Erlösung. Diese Welt gab es nicht mehr, und Cooper wusste noch nicht, was an deren Stelle entstehen würde. Sie wusste nur, dass sie den Menschen, der jetzt das gealterte Gesicht ihres Vaters trug, nicht einfach allein und unter Schmerzen sterben lassen würde.

Sie öffnete die Schachtel und entnahm ihr den Beipackzettel, um eine sinnvolle Dosis zu bestimmen. Hinter sich hörte sie Trippeln. Sie wusste, dass ihr stummes Publikum näher gerückt war, aber sie tat, als hätte sie nichts davon bemerkt. Stattdessen entnahm sie der Schachtel eine Fertigspritze, zog die Schutzkappe ab und entleerte sie zur Hälfte. Dann reinigte sie den Arm ihres Vaters mit Mull und etwas Spiritus.

»Das sollte genug sein, um dir die schlimmsten Schmerzen zu nehmen«, sagte sie, indem sie die Spritze hochhielt.

Seine Augen folgten all ihren Bewegungen, aber sie konnte darin nichts lesen, weder Zustimmung noch das Gegenteil. Also senkte sie die Nadel in seinen Arm.

Kaum einige Sekunden später verklärte sich sein Blick, und sein Körper entspannte sich.

Sie rutschte zu einer Wand, zog die Knie an und wischte sich die Wangen trocken. Sie registrierte, dass Jimmy, Rasim und die anderen Kinder sie anstarrten, aber sie ignorierte sie. Der Atem ihres Vaters verlangsamte sich.

Iiiih.

Eigentlich hatte sie ihren Vater fragen wollen, was der Alarm zu bedeuten hatte, aber er war nicht mehr zu einer Antwort fähig, das wusste sie. Gott, wie gern hätte sie jetzt eine Zigarette geraucht.

Obwohl sie den Kopf in beide Hände stützte und den Blick auf den Boden gerichtet hatte, bemerkte sie, wie Jimmy auf sie zutrat.

»Was ist?«, fragte sie leise.

»Nichts ...«, sagte er und druckste herum. »Ich wollte nur sagen ... Es hat nichts mit dir zu tun, wenn ...« Er verstummte erneut, suchte nach den richtigen Worten.

»Schon klar«, sagte sie in der stillen Hoffnung, dass es halbwegs freundlich klang.

Eine Weile stand er schweigend vor ihr.

»Er wird sterben, oder?«, fragte er schließlich.

Sie sah zu ihm auf. Da war nichts Böses oder Abstoßendes mehr in seiner Miene, nur noch neutrale Neugier.

»Ja«, sagte sie, um eine feste Stimme bemüht.

Er nickte. »Tut mir leid für dich.«

Zweifelnd sah sie ihn an. Er trat von einem Bein aufs andere, dann drehte er sich wortlos um und ging wieder zurück zu der Gruppe Kinder. Cooper starrte ihm verwirrt hinterher.

Brent – oder der Bote, wie er sich jetzt nannte – betrachtete zufrieden das Schlachtfeld. Mittlerweile war der Widerstand gebrochen. Ein paar Versprengte, die nicht unter seiner Kontrolle standen, aber die Gelegenheit zur Flucht verpasst hatten oder sie aus falschem Heldenmut ungenutzt hatten verstreichen lassen, lieferten sich irgendwo außerhalb seines Blickradius ein letztes Gefecht mit den Seinen. Vereinzelte Schüsse peitschten über die Lichtung. Überall lagen die Leichen von Menschen, aber auch der eine oder andere Malach war unter ihnen.

Nun ja, seine Population hatte heute so viel unerwarteten Zuwachs erhalten, dass er die Opfer des Kampfes gut verschmerzen konnte.

Mittlerweile hatte ein Gewitter eingesetzt, das erste seit Wochen. Schwerer Regen fiel vom Himmel. Die Tropfen zischten im Feuerring. Die Brände, die zuvor bereits weit in den Wald gezüngelt waren, erstarben nach und nach. Bald würde die Feuchtigkeit alle gelöscht haben. Das war gut. Er hätte es sehr bedauerlich gefunden, hätte das Feuer ihm die Befriedigung genommen, Elysion auszulöschen.

Aber bevor er sich den Steinzeitmenschen dort draußen widmete, musste er erst noch ein paar Dinge unten im Institut gerade rücken.

Eines davon hieß Cooper.

»Greg?«

»Ja, Raynelle?«

Greg horchte auf. Seit Tagen hatte er von ihr nichts Sinnvolles mehr gehört. Die meiste Zeit über hatte sie in einem Zustand zwischen Schlafen und Wachen verbracht, und selbst in ihren wacheren Momenten hatte sie nur Unsinn von sich gegeben, hatte ihn mit den verschiedensten Namen angeredet, hatte ihn mal für Cooper, mal für Stacy, mal für Jameen gehalten. Gregory wusste aus früheren Tagen, dass Letzterer ihre große Liebe gewesen war. Offensichtlich lebte ihr Gehirn jetzt in der Vergangenheit. Er hatte schon befürchtet, sie würde nie wieder aus diesem Nimmerland zurückfinden. Doch jetzt hatte sie ihn bei seinem Namen gerufen. Vielleicht ging es ihr besser.

Er ging zu ihr, mit einem Teller Suppe, die er die ganze Zeit für sie bereithielt, auch wenn er in den letzten Tagen kaum etwas davon in sie hineinbekommen hatte. »Hier bin ich, Raynelle.«

»Es ist so dunkel hier …«

»Ich hab das Licht ausgemacht, um deinen Schlaf nicht zu stören. Warte kurz, ich zünde die Lampe an.«

Statt der Tranfunzel nahm er die Butanlampe vom Regal. Zwar gingen seine Kartuschen allmählich zur Neige, aber Raynelle war es ihm wert. Seine Finger zitterten ein wenig, als er den Glühstrumpf entzündete. Dann ging er mit der Lampe zurück zu dem Liegestuhl und stellte sie vorsichtig auf einem Hocker ab, zog sich einen zweiten heran, setzte sich und ergriff ihre Hand.

Erst da sah er ihr Gesicht, und er musste an sich halten, um nicht zu schreien. Seine Hoffnungen zerstoben in diesem Moment. Diese Frau war dem Tod geweiht. Ihr Gesicht war aschgrau. Ihre Wangen waren eingefallen, und ihre Augen lagen so tief in den Höhlen, dass es schwer war, in ihr die Freundin wiederzuerkennen, die er so lange gekannt hatte.

Er sah, wie sich ihr Mund zur grausigen Karikatur eines Lächelns verzog. »Danke für das Licht, alter Freund.«

»So kann ich deine Schönheit besser bewundern.«

»Schmeichler.«

»Dazu fehlt mir jede Begabung.«

Sie schwieg eine Weile, dann setzte sie wieder an. Ihre Stimme war kaum mehr als ein Flüstern. »Ich habe es immer gewusst …«

»Was hast du immer gewusst, Raynelle?«

»Deine Blicke. Sie haben dich verraten damals. Du warst in mich verliebt, mein Kleiner.«

»Wer war das nicht, Raynelle?«

Ihr Kichern ging in einen Hustenanfall über. Es dauerte eine Weile, bis sie wieder sprechen konnte. »Schade, dass ich damals so dumm war, mich mit Jameen einzulassen. Wir wären ein schönes Paar gewesen, du und ich. Aber ich stand eben damals auf die bösen Jungs, und du warst viel zu nett und wohlerzogen für jemanden wie mich.«

»Tja, so war es wohl.«

Sie sah ihn eine Weile lang an. Wenn er sich ganz auf ihre Augen konzentrierte, konnte er wieder das Gesicht der jungen Schönheit entstehen lassen, die sie mal gewesen war. Sie hatte ihn schier um den Verstand gebracht mit ihrem Duft und dieser Haut, die glatter war als Onyx. Er hätte alles für sie getan. Ein Arzt, der sich der Gang seiner Patientin anschloss, nur um in ihrer Nähe zu sein. Er würde immer noch alles für sie tun.

»Wo sind Cooper und Stacy?« Sie drehte den Kopf ein paar Millimeter, aber der Schein der Butanlampe erhellte nur einen Teil des riesigen Beckens.

»Sie sind auf der Suche nach Medikamenten für dich, Raynelle.«

Ihre Augenbrauen zogen sich zusammen. Fast schien es, als wollte sie sich aufrichten, aber der Versuch starb im Ansatz.

»Das hättest du nicht zulassen sollen«, hauchte sie entkräftet.

»Es tut mir leid, Raynelle. Cooper ließ sich nicht davon abbringen. Aber ich glaube, sie ist noch aus einem anderen Grund gegangen.«

»Welchen anderen Grund?«

»Sie glaubt, eine Spur ihres leiblichen Vaters entdeckt zu haben.«

Gregory hätte es kaum für möglich gehalten, aber ihr Gesicht wurde nun erst recht fahl, und ihre Augen schienen noch tiefer einzusinken. Für einen Moment schien sie gegen die Schwere ihrer Zunge anzukämpfen, dann fand sie ihre Stimme wieder.

»Es gibt da etwas, das ich dir erzählen will, und du musst mir versprechen, es Cooper weiterzuerzählen, wenn du sie wiedersiehst.«

»Warum erzählst du es ihr dann nicht selbst?«, fragte er sie.

»Du warst noch nie besonders gut darin, die Sorge um einen Patienten zu verbergen. Ich kann meinen Zustand an den Falten in deiner Stirn ablesen.«

Er hob die Schultern. »Hast mich durchschaut.«

»Hab ich doch immer. Aber jetzt hör mir zu. Ich muss dir aus einer Zeit erzählen, als du die Gang schon wieder verlassen hattest. Es geht um den Tag, an dem Cooper zu uns kam.«

»Leg los, Raynelle«, sagte er mit einem unguten Gefühl im Bauch.

Später in der Nacht, lange nachdem sie ihre Geschichte beendet hatte, saß er immer noch im Schein der Lampe an ihrem Bett. Ein oder zwei Stunden hatte sie sich unruhig hin- und hergeworfen, dann war sie in einen ruhigen Schlaf gefallen.

Er selbst fand keine Ruhe. Vielleicht weil die Geschichte, die sie ihm erzählt hatte, ihn so aufwühlte oder weil er befürchtete, dass es mit ihr zu Ende ging.

Seine Ahnung sollte ihn nicht trügen. Gegen Morgen, als draußen die allerersten Vögel erwachten und ein diffuses Licht durch seine Dachkonstruktion in das Becken drang, hob sich ihre Brust zu einem heftigen Seufzer und senkte sich dann wie ein menschliches Blasebalg. Ihr Körper sank zusammen, und der letzte Rest Spannung wich aus ihren Gliedern.

Mit einer kleinen Taschenlampe überprüfte er ihren Pupillenreflex, dann hatte er Gewissheit. Er faltete ihre Hände und ließ seinen Tränen freien Lauf.

»Möge der Herr deiner Seele Frieden schenken, Raynelle«, flüsterte er.

David kam aus dem Staunen nicht mehr heraus. Dieses geheime Reich unter der Erde war einfach atemberaubend. Die ganze Zeit hatte es nur ein paar Meilen von den letzten Ausläufern des Elysion entfernt unter der Erde gelauert. Ein vergrabener Anachronismus. Überbleibsel der alten Welt vor dem Bürgerkrieg. Konserviert von der Anarchie, die die Oberfläche verwüstet und in die Steinzeit zurückgeworfen hatte. Aber hier gab es weiße Wände, Türen aus Kunststoff, schmutzabweisende Nanofaserteppiche ... Dinge, die höchstens noch als Relikte in seinen Erinnerungen an ferne Zeiten existierten. Es war, als hätte er mit McCann eine Zeitreise unternommen.

Vielleicht war es der Gegensatz zur Gestalt seines Anführers, der alles noch viel futuristischer wirken ließ. In seiner zerrupften Camouflage, mit der Glatze, dem wilden Bart und dem Schmutz des Kampfes sah er aus wie irgendein vorsintflutlicher Buschkrieger, der sich in das Innere eines Raumschiffs verirrt hatte.

Iiiih.

Die Sirene war seit einiger Zeit ihr ständiger Begleiter, während sie Raum um Raum, zumeist langweilige Büros oder Labore, durchsuchten. Irgendetwas stimmte mit dem Gebäude nicht, so viel stand fest.

David ließ die Ereignisse der letzten Stunden in seinem Kopf Revue passieren, während er McCann durch die Korridore folgte. Kameras waren in regelmäßigen Abständen unter der Decke montiert. Er fragte sich misstrauisch, ob sie wirklich irgendjemand beobachtete. Immerhin schien die Anlage genutzt zu werden, denn die Gänge waren hell erleuchtet.

Auf einmal ging das Licht aus, und für einige Sekunden herrschte komplette Finsternis, dann sprang mit einigem Flackern eine Notbeleuchtung an. Eben noch taghell, tauchten jetzt grünliche Lämpchen den Flur in ein gespenstisches Licht.

McCann drehte sich zu ihm um. »Notstromdiesel?«

»Wahrscheinlich«, vermutete David.

»Verdammt schlechte Neuigkeiten«, knurrte McCann.

»Warum? Angst vorm Dunkeln?«, feixte David.

McCann blieb todernst. »Hörst du das Rauschen, du Plattfußindianer?«

David konzentrierte sich auf Geräusche, die in seinem Bewusstsein weit nach hinten gerückt waren. McCann hatte recht. Da war so etwas wie ein beständiges Surren.

»Was ist das?«, fragte er.

»Belüftungsanlage. So ein unterirdischer Bunker hat zu wenig Austausch mit der Oberfläche, deswegen pumpt die Anlage frische Luft zu uns und verbrauchte nach oben.«

»Fein«, sagte David, der immer noch nicht begriff, worüber sich McCann Sorgen machte.

»Nein, nicht fein. Scheiße. Der beste Dieselgenerator hat irgendwann seinen Sprit verfeuert, und ich kann mir nicht vorstellen, dass die Belüftung ein Perpetuum mobile ist.«

»Oh, du meinst …?«

»Genau. Wenn der Generator den Löffel abgibt, wird dieses Technoloch früher oder später eine riesige Kohlendioxidhalde.«

»Was können wir tun?«, fragte David.

»Nun, aufhören zu atmen wäre gut.«

David grinste.

»Andererseits könnten wir auch erst mal jeden anderen, der hier unten eventuell noch atmet, daran hindern«, sagte McCann. Das grüne Licht verlieh seinen Augen in dem hageren Gesicht ein unwirkliches Leuchten, das

David einen Schauer über den Rücken jagte. Ohne ein weiteres Wort drehte sich McCann um und ging wieder voraus. Erst da fiel David auf, dass die Sirene offensichtlich ihren Dienst quittiert hatte.

»Verdammte Scheiße.«

Er versuchte, sich aufzurichten, glitt aber sofort mit einem schmerzerfüllten Ächzen zurück auf den Boden.

»Ich hab dir gesagt, du sollst dich nicht bewegen, Papa.«

»Papa.« Er lächelte. »Das habe ich seit Ewigkeiten nicht mehr gehört.« Seine Stimme hatte auf einmal wieder die alte Wärme, wie Cooper sie aus ihren Träumen kannte. Sie ertrug es nicht.

»Was hat die Dunkelheit zu bedeuten?«, fragte sie, darum bemüht, das Zittern aus ihrer Stimme zu verbannen.

»Da ist etwas, was ich dir sagen muss«, flüsterte er.

Über ihnen tauschten Jimmy und Rasim, die ihr Gespräch mit anhörten, besorgte Blicke.

»Dieses Labor war ein geheimes Regierungsprojekt. Es ist auf völlige Autarkie angelegt. Der Strom kommt aus einem kleinen Atomreaktor ganz am Fuß der Anlage. Er produziert so viel Strom, dass das Institut sogar einiges in das alte Netz einspeisen konnte. Darum das Umspannwerk, das ihr oben gesehen habt.«

»Also stimmt etwas mit dem Reaktor nicht«, vermutete Cooper.

»Es begann vor einigen Tagen. Die Temperatur im Kern war viel zu hoch und ist seitdem immer weiter gestiegen. Ich habe versucht herauszufinden, woran es liegt, aber ich konnte die Ursache nicht finden. Die Tatsache, dass das Licht aus ist, sagt mir, dass ihn die Steuerungseinheit vom Netz genommen hat. Und das heißt wiederum, dass der Reaktor heruntergefahren wird.«

»Aber das ist doch gut, oder? Wenn er nicht mehr an ist, kühlt er sich ab.«

»Nun ja …« Ihr Vater machte ein gequältes Gesicht. »Es sei denn, er war vorher bereits zu heiß. Ab einem bestimmten Punkt ist die Erwärmung auch dann nicht mehr umkehrbar, wenn die Steuerstäbe eingesetzt werden.«

»Was bedeutet das, Vater?«

»Dass der Reaktor im schlimmsten Fall explodieren wird.«

»Und dann werden wir alle sterben, richtig?«, mischte sich Rasim ein.

»Nun, nicht sofort. Aber solange die Belüftungsanlage noch läuft, könnten sich radioaktive Spaltprodukte durch die gesamte Anlage verbreiten. Die Folge wäre eine lebensgefährliche Verstrahlung. Die andere Variante ist, dass die Belüftungsanlage ausfällt, bevor der Überdruck die Brennkammer explodieren lässt. Aber dann ersticken wir.«

»Dann sollten wir also von hier verschwinden«, schloss Jimmy.

»Und die Malachim?«, fragte Cooper.

»Na toll, alter Mann!«, fauchte Rasim. »Wir sitzen also die ganze Zeit über auf einem Pulverfass und du sagst uns das erst jetzt?«

»Es ist nicht seine Schuld, dass wir alle hier sind«, entgegnete Cooper wütend.

»Nimm den Kerl bloß noch in Schutz!«

Cooper wollte ihm eine scharfe Antwort geben, als Jimmy das Wort ergriff: »Wie viel Zeit bleibt uns noch, bis das eine oder das andere passiert?«

Coopers Vater öffnete den Mund zu einer Antwort, doch ein Hustenanfall schüttelte ihn. Er presste die Hand auf den Druckverband, den Cooper ihm mit Rasims Hilfe angelegt hatte. Es dauerte eine Weile, bis er wieder in der Lage war zu sprechen. Im grünen Notlicht sah sein Gesicht unnatürlich weiß aus. »Die Dieselgeneratoren sind auf zehn bis zwölf Stunden Notbetrieb ausgelegt, je nachdem, wie viele Verbraucher noch am Netz hängen. Wie es um den Reaktor steht, könnte ich nur in der Steuerzentrale überprüfen.«

»Tja, hört sich toll an. Worauf warten wir noch?«, sagte Jimmy.

Der Bote ließ seine Partikel durch die Stahltür gleiten. Der Reaktorvorraum hatte sich nicht verändert, seit er ihn verlassen hatte. Das Menschenmädchen, das er in seiner früheren Existenz besessen hatte, hockte noch immer am Boden. Ihr hin- und herpendelnder Kopf und ihre glasigen Augen verrieten ihm, dass ihr Geist nicht in dieser Welt weilte. Fasziniert blieb er eine Weile stehen und lauschte ihrem sinnlosen Geplapper. Dann glitt er durch die Wand zum Reaktorkern und ins Abklingbecken neben den Brennelementen. Er spürte, wie seine Ankunft die Hitze noch einmal anfachte, und genoss es, wie sich das Inferno anbahnte. Bald würden austretende Gase den Kern platzen lassen wie einen Dampfkessel. Der erste Akt seines Zerstörungswerks.

Er richtete sein Bewusstsein auf seine Armee an der Oberfläche.

»Wir sind bereit und warten auf deine Befehle, Bote«, hallten die Stimmen der Malachim in seinem Geist wider.

Der strahlende Krater, in den sich die Anlage bald verwandeln würde, würde ihr neues Hauptquartier sein, schrecklich und uneinnehmbar. Von dort aus würde er den ganzen Planeten für sein Volk erobern.

Eine fremde Präsenz unterbrach seine Gedanken. Irgendwer machte sich an der Steuerung des Reaktors zu schaffen, maß Temperaturen, analysierte Möglichkeiten, den Kern zu kühlen.

Vor Wut über diese Einmischung explodierten seine Partikel zu einer Wolke, fügten sich aber ebenso schnell wieder zusammen. Offensichtlich war es noch zu früh, sich zurückzulehnen. Erst musste er sich um die Störenfriede dort draußen kümmern.

1.988 °C

Die Zahl blinkte in bedrohlichem Dunkelrot auf dem Bildschirm.

Coopers Vater ächzte laut, ob nun vor Schmerzen oder wegen der Zahl. Sie hatte ihn auf einen Klapprollstuhl gesetzt. Zuerst hatte er protestiert, aber schließlich hatte er sich gefügt. Dann hatte sie ihn mit Jimmys und Rasims Hilfe hierher, in die Steuerungszentrale des Reaktors gebracht, die sich glücklicherweise im selben Stockwerk, wenn auch ganz am anderen Ende der Anlage befand. Die anderen Kinder waren im Krankenrevier geblieben.

Der Raum, in dem sie nun saßen, bestand aus einem Schaltpult mit mehreren Rechnern und Tastaturen und einer großen Anzahl von Bildschirmen, auf denen teils Datenfolgen, teils Bildübertragungen aus dem Reaktorinneren zu sehen waren. Da die Anlage vom Notstromaggregat versorgt wurde, funktionierte alles einwandfrei, nur dass auch hier das Notlicht leuchtete.

»Ist das zu viel?«, fragte Rasim und wies auf die Temperaturanzeige.

Coopers Vater sah ihn an, als hätte er sich nach dem Planeten erkundigt, auf dem sie sich befanden. Dann sagte er mit schwacher Stimme: »Viel zu viel. Wahrscheinlich sind mittlerweile nicht nur die Brenn-, sondern auch die Steuerungsstäbe geplatzt und geschmolzen.«

»Was bedeutet das für uns?«, fragte Jimmy.

Coopers Vater bekam wieder einen der Hustenanfälle, die ihn immer häufiger plagten. Cooper konnte deutlich erkennen, dass sie ihm trotz der Morphiumspritze Schmerzen bereiteten. Er presste die Hand auf den Druckverband. Hatte sich der Blutfleck darauf nicht vergrößert?

»Die Kernschmelze steht unmittelbar bevor«, sagte er schließlich und wies auf die Zahlenkolonnen auf einem Bildschirm.

»Heißt das, dass wir alle verstrahlt werden?«, fragte Cooper.

Ihr Vater zuckte müde mit den Schultern. »Das lässt sich schwer sagen. Im besten Fall sammelt sich das Material am tiefsten Punkt der Brennkammer und frisst sich dann einfach durch die Erde nach unten. Im schlimmsten Fall entstehen durch die Erhitzung und die Spaltprozesse so viele gasförmige Stoffe, dass die Brennkammer dem Druck nicht standhält. Sofern das Lüftungssystem dann noch funktioniert, würde es die durch die Risse der Brennkammer austretenden strahlenden Teilchen im ganzen Institut verteilen. Und wenn es ganz schlimm kommt, explodiert die Brennkammer und verwandelt das Institut auf einen Schlag in eine strahlende Ruine.«

»Klingt super«, kommentierte Rasim sarkastisch.

»Gibt es denn nichts, was man tun kann?«, fragte Jimmy.

»Ich habe bereits alles versucht, um den Kern abzukühlen, aber der Kühlkreislauf reicht offensichtlich nicht mehr aus.«

»Dann fluten wir eben den ganzen Reaktor«, sagte Rasim. »Wir leiten den Peeyawaukah um.«

»Und wie willst du das machen?«, fragte Jimmy kopfschüttelnd. »Vielleicht eben mal einen Damm bauen? Und sollen wir hier unten dann alle ersaufen, oder wie stellst du dir das vor?«

»Vielleicht hat er recht«, sagte Coopers Vater.

Verwundert starrten sie ihn an, während seine Finger auf einmal über die Tastatur der Steuereinheit flogen. Für ein paar Sekunden schien er sogar seine Schmerzen zu vergessen. Vor ihm wechselten sich im Sekundentakt schematische Darstellungen und lange Zahlenkolonnen auf den Bildschirmen ab.

»Was machst du da?«, fragte Cooper.

»Ich prüfe, ob es machbar ist«, antwortete ihr Vater, ohne die Finger von der Tastatur zu nehmen.

»Ob was machbar ist?«, bohrte Cooper ungeduldig. »Wir können doch nicht wirklich den Fluss umleiten, oder?«

»Das müssen wir eigentlich gar nicht. Das Kraftwerk nutzt einen künstlich angelegten unterirdischen Kanal des Flusses als Sekundärkühlung.«

Vor Coopers innerem Auge erschien flüchtig das Bild jenes dunklen Lochs in einer Felswand, in dem vor Kurzem Brent verschwunden war, und sie begriff.

»Der Fluss nimmt die Restwärme des Primärkreislaufs auf und leitet sie ab«, fuhr ihr Vater fort. »Eigentlich sind beide Kreisläufe komplett voneinander getrennt, aber wenn man eine Verbindung zwischen beiden herstellen würde, könnte man das Flusswasser direkt zum Reaktorkern leiten. Das würde zwar den Fluss verstrahlen, aber die Belastung des Grundwassers durch eine unkontrollierte Schmelze könnte viel drastischer ausfallen.«

»Seht ihr«, sagte Rasim mit sichtlichem Stolz.

»Wie könnte man denn so eine Verbindung herstellen«, fragte Jimmy skeptisch.

»Das ist der kritische Punkt. Man müsste die Rohre des Primärkreislaufs zum Sekundärkreislauf hin öffnen, zum Beispiel durch Bohrungen. Aber angesichts der Dringlichkeit wahrscheinlich eher mittels einer gezielten Sprengung.«

»Sprengung?«, wiederholte Rasim. »Klingt cool.«

»Und wie kommen wir dorthin?«

Coopers Vater lehnte sich mit einem schmerzerfüllten Stöhnen wieder zurück. »Der Wärmetauscher befindet sich direkt neben der Brennkammer.«

»Das heißt«, fragte Cooper ängstlich, »man muss in dieses Ding hinein?«

Ihr Vater nickte.

»Ist das nicht gefährlich?«, fragte Jimmy.

»Du meinst, wenn man von der extremen Hitze und dem Verstrahlungsrisiko absieht?«, sagte Coopers Vater mit schwacher Stimme.

»Echt lustig, alter Mann.«

Alle schwiegen. Coopers Blick wanderte von einem Gesicht zum anderen. Der Blick ihres Vaters klebte an den Bildschirmen, als ob er sich dort immer noch eine Antwort auf ihre Probleme erhoffte. Der Blutfleck auf seinem Druckverband weitete sich immer mehr aus.

Jimmy war in tiefes Brüten versunken, während Rasim nervös von einem Fuß auf den anderen trat. Cooper hatte sich schon lange nicht mehr so hoffnungslos gefühlt wie in diesem Moment. Das Schlimmste an allem war, dass es nichts als ihr eigener Egoismus war, der sie in diese Lage gebracht hatte. Dieser Egoismus, dem sie nicht nur ihr altes Leben, sondern auch ihre einzigen Freunde geopfert hatte.

Stacy hatte versucht, sie von der Suche nach ihrem Vater abzuhalten, aber sie hatte nicht auf ihre Freundin hören wollen. Und nun war Stacy irgendwo in dieser unterirdischen Todesfalle verschwunden. Und Brent war aller Wahrscheinlichkeit nach jämmerlich ertrunken, in der Dunkelheit des Kanals, von dem sie mittlerweile wusste, dass er zu dem Reaktor führte.

Sie hatte ihre Freunde hinsichtlich ihrer wahren Motive belogen, sodass sich diese auf eine Reise in den eigenen Untergang begeben hatten. Wie es aussah, konnte sie nicht einmal mehr darauf hoffen, Big Mama ihr Medikament zu bringen. Auch sie würde Cooper also auf dem Gewissen haben. Und was hatte ihr all das eingebracht?

Ihr Blick fiel wieder auf ihren Vater, der erneut auf der Tastatur herumklapperte. *Kindermörder,* klang es in ihrem Kopf. Aber es war schwer, dieses Wort mit dem erbarmungswürdigen Schatten in Einklang zu bringen, der sich vor ihr im gespenstischen Grün des Notlichts auf dem Stuhl über das Schaltpult krümmte.

»Was machst du da noch?«, fragte sie.

»Es ist zu gefährlich«, sagte er, ohne sie anzusehen. »Ich suche nach Alternativen.«

»Zu gefährlich für dich vielleicht«, sagte sie mit leiser Bitterkeit in der Stimme.

Er schien sie nicht gehört zu haben, hackte weiter auf die Tasten ein, während auf den Bildschirmen vor ihm immer wieder neue Daten und Darstellungen aufflimmerten.

Mit einer Kopfbewegung forderte sie Jimmy und Rasim auf, zu ihr zu kommen. Die beiden tauschten einen irritierten Blick aus, dann stellten sie sich dicht neben sie.

»Ich muss mit euch sprechen«, flüsterte sie. »Lasst uns da rübergehen.«

Sie wies auf die offen stehende Tür eines Nebenraums, in dem sich eine kleine Küchennische befand. In dem Kabuff hatten sich wohl früher die Techniker ihren Kaffee gebraut und Zigaretten geraucht. Was Cooper mit den beiden Jungen zu besprechen hatte, sollte ihr Vater nicht hören, und der war so vertieft in das, was die Bildschirme ihm zeigten, dass er überhaupt nicht bemerkte, wie die drei jungen Leute im Nebenraum verschwanden.

Rennen.

Ein gehetzter Blick über die Schulter.

Die Lungen brannten bei jedem Atemzug.

Weiter, nur weiter.

Schneller.

Das bizarre Wesen war direkt hinter ihm. Es glitt über den glatten Boden des Flurs wie ein Eisläufer.

Wieder ein Blick über die Schulter. Eine Hand schwebte schon neben seinem Ohr.

David riss den Kopf wieder nach vorn …

Und prallte gegen die Rundung des Flurs!

Er taumelte, fing sich wieder, stolperte weiter.

Das Bild des Wesens hatte sich in seine Netzhaut gebrannt.

Halb Mensch, halb Malach.

Eine Sekunde ein schlaksiger Junge, in der nächsten hautloses Monster. Die Oberfläche seines Körpers schien in kontinuierlich pulsierenden Wellen zwischen der einen und der anderen Gestalt hin- und herzuwechseln, als könnte sich seine Natur nicht zwischen den beiden Zuständen entscheiden.

Ein Stück weit vor ihm hastete McCann, die leer geschossene Pistole noch immer in der Rechten.

Ein ganzes Magazin hatte er durch die flimmernde Brust des Halbmalach gejagt. Die Kreatur hatte sie nur ausgelacht, mit dieser widerlichen Stimme, und ihnen dabei Zähne wie aus Glas präsentiert.

Während David weiter hinter McCann den Flur entlanghetzte, trieben ihm Fetzen des kurzen Zwiegesprächs zwischen McCann und der Kreatur durch den Kopf. Irgendetwas über eine Monica. Eine Hütte. Rache. David konnte sich kaum vorstellen, dass McCann irgendeine gemeinsame Vergangenheit mit diesem Scheusal verband.

Eine plötzliche Bewegung vor ihm riss ihn in die Gegenwart.

McCanns Pistole.

Sie flog direkt auf sein Gesicht zu.

Du verdammtes ...

Er riss den Kopf nach unten.

Strauchelte.

Überschlug sich.

Der Schwung ließ seinen Körper weiter über den Boden schlittern, dann prallte er gegen die Wand.

Keine Zeit. Er musste sofort wieder hoch, brachte den Arm unter seinen Körper und drückte sich nach oben. Wo war ...

Ein schriller Schrei gab ihm die Antwort auf seine Frage, bevor er sie zu Ende denken konnte.

David bereitete sich innerlich auf das Ende vor. Für einen kurzen Moment prickelte sein Körper wie ein eingeschlafener Fuß. Dann verschwand das Gefühl und mit ihm der Schatten des Wesens, den er über sich wahrgenommen hatte. Verwirrt raste sein Blick über die Umgebung.

Er lag auf dem Rücken, und direkt vor ihm befand sich eine Tür mit einem seltsamen Zeichen auf Kopfhöhe. Einige Schritte weiter vorn kam sein Verfolger gerade zum Stehen. Für einen Moment schaute der Halbmalach in die andere Richtung, doch dann drehte er den Kopf und fixierte David. Sein Mund verzog sich zu einem Lächeln, das David einen Schauer über den Rücken jagte.

Der Schock pumpte neue Kraft in seinen Körper. Er drückte sich hoch. Unwillkürlich zuckte sein Blick zu dem seltsamen Symbol auf der Tür. Flammen auf orangenem Grund. Die Klinke saß auf einem klobigen roten Kasten. Eine vage Erinnerung an ein früheres Leben stahl sich an die Oberfläche seines Bewusstseins.

Häuserkampf.

Brandschutztür.

Bevor sein Verstand Zeit hatte, die Gedanken zu entfalten, übernahm sein Körper die Führung.

Mit zwei Sprüngen war er an der Tür.

Wieder der schrille Schrei in seinem Ohr.

Blick zur Seite.

Zwei Hände, die auf ihn zurasten. Ein fahlgrünes Gesicht mit weit offenem Schlund.

Er riss an der Klinke.

Riss verzweifelt.

Der schwere Stahl des Türblatts bewegte sich das erste Mal seit Jahren knirschend in den Scharnieren.

David schob seinen Körper durch den Spalt, der kaum groß genug war, dass er hindurchpasste. Als er endlich auf der anderen Seite war, warf er sich mit seinem ganzen Gewicht gegen die Tür, die sich wieder schloss.

Das Schreien, durch die Metalltür gedämpft.

Bitte, Herr Jesus …

Seine Augen fanden die rettende Aufschrift.

»Zwangsverriegelung«.

Er schob den kleinen Hebel darüber zur Seite.

Eine Mechanik presste den Riegel in den Rahmen.

WUMP!

Mit lautem Knall prallte sein Verfolger auf der anderen Seite gegen die Tür, doch die rührte sich nicht.

David sank davor auf die Knie, lehnte die Stirn an den rettenden Stahl und dankte dem Herrn.

Nur eine Sekunde später, als der Arm durch seine Brust fuhr, erkannte er seinen Fehler.

Doch da war es bereits zu spät.

»Ich gehe«, sagte Cooper.

»Nein, auf gar keinen Fall. *Ich* gehe.« Jimmys Gesicht hatte einen Ausdruck finsterer Entschlossenheit.

»Du weißt gar nicht, wo du hin musst«, hielt Cooper dagegen, »oder was du tun musst.«

»Muss mir dein Alter eben genau erklären. Ich würde sagen, ich hab was gut bei ihm.«

»Du kannst nicht gehen!«

»Sagt wer?«, fragte Jimmy.

»Was ist, wenn dir was zustößt?«

Er zuckte geringschätzig die Schultern. »Ist dann eben so.«

Sie sah, wie Rasim, der etwas hinter ihm an den winzigen Herd gelehnt stand, sich die Hand vor die Stirn schlug und den Kopf schüttelte, als könne er das alles nicht glauben.

Sie holte zum K. o. aus. »Was ist mit den anderen Kindern?«

»Was soll mit ihnen sein?«

»Was passiert mit ihnen, wenn du nicht zurückkommst? Wer bringt sie hier raus?«

»Hm …«

Jimmy grübelte eine Weile.

»Dann musst du dich um sie kümmern«, sagte er dann etwas zögerlich.

»Sie werden nicht auf mich hören. Sie vertrauen mir nicht. Ich bin für die eine Fremde, das verrückte Stadtmädchen, die Tochter des Typen, der für all das verantwortlich ist. Ich würde mir nicht mal selber folgen.«

Er legte die Stirn in Falten. Sie erkannte, dass er Diskussionen wie diese weder gewohnt war noch mochte, schon gar nicht mit Mädchen.

»Dann wird eben Rasim sie führen«, sagte er. Es klang schwach.

»Hey, Mann!«, mischte der sich ein. »Ich hab's dir schon tausendmal gesagt, ich bin kein Anführer!«

Cooper konnte Jimmy ansehen, dass er innerlich vor Wut kochte. Aber würde er sich in ihrem Sinne entscheiden?

»Alter, lass sie doch ziehen, wenn sie unbedingt will«, sagte Rasim. »Ich meine, stimmt doch, sie ist seine Tochter. Ich finde, dadurch steckt sie schon irgendwie mit drin, oder?«

»Ach, halt einfach die Klappe!«, sagte Jimmy ärgerlich.

»Alter, wenn du auf ihren Arsch stehst, ist das dein Problem. Aber sie hat recht. Die Kinder werden nur dir folgen.«

Jimmys Gesicht färbte sich dunkelrot. »Na gut«, grummelte er, ohne ihr in die Augen zu sehen, »wenn du unbedingt willst.«

Cooper schluckte. Erst jetzt, da es beschlossen war, wurde ihr bewusst, was sie auf sich genommen hatte. Jimmys und Rasims finstere Mienen machten ihr Herz nicht leichter. Es war schon seltsam, mit welcher Entschiedenheit manche Leute ihr eigenes Todesurteil unterzeichneten. Aber auch wenn Rasim ein Arschloch war, in einem hatte er recht. Es war ihre Schuld. Zumindest fühlte es sich so an.

Irgendwie war es, als hätte ihr Vater auch in ihrem Namen gehandelt. War es nicht das, was er ihr hatte erklären wollen? Dass es ihr Verschwinden und der Tod ihrer Mutter gewesen waren, die ihn von dem liebevollen Familienmenschen ihrer Kindertage in jenen erbarmungslosen Mann verwandelt hatten, der Jimmy seinen Bruder und so vielen Menschen ihre Lieben genommen hatte? Der die Malachim über die Erde gebracht hatte? Zwischen ihr und diesen Ereignissen bestand eine klare Verbindung. Egal, ob sie es gewollt hatte oder nicht, sie hatte all das ausgelöst.

Sie wünschte, sie hätte sich von all dem lossagen können. Aber er war nun einmal ihr Vater. Wenn sie in sein Gesicht blickte, sah sie ihre eigenen Augen. Sie würde akzeptieren müssen, dass sie die Tochter eines … *Monsters* war. Oder vielmehr eines Menschen, der aus Liebe zu ihr zu einem Monster geworden war. *Ihr* Monster.

Sie schluckte ein würgendes Gefühl herunter. »Also abgemacht.«

Jimmy nickte, sichtlich widerwillig, während sich Rasim keine Mühe gab, seine Erleichterung zu verbergen.

»Dann werde ich ihn jetzt mal nach dem Weg fragen.« Sie drängte sich an den beiden vorbei in den Kontrollraum zurück.

Der Stuhl vor dem Schaltpult war leer.

Mara schaute sich die Schachteln in dem Regal an, eine nach der andern. Sie hatten merkwürdige Namen, mit vielen Silben und eine Unmenge von Xen, Ypsilons oder Zetts, viel mehr, als normale Worte hatten. Sie betrachtete sie bestimmt schon das zehnte Mal, seit Jimmy und Rasim mit dem komischen Mädchen und dem Pontifex verschwunden waren.

Wie lange mochte das wohl her sein? Es war schwer, die Zeit einzuschätzen, wenn man tief unter der Erde festsaß. Sie gähnte ausgiebig, streckte sich und drehte sich um. Die anderen Kinder hatten es sich in kleinen Grüppchen auf dem Boden des Raumes bequem gemacht. Einige flüsterten miteinander, andere dösten. Das grüne Licht verbreitete eine schläfrige Atmosphäre, zumal endlich dieses schreckliche Geräusch aufgehört hatte. Der kleine Marcus saugte an einem der durchsichtigen Beutel voll süßsalziger Flüssigkeit.

Zeit, nach Ruby zu sehen. Sie hatten sie auf eine Art Bett mit Griffen zum Tragen gelegt und eine Decke über sie gebreitet. Mara hätte selbst gern eine Decke gehabt, denn es war recht kühl im Raum. Ruby warf sich hin und her. Ihr Mund bewegte sich, aber es drangen keine Worte daraus hervor. Ihr Gesicht war immer noch voller kleiner Punkte. Mara legte ihr die Hand auf die Stirn. Sie war immer noch sehr heiß und auch ein bisschen feucht, aber nicht mehr ganz so heiß wie zuvor. Jedenfalls kam es Mara so vor.

Sie lehnte sich neben Rubys Lager gegen die Wand, die sich unglaublich glatt und ein bisschen kalt anfühlte. Mara fragte sich, ob sie nun hierbleiben mussten. Von selbst wäre sie nicht auf diesen Gedanken gekommen, aber Marcus, mit dem sie vorhin ein paar Worte gewechselt hatte, hatte die Frage gestellt. Es hatte nach einer echt komischen Idee geklungen. Deswegen hatte sie Marcus nur ausgelacht, und er war ganz rot geworden, aber je mehr sie darüber nachdachte, desto weniger dumm kam es ihr vor.

Oben an der Oberfläche waren die Malachim, und wer wollte denen schon noch einmal begegnen. Hier unten aber gab es zumindest Essen und Trinken. Alles in allem war es gar nicht mal so schlecht. Besser jedenfalls als in dem Waisenhaus, in dem sie die letzten Jahre seit der Hinrichtung ihrer Eltern verbracht hatte. Keine Erwachsenen, die sie herumkommandierten oder schlugen. Nur den Himmel vermisste sie ein bisschen.

Ein Poltern ließ sie herumfahren. Die Tür sprang auf. Mara hielt den Atem an. Im Türrahmen stand ein Mann. Ein großer, starker Mann mit nackten Armen und einer seltsam fleckigen Kleidung. Er sah überhaupt nicht nett aus. Er hatte keine Haare mehr, dafür aber einen Bart, der sein halbes Gesicht bedeckte. Und er hielt ein riesiges Messer in der Hand. Während sein Blick durch den Raum flackerte, hob und senkte sich sein Brustkorb.

»Wer, zum Teufel, seid ihr?«, sagte er. Er sprach nicht sehr laut, aber gut hörbar.

Niemand antwortete. Ein paar der Kleinsten fingen an zu weinen. Mara weinte nicht. Tatsächlich hatte sie so viel Angst vor dem großen Messer in der Hand des Mannes, dass sie beschloss, so zu tun, als ob sie gar nicht da wäre.

Der Mann trat in den Raum und schloss die Tür hinter sich.

»Du da!« Er zeigte auf Marcus, der vor Schreck seinen Beutel fallen ließ, dessen Inhalt sich über den Boden ergoss. »Sag mir, wer du bist, oder ich schneide dir die Ohren ab.«

Marcus saß mit einem Mal ganz still. Vermutlich versuchte er die gleiche Taktik anzuwenden wie Mara selbst. Doch es half ihm nichts. Der Mann stampfte an den anderen Kindern vorbei auf ihn zu, riss ihn mit einer Hand am Kragen in die Höhe, sodass seine kleinen Füße in der Luft baumelten, und hielt ihm das Messer vors Gesicht.

»Wird's bald?«, brüllte der Mann.

Trotz des schwachen Lichts konnte Mara sehen, wie sich ein dunkler Fleck in Marcus' Schritt ausbreitete. Sie räusperte sich. »Ich bin Mara. Das ist Marcus. Der da ist Peter, und das ist ...«

Sie verstummte abrupt, denn der Mann ließ Marcus fallen wie ein Stück Holz und stampfte auf sie zu. Kurz vor Rubys Bett blieb er stehen. »Ist mir egal, wie ihr *heißt*. Mich interessiert, wer ihr *seid*. Woher kommt ihr? Ihr seht aus wie verdammte Amish. Seid ihr Waldkinder?«

Mara war sich nicht ganz sicher, ob sie verstand, was er sagte.

»Seid ihr aus dem Wald?«, wiederholte er. Es klang nicht mehr ganz so böse, auch wenn das Messer immer noch in seiner Hand blitzte.

Sie nickte.

»Wie seid ihr hergekommen?«

»Durch das Loch«, antwortete sie.

»Geklettert?«

Sie nickte erneut.

»Sind das alle von euch?«

Sie schüttelte den Kopf.

»Wo sind die anderen? Sind Erwachsene dabei?«

Mara überlegte kurz. Das war gar nicht so einfach zu erklären. »Da sind noch Jimmy und Rasim und das komische Mädchen. Die sind größer als wir, aber keine Erwachsenen so wie du oder der Pontifex.«

»Sagtest du Pontifex?« Der Mann hob eine Augenbraue.

»Ja. Aber der ist verletzt. Hier.« Sie zeigte auf ihren Bauch.

Der Mann seufzte und schüttelte den Kopf. »Okay. Um die kümmere ich mich später. Was ist mit der Kleinen hier los?«

Er zeigte auf Ruby.

»Ruby ist krank«, sagte Mara.

»Das sehe ich selbst. Sie hat wohl die Masern.« Sein Blick huschte einige Momente lang über das Regal rechts neben ihm. Dann ging er darauf zu, hockte sich hin, zog eine Schachtel aus einem der unteren Fächer, kam zurück und zeigte sie Mara. »Hier. Wir geben ihr ein bisschen Ribavirin, dann geht es ihr bald besser.«

Mara war sich nicht sicher, wie sie sein seltsames Verhalten einschätzen sollte. Eben noch hatte er Marcus die Ohren abschneiden wollen, nun wollte er der kranken Ruby helfen. Vor ihren staunenden Augen zog er einen Streifen mit Kugeln aus den Schachteln. Sie sahen aus wie die, die das merkwürdige Mädchen Ruby verabreicht hatte, nur dass diese hier gelb waren.

»Habt ihr etwas zu trinken?«

»Ja.« Sie eilte davon, holte einen der Beutel, die überall auf dem Boden herumlagen, und reichte ihn dem Mann, der sie etwas erstaunt anstarrte.

»Kochsalzlösung. Gar nicht dumm.« Er lachte. Mara wusste nicht genau, warum. Erleichtert nahm sie zur Kenntnis, dass er sein Messer wegsteckte, nachdem er ein kleines Loch in den Beutel gebohrt hatte. Dann hockte er sich zu Ruby und verabreichte ihr die gelben Kugeln mit etwas von der salzig-süßen Flüssigkeit, um anschließend den Rest des Beutels mit gierigen Zügen zu leeren. Er rülpste vernehmlich, wischte sich mit dem Handrücken über den Mund und starrte Mara so lange an, bis es ihr peinlich wurde und sie den Blick senkte.

»Wie heißt du noch mal?«

»Mara.«

»Also, Mara. Mein Name ist Christian McCann. Dort draußen läuft ein verrücktes Monster rum, das mich gern haben möchte. Sollte es uns hier finden, sind wir alle tot. Aber vielleicht habe ich es auch abgehängt. Wie auch immer, während wir hier auf den Tod warten oder eben auch nicht, wäre es Unsinn, sich zu langweilen, meinst du nicht?« Er grinste. »Also erzähl mir alles, was du so weißt, über den Wald, den Pontifex, das komische Mädchen und so weiter.«

Mara legte den Kopf schief. Ein Monster? Auf den Tod warten? Das klang böse. Auch sah der Mann eigentlich nicht weniger schrecklich aus als vorhin, andererseits lächelte er jetzt, auch wenn es nicht besonders freundlich wirkte, und er hatte Ruby geholfen oder es zumindest probiert. Vielleicht würde er ihnen sogar gegen das Monster helfen, wenn es kam.

Sie begann zu erzählen …

16

Cooper wischte sich den Schweiß von der Stirn. Wenn sie noch irgendwelche Zweifel an der Schreckensvision ihres Vaters gehabt hatte, zerflossen diese gerade auf ihrem Gesicht. Vielleicht war es auch nur Einbildung, aber die Hitze fühlte sich anders an.

Allgegenwärtig.

Penetrant.

Tückisch.

Als ob jedes Atom ihres Körpers langsam von der unsichtbaren Strahlung geröstet wurde.

Und je näher sie auf der Suche nach ihrem Vater dem Reaktor kam, desto schlimmer wurde es. Zu alledem lag ein seltsamer, wie künstlich riechender Gestank in der Luft, der ihren Geruchssinn nach und nach narkotisierte.

Sie zog die Wegbeschreibung, die sie nach einem Computerlageplan des Instituts gefertigt hatte, aus ihrer Tasche. Das Papier fühlte sich pappig an. Im grünen Halbdämmer fuhr sie die Linien mit dem Zeigefinger nach. Der Zugang zum Reaktor lag hinter einer Ecke, die sie in einigen Metern Entfernung schon sehen konnte. Sie schauderte. Ein Teil von ihr hatte die ganze Zeit über innig gewünscht, nie hier anzukommen, doch die Sorge um ihren schwer verletzten Vater hatte sie vorangetrieben, Schritt für Schritt.

Sie schob die Umhängetasche, in die sie ein paar Medikamente, Wasser und Verbände eingepackt hatte, von ihrer Hüfte wieder auf den Rücken, wo sie weniger auf ihrer feuchten Haut scheuerte. Dann bog sie um die Ecke.

Der Gang, der daraufhin vor ihr lag, war vielleicht zwanzig Meter lang. Die einzige Tür befand sich ganz am Ende. Eine ovale Stahltür mit einem Bullauge und einem Rad zum Öffnen der Verriegelung. Sie hatte so etwas schon in verlassenen Fabrikgebäuden gesehen. Nichts Besonderes eigentlich. Aber im Halbdämmer erschien ihr die Tür fast wie ein lebendes Wesen, ein Zyklopengesicht, das sie unverwandt anstarrte.

In der Mitte der Tür befand sich ein Warnschild mit einem Symbol, das ihr vage bekannt vorkam. Sie suchte nach irgendwelchen Anzeichen dafür, dass die Tür vor Kurzem geöffnet worden war, aber da war nichts zu sehen. Es gab keinen anderen Weg, als hineinzugehen und zu hoffen, dass ihr Vater dort zu finden war.

Je näher sie der Tür kam, desto bösartiger glotzte das Bullauge sie an. Sie nahm ihren ganzen Mut zusammen und presste die Nase gegen das Glas. Ein Raum. Klein. Ebenfalls grüne Notbeleuchtung. Blinkende Lichter in diversen Farben an der linken Wand. Eine zweite Tür auf der gegenüberliegenden Seite, die fast genauso aussah wie die, vor der sie stand. Eine Art Durchgangszimmer mit ein bisschen Technik an der einen Seite. Nichts Auffälliges … oder?

Ein Bündel unten vor der Wand …

Nein.

Kein Bündel. Ein Mensch. Zusammengesunken. Helle, lange Haare. Die Kleidung.

O mein Gott.

»Stacy!«

Cooper schrie den Namen heraus. Das Bündel rührte sich nicht. War sie …? Nein! Cooper trommelte mit den Fäusten gegen die Tür. Erst dann fiel ihr das Rad wieder ein. Sie riss an dem Stahlring. Die aufgeplatzte Schicht aus dickem Lack schnitt ihr in die Handflächen. Dann – plötzlich – drehte sich das Rad mit erstaunlicher Leichtigkeit. Sie konnte hören, wie sich die Verriegelung in der Tür verschob, bis sie den Anschlag erreichte. Sie zog, und die Tür schwang auf.

Cooper stürmte in den Raum. Ein Hitzeschwall flutete ihr entgegen, ließ sie zurückprallen. Sie zwang sich nach vorn. Kniete sich neben den Körper. Betastete Stacys Haut.

Feucht.

Warm.

Lebendig?

Auf einmal bewegte sich der Kopf ein wenig. Ein kaum hörbares Ächzen. Cooper atmete auf. Sie ergriff Stacys Hand, schob den Ärmel ein Stück nach oben und kniff so fest sie konnte zu. Ein etwas deutlicheres Stöhnen. Gut. Aber die Falte, die ihr Kneifen gebildet hatte, sank nur langsam in die Haut zurück. Sie riss sich die Tasche vom Rücken, zog einen Infusionsbeutel heraus und schloss kurzerhand einen Gummischlauch an, den sie geistesgegenwärtig mit eingepackt hatte. Dann öffnete sie die Verriegelung des Beutels und …

Rums!

Mit einem trockenen Krachen schlug die Tür, durch die sie den Raum betreten hatte, zu. Panisch ließ Cooper den Beutel fallen und sprang auf. Von innen gab es nur einen Griff. Sie drückte mit aller Kraft. Nichts. Die Tür bewegte sich nicht einen Millimeter. Irgendwer hatte von außen … Sie presste das Gesicht an das Bullauge. Es dauerte eine Weile, bis sie in ihrer Panik den Gang im Halbdunkel erkennen konnte. Nichts. Niemand. Nicht ein Schatten …

Ein Kichern hinter ihr.

Sie fuhr herum.

Stacy lag unverändert da. Oder täuschte sie sich? Sie spürte, wie erneut Panik in ihr aufstieg und ihr den Verstand zu rauben drohte. Fest umklammerte sie den Türgriff und zwang sich, ein paarmal tief ein- und auszuatmen. Dann betete sie sich selber ihre Lage vor. Die Tür schien von außen verschlossen. Das war bedrohlich, denn es war so unglaublich heiß hier drinnen, dass ihr der Schweiß mittlerweile in Sturzbächen den Körper hinunterrann. Andererseits musste ihr Vater in der Nähe sein. Oder? Was war, wenn seine Verwundung ihn …?

Die Tür auf der anderen Seite!

Sie sah genauso aus wie diejenige, durch die sie gekommen war. Es war deutlich zu spüren, dass die Quelle der Hitze dahinter lag. Aber vielleicht gab es dahinter auch einen zweiten Ausgang.

Vielleicht.

Hoffentlich.

Wenn nicht, dann …

Sie drängte den furchterregenden Gedanken beiseite. Ruhig atmen. Ganz ruhig. Erst einmal Stacy. Sie zwang sich, nicht mehr an die Tür zu denken. Zumindest für den Moment. Stacy brauchte ihre Hilfe. Sie kniete sich wieder neben sie, schnitt das Ventil am Ende des Schlauches mit einem kleinen Skalpell ab, legte beides zur Seite und führte Stacy das Schlauchende zwischen die eingefallenen Lippen. Vorsichtig presste sie etwas Flüssigkeit aus dem Beutel.

Offensichtlich nicht vorsichtig genug. Plötzlich begann der Körper zu zucken. Die Augen öffneten sich. Riesig. Sie würgte. Bäumte sich auf. Das Würgen ging in einen gewaltigen Hustenanfall über. Cooper versuchte ihre Freundin einigermaßen am Boden festzuhalten. Schließlich ebbte der Hustenanfall ab. Die Augen, die eben noch aus dem Gesicht hatten quellen wollen, irrlichterten durch den Raum, bis ihr Blick an Cooper hängen blieb.

»Stacy, ich bin's – Coop.«

Sie wartete auf ein Zeichen des Erkennens.

Ein Kichern.

Wieder.

Sie hatte es gehört. Drehte sich in alle Richtungen. Doch da war niemand. Auf einmal erschien ihr die ganze Situation unwirklich und absurd. Der ausgetrocknete Körper auf dem Boden vor ihr. Die zermürbende Hitze. Das grüne Zwielicht. Vielleicht war es ein Albtraum. Vielleicht noch etwas Schlimmeres.

Reiß dich am Riemen, altes Mädchen!

Das Kichern war ganz sicher Einbildung, ein Streich, den ihr ihre überspannten Nerven spielten. Sie kniete sich wieder neben Stacy hin. Der Blick aus zwei dunkel umrandeten Augen folgte ihr ungläubig.

»Cooper?«

Es war kaum mehr als ein Krächzen, aber es war genug, ihr die Tränen in die Augen zu treiben.

»Stace. Ja, ich bin es. Alles wird gut. Ich werde dir helfen. Du musst trinken. Sieh her.« Sie steckte ihr das Schlauchende zwischen die Lippen. Gehorsam begann Stacy zu saugen, von einzelnen Hustern unterbrochen, wobei sie Cooper nicht eine Sekunde aus den Augen ließ.

Schließlich zog Cooper ihr vorsichtig den Schlauch aus dem Mund. »Du darfst nicht alles auf einmal trinken. Nicht, dass du es gleich wieder ausspuckst, weißt du?« Sie strich Stacy über die schweißfeuchten Haare. Sie sah jetzt nicht mehr ganz so jenseitig aus. »Was machst du hier, Stace? Wieso bist du abgehauen?«

Stacys Blick war kaum zu deuten. Ihre Lippen zitterten, aber es drang kein Laut aus ihrem Mund.

»Weißt du, das war mein Vater, der auf uns geschossen hat. Aber es war nur ein Irrtum«, fuhr Cooper fort. »Stell dir vor, Stace – ich habe ihn gefunden. Ich habe ihn wirklich gefunden. Ist das nicht irre?« Nach allem, was sie mittlerweile erfahren hatte, klang ihr freudiger Ton in ihren eigenen Ohren schal, aber jetzt ging es nicht um sie selbst.

Zu ihrer Überraschung brach Stacy das erste Mal seit ihrem Erwachen den Blickkontakt und sah an ihr vorbei.

»Was ist los, Stace? Du bist doch nicht wieder sauer? Hör mal, wir können trotzdem eine Familie sein, du und ich.«

Doch in Stacys Augen lag auf einmal etwas ganz anderes als Zorn. Einer plötzlichen Eingebung folgend, drehte sich Cooper um.

Die zweite Tür war geöffnet worden, und dahinter war eine schmale Gestalt zu sehen. Zwei Augen blitzten im Dämmerlicht.

»Vater?«

»Was tust du hier?« Der Zorn in seiner Stimme war unüberhörbar.

Cooper schluckte ihre Enttäuschung hinunter. So hatte sie sich seine erste Reaktion nicht vorgestellt. Andererseits hatte sie seinen Alleingang durchkreuzt.

»Ich habe mir Sorgen gemacht. Du bist zu schwach für das hier.«

»Das solltest du schon mir überlassen.«

Es klang kalt und abweisend.

Coopers Blick fiel auf Stacy, die wiederum Coopers Vater anstarrte, als wäre er eine Erscheinung.

»Sieh hin, Vater«, sagte sie fast flehentlich. »Das ist Stacy. Die Freundin, von der ich dir erzählt habe. Ich habe sie hier gefunden. Sie …«

Ein schauriger Gedanke trieb ihr eine Gänsehaut über den Rücken und ließ sie mitten im Satz abbrechen.

»Du bist hier durchgekommen. Du *musst* hier durchgekommen sein«, murmelte sie atemlos.

Das Gesicht ihres Vaters blieb unbewegt.

»Du hast sie gesehen. Du hast sie einfach ... einfach liegen gelassen?«

Cooper konnte es nicht glauben. Es musste einfach ein Irrtum sein. Doch da war kein Dementi in seinem Blick zu erkennen. Im Gegenteil. Ihr Herz gefror.

»Warum?«, flüsterte sie.

Sein Blick wanderte von ihr zu Stacy, und nun war darin nichts anderes als Hass zu sehen. Sie konnte sich nicht erinnern, jemals in irgendeinem Gesicht so viel tödlichen Hass gesehen zu haben. Es machte sie fassungslos.

Jimmys Worte kamen ihr in den Sinn. Wenn sie noch irgendwelche Zweifel daran gehabt hatte, dass ihr Vater fähig war, die Dinge zu tun, die man ihm vorwarf, so verglühten sie im schwarzen Feuer dieses Blicks. Zurück blieb nur Leere. Noch vor wenigen Minuten hatte sie für diesen hasserfüllten alten Mann ihr Leben gewagt. Jetzt wusste sie nicht mehr, warum sie sich auf die Suche nach ihm gemacht hatte.

»Verschwinde!«, flüsterte sie.

Sein Blick zuckte zu ihr herüber. Kurz flackerte so etwas wie echtes Entsetzen in seinen Augen auf, bevor die Kälte wieder zurückkehrte.

»Du verstehst nicht«, sagte er. »Sie war es, die ...«

»Dein Hass und deine Lügen interessieren mich nicht mehr!«, fuhr sie ihm ins Wort. »Lass uns allein!«

Für einen Moment verharrte er wie angewurzelt, blinzelte, schwankte ein wenig. Dann atmete er tief durch und trat einen Schritt zurück. »Verschließt die Tür hinter mir, so fest ihr könnt.« Er zog die Tür zu. »Leb wohl, mein Engel.« Die Tür rastete ein.

Cooper starrte wie gebannt dorthin, wo sie ihren Vater eben noch gesehen hatte. Tränen vermischten sich mit dem Schweiß auf ihrem Gesicht. Sie wischte sich über die Augen.

Ein Kichern.

»Wie rührend.«

Diesmal hatte sie es ganz sicher gehört. Sie fuhr herum.

Die Tür, durch die sie gekommen war, hatte auf einmal ein Gesicht.

Das von Brent.

Sein Körper schälte sich aus dem Stahl.

»O mein Gott«, keuchte Cooper. »Was ist mit dir ...?«

Sein Körper verriet sein Geheimnis, bevor sie die Frage ausgesprochen hatte. Ihr wurde schwindlig.

»Wundervoll, nicht wahr?« Er hob einen Arm, drehte und wendete ihn. Wie kleine Würmer bewegten sich die Muskelfasern unter dem Nebelgebilde, das einmal seine Haut gewesen war.

»Wie ist das passiert?«

»Es war, nachdem du mich hast jämmerlich ersaufen lassen.« Der feucht glänzende Muskelring um seine Zähne zog sich in die Breite. »Sagen wir, ich habe mein Schicksal gefunden. Genauso wie du. Herzzerreißender Abschied übrigens. Aber du hättest ihn zu Wort kommen lassen sollen. Er hätte dir einiges erzählen können über den Tag deiner Entführung und ...« Er brach kurz ab, räusperte sich wie ein schlechter Schauspieler, der eine dramatische Pause einlegte. »... und welche Rolle Stacy dabei spielte und warum sie auf keinen Fall riskieren konnte, dass du ihn findest«, fuhr er dann fort.

»Nein, Brent«, flehte Stacy schwach. »Bitte, tu das nicht.« Ihre Stimme klang heiser.

Cooper spürte ein seltsames Kribbeln im Bauch.

»Wie meinst du das?«, fragte sie, nicht sicher, ob sie die Antwort wirklich hören wollte.

»Na ja, ich habe Stacy einmal belauscht, als sie mit Big Mama darüber sprach, wie sie dich *gerettet* haben.« Er betonte das Wort »gerettet« auf seltsame Weise. Sogar ohne Haut sah sein Lächeln schmierig aus. Er genoss den Moment sichtlich. »Wie Klein Stacy dich damals gesehen hat, kurz vor der Entführung, auf dem Nachhauseweg mit deiner Mutter. Klein Cooper kommt von der Schule mit Mami. Du warst so ein niedliches Ding, hat sie erzählt. Sie hat sich gleich in dich verliebt. Sie *musste* dich haben, hat sie erzählt. Eine kleine Schwester für die kleine Stacy. Also hat sie dem Gangleader, dem Oberjunkie, zu dessen Zoo sie gehörte, diesen Floh ins Ohr gesetzt. Und … nun ja, weil der Typ irgendwie einen Narren an ihr gefressen hatte, hat er gesagt: Was soll's. Wir holen sie dir, hat er gesagt.«

Seine Zähne blitzten im fahlen Schein der Notbeleuchtung. Cooper hatte das Gefühl, als ob sich der Erdboden unter ihr auftun würde, um sie zu verschlucken.

»Cooper, bitte …«, flehte eine Stimme unter ihr, doch die hörte sie nur wie aus weiter Ferne.

Ein Teil von ihr war auf einmal überzeugt, es schon immer gewusst zu haben. Als ob Brent nur den Schleier von jenem Fragment ihres Bewusstseins gerissen hatte, das sie bisher vor sich selbst verhüllt hatte.

»Bitte, verzeih mir, Cooper«, bettelte Stacy. »Sag, dass du mir verzeihst. Bitte.«

»Halt den Mund«, hörte Cooper sich selber sagen.

»Es tut mir so leid, Cooper«, flehte die Stimme wieder.

Sie spürte nichts. Fast wunderte sie sich selbst darüber. Da war kein Schmerz, kein Mitleid, erst recht kein Hass. Einfach gar nichts. Taubheit. Schreckliche öde Leere.

»Leb wohl, Cooper«, schluchzte die Stimme.

Die Bedeutung von Stacys Worten träufelte nur langsam in ihr Bewusstsein. Zu langsam. Als sie begriff, war es zu spät.

»Stacy!«

Ein Gurgeln war die grausige Antwort. Das Skalpell entfiel Stacys Hand. Ihre Kehle klaffte weit auf.

Cooper versuchte hilflos, die breite Schnittwunde, aus der das Blut in dicken Strömen pulsierte, mit bloßen Händen zu verschließen, während Brents Gelächter durch den Raum gellte. Stacy zuckte ein paarmal krampfartig zusammen. Ihre Lippen bebten. Dunkler Schaum lief aus ihrem Mund.

Dann verschwand jegliche Spannung aus ihrem Körper, und sie lag still, den leeren Blick der weit geöffneten Augen zur Decke gerichtet, als ob sie bereits den Himmel erblickte.

Ungläubig kniete Cooper vor dem Körper ihrer Freundin. Ihr Schweiß und ihre Tränen tropften von ihrer Kinnspitze auf Stacys Hals und bahnten ein helles Rinnsal in ihr Blut.

»Sind wir nicht eine tolle Familie geworden?«, höhnte Brent so nah neben ihrem Ohr, dass sie seinen Atem spüren konnte.

Es schüttelte sie vor Abscheu, aber sie war zu kraftlos, um irgendetwas zu erwidern.

»Freaks sind wir alle. Ich hab's dir gesagt. Familie Freak«, dröhnte er. »Und Stacy ist jetzt der größte Freak von uns allen.« Er trat so wuchtig gegen Stacys Kopf, dass Cooper die Nackenwirbel knacken hörte.

»Du elendes Schwein!«, schrie sie.

Kaum einen Wimpernschlag später fand sie sich mit dem Rücken an der Wand wieder, Brents klebrige Hand an ihrer Kehle, sein Mund dicht an ihrem Ohr. »Ich glaube nicht, dass du in der Position bist, dir über mich ein Urteil zu erlauben.«

Er schob sie mühelos in die Höhe. Sofort begann sich das Blut in ihrem Kopf zu stauen. Schwarze Flecken tanzten vor ihren Augen.

»Irgendwelche letzten Worte?«, fragte er.

Cooper kämpfte verzweifelt darum, nicht das Bewusstsein zu verlieren, das sich im grünen Zwielicht des Zimmers auflösen wollte.

»Dann eben nicht«, klang es an ihr Ohr.

BARAMM!

Die Erschütterung war gewaltig und ließ die Wand hinter ihrem Rücken vibrieren. Sie spürte, wie der Druck an ihrem Hals nachließ, dann rutschte sie zu Boden.

»Was zum …?«, brüllte Brent über ihr.

Weiter kam er nicht, denn die Tür auf der Rückseite des Raumes sprang auf, und eine Flut von Wasser ergoss sich mit ohrenbetäubendem Brausen in die kleine Kammer.

Schlagartig kehrte mit der Kälte das Leben in Cooper zurück. Die immense Gewalt der Strömung riss sie mit und schmetterte sie gegen die Wand neben der ersten Tür. Vor ihr trieb Stacys Leiche in den Fluten.

Vater, dachte sie. *Er hat es geschafft.*

Das Wasser, das hereinströmte, roch nach Leben. Kein steriles Kühlwasser. Der Reaktor war geflutet. Ob es die Kernschmelze, von der ihr Vater gesprochen hatte, verhindern würde? Und was war mit ihrem Vater?

»Nein!«

Mit einem markerschütternden Wutschrei stemmte sich das Monster, das einmal Brent gewesen war, gegen die Fluten und krallte sich an die nutzlose Verriegelung der hinteren Tür. Der Raum war bereits zu drei Vierteln mit eiskaltem Wasser gefüllt.

Als hätte irgendein Derwisch von ihrem Körper Besitz ergriffen, strampelte und ruderte Cooper in dem verzweifelten Versuch, nicht nach unten gezogen zu werden. Die Decke war kaum noch einen halben Meter von dem sprudelnden Wasser entfernt. Als sie wieder einen kurzen Blick zur anderen Seite des Raums riskierte, war Brent verschwunden. Sie war allein.

Das Wasser stieg, jetzt zwar etwas langsamer, aber dennoch unaufhaltsam. Kaum noch zehn Zentimeter kostbare Luft. Sie legte den Kopf in den Nacken.

Es ist aus, sagte ihr eine innere Stimme.

»Hilfe!«, schrie sie, obwohl sie wusste, dass es komplett sinnlos war.

Ihre Stirn klebte an der Decke. Die Panik überwältigte sie. Sie strampelte, ruderte mit den Armen. Bald wusste sie kaum noch, wo oben und unten war. Gierig sog sie die Luft in hektischen Zügen ein, dass ihr schwindlig davon wurde.

Da sah sie das Gitter eines Luftschachtes in der Decke, kaum zwei Meter entfernt. Sie stieß sich von der Wand ab, glitt unversehens in die Tiefe, bis ihre Füße den Boden berührten, stieß sich erneut ab, schoss nach oben, streckte die Arme aus, prellte sich die Finger an der Decke. Prustend, würgend tastete sie das Metall ab, bis sie das Gitter fand. Sie krallte sich darin fest, nahm ein paar tiefe Atemzüge, dann begann sie an dem Gitter zu rütteln. Nichts. In der Dunkelheit konnte sie nicht erkennen, wie das Gitter verankert war. Sie zog.

Sie drückte, rüttelte, schob, bis ihre Finger ganz taub waren.

Nichts.

Wieder war das Wasser zwei bis drei Zentimeter gestiegen. Sie musste die Lippen spitzen, um weiteratmen zu können.

Endlich rührte sich das Gitter, wenn auch nur ein wenig. Sie holte tief Luft, schob ihre Füße nach oben und stemmte sie links und rechts neben das Gitter gegen die Wand, um dann kräftig zu ziehen, aber das Gitter löste sich nicht. Viel zu schnell ging ihr die Luft aus und zwang sie wieder nach oben.

Das Wasser stand kaum noch zwei Zentimeter unter der Decke. Immer wieder schwappte es über ihr Gesicht.

»Nein!«, schrie sie voller Verzweiflung. Sie verschluckte sich, hustete, würgte das Wasser aus.

Dann, mit grauenhafter Endgültigkeit, schloss sich das Wasser über ihrem Mund. Sie presste das Gesicht so hart gegen das Gitter, dass das Metall schmerzhaft in die Haut schnitt. Doch das Wasser stieg bereits durch den dahinter liegenden Schacht weiter nach oben.

Der Drang, einfach den Mund zu öffnen und ihre Lungen zu füllen, wurde immer stärker.

Weit unter ihr schwamm vor den immer noch leuchtenden Anzeigen der Instrumentenwand ein dunkler Schatten.

Stacy.

Sie hatte es bereits hinter sich.

Cooper spürte, wie der Lebenswillen in ihr verglimmte. Ihre Finger wurden kraftlos, rutschten aus dem Gitter, und ihr Körper trudelte nach unten.

Der Schatten kam näher, streckte die Hände aus.

Große Hände.

Kraftvolle Hände.

Hände, die nur aus nackter Muskulatur zu bestehen schienen.

Azrael.

Sicher spielten ihre Sinne ihr einen Streich. Der Körper kam näher, immer näher …

Ihr ganzer Körper kribbelte, als er für immer mit Azraels Leib verschmolz. Die Angst fiel von ihr ab.

Dann hörte sie seine Stimme …

»Wie hast du mich gefunden?«

»Ich habe dich gehört. Du hast nach Hilfe gerufen, gerade als ich wieder diese Welt betrat.«

»Diese Welt? Wo bist du hergekommen?«

»Aus meiner *Welt, zwanzig Lichtjahre von hier. Aus jenem Sternbild, das ihr Waage nennt.«*

»Ich dachte, mein Vater hätte euch erschaffen?«

»Das ist es, was dein Vater dachte. *Doch in Wahrheit hat er ein Tor zu unserer Welt geöffnet. Jeder, der es von dort nach hier durchschreitet, verliert sein Gedächtnis.«*

»Aber du kannst dich jetzt erinnern.«

»Ich wusste, was mich erwartet, und habe mich vorbereitet.«

»Wie ist es dort bei dir?«

»Meine Welt besteht aus einem gewaltigen Ozean. Er bedeckt neunzig Prozent der Oberfläche. Mein Volk lebt im Wasser, aber es besteht nicht aus vielen Wesen wie ihr, sondern ist ein einziges. Das Tor, das dein Vater geschaffen hat, teilt Fragmente aus dem Wesen, und seine Maschine verleiht den Fragmenten eine Form, die der euren ähnelt. Doch trotz der

Trennung bleiben sie untereinander verbunden. Ich bin der Einzige, der die Verbindung verloren hat, durch den Zusammenprall mit dir.«

»Was ist mit Brent passiert? Ist er einer von euch?«

»Das Wesen, dessen Teil ich war, wurde des Tores und der Fragmentierung gewahr. Immer wieder hat es Boten ausgesandt, die die verlorenen Fragmente zur Rückkehr auffordern sollten, doch keiner folgte der Anweisung. Dann fand es einen Weg, ihr Gedächtnis zu schützen. Das Fragment, mit dem dein Freund Brent verschmolzen ist, war der erste Bote, der sein Gedächtnis behielt. Es war dieses Wissen, das ich mir bei meiner Rückkehr zunutze machte. Das Wesen konnte mich nicht wieder aufnehmen, wie ich gehofft hatte, aber es hat mir geholfen, denn dort, in meiner alten Welt, gibt es nichts mehr für mich.«

»Warum ist der Bote mit Brent verschmolzen?«

»Dein Freund hatte so viele Totenseelen in sich aufgenommen, dass der Bote ihn für ein Fragment hielt, mit dem er sich verbinden wollte. Die Totenseelen verwandeln jedes Leben auf diesem Planeten früher oder später in ein Fragment. Je mehr Seelen jemand aufnimmt, desto schneller spielt sich der Prozess ab.«

»Die Seelen der toten Fragmente … Das ist der Teer.«

»Das ist richtig.«

»Was wirst du jetzt tun?«

»Was immer du tust. Wir sind nun eins.«

»Für immer?«

»So lange wir diesen Körper bewohnen.«

»Werde ich immer deine Stimme hören, so wie jetzt?«

»Das weiß ich nicht, aber ich werde immer da sein.«

Hustend richtete sich Cooper auf.

Sie kannte den Ort. Es war der Zugang zum Reaktortrakt, außen vor der ersten Tür. Hinter jener Tür vor ihr war sie gerade …

Für einen Moment erfasste sie ein Schwindel, dann würgte sie einen Schwall Wasser heraus. Wieder Husten. Sie klopfte sich gegen die Brust, und der Husten ließ nach. Sie hob ihren Arm vor die Augen. Nichts. Normale Haut. Hatte sie das alles geträumt? Aber wie war sie hierhergelangt?

Vorsichtig richtete sie sich auf. Sie schloss die Augen in der vagen Erwartung, eine fremde Stimme in ihrem Kopf zu hören, doch da war nichts.

Für einen Moment überlegte sie, ob das ganze Erlebnis hinter jener Tür nur ein Albtraum gewesen war, doch ihre klatschnasse Kleidung und die großen Wasserlachen um ihre Füße waren eindeutige Beweise, dass sich alles tatsächlich zugetragen hatte.

Wieder stand sie vor der ovalen Tür. Das Bullauge hatte nichts von seiner Bösartigkeit verloren. Eine Weile lang stand sie nur so da. Es fühlte sich seltsam an, wieder zu stehen und zu atmen, nachdem sie sich von der Welt schon für immer verabschiedet hatte. Sie wurde sich bewusst, wie sich ihre Brust hob und senkte. Sie konnte sogar ihren Herzschlag spüren. Es fühlte sich herrlich an. Das Notlicht verursachte ein leises Surren wie ein artifizielles Insekt.

Immer noch war es unbeschreiblich heiß. Aber die Hitze machte ihr keine Angst mehr. Sie fasste sich ein Herz, trat vor die Tür und wagte einen Blick durch das Bullauge. Auf der anderen Seite konnte sie immer noch die grüne Beleuchtung und die Kontrolllämpchen der Schaltwand erkennen, denen das Wasser offenbar nichts anhaben konnte. Doch alles war seltsam verzerrt.

Plötzlich schwebte ein dunkler Schatten dicht vor dem Bullauge vorbei.

Sie prallte zurück. Dann zwang sie sich wieder an das Glas. Gerade noch rechtzeitig, um zu sehen, wie zwei helle Augen blicklos an der Scheibe vorüberzogen.

Stacy.

Eine unsichtbare Strömung trieb den Körper vorbei, dann war er verschwunden wie ein Spuk. Alles war wirklich passiert. Irgendwo weiter hinten würde auch der Körper ihres Vaters auf diese Weise durch das Wasser treiben. Am Ende hatte er sich für sie alle geopfert.

»Auf Wiedersehen, Papa«, sagte sie leise und wischte sich die Tränen vom Gesicht.

Dann wandte sie sich um und ging.

Jimmy nahm seinen ganzen Mut zusammen.

»Was machst du da?«, fragte er.

Keine Antwort. Stattdessen fuhr McCann fort, medizinisches Material, Infusionsbeutel und anderes Zeug, das er offensichtlich für nützlich hielt, in einen Stoffsack zu stopfen. Jimmy blieb neben ihm stehen, in der Hoffnung, irgendwann doch noch eine Reaktion zu bekommen. Doch McCann ignorierte ihn völlig, griff sich einen zweiten Sack und begann auch diesen zu füllen. Endlich war er fertig, warf sich die beiden Säcke über die Schulter und wollte zur Tür gehen.

Jimmy stellte sich ihm in den Weg. »Wo willst du hin?«

»Raus hier«, sagte McCann und stieß ihn rüde zur Seite.

»Hey!«, rief ihm Jimmy aufgebracht hinterher.

McCann hatte die Hand bereits an der Klinke, als Jimmy ihn überholte und sich vor die Tür stellte. »Ich sag es dir nur einmal, Junge«, knurrte McCann. »Hau ab.«

McCanns Blick bohrte sich regelrecht in Jimmys Augen, dass ihm davon ganz schwindlig wurde.

Unvermittelt tauchte Rasim neben ihnen auf. »Er will doch nur wissen, wohin du gehst. Ist das ein Staatsgeheimnis?«

McCann wandte sich ihm zu. »Wo soll ich schon hinwollen?«, sagte er schulterzuckend und deutlich friedlicher. »Nach draußen, bevor hier unten die Atemluft verbraucht ist oder das ganze Loch zu strahlen beginnt.«

»Aber der Notausstieg ist zerstört. Das hast du selber erzählt. Und oben warten die Malachim.«

McCann atmete tief durch. »So eine Anlage hat bestimmt mehr als nur diesen einen Notausstieg. Irgendwo gibt es Treppen oder einen Fahrstuhl oder was Ähnliches. Und die Malachim sind immer noch besser, als hier unten elend zu ersticken, wenn dem Generator der Diesel ausgeht, oder verstrahlt zu werden. Und jetzt lass mich durch, Junge, bevor ich dir die Eier zerquetsche.«

Jimmy spürte ein Kribbeln in seiner Leistengegend, aber er war noch nicht bereit aufzugeben. Noch nicht.

»Wir kommen mit«, sagte er.

McCann brach in schallendes Gelächter aus. Die anderen Kinder starrten sie entgeistert an, so als würden sie ein bizarres Theaterstück aufführen.

»Ich werde dort oben bestimmt nicht mit einer Horde Hosenscheißer auftauchen.« Er packte Jimmy an der Schulter und zog ihn mit eiserner Gewalt von der Tür weg.

»Wir helfen dir, Sachen tragen!«, stieß Jimmy hervor.

McCann hielt inne. »Wie meinst du das?«

»Da, wo du herkommst, ist das alles hier doch bestimmt ganz schön was wert.«

Es war nur Spekulation, aber Jimmy schien nicht völlig falschzuliegen. McCann ließ seine Schulter jedenfalls los und knurrte: »Sprich weiter!«

»Jeder von uns könnte für dich einen Sack voller Medikamente hier raustragen, wenn du uns hilfst, Ruby nach oben zu bringen.«

McCanns Blick fiel auf das Bett, wo Ruby schlief. Ihr Fieber hatte dank seiner Behandlung deutlich nachgelassen. Sie hatte sogar kurz das Bewusstsein erlangt.

Er rieb sich den Bart. Dann grinste er. »Na fein.«

Er streckte die Hand aus. Jimmy zögerte kurz. Tat er das Richtige? Vielleicht waren sie ohne den Kerl sogar besser dran. Aber irgendwie sagte ihm sein Instinkt, dass sie auf McCann angewiesen waren.

Er schlug ein.

»Dann packt ein, aber schnell«, sagte McCann. »Bevor hier das Licht ausgeht.«

Strahlender Sonnenschein empfing sie an der Oberfläche. Ein krasser Gegensatz zu dem Halbdämmer der unterirdischen Anlage. Aus dem Notlicht des Fahrstuhls hatten sie sich in den morgendlichen Schatten der ebenerdig gelegenen Lobby begeben und waren dann zum Tor marschiert, direkt auf die aufgehende Sonne zu.

Halb geblendet erblickten sie die grauenerregendste Schar, die Jimmy je gesehen hatte. McCanns Männer waren zu Mischwesen geworden. Sie hatten jene Lücken in den Reihen der Malachim geschlossen, die sie zuvor selbst geschlagen hatten. Unter ihren neuen Brüdern waren sie leicht auszumachen an der Haut, die ihre Sehnen und Muskeln wie ein halb durchsichtiges Gallert überzog. Dort, wo Schatten auf die Körper fiel, sahen sie immer noch menschlich aus, doch im hellen Licht, wo keine Kleidung sie bedeckte, konnte man unter die Körperoberfläche blicken.

Auch die Umgebung hatte sich drastisch verändert. Offensichtlich hatte ein Feuer den Wald jenseits der Lichtung fast gänzlich eingeäschert. Nur hier und dort ragte noch ein einzelner halb verkohlter Stamm in die Höhe. In einiger Entfernung meinte Jimmy die Reste einer gigantischen Siedlung zu sehen. Das Elysion.

Sie standen jenseits der Mauer, die das Institut umgab. Die Malachim hatten einen weiten Halbkreis um die Zufahrt gebildet, als hätten sie die Menschen erwartet.

Jimmy blickte McCann an in Erwartung irgendeiner Entscheidung. Doch der Mann hatte sich Ruby so über die Schultern gelegt, dass Jimmy sein Gesicht nicht sehen konnte.

»Was machen wir jetzt?«, flüsterte er.

»Keine Ahnung«, gestand McCann. »Sag du's mir, Kleiner.«

»Wir hätten niemals hier raufkommen sollen«, sagte Jimmy verdrießlich.

»Dann wären wir unten erstickt«, erwiderte McCann trocken.

Jimmy schwieg. Was sollte er auch dazu sagen.

Der Halbkreis der Malachim und ihrer neuen Freunde schloss sich enger um sie. Sie konnten zurück auf das Gelände des Instituts flüchten, das sie gerade hinter sich gelassen hatten, aber keine Barriere würde ihre Angreifer aufhalten.

»Ich weiß nicht, wie du es siehst«, brummte McCann, »aber ich sterbe lieber hier an der frischen Luft als dort unten in diesem Rattenloch.«

Jimmy sah Patricks letzte Sekunden vor seinem inneren Auge. Das Geräusch, als ihm der Stab die Knochen gebrochen hatte. Nein, er zog definitiv das Rattenloch vor.

Vielleicht, wenn er Glück hatte, konnte er im Getümmel flüchten. Kaum dass er diesen Gedanken gefasst hatte, spürte er, wie ihn etwas an der Hand zog. Er blickte zur Seite.

Mara.

Sie sah ihn fragend und ängstlich an. Nein, er würde sicher nicht weglaufen. Er strich ihr über den Kopf, schob sie hinter sich und ballte die Hände zu Fäusten.

»Das ist die richtige Einstellung, Junge«, sagte McCann, der die immer noch leicht fiebrige Ruby zu Boden gelegt hatte.

Zu Jimmys totaler Überraschung verließ McCann die Gruppe und schritt gradewegs auf die Malachim zu. »Hey, Auliffe, Clarkson, Rybark und ihr anderen alle! Tut echt gut, euch wiederzusehen!«

Wen immer er angesprochen hatte, keiner zeigte eine Reaktion.

»Der Typ ist vollkommen irre«, flüsterte Rasim, der knapp hinter Jimmy stand.

»Hört mal, Jungs!«, hörten sie McCann fortfahren. »Wie ich sehe, habt ihr euch für ein neues Team entschieden. Macht mich natürlich betroffen, aber wie sagt man doch so schön: Reisende soll man ziehen lassen.«

Niemand reagierte.

»Ich hab da selber eine brandneue Truppe«, sprach McCann weiter. »Nicht mit euch zu vergleichen, aber ich hab mich irgendwie in die Zwerge verguckt. Kurzum, ich würde es wirklich begrüßen, könnten wir das hier ohne ein Massaker über die Bühne bringen. Lasst uns ziehen, und wir versprechen, euch keinen Ärger zu machen.«

Jimmy wusste nicht, ob er McCann für seinen Mut bewundern oder über seine Naivität den Kopf schütteln sollte.

Auf einmal öffneten sich Hunderte Münder. »Betet zu euren Göttern!«

Einer der Halbmalachim löste sich aus der vorderen Reihe und ging schnurstracks auf McCann zu. Er streckte einen Arm aus, als wolle er ihn fortschieben.

McCann wartete, bis das Monster nahe genug war, dann schlug er mit einem blitzschnellen Hieb nach dem Arm. Doch seine Hand sauste hindurch, ohne auf Widerstand zu treffen.

Der Arm des Angreifers senkte sich bis zum Ellbogen in McCanns Brust. Von Jimmys Perspektive aus war zu sehen, wie die Hand aus McCanns Rücken ragte.

»*Aufhören!*«

Es war eine helle Stimme, aber sie donnerte über den Platz, als ob sie direkt aus dem Himmel käme. Jimmy und die anderen Kinder fuhren herum.

Cooper.

Sie schritt die Stufen hinunter, über die auch Jimmy und die anderen eben gekommen waren. Ohne innezuhalten oder Jimmy auch nur eines Blickes zu würdigen, ging sie an ihnen vorbei zu McCann und seinem Kontrahenten. Zu Jimmys Überraschung stand McCann auf seinen Füßen. Die Hand war aus seinem Rücken verschwunden. Der Angreifer hatte sich ein paar Schritte zurückgezogen.

Cooper ließ auch den verdutzt dreinblickenden McCann hinter sich und stellte sich direkt vor die vorderste Reihe der Malachim.

»Noch eine Bekloppte«, flüsterte Rasim. »Hier muss irgendwo ein Nest sein.«

Eine Weile harrten beide Seiten aus, als würden sie sich gegenseitig abschätzen. Jimmy konnte sehen, wie sich McCann vorsichtig die Brust rieb, aber er machte keine Anstalten, sich vom Fleck zu rühren. Dann hob Cooper die Hand und sprach.

»Der Bote ist verschwunden. Das Portal ist geschlossen. Ihr seid unterlegen. Kämpft, und ihr werdet untergehen, heute oder an einem anderen Tag. Zieht ihr euch aber zurück, so verspreche ich, dass die Menschen euch nicht folgen werden.«

»Was redet die da?«, flüsterte Rasim. »Bote? Portal? Unterlegen? Die werden sie zerfetzen!«

Genau in diesem Moment bemerkte Jimmy Coopers Hand – oder vielmehr sah er plötzlich die Muskeln und Sehnen ihrer Hand. Aber das dauerte kaum länger als einen Wimpernschlag, dann war alles wieder normal. Sie senkte den Arm und wartete reglos.

Für ein paar Sekunden herrschte fast völlige Stille. Nur der Wind und ein paar Vögel, die nach dem Brand zurückgekehrt waren, waren zu hören.

Und dann wurde Jimmy Zeuge eines Wunders. Die Malachim zogen sich zurück. Als hätte ein unhörbarer Befehl sie dazu aufgefordert, drehte sich einer nach dem anderen um und verschwand in Richtung Norden. Mit offenem Mund verfolgte Jimmy das unglaubliche Geschehen.

Zum Schluss standen er und die anderen immer noch wie angewurzelt da, während die Malachim in Richtung Fluss marschierten.

Maureen Larson eilte zum Tempel oder vielmehr zu dem, was davon übrig war. Der Waldbrand hatte auch große Teile der Siedlung vernichtet, darunter auch die Bäume, die den Versammlungsplatz säumten. Nur der große Fels, der dem Pontifex als Kanzel gedient hatte, stand noch.

Viele Bewohner des Elysion waren im Feuer umgekommen oder hatten schwere Verbrennungen erlitten. Maureen gehörte zu den Glücklichen, die unversehrt entkommen waren, wobei sie sich selber seit dem Tod ihrer Söhne kaum noch als glücklichen Menschen bezeichnen konnte. Nächtelang hatte sie wach gelegen und sich selbst dafür verachtet, sich dem Pontifex nicht entgegengestellt zu haben. Jimmy hatte recht gehabt, der Mann war ein Ungeheuer gewesen. Und diesem Ungeheuer hatte sie die eigenen Söhne preisgegeben.

Dann kam das Feuer. Maureen hatte sich bei der Feuerwehr gemeldet. Erst hatte man sie ausgelacht. Das wäre nichts für eine Frau, hatten sie ihr gesagt. Aber als die Lage immer verzweifelter wurde, hatten sie keine Wahl mehr gehabt. Bald hatte sie unter Beweis gestellt, dass sie mehr Wagemut besaß als ein Dutzend Männer. Die Veteranen hatten sie nur noch voller Bewunderung den »Feuerengel« genannt. Die wenigsten ahnten, dass es nicht Mut, sondern bohrende Schuldgefühle waren, die sie die größten Gefahren auf sich nehmen ließ.

Die weitgehende Vernichtung des Waldes um die Siedlung und ein kräftiger Regen in der letzten Nacht hatten den Brand schließlich erlöschen lassen. Zum ersten Mal seit langer Zeit hatte sie mehrere Stunden geschlafen, auch wenn es eher ein Schlaf der völligen Erschöpfung war. Mit Kopfschmerzen und einem Gefühl der Leere war sie erwacht. Ihre Hütte war eine der wenigen, die noch intakt waren. Sie hatte die Ryders mit ihren fünf Kindern aufgenommen. Der kleine Albert hatte sie alle geweckt.

Sie wollte zum Fluss Wasser holen, als sich die Nachricht verbreitete, dass ein seltsamer Fremder, ein Stadtmensch, auf dem Tempelplatz aufgetaucht war. Es hieß, er hätte eine Schar Kinder mitgebracht …

Als sie die Überreste des Tempels erreichte, hatten sich dort bereits die wenigen unversehrten Bewohner der niedergebrannten Siedlung versammelt. Die Leute machten ihr Platz. Ihr »Heldentum« hatte sich offenbar herumgesprochen.

Auf dem Felsen stand eine hohe hagere Gestalt. Erst glaubte sie, es würde sich um den Pontifex handeln, und ihr Herz vereiste für einen Moment. Aber dann erkannte sie, dass der Mann, der dort stand, viel größer und kräftiger war. Er hatte eine Glatze, doch unter seinen stechend blauen Augen wucherte ein struppiger Vollbart.

Sie ging so nah wie möglich an den Felsen. Tatsächlich standen um den Mann herum ein paar Kinder, manche kleiner, manche schon älter und größer. Einige von ihnen kamen Maureen vage bekannt vor.

Ein älteres Mädchen stach ihr besonders in die Augen. Klein und dürr, kurze Haare.

Sie hatte das Mädchen in Elysion bestimmt noch nie gesehen. Ohne die dunklen Augenringe und den mürrischen Ausdruck mochte ihr Gesicht sicherlich ganz hübsch sein. Was hatte dieser Mann hier im Sinn?

Die Leute um Maureen herum schwätzten wild durcheinander. Den Gesprächen konnte Maureen entnehmen, dass der Fremde schon eine ganze Weile hier stand, ohne dass etwas passiert war, und die Leute verloren allmählich die Geduld, einige gingen schon zurück zu den Überresten ihrer Häuser.

Da hob der Fremde beide Arme. Augenblicklich verstummten die Leute. Er grinste.

»Volk des Waldes!«, begann er. »Mein Name ist Christian McCann. Ich bin ein Bewohner der Stadt jenseits der Bäume!«

Ein erregtes Raunen ging durch die Menge.

»Was hast du hier zu suchen, Städter?«, rief eine männliche Stimme hinter Maureen.

Der Bärtige räusperte sich. »Ich bin gekommen, euch zurück in die Städte zu führen.«

Er sagte noch mehr, doch das ging in einem Aufbrausen unter. Wütend kommentierten die Leute dieses unglaubliche Ansinnen.

Der Bärtige wartete einen Moment, bis sich die Stimmung etwas beruhigt hatte, dann fuhr er fort: »Seht euch um! Das Elysion ist vernichtet. Der Wald ist vernichtet. Aber das Wichtigste ist …« Er machte eine Pause. Es war jetzt wieder mucksmäuschenstill. »Das Wichtigste ist, dass die Malachim verschwunden sind und mit ihnen der Pontifex. Ihr seid frei!«

Wieder kochten die Emotionen hoch. Einzelne Leute schrien ihren Unmut heraus. Gegenstände flogen durch die Luft, aber sie trafen nur den Stein. Der Felsen war zu hoch. Der Bärtige sprach bereits wieder, aber seine Worte wurden vom Lärm verschluckt, bis einige Besonnenere ihre Mitmenschen zur Ruhe aufforderten. Die Neugier der Menge überwog. Auch Maureen musste zugeben, dass sie gespannt war.

»Seht euch um!«, wiederholte er und beschrieb einen Kreis mit seiner Hand. »Hier ist nichts mehr für euch. Aber dort«, er wies in die Ferne, »dort gibt es Häuser aus Stein. Das Einzige, was dort fehlt, sind Menschen. Folgt mir und kehrt zurück in die Städte!«

Maureen konnte nicht sagen, ob es die Glut in seinen Augen oder der pathetische Tonfall war, aber sie fühlte sich in eine dunkle Vergangenheit zurückversetzt.

»Du bist nicht unser erster falscher Prophet!«, rief sie.

Der Bärtige sah sie an. Er hatte die Sorte Augen, deren Blick den Mut eines Menschen zum Schmelzen bringen konnte, aber Maureen hatte die Angst hinter sich gelassen.

Er wies mit dem Finger auf sie und sprach wieder zu den anderen. »Sie hat recht. Ihr seid schon einmal betrogen worden. Aber ich – ich bin nicht hier, um euch zu irgendetwas zu zwingen. Es ist eure Wahl. Bleibt hier in der Asche, wenn ihr wollt. Ich werde euch nicht daran hindern.«

Maureen spürte, wie die Leute rund um sie herum nachdenklich wurden. Doch sie wollte nicht wieder einem Verführer aufsitzen.

»Schöne Worte, aber ich weiß, was du vorhast. Du lockst uns in die Stadt, wo deine Leute über uns herfallen werden.«

Es war in diesem Moment, dass sich ein langer, dünner Schatten aus der Gruppe Kinder löste.

»Lass es gut sein, Mutter«, sagte der Schatten.

Ihr Herz setzte einen Schlag aus. Tränen füllten ihre Augen.

»Jimmy!« Sie rannte, eilte, flog ihm entgegen. Ein paar Minuten später lagen sie sich in den Armen, während über ihnen der Bärtige mit seiner Rede fortfuhr.

»Es tut mir leid, Mutter«, sagte er.

»Nein«, flüsterte Maureen tränenerstickt. »Mir tut es leid.«

Erst da fiel ihr auf, dass hinter Jimmy eine zweite Person stand. Lang, dürr, kurze Haare. Als Jimmy bemerkte, wie sie hinter ihn starrte, drehte er sich um.

»Oh«, sagte er sichtlich verlegen. »Mum, darf ich vorstellen, das ist Cooper … äh … Cooper Kleinschmidt. Sie kommt aus der Stadt.«

Das Mädchen lächelte scheu. Mechanisch ergriff Maureen die Hand, die sich ihr entgegenstreckte. Sie war darum bemüht, es sich nicht anmerken zu lassen, aber aus der Nähe irritierte sie das Aussehen des Mädchens noch viel mehr, ohne dass sie sagen konnte, warum.

»Kenne ich dich irgendwoher?«, fragte sie.

Jimmy und das Mädchen warfen sich einen kurzen Blick zu. Dann schüttelte sie den Kopf. »Ich glaube nicht. Wie Jimmy sagte, ich komme aus der Stadt.«

Die Art, wie Jimmy das Mädchen anschaute, weckte in Maureen einen beunruhigenden Verdacht.

»Seid ihr … äh … Freunde?«, fragte sie misstrauisch.

Wieder sahen sich die beiden an. Jimmys Gesicht war auf einmal bemerkenswert gut durchblutet, wie Maureen ärgerlich feststellte.

Das Mädchen erlangte die Fassung schneller zurück als er und sagte: »Ja, sind wir. Kumpels, Ma'am.«

Maureen konnte an Jimmys Gesicht ablesen, dass diese Aussage nicht völlig nach seinem Geschmack war. Er sah fast so aus wie sein Vater damals, als er ihrem Vater gegenübergestanden hatte. Sie seufzte.

»Na schön«, sagte sie schließlich. »Was haltet ihr von einer guten Tasse Tee?«

Oben auf dem Felsen genoss McCann den Augenblick seines Sieges. Die Zweifler waren still geworden. Die Menge hing an seinen Lippen. Die Stadt würde sich wieder mit Menschen füllen. Die Ungeheuer, die sein Leben in den letzten Jahren bestimmt hatten, hatten sich geschlagen gegeben, und die alte Welt kehrte zurück.

»Starke Rede«, sagte jemand neben ihm.

McCann drehte sich um. Es war der orientalische Junge. Sarim oder so ähnlich. Klein und kräftig. Er hatte etwas angenehm Verschlagenes.

»Findest du?«, fragte McCann.

»Mich hast du jedenfalls überzeugt«, antwortete der Junge mit pubertärer Coolness.

McCann drehte sich vollends zu ihm um und musterte den Jungen so lange, bis dessen Gesicht sich dunkelrot verfärbte. »Hör zu, du kleiner Furz«, sagte er dann. »Wenn ich einen Arschlecker bräuchte, würde ich mir einen Hund anschaffen und mir eine Wurst in den Hintern schieben.«

Der Junge starrte ihn entsetzt an.

McCann wandte sich wieder ab, damit er sein Grinsen nicht sah. Dann betrachtete er schweigend die Menge, in der nun heftig diskutiert wurde.

»Wie heißt du, Junge?«, sagte er, als er meinte, dass er lange genug gewartet hatte.

»Äh … Rasim, Sir.«

»Nun, Rasim. Wie es der Teufel will, ist mir mein letzter Adjutant … äh … abhandengekommen. Sprich, ich habe Bedarf.«

»Äh … verstehe, Sir. Was macht denn so ein Adjutant?«

»Er bringt mir die Stiefel, wenn ich pfeife, zündet mir meine Zigarren an, wenn ich mit den Fingern schnippe, wird von mir zusammengeschissen, wenn irgendwas schiefläuft, und scheißt in meinem Namen andere zusammen.«

»Klingt echt toll, Sir.«

»Dann haben wir einen Deal?«

Der Junge überlegte nicht lange. »Okay, Sir.«

»Gut, Rasim. Aber ich warne dich. Solltest du jemals auf die Idee kommen, nach meiner Krone zu greifen, zwing ich dich dazu, deine eigenen Eier zu fressen.«

»Keine Sorge, Sir. Ich bin kein Anführer.«
McCann nickte. »Gut.«
Es würde ein prächtiger Tag werden.

Die untergehende Sonne verlieh dem kleinen Erdhügel und dem schlichten Holzkreuz eine orange Korona. Cooper wischte sich ein paar Tränen vom Gesicht. Sie war vor nicht ganz einem Tag aus dem Elysion in die Stadt zurückgekehrt.

Sie kniete sich nieder und legte eine kleine Schachtel auf das Grab.

»Du hast Wort gehalten«, sagte Gregory hinter ihr.

»Aber zu spät«, erwiderte Cooper.

Er legte ihr die Hand auf die Schulter. »Du hast getan, was du konntest. Es sollte nicht sein. Sie hat gewusst, dass du sie nie im Stich lassen würdest.«

Sie drehte den Kopf und sah ihn an. Sein Blick hatte wirklich etwas Tröstendes. Sie nickte. Dann wandte sie sich wieder dem Grab zu.

Jimmy stand etwas abseits, am Rand eines der Klärbottiche. Sie konnte sehen, wie er die Nase rümpfte, und musste innerlich grinsen.

»Ich muss dir noch etwas erzählen, Cooper«, sagte Gregory. »Sie ist vor ihrem Tod noch einmal aufgewacht.« Seine Stimme klang belegt. Es fiel ihm sichtlich schwer weiterzusprechen. »Es geht um den Tag, an dem … an dem sie dich gefunden …«

»Ich weiß«, unterbrach ihn Cooper. »Ich weiß es. Brent hat es mir erzählt, kurz bevor Stacy sich …« Sie brachte den Satz nicht zu Ende.

»Was empfindest du?«

Cooper atmete tief durch. »Nichts. Ich kann es nicht sagen. Ich bin nicht wütend oder so. Vor ein paar Tagen wäre ich vielleicht wütend gewesen, aber heute ...«

»Du musst wissen, dass sie damals ein anderer Mensch war. Die Drogen hatten sie beinah zerstört. Aber später ... Sie hätte alles getan, um es ungeschehen zu machen, und es tat ihr unendlich leid. Sie wollte, dass ich dir das sage.«

Sie nickte. Es war schwer, sich Big Mama unter diesem Erdhügel vorzustellen. Es war noch schwerer, sich vorzustellen, dass sie und Stacy jene schemenhaften Gestalten waren, die sie an der Tür gesehen hatte, damals, als ihre Mutter in den Schnee fiel. Jedes Mal, wenn sie in den vergangenen Stunden diesen Gedanken in ihrem Kopf bewegt hatte, hatte sie förmlich darauf gewartet, dass irgendetwas explodierte, irgendetwas, das es ihr erlauben würde, Big Mama zu hassen, irgendetwas, das alles ganz klar werden ließ. Aber es passierte nichts. Vielleicht würde es irgendwann anders sein, vielleicht würde sie ihnen sogar irgendwann verzeihen können. Aber nicht hier, nicht heute.

»Sie hat dich geliebt wie ihr eigen Fleisch und Blut«, sagte Gregory. »Das weißt du doch?«

Cooper antwortete nicht. Sie wischte nur die Tränen weg, die beständig über ihre Wangen flossen. Wieder fiel ihr Blick auf Jimmy. Blitzartig senkte er den Kopf, als würde er seine Zehen betrachten. Sie lächelte still in sich hinein.

»Der Kerl sieht aus, als könnte er was zu trinken gebrauchen«, flüsterte sie Greg zu.

»Ja, da könntest du recht haben«, flüsterte er zurück.

Sie schickte sich an, den Bottich zu umrunden, um zu Jimmy zu gehen, der immer noch dastand und angestrengt seine Füße betrachtete.

»Mein Gott, Cooper«, erklang es hinter ihr.
Sie fuhr herum.
Greg starrte auf den schmalen Streifen Erde, den sie gerade durchquert hatte.
»Was ist?«, fragte sie.
»Sieh nur!« Er wies nach unten.
Sie folgte seinem Fingerzeig. Dort waren auf der Erde eine Reihe Ovale auszumachen, die sich durch einen grünen Flechtenbewuchs von der staubigen Oberfläche abhoben.
»Sind das …?«, begann sie.
»Deine Fußspuren«, bestätigte Greg. »Es ist in Sekundenschnelle gewachsen. Wie, zum Teufel …?« Er starrte sie fassungslos an.
»Es gibt da eine Sache, die ich dir noch nicht erzählt habe«, gestand sie.
»Das scheint mir auch so«, sagte Greg, dessen eine Augenbraue dabei einen wundervoll konsternierten Bogen zeichnete.
Sie setzten sich in Bewegung und gingen auf Jimmy zu.
»Wo hast du den netten jungen Mann gefunden?«, fragte er.
»Jimmy?« Sie lächelte. »Soweit ich mich erinnern kann, hat er mich gefangen genommen, unten im Labor meines Vaters.«
»Hat einen guten Geschmack, der Kerl.«
Cooper schmunzelte. »Sieht so aus.«
Mittlerweile waren sie in Jimmys Hörweite.
»Hey!«, begrüßte er sie. »Alles in Ordnung?«
»Denke schon«, antwortete Cooper.
»Was machen wir jetzt?«, fragte er eifrig um Konversation bemüht.
»Einfach ein bisschen hier im Abendwind stehen, wäre ganz okay, denke ich«, sagte Cooper.

Zu dritt starrten sie in Richtung Zentrum.

»Seht mal dort!«, rief Greg auf einmal.

Er wies auf einen der Wolkenkratzer.

»Wow!«, entfuhr es Cooper.

»Was ist da?«, fragte Jimmy.

»Das Gebäude stand jahrelang völlig leer«, erklärte sie. »Doch jetzt leuchten dort Lichter in den Fenstern. Sieht aus, als ob dort jemand eingezogen ist.«

»Ja«, sagte Jimmy. »Vielleicht Leute aus dem Elysion. Jemand, der ganz neu anfangen will.«

»Das möchte ich auch«, sagte Cooper träumerisch.

»Was denn?«, fragte Jimmy.

»Ganz neu anfangen.«

»Was hindert dich daran?«, fragte er.

Sie schaute ihn an. Es war ihr Vater, der die Schuld am Tod seines kleinen Bruders trug. Und hier stand er mit ihr, mit einem breiten, unbeschwerten Lächeln im Gesicht.

Sie zog Greg an sich heran und legte ihre Arme um die beiden.

»Gar nichts«, sagte sie.

Epilog

Er hatte sich Meter für Meter nach oben gewühlt. Warmes Wasser voller Schlacke. Ewige Dunkelheit. Irgendwann hatte er die Brennkammer erreicht, von wo aus ihn die Kernschmelze in Richtung Erdinneres gerissen hatte.

Es hatte ihn etwas Zeit gekostet, sich in der Finsternis der Gänge des Instituts zu orientieren. Die Generatoren hatten vor langer Zeit ihren Dienst quittiert, und die Anlage war in einen Dornröschenschlaf gefallen. Es gab nur eine Ausnahme. Ein sanftes Vibrieren, ein kosmischer Energiestrom hatte ihm den Weg dorthin gewiesen.

Nun stand der Bote vor seinem Ziel. Gerade rechtzeitig. Das blaue Leuchten des Kreisels zeigte erste Verwirbelungen. Nicht lange, und das Portal würde erneut gebären und die Lücken, die die Menschen in seine Armee geschlagen hatten, wieder füllen. Seine Feinde mochten die Schlacht gewonnen haben, aber der Krieg hatte gerade erst begonnen.

Nachwort und Danksagung

Ende Mai 2011. Ein milder Frühlingstag in Kreuzberg. Ich bin gespannt und ein bisschen aufgeregt, denn mein Verlagslektor Carsten Polzin vom Piper Verlag ist auf Besuch in Berlin, und einer der Autoren, die er dort treffen will, bin ich. Vor etwa fünf Monaten habe ich mehr oder weniger fristgerecht das Manuskript für meinen Erstlingsroman »Asylon« bei Piper eingereicht. Es wird noch quälende zweieinhalb Monate dauern, bis er endlich veröffentlicht ist. Für mich steht im Augenblick beruflich mein Hauptjob als Professor im Fokus. Das Semester neigt sich seinem Ende zu. Die Stimmung in meinen Vorlesungen wird wegen der sich nähernden Prüfungszeiträume zusehends nervöser.

Privat ist mein Leben geprägt von der nahenden Geburt meines ersten Kindes, von dem ich und meine Frau zu diesem Zeitpunkt immerhin schon wissen, dass es ein kleiner Junge werden wird. Seltsamer Zufall, dass der Erscheinungstermin von Asylon kaum eine Woche vom berechneten Geburtstermin entfernt liegt.

Es wird also niemanden wundern, dass gerade jetzt, abgesehen von der Warterei auf den Erscheinungstermin, die ich eher passiv erleide, die Schriftstellerei, die sich durch Asylon vom Hobby zu einem veritablen Nebenjob entwickelt hat, nicht eben im Vordergrund meiner Aufmerksamkeit steht. Insofern erscheint mir die E-Mail, mit der Carsten sich ankündigt, etwas zwiespältig, denn er möchte mit mir über ein »neues Projekt« sprechen. Einerseits freue ich mich, denn das Angebot eines Folgeromans ist alles andere als eine Selbstverständlichkeit, zumal zu dieser Zeit noch nicht absehbar ist, wie Asylon im Handel reüssieren wird. Andererseits muss ich zugeben, dass sich der übliche Eingebungszoo, der jedem Schriftsteller zu jedem beliebigen Zeitpunkt durch den Kopf galoppiert, auch mangels entsprechender Anstrengungen meinerseits noch nicht zu einer neuen Buchidee verdichtet hat.

Aber wie so oft zuvor, habe ich mir zu viel Sorgen gemacht. Bei meinem Lieblingsösterreicher tauschen Carsten und ich im Wesentlichen interessante Hintergrundinformationen über das Verlagsgeschäft im Allgemeinen und ein paar Schriftstellerkollegen im Besonderen aus. Erst ganz am Ende fallen ein paar Sätze zum »neuen Projekt«. Ergebnis ist einfach nur, dass sich Carsten wiederum eine neue phantastische Geschichte wünscht, was schon deswegen Sinn ergibt, da er nun mal Cheflektor im Bereich Fantasy ist und wir ja weiter zusammenarbeiten wollen. Wir sind uns außerdem einig, dass es zu früh ist, auf eine Fortsetzung für Asylon zu spekulieren, da zu diesem Zeitpunkt noch nicht absehbar ist, wie sich das Buch verkaufen wird. Außerdem bin ich mit dem Ende der Geschichte eigentlich sehr zufrieden. Aber eine Dystopie soll es wieder sein, um den mühsam aufgebauten Leserstamm nicht zu verscheuchen. Ich beginne also mit der Ideensuche.

Während mir erste Grundkonzepte für Elysion durch den Kopf schwimmen, erscheint Asylon endlich am Markt. Die Rezensionen sind überwiegend freundlich, und das Buch verkauft sich für ein Debüt sehr anständig. Im Oktober halte ich meine erste Lesung, und zwar auf dem BuCon in Dreieich. Bei den kurz zuvor stattfindenden Phantastiktagen der Phantastischen Bibliothek in Wetzlar halte ich einen Vortrag zu den Tücken des

Debütierens in der Genreliteratur. Ich lerne viele interessante Kollegen kennen, deren Namen ich bisher nur von Buchdeckeln kannte. Über Leserunden und Foren bekomme ich Kontakt mit Lesern meines Buches. Es ist einfach toll, wenn man sieht, wie man die Phantasie von jemandem in Gang bringt, der sich viele Kilometer weit entfernt befindet, wahrscheinlich der beste Teil am Schreiben.

Nachdem mein Konzeptpapier zu Elysion fertig ist, reicht es mein Agent bei Carsten ein, der es ohne viel Federlesens akzeptiert. Damit habe ich mich verpflichtet, das Buch im Frühjahr und Sommer 2012 zu schreiben. Somit ist klargestellt, dass die alte Fußballtrainerregel »Nach dem Spiel ist vor dem Spiel« auch für Bücher gilt. Der Winter ist voll mit meinem Hauptjob ausgefüllt. Zu meiner großen Freude gewinnt Asylon den Leserpreis der Website »Lovelybooks« für den besten deutschen Fantasyroman des Jahres 2011, noch vor dem von mir bewunderten Kollegen Kai Meyer, der mir freundlich gratuliert. Weitere Preise gibt es nicht, aber immerhin bin ich später auch auf der Longlist des »Seraph«, des neu geschaffenen Jurypreises der Fantastischen Akademie zu finden, mache den vierten Platz beim Kurd-Laßwitz-Preis, einem Jury-Preis für deutsche Science-Fiction-Romane, und schließlich auch den zweiten Platz in der Kategorie »Bestes Debüt« beim Deutschen-Phantastik-Preis.

Ordentlich Motivation also. Im Frühjahr beginnt meine Elternzeit, die ich vor allem genommen habe, um viel Zeit mit meinem kleinen Sohn zu verbringen. Aber etwas Zeit ist auch fürs Schreiben reserviert, und damit beginne ich im April. Ich bin dann doch etwas schockiert, wie schwierig es ist, wieder in den Prozess reinzukommen. Von wegen Routine. Na ja. Asylon habe ich –

wie gesagt – im Herbst 2010 abgegeben und seitdem kaum Zeit fürs Schreiben gehabt. Jetzt muss ich mich erst wieder hineinwühlen. Es dauert ein paar Wochen, bis ich das Gefühl habe, dass eine gewisse Regelmäßigkeit ins Schreiben kommt. Ungewohnt ist für mich auch die Vorgehensweise. Bei Asylon habe ich strikt nach Plot geschrieben. Diesmal will ich es – sozusagen zur Erweiterung der schriftstellerischen Kompetenz – genau umgekehrt machen. Der Plot ist nur eine grobe Konzeptidee. Die Geschichte entwickelt sich aus den Impulsen der Hauptcharaktere. Manchmal bin ich etwas überrascht, wo mich das hinführt; eben nicht immer dorthin, wo ich eigentlich hinwollte. Aber Bine, meine Webdesignerin und Testleserin, attestiert mir später überraschende Wendungen, was mich natürlich sehr freut.

Ohne das ständige Parallellektorat meiner Frau Chris wäre ich im Übrigen sowieso total verloren. Etwa einmal alle zwei Wochen erreiche ich den »Das ist doch alles nur gequirlter Mist«-Punkt, an dem sogar Neil Gaiman hin und wieder anlangen soll, wie ich in meinem Lieblingsautoren-Podcast »Writing Excuses« gehört habe. Aber Chris baut mich immer wieder auf. So erreiche ich nach etwa sieben Monaten glücklich die Ziellinie.

Mein Lektor Peter Thannisch, der auch schon Asylon verschönert hat, hat den letzten Monat schon parallel lektoriert. Insofern habe ich diesmal kaum eine Woche nach Abschluss des Manuskripts die lektorierte Fassung auf dem Tisch. Da Piper mir diesmal ordentlich Zeit lässt, ergreife ich die Gelegenheit zu einem letzten Logikcheck in eigener Sache und kann noch das eine oder andere schwarze Loch aus dem Weg räumen. Auch mein Agent Bastian Schlück hat wieder mitgelesen (was mich besonders freut, da das jetzt eigentlich gar nicht mehr in seinen Aufgabenbereich fällt) und einige wertvolle Hinweise beigesteuert, die ich fleißig abarbeite.

Und dann ... tue ich genau das hier. Das Nachwort schreiben. Es ist die erste Oktoberwoche. Vor zwei Wochen habe ich eine Lesung von Asylon in einer städtischen Bibliothek in Wien gehalten. Meine erste bezahlte. Mein Hauptberuf begann letzten Freitag mit einem knackigen zweitägigen Seminar für ein gutes Dutzend Masterstudenten. Alles hat gerade so gepasst. Die nächsten drei Monate werde ich sicher nicht mehr zum Schreiben kommen. Chris hat sich anerboten, das Buch noch einmal im Ganzen durchzulesen. Bis jetzt kennt sie es ja nur häppchenweise. Und wenn ich dann ihr Input verwertet habe, heißt es nach abschließender Durchsicht durch Peter Thannisch: Ab zu Piper.

Wie Ihr seht, haben wieder eine Menge Menschen mitgeholfen, ohne die ich das niemals geschafft hätte, zuallererst meine Frau und mein kleiner Sohn, der jetzt gerade versucht, mir diesen Laptop zu entreißen. Und dank meinen beiden Katern Quiqueg und Dagguh gab es beim schriftstellerischen Grübeln auch diesmal immer einen Katzenbauch zum Kraulen.

Elysion erscheint im März, kurz vor der Buchmesse, und ich hoffe, einige von Euch dann dort zu sehen.

Virtuell könnt Ihr mich unter www.thomaselbel.de
und www.facebook.com/Asylon besuchen
oder mir unter @TheSchommes was twittern.

Euer Thomas

PIPER

Hannu Rajaniemi
Quantum

Roman. 432 Seiten. Piper Taschenbuch

Kein anderer Science-Fiction-Roman wurde von den Lesern und Medien so gefeiert wie Hannu Rajaniemis »Quantum«: Seine Verbrechen sind im ganzen Sonnensystem bekannt – der Meisterdieb Jean le Flambeur kann sich jedoch an keine seiner Taten erinnern. Was ist mit seinem Gedächtnis geschehen? In wessen Körper steckt er? Und warum rettet ihn die ätherische Kriegerin Mieli aus seiner erbarmungslosen Gefangenschaft? Ausgerechnet in der Stadt des Vergessens soll Jean Antworten finden. Dort wird menschliche Lebenszeit als Währung gehandelt, und Erinnerungen sind der kostbarste Besitz jedes Einwohners. Und weil auf keinem Planeten Verbrechen härter bestraft werden, muss der Meisterdieb ohne Gedächtnis auf dem Mars den brillantesten Coup aller Zeiten durchziehen …

01/2011/01/R